FRANÇOISE BOURDIN

L'enfance de Françoise Bourdin est bercée par les airs d'opéra. Ses parents, tous deux chanteurs lyriques, lui transmettent le goût des personnages aux destins hauts en couleur et la musique des mots. Très jeune, Françoise Bourdin écrit des nouvelles ; son premier roman est publié chez Julliard avant même sa majorité. L'écriture est alors au cœur de sa vie. Son univers romanesque prend racine dans les histoires de famille, les secrets et les passions qui les traversent. La vingtaine de romans publiés chez Belfond depuis 1994 sont de ce terreau et rassemblent à chaque parution davantage de lecteurs. Trois d'entre eux ont été portés à l'écran. Françoise Bourdin vit aujourd'hui dans une grande maison en Normandie.

LES VENDANGES
DE JUILLET

DU MÊME AUTEUR
CHEZ POCKET

L'HOMME DE LEUR VIE
LA MAISON DES ARAVIS
LE SECRET DE CLARA
L'HÉRITAGE DE CLARA
UN MARIAGE D'AMOUR
UN ÉTÉ DE CANICULE
LES ANNÉES PASSION
LE CHOIX D'UNE FEMME LIBRE
RENDEZ-VOUS À KERLOC'H
OBJET DE TOUTES LES CONVOITISES
UNE PASSION FAUVE
BERILL OU LA PASSION EN HÉRITAGE
L'INCONNUE DE PEYROLLES
UN CADEAU INESPÉRÉ
LES BOIS DE BATTANDIÈRE
LES VENDANGES DE JUILLET

FRANÇOISE BOURDIN

LES VENDANGES DE JUILLET

belfond

AVERTISSEMENT DE L'ÉDITEUR

Les personnages, les lieux et les situations de ces romans sont fictifs. Toute ressemblance avec des personnes, des lieux ou des situations existant ou ayant existé, serait pure coïncidence.

Le papier de cet ouvrage est composé de fibres naturelles, renouvelables, recyclables et fabriquées à partir de bois provenant de forêts plantées et cultivées durablement pour la fabrication du papier.

Le Code de la propriété intellectuelle n'autorisant, aux termes de l'article L. 122-5, 2° et 3° a, d'une part, que les « copies ou reproductions strictement réservées à l'usage privé du copiste et non destinées à une utilisation collective » et, d'autre part, que les analyses et les courtes citations dans un but d'exemple et d'illustration, « toute représentation ou reproduction intégrale ou partielle faite sans le consentement de l'auteur ou de ses ayants droit ou ayants cause est illicite » (art. L. 122-4).
Cette représentation ou reproduction, par quelque procédé que ce soit, constituerait donc une contrefaçon, sanctionnée par les articles L. 335-2 et suivants du Code de la propriété intellectuelle.

© Belfond, 1998 ; 2005 pour la présente édition.
ISBN : 978-2-266-18213-3

Première Partie

« Bordeaux 170 kilomètres. »

Robert n'avait jeté qu'un coup d'œil distrait au panneau de signalisation, préoccupé par les lumières des deux camions qui le précédaient et sur lesquels il arrivait trop vite. Agacé, il fit plusieurs appels de phares pour obtenir la voie de gauche. Ses essuie-glaces luttaient contre la violence de la pluie. Il dut rétrograder en troisième et se mit à pianoter du bout des doigts sur son volant.

« Bordeaux dans… mettons une heure. C'est beaucoup trop tôt… »

Il pensa qu'il lui faudrait s'arrêter, ce qui laisserait à l'orage le temps de s'éloigner. Il avait quitté Paris sur un coup de tête, moitié insomnie, moitié tentation. La visite de Pauline, huit jours plus tôt, l'avait profondément perturbé. L'idée d'un retour à Fonteyne avait cheminé et s'était imposée peu à peu comme une échéance inévitable. La maison de son père était un lieu qu'il s'interdisait depuis trop longtemps.

Sa soudaine envie de vacances avait surpris ses collaborateurs, à Lariboisière, car le professeur Laverzac ne partait jamais. Il vivait quasiment dans son service depuis des années. Mais son ambition n'expliquait pas entièrement cet excès de zèle. Il y avait Pauline. Malgré les années, il y avait toujours Pauline tapie dans la tête de Robert dès qu'il se retrouvait seul ou inoccupé, dès qu'il avait cinq minutes de paix.

Il tendit la main vers son paquet de cigarettes, d'un geste machinal. Il aspira une longue bouffée et entrouvrit sa fenêtre. La pluie coula aussitôt sur son épaule.

Sortir à Bordeaux et remonter vers Margaux tenait du pèlerinage, de l'expiation.

Juillet avait paru surpris de son appel, si tard dans la soirée, et de son désir maladroitement formulé. « Viens », avait-il seulement dit, s'abstenant de toute question. Penser à Juillet arracha un sourire à Robert. Bien sûr, il allait à Fonteyne pour Pauline, bien sûr ! Peut-être même pour se réconcilier avec son frère aîné. Et aussi pour voir son père. Mais il y aurait surtout, au centre de la famille, la présence rassurante de Juillet, avec sa chaleur, ses certitudes et son affection constante.

Il était presque quatre heures et la pluie se calmait. Robert se mit à sourire en pensant aux vendanges.

Aurélien Laverzac fit tourner le vin contre la paroi de cristal. Il leva un peu son verre tulipe pour observer la couleur du liquide. Sourcils froncés, il détailla les traînées presque grasses que l'alcool laissait derrière lui en retombant. Puis il inspira longuement l'odeur de mûre et de violette, goûta enfin une gorgée qu'il savoura. Pour la millième fois de sa vie, il ressentit le même contentement profond. Reposant le verre sur le coin de son secrétaire, il écouta les bruits de la maison. Fonteyne se taisait, assoupi. Tout à l'heure, lorsque le téléphone avait sonné, déchirant son sommeil précaire, Aurélien avait guetté le pas de Juillet dans l'escalier. Mais le silence s'était prolongé et Aurélien, excédé, avait conclu à un appel importun. Sans doute une des nombreuses conquêtes de son fils cadet ! Ou une simple erreur de numéro. Néanmoins il s'était levé, sachant qu'il aurait du mal à se rendormir. Il était monté jusqu'à la cuisine et s'était débouché pour lui seul un La Tour de Mons, imaginant par avance, goguenard, l'étonnement de Juillet le lendemain, devant cette bouteille entamée.

Aurélien supportait mal ses insomnies, l'été. Les nuits chaudes l'asphyxiaient, les orages le rendaient malade d'angoisse pour la vigne. Il but encore une gorgée et sursauta en entendant le coup discret frappé à sa porte.

— Entrez ! dit-il d'une voix forte.

La haute silhouette de son fils se découpa à contre-jour. Il tenait un plateau d'une main et il ferma le battant de l'autre. Il posa la bouteille de La Tour de Mons sur le secrétaire, et se servit d'un geste précis en prenant garde au dépôt. Aurélien l'observait, amusé et agacé.

— À la vôtre..., dit Juillet en levant son verre.

— Tu fêtes quelque chose ? hasarda son père.

Juillet sourit, renifla, goûta le vin.

— Il est parfait, murmura-t-il. Exactement comme vous l'aimez, comme les Clauzel savent le faire...

Aurélien soupira, résigné.

— Oui... On trinque ?

Juillet eut un rire bref, clair et léger. Il emplit à moitié les deux verres.

— C'est un somnifère de luxe, apprécia-t-il.

— Tu peux t'asseoir, dit Aurélien qui occupait l'unique fauteuil de la chambre.

Juillet secoua la tête, redevenu sérieux.

— Non... J'ai vu la lumière, je vous ai entendu, je voulais être sûr que tout allait bien, c'est tout... Je remonte.

Mais il ne bougeait pas et fouillait les poches de son jean en quête de cigarettes.

— Tu fumes trop, soupira Aurélien. C'était quoi ce coup de fil tardif ?

— Une surprise !

— Je déteste les surprises.

Juillet rit, de nouveau. Aurélien se pencha au-dessus du secrétaire.

— Puisque tu es venu pour me le dire, vas-y.

— Robert est en route, il vient passer quelques jours.

— Robert ?

Aurélien réfléchit quelques instants, les yeux perdus sur l'étiquette du margaux.

— Il y a longtemps que je n'ai pas eu mes quatre fils réunis à Fonteyne... Quant à lui, ça fait bien... cinq ans ?

— Six. Il compte rester jusqu'aux vendanges.

— Jusqu'aux vendanges ?

Aurélien, stupéfait, dévisagea Juillet. Sans rien ajouter, il se leva, ôta sa robe de chambre et alla s'asseoir sur son lit.

— Tu diras à Fernande de nous préparer quelque chose qui sorte un peu de l'ordinaire.

Juillet reprit le plateau et se dirigea vers la porte. Au lieu de sortir, il se tourna vers son père.

— Aurélien... vous n'avez plus jamais ressenti cette douleur thoracique ?

Aurélien haussa les épaules, furieux.

— Mais non ! Va te coucher, fils...

Juillet s'éclipsa sans bruit et Aurélien se laissa aller sur son oreiller. Il éteignit sa lampe de chevet mais garda les yeux ouverts dans l'obscurité quasi absolue de la chambre. La douleur évoquée par Juillet n'était jamais revenue, non. Aurélien l'avait guettée et redoutée. Elle avait été le premier signe concret de la vieillesse, la première tache noire à l'horizon. Aurélien avait dû réaliser qu'il n'était plus un jeune homme. Il sourit à cette idée et se dit qu'il n'était même plus un homme jeune. La notion d'âge était futile mais signifiait qu'il fallait penser à l'avenir, et donc à convoquer le notaire parce qu'il devenait urgent de protéger Fonteyne, d'en préserver l'intégrité. Et cette urgence était désagréable.

« C'est court à ce point, une vie ? » songea-t-il en fermant les yeux.

Il avait pourtant entamé bien tôt la sienne, contraint par les événements à une précoce maturité. Il s'était retrouvé, à vingt ans, seul à la tête de Fonteyne. La guerre, où ses deux frères aînés avaient été tués, l'avait déjà laissé enfant unique ; puis il y avait eu l'accident de chasse de son père, deux ans après la Libération. Et le désespoir effrayant de sa mère. Sa façon de se laisser glisser dans l'indifférence. Puis le domaine livré à un gérant peu scrupuleux. Heureusement, dans un dernier sursaut d'énergie, sa mère avait convaincu Aurélien d'épouser Lucie dont la famille possédait des vignes proches. Ce fut un mariage de raison et d'intérêt, presque un mariage-sauvetage. Alors seulement la mère d'Aurélien s'était autorisée à mourir de chagrin, comme on disait à l'époque.

Aidé par les conseils de son beau-père, Aurélien s'était attelé à la tâche. Fonteyne était une vaste propriété qui étendait ses terres très à l'ouest de la Gironde et qui avait produit de tout temps des vins prodigieux, dont un margaux classé second cru en 1855. Aurélien entreprit de relever le domaine avec une opiniâtreté qui ne s'était jamais démentie par la suite. Il renvoya d'abord le gérant et le maître de chai, puis il prit en main son destin et l'avenir de ses vignes. Il appartenait à une véritable dynastie viticole et il était décidé à faire oublier ces quelques années d'égarement. Avec une conscience aiguë de la valeur de ses terres, il se mit au travail, replantant et greffant.

Lucie l'adorait et l'admirait sans réserve. Un an après leur mariage, elle mit au monde leur premier fils, Louis-Marie. Puis il y eut la naissance de Robert et enfin celle d'Alexandre. Les Laverzac donnaient alors l'image d'une famille modèle. Fonteyne prospérait. Pendant que Lucie s'absorbait dans l'éducation de ses fils, Aurélien achetait des terres pour remembrer son domaine et courait discrètement les filles.

Les difficultés arrivèrent toutes ensemble. Aurélien, qui tenait à vinifier chez lui la totalité de ses récoltes, s'était lancé dans de coûteux travaux d'agrandissement. Les lois sociales pesaient lourd sur les exploitations et réduisaient la main-d'œuvre.

La gestion du domaine était difficile, complexe, parfois en équilibre. Le décès du père de Lucie rendit plus délicate encore la marche des affaires, faisant brusquement d'Aurélien Laverzac l'un des plus gros propriétaires du Médoc. Heureusement, il sut garder la tête froide.

À la profonde stupeur de son entourage, il adopta soudain un quatrième fils. Il n'avait soufflé mot à personne de ses démarches. L'enfant, qu'on aurait dit sorti de nulle part, arriva à Fonteyne un jour d'été, âgé de quelques mois. Aurélien l'imposa sans donner d'explication. Lucie ne put jamais obtenir le moindre détail et finit par accepter la situation, par peur des bavardages, par amour de son mari, et par souci d'équité. Il lui arrivait de considérer rêveusement cet enfant tout brun qu'Aurélien avait baptisé « Juillet », comme s'il ne voulait pas se donner la peine de lui chercher un prénom.

Tandis que Louis-Marie, Robert et Alexandre, tous trois blonds aux yeux clairs, s'étonnaient parfois de cet étrange cadet tombé du ciel et si différent d'eux, Lucie essaya de l'aimer. Elle multiplia les gestes tendres à l'égard de Juillet, sans jamais parvenir à les rendre naturels. De son côté, Aurélien s'absorbait dans son travail et ne surveillait que de loin sa famille. Il avait fort à faire avec la grêle ou les maladies de la vigne, sa dégénérescence et ses parasites. Aussi ne prit-il pas garde à une bronchite de Lucie, un hiver, n'exigea pas qu'elle se soigne, et se retrouva veuf à trente-trois ans.

La mort de sa femme le laissa abattu quelque temps. Il avait quatre fils à élever et une cascade d'hectares à gérer. Comme à son habitude, il fit front et s'organisa. Il se sentait seul mais nullement désespéré. Il avait aimé Lucie, à sa façon, mais il ne la pleura pas. Ses maîtresses se chargèrent de le consoler. Elles essayèrent, tour à tour, d'entrer dans sa vie, mais aucune n'y parvint car il était ravi de se sentir libre. Il garda la femme de chambre de Lucie, Fernande, lui fit épouser son maître de chai, Lucas, et la promut au rang de gouvernante puisqu'il fallait bien une femme pour tenir la maison. Ensuite, Fonteyne se remit à ronronner. Aurélien resserra son autorité sur ses enfants, veillant à ce que Juillet soit bien traité par les autres. Très vite, Louis-Marie et Robert prirent sous leur aile le petit dernier.

Les années passèrent et l'on oublia les circonstances étranges de l'arrivée de Juillet à Fonteyne. Aurélien affichait une égale sévérité envers ses quatre fils. Il les élevait d'une main de fer, sans marquer de différence et sans jamais commettre la moindre injustice. Toutefois il devenait évident, avec le temps, que le plus Laverzac de tous, le plus amoureux de la terre et le plus subjugué par Aurélien était ce benjamin aux yeux noirs.

Aurélien, observant ses quatre fils, s'exaspérait de ne se reconnaître que dans celui qui n'était pas le sien. Car c'était Juillet qui le suivait dans les vignes, lui posant sans cesse des questions ; Juillet qu'il retrouvait aux quatre coins du domaine, perdu dans des contemplations sans fin. Rendu taciturne par son travail et son veuvage, Aurélien fut pourtant obligé de répondre chaque jour davantage au harcèlement du gamin, et il prit l'habitude de le voir surgir n'importe où. Il finit par accepter sa présence à ses côtés et ses incessantes questions. Puis il glissa sans s'en apercevoir vers une préférence dont il ne sut pas se défendre. Les aînés pensèrent que leur père se créait des devoirs avec son fils adoptif et n'en prirent pas ombrage. D'ailleurs ils étaient, eux aussi, tombés irrésistiblement sous son charme.

De loin en loin, Aurélien se rebellait contre lui-même et s'offrait de soudains accès d'autorité. Juillet ne semblait même pas s'en rendre compte et traversait les tempêtes sourire aux lèvres, uniquement préoccupé par ce qui était déjà la grande affaire de sa vie : le raisin. Louis-Marie fit des études de lettres et de droit, au grand mécontentement d'Aurélien, puis alla s'installer à Paris où il traça son chemin dans le journalisme. Il fit également les quatre cents coups, ne revenant à Fonteyne que pour se reposer entre deux chagrins d'amour ou deux difficultés financières. Aurélien l'y accueillait gentiment, ne l'aidait jamais à régler ses problèmes d'argent, le traitait en hôte privilégié mais en étranger. Robert, pendant ce temps, terminait de brillantes études de médecine, se spécialisait en chirurgie et décrochait une place dans un hôpital parisien. Aurélien se montra sensible à sa réussite mais décida de mettre un terme à l'éclatement de la famille. Il ne proposa donc pas d'études à Alexandre et le garda près de lui à Fonteyne. S'il le poussa vers le métier de viticulteur, par calcul et par nécessité, il n'eut toutefois guère à le forcer car Alexandre aimait la propriété et s'y plaisait. Aurélien souffla et put se demander ce qu'il allait faire de Juillet. Il n'eut pas le loisir de s'interroger bien longtemps, l'adolescent réclamant à cor et à cri qu'on le laisse rejoindre Alexandre à Fonteyne. Perplexe, Aurélien attendit le bac puis la fin du service militaire de son fils adoptif. Cherchant peut-être à se protéger lui-même, il exigea ensuite une maîtrise de droit commercial. Expédié à Bordeaux contre sa volonté, Juillet eut toutes les peines du monde à supporter la séparation. Fonteyne lui était indispensable, il ne pouvait pas respirer loin des vignes et ne revivait qu'aux vacances. Durant ces périodes d'été, Juillet mettait les bouchées doubles et s'arrangeait toujours pour rattraper son retard de connaissances sur Alexandre.

Aurélien redouta tout d'abord une rivalité entre ses fils. Puis il se rendit à l'évidence : Juillet était doué pour ce métier et rien d'autre ne l'intéressait. Aurélien comprit qu'Alexandre ne compterait pas et que lui-même devrait s'accrocher à son double rôle de père et de chef d'exploitation s'il ne voulait pas se retrouver balayé par la fougue – et déjà la compétence – de son fils adoptif. Il leva son veto dès l'obtention du diplôme et Juillet rentra à Fonteyne où il se fondit comme lors de sa première arrivée vingt ans plus tôt.

Aurélien soupira de nouveau, gagné par la fatigue. Quelque chose avait changé dans l'obscurité de la pièce et il devina l'approche de l'aube. Il s'endormit d'un sommeil profond.

Robert ralentit juste à temps pour tourner sur le chemin goudronné qui menait à Fonteyne. À cette seconde précise, le charme de sa Jaguar cessa d'agir. Il freina encore et se laissa glisser au point mort. À un kilomètre de là, au bout de l'allée, il y avait Fonteyne.

Le moteur tournait doucement et Robert baissa sa vitre. Le jour se levait, la pluie avait cessé et des odeurs fortes montaient de la terre. Dans sa voiture immobilisée, Robert ne songeait pas à achever sa route. Il descendit pour regarder autour de lui, surpris de tout reconnaître avec autant de précision. Les vignes s'étageaient, de part et d'autre, et ne s'arrêtaient qu'à cent mètres de la maison.

— Fonteyne..., articula Robert à mi-voix.

Il se sentait envahi d'une sorte de douceur écœurante, proche de l'émotion. Pourtant il avait fui sa famille avec obstination depuis six ans. Depuis le mariage de Louis-Marie avec Pauline.

Dans la lueur grise de l'aube, il devina une silhouette et il sut avec certitude que c'était Juillet qui venait à sa rencontre. Il le regarda approcher avec un plaisir disproportionné. Les sensations qui l'assaillaient, désordonnées et aiguës, le troublaient beaucoup. Il aurait reconnu la démarche de Juillet n'importe où dans le monde. Juillet arpentait la vie à longues foulées :

il avait toujours été difficile à suivre. Arrêté devant le capot de la Jaguar, Juillet sourit.

— Salut, toubib, dit-il d'une voix traînante et affectueuse.

Ce fut Robert qui fit les deux derniers pas qui les séparaient. Ils hésitaient à s'embrasser ou à se serrer la main et ils restaient debout l'un devant l'autre.

— C'est beau, non ? murmura Juillet en tournant la tête vers les vignes. Je crois qu'il n'y a rien de changé depuis la dernière fois...

Robert posa les mains sur les épaules de Juillet et le secoua familièrement.

— Salut, petit frère...

Juillet dévisagea son frère, une seconde, puis regarda vers la voiture.

— Toujours passionné ?

Robert le poussa vers la portière, côté conducteur. Ils s'installèrent et Juillet démarra.

— Tout le monde dort ? interrogea prudemment Robert.

Juillet acquiesça et se rangea devant le perron.

— Je la mettrai au garage plus tard, déclara-t-il en descendant. Tu veux te coucher ou manger ?

Robert s'étira, fatigué, monta trois marches et chuchota :

— Café d'abord, si tu en as.

Ils se glissèrent silencieusement dans la maison. Malgré la semi-obscurité, Robert reconnut les meubles lourds et austères du hall d'entrée. Il frôla des doigts une tapisserie, retrouvant un geste oublié. Ensemble, ils poussèrent la porte de la monumentale cuisine. Juillet alluma et Robert s'assit machinalement à son ancienne place sur l'un des bancs.

— Tu as bien fait de venir, dit Juillet en posant deux tasses.

La voix d'Aurélien les fit sursauter.

— C'est un signe de réussite sociale ou de démence précoce, l'engin, dehors ?

Debout devant l'une des fenêtres, Aurélien observait la Jaguar. Il se tourna vers ses fils, souriant.

— Il y a une éternité que tu ne m'avais pas fait le plaisir d'une visite !

Aurélien, contrairement à Juillet, ignorait la raison exacte de l'éloignement de Robert et l'avait mise sur le compte de sa carrière.

— Ils t'ont enfin laissé partir, dans ton hôpital ? Et tu vas rester jusqu'aux vendanges ? Ta chambre t'attend…

Paternel, bienveillant, Aurélien reprenait en peu de mots son autorité naturelle. Robert se sentit rajeuni et ne pensa plus à Pauline durant quelques instants.

La rencontre redoutée eut lieu plus tard dans la matinée, sur la terrasse où la famille réunie prenait le petit déjeuner. C'est là que Robert trouva Pauline et Louis-Marie. Il contrôla son premier mouvement de recul et se força à aller vers eux. Son frère aîné se leva aussitôt, un peu brusquement. Pauline, beaucoup plus à l'aise, adressa un sourire éblouissant à son beau-frère, voulant le remercier d'être venu.

Elle était allée le voir, à Lariboisière, elle avait eu ce courage. Celui de s'inscrire sous un faux nom à sa consultation et celui de l'aborder sans gêne ni fausse honte.

Bien des années plus tôt, lorsqu'il était un tout jeune homme, Robert avait adoré courir les jupons. Tout lui réussissait, alors : sa carrière de chirurgien entamée sous les meilleurs auspices et ses succès avec les femmes. Satisfait par des aventures sans lendemain, il avait rendu folles nombre de filles et s'était fait beaucoup d'ennemis chez ses rivaux. Bien élevé, élégant, charmeur, Robert avait longtemps promené sur le monde son superbe regard vert avec une indifférence d'enfant gâté. Et puis il avait connu Pauline, dont il était tombé éperdument amoureux. Hébété, il avait vécu avec elle, durant quelques semaines, une histoire d'amour qu'il avait crue éternelle. Jusqu'à l'arrivée de Louis-Marie.

Robert se souvenait très bien de ce dîner chez son frère. Ils se voyaient beaucoup tous les deux, à cette époque-là, et Robert n'avait eu de cesse de lui présenter la femme de sa vie. La soirée avait été catastrophique car Pauline et Louis-Marie s'étaient plu au premier regard. Ils paraissaient faits l'un pour l'autre malgré la quinzaine d'années qui les séparaient, et ils avaient cherché à se séduire d'une manière évidente, provocante, impitoyable. En sortant de chez son frère, ce soir-là, Robert était battu d'avance. Il le devina mais ne voulut pas l'accepter. Sa passion pour Pauline lui faisait croire qu'il ne pourrait pas vivre sans elle. Leur rupture fut épouvantable. Robert refusa définitivement de revoir Louis-Marie. Il se jeta dans le travail avec désespoir, faillit céder à la tentation du suicide puis à celle de l'alcool, et finit par ne plus quitter le service dont il était l'agrégé, traînant son chagrin avec difficulté. Il s'étourdit sans résultat dans de multiples aventures, toutes les infirmières se proposant pour secourir son évidente tristesse. Bizarrement, ce fut l'accident de voiture de son chef de service qui le sauva, le propulsant soudain au rang de patron. Il oublia Pauline pour Lariboisière, relégua Louis-Marie au fond de sa mémoire, y ajouta Fonteyne et toute la famille pour faire bonne mesure. Juillet, qui lui écrivait cinq ou six fois par an et à qui il s'obligeait à répondre, demeura son dernier lien avec les Laverzac. À Juillet, Robert expliqua les raisons de son absence systématique, de son refus catégorique de revenir à Fonteyne. Comme prévu, Juillet s'abstint de tout commentaire. Louis-Marie avait épousé Pauline, puis ils avaient eu une petite fille, Esther. Pour le mariage comme pour le baptême, Juillet inventa des prétextes. D'un commun accord, les frères avaient préféré cacher l'histoire à leur père. Et si Aurélien trouvait parfois Robert bien ingrat et bien lointain, au moins ne regardait-il pas sa belle-fille avec horreur. À vrai dire, il la regardait avec beaucoup de sympathie et d'amusement, car le charme délicieux de Pauline agissait sur Aurélien qui appréciait toujours les jolies femmes. Or, elle était ravissante, plus gamine enjouée que femme-enfant, drôle et exaspérante.

C'est donc cette adorable Pauline qui était venue, avec quel aplomb, faire la morale à Robert dans son fief hospitalier. Elle l'avait convaincu – sans aucun mal – de faire la paix. Il l'avait laissée parler, atterré d'être encore aussi vulnérable, horrifié de se retrouver au point de départ. Il avait accepté pour couper court, pour qu'elle s'en aille et pour la revoir, dépassé par des sentiments contradictoires. Puis comme promis il était venu à Fonteyne, et à présent elle lui souriait, câline, sans affectation.

Robert s'obligea à la quitter des yeux et il croisa le regard de Louis-Marie. Il n'y déchiffra qu'un peu de gêne. Prenant conscience qu'Aurélien les observait, il tendit brusquement la main à son frère. Louis-Marie la serra avec insistance.

— Vous êtes bien cérémonieux, fit remarquer Aurélien.

— Il y a longtemps que nous ne nous étions pas vus, répondit Louis-Marie.

Robert retira sa main.

— Et vous habitez la même ville ! À quoi bon !

Aurélien repoussa son journal et fit signe à Fernande de lui resservir du café. La voix d'Alexandre, qui remontait l'allée en courant, les interrompit.

— Bob ! Bob !

Alexandre arriva en haut des marches, hors d'haleine, et se précipita sur Robert. Il embrassa son frère et lui tapa dans le dos plusieurs fois de suite. Aurélien coupa sa démonstration d'une question brusque :

— Où est Juillet ? Il y a une heure que je le cherche !

La phrase fit rire Louis-Marie et Alexandre. Robert avait entendu ces mots prononcés sur tous les tons. Il se sentit chez lui.

— Juillet est dans la grange avec Lucas, il sera là dans cinq minutes, affirma Alexandre.

Il ne manifestait jamais d'impatience, en aucune circonstance, pas non plus de révolte sous la tutelle de son père et pas de jalousie à l'égard de Juillet. Il s'était assis près de Robert et lui posait des questions sur sa vie à Paris. Louis-Marie regardait sa femme, attentif. Juillet fut soudain sur la terrasse sans que personne l'eût entendu arriver.

— Vous en êtes encore au café ?

Il persiflait, amusé de les trouver là, les mains enfoncées dans les poches de son blue-jean. Aurélien lui jeta un coup d'œil agacé.

— Des problèmes avec un tracteur ? demanda-t-il d'une voix coupante.

— Oui, le Massey, rien de grave…

— À deux semaines des vendanges ?

Sarcastique, Aurélien le toisait.

— Nous traînons à table, c'est vrai, mais toi tu traînes un mois de retard sur ton planning !

Juillet fronça les sourcils et regarda son père.

— Je ne crois pas, non, dit-il à mi-voix.

Pauline éclata de rire et Aurélien se tourna vers elle.

— Désolée, réussit-elle à articuler, mais j'oublie toujours, d'une année sur l'autre, à quel point vous êtes…

Elle s'interrompit. Aurélien attendait la suite, patient, glacé.

— Nous sommes ?

— Vous êtes, euh…

— Occupés, proposa Juillet.

Pauline parvint à cesser de rire et lui adressa un coup d'œil reconnaissant.

— C'est ça, dit-elle.

— Nous ne sommes pas en vacances, nous ! lâcha Aurélien avant de se lever et de quitter la terrasse.

— Toujours très susceptible, votre père…

— Si vous n'étiez pas aussi charmante, il y a longtemps qu'il vous aurait envoyée sur les roses, déclara Juillet avec calme.

Pauline sourit, flattée malgré tout.

— Merci du compliment, Juillet !

Elle tendit la main vers un chapeau de paille abandonné sur une chaise. Il faisait chaud et quelques guêpes tournaient au-dessus des jattes de confiture. Robert regarda Pauline poser le chapeau sur ses boucles blondes. Comme elle voulait avoir le dernier mot, elle demanda, très sérieusement :

— Vous vous levez tôt, vous vous couchez tard, vous arpentez vos vignes, vous faites les comptes... Quand donc vivez-vous ?

Juillet haussa les épaules.

— Pendant ce temps-là...

Elle insistait, têtue.

— Mais enfin, vous ne le regardez pas pousser, le raisin ? Il mûrit bien tout seul ?

Juillet se mit à rire, de bon cœur, du rire particulier des Laverzac, bref et léger.

— Pauline... Que vous êtes drôle ! Il faudra que je vous montre les choses en détail, un de ces jours ! C'est très compliqué... Louis-Marie ne vous a donc rien appris ?

Il se détourna et dévala les marches du perron, repartant vers son travail. Pauline le suivit des yeux.

— Il est superbe, dit-elle avec un air de gourmandise innocente qui amusa son mari.

Sentant toujours le regard de Robert sur elle, Pauline s'adressa carrément à lui :

— C'est vraiment gentil d'être venu...

Il parvint à esquisser un sourire. Elle se leva, s'étira avec une ostensible coquetterie et adressa un salut général en agitant le chapeau de paille.

— Je vais me doucher.

Louis-Marie quitta la terrasse derrière elle. Robert se servit une tasse de café.

— Il doit être froid, dit doucement Alexandre.

La détresse de Robert était si évidente qu'Alexandre en fut gêné. L'arrivée de Dominique les soulagea d'une intimité difficile. Elle vint embrasser Robert avec plaisir.

— Beau-frère ! Il y a si longtemps ! Bien trop longtemps, si tu veux mon avis ! Ton père ne te le dira sans doute pas mais je te jure qu'il est content !

Elle était si gaie et si naturelle que Robert se sentit soulagé. La bonne humeur de Dominique était toujours communicative. Elle empilait les bols sur un plateau, sans cesser de parler.

— Tu vas tout me raconter de ta vie de grand patron, hein ? Fernande nous prépare un dîner à te faire regretter tes années d'absence ! Juillet m'a refusé les clefs de ton coupé, ce matin, mais je te garantis que je l'aurais volontiers pris pour aller faire les courses ! Tu te ruines toujours pour les voitures ? Alex, il y a Lucas qui te cherche au sujet des fûts…

Alexandre s'éclipsa aussitôt et Robert alluma une cigarette. Dominique lui rendait le bonheur de sa journée. Elle s'assit un instant sur le bras d'un fauteuil et dévisagea Robert.

— Tu n'as pas l'air en forme… Nous allons te choyer !

— Comment vas-tu ? lui demanda-t-il avec beaucoup de sérieux.

— Bien ! J'aime Alex, mes fils grandissent et je parviens à supporter ton père, c'est te dire ! Fonteyne tourne rond et, si on échappe à la grêle, nous aurons un peu de calme après les vendanges ! D'ici là, il y a du travail.

Elle s'était remise debout et empoignait son plateau surchargé. Il n'eut pas le courage de l'aider et il la regarda partir. Il avait chaud. Penser à Pauline avait été une véritable torture pendant des années et Robert décida qu'il n'était sans doute pas pire de la voir pour de bon. Les autres membres de la famille formaient une sorte de barrière rassurante. D'ailleurs, l'absurdité de leur situation n'aurait pas pu se prolonger indéfiniment.

— Excuse-moi, tu rêvais ?

La main de Louis-Marie, sur son épaule, avait surpris Robert. Ils échangèrent un regard prudent, neutre.

— Il faudrait peut-être que nous... Enfin, ce sera comme tu veux...

Louis-Marie s'était assis et attendait la réaction de son frère.

— Je préférerais ne pas en parler, dit lentement Robert. C'est vraiment du passé...

Il mentait mais il ne lui était pas possible d'affirmer autre chose. Louis-Marie espérait un mot ou un geste d'ouverture.

— J'ai eu de tes nouvelles par Juillet, depuis six ans, seulement tu le connais, il est assez laconique... Quand Pauline m'a annoncé qu'elle était allée te parler à Lariboisière, j'ai pensé que... Je crois que nous avons laissé couler suffisamment de temps. Si tu passais l'éponge, tu me soulagerais d'un grand poids...

Louis-Marie parlait doucement. Robert regardait les vignes, au loin, désarmé par la sincérité de son frère. Il eut soudain conscience de l'attrait qu'exerçait sur lui le paysage. Les crêtes et les combes qu'il distinguait à l'horizon, la végétation chétive et tenace au-delà des vignes, toutes les nuances ocrées qui se fondaient le replongeaient dans son enfance.

— Je suis venu pour faire la paix, dit-il enfin.

Il ne ressentait pas de vraie tendresse pour son frère aîné. Il était hors de ses possibilités d'oublier Pauline. Louis-Marie comprit la réserve de Robert mais ne s'y arrêta pas. Il voulait vider leur querelle.

— Nous étions là chaque été, mais à aucun autre moment de l'année, jamais. Rien ne t'empêchait de venir voir papa ou...

Robert soupira.

— J'ai un travail écrasant, tu sais... Cette place de patron m'est tombée dessus par surprise et n'a pas fait que des heureux...

Il s'abritait derrière sa carrière, comme toujours. Louis-Marie laissa passer quelques instants.

— L'expression « sans rancune » te paraîtrait exagérée ? demanda-t-il en souriant.

— Très ! répliqua Robert.

Ce ne fut pas à Louis-Marie qu'il céda mais plutôt au sentiment d'appartenir à Fonteyne, d'être redevenu un Laverzac.

— Très, mais puisque c'est la formule consacrée...

Il allait ajouter quelque chose lorsqu'il vit Juillet, à trois mètres d'eux, contre le mur de la maison.

— Tu écoutes aux portes ? demanda abruptement Robert.

Juillet haussa les épaules.

— Il n'y a pas de porte, fit-il remarquer.

Les trois frères se regardèrent en silence.

— Je crois qu'on va passer à table, ajouta Juillet.

Robert se leva et s'arrangea pour s'appuyer une seconde sur Louis-Marie, en signe de paix, mais il n'était pas sincère. Ils rejoignirent les autres au salon et Juillet, qui se trouvait derrière Robert, lui murmura :

— Tu as choisi la bonne attitude, vieux, fais comme si tu n'y pensais plus !

Robert se retourna et lui décocha un regard furieux mais Juillet le poussait, souriant. Comme ils bouchaient la porte, Dominique protesta, dans leurs dos :

— Vous entrez ou vous sortez ?

Ils s'écartèrent pour la laisser passer. Elle portait une bouteille de côtes-de-blaye.

— De chez papa ! dit-elle triomphalement.

Dominique avait épousé Alexandre dix ans plus tôt. Elle était fille de viticulteur, elle aussi, et connaissait les Laverzac depuis toujours. Son père, Antoine Billot, était un vieil ami d'Aurélien, et le mariage avait ravi les deux familles. Antoine et Marie Billot n'avaient que deux filles et pas de fils. Aurélien, toujours attentif au patrimoine, se félicita du choix d'Alexandre. Il était déjà le parrain de Dominique, il devint son beau-père avec joie, gardant pour lui ses vues sur la terre de Blaye. Il fallait d'abord attendre de savoir ce que ferait Laurène, la seconde fille. Or elle commença par faire ce que personne n'attendait : des bêtises. Ce qu'Aurélien appela des bêtises, du moins, car c'est à lui qu'elle vint se confier. Il la vit arriver un soir d'hiver, en larmes. Elle avait alors dix-huit ans, et elle était déjà très jolie. D'une traite, elle raconta ses ennuis : une aventure avec un des employés de son père, qui la poursuivait depuis, la peur du scandale ou du drame. Aurélien commença par la calmer. Il la connaissait suffisamment bien pour la considérer un peu comme sa fille et pour lui venir en aide, mais, surtout, il fut sensible à son charme. Il ne se l'avoua pas et joua les médiateurs d'un cœur léger. Comme Laurène venait d'avoir son bac, il lui proposa une place de secrétaire à Fonteyne, la prenant sous sa protection. Elle accepta aussitôt, ravie de venir vivre près de sa sœur, soulagée d'avoir trouvé tout à la fois un travail et une solution à ses soucis.

Si Antoine fut surpris par la brusque décision de sa fille cadette, il n'en montra rien. Il n'avait pas les moyens de l'employer sur son exploitation et il s'imagina, en bonne logique, que Laurène avait un faible pour Juillet. Cette idée venait naturellement à l'esprit de tous les pères du département, Juillet en étant le plus beau parti.

Antoine ne se trompait pas vraiment, il ne faisait qu'anticiper. Aucune jeune fille ne restait longtemps indifférente à Juillet. Il exerçait son irrésistible attrait sur tous ceux qui l'approchaient, et Laurène ne fut qu'une victime supplémentaire.

Ils auraient pu, très simplement, tomber amoureux l'un de l'autre, mais beaucoup de choses s'y opposèrent. L'attitude ambiguë d'Aurélien, d'abord, qui prétendait veiller paternellement sur Laurène. Les mises en garde répétées de Dominique qui ne voulait pas d'histoires à Fonteyne et tenait Juillet pour un affreux coureur. Enfin leur extrême timidité réciproque qui, s'additionnant, les maintint à distance. Laurène regardait Juillet sans oser s'en approcher. Juillet regardait ses vignes avant tout. Laurène souriait à Juillet et Juillet souriait à tout le monde. Lorsque Laurène tentait de sortir de sa réserve, Aurélien trouvait toujours quelque prétexte pour expédier Juillet au-dehors ou pour dicter un courrier urgent. Juillet percevait vaguement, mais sans l'analyser, la défense muette de son père. Laurène se désespérait et n'avait pas le courage de passer outre. Et les saisons se succédaient, entretenant le malentendu.

Pendant ce temps, toutefois, Laurène apprenait le métier aussi bien que si elle était restée chez son père, à Mazion. Elle était profondément reconnaissante à Aurélien de l'avoir prise sous sa protection, et peut-être même flattée de cette gentillesse inhabituelle qu'il affichait avec elle. N'ayant pas eu de fille à élever, Aurélien pouvait se donner des airs de tout comprendre. Un soir de fête où ils avaient tous beaucoup bu, l'année précédente, Aurélien avait failli aller trop loin. Et parce qu'elle l'avait laissé faire, ivre elle aussi et surtout trop timide pour protester, il s'était arrêté à temps. Ils s'étaient retrouvés assis tous les deux sur le canapé du bureau, sauvés par le rire d'Aurélien qui avait su se moquer de lui-même sans amertume. Autant une jeune maîtresse ne lui aurait pas fait peur, autant il ne pouvait pas s'offrir la fille d'Antoine. Quand bien même y aurait-elle consenti, ce qu'il ne tenait pas à savoir, assura-t-il, pour ménager son orgueil de vieux mâle. Laurène fut sensible à la franchise d'Aurélien et à son hommage involontaire. Pour effacer cet épisode, Aurélien lui conseilla de regarder du côté de Juillet – ce qu'elle faisait depuis longtemps. Mais Juillet s'était habitué à la présence de la jeune fille à Fonteyne et à ce qu'il prenait pour une froideur délibérée. Et bien que Juillet se soit parfois amusé à chasser sur le territoire de son père, il décida qu'il valait mieux éviter Laurène.

— Tout va, fils ?

Aurélien apostrophait Juillet, de l'autre bout du salon, le contraignant à abandonner sa rêverie.

— Tout va. On a sulfaté...

Il alla s'asseoir près de son père et se mit en devoir de déboucher la bouteille de côtes-de-blaye.

— Tu peux nous donner n'importe quels verres, Dominique, disait Aurélien, tu sais bien que le blanc n'a pas de forme et n'exige pas les mêmes égards que le rouge...

Satisfait de sa plaisanterie qui visait les vignes d'Antoine, Aurélien tapa dans le dos de Juillet.

— Je suis content d'avoir les Parisiens à Fonteyne, pas toi ?

Juillet se contenta de hocher la tête. Il savait à quel point son père appréciait d'avoir toute la famille réunie. Et il savait aussi qu'il s'en lasserait vite ! Il tendit un verre à Aurélien pour qu'il soit le premier à goûter le vin. Dominique les observait, amusée.

— Ah, tout de même, murmura enfin Aurélien, le vin d'Antoine...

Les enfants firent irruption dans le salon, criant à tue-tête, avec le chien de Juillet derrière eux. Les fils d'Alexandre étaient surexcités d'avoir retrouvé leur cousine Esther et se disputaient ses faveurs. Aurélien supporta le chahut quelques instants puis éleva la voix.

— Dominique, bon sang! Ils ont tout Fonteyne pour jouer, je veux la paix au salon! C'est clair?

Le silence se fit aussitôt. Alexandre jeta un coup d'œil à sa femme. Robert, surpris, regarda lui aussi Dominique qui entraînait les enfants vers le hall. Il avait oublié à quel point son père pouvait être pénible. Il l'avait imaginé – à tort – plus bienveillant avec ses petits-enfants qu'avec ses fils trente ans plus tôt. Mais le temps passait sur Aurélien sans le changer.

— Sors cette bête d'ici, ajouta Aurélien à l'adresse de Juillet.

Le jeune homme se leva, siffla le pointer et quitta le salon à son tour. Il ouvrit la porte du hall et mit le chien dehors puis gagna la cuisine où Dominique avait installé les petits pour déjeuner. Ils échangeaient des sourires et des réflexions à voix basse sur leur grand-père. Juillet ébouriffa les cheveux d'Esther en passant, puis alla regarder dans les marmites par-dessus l'épaule de Fernande. Pauline le bouscula.

— Sortez d'ici, Juillet, c'est le moment crucial et je ne veux rien rater de la recette de Fernande!

Elle riait, ravissante, disparaissant dans un tablier trop grand pour elle.

— En quoi êtes-vous déguisée? demanda Juillet avant de s'éclipser, hilare.

Pauline se tourna vers Dominique qui servait les enfants.

— Il est vraiment trop mignon, le beau-frère !

— Je l'adore, dit Dominique d'un ton sinistre.

Pauline la suivit jusqu'à l'office, étonnée.

— Il t'a fait quelque chose ? demanda-t-elle doucement.

Dominique leva les yeux au ciel.

— Est-ce que tu as une idée de la vie que je mène à longueur d'année ?

Pauline, éberluée, fit un geste d'ignorance. Dominique eut un soupir bref.

— Juillet par-ci, Juillet par-là... Dieu que c'est fatigant !

Elle se reprit, hésita, puis poursuivit malgré tout :

— Je l'aime bien, au fond, mais il sait toujours tout sur tout ! Il prétend « décharger » Alex au maximum, ce qui revient à le laisser sur la touche !

Pauline eut un sourire amical.

— Tu te fais des idées. Ils en savent autant l'un que l'autre, non ?

— Bien sûr ! Seulement Alex est moins... moins brillant que Juillet et moins autoritaire qu'Aurélien. Alors il se tait, le plus souvent. Il laisse le devant de la scène aux deux autres.

— Qu'est-ce que ça change ?

— Rien... Mais quand Juillet lui suggère de s'occuper un peu de ses enfants, même si c'est par gentillesse, Alex se sent exclu, pris pour un idiot. Il veut bien les laisser faire leur numéro mais il ne peut pas devenir tout à fait transparent !

Pauline écoutait avec intérêt, son insatiable curiosité en éveil.

— Pourquoi ne proteste-t-il pas ?

Dominique haussa les épaules, résignée.

— Quand Juillet se rend compte qu'Alex est furieux, il le cajole, lui demande son avis, et naturellement il n'en tient aucun compte !

Sa voix était amère et Pauline eut pitié d'elle.

— Tu sais, Pauline, Alex est quelqu'un de bien et il connaît le métier parfaitement ! Seulement, ici, on l'aime bien mais on l'ignore, on ne le voit pas !

Fernande surgit entre elles deux, pressée, prit la bouteille d'huile des mains de Pauline et repartit vers la cuisine.

— Je l'avais oubliée, celle-là…, murmura Pauline. En tout cas, si tu ressens les choses de cette manière, tu devrais réagir, Dominique ! Ne serait-ce que pour tes fils…

— Oh, les enfants ! Aurélien les terrifie et ils sont béats devant Juillet, tu as bien vu ! D'ailleurs, qui n'est pas dingue de Juillet, dans cette baraque !

— C'est pour ça qu'il t'énerve ? Mais si tu te contentes de te morfondre et de maugréer dans ta cuisine…

— Que veux-tu donc que je fasse ? cria Dominique, exaspérée.

Pauline riposta, péremptoire :

— Qui dirige cette maison, finalement ? Toi ! Tu es la seule femme, ici ! Alors impose-toi ou va-t'en ! Juillet n'est jamais que le petit dernier, que je sache. Si Alex a envie de prendre le dessus, il peut le faire…

Fernande revenait, jetant à Pauline un regard courroucé.

— Madame Pauline, vous devriez faire passer à table, grogna-t-elle d'un ton maussade.

La colère de Dominique s'estompa devant la mine renfrognée de Fernande. Elle s'adressa à Pauline sans regarder la vieille femme :

— Si tu touches à son chouchou...

Elles quittèrent la cuisine en souriant et rejoignirent les autres dans le petit salon.

À l'aube du XIXe siècle, dans un style néoclassique alors en vogue, un certain Pierre Laverzac avait acheté des vignes et fait construire le château de Fonteyne. Il avait su limiter, avec sagesse, les folies de l'architecte quant aux colonnes corinthiennes et aux balustrades. La façade était sobre, seulement agrémentée d'une galerie que desservait un escalier extérieur en fer à cheval. Hormis cette fantaisie, les toitures d'ardoise restaient sages au-dessus de la pierre très blanche et le premier des Laverzac ne s'était pas livré à la guerre des châteaux qui sévissait à l'époque et qui avait fait naître tant de tourelles et de clochetons à travers le Médoc.

Par habitude et par une modestie qu'on aurait aussi bien pu taxer d'orgueil, Aurélien avait toujours dit « la maison » en parlant de ce château que quatre générations de Laverzac avaient soigneusement entretenu.

Le charme imposant et désuet de Fonteyne séduisait tous les visiteurs. Des corps de bâtiment, un peu à l'écart, étaient aménagés pour l'exploitation, à proximité des somptueuses caves voûtées. Devant la propriété, une pelouse impeccable s'étendait jusqu'aux vignes en contrebas.

Au fil du temps, Aurélien avait empli sa maison de trésors. Il aimait s'entourer de beaux objets tout en répugnant à se séparer de quoi que ce soit. Comme les Laverzac, avant lui, avaient toujours accumulé les meubles, les peintures, les sculptures ou les tapisseries en signe de réussite, Aurélien dut se résoudre à trier.

Ce qu'il écarta de sa maison, il l'expédia à la Grangette qu'Alexandre et Dominique trouvèrent emplie d'un bric-à-brac intouchable. Aurélien agissait avec son égoïsme coutumier, sûr de ses choix et de ses décisions.

Jouisseur, coureur, amoureux de ses vignes et de sa bibliothèque, Aurélien était un Laverzac d'un cru particulier. Il avait toujours eu des idées originales et très personnelles qu'il avait appliquées à sa famille comme à son exploitation, avec le même bonheur. Il avait été un père imprévisible, aussi capable de tendresse que d'intransigeance, souvent déroutant pour son entourage. La façon dont il avait imposé Juillet à sa femme, trente ans plus tôt, avait scandalisé ses proches. Mais il s'en félicitait chaque jour. Avec le recul, il tenait Juillet pour sa plus belle réussite. Et lui seul pouvait savoir à quel point !

Pendant la sieste d'Aurélien – véritable institution quotidienne –, la vie s'organisait de diverses manières à Fonteyne. Juillet, infatigable, arpentait les terres. Alexandre et Dominique s'isolaient un peu à La Grangette. Laurène tapait quelque courrier.

Louis-Marie et Pauline étaient montés dans leur chambre, celle qu'avait habitée Louis-Marie dans son enfance. Elle était vaste, comme toutes les pièces de la maison, éclairée de deux fenêtres, et possédait une haute cheminée. Pauline, agenouillée sur le tapis, regardait les chenets.

— Tu faisais du feu, l'hiver ?

Louis-Marie se mit à rire. Il aimait beaucoup sa chambre au grand lit bateau et tous les souvenirs qu'elle contenait.

— Pas souvent, non ! Il aurait fallu monter du bois ! D'ailleurs nous étions très bien chauffés... Je ne sais pas ce que tu imagines, mais ne te fais pas de roman, ce n'était pas la maison des courants d'air ! Et Fernande trouvait ça dangereux. Du moins c'est ce qu'elle disait. En réalité, elle avait tant à faire dans la maison qu'elle ne tenait pas à balayer des cendres en plus !

— Elle a dû vous chouchouter ?

— À sa façon, oui. Robert s'arrangeait pour lui soutirer un peu de temps, mais Alex et moi étions assez ordonnés. Et assez peu demandeurs de câlins...

— Je ne te crois pas !

Elle s'était laissée tomber près de lui, sur le lit.

— Tu as tort... Mais il est vrai que nous louchions sur toutes les petites bonnes que papa engageait !

Il riait de nouveau et elle se rapprocha encore de lui. Durant quelques instants, il contempla le visage de sa femme, ses yeux de chat, ses boucles folles. Elle l'attendrissait exagérément et il détourna son regard.

— Et Juillet ?

— Oh, lui ! Il adorait Fernande et il l'aidait volontiers. Il ne faisait rien comme les autres. Mais ça ne nous gênait pas, le côté serviable et indépendant de Juillet nous facilitait la vie... C'était un gosse adorable, tu n'imagines pas...

Pauline se redressa pour ôter son chemisier.

— Comment était Robert ? Tu t'entendais avec lui ?

Elle avait posé sa question sans la moindre gêne. Louis-Marie soupira.

— Frivole, charmeur... Assez drôle... Il t'intéresse encore ?

Elle eut une expression amusée, jeta son soutien-gorge au pied du lit et se blottit contre son mari.

— Je l'ai bien aimé, tu sais ! Il était inventif et tendre, très à l'aise avec ses copains et très maladroit avec moi. C'est bien que... que nous puissions en parler et que vous ayez fait la paix.

Il hocha la tête, sans conviction.

— Oui, c'est bien, mais j'aimerais être certain que tu l'as oublié tout à fait.

Elle mit ses bras autour du cou de Louis-Marie et se colla contre lui.

— Tu sais qu'il n'a pas compté, murmura-t-elle.

Il posa ses mains sur les seins de Pauline et les caressa doucement.

— Non, je n'en sais rien, dit-il à mi-voix.

Elle s'étirait comme un chat sous ses doigts. Il n'avait aucune envie de penser à Robert.

— Dominique m'a fait des confidences, à midi, il paraît que ton père et Juillet les étouffent. Tu crois que c'est vrai ?

Louis-Marie haussa les épaules, agacé par le bavardage de Pauline.

— Il faut bien que quelqu'un commande ! Alex n'a pas la stature.

Il embrassa l'épaule de sa femme qui poursuivait :

— Pourquoi ton père ne donne-t-il pas carrément des terres à Alexandre ? Chacun chez soi, en quelque sorte...

Louis-Marie se redressa.

— Morceler Fonteyne ? Tu ne les connais pas, grand Dieu ! Pas un pied de vigne, pas une grappe de raisin, même pas un rosier de bout de rangée ! Juillet deviendrait fou s'il entendait ça ! Quant à papa...

— Alors c'est vrai, personne ne l'aime.

— Mais si ! Tout le monde l'aime bien, mais pas à ce prix-là ! Ce serait insensé de sacrifier des plants pour que le petit puisse trouver son équilibre !

Pauline repoussa Louis-Marie et s'assit.

— D'abord Alex n'est pas le « petit ». Le benjamin, c'est Juillet. Et d'ailleurs, le bonheur de chacun devrait compter davantage que ces histoires de vignoble et de propriété. Ce genre de raisonnement est bon pour Aurélien mais pas pour toi, quand même ! Tu supporterais de vivre comme Alex, toujours cinquième roue du carrosse ? « Sacrifier des plants » ! Tu t'entends ? C'est monstrueux !

Louis-Marie, d'un geste autoritaire, prit Pauline par les épaules et l'obligea à se rallonger.

— Les affaires de la famille sont assez compliquées comme ça, crois-moi, ne t'en mêle pas. Et j'ai d'autres idées en tête pour le moment...

Elle le regardait, un peu surprise par la brusquerie du ton, mais il lui sourit.

— Excuse-moi... Que voulais-tu savoir ?

— Rien.

Elle boudait et il se mit à rire.

— Pauline... Je suis désolé...

Il se leva et commença à se déshabiller tout en parlant.

— C'est un peu pour cette raison que j'ai quitté la maison à ma majorité. Papa ne lâchera pas avant des années et il est complètement despotique. Il n'y a que Juillet qui trouve sa place ici parce que c'est un roc. Bob a fait comme moi mais Alex a manqué de courage. Ou d'ambition... Il ne veut jamais se mesurer, se confronter. Il est resté parce que c'est ce qu'il faisait de moins mal. Et il savait que Juillet le piétinerait, il l'a toujours su ! Il vit mal cette situation, tant pis pour lui. Qu'a-t-il fait pour se hisser au premier rang ? Rien ! Alors pourquoi veux-tu qu'on le respecte ? Il a son utilité et personne ne le méprise, mais c'est l'éternel second. Gosse, il était déjà comme ça, gentil et traînard...

Il était revenu s'allonger près d'elle. Il fit glisser sa main sur les cuisses bronzées de Pauline.

— J'ai envie de toi. Tu veux bien ?

Ses caresses s'étaient faites plus précises et Pauline se tut.

Derrière Juillet, Robert s'arrêta.

— Je suis fatigué, dit-il. On fait la pause ?

Il était las de marcher à grandes enjambées, en suivant son frère à travers les vignes. Il avait revu avec plaisir le village puis ils avaient poussé jusqu'au plateau et fait le tour des terres avant de parvenir au petit bois. Robert s'assit sur une souche et prit son paquet de cigarettes.

— Tu en veux une ?

Juillet acquiesça mais resta debout pour fumer, le regard au loin. Robert l'observait avec curiosité.

— Tu es heureux, toi, dit-il pour rompre le silence.

— Évidemment ! Je te retourne ta curieuse question ?

Robert secoua la tête.

— C'est toujours un peu difficile de parler avec toi, Juillet. Je voulais dire que je suis content pour père et pour Fonteyne... et pour toi. Tout paraît tellement en ordre !

Juillet s'assit à son tour. D'un geste machinal, il tira sur le haut de ses bottes.

— En ordre ? Oui... Tu sais qu'il ne faut pas trop prendre Aurélien pour un con ?

Depuis bien longtemps Juillet appelait son père adoptif par son prénom. Cela datait d'une lointaine querelle avec Robert et Alexandre. Les deux gamins lui avaient déclaré, emportés par la bagarre et avec la cruauté de cet âge, qu'il était un enfant trouvé. Juillet, qui n'avait que six ans, avait d'abord beaucoup pleuré, puis avait décidé cette forme de vengeance. Aurélien s'était fâché et avait corrigé tout le monde sans chercher à savoir qui avait raison, mais Juillet n'avait pas cédé, même après réconciliation avec ses frères, et il n'avait plus jamais appelé Aurélien « père » ou « papa ».

— Tu regardes Pauline d'une telle manière ! continuait-il. Méfie-toi...

Robert voulut protester mais Juillet était déjà debout.

— Viens, il est tard et j'ai du travail.

Ils prirent le chemin de Fonteyne et restèrent silencieux pendant près de deux kilomètres. Enfin Robert, excédé par la cadence infernale que lui imposait son frère, jeta d'une voix essoufflée :

— Et Laurène ?

Juillet s'arrêta net et Robert buta contre lui.

— Quoi, Laurène ?

— Tu l'épouseras quand ?

Juillet éclata de son rire léger.

— Tu ris comme Louis-Marie, constata Robert.

— Et comme toi !

Ils échangèrent un regard amusé.

— Laurène me plaît beaucoup, admit Juillet.

— J'ai vu ça... Je me souvenais d'elle avec des nattes ! Elle est devenue très belle.

Juillet poussa un caillou, du bout de sa botte. Parler de Laurène le mettait mal à l'aise.

— Et, naturellement, papa l'a prise sous sa protection !

Robert jeta un regard à Juillet et décida de préciser sa pensée.

— C'est normal, puisque vous aimez les mêmes gens, les mêmes choses et surtout les mêmes femmes, lui et toi !

Juillet ne répondit rien. Il attendit encore quelques secondes puis se remit à marcher en direction de Fonteyne. Fatigué de le suivre, Robert le laissa s'éloigner.

« J'espère qu'il y arrivera, pensa-t-il. Il a bientôt trente ans... »

La silhouette de son frère disparut à un tournant et Robert soupira.

« Il a les cheveux trop longs, il porte toujours le même col roulé et les mêmes bottes qu'il y a six ans, il a gardé son côté adolescent attardé, mais il est vraiment beau, le salaud... Ne serait-ce que pour lui, j'ai bien fait de venir... Et il a raison, il faut que je me surveille et que je ne regarde pas trop Pauline quand nous sommes à table... »

— Il vous a semé ?

Surpris dans ses pensées, Robert avait sursauté en entendant la voix de Laurène derrière lui.

— Il est impossible à suivre, ajouta-t-elle en souriant. Vous ne devez pas parcourir les couloirs de votre hôpital au pas de charge, je suppose ?

Robert, décontenancé, lui rendit son sourire à tout hasard. De nouveau, il la trouva séduisante, mais sans lui accorder d'attention particulière, de façon presque distraite. Il était encore trop ému par le fait d'avoir revu Pauline pour être sensible à qui que ce soit d'autre. Cependant, avec son expérience des femmes, il nota que Laurène regardait ailleurs en lui parlant et paraissait mal à l'aise. Cette constatation l'ennuya énormément.

— Je le trouve très en forme, comme mon père..., dit-il d'un ton impersonnel.

La jeune fille tourna la tête vers lui et l'enveloppa de son regard clair.

— Il fait trop chaud, je rentre, déclara Robert en partant vers Fonteyne d'une démarche énergique qui l'aurait épuisé une heure plus tôt et qui n'était pas sans rappeler celle de Juillet.

Dominique regardait Alexandre dormir. Elle se sentait, comme toujours, pleine d'amour et de tendresse pour lui. Elle entendait les enfants qui criaient au-dehors. Elle tendit la main vers son paquet de bonbons et en prit un. Elle ne résistait jamais aux sucreries. Sur sa table de chevet, une photo de son père, fier entre ses deux filles, semblait la narguer chaque jour davantage.

« Notre place, à Alex et à moi, serait à Mazion, chez papa... »

Combien de fois avait-elle soumis cette idée à son mari ! En pure perte. Pour ça, au moins, il montrait de la volonté. « Un Laverzac ne va pas faire de vin ailleurs qu'à Fonteyne ! » lui répondait-il. Louis-Marie et Bob, c'était différent, ils étaient montés à Paris entreprendre une carrière. Mais Alex, vigneron à cinquante kilomètres de chez son père, c'était impensable. D'après lui...

Quand Laurène était venue travailler à Fonteyne, Dominique avait eu un peu peur qu'elle ne plaise à Juillet et qu'un mariage supplémentaire ne laisse leur père définitivement seul à Mazion. C'était déjà assez grotesque qu'elle ait préféré s'employer chez Aurélien ! Mais ça pouvait passer pour un caprice de jeune fille et un besoin momentané d'indépendance. Dominique aimait beaucoup sa sœur mais ne la comprenait pas. Laurène semblait à la fois s'accommoder du caractère difficile d'Aurélien et de l'indifférence de Juillet. Bien que, d'évidence, Juillet lui plaise ! Ou lui ait plu, Dominique ne savait plus.

« Ici nous sommes trop nombreux, et chez papa il n'y a personne d'autre que lui pour tenir l'exploitation à bout de bras... C'est ridicule... Ces fichus Laverzac se prennent pour le centre du monde... »

Elle se savait injuste, ayant été la première à déserter. Elle soupira et Alexandre, dans son sommeil, tendit les bras vers elle.

« Si Aurélien laissait partir Alex... Nous serions beaucoup plus heureux là-bas... Il faudrait que j'en parle d'abord à Juillet... »

L'idée d'aborder le sujet avec son beau-frère lui faisait peur. Il était toujours très correct, et même parfois assez gentil, mais Dominique le savait intransigeant dès qu'il était question de Fonteyne.

« Si Alex ne se laissait pas faire, s'il ruait un peu dans les brancards, Juillet serait peut-être plus pressé de s'en débarrasser... »

Elle se serra davantage contre Alexandre, déprimée de ne pas trouver de solution. Elle voyait de tout près le visage aux traits réguliers et fins d'Alexandre. Elle caressa les cheveux blonds, soyeux, et il s'éveilla à moitié.

— Quelle heure est-il ? demanda-t-il en bâillant.

Elle ne répondit pas. Il serait bien temps, tout à l'heure, de repartir vers les corvées, le vignoble, la famille.

Aurélien était déjà installé derrière son bureau lorsque Laurène entra.

— Eh bien, lui dit-il d'un bon bourru, je les tape à ta place, ces factures ?

Elle lui sourit et il se sentit fondre.

— Tu te promenais, ma jolie ?

— Je suis descendue jusqu'au bois, j'avais envie de fraîcheur… Il fait vraiment trop chaud.

Il se mit à rire, bienveillant.

— Touriste, va ! On dirait les Parisiens ! Tu le sais bien, toi, qu'il nous faut du soleil ! Tiens, il y a tout ça qui t'attend…

Il désignait des feuilles, sur le coin du bureau. Elle se pencha pour les prendre et il détourna son regard, gêné de la trouver toujours aussi jolie.

— Alex ira à Bordeaux demain, pour négocier avec Amel. Fais-lui un topo, il n'a pas l'habitude.

— Alex ?

Comme elle ouvrait de grands yeux, il ajouta :

— Il fera ça moins bien que Juillet, je sais, mais pas mal quand même et il a besoin d'un petit encouragement…

Un coup léger sur la porte précéda l'arrivée de Juillet.

— Bonne sieste, Aurélien ? demanda le jeune homme par habitude.

— Si on veut. Je disais à Laurène…

Aurélien ne marqua qu'une très légère hésitation.

— Tu laisseras ta place à Alex, demain, j'ai besoin de toi ici.

Impassible, Juillet hocha la tête. S'il avait voulu protester, il ne l'aurait pas fait devant Laurène, Aurélien le savait.

— Tu liras ce dossier, poursuivit Aurélien, et tu me donneras ton opinion, mais d'après les cours en vigueur et mes calculs, je dois tomber juste…

Juillet s'assit face à son père, et prit le dossier. Aurélien se souleva un peu de son fauteuil pour examiner Juillet qui parcourait les colonnes de chiffres.

— Je te paie des bottes pour tes trente ans, tu veux ?

La plaisanterie n'était pas neuve et Juillet sourit. Aurélien les rémunérait largement, Alex et lui, sur l'exploitation.

— Que fais-tu de ton argent, fils ? Tu mets tout à l'écureuil ? Tu ne veux pas engraisser les marchands de prêt-à-porter ?

Aurélien riait mais Juillet s'était levé un peu vite, sans avoir achevé sa lecture.

— Vous voulez que j'aille me changer ?

Étonné, Aurélien dévisagea Juillet.

— Bonne idée, répliqua-t-il, pour ne pas céder.

Ils s'affrontèrent du regard, un instant, puis Aurélien réalisa que la présence de Laurène expliquait sans doute le comportement ombrageux de son fils. Il se tourna vers elle et elle se hâta de sortir. Juillet allait la suivre lorsque la voix d'Aurélien l'arrêta :

— Attends, cow-boy ! Tu feras des effets vestimentaires plus tard, je voudrais d'abord faire le tour des plants. Tu m'accompagnes ?

C'était dit gentiment et Juillet se détendit.

— Vous avez besoin d'un bâton de vieillesse, Aurélien ?

Ils sortirent ensemble et passèrent devant le petit bureau où Laurène tapait sur sa machine, leur tournant le dos.

— Tu deviens susceptible, murmura Aurélien. C'est la petite qui te trouble ?

Juillet, sans répondre, devança Aurélien pour lui ouvrir la porte du hall. Ils se dirigèrent vers la Jeep garée au pied du perron.

— Crois-tu qu'Alex s'en sortira, à Bordeaux ?

— Oui…, dit Juillet d'une voix neutre.

— Il faut bien qu'il y arrive, ajouta Aurélien en manière d'excuse.

— Je sais...

Aurélien s'arrêta brusquement, à quelques mètres de la Jeep.

— Oh, détends-toi !

Juillet se retourna, surpris.

— Mais je ne...

— Si ! Tiens, conduis, tu connais la route. Commence par Le Landave, il y a bien huit jours que je n'ai pas mis les pieds là-bas. Raconte-moi ce qui se passe...

Juillet démarra doucement. Tout en manœuvrant dans l'allée, il déclara :

— À sept heures, hier soir, j'ai aperçu un vieil homme qui se traînait sur le chemin, près des coteaux du sud-est. Un rôdeur, sans doute...

Aurélien éclata de rire.

— Il était si vieux que ça, ton bonhomme ? Eh bien, fils, si tu m'espionnes quand je viens pour te surveiller, on tourne en rond !

Aurélien envoya un coup de poing dans les côtes de Juillet, par jeu.

— Je te préfère de cette humeur-là... Dis, comment sera le vin, selon toi ?

— Ferme, concentré..., sans doute puissant. Il faudrait que le temps tienne.

— Il tiendra, répliqua Aurélien.

— La météo est mauvaise.

— On verra bien ! Arrête-toi ici.

Juillet freina et Aurélien descendit de voiture avec une souplesse étonnante pour son âge. Il se dirigea vers les ceps pour pouvoir toucher les grappes et les sentir. Il resta un bon moment immobile puis revint vers la Jeep, silencieux. Ils échangèrent un coup d'œil.

— Oui, concéda Aurélien à regret, ça supporterait mal des orages violents.

Ils repartirent et s'arrêtèrent, dix fois de suite, de croupe en croupe, se penchant sur la vigne basse. Ils avaient oublié Laurène et toute la famille, uniquement préoccupés par la terre caillouteuse qu'ils foulaient et par l'aspect du raisin. Sans l'avoir décidé, ils avaient induit un de ces moments privilégiés où ils partageaient tout, où ils n'avaient nul besoin de parler pour se comprendre. Ils pensaient aux mêmes choses dans le même instant, relevaient les mêmes détails et en tiraient les mêmes conclusions. Ils achevèrent leur périple en fin d'après-midi, avec une satisfaction qui se teintait d'inquiétude devant la couleur plombée qu'avait prise le ciel. Ils étaient presque arrivés à la grille de Fonteyne lorsque Aurélien demanda à Juillet de faire un saut chez Antoine pour l'inviter à dîner. C'était un peu cavalier, en raison de l'heure tardive, mais Aurélien s'encombrait rarement de convenances. Juillet le déposa devant le perron. Il s'apprêtait à faire demi-tour mais Aurélien tapa sur le capot de la Jeep :

— Attends un peu, je t'envoie Laurène, elle t'aidera à convaincre son père et elle a peut-être envie d'aller à Mazion !

Aurélien grimpait les marches et Juillet coupa le contact. Il chercha son paquet de Gitanes dans sa poche et en alluma une. Il se demanda ce que cachait la soudaine sollicitude d'Aurélien. En général il faisait tout pour éviter que Laurène et Juillet se retrouvent en tête à tête, agissant malgré lui mais systématiquement. Juillet eut un sourire amusé. Laurène lui plaisait au moins autant qu'elle plaisait à Aurélien, et il aurait pu se permettre de le montrer, contrairement à son père. S'il s'était abstenu, jusque-là, c'était plutôt pour se protéger lui-même de cette attirance.

Il s'offrait peu de distractions, trop absorbé par Fonteyne. Sa seule fantaisie avait été de s'acheter un cheval et de réaménager les anciennes écuries, deux hivers plus tôt. Il avait persuadé Aurélien de faire l'acquisition d'un poney pour ses petits-enfants, et tous les mercredis il donnait une leçon aux fils d'Alex. De temps à autre, il partait chasser dans les bois avec son chien et le vieux 20 à platine d'Aurélien. Ses visites à Bordeaux ou à Margaux étaient toujours motivées par les affaires et il ne prenait jamais de vacances. Son existence lui plaisait, il n'en souhaitait pas d'autre. À vingt ans, alors qu'il terminait les études imposées par son père, il avait couru les filles comme ses frères en leur temps. Il avait eu des aventures sans suite et sans se brûler les ailes. L'unique liaison qui l'avait retenu quelques mois ne lui laissait qu'un souvenir fade. Il préférait, depuis, draguer les filles dans les boîtes de nuit et se limiter à des satisfactions purement charnelles. Sans bien le comprendre, il ménageait ainsi sa liberté, l'indépendance totale dont il avait besoin pour se consacrer à Fonteyne. Il était parvenu, jusque-là, à ne pas penser à son avenir en termes de famille. Et Laurène avait dérangé sa sérénité. D'une manière paradoxale, l'attitude protectrice et exclusive de son père avec la jeune fille l'avait arrangé, ne l'obligeant pas à se poser de questions, lui permettant de s'arrêter à cet interdit muet et convenu.

Un aboiement hystérique le tira de sa rêverie. Coupant à travers le gazon, son chien arrivait ventre à terre, fou de joie. Il sauta à l'arrière de la Jeep et s'y tapit avec l'idée folle de se faire oublier. Juillet se tourna sur son siège pour le caresser et découvrit Laurène qui s'était approchée en silence.

— Tu paraissais bien absorbé…, dit-elle avec un sourire qui troubla Juillet.

Il lui fit signe de monter puis il prit la route de Lamarque et fila jusqu'au bac. Il faisait lourd, le ciel semblait noir, mais ils eurent la chance d'arriver au bon moment et n'attendirent pas pour engager la Jeep sur le pont du bateau. Ils restèrent côte à côte, goûtant la relative fraîcheur que leur procurait la traversée de l'estuaire. Laurène attendit qu'ils soient sur la route de Mazion pour demander :

— Tu crois qu'il va s'en sortir, Alex, à Bordeaux ?

Juillet eut un geste évasif pour signifier qu'il ne tenait pas à en parler.

Antoine Billot était devant sa maison et bavardait avec son maître de chai. Il avait l'âge d'Aurélien mais il le portait beaucoup moins bien.

— Sauvage ! cria-t-il à Juillet dont l'arrivée avait soulevé des tourbillons de poussière. Qu'est-ce que vous venez faire à cette heure ? Aurélien vous a fichus dehors, vous avez fait des bêtises ?

Antoine s'esclaffait, tenant Laurène serrée contre lui. Il fut surpris de voir Juillet perdre contenance et regarder ailleurs.

« Tiens, songea-t-il avec intérêt, d'habitude c'est elle que ça fait rougir, ces plaisanteries… »

— Entrez les enfants, on va boire l'apéro !

— Oui mais en vitesse, répondit sa fille, on est là pour t'inviter à dîner.

— À six heures du soir ? protesta Antoine. Quel aplomb, cet Aurélien ! Si j'y vais, ce sera bien pour mes filles !

Jovial, il avait poussé Juillet dans un fauteuil et cherchait des verres.

— Ne cherchez pas, Antoine…, commença Juillet.

— Le vin blanc n'a pas de forme et demande moins d'égards que le rouge ! achevèrent-ils en chœur.
— Il la sort toujours, celle-là ? s'enquit Antoine.
— Chaque fois qu'il boit de votre cru.

La maison d'Antoine et de Marie Billot était petite et moderne mais Juillet s'y sentait bien.

— Marie ! appelait Antoine.

Dès qu'elle entra, Juillet se leva pour aller l'embrasser. Il avait une profonde tendresse pour elle, trouvant qu'elle ressemblait exactement à l'idée qu'il se faisait d'une mère. Il n'avait que de trop vagues souvenirs de Lucie, et Fernande n'avait pas pu combler tous les besoins affectifs de son enfance.

— Et dire que je t'ai connu haut comme ça !

Elle le lui répétait chaque fois qu'elle le voyait, depuis bien des années. Elle était toujours surprise par la maturité, le calme et la séduction de Juillet, sans pouvoir s'empêcher de penser à ce drôle de petit enfant brun qu'avait adopté Aurélien et qui avait tant perturbé la famille Laverzac à l'époque.

— Vrai, tu ne viens pas souvent...

Elle avait fait rasseoir Juillet et emplissait les verres. Elle se comportait avec aisance et simplicité. Elle ne quittait pratiquement jamais sa maison pour tenir compagnie à sa belle-mère. La vieille Mme Billot était infirme, prisonnière de son fauteuil roulant, mais Marie l'adorait, n'ayant jamais oublié l'accueil chaleureux qu'elle avait reçu lors de son mariage avec Antoine, malgré ses origines très modestes. Elles se consolaient mutuellement du départ des deux filles en bavardant à longueur de journée.

— Vous m'enlevez Antoine ce soir, si j'ai bien compris ? Allez, va te préparer, va...

Marie privilégiait toujours les rapports d'Antoine et d'Aurélien. Dominique, en épousant Alexandre, avait réédité l'exploit de sa mère : entrer dans une famille considérée comme inaccessible. Même si les temps avaient changé, Marie restait sensible aux différences sociales. Penser que ses petits-fils s'appelaient Laverzac et régneraient un jour sur une exploitation comme Fonteyne la comblait de bonheur.

Elle surprit le regard de Juillet sur Laurène et s'obligea à ne pas sourire.

— Tu te rends compte, disait sa fille, il y a des années que la famille n'avait pas été réunie ! Même Robert !

Juillet détourna les yeux et posa son verre. La voix trop gaie de Laurène lui était désagréable, soudain. Il se demanda si la jalousie ressemblait à cette colère vague, à cet énervement sans motif qu'il ressentait. La joie de Laurène le mettait mal à l'aise.

— Aurélien n'en parle pas souvent, mais tu n'imagines pas à quel point il est fier de Robert !

Laurène s'adressait à sa mère et Juillet écoutait avec attention les intonations de la jeune fille. Marie perçut le changement d'attitude de Juillet et elle interrompit Laurène.

— Ne vous mettez pas en retard, il est déjà sept heures... Antoine vous rejoindra.

— J'attends papa, Juillet n'a qu'à partir devant.

Le jeune homme était déjà debout. Marie l'accompagna jusqu'à la Jeep. Elle cherchait quelque chose à lui dire et elle le prit affectueusement par les épaules.

— Reviens me voir, Juillet ! Seul ou avec les filles, mais passe plus souvent...

Cette sollicitude féminine, à laquelle il n'était pas habitué, acheva de désorienter Juillet. Il sourit à Marie, machinalement, et démarra.

Juillet avait fait l'effort de se changer lorsqu'il entra dans le salon ce soir-là. Il annonça qu'Antoine et Laurène ne tarderaient pas, puis il alla se réfugier près de la cheminée, à sa place favorite.

— Antoine va nous faire brûler les grives ! bougonnait Aurélien.

Malgré les portes-fenêtres grandes ouvertes, l'atmosphère restait étouffante. Pauline bavardait, assise entre Louis-Marie et Robert qui l'écoutaient avec une égale attention. Elle avait une manière bien à elle de raconter des petits riens, de ponctuer ses discours de rires et de clins d'œil, de transformer malgré eux les hommes en admirateurs. Juillet l'observa quelques instants, avec plus de curiosité que de réprobation. Les femmes comme Pauline ne le touchaient pas. Il trouvait à ses deux frères le même air bête, et il devinait sans mal les désastres que leur cohabitation finirait par provoquer.

— Juillet !

Il tourna la tête vers Aurélien qui s'était brusquement levé. Un deuxième éclair illumina la terrasse, devant le salon. Le grondement de l'orage roula au loin. Juillet suivit son père et ils sortirent. Les premières grosses gouttes s'écrasaient sur les dalles. Ils restèrent immobiles un moment, écoutant la pluie.

— Ce n'est pas méchant...

Juillet obligea son père à reculer sous l'abri de la galerie.

— Vous allez vous faire tremper...

Un coup de tonnerre l'interrompit et toutes les lumières de la maison s'éteignirent. Ils entendirent Pauline rire. Aurélien haussa les épaules, agacé.

— Ce problème d'électricité est inadmissible, s'exaspéra-t-il.

— Nous sommes en bout de ligne, vous savez bien !

— Dans ce pays, on est toujours à bout de quelque chose, marmonna Aurélien.

Juillet sourit, dans l'obscurité.

— À bout d'arguments, par exemple ?

— Tu as écrit, au moins, pour protester ?

— Dix fois… Venez, on va leur donner des bougies.

Juillet mit une main sur l'épaule de son père. La pluie tombait avec régularité mais sans violence excessive. Aurélien sentit son angoisse se diluer. Pauline surgit à côté d'eux, tenant un chandelier.

— Regardez ce que j'ai trouvé !

Elle s'amusait beaucoup, apparemment.

— Vous mettez de la cire partout, lui dit Aurélien d'une voix froide.

Pauline allait répliquer lorsque des phares apparurent dans l'allée. Leur lumière balaya la terrasse et s'immobilisa.

— C'est tout de suite plus gai ! dit Pauline en éclatant de rire.

Laurène escalada les marches en courant, suivie d'Antoine. Dans le joyeux chahut que provoqua leur arrivée, l'électricité revint brusquement.

— Ce mois de septembre va nous faire tous les ennuis possibles, tu verras, disait Aurélien à Antoine en lui servant un verre.

— Ils annoncent des orages pour huit jours !

Juillet retourna s'asseoir près de la cheminée, sur le vieux fauteuil au cuir patiné qu'il affectionnait. Il jeta un coup d'œil à Laurène. L'averse avait plaqué ses longs cheveux blonds en les assombrissant. Il la trouva très belle et il s'obligea à regarder ailleurs. Il alluma une cigarette et, en relevant la tête, il vit Aurélien qui le fixait, à l'autre bout du salon.

— Des orages… Tu entends ça, fils ?

Il y avait une sorte de provocation dans son insistance. Juillet saisit l'avertissement et répliqua :

— On s'en arrangera, on n'a pas le choix ! N'est-ce pas ?

Aurélien esquissa un sourire. Il comprenait toujours Juillet à demi-mot. Laurène était vraiment entre eux deux désormais.

— J'ai confessé Fernande, c'est à ne pas croire ! babillait Pauline. Écoutez-moi en gardant votre calme : aloses grillées, brochettes de grives aux raisins, gigot d'Arsac aux cèpes et tulipe de poire !

Antoine désigna Aurélien :

— Il fait toujours de l'esbroufe quand il m'invite ! Et pour vous aussi, les Parisiens ! Mais il n'y a qu'à regarder Juillet pour savoir qu'on ne doit pas manger comme ça tous les jours à Fonteyne !

Comme Dominique et Laurène riaient de la plaisanterie de leur père, Juillet se sentit presque gêné. Sa silhouette longiligne avait de quoi faire envie à l'homme plutôt bedonnant qu'était devenu Antoine avec les années. Mais Juillet s'intéressait trop peu à lui-même pour être conscient de son pouvoir de séduction. S'il en usait d'instinct avec les filles, ce n'était jamais délibéré et donc sans aucune fatuité. Aurélien vint à son secours, contre toute attente.

— Laisse-le, il a bien le temps de devenir obèse ! Tu le trouves trop maigre ? Pourtant, crois-moi, il vaut mieux l'avoir en photo qu'en pension !

Aurélien fut le seul à s'amuser, Antoine ayant été vexé par la réflexion sur son embonpoint. Ils quittèrent le salon pour la salle à manger où Aurélien disposa ses invités. Il garda Laurène près de lui et envoya Juillet à l'autre bout de la table. Pour achever d'exaspérer

Antoine, Aurélien fit servir un entre-deux-mers avec l'entrée.

— C'est de la pure bêtise, dit Antoine, un côtes-de-blaye aurait mieux fait l'affaire et tu le sais très bien !

— Que veux-tu, riposta Aurélien, je n'en ai plus ! Tu te la gardes jalousement, ta piquette…

— Rapace ! J'en ai mis une caisse dans ta cuisine en arrivant !

— C'est gentil de ta part, mais il doit être tiède.

Antoine et Aurélien échangèrent un coup d'œil. Amusé en apparence, mais furieux en réalité. Leurs rapports étaient parfois un peu difficiles. Ils gardaient le ton de la plaisanterie pour s'assener des vérités, se cherchant querelle confusément. Antoine était jaloux d'Aurélien, sans vouloir se l'avouer, et Aurélien ne pouvait pas s'empêcher de trouver exagéré qu'Antoine se soit hissé à son niveau grâce au simple mariage d'une de ses filles. Cette mesquinerie donnait mauvaise conscience à Aurélien et empoisonnait ses relations avec Antoine. Aurélien aurait volontiers ouvert son compte en banque à Antoine, avec la haute idée qu'il se faisait de l'amitié, mais donner son nom et l'un de ses fils, c'était beaucoup pour lui ! L'idée que Juillet puisse suivre le même chemin qu'Alexandre, en s'intéressant de trop près à Laurène, lui était carrément désagréable et, s'ajoutant à son sentiment d'exclusivité inavouable pour la jeune fille, compliquait encore la situation.

Antoine, de son côté, se défendait mal d'établir des comparaisons entre les deux familles. La réussite éclatante d'Aurélien, sa grande maison au luxe austère, la tradition dont il était issu, ses quatre fils, ses crus – en particulier son margaux – et la manière dont il les négociait, son autorité indiscutée dans tout le Médoc, et jusqu'à sa réputation – encore intacte à soixante ans – d'homme à femmes : Antoine enviait tout. La fréquentation d'Aurélien le rendait morose, malgré la réelle affection qui les liait. À l'âge des bilans, la différence entre les Laverzac et les Billot ne pouvait pas passer inaperçue.

Robert s'était mis à raconter des anecdotes cocasses sur sa vie à l'hôpital Lariboisière, et Pauline riait aux éclats. Laurène écoutait, passionnée par le récit. Juillet, à l'autre bout de la table, l'observait pensivement.

— Tu ne voudrais pas m'accompagner, demain matin ? demanda soudain Alexandre.

Juillet, étonné, tourna la tête vers lui.

— À Bordeaux ? Pourquoi ? Tu as peur ou tu ne veux pas me vexer ?

Alexandre haussa les épaules et Juillet reprit, plus gentiment :

— Tu t'en sortiras très bien. N'écoute surtout pas ce que te dira le vieux Amel et reste sur tes positions.

Alexandre esquissa une grimace, peu convaincu.

— Juillet ! appelait Pauline. Vous aviez promis de me faire découvrir la vigne, cette année ! Quand me donnerez-vous mon premier cours ? Robert ne veut pas admettre que ça puisse m'intéresser !

— En ce moment, commença Juillet qui cherchait un prétexte, c'est un peu difficile…

— Très bonne idée, ma petite Pauline ! coupa Aurélien. Enfin une femme de la famille qui se donne la peine de vouloir comprendre !

Aurélien et Juillet échangèrent un regard. Juillet sourit.

— Si vous êtes prête vers six heures et demie, demain matin, je vous emmène.

— Comptez sur moi ! riposta Pauline.

— Tu décroches le gros lot, murmura Alexandre à son frère, dans le genre ravissante idiote, ton élève...

Juillet éclata de rire et toute la tablée tourna la tête vers lui.

— Vous nous faites profiter de votre hilarité ? demanda Louis-Marie.

— Impossible, lui répondit Juillet avec sérieux.

Antoine et Aurélien parlaient à mi-voix des vendanges à venir. Fernande passait les plats, guettant les réactions des convives. Juillet, comme toujours, fut le premier à la féliciter pour son dîner. Furtivement, la vieille femme posa sa main sur l'épaule du jeune homme, avec une infinie tendresse. Le geste n'avait pas échappé à Aurélien qui ressentit, brusquement, un élan vers Juillet.

« De quel droit irais-je me mettre en travers de sa route ? Je deviens fou, avec cette petite ? C'est la sénilité, déjà ? Il faut que je laisse vivre ce gamin... qui n'est plus un gamin... »

— ... de se limiter aux cèpes ?

Antoine le regardait, attendant une réponse. Aurélien fronça les sourcils.

— Tu as un problème d'audition ? Bah, à notre âge...

Le regard d'Antoine pétillait de malice. Aurélien répliqua :

— Non, pas encore, mais à vrai dire, je ne t'écoutais pas.

— Charmant ! Nous parlions de la recette du gigot.

Aurélien toisa Antoine.

— Je n'ai pas d'idée sur la question. Je laisse faire ma cuisinière et Dominique, elles sont là pour ça.

Antoine pâlit un peu et reposa son couteau avec lenteur. La réflexion d'Aurélien ramenait sa fille au rang du personnel. Aurélien sentit qu'il avait été trop loin, aussi ajouta-t-il, souriant :

— Dominique est une excellente maîtresse de maison. Elle est seule juge pour tout ce qui touche à ma table.

Désarmé, Antoine dévisagea Aurélien et finit par lui rendre son sourire. De l'autre côté de la table, Dominique se détendit et étouffa un soupir de soulagement. Elle redoutait toujours qu'une dispute ne survienne entre son père et son beau-père.

Le dîner se poursuivait, lent et fastueux, comme toujours à Fonteyne. Aurélien était habitué à ce protocole et il y tenait. De manière immuable, d'un bout de l'année à l'autre, on prenait l'apéritif au salon et on mangeait dans l'argenterie de famille tous les soirs. Quelles que soient son humeur ou ses préoccupations, Aurélien s'efforçait d'oublier ses soucis en passant à table. Les heures des repas avaient été les seules qu'il ait pu consacrer à ses fils durant leur enfance et leur adolescence, et il en avait fait des moments privilégiés. C'est dans cette salle à manger qu'il les avait vus grandir et changer, qu'il avait su les écouter ou les observer. C'est là qu'il avait le mieux rempli son rôle de père.

De nouveau l'orage grondait au loin, et Aurélien tendit l'oreille. Il chercha le regard de Juillet mais dut constater, agacé, que son fils observait toujours Laurène.

« Bon sang, ce n'est pas la première fois qu'il la voit ! Il y a deux ans qu'il l'a sous le nez tous les matins ! » songea-t-il rageusement. Mais lorsqu'il reporta son attention sur la jeune fille, il la découvrit qui écoutait, bouche bée, les discours de Robert. Il en tira la déduction qui s'imposait et ressentit une brusque envie de rire.

« La vie est pleine de surprises, fils… », pensa-t-il avec tendresse.

Le jour se levait à peine. Les toitures de Fonteyne, peu à peu, sortaient de l'ombre. Juillet écrasa sa cigarette et mit le mégot dans la poche de son jean. Il avait mal dormi et il avait fini par s'habiller, bien avant l'aube. Il avait bu sa première tasse de café debout dans la cuisine, seul, puis il était sorti avec son chien sur les talons. Marcher dans les vignes le guérissait toujours de tout et il les connaissait assez pour les arpenter dans l'obscurité. En revenant, il s'était assis sur les marches du perron pour fumer.

Lorsqu'il se releva, il alla jeter un coup d'œil au thermomètre de la galerie. Il siffla entre ses dents, surpris par la température élevée. Il se dirigea vers le bureau d'Aurélien, qui venait de s'éclairer, et y entra par la porte-fenêtre.

— Vous êtes bien matinal, dit-il en embrassant son père.

Il s'assit sur le bras d'un fauteuil, alluma une nouvelle cigarette.

— Épargne-moi ça avant le petit déjeuner, grogna Aurélien. Il fait une chaleur incroyable…

Juillet écrasa sa Gitane sans répondre.

— Tu es déjà sorti ?

— Oui.

— L'averse d'hier n'a pas provoqué de dégâts ?

— Non…

Se laissant glisser dans le fauteuil, Juillet croisa ses longues jambes. Ils entendirent Fernande qui traversait le hall puis le vestibule. Avant qu'elle ne frappe, Aurélien lui cria d'entrer. Elle déposa un lourd plateau sur le coin du bureau, leur adressa un signe de tête et ressortit.

— Tout le monde est tombé du lit, ce matin…, bougonna Aurélien.

Sa mauvaise humeur était liée à son inquiétude du temps, Juillet le savait. Il se leva pour servir le café et alla boire le sien debout devant la porte-fenêtre, tournant le dos à son père. Il observa un moment la couleur du ciel. L'aube semblait indécise, comme brouillée. Il vit Alexandre qui sortait de la Grangette et se dirigeait vers la maison. Il fronça les sourcils à l'idée de ce rendez-vous que son frère avait, à Bordeaux. Il se retourna brusquement :

— Aurélien, dites à Alex que…

— Je lui ai déjà fait toutes les recommandations possibles ! coupa Aurélien.

Juillet vint reposer sa tasse. Alexandre entra sans bruit et Juillet lui sourit.

— Café ?

Alexandre déclina l'offre en s'excusant. Il avait déjà pris son petit déjeuner chez lui, avec sa femme. C'était le seul moment d'intimité, leur unique tête-à-tête de la journée, et ils y tenaient. Alexandre semblait mal à l'aise dans son costume gris clair. D'un geste machinal, il desserra sa cravate.

— Très élégant…, apprécia Aurélien d'un ton railleur.

Alexandre regarda son père, furieux.

— Je prends la Mercedes, si personne n'en a besoin, dit-il en se détournant.

Juillet comprit que son frère n'était venu jusque-là que pour chercher du réconfort, et qu'il aurait pu partir directement. La négociation dont il était chargé l'effrayait, d'évidence. Juillet lui sourit, compréhensif, ne trouvant rien à lui dire. Dès qu'il fut sorti, Aurélien eut un long soupir.

— Des timorés comme lui, on n'en fait plus ! Tu as vu l'heure ? Il aurait dû partir hier soir ! Et cet accoutrement ! Le vieux Amel lui fait peur à ce point ?

Aurélien pianotait sur son bureau, attendant la réponse de Juillet.

— Vous avez voulu qu'il y aille, il y va !

Aurélien fronça les sourcils, surpris par la véhémence du ton. Juillet ajouta, radouci :

— Il n'aime pas ce qui est commercial. Il n'arrive pas à voir ça comme un jeu. C'est pourtant drôle de leur faire grincer des dents ! Mais il faut bien les connaître… Vous lui avez donné une marge de manœuvre ?

— Pas vraiment. Je veux qu'il se débrouille, pour une fois. En principe, il en sait aussi long que toi ou moi !

Juillet hocha la tête, sans conviction.

Pauline bâillait, dans la salle de bains, mal réveillée. Elle laissait couler l'eau, sans trouver le courage d'entrer dans la douche. Elle regarda les flacons posés sur les tablettes.

« Qu'est-ce qu'elle met, Laurène, comme parfum ? Ah oui, ça… C'est fleuri, c'est mièvre… »

Elle rit de sa mauvaise foi et se décida à affronter le jet. Elle n'avait aucune sympathie pour Laurène qu'elle trouvait trop jeune et trop jolie. Elle expédia sa toilette, s'habilla en hâte, puis elle dévala l'escalier et se précipita dans le bureau d'Aurélien.

— Il est six heures vingt-cinq et je suis prête ! déclara-t-elle en entrant.

Aurélien et Juillet, étonnés, levèrent la tête ensemble.

— Je vous avais oubliée, murmura Juillet avec un sourire.

— J'en étais sûre !

Elle prit un croissant et se servit du café dans la tasse d'Aurélien. Les deux hommes la regardaient faire, amusés malgré eux. La gaieté et la coquetterie de Pauline avaient quelque chose de désarmant.

— Allons-y, dit Juillet.

Il fit un clin d'œil à son père, ouvrit la porte et laissa passer Pauline. Ils allèrent jusqu'au garage pour y prendre la Jeep. Juillet détaillait d'un œil moqueur la tenue de sa belle-sœur.

— Il va y avoir un orage, constata-t-il en démarrant. Vous auriez dû emporter un blouson...

Pauline battit des mains, l'air ravi.

— J'adore les orages ! Ça nous rafraîchira !

Consterné, il secoua la tête.

— Vous êtes folle, Pauline... La pluie, en ce moment, c'est... Il va vraiment falloir tout vous expliquer !

Il décida de prendre au sérieux son rôle de professeur et se mit à lui parler de l'exploitation. Elle l'écoutait avec attention, réellement intéressée. Il finit par arrêter la Jeep pour lui montrer les sols caillouteux et secs où se plaisait la vigne. Elle le suivait pas à pas, se tordant les pieds dans ses espadrilles. Comme elle pestait, il l'interrompit en riant :

— Ne dites pas de mal des cailloux, c'est notre richesse !

Il lui désignait les quartz blancs et bleutés.

— Ils emmagasinent toute la chaleur et la restituent à la vigne, expliqua-t-il.

— Louis-Marie m'a parlé du cabernet. C'est le cépage ?

— Ne récitez pas ça comme une leçon, protesta Juillet qui s'amusait. Oui, le cabernet, bien sûr, mais il y en a d'autres. Le merlot, qui mûrit plus vite, un peu de malbec vers Soussans et le verdot en petite proportion...

Ils échangèrent un coup d'œil.

— Je vous parle hébreu, non ?

— Ne vous faites aucun souci, j'apprends vite.

Ils se sourirent, détendus, presque amis. Pauline ne cherchait pas à séduire Juillet et elle se sentait très à l'aise avec lui.

— Ces histoires de cépage sont difficiles à comprendre, dit-il encore. On greffe des plants, on fait appel à des pépiniéristes, c'est toute une affaire...

Ils s'étaient remis à marcher et Juillet, intarissable, égrenait l'histoire du Médoc. En parlant des margaux, il devint presque lyrique. L'orgueil des Laverzac résidait dans leurs grands crus, Pauline le savait, et elle restait attentive, étonnée elle-même de prendre autant de plaisir à écouter son beau-frère. Elle voulut savoir à quoi tenaient les différences d'une parcelle à l'autre, et il lui reparla du sol, des croupes de graviers, du sable. Il avait l'enthousiasme très communicatif et Pauline se prit à regretter que Louis-Marie ne sache pas exprimer la même passion.

— ... de drainage parfait. Vous savez, le vin, c'est d'abord une histoire d'eau !

Ils reprirent la Jeep pour traverser des combes boisées. Juillet parlait toujours et Pauline continuait de se taire.

Ils parvinrent à un plateau où Juillet arrêta de nouveau la Jeep. Il était en train de décrire les différentes tailles possibles et le pourquoi de la taille basse lorsque le bruit du tonnerre l'interrompit. Il leva la tête, inquiet.

— Cette fois...

Un long grondement les enveloppa. Juillet voulut remettre la Jeep en marche, mais, dans un hoquet, elle refusa d'avancer. Il insista, deux ou trois fois, sans s'énerver.

— Merde, dit-il enfin, toujours calme.

Il se tourna vers Pauline et parut réfléchir.

— Vous ne pourrez jamais rentrer à pied et ça va dégringoler. C'est ma faute, j'aurais dû conduire cette voiture au garage depuis longtemps. Dès qu'il va pleuvoir, Aurélien va me chercher partout...

Il regarda sa montre. Pauline, très décidée, descendit de la Jeep.

— Je peux courir aussi vite que vous, Juillet !

Il haussa les épaules et descendit à son tour.

— Peut-être, mais combien de temps ? Venez, on va aller se réfugier chez Lucas, ce n'est pas loin.

Il la prit par la main et ils se mirent à courir. Pauline, toute menue et légère, avait une bonne foulée. Elle parvenait à se maintenir à la hauteur de Juillet. Au moment où ils sortaient enfin du bois, l'orage éclata. La pluie torrentielle les trempa en quelques instants. Pauline buta contre une souche et Juillet la retint. La foudre les assourdit une seconde, et Pauline serra plus fort la main de Juillet. Sans ralentir, il lui désigna une petite maison toute proche. La porte en était ouverte et Lucas leur faisait de grands signes. Ils s'engouffrèrent dans le living, hors d'haleine. Pauline s'appuya au mur, cherchant son souffle. Ils avaient l'air de naufragés et Juillet éclata de rire.

— Dans quel état vous êtes ! Mon Dieu !

Fernande leur tendait des serviettes. Elle était descendue de Fonteyne, un quart d'heure plus tôt, sur sa mobylette. Elle habitait là depuis trente ans, depuis qu'elle avait épousé Lucas.

— Téléphonez, monsieur Juillet ! Téléphonez à monsieur, il va se faire du souci, avec cette pluie !

Lucas hochait la tête, l'air ennuyé. Posément, Juillet déclara :

— Je pense que ça ne touchera pas le raisin, même si ça paraît tomber très fort...

Il prit le téléphone, sur le buffet. Pauline se séchait les cheveux en les frottant énergiquement. Son tee-shirt et son short trempés étaient collés à sa peau. Fernande la regardait, navrée, n'osant pas lui proposer des vêtements secs. Mais Pauline riait et observait Juillet du coin de l'œil. Il leur avait tourné le dos pour parler à Aurélien dont on entendait les éclats de voix à travers le combiné.

— Chez Lucas, oui... La Jeep est en panne... Je sais, Aurélien. Oui...

Pauline se mit à rire et Fernande sursauta.

— Pour la pluie, c'est sans gravité, disait Juillet. Mais non, je ne... Comme vous voudrez... Oui, je viens.

Il raccrocha et soupira.

— Naturellement, il est furieux ? demanda Pauline, narquoise.

— Oui. Contre moi, l'averse, la Jeep, et même contre vous !

— Bien entendu.

Il pleuvait sans discontinuer et Juillet regarda pensivement au-dehors.

— Un peu plus, un peu moins..., murmura-t-il pour lui-même.

Comme il se dirigeait vers la porte sans que Fernande ou Lucas proteste, Pauline se leva.

— Vous n'allez pas sortir ?

Elle paraissait outrée mais Juillet l'arrêta d'un geste.

— Restez là et séchez-vous, je vous enverrai Louis-Marie. Je ne suis pas en vacances, vous savez...

Il était déjà parti et Pauline le vit s'éloigner en courant.

— Il est fou, non ? dit-elle en se tournant vers Fernande.

La vieille femme s'était mise à faire du café.

— Vous connaissez monsieur, voyons ! Il a toujours été un peu...

— Tyrannique ! Il les siffle comme des chiens de chasse !

Fernande étouffa un rire timide.

— Non, non... Vous l'auriez connu il y a vingt ans, c'était pire !

Pauline s'était rassise, songeuse.

— Louis-Marie n'a pas dû s'amuser tous les jours...

Lucas, au-dessus du journal qu'il avait repris, lui jeta un coup d'œil dénué d'indulgence.

— C'est pas facile à faire tourner, une exploitation de cette taille, dit-il entre ses dents.

Pauline le toisa. Sous le mépris et l'insistance de son regard, Lucas finit par replier son journal et se lever. Il décrocha son ciré d'une patère, l'enfila en silence, puis sortit. Pauline se tourna vers Fernande.

— Mais... Ils sont odieux !

Fernande rit carrément, cette fois.

— Madame Pauline, vous mettez une de ces pagailles !

Elle disposa des tasses et servit le café. Pauline regarda autour d'elle et trouva la maison assez quelconque. La pièce était propre, bien rangée, mais sans aucun charme. Fernande passait tout son temps à Fonteyne et ne devait guère s'occuper de son intérieur.

— Ce n'est pas méchant de la part de monsieur, il a vraiment besoin de monsieur Juillet.

Pauline dévisagea Fernande. Elle connaissait l'étendue de son affection pour la famille Laverzac. Elle pensa que le moment était bien choisi pour faire parler la vieille femme.

— Vous avez dit qu'il était pire, avant ?

— Oh oui ! Mais il faut le comprendre, élever quatre fils, quand on est seul, ce n'est pas simple.

— Comment étaient-ils, enfants ? demanda doucement Pauline.

— Pénibles !

Fernande riait de bon cœur, émue et ravie de se souvenir.

— Votre mari et Juillet étaient terribles, ils faisaient des bêtises à longueur de journée. Robert et Alexandre étaient plus malins... ou plus prudents !

Elle avait cessé d'ajouter « monsieur » à leurs prénoms, emportée par son discours.

— Sans une femme pour arrondir un peu les angles, il y a eu des moments difficiles. D'ailleurs, Louis-Marie a fini pensionnaire !

— C'était la vieille méthode, quoi !

— C'était la méthode de monsieur, un point c'est tout. S'il a pensé qu'une mère manquait à ses fils, il ne l'a jamais dit et il n'a rien fait pour remplacer madame.

— Quel âge avait Juillet quand elle est morte ?

— Trois ans. C'était un bout de chou adorable et il était fou de son père. Au début, ça excédait monsieur de l'avoir toujours dans ses jambes, mais il était irrésistible alors il a fini par se faire aimer. Et au-delà...

Fernande était devenue grave, soudain. Pauline demanda, sans la regarder :

— Pourquoi Aurélien a-t-il adopté Juillet ? D'où venait-il ?

Fernande parut stupéfiée par l'énormité de la question.

— Mais je n'en sais rien ! Rien du tout ! Si vous voulez un bon conseil, madame Pauline, n'allez pas le lui demander ! C'est un sujet tabou. Juillet est le fils de monsieur, ça s'arrête là...

Le visage de la vieille femme s'était fermé et Pauline sentit qu'elle avait commis une erreur en l'interrogeant directement. Ne voulant pas interrompre les confidences de Fernande, elle se hâta de poser une autre question, plus anodine.

— Ses frères ne l'ont pas regardé de travers, au début ?

— Les premiers jours, oui ! Mais il était trop bébé pour s'en apercevoir. Et madame était là, elle veillait.

— Ça lui faisait plaisir, à elle, ce garçon supplémentaire ?

— Tout ce que voulait monsieur, elle l'acceptait... Elle était d'une telle douceur... Je l'ai beaucoup pleurée.

— Et Aurélien ?

— Sans doute... Je ne sais pas... Avec lui, on ne sait jamais ! Il a été moins exigeant pour ses fils pendant quelque temps, mais ça n'a pas duré ! Il n'était pas question qu'ils ratent leur trimestre scolaire pour ça.

Ce fut au tour de Pauline d'être surprise, et elle n'essaya pas de le dissimuler.

— Ça ? La mort de leur mère ?

Fernande eut un sourire triste.

— Que pouvait-il y changer ? Et puis il a toujours été ainsi, qu'il s'agisse de ses fils, du temps ou des récoltes : il faut que tout marche droit ! Il a tellement d'orgueil pour lui, pour sa maison, pour son vin... On n'occupe pas la place où il est en ayant le cœur trop tendre, je vous assure !

Fernande resservit du café. Pauline avait oublié ses vêtements mouillés. Il y avait de nouveau du soleil au-dehors, mais elle ne s'en rendait pas compte, accaparée par l'histoire que lui racontait Fernande. Louis-Marie parlait peu de son enfance et Pauline ne s'était guère souciée de l'interroger jusque-là.

— Pour la tendresse, ils vous avaient...

Fernande baissa les yeux, gênée.

— Je les ai souvent consolés, petits. Monsieur les secouait trop, c'est vrai... Mais je devais me cacher parce qu'il n'appréciait pas les familiarités.

À travers chaque phrase de Fernande, Pauline reconnaissait Aurélien mais le découvrait pourtant différent.

— Il est aimé des gens d'ici ?

— Monsieur ? Aimé ? Ah, je crois bien qu'il s'en moque ! Ce qu'il veut... Ben, c'est continuer à tenir le haut du pavé, bien sûr ! Les gens des châteaux, par ici, les propriétaires de la vigne, c'est un monde à part, vous n'avez pas idée...

Un coup de sonnette les fit sursauter ensemble. Fernande se leva précipitamment, comme prise en faute. Elle alla ouvrir à Louis-Marie dont l'arrivée contraria beaucoup Pauline. Il apportait des vêtements secs à sa femme et elle se changea, de mauvaise grâce mais sans aucune pudeur, au milieu de la pièce.

Aurélien marchait de long en large, furieux. Il se reprochait d'avoir envoyé Alexandre à Bordeaux et d'avoir chargé Juillet de Pauline – qui devait être un véritable fardeau ! Il jetait de fréquents coups d'œil par la porte-fenêtre et maudissait le temps. À peine dégagé, le ciel rassemblait de nouveau des nuages.

Il s'arrêta net et suspendit sa respiration, une seconde. Une douleur sourde, mais qu'il reconnaissait bien, irradiait doucement de sa poitrine à son épaule. Il alla s'asseoir, en prenant son temps. Il resta à l'écoute de son corps une ou deux minutes, tandis que la douleur devenait diffuse puis s'estompait.

« Pas déjà, pensa-t-il en s'obligeant à rester calme, pas maintenant... »

Ce brusque rappel à l'ordre avait quelque chose de terrifiant. Aurélien eut envie de se lever et de se précipiter dans la chambre de Robert. Pourtant il resta assis, sans bouger, luttant contre la panique. Il s'imaginait mal cherchant du secours près de son fils. Il ferma les yeux et s'aperçut que la souffrance avait disparu.

« Il faut que je retourne voir ce cardiologue... Il faut que je sache si c'est une fausse alerte ou un sursis. »

Il rouvrit les yeux, soulagé de se sentir bien, et découvrit Juillet debout devant son bureau.

— Tu pourrais frapper !

Juillet l'observait, évidemment inquiet.

— J'ai frappé, dit le jeune homme avec douceur.

Sa sollicitude exaspéra aussitôt Aurélien.

— D'accord, je suis gâteux, ironisa-t-il. Et toi, où en es-tu ? Si tu ne veux pas te charger de la surveillance des machines, dis-le à Lucas et il s'en occupera, mais ne laisse pas n'importe quoi tomber en panne n'importe quand ! Ou alors c'est que tu deviens irresponsable. Le tracteur, la Jeep, ça fait beaucoup ! As-tu été voir les coteaux du bas, au moins ?

— Oui.

— Et pour la futaille ?

— Je m'en charge.

Aurélien toisa son fils.

— Jusqu'à quel point ?

Juillet planta son regard sombre dans celui d'Aurélien et répéta, à mi-voix :

— Je m'en charge, il n'y aura aucun problème.

Aurélien haussa les épaules, toujours de mauvaise humeur.

— Si tu le dis !

Juillet soupira avec ostentation, et s'assit face à son père.

— Quelque chose ne va pas, Aurélien ?

— Rien ne va !

Sa réponse avait fusé et il ajouta, martelant les mots :

— Tout le monde se moque du tiers comme du quart depuis que les Parisiens sont là ! Ils vous ont donné le virus du laisser-aller, ma parole ! Regarde Clotilde qui balaie mollement la terrasse alors qu'il est bientôt midi ! Et Dominique n'est même pas rentrée des courses ! Quant à Laurène, Dieu seul sait où elle se promène, mais pas derrière son bureau, c'est sûr. Alors explique-moi pourquoi le travail n'est presque jamais fait en temps et en heure ? Vous êtes pourtant assez nombreux !

Juillet prit le temps d'allumer une cigarette puis, comme Aurélien n'ajoutait rien à sa diatribe, il répondit :

— Ce que font les autres ne me concerne pas. Je suis désolé pour cette histoire de Jeep, c'est entièrement ma faute. Elle est au garage, ils vont s'en occuper en priorité. Mais pour les caves, tout est en ordre, c'est vrai. Si vous avez quelque chose à me dire, n'accusez pas la terre entière... Et si c'est le temps qui vous rend nerveux, vous et moi n'y pouvons rien.

— Ne le prends pas sur ce ton, Juillet !

Aurélien avait tapé sur son bureau mais il n'était pas vraiment en colère. Juillet le regardait toujours, avec son habituelle franchise.

— Vous avez mauvaise mine, vous savez...

Aurélien ne put réprimer un sourire.

— Tu m'enterres déjà, fils ?

— Dieu nous garde, il y a les vendanges, murmura Juillet en guise de réponse.

Aurélien se laissa aller contre le dossier de son fauteuil, amusé malgré lui.

— Écoute, tu fais bien d'en parler, je voudrais que tu me convoques le notaire, le plus tôt possible. Qu'il se débrouille...

Juillet se leva, avec une certaine brusquerie. Il se contenta de hocher la tête, sans demander aucune explication. Aurélien le regarda quitter le bureau, sachant qu'il l'avait embarrassé. Il rit tout bas, pour lui-même. S'il était sûr d'une chose, c'était bien de l'affection de Juillet.

Il n'attendit que quelques minutes et, lorsqu'on frappa, il put crier, sachant d'avance que Juillet l'avait alerté :

— Entre, Robert !

Dominique conduisait vite, agacée par cette interminable matinée de courses. Ravitailler Fonteyne était une corvée à laquelle elle ne pouvait pas se soustraire et qui lui pesait. Les goûts d'Aurélien l'obligeaient à élaborer, deux fois par jour, des menus compliqués.

— Ces Laverzac ne savent pas manger simplement, déclara-t-elle à Laurène sans quitter la route des yeux. Je t'assure, il m'arrive de rêver d'un sandwich au jambon !

— Avec un verre de bière…, approuva Laurène.

Lorsqu'elles étaient ensemble, elles s'amusaient parfois comme deux collégiennes, vitupérant la tyrannie d'Aurélien et les servitudes de Fonteyne. Mais, en fait, elles n'auraient changé de place pour rien au monde, conscientes d'appartenir à un univers très enviable.

— Jusqu'à la fin des vendanges, Aurélien sera imbuvable, reprit Dominique. Je ne sais pas comment Juillet peut le supporter !

Du coin de l'œil, elle guettait la réaction de sa sœur.

— Juillet…, répéta rêveusement Laurène. Il n'est pas toujours facile non plus, ils font bien la paire…

— Tiens donc ! Tu ne prends plus sa défense ?

Dominique souriait, attendant une réponse, mais Laurène se taisait. Qu'aurait-elle pu dire, alors qu'elle comprenait si mal elle-même ce qui lui arrivait ? Elle avait regardé Juillet, depuis deux ans, avec tant de crainte et d'envie, avec un tel désir qu'il fasse un pas vers elle, qu'elle s'était presque habituée – presque résignée – à la sorte d'indifférence qu'il lui opposait. Elle avait échafaudé toutes sortes de plans pour le faire sortir de sa réserve mais n'en avait mis aucun en pratique. Elle avait attendu, paralysée de timidité, n'osant ni une allusion ni un geste. Pourtant elle devinait, à des signes infimes, qu'elle lui plaisait. Hélas il restait délibérément distant, s'inclinant devant la réprobation muette qu'Aurélien affichait. Durant quelques mois, Laurène avait accepté la situation, amusée par l'attitude protectrice d'Aurélien et le silence éloquent de

Juillet. Puis elle s'était rendu compte que leurs relations, ainsi installées, ne pourraient plus changer.

Comprenant que sa sœur n'était pas décidée à parler, Dominique déclara :

— Aurélien m'a prise à part, ce matin, et m'a expliqué qu'il voulait faire un bel anniversaire à Juillet. Trente ans, ça compte ! Je suis censée trouver un menu exceptionnel et Alex doit fouiller dans les caves pour y chercher ce que nous avons de mieux à boire ! Tu imagines ?

Laurène se mit à rire, reconnaissant bien le caractère imprévisible d'Aurélien à travers ces exigences.

— Rien de trop beau pour Juillet, comme d'habitude ! C'est prévu pour quand, cette soirée de gala ?

— Demain. Et Juillet n'est pas au courant, en principe.

Dominique hésita un peu avant d'ajouter :

— Aurélien a invité papa et maman, en pensant que grand-mère pourrait peut-être venir, pour une fois. Il a aussi téléphoné à Maurice Caze. Tu te souviens de lui ?

— Il a une propriété vers Saint-Julien ?

— C'est ça. Il est le parrain de Juillet, mais ce n'est pas la raison. Il est surtout le père d'une assez jolie fille... Aurélien a tout prévu !

Laurène haussa les épaules, agacée.

— Jolie mais stupide ! Une chèvre ! Qu'Aurélien puisse penser à Camille comme belle-fille, ça me dépasse !

— À mon avis, il pense surtout aux vignes.

Dominique riait mais Laurène restait sérieuse. De nouveau elle se sentait mal à l'aise. Depuis l'arrivée de Robert à Fonteyne, elle avait découvert avec plaisir qu'elle pouvait s'intéresser à quelqu'un d'autre que Juillet. Elle avait gardé de Robert un souvenir assez imprécis pour avoir été très surprise en se retrouvant devant lui. Cette soudaine attirance avait le charme de la nouveauté et la délivrait de ses obsessions passées. Elle avait brusquement décidé qu'il ne lui servait à rien d'être jolie et d'avoir vingt ans si c'était pour se consumer dans des rêves sans objet. Depuis trois jours, elle entrevoyait enfin une solution à tous ses problèmes. De Robert, Aurélien ne prendrait pas ombrage, elle le devinait confusément. Et, d'une certaine manière, elle tenait là une revanche sur le silence de Juillet.

— Tu es tout le temps dans les nuages, en ce moment…, lui dit Dominique en tournant dans l'allée de Fonteyne.

— Les nuages, c'est pas ça qui manque ! riposta Laurène qui regardait le ciel.

Robert jouait avec son stéthoscope, ne quittant pas son père des yeux. Il avait lu avec attention le dossier médical qu'Aurélien lui avait soumis de mauvaise grâce. Ils s'étaient installés dans la bibliothèque pour ne pas être dérangés. C'était l'endroit préféré d'Aurélien, le refuge où il oubliait les soucis de Fonteyne. Les boiseries d'acajou ne parvenaient pas à assombrir la pièce qui recevait des flots de soleil par ses quatre portes-fenêtres. Robert y retrouvait une atmosphère qu'il avait adorée pendant son adolescence. Il avait révisé là ses épreuves du bac, dans un silence et une lumière dont il se souvenait encore. Par un accord tacite, personne ne pénétrait dans la bibliothèque lorsque Aurélien s'y trouvait. Mais Robert et ses frères avaient toujours eu accès, dès leur plus jeune âge, à tous les livres sans aucune restriction. Leur père leur disait alors de lire n'importe quoi mais de lire. Et ils passaient des dimanches entiers à déplacer l'échelle le long des rayonnages pour y dénicher des textes à leur goût.

Robert s'était mis à marcher de long en large et il sourit en entendant le bruit de ses pas sur le parquet ciré. Au hasard d'un détail, son retour à Fonteyne le prenait à la gorge par une foule de réminiscences.

— Il n'y a rien de très inquiétant, mais je préférerais que vous puissiez consulter un cardiologue...

— Tu n'es pas sûr de ton diagnostic ? persifla Aurélien.

— Je suis chirurgien, vous savez, je voudrais un avis. A priori, ne vous faites pas trop de souci...

— Mais je ne m'en fais pas ! C'est Juillet qui est allé te chercher, pas moi ! Et puis je te connais, tu vas me dire de prendre rendez-vous avec le professeur machin, grand spécialiste, à Paris naturellement. Or je n'irai pas à Paris, jamais ! Le type que j'ai vu ici me paraît très bien et son opinion me suffit. Maintenant, si tu penses que c'est grave ou urgent, on en discute et on réfléchit.

Robert vint s'asseoir face à son père, sourcils froncés.

— Je suis mauvais juge parce que vous êtes mon père. Il est rare qu'un médecin soigne sa propre famille. Je crois que vous serez aussi bien suivi à Bordeaux qu'à Paris. Je vous demande juste de vous surveiller régulièrement. Pour le reste, vous êtes libre...

— Encore heureux ! J'aurai tout entendu ce matin !

Robert esquissa un sourire. Aurélien le fascinait par sa vitalité. Il restait le même malgré les années, exaspérant ses fils et forçant leur respect.

— Je me fais beaucoup de souci, en réalité, mais c'est pour le temps ! Tu as oublié, sans doute, ce que les vendanges donnent comme...

— Je n'ai rien oublié ! protesta Robert en riant.

Aurélien désigna le stéthoscope qui pendait autour du cou de son fils.

— Range ça, j'ai l'impression de parler à un étranger. Ah, voilà enfin les filles qui rentrent ! On finira par arriver à déjeuner !

Robert regarda Dominique et Laurène qui longeaient la terrasse, suivies de Fernande et chargées de lourds sacs. En passant, Laurène leur adressa un joyeux sourire, immédiatement suivi d'une grimace.

— Elle a horreur d'aller au marché, expliqua Aurélien avec une sorte d'attendrissement qui attira l'attention de Robert.

— Vous avez toutes les indulgences possibles pour cette gamine, non ?

Aurélien se retourna brusquement vers Robert et le toisa. Il hésita, prêt à se mettre en colère, mais le visage de Robert n'exprimait qu'une simple curiosité. Aurélien eut un long soupir.

— Oui…, dit-il enfin. Elle me touche beaucoup. Si j'étais honnête, je t'avouerais carrément qu'elle me plaît. Que veux-tu que j'y fasse ? Elle est là toute la journée, à travailler avec moi, et je ne suis pas de bois !

— Mais vous…

— Ne me fais pas d'injure en proférant n'importe quelle ineptie, tu veux !

Robert avait baissé les yeux et il observait ses chaussures. Aurélien eut de nouveau envie de rire.

— Je serai ravi le jour où elle trouvera un mari et où elle quittera Fonteyne. Furieux mais ravi.

Robert, amusé par la déconcertante franchise de son père, prit le risque de déclarer :

— Juillet ferait assez bien l'affaire, comme mari possible…

— Juillet ?

Aurélien, sur la défensive, réfléchit avant de répondre.

— Je ne suis pas dans sa tête. Il fait ce que bon lui semble. J'avais seulement dit, lorsque Laurène est arrivée ici, qu'il n'était pas question de la draguer pour rigoler ! Elle avait dix-huit ans, c'est un peu jeune ! Vis-à-vis d'Antoine, j'étais responsable...

Il était d'une telle mauvaise foi que Robert fut pris d'un fou rire impossible à réprimer. Aurélien, vexé, lui tourna le dos et le laissa se calmer. Lorsqu'il put de nouveau s'exprimer, Robert demanda :

— Il y a une chose dont j'ai oublié de vous parler, en tant que médecin. C'est votre... votre vie privée.

Il n'y avait pas trace d'ironie dans sa voix. Aurélien n'eut pas besoin de réfléchir pour savoir qu'il pouvait lui faire confiance.

— Pas une vie de moine et pas une vie de fou... J'ai mes... habitudes à Bordeaux. Très tranquilles. Et puis, de temps à autre, une envie ici ou là. J'ai plus d'aventures que tu ne l'imagines et moins que tu ne le redoutes ! J'ai toujours aimé les femmes, tu sais...

— Je sais, se contenta de dire Robert d'une voix neutre.

— Et pour donner une réponse complète à ta question... médicale, je n'ai pas de problème particulier. Pas encore !

Robert l'observait, attentif et ému. Pour la première fois de sa vie d'adulte, il ressentait une véritable tendresse pour son père.

— Le pire, Robert, ce n'est pas de vieillir... L'âge ne compte pas, mais c'est affreux de ne plus avoir de temps devant soi. Aujourd'hui, ce ne sont pas les femmes qui me font le plus envie, mais l'amour. Je voudrais aimer, voilà... Et si ça m'arrive, vous direz que c'est le démon de minuit ! Si elle est de ma génération, vous direz que c'est odieux, et si elle est jeune vous crierez au scandale, au gâtisme ! Remarque, je vous connais, vous protesterez loin de mes oreilles...

Robert écoutait, s'obligeant à rester impassible. Aurélien jeta un coup d'œil vers la terrasse déserte.

— Cette petite Laurène a réveillé des choses, oui... Elle, je ne peux pas l'avoir, d'accord, mais ça crée un manque, un vide...

Aurélien, soudain, changea de ton.

— Si j'avais ton âge, j'aimerais bien qu'elle me regarde comme elle te regarde ! Et puis, c'est toujours moi qui parle, mais si tu me disais pourquoi tu n'es pas marié ?

Robert se troubla et articula une réponse incompréhensible. Aurélien lui sourit, bienveillant.

— Je ne te demande pas de confidences. Ma curiosité n'a pas, comme la tienne, l'excuse de la science !

Aurélien s'amusait, décidé à détendre l'atmosphère. Il n'avait pas l'habitude de se confier et n'avait jamais cherché l'intimité avec ses fils. Le fait de s'être déshabillé et laissé examiner par Robert avait momentanément changé leurs rapports. Robert sentit que l'instant de grâce était passé. Il se leva.

— Va voir si on déjeune bientôt, lui dit Aurélien, je te rejoins.

Resté seul, il retourna s'asseoir sur le canapé Chesterfield et il refit lentement son nœud de cravate. Il était conscient de son injustice et se la reprochait.

« Pousser Robert vers la petite ! Mais qu'est-ce qui me prend ? Comme je ne peux pas l'avoir, je ne veux pas qu'il l'ait, lui ! Je deviens sordide... »

Il savait depuis longtemps que Juillet était amoureux de Laurène. Même s'il ne le montrait pas.

« J'ai fait comprendre que j'étais contre et il s'est incliné, Dieu seul sait pourquoi ! Parce qu'il a peur d'aimer ? Moi qui ne demande que ça, la vie est mal faite... Tout de même, s'il en faisait sa femme, il faudrait que je supporte de les voir ensemble, à longueur de temps, et ça... »

Aurélien se releva et regarda autour de lui. Ses livres ne parvenaient pas à le consoler de lui-même. Il aimait trop Juillet pour se mettre dans la situation de l'envier. Il leur était arrivé de rivaliser, tous les deux, et ils avaient joué le jeu. S'il avait oublié les autres, sciemment, Aurélien se souvenait encore de cette jolie femme qui avait préféré finir la soirée avec lui plutôt qu'avec son fils, ce qui lui avait procuré une immense satisfaction d'orgueil.

« Mais il n'était pas question de sentiments, c'était juste un défi, un affrontement pour rire... »

Pour triompher plus que pour rire, dans cet impérieux besoin de se mesurer qui les animait autant l'un que l'autre.

« Qu'il me ressemble, et que j'aime qu'il le veuille... »

La voix aiguë de Pauline le tira de sa rêverie. Il jeta un dernier coup d'œil à ses chers livres puis quitta la bibliothèque d'un pas décidé.

Le déjeuner, tardif, avait été un peu expédié, et Aurélien était parti faire sa sieste, mécontent. Juillet s'était installé dans le bureau de son père pour y attendre Alexandre qui n'était toujours pas rentré de Bordeaux. Il ne s'asseyait pas à la place de son père et restait plus volontiers en équilibre sur le bras d'un fauteuil pour étudier les dossiers en cours. Chaque jour, il lisait une somme considérable d'informations viticoles, jamais rebuté lorsqu'il s'agissait de la vigne. Il retenait tout avec une facilité déconcertante et laissait rarement passer un détail sans l'examiner à fond. À n'importe quel moment et sur n'importe quel sujet, il pouvait remplacer Aurélien et s'engager en son nom. Ainsi, dans les confréries et les réunions professionnelles, les gens s'adressaient indifféremment à Aurélien ou à Juillet. En revanche, Alexandre apparaissait peu, et la soudaine décision de le propulser dans une négociation devait l'avoir embarrassé. Juillet espéra que ses tractations n'avaient pas débouché sur un désastre.

Il se leva, s'étira, jeta un coup d'œil au ciel toujours plombé, puis se décida à passer dans le bureau de Laurène qu'il entendait taper à la machine depuis quelques instants.

— Je te dérange ? demanda-t-il d'une voix impersonnelle.

Elle fit pivoter sa chaise et lui sourit.

— Au contraire ! J'aurais bien besoin que quelqu'un m'explique comment sortir du programme... Je ne comprends rien à cet ordinateur de malheur !

Il s'approcha et elle lui céda sa place. Il pianota deux secondes sur le clavier pour fermer le dossier en cours.

— Tu demandes ton fichier comme ça...

À moitié tourné vers elle, il la regarda et s'interrompit. Il avait pris sa décision depuis quelques jours et il pensa que le moment n'était pas mal choisi.

— Je peux te parler ? D'autre chose que d'informatique, s'entend...

— Oui, si tu me donnes une cigarette d'abord.

Elle ne s'attendait à rien de sérieux et restait détendue. Il désigna les classeurs qui encombraient la pièce :

— Le cadre manque de romantisme ! Veux-tu venir dîner à Margaux avec moi, ce soir ?

Surprise, elle lui jeta un coup d'œil puis baissa les yeux sur le paquet de Gitanes qu'il lui tendait.
— Drôle d'idée… Tes frères sont là, le moment n'est pas idéal pour aller courir les restaurants, non ?

Il ressentit une espèce d'angoisse inconnue et dut avaler sa salive avant de parler.
— Eh bien, si tu ne me laisses pas le choix…

De nouveau, il s'interrompit, incapable d'aller plus loin. Il se leva, évitant de croiser le regard de Laurène.
— Voilà, je… oh, c'est difficile !

Laurène restait silencieuse. Elle avait attendu très longtemps ce moment, et il arrivait alors qu'elle ne le souhaitait presque plus. Juillet, avec ses cheveux bouclés retombant en désordre, sa silhouette un peu maigre et son évidente timidité, avait quelque chose de très émouvant. Elle cessa de l'observer et éteignit sa cigarette à peine commencée.
— Je vais te faire une déclaration, murmura Juillet qui se forçait à sourire. Je crois que je suis amoureux de toi, Laurène.

Elle serra ses doigts autour du cendrier, paralysée par ce qu'il venait de dire. Elle voulait réfléchir mais n'y parvenait pas. Le silence était insupportable, et soudain elle lui en voulut de la brutalité de son aveu, même en sachant ce qu'il devait lui coûter. Depuis deux jours, elle ne pensait qu'à Robert. Elle était parvenue à mettre Juillet hors de sa tête et voilà qu'il bousculait tout, changeant les cartes au moment le plus inopportun.
— Ça t'est tombé dessus d'un coup ? dit-elle pour plaisanter, avec un sourire crispé.

Il se taisait et elle n'osait pas relever les yeux vers lui. Parce qu'elle se sentait maladroite, perdue, elle avoua d'un coup sa rancœur :
— Aurélien t'a donné le feu vert ?

Il avait dix ans de plus qu'elle mais il se trouva comme un gamin pris en faute. Il ne pouvait pas la contredire sur ce point précis. Elle réalisa qu'il avait suffi, en fait, qu'elle regarde un autre homme pour qu'il se décide.

— Écoute…, dit-elle d'une voix radoucie.

— Non, arrête.

Juillet avait parlé sur un ton rauque qui n'était pas le sien. Il passa devant elle et alla vers la porte. Il hésita, la main sur la poignée, puis se retourna pour la regarder bien en face.

— Je suis désolé. Je te mets dans une situation impossible. Oublie ce que je t'ai dit, je te promets que je ne t'ennuierai plus avec ça.

Elle allait protester lorsque Alexandre fit irruption, bousculant Juillet.

— Papa dort encore ? Tant mieux ! Quelle matinée !

Il alla directement s'affaler sur la chaise de Laurène.

— Ça ne s'est pas franchement bien passé. J'ai été obligé de céder un peu, avec le vieux Amel…

— Quoi ?

Juillet fit un pas vers Alexandre.

— C'est quoi, céder un peu ? Tu plaisantes, Alex ? Ne me dis pas qu'il t'a invité à déjeuner et que tu as accepté n'importe quoi au moment du café ? Tu es vraiment con à ce point ?

Juillet fit demi-tour et sortit en claquant la porte, sans avoir laissé le temps à Alexandre de répondre.

— Mais qu'est-ce qu'il croit, que c'était facile ! explosa Alexandre.

Il se tourna vers Laurène, cherchant un réconfort.

— C'est de plus en plus pénible de travailler avec Juillet, je t'assure ! Tu as vu sa tête ? Il ne m'a même pas demandé les chiffres !

Il remarqua que Laurène avait les larmes aux yeux et il ajouta aussitôt :

— Ce n'est pas un drame, tu sais…

— Juillet a…

— Eh oui, il aurait fait mieux, il n'avait qu'à y aller !

— Non, réussit à dire Laurène, il n'est pas… pas dans son assiette.

— Juillet ? Ah, ce serait bien la première fois ! Avec sa santé de fer et ses idées fixes ! Comme papa ! Des rocs…

Alexandre s'était levé et il sortit en claquant lui aussi la porte.

Aurélien se réveilla en sursaut et regarda avec stupeur Juillet debout à côté du lit.

— Je suis désolé, lui disait son fils, mais il est quatre heures et le notaire est là…

— Déjà ? Pourquoi l'as-tu fait venir si tôt ?

— Parce que vous paraissiez pressé de le voir, ce matin. C'était tout de suite ou après-demain.

Aurélien bâilla avant de se lever.

— Tu as bien fait… Je monte…

Juillet s'éloignait mais la voix d'Aurélien le retint.

— Tu fais une drôle de tête, fils ! Quelque chose ne va pas ?

Au lieu de sortir, Juillet s'assit derrière le petit secrétaire Empire. Il mit sa main dans la poche de son jean.

— Ne fume pas ici ! protesta Aurélien.

Juillet le regarda enfiler sa veste et passer un peigne dans ses cheveux.

— Tu as vu Alex ? Il est rentré ?

Juillet haussa les épaules.

— Oui…

Aurélien s'approcha de lui, inquiet soudain.

— Ne me dis pas qu'il s'est fait posséder par Amel ?
Aurélien dévisagea Juillet.

— On verra ça tout à l'heure, déclara-t-il lentement. En attendant, je monte discuter avec Varin et j'aimerais qu'on ne me dérange pas.

Ayant remarqué les traits tirés de Juillet et son expression de tristesse très inhabituelle, il se pencha vers lui.

— Juillet... Tout va bien, sûr ?

— Oui ! dit Juillet trop vite, en se relevant. Je file aux caves, Lucas m'attend.

Aurélien n'eut pas le temps de le retenir. Juillet grimpa les marches de l'escalier à toute allure et ressortit sur la terrasse. Il s'y arrêta une seconde pour allumer la cigarette qu'il tenait toujours entre les doigts. Il se sentait nerveux, mal à l'aise. La réaction de Laurène lui avait fait l'effet d'une douche glacée et il ne parvenait pas à ne plus y penser. Il se hâta en direction des caves, bien décidé à se débarrasser de son encombrante obsession.

Maître Varin leva les yeux au ciel, excédé.

— Mais enfin, protesta-t-il d'une voix qui restait calme par habitude, vous ne pouvez pas faire une chose pareille !

Il attendit en vain une quelconque approbation d'Aurélien. Fernande leur avait servi du café et Roland Varin prit le temps de boire le sien, à petites gorgées.

— Fonteyne est condamné à se disloquer dans l'année qui suivra mon enterrement si je ne le fais pas, dit enfin Aurélien.

— Vous avantagez Juillet d'une façon choquante, fit remarquer le notaire.
— Choquante ? Que m'importe ! Du moment que c'est légal…

Aurélien se pencha en avant et donna un coup, du plat de la main, sur le dossier étalé devant lui.
— Lé-gal ! répéta-t-il.
— Avec la quotité disponible, vous en faites déjà le principal actionnaire, fit remarquer le notaire.

Aurélien haussa les épaules.
— Et alors ? Si ses trois frères le prennent mal et s'allient, ils seront majoritaires ! C'est ce que je veux éviter à tout prix.

Roland Varin observa attentivement Aurélien avant de demander :
— Pourquoi ?
— Louis-Marie et Robert n'y comprennent plus rien, répondit Aurélien avec une parfaite sincérité.
— Et Alexandre ?
— Alexandre !

Aurélien eut un geste agacé, comme pour chasser une idée désagréable. Varin, qui ne le quittait pas des yeux, finit par soupirer.
— Les statuts de la société sont de plus en plus compliqués. Ces clauses n'ont qu'un but : protéger votre dernier fils…
— Non ! Protéger l'exploitation ! Garder l'intégrité du domaine !
— Aurélien… Vous souciez-vous tellement de ce qui se passera après vous ?

La question, formulée avec bienveillance, prit Aurélien au dépourvu. Il eut un sourire contraint.
— Je n'ai pas fait tout ce travail pour qu'il serve à payer des voitures de sport ou des croisières au soleil…

Mon vin ne mérite pas d'être bradé par des incapables à des crétins… Fonteyne aux mains des Anglais, des Chinois, que sais-je ! Vous imaginez, Roland ?

Varin se taisait, réfléchissant. Aurélien éleva la voix :

— Vous imaginez ?

— D'accord, accepta enfin le notaire, dompté. Vous allez faire une cession de parts… Mais vous paierez des droits.

— Sur le capital, souligna Aurélien avec bonne humeur. Pas sur l'actif !

— C'est une donation déguisée, avertit encore le notaire.

Aurélien voyait la scène comme s'il y était. Sa succession était un sujet abstrait qui l'amusait beaucoup.

— Ils n'oseront pas… Si vous saviez comme je les connais bien ! D'ailleurs l'outil de travail est pratiquement inattaquable, non ? Ils préféreront des dividendes sûrs à un procès interminable. Juillet n'est pas contre eux, Juillet est pour Fonteyne, c'est tout !

Roland Varin se permit un sourire.

— Comme vous ?

— Comme moi, admit Aurélien. Nommez-le gérant pour quatre-vingt-dix-neuf ans !

— Ce sera exactement comme lui donner les pleins pouvoirs…

— Exactement, oui ! Y compris pour l'achat et la vente de terres. Que rien ne puisse se faire sans son accord.

Le notaire pianotait sur le dossier qu'il avait sorti de sa serviette en arrivant et ouvert devant lui. Il détestait traiter les affaires des clients hors de son étude.

— Aurélien… Êtes-vous prêt à discuter avec Juillet ?

— Discuter de quoi ?

— Il pourrait vouloir... Vous vous mettez dans une situation périlleuse, en réalité...

Varin hésitait, cherchant ses mots, conscient qu'il pénétrait sur un terrain délicat.

— On se trompe parfois sur ses propres enfants, enchaîna-t-il.

Aurélien patientait, refusant de comprendre, et Varin acheva, à contrecœur :

— Il finira par se marier un jour, et alors il y aura les histoires de femmes, les belles-sœurs, les influences.

— C'est bien ce que je redoute ! Mes brus se déchirant entre elles, ça n'aurait rien de profitable pour Fonteyne ! En faisant ce groupement foncier, j'ai muselé les tentatives à venir. Juillet aura les mains libres, c'est nécessaire.

À bout d'arguments, le notaire se résigna à être plus direct :

— Les mains libres pour se retourner contre vous aussi, s'il en a envie !

— Juillet ?

Aurélien éclata d'un rire sincère, sans se forcer.

— Laissez Juillet de côté, la question n'est pas là, vraiment !

— Qu'en savez-vous ? Vous lisez dans l'avenir ? Mon devoir est de vous mettre en garde : vous prenez un gros risque.

— Concernant Fonteyne, répliqua patiemment Aurélien, ce n'est pas de Juillet qu'il faut se méfier, mais de ses frères. C'est tellement évident ! Je connais mes quatre fils par cœur et je ne veux pas entrer dans les détails avec vous. Faites seulement ce que je vous demande, modifiez les statuts, établissez les actes et adressez-les-moi au plus vite, c'est tout...

Aurélien s'était levé et Roland Varin, un peu éberlué, comprit qu'il mettait fin à leur entretien. Il serra la main qu'Aurélien lui tendait puis rassembla ses papiers. Il était mécontent de son après-midi et désapprouvait les décisions d'Aurélien.

Ils traversèrent le hall en silence, côte à côte. Varin jetait des coups d'œil discrets autour de lui, comme chaque fois qu'il venait à Fonteyne.

— Vous avez une bien belle maison, décidément, murmura-t-il.

Aurélien lui sourit. Les doubles portes de la bibliothèque étaient restées ouvertes et ils apercevaient les rangées de reliures anciennes.

— Un jour que vous viendrez en ami, je vous montrerai ma dernière acquisition, une édition rare de Montesquieu dénichée à Bordeaux.

En haut des marches du perron, Aurélien serra de nouveau la main du notaire.

— Ne tardez pas, pour ces papiers.

— C'est entendu, vous les aurez dans la semaine.

Varin planta son regard dans celui d'Aurélien et ajouta :

— Portez-vous bien, Aurélien ! À l'idée de ce qui se passera dans mon bureau après votre décès, je préférerais mourir avant vous !

Aurélien le regarda s'éloigner et monter dans sa voiture.

— Qu'il est bête, murmura-t-il, égayé malgré tout.

Pauline avait fini par remettre son chemisier sur son maillot de bain, résignée à ne pas bronzer. Le temps était toujours incertain, de nuages en éclaircies. Elle avait installé une chaise longue derrière la maison, loin des allées et venues, et c'est là que Robert était venu la rejoindre. Assis dans l'herbe, à quelques pas d'elle, il l'avait plaisantée sur son inutile bouteille d'huile solaire, puis il s'était tu, ne sachant quelle contenance adopter.

À l'abri derrière ses lunettes de soleil, Pauline l'observait depuis quelques minutes. La présence de Robert lui procurait un réel plaisir.

— Tu veux du jus d'orange ? lui demanda-t-elle pour rompre le silence.

Il secoua la tête. Il était hors d'état de penser à quoi que ce soit d'autre qu'à cette femme allongée devant lui. Il la regardait sans trop chercher à dissimuler ce qu'il ressentait. Il avait tellement rêvé d'elle qu'il éprouvait une sorte d'avidité à la détailler.

Pauline se redressa un peu.

— Mais qu'est-ce que tu regardes comme ça ? Il y a une araignée sur le transat ou quoi ?

Robert se détourna, à regret, et s'allongea sur le dos. Il avait cueilli un brin d'herbe qu'il mâchonnait.

— Si tu me parlais un peu de toi ? proposa-t-il.

Elle éclata de rire. L'attitude de Robert était assez éloquente pour qu'elle devine sans mal l'effet qu'elle produisait toujours sur lui malgré les années.

— Il n'y a pas grand-chose à raconter ! Ton frère est un mari formidable...

— Bien sûr ! railla Robert entre ses dents. S'il t'avait rendue malheureuse, je l'aurais provoqué en duel, tu sais bien... Pas d'autre bébé en préparation ?

Pauline redevint sérieuse.

— J'ai eu beaucoup de mal pour avoir Esther. Je n'ai pas trop insisté, ensuite...

Tout ce qu'elle disait touchait Robert au plus profond de lui-même. Non seulement il n'était pas guéri de Pauline, mais il était dans le même état d'esprit qu'au jour de leur rupture.

— Tu ne travailles pas ?

— Non ! Je n'en ai aucune envie ! On sort tout le temps, on voyage... Tu as lu le dernier livre de Louis-Marie ?

— Non...

Elle quitta sa chaise longue et alla s'asseoir près de lui.

— Il avait peur de te rencontrer, tu sais... Il est tellement soulagé que vous ayez fait la paix ! Cette histoire lui pesait beaucoup, depuis six ans.

— Et à moi, donc !

— Robert... Sois sérieux et écoute-moi.

Il se mit à plat ventre, posa son menton dans ses mains.

— D'accord, soyons sérieux ! Quitte-le et viens vivre avec moi.

Elle éclata de rire, à nouveau, mais s'éloigna un peu de lui.

— Reste, murmura-t-il, je plaisantais.

Il y eut un silence gêné. Robert redécouvrait, intacte, la souffrance qui l'avait si longtemps poursuivi.

— Il va pleuvoir, déclara Pauline en observant le ciel.

— Et ce sera de nouveau l'effervescence, panique à bord ! Ta promenade de ce matin s'est finie sous un déluge, paraît-il ?

— Oui, la Jeep nous a lâchés et on s'est réfugiés chez Fernande ! C'était très marrant mais ton père a rappelé Juillet et j'ai perdu mon professeur !

Robert sourit à cette évocation.

— Je n'aurais pas dû me priver de la maison si longtemps, dit-il.

— Rien ne t'y obligeait ! Tu t'es drapé dans ta dignité et tu nous as culpabilisés pendant des années !

— Vous n'étiez pas innocents, que je sache !

— Bob..., dit Pauline d'une voix douce, si on oubliait tout ça ?

— Tu ne peux pas savoir à quel point j'aimerais !

Pauline se pencha vers lui, hésita un instant, puis lui posa la main sur l'épaule.

— On va essayer de passer de bonnes vacances, tous ensemble. Tu veux bien ?

Elle était si proche de lui qu'il sentait son parfum. Il ferma les yeux, cherchant à reprendre le contrôle de lui-même. Pauline ôta sa main et il se leva. Il essaya de lui sourire, sans conviction. D'un mouvement vif et imprévisible, elle se mit debout et se jeta contre lui.

— Je suis désolée, Bob ! Je t'aime beaucoup, tu sais, beaucoup...

Sa spontanéité était telle qu'il n'osa pas refermer ses bras sur elle. C'était pire que tout ce qu'il avait imaginé avant de venir. Lorsque Pauline s'écarta d'un pas, il se sentit déchiré.

— Je ne peux pas t'aimer beaucoup, murmura-t-il d'une voix essoufflée, mais je ferai semblant...

Il s'éloigna à grandes enjambées, le cœur battant, comme s'il fuyait un danger. Il fit le tour de la maison et alla jusqu'à la grange qui servait de garage. Sans idée précise, il voulait prendre sa Jaguar et partir faire quelques kilomètres, histoire de se calmer.

Alors qu'il manœuvrait pour quitter la grange, il vit Laurène qui lui faisait de grands signes, dans l'allée. Il s'arrêta à sa hauteur et baissa sa vitre, de mauvaise humeur.

— Vous allez à Bordeaux ?

Elle lui adressait un sourire timide et gentil. Il fit un effort pour lui répondre.

— Vous avez des courses à faire ? Montez...

Il se souvint brusquement que son père l'avait chargé de trouver le cadeau d'anniversaire de Juillet et qu'il avait promis de s'en occuper. Laurène s'était glissée sur le siège du passager et regardait défiler la route, silencieuse. Il lui fut reconnaissant de ne pas bavarder à tort et à travers. Il se concentra sur la conduite de sa voiture et fut presque surpris de se retrouver si vite à Bordeaux. Il demanda alors à Laurène de lui indiquer le chemin de la sellerie Lafont puis il la déposa sur le cours de l'Intendance, en promettant de la retrouver place Gambetta deux heures plus tard.

Il dut chercher un bon moment le magasin recommandé par son père et le dénicha enfin dans une ruelle près du grand théâtre. C'était une boutique obscure, toute en profondeur, et qui sentait le cuir. Le vieux sellier se souvenait parfaitement de Juillet Laverzac et il extirpa même une fiche d'un tiroir. Robert expliqua qu'il voulait faire une surprise à son frère en lui achetant des bottes neuves et qu'il les voulait semblables aux précédentes.

— Si vous avez un moment, asseyez-vous là-bas. Je vais voir ce que je peux faire...

Le commerçant disparut derrière un rideau et Robert se dirigea vers un curieux fauteuil, comparable à un siège de dentiste et juché sur une sorte d'estrade. Il se mit à rire, silencieusement. Il achetait ses chaussures dans les magasins les plus luxueux de Paris et trouvait l'endroit aussi incongru que réjouissant.

Qu'Aurélien ait eu l'idée d'offrir des bottes à Juillet l'avait beaucoup surpris. En général leur père se préoccupait peu des goûts de ses fils et leur infligeait les cadeaux de son choix. Il avait donc fait une exception, pour une fois, et avait pris la peine de s'interroger sur les désirs de Juillet. Même en admettant que trente ans soit un anniversaire marquant, la démarche d'Aurélien signait sa préférence pour son fils adoptif.

« À moins qu'il n'en ait eu assez de le voir traîner dans les mêmes bottes depuis des lustres ! »

Robert avait fini par s'asseoir et le vieil homme revint enfin avec une boîte sous le bras.

— Si vous faites la même pointure, passez-les. Nous allons les casser, ce sera mieux...

— Les casser ?

— À la cheville, pour marquer les plis...

Robert parvint à glisser sa jambe dans une des bottes fauves et fut séduit par la souplesse du cuir.

— Il aurait mieux valu qu'il vienne lui-même, maugréait le sellier. Ce genre de surprise...

Robert se laissait faire, délivré de Pauline pour l'instant. Dans la pénombre de la boutique, il apercevait des brides et des cravaches pendues un peu partout, des colliers et des laisses, des ceintures et des étuis de fusils. Dans cet univers de chasseur, de cavalier, Robert estima que son frère devait se sentir à l'aise. Ayant toujours envie de rire, il demanda :

— Et une bride, ça peut s'acheter sans le cheval, je suppose ?

— Si vous savez quelle taille et quels aciers, c'est sans problème ! répliqua vertement le vieil homme.

Robert, qui n'avait pas voulu le vexer, le complimenta sur le confort des bottes et leur qualité, puis il ajouta qu'il reviendrait pour la bride, avec tous les renseignements nécessaires. Il remit ses mocassins et se hâta de payer.

« Si Louis-Marie et Alex n'ont rien prévu, on pourrait lui acheter des trucs pour son cheval. J'emmènerais bien Pauline avec moi, demain matin, elle va adorer cet endroit ! »

Il était conscient de chercher le prétexte d'un tête-à-tête. Il jeta un coup d'œil à sa montre et décida d'aller faire un tour du côté de son ancien lycée. Il avait toujours été, sans effort, un très bon élève.

Il s'arrêta devant les grilles de l'école et regarda un moment des enfants qui jouaient sur le terrain de basket. Il resta longtemps absorbé dans sa contemplation, sans faire un mouvement, son paquet sous le bras. Il revoyait son père l'attendant, derrière ces mêmes grilles. Les succès scolaires de Robert étaient sans cesse ternis par une indiscipline chronique qu'Aurélien ne tolérait pas.

Robert essaya de mesurer toutes les années écoulées.

« Gâchées à poursuivre une ambition de carrière… À penser à Pauline en pure perte… Je devrais me marier, j'en ai marre de cavaler. »

Il entendit une cloche et vit les élèves se précipiter vers les bâtiments. La cour du lycée se vida en quelques instants. Il s'éloigna à pas lents, ne sachant plus très bien où se trouvait sa voiture.

« Pauline est bien la seule femme qui serait passée avant tout le reste… »

Complètement découragé, il faillit oublier de rejoindre Laurène. Il se souvint d'elle juste à temps et la récupéra, chargée de paquets. Comme il était plus calme mais tout aussi triste que deux heures plus tôt, il l'invita à boire un verre dans un bar de la place.

Aurélien avait eu une explication orageuse avec Alexandre. Devant Juillet et Lucas qui dressaient l'inventaire des fûts dans les caves, il lui avait reproché de s'être comporté comme un incapable. Alex avait laissé passer l'orage, imperturbable, avant de vaquer à ses occupations. Il avait échangé un bref coup d'œil de complicité avec Juillet, en examinant un des tonneaux. En revanche il avait perçu, comme chaque fois, la sourde réprobation de Lucas.

Il faisait frais, presque froid, sous les voûtes des caves. Juillet allait d'une pièce de bois à l'autre, rapide mais consciencieux. Aurélien le laissa finir la rangée puis lui fit signe de le rejoindre.

— Je voudrais te dire deux mots, fils…

Il l'entraîna vers l'escalier qu'ils remontèrent côte à côte.

— Laisse faire Alex, pour la futaille, c'est une des rares choses qu'il fasse bien…, murmura Aurélien en émergeant au soleil couchant.

Ils levèrent la tête ensemble, par réflexe, pour examiner le ciel.

— Pas fameux, décida Aurélien.

Il regarda Juillet, cherchant par où commencer.

— Tu ne m'as pas demandé pourquoi j'ai convoqué Varin ?

Juillet lui rendait son regard, serein, limpide.

— Pour vos affaires, je suppose.

Aurélien haussa les épaules, énervé.

— Les affaires de la famille te concernent ! Et bien plus que tu ne l'imagines…

Aurélien jeta un coup d'œil vers l'allée où venait d'apparaître la voiture de Robert. Il prit Juillet par le bras et fit quelques pas dans la direction opposée.

— Varin va m'envoyer des papiers, dans la semaine, qu'il faudra que tu signes.

Juillet avait tourné la tête pour observer Robert et Laurène qui descendaient de la Jaguar, devant la maison.

— Tu m'écoutes ?

Juillet reporta son attention sur son père.

— Oui.

— Non, tu ne m'écoutes pas, tu regardes cette gamine et tu ne penses à rien d'autre !

Il y avait eu assez de réelle agressivité dans la voix d'Aurélien pour que Juillet recule d'un pas. Aurélien regretta de s'être laissé dominer par un mouvement d'humeur.

— Qu'est-ce que vous cherchez à me dire ? demanda enfin Juillet d'une voix froide.

Aurélien détailla son fils des pieds à la tête.

— Je te fais nommer gérant du groupement foncier. Tu es d'accord ?

Juillet eut un geste d'incompréhension. Aurélien poursuivit :

— Il y a des mois que je cherche le moyen de te faire hériter de Fonteyne et je crois avoir trouvé.

Juillet, de nouveau, s'écarta de son père. Il avait un peu pâli. Les sourcils froncés, il bafouilla :

— Vous avez… Vous avez fait quoi ?

Il avait un air horrifié et Aurélien leva les yeux au ciel. Juillet revint vers lui et lui posa une main hésitante sur l'épaule.

— Vous voulez qu'ils me haïssent ?

— Tu préfères qu'ils t'obligent à vendre un jour ?

Juillet tourna la tête vers les vignes, laissa lentement retomber sa main puis se mit à chercher ses cigarettes.

— Vendre Fonteyne ? articula-t-il enfin.

— Inévitablement !

Il avait oublié Laurène et Robert, oublié tout ce qui n'était pas la terre qui l'entourait. Il scruta le visage de son père avec une sorte de désespoir.

— C'est de votre mort que vous parlez...

La voix basse de Juillet contenait une émotion non feinte. Aurélien lutta contre l'attendrissement.

— Elle arrivera tout aussi inévitablement. Je veux que tu puisses continuer. Je ne sais pas si c'est vraiment un cadeau ! Tu auras quand même tes frères sur le dos, mais j'ai voulu t'en protéger au maximum. Je ne les ai pas lésés, tu leur serviras de véritables rentes ! Seulement personne ne pourra te contraindre à liquider un seul pied de vigne. Tu resteras le patron.

Juillet était partagé entre des sentiments violents. Aurélien l'avait rarement vu aussi déconcerté et aussi mal à l'aise. Il chercha à le rassurer en plaisantant :

— On dirait que je viens de t'annoncer une catastrophe ! Tu n'aurais pas l'air plus pitoyable si je t'avais dit que je te déshérite !

Aurélien se mit à rire mais Juillet regardait obstinément le sol. Aurélien redevint sérieux et demanda :

— Juillet... Tu veux Fonteyne, oui ou non ?

Juillet leva ses yeux sombres sur son père.

— Oui, répondit-il avec une effrayante simplicité.

— Eh bien tu l'as ! Tu n'auras qu'à signer les papiers de Varin.

Ils restèrent un long moment à se regarder en silence. Puis Juillet posa la seule question qui lui tenait à cœur.

— Pourquoi ? demanda-t-il à mi-voix.

Ils savaient pertinemment, tous les deux, ce que signifiait et englobait ce simple mot. Juillet, à trente ans, n'avait jamais posé la question de ses origines ni demandé la moindre explication.

— Pourquoi ? répéta Aurélien. Oh, c'est simple... Parce que tu l'aimes et parce que tu es le seul capable de le diriger.

Il avait esquivé l'essentiel, délibérément, en taisant ses sentiments pour son fils adoptif. Il parlait de Fonteyne parce qu'il pouvait mettre en évidence la compétence de Juillet et son attachement à la vigne. Le reste lui était trop personnel et il n'était décidé à l'offrir à personne. Fût-ce à Juillet, surtout à Juillet !

Ils repartirent à pas lents vers le château. Le ciel s'était complètement dégagé et la fin de journée était superbe. Juillet décida d'en profiter pour aller monter une heure à cheval avant le dîner. Il rejoignit les écuries à grandes enjambées, perdu dans ses pensées. Il y trouva Robert qui l'attendait, assis sur un ballot de paille.

— Qu'est-ce que tu fais là ? Tu voulais monter ?

Le ton neutre et sans chaleur de Juillet surprit Robert.

— Non, je n'y tiens pas ! J'étais juste venu voir ton bestiau, par curiosité.

Juillet entra dans un box désaffecté où il avait entreposé son matériel. Il prit sa selle, un tapis, une brosse et un filet. Il repassa devant son frère et ouvrit la porte du box de son cheval.

— C'est toi qui as retapé les écuries ? demanda Robert.

Juillet hocha la tête, sans répondre, brossant énergiquement son alezan.

— Il est très beau, dit Robert en entrant à son tour.

Juillet lui jeta un coup d'œil.

— Bonne promenade avec Laurène ?

Surpris et amusé, Robert riposta :

— Ce n'est pas moi qui l'y ai conviée ! Et puis détends-toi, je ne marche pas sur tes plates-bandes, si c'est ce qui te tracasse !

— Ni sur celles de Louis-Marie ?

La repartie avait fusé, sèche, et Robert toisa Juillet.

— Tu es bien agressif... Ça ne te ressemble pas...

Ils se mesurèrent du regard, un instant, puis Juillet céda.

— Désolé, vieux. On a tous nos problèmes. Pour Laurène, c'est sans importance.

— Vraiment ?

— Vraiment. Elle m'a envoyé sur les roses, la place est libre !

Juillet sellait son cheval, tournant le dos à Robert. Il mit le filet en place et passa une rêne dans une étrivière avant de faire face à son frère :

— Tu veux une bière ?

C'était proposé gentiment, Robert accepta. Ils sortirent du box et Juillet alla leur chercher deux bouteilles.

— Elles sont tièdes, je te préviens...

Ils burent ensemble, assis à même le sol, sur le ciment.

— Tu avais envie d'un cheval ? demanda Robert.

— C'est une distraction, répondit Juillet en souriant. Il s'appelle Bingo, c'est un anglo et je l'ai eu pour un prix dérisoire... Aurélien ne nous aura pas payé dix ans de leçons d'équitation en pure perte, après tout !

Juillet riait, détendu. Robert se sentit très bien avec son frère, soudain, dans cette petite écurie isolée.

— Juillet... Comment fais-tu pour supporter papa à longueur d'année ? Tu ne préférerais pas dix hectares à toi plutôt que deux cent cinquante à lui ?

— Mille ailleurs, ce ne serait pas Fonteyne ! Tu te fais des idées, il n'est pas si difficile à vivre.

Robert observait Juillet et, le voyant si tranquille et si solide, il n'hésita pas à lui demander :

— Il ne t'a jamais renseigné, sur ta naissance ?

— C'est la dernière question que j'irais lui poser. Il y a trente ans, il m'a adopté, ça commence là et je ne suis pas curieux du reste.

Même s'il mentait un peu, il pensait qu'il était plus sage de donner cette réponse à Robert.

— Tu as une belle vie, ici, dit Robert avec sincérité.

Ils finirent les bières mais restèrent assis, heureux d'être ensemble.

— Tu as été gentil de m'écrire avec une telle constance ! reprit Robert. C'est grâce à toi que j'ai eu envie de…

— Non, coupa Juillet sans cesser de sourire, c'est pour voir Pauline que tu es venu.

Robert ne se donna pas la peine de protester et il eut un geste d'impuissance. Juillet lui jeta un coup d'œil, intrigué.

— Elle ne t'est jamais sortie de la tête depuis tout ce temps ?

— Non… Enfin, je n'y pensais pas en permanence ! Mais personne ne l'a remplacée. Et ce n'est pas faute d'avoir essayé ! Chaque fois, je fais des comparaisons, c'est plus fort que moi, le cœur n'y est pas.

— Ah oui, le cœur…

Juillet faisait rouler la bouteille vide, songeur.

— Il fallait bien passer l'éponge un jour ou l'autre, déclara Robert avec aplomb.

— Seulement si tu étais prêt ! Sinon… Qu'est-ce que tu espères, en ce moment ? Tu veux la lui reprendre ? Tu veux le faire cocu ?

Juillet parlait d'un ton uni mais Robert se sentit agressé. Il fit mine de se lever et Juillet le retint par le bras.

— Tu es transparent ! Et Pauline est dingue. Vous allez provoquer des drames pour rien. Louis-Marie est assez... compréhensif, parce qu'il adore sa femme et qu'il tient à la garder. Il a beaucoup d'estime pour toi et il a vraiment souffert de cette situation. Il m'en a parlé pendant des soirées entières ! Il pense que tu es une victime, ne lui fais pas le coup du traître ! De toute façon, tu seras perdant avec elle. Même si tu lui donnes le choix chaque fois que tu la rencontres, elle te préférera toujours Louis-Marie...

Robert s'appuya au mur, derrière lui, et soupira :

— Tu as une manière d'assener la vérité qui n'appartient qu'à toi... Tu dois avoir raison, je suppose, seulement pour toi c'est facile, tu es sans passion.

— Qu'est-ce que tu en sais ? En tout cas je n'ai pas ta complaisance, c'est sûr !

— Complaisance ? répéta Robert.

— Oui ! Pour ton chagrin en bandoulière.

Vexé, Robert ouvrit la bouche mais la referma sans avoir proféré un mot. Il saisit la bouteille avec laquelle Juillet jouait toujours et l'immobilisa.

— C'était il y a six ans, Bob, dit doucement Juillet.

Après un long silence, Robert se leva et fit quelques pas. Il revint vers le box de Bingo, lui caressa les naseaux d'un geste machinal.

— Va faire ta balade, suggéra-t-il à Juillet, il est déjà tard.

Juillet ramassa les bouteilles et se mit debout.

— Tu m'en veux ?

Robert haussa les épaules.

— Tu dis ce que tu penses, c'est déjà ça !

Il s'écarta de la porte pour laisser passer Juillet. Il le regarda sortir son cheval et se mettre en selle.

— Tu étais sincère, tout à l'heure, au sujet de Laurène ?

— Oui.

Mentalement, Juillet se traita aussitôt d'imbécile. Robert le regardait, incrédule. Juillet fit marcher Bingo et ajusta sa sangle.

— On ne peut pas se battre toujours pour les mêmes femmes ! protestait Robert.

Juillet eut un sourire ambigu.

— Il faut avouer, plaisanta-t-il, que tu es partout à la fois...

— Ah, tu vois ! triompha Robert.

Juillet ne voulait pas se sentir en position de faiblesse vis-à-vis de son frère. Sa conversation sur la succession de Fonteyne, une heure plus tôt, l'avait déjà beaucoup perturbé.

— Je ne te le dirai pas deux fois, parce qu'il ne faut pas trop m'en demander, déclara-t-il, mais il n'y a vraiment rien entre Laurène et moi. Moins que rien, d'ailleurs. Je ne suis plus sur les rangs, promis !

Son rire léger sonnait moins clair que d'habitude. Robert le regarda s'éloigner, sceptique. Il entendit le cheval qui prenait le trot dans l'allée.

« Je l'aime bien, ce mec... », pensa Robert. Juillet lui offrait l'image de la force et de la quiétude qui lui faisaient défaut.

« Louis-Marie, papa, Fernande ou moi, on a toujours eu une préférence pour lui. Il n'a gêné qu'Alex, en somme, et encore... Mais pour Laurène, ça m'épate. Je l'aurais bien cru amoureux. Et elle aussi ! Quoique... »

Robert regarda autour de lui, songeur. Les rares fantaisies de Juillet – comme ce cheval ou, quelques années plus tôt, une Morgan de collection qu'il avait bricolée un moment – ne duraient pas longtemps. Aurélien observait ces toquades avec amusement, sachant à quel point elles étaient éphémères. Juillet, ce n'était un mystère pour personne, ne vivait que pour la vigne.

« Il a de la chance, il est à l'abri de tout... »

Robert entra dans le box qui servait de sellerie et fouilla dans les divers harnachements, à la recherche d'une idée de cadeau.

Louis-Marie détacha le collier de perles de Pauline et en profita pour l'embrasser dans le cou.

— Tu passes de bonnes vacances ? lui demanda-t-il en la prenant par la taille.

Elle lui affirma, les yeux brillants, qu'elle s'amusait infiniment. Il éclata de rire et la serra contre lui.

— Infiniment ? C'est peut-être beaucoup, non ?

Mais la famille Laverzac était bien, pour Pauline, une source d'étonnement sans fin. Ses propres parents étaient installés en Australie depuis des années et elle ne les voyait presque jamais. Elle était toujours enthousiaste à l'idée de séjourner à Fonteyne. Loin de l'existence très parisienne que Louis-Marie lui faisait mener, Pauline avait craint, au début, de s'ennuyer chez son beau-père. Or elle y avait découvert un mode de vie merveilleux, fait de traditions et de luxe ; un monde d'hommes bien élevés sur lequel elle pouvait régner l'espace d'un été. Autant une belle-mère l'aurait fait fuir, autant Aurélien lui avait plu.

— Comment ça se passe, avec Robert ? demanda Louis-Marie d'un ton anodin.

— Très bien, répondit-elle sans regarder son mari.

— Pauline...

Il lui prit délicatement le menton entre ses doigts et l'obligea à lui faire face.

— Ça te fait quel effet de le revoir ?

Elle sourit avec franchise.

— Ça me fait plaisir !

— Pas trop, j'espère !

Il plaisantait mais elle le sentait un peu crispé.

— Juste assez, rassure-toi.

— Je ne suis pas inquiet. Mais ne joue pas avec le feu.

Elle avait sursauté. Elle se redressa de toute sa petite taille.

— C'est quoi, le feu ? Tu me rappelles à l'ordre, ma parole ! Tu n'as pas eu ces scrupules quand nous nous sommes rencontrés !

— Pauline, voyons... Je ne voulais pas te... Bob est mon frère et...

— Il l'était déjà à l'époque !

Louis-Marie, désolé, mit ses bras autour des épaules de sa femme.

— Tu as peur, Louis-Marie ? Tu es si peu sûr de toi ? Ou alors tu t'imagines m'avoir mise en prison une fois pour toutes ?

Il la dévisagea un moment avant de répondre, calmement :

— Non. Pas du tout.

Elle se blottit contre lui et il l'embrassa avec douceur.

— Tu es l'homme de ma vie, murmura Pauline, et il ne peut y en avoir qu'un. Tu me crois ?

— Oui.

Elle lut dans le regard clair de Louis-Marie qu'il la croyait, en effet, et surtout qu'il l'aimait. Elle était ce qu'il avait de plus précieux et de plus important. Elle passait avant tout et même avant Esther.

Il fit glisser le chemisier de soie le long des bras de Pauline et il dut se pencher pour atteindre les boutons de la jupe. Elle le laissait faire, attentive au désir qu'elle avait de lui. Il s'agenouilla devant elle, lui embrassa l'estomac puis le ventre. Il la prit par les hanches pour qu'elle ne bouge pas. Il savait ce qu'elle voulait. Elle tourna la tête vers le miroir et regarda l'image qu'ils formaient. Puis elle posa la main sur les cheveux blonds de Louis-Marie et elle céda au plaisir qu'il lui donnait.

La fin de septembre était décidément peu clémente. Il faisait gris, le lendemain après-midi, et le vent s'était levé. Aurélien et Juillet étaient partis aussitôt après le déjeuner, pour traiter une affaire de routage à Margaux. Robert avait proposé à Pauline de la conduire à Bordeaux pour les derniers achats concernant l'anniversaire de Juillet. Louis-Marie les avait laissés partir sans émettre la moindre objection et s'était même proposé pour surveiller les enfants. Dominique avait accepté avec soulagement, mobilisée par le menu du dîner pour lequel elle avait requis l'aide de Laurène et de Fernande. Alexandre avait disparu, avec Lucas, pour aller chercher au garage la Jeep enfin réparée.

Louis-Marie, un peu désœuvré, s'était installé sur la terrasse après avoir conseillé aux enfants de rester sur la pelouse. Il voulait prendre des notes pour un article qu'il ne se décidait pas à écrire. Et il se contentait de rêver, en mâchonnant son stylo. Il était le seul de la famille qui s'ennuyait à Fonteyne dès qu'il y passait plus de trois jours. L'exploitation de la propriété lui était devenue incompréhensible, avec les années. Voir le nom de Laverzac sur une étiquette de grand cru le flattait toujours, mais pour le reste, il avait tout oublié, sciemment. Aussi vivait-il ses vacances comme une sorte de repos forcé et bienvenu, ayant gardé pour son père une réelle affection.

À six heures, alors qu'il avait enfin trouvé un semblant d'inspiration et qu'il noircissait des pages de son écriture fine et nerveuse, il fut dérangé par l'arrivée d'une grosse voiture japonaise. Il observa avec curiosité les visiteurs qui en descendaient et reconnut sans mal Maurice Caze et sa fille Camille. Il se leva pour aller les accueillir, excusa l'absence de son père et les conduisit vers la maison. Après les avoir installés sur la terrasse, il leur proposa un rafraîchissement mais Maurice réclama du vin, connaissant le genre de bouteilles qu'on dégustait à Fonteyne.

— Tu es sûr qu'on n'arrive pas trop tôt ? demanda-t-il avec bonne humeur. J'ai apporté un beau cadeau à mon filleul, il sera content ! Il n'est pas là ?

Sa jovialité et ses manières rudes surprenaient Louis-Marie qui se demandait pourquoi son père l'avait invité. Il se souvint enfin que Maurice Caze possédait un imposant château et dix-huit hectares d'excellentes vignes à Saint-Julien. Il eut une brusque envie de rire.

« Il est d'une rare vulgarité et sa fille paraît idiote ! Jamais vu père fréquenter des gens comme ça... Si c'est le parti qu'il réserve à Juillet, il a de drôles d'idées ! »

Il écoutait Maurice discourir sur le vin servi par Fernande et semer ses phrases de chiffres.

— ... ton père a dû te le dire ? Dans la région, tout le monde était content, ça a été une année formidable ! D'ailleurs, tu vas le constater en trinquant avec moi, ils ont très bien vieilli !

Maurice vida son verre et Louis-Marie, imperturbable et mondain, le resservit. Camille restait silencieuse et ne buvait pas. Louis-Marie lui adressa un sourire poli. Maurice s'était remis à parler et mettait la conversation sur Juillet.

— Ah, qu'est-ce qu'il ferait sans Juillet, ton père, hein ? Tu sais que c'est la coqueluche du Médoc, ce petit ? Il faut dire qu'il a tout pour lui !

« Pourvu qu'il n'ait pas ta fille en prime… », songea Louis-Marie.

— Tu sais, hier matin, j'ai vu Alex à Bordeaux. Il vous a raconté ses exploits ? Remarque, il n'y a que Juillet qui ait jamais pu tenir tête au vieux Amel !

L'arrivée de la Mercedes d'Aurélien soulagea beaucoup Louis-Marie. Juillet était au volant ; il freina sèchement, au bas de l'escalier, pour déposer son père. Il fit ensuite un demi-tour bruyant pour retourner au garage. Louis-Marie aperçut Camille qui courait derrière la voiture, avec les enfants, et il eut de nouveau envie de rire. Aurélien, gaiement, saluait Maurice. Il sembla à Louis-Marie que les yeux de son père brillaient de malice et il se demanda au détriment de qui.

Juillet traversait la pelouse, tenant Camille d'une main et Esther de l'autre. Les fils d'Alex gambadaient autour de lui. Maurice l'attendit, en haut des marches, pour se précipiter sur lui et le serrer dans ses bras. Il se lança aussitôt dans un discours emphatique.

— Ah, ce n'est pas souvent que tu viens voir ton vieux parrain ! Il y a de belles vignes, à Saint-Julien, et ça ferait plaisir à la petite si tu nous rendais visite de temps à autre ! Tu m'avais promis de me prêter ton chien pour la chasse, la dernière fois, mais c'était il y a si longtemps !

Juillet, très détendu, se dégagea de l'étreinte de Maurice et le repoussa gentiment.

— Quand je sors de Fonteyne, dit-il en souriant, c'est rarement pour aller voir d'autres plants !

Il jeta un rapide coup d'œil sur la table de la terrasse et, voyant ce que Louis-Marie avait fait servir à Maurice, son sourire s'accentua.

— Comment le trouvez-vous ? demanda-t-il en désignant la bouteille.
— Indiscutable... J'en parlais avec ton frère, quelle année ! Espérons qu'on en connaîtra d'autres !
— Pas celle-ci, en tout cas, bougonna Aurélien qui voyait des nuages noirs s'amonceler une nouvelle fois.

Il s'accouda à la balustrade de pierre et observa l'horizon avec inquiétude. L'été avait été gris, pluvieux, et tous les viticulteurs avaient espéré un beau mois de septembre. Hélas, chaque brève éclaircie ne faisait que précéder l'orage suivant. La terre se déchaussait et le raisin mûrissait mal.

— Sans un véritable changement de temps, on va à la catastrophe ! déclara Maurice qui était venu rejoindre Aurélien.

Mais ce n'était pas le ciel qu'il regardait, détaillant les abords de Fonteyne. La propriété d'Aurélien le séduisait depuis toujours et il la trouvait plus belle à chacune de ses visites. Il se retourna et se pencha en arrière pour apercevoir toute la façade de la maison. L'œil rond et la bouche ouverte, il contemplait ce qu'il rêvait d'avoir et que son argent ne pouvait pas lui donner : une demeure d'un goût parfait.

— Tu vas finir par tomber, dit Aurélien à côté de lui.

Robert avait conduit Pauline chez le vieux bottier mais elle détestait ce genre de boutique obscure. Elle préférait les magasins modernes et luxueux du centre-ville, où elle espérait trouver elle aussi un cadeau pour Juillet. Robert l'avait suivie, trop heureux d'être avec elle pour se plaindre. Elle en avait profité pour lui raconter sa vie, mais il la regardait plus qu'il ne l'écoutait. Puis elle avait eu envie de pâtisseries et ils avaient échoué dans un salon de thé où ils s'étaient gavés d'éclairs en échangeant des plaisanteries aigres-douces.

Robert ne cherchait pas à dissimuler ses sentiments pour Pauline. Elle acceptait l'évidence, amusée, flattée de le voir toujours si vulnérable, mais son rire ne dissipait pas le léger trouble qu'elle ressentait.

Ils faillirent oublier l'heure et ne revinrent à Fonteyne qu'à la fin de l'après-midi. Pauline, chargée de ses paquets, se précipita dans sa chambre pour se changer, après avoir adressé à Louis-Marie un geste qui se voulait complice et rassurant. Robert fut accaparé par Maurice dès qu'il mit le pied sur la terrasse.

Un vent fort et irrégulier s'était levé, faisant courir les nuages au-dessus des vignes. Aurélien, excédé par cette continuelle menace d'averse, proposa à Maurice de lui faire visiter les caves qu'il avait aménagées l'année précédente. Juillet les laissa partir puis, ignorant le sourire béat que lui adressait Camille, il prit Robert par l'épaule et l'entraîna dans la maison. Louis-Marie les regarda quitter la terrasse, impuissant.

Juillet, hilare, poussa Robert vers la bibliothèque.

— Louis-Marie se sortira très bien tout seul des mondanités ! Je voulais te voir deux secondes…

Robert, méfiant, attendait un quelconque reproche sur son escapade avec Pauline. Mais Juillet se contenta d'allumer une Gitane et de s'installer sur un des barreaux de l'échelle coulissante. Il caressa, du bout des doigts, le dos d'un livre de cuir fauve.

— Tu te souviens de lui ? demanda-t-il d'une voix rêveuse.

Robert pencha la tête pour lire le titre. Il se revit, dix ans plus tôt, chez ce bouquiniste où Juillet l'avait conduit.

L'édition, ancienne et rare, leur avait coûté un prix exorbitant.

— Il l'a laissé en bonne place, comme tu vois…, dit encore Juillet.

Le bruit de la pluie leur fit tourner la tête ensemble. Robert alla fermer les portes-fenêtres. Il faisait sombre et les boiseries se confondaient avec la bibliothèque elle-même, dans des reflets bruns et rouges.

— J'aime beaucoup Fonteyne, déclara brusquement Robert.

— Mais il y a six ans que tu n'y avais pas mis les pieds ! Et tout ça pour quoi ?

Robert se passa une main dans les cheveux, avec lassitude.

— Je ne guérirai pas d'elle, ici comme ailleurs, pourtant il faut que je m'en sorte…

Comme sa voix manquait de sincérité, Juillet riposta, sceptique :

— Tu n'en as même pas envie !

Robert alla s'asseoir sur le canapé où il avait examiné son père, la veille. Il en profita pour changer délibérément de sujet.

— Tu voulais me parler de papa, je suppose ? Eh bien, je trouve qu'il ne se ménage pas assez !

Juillet fronça les sourcils, attentif. La santé d'Aurélien le préoccupait davantage que les états d'âme de son frère.

— Il ne fait rien d'extraordinaire, assura-t-il.

— Si ! Il mange trop, il boit trop, et il ne crache pas sur les femmes, si j'ai bien compris !

Juillet se mit à rire, gaiement.

— Oh, ça ? Il n'a que soixante ans, après tout ! Comment voudrais-tu donc qu'il vive ? À pas comptés ?

Robert eut une moue dubitative.

— Il y a peu de chances, en effet…

Juillet quitta son échelle et alla rejoindre son frère sur le canapé.

— Tu penses qu'il devrait faire attention ?

— Oui.

— Alors dis-le-lui !

La véhémence de Juillet surprit Robert.

— Pourquoi ? Il m'écouterait ?

Juillet réfléchit puis concéda :

— Non… Bien sûr que non. Mais je ne veux pas qu'il lui arrive quoi que ce soit.

Robert haussa les épaules. Ni lui ni Juillet – et encore moins le cardiologue choisi par Aurélien – ne pourraient prétendre calmer leur père en l'empêchant de vivre comme il l'entendait.

— Fais-lui peur, suggéra Juillet.

— De quoi a-t-il peur, à ton avis ? Tu te souviens de ce qu'il nous répétait ? De faire n'importe quoi mais de ne pas lui faire honte avec de petites peurs ou de petits bobos !

Juillet eut un sourire d'une infinie tendresse. Les yeux dans le vague, il murmura :

— À moi il me disait de tuer, au besoin, mais de ne jamais reculer.

— De tuer ?

Le sourire de Juillet s'accentua.

— C'est une image.

— C'est surtout un drôle de discours… Mais avec toi, il a toujours été différent.

Ils échangèrent un long regard, essayant de se deviner et de se comprendre. Fugitivement, Robert se demanda, d'où venait Juillet. Il repoussa aussitôt cette idée.

— Tu as trente ans ce soir, se contenta-t-il de dire.

Juillet avait dû saisir une infime nuance de curiosité dans la question car il répondit, en souriant de nouveau :

— Ce soir ou un autre, oui.

La voix de Pauline leur parvint, du hall, annonçant qu'il était temps de passer à table. Ils retrouvèrent toute la famille dans le petit salon où avait été servi l'apéritif. Antoine et Marie étaient lancés dans une discussion animée avec Maurice Caze qui était sorti émerveillé des caves d'Aurélien. Dominique et Pauline, pour faire plaisir à Aurélien, avaient fait des efforts d'élégance. Laurène s'était contentée de mettre un chemisier de soie tout en gardant son jean. Juillet ne lui jeta qu'un rapide coup d'œil mais se sentit plus troublé qu'il ne l'aurait voulu. La cérémonie des cadeaux contribua à le mettre encore plus mal à l'aise. Camille ne le quittait pas des yeux, agaçante à force d'insistance. Juillet dut ouvrir des paquets, remercier, plaisanter. La paire de bottes d'Aurélien acheva de le désorienter. Il connaissait trop son père pour ne pas relever le caractère inhabituellement personnel d'un tel cadeau. Rendu maladroit par les circonstances, Juillet eut du mal à trouver ses mots lorsqu'il s'approcha d'Aurélien. Mais son père ne lui laissa pas le temps de s'empêtrer dans des phrases confuses et l'interrompit presque tout de suite :

— Si tu t'asseyais deux secondes, fils, et qu'on voie le plan de table ensemble ?

Juillet se contenta de s'appuyer contre l'accoudoir du canapé. Aurélien lui tendit un verre.

— On trinque ? À ton anniversaire...

Juillet esquissa un sourire indécis et but deux gorgées.

— Tu prends Camille à ta gauche, Marie à ta droite, et je mets Laurène face à toi, comme ça tu pourras la regarder tant que tu veux...

Sans attendre la réaction de Juillet, Aurélien s'était mis debout et déclarait qu'il était temps d'aller dîner. Juillet prit Marie par le bras, pour la conduire à sa place.

— Quel âge merveilleux, trente ans ! murmura-t-elle avec gentillesse. Ton père s'est donné beaucoup de mal...

— Beaucoup trop, oui ! approuva Juillet.

Elle attendit que les autres convives, en s'installant, couvrent le bruit de sa voix.

— Ça t'ennuie ? demanda-t-elle.

— Ça me gêne.

— Pourquoi ? Tu ne veux rien lui devoir ?

Elle souriait, amusée, et l'expression grave de Juillet la surprit.

— Marie... Je lui dois tout ! Non, je ne veux pas qu'il se sente obligé, que...

D'un geste maternel, elle lui posa la main sur le bras.

— Tu es drôle, petit ! Il t'aime, tu sais.

— Je sais ! Moi aussi. Il n'a pas besoin d'en faire la démonstration.

Attendrie, elle continua de l'observer tandis qu'il se tournait vers Camille et débitait quelques phrases polies. Elle pensa que Laurène était folle d'ignorer un aussi charmant jeune homme. Marie avait toujours eu un faible pour Juillet. Depuis qu'il était devenu adulte, elle l'admirait, de surcroît. Elle avait gardé l'espoir secret que Laurène et Juillet se plairaient et sauraient se trouver. Elle jeta un coup d'œil à Laurène qui discutait avec Robert, de l'autre côté de la table, puis elle étouffa un soupir. Laurène lui causerait bien plus de souci que Dominique, elle en était certaine.

« Les jeunes ne se rendent pas compte... Être assis à la table d'Aurélien Laverzac, ça leur paraît tout naturel... »

Marie, elle, mesurait le chemin parcouru. Lorsqu'il lui arrivait de penser à sa propre enfance, elle n'en revenait pas de faire partie d'une des familles les plus enviées du Médoc.

— Tu n'as pas peur ici, l'hiver ? demandait Camille à Laurène.

La visite de Fonteyne, avant le dîner, avait enchanté la jeune fille. Elle avait demandé des détails sur tout à Dominique et n'avait pas cessé de s'exclamer devant les boiseries ou les plafonds à caissons.

— Penses-tu ! riposta Laurène. Il y a Juillet qui dort à mon étage...

Elles échangèrent un regard aigu. Puis une odeur délicieuse fit taire tout le monde, Fernande arrivant avec un grand plat d'escargots.

— Où les as-tu dénichés ? demanda Antoine à Aurélien.

— Dans des boîtes de conserve, c'est sûr ! lança Maurice qui riait à tout propos.

Juillet, d'une voix douce, lui demanda :

— Vous n'aviez vraiment pas remarqué le temps pluvieux, ces jours derniers ?

Pendant que tout le monde s'esclaffait, Camille tira Juillet par la manche, dans un geste infantile.

— Vous n'êtes pas chic avec papa, Juillet !

Elle le regardait avec une sorte d'extase et il se sentit exaspéré.

— C'était une simple plaisanterie... J'aime beaucoup votre père.

Il avait dû se forcer pour proférer cette banalité qui n'avait même pas le mérite d'être sincère. En se détournant, il intercepta le regard de Laurène qui le toisait sans aucune indulgence. Par réflexe, il continua de parler à Camille.

— J'ai bien envie de vous faire découvrir un restaurant ouvert depuis peu à Soussans. Nous y avons déjeuné avec Aurélien, à midi. Seriez-vous libre samedi ?

Laurène tourna la tête vers Robert, furieuse. Juillet reporta son attention sur Camille qui souriait béatement.

« Je vais avoir Maurice sur le dos… », pensa Juillet.

Camille balbutiait qu'elle était ravie, en rougissant. Juillet se sentit stupide. Il regarda de nouveau vers Laurène mais elle ne s'intéressait plus à lui. Il repoussa son assiette.

— Tu n'as plus faim ? demanda gentiment Marie.

Il lui adressa un sourire désolé.

— Je ne fais que des conneries, ce soir, murmura-t-il.

Marie, intriguée, prit le temps de finir ses escargots. Elle ne comprenait rien de ce qui se passait entre Juillet et Laurène, Juillet et Camille. Il y avait plus de deux ans qu'elle n'avait pas mis les pieds à Fonteyne. Elle savait par Dominique que Laurène s'entendait très bien avec Aurélien et remplissait sans problème ses fonctions de secrétaire. Elle avait supposé que sa fille visait autre chose que ce poste généreusement proposé par Aurélien. Elle était certaine que Laurène avait longtemps couvé Juillet d'un regard amoureux – très semblable à celui de Camille ce soir. Et puis… Que s'était-il passé entre eux ? Juillet, ombrageux et charmant, indifférent en apparence, qui jetait à présent des coups d'œil de chien battu à Laurène. Puis se rebiffait pour inviter Camille en tête à tête. Des histoires de jeunes, sans aucun doute, mais Juillet n'était plus un enfant.

— Marie ?

Sortie brutalement de ses songes, Marie sursauta. Juillet lui souriait.

— Dis-moi, Marie…

Pour la troisième fois de la soirée, elle posa sa main maternelle sur le bras de Juillet.

— Je t'adore, petit, lui dit-elle et elle était sincère. Ne me pose pas de questions idiotes, je ne sais rien...

Pauline, près d'Aurélien, s'était levée et s'éclipsait discrètement. Juillet fit signe à Louis-Marie qui eut un geste d'impuissance. Robert, par-dessus la table, renseigna son frère :

— Pauline a abusé du margaux, elle est partie faire le tour de la maison en courant !

Juillet éclata de son rire caractéristique. Ils avaient tous trop bu, pour arroser la pochouse et le grenadin de veau. Alex et Louis-Marie furent gagnés par l'hilarité de Juillet à l'idée de Pauline sprintant autour de Fonteyne dans sa robe de soie ivoire.

— Oh, la petite classe ! On n'entend que vous ! protesta Aurélien.

Mais il était heureux de les sentir si gais. Il allait ajouter quelque chose lorsque la lumière s'éteignit. Pauline entrait, portant un somptueux gâteau surmonté de trente bougies. Fernande l'aidait à tenir le plat et elles vinrent le déposer devant Juillet. Il adressa un clin d'œil à Pauline et murmura :

— Ça va mieux ?

Sans attendre la réponse, il demanda à Camille de l'aider à souffler les bougies.

— Non, intervint Pauline, ce n'est pas de jeu ! Débrouillez-vous tout seul, Juillet, ce sont vos trente ans !

Elle souriait, un peu ivre mais consciente de la situation. Juillet se leva et souffla les petites flammes sans aucun effort. Pauline lui tendit un couteau et une pelle.

— Bon anniversaire, beau-frère.

Elle l'embrassa, grillant la politesse à Camille, très contente d'elle-même. Juillet semblait s'amuser aussi. Il découpa le gâteau et partit autour de la table pour servir lui-même. Parvenu près de Laurène, il fit l'effort de ne pas la regarder. Agacée par cet interminable dîner où Robert l'avait un peu ignorée, par l'attitude de Juillet avec Camille et par les plaisanteries ineptes de Maurice, Laurène saisit au vol le poignet de Juillet tandis qu'il était penché au-dessus d'elle.

— Tu en as déjà trouvé une autre à qui faire tes déclarations ? Ça n'a pas traîné !

Elle n'aurait jamais dit une chose pareille à jeun, elle se savait un peu ivre, comme Pauline et comme tout le monde. Juillet avait pâli. Il arrangea deux ou trois cassis sur la part qu'il venait de lui servir puis répliqua, entre ses dents :

— Tu voulais que je te laisse tranquille, non ? Si je t'ai mal comprise, tu n'as qu'un mot à dire...

Maurice choisit ce moment pour envoyer une bourrade dans les côtes de Juillet.

— Pas de messes basses ! Je n'ai pas droit au gâteau, moi ?

Juillet se retourna brusquement vers lui et le considéra d'une telle façon qu'Aurélien, à l'autre bout de la table, intervint aussitôt :

— C'est vrai, nous attendons...

Et en disant cela il regardait son fils d'une manière particulière, avec calme et autorité. Juillet comprit le message et ne répondit rien à Maurice. Il le servit et passa au convive suivant. Contrairement à l'usage, il alla trouver son père en dernier.

— Je ne prends pas de dessert, lui dit Aurélien en souriant.

— Non ? J'avais cru… Je vous avais gardé la plus grosse part !

Juillet lui rendait son sourire, de nouveau détendu.

— Ordre de la Faculté, murmura Aurélien en désignant Robert. C'est ça ou les filles, mais pas tout à la fois, paraît-il…

Juillet éclata de rire et rattrapa le plat qui avait failli lui échapper.

— Va t'asseoir, tu es un danger public, déclara Aurélien.

La pluie tombait avec régularité, sans violence, comme s'il devait pleuvoir pour l'éternité. Aurélien était sorti de sa chambre et s'était réfugié dans sa bibliothèque, exaspéré de ne pouvoir trouver le sommeil. Il avait trop bu, oui, et le menu de Fernande – choisi par lui – le laissait nauséeux et de mauvaise humeur. Pourtant il avait réussi sa soirée et il ne regrettait rien. Sa seule envie, s'il avait souhaité concrètement quelque chose, aurait été de revenir trente ans en arrière. Pas pour y retrouver Lucie mais plutôt sa jeunesse. Celle que Juillet affichait si paisiblement.

« Il a l'avenir devant lui, le salaud… » Il choisit un livre au hasard, l'ouvrit et tourna quelques pages. Une gravure retint son attention et il sursauta en entendant soudain un bruit de pas dans la pièce.

— Vous surveillez l'averse ?

— Que tu es énervant à surgir tout le temps et partout…, soupira Aurélien en refermant son livre d'un coup sec.

Il détailla Juillet des pieds à la tête.

— Ta génération ignore les robes de chambre ?

Torse nu, en blue-jean et mocassins usés, Juillet alluma une cigarette.

— Je déteste cette odeur, protesta Aurélien. Tu te démolis la santé à fumer comme ça...

Il fit un geste vers les portes-fenêtres dont il avait ouvert les lourds rideaux.

— Ce n'est pas une averse, c'est la fin du monde, l'apocalypse... La pluie finira par tout noyer et le raisin ne mûrira jamais. Jamais !

Juillet ne répondit pas. Les vendanges approchaient et le climat restait catastrophique depuis deux mois. Il alla s'asseoir sur l'échelle, par habitude.

— Varin a fait déposer les papiers, ils sont dans mon bureau. Tu les as signés ? demanda abruptement Aurélien.

Juillet secoua la tête, mal à l'aise. Ses boucles en désordre retombèrent sur son front.

— Puisque mes frères sont tous là, j'avais pensé que...

Il n'osa pas aller plus loin et attendit. Aurélien se taisait. Juillet éteignit sa Gitane et se sentit obligé de poursuivre.

— Je ne veux pas qu'ils puissent croire un jour que... que...

Il avala sa salive et finit par relever les yeux sur son père.

— Va les réveiller, dit Aurélien d'une voix ironique. Faisons-nous une petite réunion de famille ! Je leur soumettrai les comptes de l'exploitation et on procédera au vote, qu'en penses-tu ?

En trois enjambées, Aurélien fut devant Juillet. Il frémissait, incapable de dominer sa fureur.

— Pour qui me prends-tu ? cria-t-il. Où te crois-tu ? Vous ferez ce que je veux, tous les quatre ! Et toi d'abord !

La bibliothèque sembla mettre un certain temps à retrouver le silence après cet éclat. Juillet s'était redressé, abandonnant le barreau de l'échelle. Il se glissa entre les rayonnages et son père.

— Bien sûr, dit-il seulement, d'une voix très calme.

Il traversa la pièce et sortit. Aurélien enfonça ses mains dans les poches de sa robe de chambre. Quelques instants s'écoulèrent puis Juillet revint, une liasse de documents à la main. Il les posa sur une des tablettes à tirette et se mit à les signer un par un, en prenant le temps de laisser sécher chaque feuille. Lorsqu'il eut fini, il les tendit à Aurélien qui les prit sans un mot. Sa colère, qu'il savait pourtant injuste, ne s'apaisait que lentement. Ils restèrent quelques minutes immobiles et silencieux. Enfin Aurélien haussa les épaules.

— C'est un comble, bougonna-t-il. Je me justifierai le jour où je jugerai que c'est nécessaire...

Juillet se décida à bouger. Il se dirigea vers la porte et s'arrêta sur le seuil. Dans le mouvement qu'il fit pour se retourner vers son père, il y avait tout un élan de tendresse maladroite que perçut clairement Aurélien.

« Qu'il est bien, songea-t-il, tout le portrait de sa mère, la garce... »

— Je ne sais plus si je vous ai remercié...

— De quoi ? demanda Aurélien avec hauteur, peu décidé à céder à ses sentiments.

Son fils eut un sourire indéfinissable.

— Pour les bottes, murmura-t-il en sortant.

Le lendemain matin, alors que le temps était toujours aussi maussade, Aurélien demanda son petit déjeuner à Fernande à sept heures moins le quart. Il la félicita longuement pour le repas de la veille puis la renvoya et se servit du café, très pensif. Il se sentait fatigué.

« Je n'ai plus vingt ans, décidément... »

Il ne mit pas de sucre dans sa tasse, décidé à entreprendre un régime à sa manière.

« Robert a raison, je devrais faire attention... Le sucre, je m'en fiche, mais qu'il ne compte pas sur moi pour le reste... »

Il jeta un coup d'œil vers la porte et sourit malgré lui.

« Dans quelques minutes Juillet sera là, il aura frappé si doucement que je ne l'entendrai pas. Il me dira comment la terre supporte toute cette eau, il est sûrement déjà sorti ! Il ne fera aucune allusion à sa nouvelle fonction de gérant, et Dieu sait que ça doit lui peser, cette histoire de société ! Mais il sait bien que je veux lui donner Fonteyne intact et que c'est le seul moyen... »

Aurélien avait décidé depuis longtemps que ce serait Juillet qui lui succéderait à la tête du vignoble. En Juillet il se reconnaissait si bien !

« C'est comme le vilain canard de la fable... Le petit dernier, si dissemblable... Mais il n'a jamais souffert de rien, même pas de la mort de Lucie. Il était trop petit. Et déjà si têtu ! »

Aurélien souriait toujours quand la porte s'ouvrit.

— Naturellement, tu as frappé ?

— Oui, dit Juillet d'un air surpris.

Juillet parut grand à Aurélien. Grand et très jeune.

— Ah, si j'avais ton âge, murmura-t-il.

Il lui fit signe de s'asseoir.

— Tu veux du café ?

— Oui. Et savoir ce que vous feriez si vous aviez trente ans.

— Je baiserais Laurène, bien sûr ! répliqua Aurélien.

Juillet avait relevé brusquement la tête et il rencontra le regard froid de son père. Il y eut un instant d'hostilité entre eux.

— Pour les vignes ou pour le plaisir ? demanda Juillet avec une insolence inhabituelle.

— Pour le lot. Ça fait un tout non négligeable. Et ne te crois pas obligé de te lever, de fuir, de disparaître. Chaque fois que tu es contrarié, tu désertes. Or c'est une attitude complètement immature...

Aurélien, qui semblait s'amuser, observait Juillet.

— Ne me dis pas que tu préfères Camille ! ajouta-t-il encore.

— Non...

— Alors, à ce propos, ne t'embarque pas trop vite, Maurice est très chatouilleux !

— C'est vous qui les avez invités ! protesta Juillet qui perdait patience.

Aurélien secoua la tête, narquois.

— Tu ne me comprends pas. Épouse Camille si tu veux, l'affaire ne serait pas mauvaise. Mais si c'est juste un coup en passant, ne prends donc pas la fille de Caze. Tu as des femmes partout ailleurs pour t'amuser... Vous n'avez aucune idée, vous les jeunes, de l'importance des mariages bien faits et des alliances réussies. Les dynasties du Médoc ne durent que comme ça...

Juillet faillit se lever et dut faire un effort pour rester assis.

— Pourquoi me dites-vous ça ? Je ne vous savais pas curieux de tout, déclara-t-il enfin.

Ce fut Aurélien qui se leva, d'un mouvement très vif.

— Curieux ? Moi ?

Il cherchait ses mots, déjà essoufflé. Juillet regardait ailleurs. La phrase d'Aurélien le prit au dépourvu :

— Tu as peut-être raison. Après tout...

Aurélien s'était repris. Avec indifférence, il enchaîna :

— Il va falloir que tu ailles réparer les sottises de ton frère sans attendre. Il n'a rien signé, c'est déjà ça ! Tu feras comprendre à Amel que ses conditions sont inacceptables. Risibles, même ! Et passe à la mairie pour cette histoire de contrats de travail. Où en es-tu avec les journaliers ?

— Mon seul problème est d'arrêter des dates fermes.

— Oh, les dates... On aurait bien besoin de quelques jours de soleil !

Juillet quitta son fauteuil et s'approcha d'une fenêtre.

— Je ne sais pas si nous les aurons, dit-il doucement. Mais je prendrais bien le risque d'attendre. On verra avec les contrôles de maturation...

Aurélien eut un soupir bref, derrière lui. Il refusait de penser aux vendanges pour le moment.

— J'en ai marre de ce temps ! s'exclama-t-il soudain.

Juillet haussa les épaules, résigné.

— Tout le monde en a marre...

Il traversa la pièce et quitta le bureau dont il referma la porte sans bruit. Dans le hall il croisa Laurène qui descendait.

— Tu vas voir Aurélien ? lui demanda-t-il en souriant. Il n'est pas de bonne humeur !

— Moi non plus, ça tombe bien ! riposta abruptement la jeune fille.

Elle enrageait encore en pensant à la façon dont Juillet avait invité Camille, la veille, à un dîner en tête à tête. Gagnant le bureau d'Aurélien d'un pas décidé, elle s'assura qu'il n'avait pas besoin d'elle dans l'immédiat, puis fila jusqu'à la Grangette. Dominique fut un peu éberluée de la voir arriver mais ne fit aucun commentaire. Ensemble, elles préparèrent le petit déjeuner des enfants.

— Finalement, fit remarquer Laurène d'un ton acerbe, tant que les Parisiens sont là, tu as Esther sur le dos en plus des tiens ?

Dominique eut un geste d'indifférence.

— Un de plus ou de moins, tu sais... Ça les amuse tellement de retrouver leur cousine que ce serait dommage de les séparer !

— Tu crois que Pauline est une bonne mère ?

— De toi à moi, non !

Elles rirent de bon cœur, sans méchanceté.

— Quel repas, hier ! Aurélien est fou dès qu'il s'agit de Juillet, constata Dominique.

Elle était jolie, dans son peignoir blanc, et Laurène envia un instant la sérénité apparente de sa sœur. Elle lui demanda, sans autre préambule :

— Comment trouves-tu Robert ?

Dominique la regarda avec curiosité avant de répondre.

— Bob ? Gentil... Mais on a toujours l'impression qu'il pense à autre chose.

— Il te plairait, à toi ?

— Oh non ! Il est bien, remarque, il a des yeux magnifiques. Et toute la panoplie du séducteur, la bagnole, le métier, sans parler de son côté mélancolique ! Mais je ne sais jamais quoi lui dire au bout de cinq minutes. Je le trouve un peu superficiel. Uniquement préoccupé de ses ambitions. Il t'intéresse ?

Elle faisait chauffer du lait, tournant le dos à Laurène. Elle ajouta :

— Si tu cours après Bob, tu n'arriveras à rien. Regarde plutôt autour de toi.

Laurène posa brutalement les bols sur la table.

— Tu dis ça pour Juillet ? Je rêve !

— Écoute...

— Non, toi, écoute-moi ! J'avais mis Juillet sur un piédestal, j'en étais dingue, c'est vrai. Et tout le monde me regardait de travers ! Toi la première ! Aurélien prenait l'air outré s'il nous trouvait en tête à tête et, de toute façon, Juillet m'ignorait. Il ne pense qu'à Fonteyne ! Qu'au boulot et à rien d'autre.

— Pas toujours, protesta Dominique.

— C'est vrai ! Tu as vu son numéro avec Camille, hier soir ? Ah, il sait faire du charme, Juillet ! Mais au fond, il se moque éperdument des femmes, sinon pour les sauter en passant, je le connais ! Si tu savais ce que j'entends sur lui, ici ou là, à croire qu'il a mis toutes les filles du département dans son lit… C'est juste un vulgaire coureur et un égoïste de première !

Dominique avait laissé crier Laurène. Elle s'assit à table et commença tranquillement à beurrer des tartines.

— C'est surtout un grand timide, à mon avis, dit-elle au bout d'un moment. Quant au côté cavaleur, Robert est pire que lui, de loin. Celui-là, si tu comptes dans sa vie, ce sera cinq minutes, pas une de plus. Mais vas-y, essaye. Ne reste pas sur ton envie. Il est là et il est libre, profites-en !

Laurène, surprise, leva les yeux sur sa sœur.

— C'est toi qui me dis ça…

— Oui ! Je voudrais bien que tu ne restes pas comme une petite fille sage sous la coupe d'Aurélien. Il est temps que tu te lances, tu n'es plus une gamine.

Avec un sourire amer, Laurène secoua la tête.

— Ce sont des mots, Dominique… Comment veux-tu que je fasse ?

— Oh, bon sang ! Quand j'ai voulu Alex, j'ai su quoi faire ! Rien ne m'effrayait, ni beau-papa, ni Fonteyne, ni les frangins ! C'est à toi de décider.

Laurène se leva. Elle paraissait au bord des larmes.

— Prends du café…, lui dit Dominique.
— Non, j'ai du travail, je file, murmura Laurène.
Elle embrassa sa sœur, sans rien ajouter, et quitta la Grangette. Elle remonta l'allée, perdue dans ses pensées. Un soleil très inattendu brillait sur les vignes. Elle s'arrêta pour regarder autour d'elle, soulagée de découvrir une si radieuse matinée. Elle scruta le ciel uniformément bleu et se demanda combien de temps l'éclaircie durerait. Le bruit du moteur de la Mercedes lui fit tourner la tête. Juillet passa près d'elle en ralentissant et en évitant les flaques, pour ne pas l'éclabousser. Il ne lui adressa aucun signe amical. Il portait des lunettes noires et elle ne distingua pas l'expression de son visage.

Louis-Marie et Alexandre, involontairement, chuchotaient au lieu de parler à voix haute. Ils étaient descendus jusqu'à la plus profonde des caves, au troisième niveau, là où Aurélien conservait des bouteilles rares et précieuses. Heureux comme des collégiens, ils se retrouvaient vingt ans en arrière, persuadés d'avoir franchi la porte d'un lieu interdit. La pièce maîtresse de la collection, un magnum de margaux portant le millésime de 1875, était toujours allongée à sa place. Louis-Marie retrouvait les odeurs de sa jeunesse et le discours d'Alex le berçait.
— Les vingt-quatre Rauzan-Gassies 55, les Palmer 61, Malescot Saint-Exupéry, Labegorce et Kirwan… Tu vois, il n'a touché à rien. Je crois qu'elles ne seront jamais bues !
— Oh, le Lascombes ! Mais il en manque, là ?
— Oui, les Boyd-Cantenac de 69 qu'on a bus à Noël dernier. Il était un peu décevant.

Il désigna une clayette vide :

— Et le fabuleux Larruau qu'on a eu hier soir. Ta femme ne l'a pas goûté, c'est vraiment dommage !

— Elle avait déjà abusé, crois-moi !

Ils rirent ensemble et continuèrent leur exploration. Ils n'avaient pratiquement pas besoin de lire les étiquettes, d'ailleurs couvertes de poussière. Louis-Marie découvrait, étonné, qu'il avait gardé un souvenir particulièrement précis du lieu.

— Qu'est-ce qu'on ouvre, demanda-t-il à son frère, un Durfort-Vivens 75 ?

Alexandre le regarda, incrédule.

— Tous les deux ? Là ?

— Oui ! J'expliquerai qu'on a été pris de folie ! Allez, tu veux bien ?

Alexandre hésita puis fouilla dans sa poche dont il extirpa un couteau suisse. Il déplia la lame tire-bouchon et regarda Louis-Marie.

— D'accord.

Ils allèrent chercher un verre qu'ils avaient remarqué dans une cave mitoyenne et le rincèrent. Assis sur la terre battue, après avoir débouché la précieuse bouteille avec précaution, ils restèrent un long moment à boire, sans presque se parler.

— Mon Dieu, quelle merveille…, murmura Louis-Marie, rompant leur éloquent silence.

Il remplit de nouveau le verre.

— Tu es heureux ici, Alex ?

— Bien sûr, répondit son frère. Grâce à Dominique et à mes fils.

Louis-Marie médita quelques instants ces paroles puis demanda :

— Et Juillet ? Il t'emmerde, non ?

— Non.

Alexandre eut un sourire sincère, sans la moindre équivoque.

— Il est tellement doué ! Et il fait tellement pour la maison...

— C'est la sienne aussi, fit remarquer Louis-Marie. Dis-moi, Alex...

Il hésitait, cherchant ses mots. Alexandre attendait, patient.

— Je me suis souvent posé la question... Comment te dire ? J'ai l'impression que papa et Juillet... qu'ils expient quelque chose ensemble.

Alexandre but une nouvelle gorgée de vin sans répondre. Il regardait ailleurs et Louis-Marie insista :

— Ils ont des rapports trop passionnels ! Ils s'observent tout le temps, ils se mesurent, ils se testent...

— Ils sont obligés de diriger ensemble et ils n'ont pas des caractères à ça. Ni l'un ni l'autre. Papa sait très bien que Fonteyne, sans Juillet...

— Oh, dis ! coupa Louis-Marie en riant.

— Si, dit lentement Alexandre. Ce n'est pas le bonfils bon-élève que tu crois. Tout ce qui se fait de nouveau et de constructif, c'est Juillet. Il a le sens du vin. Il sait toujours les choses avant tout le monde. Quoi qu'il arrive, il voit comment ça va tourner et quel profit en tirer. Il a tort une fois sur mille, et encore ! Bien sûr, il fatigue tout le monde, mais on ne peut pas lui en vouloir, on ne peut pas le prendre en grippe, parce qu'il est aussi très gentil. Tu sais qu'il lui est arrivé de donner le biberon à mes fils les jours où Dominique faisait le marché ? Tant qu'il n'est pas question de la vigne, il sait se mettre en quatre pour arranger les autres. Demande à Fernande !

Louis-Marie ne semblait pas convaincu et Alexandre ajouta :

— Juillet a les défauts de papa ! Il s'est identifié à lui, il est devenu son double. Et puis, à un moment, il l'a dépassé.

Alexandre tendit le verre à Louis-Marie qui le servit en demandant, à mi-voix :

— Alors c'est le bonheur, ici, la belle vie ?

— Oui et non. Dominique me tanne pour qu'on parte à Mazion. Tu imagines le scandale que ça ferait ?

— Pourquoi ? Entre papa, Juillet et Lucas, Fonteyne tourne rond ! Si tu es de trop et si on a besoin de toi chez Antoine...

Alexandre haussa les épaules. Il doutait que Louis-Marie puisse comprendre toutes les données du problème. Et il n'avait aucune envie d'avouer que prendre la tête d'une exploitation lui faisait peur.

— J'aime Fonteyne autant qu'eux..., dit-il d'une voix sourde.

Louis-Marie lui posa alors la dernière question qui lui tenait à cœur :

— Et le jour où il arrivera quelque chose à papa ?

Alexandre se releva, brossa d'une main son blue-jean.

— Je ne sais pas... Il a dû prévoir...

— Prévoir quoi, Alex ?

Alexandre ne répondit rien et Louis-Marie se leva à son tour. Ils se dirigèrent vers l'escalier à vis. En arrivant dans la cave du rez-de-chaussée, ils découvrirent qu'il pleuvait de nouveau.

— Encore !

Hésitants, ils regardaient le rideau de pluie. La plus grande partie de la journée avait été superbe et la soudaineté de l'averse avait de quoi surprendre. Ils quittèrent en courant l'abri de la voûte et parvinrent au château déjà trempés. Alexandre se mit sur-le-champ en quête d'Aurélien. Louis-Marie retrouva Pauline dans le petit salon où Juillet était en train de lui préparer un feu de cheminée. Arrivé de Margaux cinq minutes plus tôt, il était mouillé lui aussi et il accueillit son frère en riant.

— Tu as vidé les caves avec Alex ?

— Les nouvelles vont vite ! protesta Louis-Marie.

— Contrairement à ce que tu as pu croire, les caves ne sont pas ouvertes à tous les vents, lui expliqua Juillet. Il y a toujours un employé qui surveille plus ou moins. Heureusement !

Louis-Marie passa son bras autour des épaules de Pauline et l'entraîna vers la cheminée.

— Quel temps de chien ! On va tous attraper la crève à passer du chaud au froid comme ça. Où est Robert ?

Juillet, qui se relevait et examinait sa flambée, répondit avec une apparente indifférence :

— Je l'ai rencontré à Margaux où il avait invité Laurène. Ils ont déjeuné au Relais.

Pauline fronça les sourcils, vaguement vexée que Robert s'intéresse à une autre femme qu'elle. Louis-Marie s'abstint de tout commentaire. Comme il faisait sombre dans la pièce, il alluma la lampe la plus proche de lui et s'installa sur le canapé.

— J'ai trop bu avec Alex, soupira-t-il.

Pauline alla chercher du café pendant que Louis-Marie proposait une partie d'échecs à Juillet. Il savait que son frère était un excellent joueur, mais il ne parvint pas à le convaincre. Juillet répéta qu'il n'était pas en vacances, but sa tasse de café debout et déclara qu'il allait se changer.

Dans sa chambre, il retira ses vêtements mouillés. Il avait réussi à faire bonne figure devant Louis-Marie mais sa rencontre inopinée avec Laurène et Robert, deux heures plus tôt, l'avais mis de mauvaise humeur pour la journée. Il enfila un jean, ses bottes et un col roulé, puis mit un blouson de cuir. Il prit un paquet de Gitanes qu'il fourra dans sa poche. Il savait très bien qu'il n'aurait jamais dû laisser le champ libre à Robert. Que celui-ci cherche à se consoler de Pauline avec une aussi ravissante jeune femme que Laurène n'avait rien de très étonnant. Il s'était renseigné avant, il avait été honnête.

Exaspéré, Juillet claqua la porte de sa chambre et dévala l'escalier. Il pleuvait toujours aussi fort. Il alla jusqu'à l'office pour demander à Fernande si elle avait vu Aurélien. Elle lui apprit qu'il était revenu une demi-heure plus tôt, trempé lui aussi, s'étant fait surprendre par l'averse dans les vignes. Juillet attendit que Fernande prépare un grog puis il se rendit chez son père. Il le trouva assis au bord de son lit, en robe de chambre, allumant un petit cigare.

— Qu'est-ce qui vous chagrine au point de fumer ? demanda Juillet en posant la tasse de grog sur la table de nuit.

Aurélien le regarda un moment avant de répondre.

— La pluie... J'ai bien cru que le temps s'était mis au beau...

Il tendit son cigare à Juillet.

— Si ça te tente, je le trouve horrible. Alors, avec Amel ?

— C'est réglé, dit laconiquement Juillet. Votre Davidoff est une merveille, en fait.

Aurélien lui sourit, malgré lui. Sa visite des vignes l'avait un peu rassuré, le raisin n'ayant pas si mauvais aspect qu'il avait pu le craindre.

— Tu avais raison, si la vendange est tardive, ça pourra aller...

Il but son grog et reposa la tasse d'un geste las.

— Je me fais vieux, dit-il. Je crois que je ne dînerai pas ce soir.

Juillet éclata de son rire caractéristique.

— Aurélien ! Vous avez besoin qu'on vous plaigne ? Les gens ne marchent pas comme vous voulez ?

— Tu devrais me souhaiter gâteux, impotent, tu devrais vouloir m'éliminer, lui lança Aurélien.

— J'ai mis de l'arsenic dans le grog, riposta Juillet qui riait toujours.

Aurélien ôta sa robe de chambre. Il mit une veste de cachemire sur sa chemise.

— Finalement je me sens mieux. Tu m'empoisonneras une autre fois. Si l'on peut dire ! Tu m'empoisonnes tous les jours à petite dose ! Passe-moi une cravate, n'importe laquelle... Pas celle-là, quand même, n'exagère pas.

Juillet en tendit trois à son père qui choisit celle du milieu.

— Après tout, ce sont des années bonnes à prendre pour toi ! Tu as Fonteyne quand même, malgré moi, et aucun souci.

— Aucun ! dit Juillet en levant les yeux au ciel.

Aurélien posa sa main sur l'épaule de Juillet, familièrement.

— Pour tirer quelque chose de toi, il faut être plus fort que toi. Je n'envie pas la femme qui t'aura.

Juillet, surpris, regardait son père.

— Je ne...

— Oui, je sais, coupa Aurélien, tu ne comprends jamais que ce que tu veux comprendre !

Il passa devant Juillet en sifflotant, très gai.

Il y eut de nouveau deux heures de soleil le lendemain matin. En arpentant les vignes, Juillet fit la même constatation qu'Aurélien sur le raisin : les averses répétées ne l'abîmaient pas. De la brume s'accrochait aux plants, dans l'aube humide, et la terre restait boueuse. Juillet pensait aux journaliers et à tous les problèmes inhérents aux vendanges. Il savait, malgré les plaisanteries échangées, à quel point Aurélien comptait sur lui. Il se sentait lourdement responsable de l'exploitation et devinait que le moment était mal choisi pour avoir des états d'âme. Aussi s'efforçait-il de ne pas penser à Laurène mais elle revenait sans cesse brouiller ses réflexions.

Il avait toujours obtenu aisément ce qu'il voulait des femmes – et même beaucoup plus qu'il ne le souhaitait, la plupart du temps. Leur conquête ne représentait aucun effort. Il leur faisait l'amour, très bien parce qu'il aimait ça, et il les oubliait aussitôt. Si, ce qui était rare, une des femmes à qui il décidait de plaire lui résistait un peu, il entrait volontiers dans le jeu et n'avait de cesse d'arriver à la séduire. Mais Laurène présentait une notable différence. Après l'avoir si longtemps évitée avec soin, Juillet s'était enfin avoué à lui-même qu'il l'aimait. Il se trouvait ridicule, rétrospectivement, d'avoir pu croire qu'il suffirait de le lui dire pour qu'elle lui cède. Il avait imaginé qu'elle le regardait avec intérêt et il s'était trompé de bout en bout. « Tu ne comprends que ce que tu veux comprendre », avait dit Aurélien la veille : il avait raison.

Que n'importe quelle fille lui préfère Robert aurait été indifférent à Juillet qui ne plaçait pas là son orgueil. Mais, pour Laurène, il se découvrait avec stupeur une âme de propriétaire. Il avait subi sans difficulté l'interdit d'Aurélien en pensant que ce n'était qu'une question de temps. À la limite, une rivalité confuse avec Aurélien ne le perturbait pas, alors que devoir lutter avec Robert le rendait furieux.

Il frissonna, n'ayant pas bougé de place depuis dix minutes. Pour un homme qui ne voulait pas penser aux femmes, il était servi ! Lentement, il se mit à longer une rangée de plants, s'obligeant à les regarder avec attention. En fait, il ne luttait même pas contre Robert, lui ayant carrément donné le feu vert. Il haussa les épaules à l'idée de sa propre stupidité.

— Tu as été réparer mes bévues ? lança la voix furieuse d'Alexandre juste derrière lui.

Il était rare que Juillet se laisse surprendre et il avait fallu qu'il soit décidément bien perdu dans ses songes pour qu'Alex puisse l'approcher sans qu'il l'entende. Il s'était retourné vers son frère et il se força à lui sourire.

— Tu me réponds ? insistait Alex.

— Oui… On ne pouvait pas laisser les prix où tu les avais fixés… J'y suis allé parce qu'Aurélien me l'a demandé. Mais je ne m'abrite pas derrière lui, de toute façon il fallait changer l'accord.

Alexandre, hésitant, observait Juillet.

— Comment fais-tu pour t'en sortir, avec Amel ? demanda-t-il avec plus de curiosité que d'agressivité.

— C'est nous qui lui rendons service, Alex ! Il a besoin de nous. Le vin des Laverzac, c'est une aubaine. Ne te sens jamais débiteur de ces types-là. Si tu es sûr de toi, tu obtiens ce que tu veux. Je lui ai d'ailleurs expliqué que je tenais à en négocier une bonne partie tout seul.

— Sans passer par eux ?

— Sans plus passer par personne.

Alexandre eut l'air effaré. Les innovations de son frère le prenaient toujours au dépourvu.

— Ce sera la tendance de l'avenir, ajouta Juillet. En attendant, j'ai un problème avec le planning des journaliers. Il faut que tu me règles cette question du minibus pour les transporter…

Ils discutèrent un moment, d'égal à égal, avant de retourner à la Jeep que Juillet avait laissée sur le chemin. Le vent se levait et ils virent les premiers nuages avec inquiétude. La pluie commença de tomber alors qu'ils arrivaient au garage. Aurélien les y attendait et il se précipita sur Juillet.

— Bon sang tu as vu, ça recommence !

C'était le cri du cœur et les deux frères eurent envie de rire. Aurélien aurait trouvé normal que Juillet fasse, pour de bon, la pluie et le beau temps. Ils regagnèrent la maison en courant, entourant leur père, et se réfugièrent dans son bureau. Laurène les y rejoignit peu après et Aurélien lui dicta quelques lettres. Juillet essayait de s'absorber dans la lecture d'un rapport comptable sans y parvenir. Il relevait la tête, machinalement, à chaque instant, et observait Laurène. Elle était assise au bord d'une chaise, les jambes croisées, son bloc-notes posé sur ses genoux. Elle portait une minijupe en jean et un tee-shirt moulant. Juillet la voyait de profil, la bouche entrouverte sur de petites dents régulières, avec ses taches de rousseur et ses cils interminables. Il dut avaler sa salive et s'obliger à replonger dans ses comptes. Il n'avait pas souvenir d'avoir jamais voulu quelque chose avec autant de force, sans aucun moyen d'y parvenir. Elle tourna la page d'un geste rapide et recommença à écrire. Juillet sentit le regard d'Aurélien sur lui et il abandonna sa contemplation pour se tourner vers son père. Il lut sur le visage d'Aurélien un mélange d'ironie et d'amertume. En silence, ils se défièrent durant quelques instants.

— Vous n'êtes pas tendre, Aurélien ! dit Juillet à mi-voix en posant son dossier.

Laurène attendait, le stylo en l'air, les regardant tour à tour. Juillet se leva, enfonça ses mains dans les poches de son jean tandis qu'Aurélien lui lançait, avec une certaine agressivité :

— Tu es d'accord sur le rapport du comptable ?

Persuadé que son fils n'avait pas lu une seule colonne de chiffres, Aurélien n'espérait pas de réponse à son attaque.

— Non, dit Juillet froidement. Son report d'amortissement ne tient pas compte de tout. Les intérêts de l'emprunt sur le Massey, par exemple. Je passerai le voir tout à l'heure.

Aurélien, stupéfait, ne trouva rien à ajouter. Il laissa partir Juillet sans avoir pu comprendre comment il parvenait à faire deux choses à la fois.

Juillet travailla toute la matinée d'arrache-pied, exaspérant Lucas par ses exigences. Décidé à reléguer Laurène au second plan de ses préoccupations, il s'imposa des corvées qui auraient pu être différées. Il fit prévenir par Fernande qu'il n'aurait pas le temps de déjeuner et il alla effectivement voir son comptable à Margaux. Lorsqu'il revint vers deux heures, il voulut profiter de la sieste d'Aurélien pour aller monter son cheval. Il fut très surpris de trouver Laurène et Dominique qui l'attendaient dans la cour de l'écurie.

— Salut les filles, dit-il en passant près d'elles mais sans leur jeter un coup d'œil.

Elles le rattrapèrent devant le box de Bingo et il dut se retourner pour les regarder, l'une après l'autre, intrigué de leur insistance. Laurène parla la première.

— Dominique a des trucs à te dire, déclara-t-elle.

Juillet caressait la tête de son cheval. Il attendit un peu puis fut obligé de préciser :

— Je t'écoute.

Dominique paraissait gênée et Juillet commençait à se sentir vraiment curieux de la suite.

— C'est d'Alex et de Mazion qu'il s'agit, lâcha-t-elle enfin.

— Oh, je vois !

Juillet s'adossa au mur du box, faisant face aux deux jeunes femmes.

— Comment vas-tu t'y prendre pour me demander ça ? dit-il avec ironie. C'est mon accord pour le départ de ton mari chez ton père que tu veux ?

Dominique évita de répondre directement.

— Il faudrait qu'Aurélien et toi finissiez par comprendre que... que...

— Que quoi ? Ne te fatigue pas, je sais d'avance ce que tu vas dire ! Avec moi tu peux discuter, mais avec Aurélien, il n'en sera même pas question !

Vexée par le ton dédaigneux de Juillet, Dominique répliqua vertement :

— C'est toi qui fais la loi ici, je ne suis pas assez idiote pour l'ignorer ! À quoi te sert-il, Alex ? Tu n'as pourtant pas besoin d'un faire-valoir !

Juillet eut un sourire moqueur.

— Tu le tiens en bien piètre estime, ton mari... S'il a des problèmes, pourquoi ne m'en parle-t-il pas ?

— Tu te fous pas mal de nos problèmes ! cria Dominique.

Juillet cessa de sourire et planta son regard dans celui de sa belle-sœur.

— Si le fait de vivre à Fonteyne doit démolir votre vie de famille, je te le rends.

Juillet était maladroit mais sincère. Dominique explosa.

— Tu fais vraiment marchand d'esclaves, tu sais !

Elle dut lutter pour retrouver son calme. Juillet réfléchissait, les yeux baissés. Laurène voulut intervenir :

— À Mazion il aurait sa chance, il se sentirait bien plus utile qu'ici. Ce serait une bonne solution.

Juillet se redressa, furieux à son tour.

— De quoi te mêles-tu, toi ? Tu es venue avec Dominique pour faire bonne mesure ? Tu me prends pour qui ? J'ai l'air tellement con devant toi ?

Laurène s'était reculée, d'instinct, devant la fureur de Juillet. Le profond malentendu qui existait déjà entre eux ne faisait que s'aggraver. Juillet reprit, moins violemment :

— Mazion est à partager en deux, dans l'avenir. Et c'est trop petit pour deux patrons.

Ce fut Dominique seule qu'il regarda, en poursuivant :

— Le jour où Laurène aura fait sa vie, on verra. J'essaierai de convaincre Aurélien. Si Alex peut s'occuper du tout un jour, je te promets que ton père n'a aucun souci à se faire. Mais si Laurène épouse un homme qui veuille prendre la tête du vignoble, Alex sera heureux d'être resté à Fonteyne. Tu vois, c'est simple. De toute façon Antoine n'est pas pressé, il est encore en mesure de diriger son exploitation, que je sache.

Dominique avait écouté Juillet avec une extrême attention mais Laurène, vexée, s'était un peu éloignée. Juillet demanda :

— C'est Alex qui t'a envoyée ?

Dominique secoua la tête, embarrassée.

— Non. S'il savait ce que je fais en ce moment, il se mettrait en boule. Mais je le connais et je sais ce qu'il pense.

— Tu veux faire son bonheur malgré lui ?

Dominique, déconcertée, ne sut que répondre.

— En somme, dit-il encore, avant de convaincre Aurélien il faudra que je persuade Alex ? Et tout ça pour quelque chose qui ne m'arrange pas ?

Il souriait, soudain détendu, et elle comprit que pour lui le chapitre était clos. Elle appréciait la franchise dont il venait de faire preuve.

— Je m'en vais, murmura-t-elle, il faut que j'aille surveiller les enfants.

Il se détourna et entra dans le box de Bingo. Il l'étrillait vigoureusement lorsque Laurène le rejoignit. Elle demanda, presque timide :

— Tu es toujours en colère ?

— Non, répondit-il sans s'interrompre. C'est de bonne guerre. Tu aides ta sœur et ton père, moi je protège Fonteyne et Aurélien.

Il lança l'étrille aux pieds de la jeune fille et continua son pansage avec une brosse.

— Tu m'apprendras à monter, un jour ?

La voix douce de Laurène faisait fondre Juillet.

— Tout de suite si tu veux.

Il lui jeta un regard en coin. Elle portait un jean, des tennis et un tee-shirt.

— Tu veux ? répéta-t-il.

— Tu le tiendras en longe, alors ?

Il sella et brida Bingo en quelques secondes, le sortit du box et récupéra une longe dans la cour.

— Viens de ce côté. Plie la jambe, non, l'autre.

Il la mit en selle sans effort, puis lui posa la main sur la cuisse et la repoussa pour atteindre l'étrivière qu'il entreprit de raccourcir. Laurène le laissait faire, crispée, et il pensa qu'elle avait peur. Il leva les yeux vers elle et croisa son regard. Il était tellement évident qu'il la désirait qu'elle se troubla.

— On y va ? demanda-t-elle d'une voix rauque.

D'un claquement de langue, il sollicita le cheval qui se mit à marcher sagement autour de lui. Laurène se tenait très raide et Juillet la détaillait.

— Essaie de te décontracter…

Il fit partir Bingo au petit trot et Laurène se mit à rire, secouée, tenant la crinière à pleines mains. Elle demanda grâce au bout de trois tours et il la laissa descendre. Dans le mouvement qu'elle eut pour se glisser à terre, elle se retrouva contre Juillet. Elle avait chaud. Il la prit par les épaules sans réfléchir et dut faire un effort considérable pour ne pas l'embrasser. Mais ce fut elle qui se haussa sur la pointe des pieds, lui déposant un baiser idiot sur la joue.

— Merci, dit-elle avec un sourire gêné.

Il l'empêchait toujours de se dégager et elle se sentit paniquée. Coincée entre le cheval et lui, elle demanda :

— Tu me laisses passer ?

Il s'écarta à regret, incapable de se décider à prendre le risque d'une nouvelle rebuffade. Il sauta légèrement en selle, sans s'aider de l'étrier, exaspéré de sa propre lâcheté. Laurène se sentait aussi frustrée et aussi mal à l'aise que lui. Elle voulut plaisanter, avec la maladresse qui caractérisait leurs rapports :

— Un peu plus et tu ne te contrôlais plus ! lança-t-elle.

Bingo était prêt à s'élancer et Juillet le retint.

— Si je ne me contrôlais pas, on serait dans son box, à sa place, sur la paille !

Prodigieusement vexée par la brutalité du ton, elle riposta :

— C'est ce que tu demandes aux filles en général ? Même pas un cinq à sept, avec toi, tout juste un trois heures-trois heures dix ! Je t'offrirai ça un de ces jours !

Elle ne mesurait plus ses paroles dès qu'elle s'affrontait à lui.

— Tu as de la chance, Laurène, Aurélien nous a très bien élevés…

Il la dominait de toute sa taille et de celle du cheval. Obligée de pencher la tête en arrière pour le regarder, elle s'en voulut de l'avoir provoqué alors qu'elle mourait d'envie qu'il descende et qu'il la prenne dans ses bras. Elle trouva insupportable de l'aimer encore alors qu'il l'avait tellement ignorée.

Juillet eut le courage de s'éloigner au pas dans l'allée, sans avoir esquissé un seul geste de rage envers Bingo. C'était la première fois de sa vie qu'il se sentait aussi vulnérable et désemparé devant une femme. Il pensa qu'elle le rendait fou et qu'il lui fallait se reprendre, redevenir lui-même. Dès qu'il fut loin de Fonteyne, il permit à Bingo de prendre le galop.

Laurène était restée aux abords de l'écurie, mécontente et indécise. Elle ne savait plus où elle en était. Son déjeuner de la veille avec Robert avait été agréable, car au moins avec lui elle parvenait à se sentir à l'aise. Tandis que dès qu'elle approchait Juillet, elle se sentait malheureuse et empotée. Il la paralysait mais, dix fois par jour et malgré elle, elle le cherchait. Ensuite, elle ne trouvait que des idioties à lui dire et ça dégénérait en querelle chaque fois. Elle avait l'impression de tout rater et d'être en surnombre partout.

Le temps était lourd, de nouveau orageux. En sueur, Laurène alla se saisir du tuyau qui traînait sur les pavés de la cour. Elle s'aspergea le visage puis, amusée, mouilla ses cheveux. Par jeu, elle laissa ruisseler le jet d'eau sur ses épaules en riant.

— Vous vous douchez en blue-jean, jeune fille ?

Elle tourna la tête vers Robert et agita le tuyau dans sa direction. Il s'écarta de justesse et se précipita, hilare, sur le robinet. Il coupa l'eau avant de s'approcher d'elle.

— J'ai vu passer Juillet sur son cheval, ils étaient magnifiques ! Vous montez aussi ?

— Non, jamais.

Elle s'était assise sur une barrière et il lui offrit une cigarette qu'elle accepta.

— C'est l'heure où Fonteyne est mort, dit-il. Je déteste cette habitude de faire la sieste.

Il la détaillait sans gêne, fasciné par le tee-shirt collé à sa peau. Laurène vit son regard et se remit à rire tandis qu'il s'asseyait à côté d'elle.

— Vous êtes très jolie.

— Merci.

Il lui mit un bras autour des épaules et elle ne se recula pas.

— On doit vous le dire sur tous les tons. J'aurais dû devancer les autres et vous le déclarer quand vous étiez petite fille. Vous aviez des nattes, non ?

— Et vous tiriez dessus, oui !

Il possédait de très beaux yeux verts, ainsi qu'un sourire charmeur dont il savait se servir. Laurène fut sensible à sa gentillesse après son affrontement avec Juillet, et quand il se pencha pour l'embrasser, elle se laissa faire.

Pour Robert, lorsqu'il n'y mettait aucun sentiment, les choses ne devaient pas trop traîner. Il avait envie de Laurène parce qu'elle était ravissante et qu'elle lui plaisait. Il la devinait un peu farouche et un peu inexpérimentée, en conséquence il ne pouvait pas l'emmener dans un hôtel à Bordeaux, ni dans sa propre chambre. Amusé par une situation qui le rajeunissait en lui rappelant son adolescence, il chercha une solution et finit par se décider. Il quitta la barrière en tenant Laurène par la main et la conduisit jusqu'au box de Bingo sous le prétexte de se mettre à l'ombre. D'un coup d'œil il remarqua que la paille était propre et, posément, il voulut lui ôter son tee-shirt. Un peu interloquée par la rapidité avec laquelle il agissait, Laurène l'arrêta.

— Vous êtes fou, Robert ?

Il sourit et l'embrassa de nouveau. Il y mit assez de fougue pour qu'elle commence à se sentir troublée.

— J'ai envie de vous, dit-il à voix basse.

— Mais pas ici !

— Ici et maintenant.

Cette fois, il enleva le tee-shirt sans qu'elle résiste.

— Il n'y a pas d'endroit plus tranquille dans tout Fonteyne.

Il avait l'air de s'amuser comme un gamin et elle se détendit un peu.

— Et Juillet, s'il rentre ?

— Il ne part pas à cheval pour dix minutes, je suppose ? D'ailleurs on l'entendra de loin…

Elle était à demi nue et il recula d'un pas pour la regarder.

— Vous êtes superbe, dit-il avec un naturel désarmant. Et j'ai beaucoup de chance que vous me laissiez faire…

Il la reprit dans ses bras. Il avait une grande expérience des femmes et savait très bien comment s'y prendre avec celle-là. Pour Laurène, il y avait trop longtemps qu'elle n'avait pas fait l'amour, trop longtemps qu'elle n'essuyait que des échecs. Elle fit taire toutes les questions qu'elle se posait depuis tant de jours et décida de profiter du moment. Elle était jeune, libre, et l'homme de trente-six ans qui la déshabillait lui plaisait.

Juillet descendit de cheval, contrarié. Bingo avait perdu un fer en sortant du petit bois et il boitait. Le maréchal-ferrant habitait très loin et Juillet songea qu'il ne pourrait certainement pas venir avant deux ou trois jours. Il dessella le cheval, déposa la selle au pied d'un arbre, puis il conduisit Bingo jusqu'au pré et l'y laissa en liberté.

Robert avait remis son blue-jean mais s'était rallongé sur la paille près de Laurène. Elle se sentait bien et n'avait pas envie de bouger, de se lever et de se rhabiller tout de suite. Elle le regarda avec reconnaissance, apaisée par le plaisir qu'il lui avait donné, et soudain libérée de bien des choses.

— On ne peut pas fumer sur la paille, c'est dommage, dit-il en s'appuyant sur un coude.

Il ébouriffa les cheveux de Laurène. Au-dehors il faisait moins lourd et le vent s'était levé. Elle frissonna.

— Aurélien doit avoir fini sa sieste, murmura-t-elle.

Elle s'assit, sourit. Elle avait l'impression d'être en accord avec elle-même, pour une fois, et voyait enfin la vie plus gaiement.

« Dominique avait raison, pensa-t-elle, il faut faire ce dont on a envie, ça va mieux après ! »

Ils se regardaient, contents l'un de l'autre, certains que leur aventure ne les engageait à rien d'autre qu'à un moment de désir partagé.

— Tu as froid ? demanda-t-il en laissant glisser sa main sur la joue de Laurène.

Elle allait lui répondre lorsqu'une ombre, à la porte, la fit se retourner. Juillet se tenait sur le seuil, la bride de Bingo à la main, incapable de faire un geste. Ils restèrent tous les trois parfaitement immobiles quelques instants. Puis, presque en même temps, Robert se releva et Juillet avança vers lui. Laurène vit Robert accuser le coup de poing de son frère juste avant qu'ils ne s'empoignent.

— Arrête ! cria Robert qui contenait difficilement Juillet.

Sa mâchoire le brûlait. Il lutta en silence puis trébucha. Ils tombèrent ensemble dans la paille. Robert s'apprêtait à se défendre mais il sentit l'étreinte de Juillet qui se relâchait d'un coup. Surpris, il se dégagea en regardant Juillet qui était devenu livide. Il comprit que quelque chose de grave venait d'arriver. Recroquevillé sur lui-même, Juillet fermait les yeux. Robert se baissa et prit son frère par les épaules.

— Juillet ?

Il vit la fourche sur laquelle Juillet était tombé et il jura entre ses dents. Avec une infinie délicatesse, il tourna son frère sur le côté et découvrit que son pull était déjà plein de sang. Laurène s'approcha d'eux, terrorisée. Sans la regarder, Robert parla très vite :

— Saloperie d'outil de merde ! Il est allé là-dessus de tout son poids et du mien ! File à la maison et trouve-moi un désinfectant, un sérum antitétanique, de la xylocaïne et une seringue s'il y en a. Regarde dans la pharmacie des chais.

Laurène achevait de fermer son jean en bredouillant :

— C'est grave ? Qu'est-ce qu'il a ?

— Il faut que je l'emmène à l'hôpital passer une radio pour le savoir. Dépêche-toi, bon sang !

Elle partit en courant et Robert, qui s'était agenouillé, écarta délicatement le pull de la plaie. Il fit la grimace en voyant qu'une des dents de la fourche était entrée très profondément. Une autre avait glissé sur le côté en arrachant tout. Juillet restait immobile, luttant contre la douleur.

— Petit con, murmura Robert, tu ne pouvais pas le dire ?

Il y avait si longtemps que Robert n'avait pas eu envie de pleurer qu'il fut surpris de se sentir aussi ému. Il aimait Juillet. Beaucoup plus que Louis-Marie ou Alexandre. Il l'avait toujours aimé et respecté. Il se souvint de ce qu'il avait éprouvé le jour où Louis-Marie lui avait pris Pauline.

— Pourquoi m'as-tu raconté n'importe quoi ?

Robert avait profité du feu vert de Juillet par facilité et par égoïsme. Même en ayant toujours su, au fond de lui, que son frère lui mentait.

— Juillet, tu as très mal ?

Mais le regard de son frère le renseignait assez.

— Écoute, je suis ton ennemi numéro un, d'accord, mais tu vas me laisser faire parce que je suis médecin. On se battra plus tard si tu y tiens toujours !

Juillet fit un mouvement pour se redresser et Robert l'en empêcha.

— Reste tranquille. Ne fais pas l'idiot, ça pisse le sang…

Robert espérait que le poumon gauche de son frère n'était pas touché mais il n'avait aucun moyen d'en être certain. Juillet était couvert de sueur et ses boucles collaient à son front. Robert se détourna, incapable de supporter le spectacle une seconde de plus. Il attrapa sa chemise qui traînait encore sur la paille et l'enfila. Puis il prit la fourche qu'il cassa sur son genou d'un geste rageur. Il jeta les morceaux hors du box, respira un bon coup et revint vers son frère.

— Ne bouge pas, Juillet, murmura-t-il.

Il se pencha de nouveau et examina la plaie d'un œil professionnel. Il entendit Laurène qui revenait, à bout de souffle.

— J'ai trouvé du Mercryl et de la xylo avec une seringue. Mais pas de sérum...

— Les cons ! Sur une exploitation agricole !

Il saisit le coton et se mit à nettoyer la blessure d'une main légère et experte.

— Quoi qu'il en soit, dit-il à mi-voix, il faut lui faire des points de suture. Je m'en occuperai moi-même à l'hôpital...

Il promenait ses doigts sur les côtes de Juillet, précis et calme.

— Je te fais mal ? Et là ?

Juillet étouffa un gémissement et Robert arrêta son investigation. Il prit la seringue et infiltra lentement la xylocaïne.

— Ça va t'aider... Laurène, va chercher ma voiture, les clefs sont dessus !

Dès qu'elle fut sortie, Robert prit Juillet par les épaules.

— Tu te sens mieux ? Alors lève-toi, je t'aide.

Juillet parvint à se mettre debout en s'appuyant sur son frère.

— Ne respire pas à fond, lui dit Robert. Je ne sais pas où tu en es et ne profite pas de l'anesthésie pour aggraver les choses... Tu as plusieurs côtes cassées...

Lorsque Juillet s'était jeté sur lui, dix minutes plus tôt, Robert avait eu peur pour lui-même. Il s'en voulut et sa culpabilité augmenta aussitôt. Le bandage précaire qu'il avait réussi à faire était déjà imprégné de sang.

— Pas question qu'Aurélien apprenne ça..., articula Juillet d'une voix sans timbre.

Robert, surpris, croisa le regard de son frère.

— Quoi, ça ? Tu diras ce que tu veux et Laurène se taira.

La Jaguar arrivait devant le box et Robert aida Juillet à s'installer sur le siège avant. Laurène, timidement, posa le paquet de Gitanes de Juillet sur le tableau de bord devant lui. Elle quitta la voiture sans oser lui adresser la parole. Robert prit sa place au volant et démarra en douceur.

— Ça va ?

— Ça va..., répondit Juillet qui faisait d'évidents efforts.

— Qu'est-ce qu'elle foutait là, cette fourche ?

Il y eut un silence puis Juillet réussit à mettre une nuance de mépris dans sa réponse :

— C'est grâce à elle que tu as trouvé un lit propre !

Robert haussa les épaules et passa sa main sur son menton.

— Tu m'as cassé une dent... Ah, c'est vraiment trop bête ! Tu l'aimes et elle ne t'aime pas ? Bon, ça arrive ! Tu comptes te battre avec tous ceux qui vont l'approcher ?

Juillet voulut répliquer mais il fut pris d'une violente quinte de toux. Robert s'arrêta sur le bas-côté et attendit que son frère reprenne son souffle. Il redémarra, très inquiet.

— Ne dis plus rien, murmura-t-il, respire doucement. Je te jure que je me tais jusqu'à Bordeaux...

Il paraissait si malheureux que Juillet parvint à lui sourire.

À l'hôpital, Robert s'était présenté dans le service de chirurgie et avait tenu à s'occuper lui-même de son frère. Rassuré par la radio, il exécuta de main de maître les dix-huit points de suture nécessaires, devant un groupe d'internes ébahis. Ensuite il traîna Juillet dans tous les bars de la ville, avec l'idée avouée de le soûler. Leur retour à Fonteyne ne passa pas inaperçu. Aurélien, à qui Laurène avait déclaré que Robert et Juillet faisaient des courses, fut absolument furieux de les voir revenir à moitié ivres à dix heures du soir. Il fit un esclandre, traita Juillet d'irresponsable et Robert d'oisif. Il remarqua les traits tirés de l'un et le menton bleu de l'autre, mais les deux frères montèrent se coucher en refusant de dîner et se firent porter des sandwiches par Fernande.

Laurène eut du mal à rester à table jusqu'à la fin du repas. Elle avait été très soulagée de voir Juillet rentrer sur ses pieds mais elle aurait voulu pouvoir lui parler. L'air scandalisé que gardait Aurélien l'empêcha de quitter la salle à manger et elle dut patienter jusqu'au moment du café. Ensuite elle put s'éclipser et gagner quatre à quatre le premier étage. Elle hésita longtemps devant la porte, indécise. L'idée d'affronter Juillet la paralysait de honte. La scène de l'après-midi lui semblait la chose la plus épouvantable qu'elle eût jamais vécue.

Tandis qu'elle essayait de surmonter son angoisse, Robert sortit de la chambre de Juillet. Il mit un doigt sur ses lèvres.

— Il dort, chuchota-t-il. Il n'a rien de grave. Deux côtes cassées, il s'en tire bien !

Il titubait et affichait un sourire béat. D'une démarche mal assurée, il gagna sa propre chambre, laissant Laurène seule. Elle finit par s'asseoir sur un des fauteuils du palier et se mit à pleurer. La tête entre les mains, indifférente à tout, elle n'entendit pas Pauline qui était montée sur la pointe des pieds.

— Il y a eu un drame ? s'enquit Pauline en s'asseyant près de Laurène.

Elle avait observé la jeune fille toute la soirée et en avait déduit qu'il se passait des choses curieuses. Le retour de Robert et de Juillet l'avait laissée très perplexe. Son insatiable curiosité l'avait poussée à venir se renseigner mais elle ne s'attendait pas à trouver Laurène en larmes.

— Allons..., dit-elle avec douceur en lui caressant les cheveux.

Elle alla chercher une boîte de Kleenex et un verre d'eau dans la salle de bains. Laurène la remercia d'un signe de tête avant de murmurer :

— Ils se sont battus, vous savez...

— Avec qui ? Entre eux ? Pourquoi ?

Pauline considérait Laurène avec stupeur. Les mystères ou les querelles de Fonteyne la passionnaient et elle se demanda ce qui avait bien pu lui échapper. Laurène, trop absorbée par son propre chagrin, raconta l'histoire en quelques mots puis, dans le silence qui suivit ses confidences, elle releva la tête et croisa le regard furieux de Pauline.

— Vous êtes folle, ma parole ! Dans le box de son cheval ! Ah, vous les cherchez, les ennuis !

Vexée, Pauline enrageait de constater que Robert s'était consolé bien vite de son prétendu désespoir.

— Mais... je ne suis pas mariée avec Juillet ! protesta Laurène. Je ne l'ai pas trompé ! Il se comporte en propriétaire alors qu'il n'y a rien entre nous.

— Rien ?

— Non, rien du tout... On n'a jamais réussi à se comprendre. Dès qu'on se parle, on se dispute. Je sais que c'est ridicule, mais il me fait peur.

Elle renifla, avant d'ajouter :

— Le pire est que je ne suis pas amoureuse de Robert, vous savez... C'était un bon moment, c'est tout.

— Vous n'aimez ni l'un ni l'autre et, en somme, vous preniez juste un en-cas ?

Laurène la regarda, ébahie, puis se remit à pleurer. Pauline soupira. Elle ne se sentait aucune compassion pour Laurène.

— Bon, dit-elle, Juillet n'est pas mort, ce n'est pas un drame. Mais il vaut mieux qu'Aurélien n'apprenne rien de ce trafic ! Il a horreur de ces histoires-là, beau-papa !

— Je me demande si je ne ferais pas mieux de quitter Fonteyne, murmura Laurène. Jamais je ne pourrai regarder Juillet en face. Jamais...

Sa tristesse était telle que Pauline comprit aussitôt.

— Vous en êtes amoureuse ? Eh bien, n'ayez pas peur de le dire ! C'était pour le faire marcher ? Ah, c'est réussi !

— Non ! Non, pas du tout... C'était en dehors de lui...

Laurène, malgré ses yeux gonflés, ne parvenait pas à s'enlaidir. Pauline pensa qu'elle avait de la chance d'être si jeune.

— J'en ai été folle pendant des années, disait Laurène à voix basse. J'y pensais tout le temps. J'étais incapable de m'intéresser à qui que ce soit d'autre. Et lui, il ne me voyait pas ! Quand il rentrait au milieu de la nuit, je le guettais. Si j'avais osé, j'aurais été l'attendre dans son lit ! Mais j'avais toujours peur qu'il ne revienne pas seul. Si vous saviez à quel point c'est difficile de vivre comme ça à longueur d'année ! Il se donnait des airs de grand frère et je me sentais insignifiante, idiote. Maintenant je me sens méprisable, c'est pire...

Pauline leva les yeux au ciel, agacée à l'idée que Laurène allait pleurer toute la nuit si elle continuait comme ça.

— Vous n'avez pas commis de crime !

— Chez mon père, c'était pareil. Je suis partie après une histoire bête comme celle-là ! Dès que j'essaie de me comporter en adulte, c'est une vraie catastrophe !

— Parce que vous n'êtes pas adulte. Et parce que vous n'avez pas d'humour...

Stupéfaite, Laurène leva la tête vers Pauline qui poursuivait :

— Quel âge avez-vous, Laurène ? Vingt ans ? Alors c'est vraiment l'âge de faire ce qui vous plaît ! Vous recollerez les pots cassés plus tard. Vous croyez avoir tout gâché ? Vous raisonnez comme une gamine. Si vous avez rendu Juillet fou de jalousie à trois heures de l'après-midi, il n'a pas cessé de vous aimer à quatre heures dix !

Laurène, incrédule, aurait donné cher pour se laisser convaincre. Pauline la conduisit jusqu'à sa chambre.

— Couchez-vous et dormez, demain il fera jour, dit-elle distraitement en embrassant la jeune fille.

Elle referma la porte, pensant avoir fait un grand effort de solidarité féminine. Elle resta un moment appuyée au battant, rêveuse. Robert essayait de se consoler et provoquait un scandale : tant mieux ! Elle le lui ferait payer aussi, à sa manière. Elle refusa d'analyser le sentiment de jalousie qui la tenaillait dès qu'il était question de Robert. Elle se dit que Laurène n'avait rien d'assez remarquable pour que deux hommes se battent pour elle, et elle alla retrouver Louis-Marie.

Robert se réveilla avec une migraine atroce le lendemain matin. Sa première pensée fut pour Juillet et il se dirigea vers sa chambre qu'il trouva vide. Il prit une douche glacée afin de faire disparaître les vapeurs de l'alcool mais ne réussit qu'à réveiller les douleurs de sa mâchoire. Il descendit téléphoner à un dentiste et but son café dans la cuisine, seul. Une fois encore, il se demanda comment allait son frère et fut soulagé de l'entendre qui s'énervait contre la lenteur des employés, du côté des chais. Il alla jusqu'à la fenêtre de l'office pour regarder au-dehors. Juillet paraissait lancé dans une vive discussion avec Lucas. Durant un moment, Robert observa ce grand garçon un peu maigre, très brun, d'un type presque gitan et qui n'était même pas vraiment son frère. Il avait fallu leur accrochage violent de la veille pour qu'il prenne conscience du lien qui l'unissait à Juillet. À l'hôpital, quelque chose dans son regard et dans l'expression de son visage l'avait touché plus qu'il ne l'aurait voulu. Il eut envie de le rejoindre mais il se demanda quel genre d'accueil Juillet allait lui réserver.

« Je suis l'amant de la femme qu'il aime, il va m'ignorer... ou me haïr... »

Robert ne regrettait pas l'après-midi passé avec Laurène. Un moment agréable avec une jolie fille. Si Juillet était rentré à cheval, ils auraient entendu les fers des sabots de loin. Le hasard en avait décidé autrement, il n'y pouvait rien.

« Sans cette fourche, il m'aurait démoli ! Le temps qu'il se souvienne que je suis son frère et j'étais en miettes ! »

Il vit Juillet qui s'éloignait et il quitta son poste d'observation en soupirant. Dans le hall, il rencontra son père qui le salua d'une voix railleuse.

— Tu vas encore à Bordeaux, je suppose ? Faire des courses, comme d'habitude ?

Robert hasarda un sourire et Aurélien lui tapota l'épaule.

— Tu es rentré dans une porte ?

Robert passa sa main sur son menton et son sourire s'accentua. Il dévala l'escalier extérieur et il était presque arrivé au garage lorsqu'il tomba sur Juillet.

— Salut toubib, lança Juillet d'une voix amusée. Tu manies l'aiguille comme personne, tu sais ! Si tu descends en ville, rapporte de quoi remplir la pharmacie. Il y a toujours des problèmes avec les journaliers pendant les vendanges…

— Tu es naturel ou tu te forces ? demanda Robert sans détour.

Juillet alla jusqu'à la Jaguar et ouvrit la portière.

— J'ai nettoyé le cuir de tes jolis fauteuils…, dit-il, ironique.

Robert haussa les épaules et s'installa. Lorsqu'il croisa le regard de Juillet, il n'y lut aucune hostilité.

— Comment te sens-tu ?
— Très bien !
— N'en fais pas trop, quand même…

Quand la voiture démarra, Juillet écouta le bruit du moteur avec une moue admirative. Robert baissa sa vitre.

— Je voulais te dire, commença-t-il, mais son frère leva la main pour l'arrêter.

— Ce sera une connerie, sûrement, alors garde-la pour toi.

Robert hocha la tête, réprima son envie de rire et embraya. Juillet le suivit des yeux un moment, puis rentra pour prendre un café. Dans la cuisine, il demanda de l'aspirine à Fernande. Tous ses efforts pour ne pas évoquer Laurène se heurtaient à la même image. Il s'assit au bout d'un banc, attendant que Fernande le serve, perdu dans ses pensées.

— Tu rêves, petit ? demanda-t-elle en lui donnant une tape affectueuse dans le dos.

Il hurla et Fernande, terrorisée, lâcha la cafetière. Juillet s'était levé et contemplait les débris de porcelaine. Navré de l'avoir effrayée, il raconta qu'il s'était fait mal en tombant de cheval et il l'aida à ramasser les morceaux. Elle se lamentait sur la cafetière qui faisait partie d'un service précieux mais il ne l'écoutait pas. Il finit par boire son café debout, pressé de retourner dans les vignes.

— Assieds-toi, lui dit-elle avec autorité. Juste une minute mais assieds-toi un peu. Pourquoi as-tu l'air si triste depuis quelques jours, dis ?

Elle le tutoyait familièrement tant qu'Aurélien n'était pas dans les parages. Il appuya un instant sa tête contre la robe de Fernande. C'était la seule véritable affection féminine qu'il ait jamais connue et il avait une totale confiance en elle.

— Ça se voit, tu sais, quand tu n'es pas heureux... C'est si rare ! Qui t'embête comme ça ? Ton père ?

Une fille ? Mais ton père t'adore et les filles sont toutes à tes pieds !

Il ne répondait rien et ne bougeait pas. Elle lui passa la main dans les cheveux, repoussant les boucles en désordre.

— C'est le temps, petit ? Mais regarde, il fait soleil...

Il rouvrit les yeux, sourit.

— Il faut que j'y aille, murmura-t-il.

— Oui, va travailler, va...

Elle s'éloigna, emportant les morceaux de la cafetière dans son tablier, certaine de l'avoir un peu consolé.

Aurélien, seul dans son bureau, marchait de long en large. Il ne décolérait pas. Que Robert et Juillet aient préféré taire leur différend était logique. Qu'ils aient fini par se battre pour Laurène aussi. Aurélien les trouvait infantiles bien que se sachant responsable, en partie, de leur rivalité. Il les avait encouragés tour à tour, poussé par il ne savait quel démon, et le résultat ne s'était pas fait attendre. Néanmoins, Aurélien pensait que ses fils n'avaient plus l'âge de se comporter d'une telle manière et il aurait préféré une guerre plus larvée. Robert avait apparemment écopé d'un direct au menton mais Aurélien se demandait ce que pouvait bien avoir Juillet.

« Ce n'est pas le moment, ce n'est vraiment pas le moment ! » pensa-t-il, furieux.

Il avait à peine adressé la parole à Laurène, dans la matinée, ignorant son air malheureux.

« Vieux et con, voilà ce que je suis ! Un vieux con... »

Mais malgré sa rage contre lui-même, il ne se sentait pas vieux. Il était probable que, sans Antoine et Marie qu'il considérait comme ses amis, il n'aurait pas hésité à tenter sa chance, quitte à être ridicule. Il n'avait jamais eu peur de rien en ce qui concernait les femmes, et avait accumulé les conquêtes grâce à son incroyable assurance.

Il regarda le portrait de Lucie – en pied et très démodé – qu'il avait toujours gardé. Il se dit qu'elle n'aurait pas eu une vie de rêve si elle avait vécu et cette constatation l'attrista. Il l'avait trompée le surlendemain de leur mariage, un record !

Un bruit de dispute, à l'extérieur, l'arracha à ses réflexions et il ouvrit une des portes-fenêtres. Il écouta quelque temps, les sourcils froncés. Juillet et Lucas s'accrochaient dix fois par jour.

« Juillet n'a pas pour habitude de se passer les nerfs sur les employés, songea-t-il. Il doit y avoir quelque chose qui cloche, il faut que je lui demande de m'en parler… »

Il referma la croisée. Il pouvait douter de tout, et même de son maître de chai, mais pas de Juillet. Il pensa à la réprobation de Varin lorsqu'il avait exigé de nouveaux statuts. Et à ses mises en garde.

« Qu'il est stupide ! Mais il ne sait rien de Juillet… »

Trente ans plus tôt, pourtant, Aurélien n'aurait pas misé un centime sur l'avenir de son fils adoptif. Il avait fallu que le gamin se montre exceptionnel pour vaincre une à une toutes les réticences d'Aurélien.

« Quel pari insensé ! Et s'il avait tenu de sa mère ? »

Aurélien ne savait plus à quel moment Juillet avait forcé sa confiance, à quel âge il avait commencé à le regarder différemment. Puis l'admiration était venue, en même temps qu'un véritable amour paternel. Des sentiments qu'Aurélien n'avait pas connus avec ses trois autres fils, même s'il refusait de se l'avouer clairement.

Pauline, ravie du soleil, avait repris sa place sur son transat juste après le déjeuner. Dans la tranquillité du début d'après-midi, elle avait enlevé le haut de son maillot de bain et s'était couverte d'huile solaire. Ses lunettes noires, trop grandes pour son petit visage de chat, glissaient sans cesse sur son nez. Lorsqu'elle se décida à les enlever, elle aperçut Robert qui était arrêté à quelques pas d'elle.

— Le coureur de jupons se transforme en voyeur ? lui demanda-t-elle avec un sourire désarmant.

Il haussa les épaules et s'avança jusqu'à la chaise longue tandis qu'elle continuait de le narguer, coquette et ironique.

— Content de tes exploits d'hier, Casanova ?
— Tu es déjà au courant ?
— Il faudrait être aveugle !

Elle se redressa un peu pour pouvoir le regarder.

— Je ne t'aurais pas cru attiré par les jeunes filles ! Tu finiras à la sortie des lycées si tu ne fais pas attention...

Robert soupira. Il ne semblait pas vouloir s'amuser.

— Quelle tête d'enterrement tu peux faire ! Mais aussi, pourquoi désires-tu toujours les femmes que tes frères ont choisies ?

— Je t'en prie ! répliqua-t-il sèchement. Ne refais pas l'histoire à ta convenance ! En ce qui nous concerne, je laisse le rôle du salaud à ton mari !

Elle s'assit, étonnée de la fureur de Robert.

— Un peu d'humour, Bob...

— C'est très au-dessus de mes moyens.

Il vint près d'elle et lui posa une main sur le bras.

— Dieu que tu me manques…, murmura-t-il.

Prise au dépourvu, elle ne trouva rien à répondre. La main de Robert remonta du bras à son épaule et elle frissonna. Elle cherchait quelque chose à lui dire, sachant qu'elle devait parler. Robert tourna la tête et jeta un coup d'œil machinal sur la façade. La fenêtre de Louis-Marie était cachée par le tilleul.

— Pauline, dit-il à voix basse.

Elle ne bougeait pas, le laissant faire, et il lui caressa doucement le cou.

— J'ai envie de toi, articula-t-il lentement.

Pauline rouvrit les yeux, le contempla entre ses cils.

— Et la petite ? Elle n'a pas pu calmer tes ardeurs ?

Il se leva d'un bond et sortit Pauline de son transat sans douceur.

— Ou tu me gifles, ou tu me suis !

Il ne lui laissa pas le temps de répondre et la plaqua contre lui. Il ne réfléchissait pas à ce qu'il faisait et en devenait maladroit. Pauline lui échappa et alla ramasser sa jupe et son chemisier.

— Où veux-tu aller ? demanda-t-elle.

La respiration coupée, Robert avait blêmi. Il reprit la main de Pauline et l'entraîna jusqu'au garage. Il la fit monter, démarra brutalement tandis qu'elle le guettait, du coin de l'œil, ravie. Elle était parvenue à le pousser à bout sans difficulté. Son pouvoir sur lui était intact et elle en éprouvait une sourde satisfaction. Elle avait une envie joyeuse de faire l'amour avec lui. La douceur des mains de Robert faisait partie des bons souvenirs de Pauline, et sa colère désespérée la troublait. Elle dit d'une voix moqueuse :

— Je me demande si tu ne seras pas toujours, pour les femmes, l'homme d'un après-midi...

Il freina et se tourna vers elle. Sarcastique, elle ajouta :

— Le temps nous est compté, professeur...

Robert regarda la route devant lui, et n'hésita qu'une seconde avant de redémarrer. Elle pouvait lui dire n'importe quoi, il avait une envie d'elle qui effaçait tout le reste.

— Louis-Marie ne se demande jamais où tu es ? dit-il à mi-voix.

— Il me le demande à moi, c'est plus rationnel !

— Tu le lui diras ?

Robert était prêt à tout mais Pauline protesta :

— Jamais de la vie !

À Bordeaux, le premier hôtel venu fit l'affaire. Ils montèrent jusqu'à une chambre impersonnelle sans s'adresser la parole. Très énervés, ils se contentèrent d'échanger des plaisanteries aigres-douces en se déshabillant. Sans aucun préliminaire, ils firent aussitôt l'amour comme des sauvages, comme des affamés.

Si Louis-Marie savait se montrer un bon amant, Robert avait avec Pauline des affinités particulières. Il parvint à garder assez de calme pour se montrer brillant et elle le lui dit en riant.

— Tu es hors norme, je m'en souvenais...

Épuisé, il avait enfoui sa tête au creux du bras de Pauline. Il ne ressentait pas ce bonheur tranquille et un peu fade qu'il éprouvait toujours après l'amour. Près de Pauline, il était à vif.

— S'il te plaît, murmura-t-il, abandonne ce ton-là juste une minute...

— Pour te donner l'illusion de quoi ?

Il se crispa, sachant qu'elle allait dire ce qu'il ne voulait pas entendre.

— Je t'aime, avoua-t-il sans aucun espoir.

Pauline fouilla, d'une main, dans le pantalon de Robert qui était par terre. Elle prit les cigarettes et en alluma une.

— Je ne veux pas de tes déclarations, Bob. Je sais que tu m'aimes. Moi aussi, d'une certaine manière... mais qui te déplairait sûrement ! Je suis heureuse avec Louis-Marie. Ma vie est faite, ne prends pas tout au tragique... Tu savais que nous en viendrions à la chambre d'hôtel cet été. Tu n'es descendu à Fonteyne que pour ça...

Il la regarda bien en face.

— Tu n'as pas besoin de me faire la leçon. Je t'aime éperdument et c'est un peu dur à concilier avec... avec le cadre sordide de cet hôtel, et avec le dîner de famille qui nous attend à Fonteyne.

Il se détourna avant d'ajouter, d'une voix grave :

— Je voudrais hurler partout que je t'aime, dévaliser les fleuristes, aller voir le clair de lune, me ruiner, faire le con, quoi... Mais je sais que c'est tout à fait exclu, chère belle-sœur... exclu ! Alors laisse-moi récupérer cinq minutes et ensuite j'adopterai ce ton de badinage que tu préfères...

Pauline, beaucoup plus troublée qu'elle ne le souhaitait, quitta le lit et commença à se rhabiller.

— D'accord, dit-elle très vite. Calme-toi d'abord. Je descends devant et je t'attends dans la voiture...

Elle avait hâte de quitter la chambre et de se soustraire au charme de Robert. Elle courut jusqu'à la Jaguar et s'y installa, essoufflée et mécontente. Elle pensa qu'il lui faudrait faire très attention et ne pas aller trop loin avec Robert, ne pas tomber dans le piège. Mais hormis cette angoisse diffuse, elle ne ressentait aucune culpabilité.

Juillet avait enfin accepté de jouer aux échecs avec Louis-Marie. Comme ils étaient de force égale, la partie se révélait interminable.

— Tu vas perdre, cadet ! avait prophétisé Louis-Marie.

Installés dans le petit salon, le bruit de l'horloge les berçait. Tandis que Louis-Marie réfléchissait sur un coup très difficile à jouer, Juillet en profita pour faire une flambée.

— Tu ne peux pas rester tranquille deux minutes ? se plaignit Louis-Marie. Tu as froid ?

— Je vais chercher un pull, je reviens...

Louis-Marie lui cria d'en descendre un pour lui. Juillet, au premier étage, passa dans sa chambre puis alla jusqu'à la salle de bains que Louis-Marie et Pauline partageaient avec Laurène. Distrait et toujours préoccupé depuis la veille, il entra sans frapper et fut stupéfait de trouver Laurène qui prenait un bain.

Elle avait sursauté et s'était assise aussitôt dans la baignoire, entourant ses genoux de ses bras. Elle voulait protester contre cette arrivée intempestive mais son regard croisa celui de Juillet et elle se tut. Il la contemplait avec une ironie glacée.

— Personne pour partager tes jeux aquatiques ? demanda-t-il d'une voix moqueuse.

Il tendit la main vers le pull de son frère, abandonné sur un tabouret. Puis il détailla la jeune femme d'un coup d'œil particulièrement insolent. Il ne se donna pas la peine de fermer la porte et dévala l'escalier en courant. Il dut s'arrêter dans le hall du rez-de- chaussée pour reprendre son souffle car ses côtes cassées lui faisaient mal. Ensuite il regagna le petit salon et se remit à jouer en silence.

Une heure plus tard, Aurélien les trouva toujours absorbés par leur partie. Juillet était penché sur l'échiquier, le menton dans une main, son pull posé sur les épaules. À travers le tissu de la chemise, Aurélien distingua l'épaisseur du bandage et il s'approcha.

— Tu t'es blessé, fils ? demanda-t-il en pointant son doigt vers le dos de Juillet.

Il y eut un silence puis Juillet leva la tête et le considéra d'un air sombre.

— Tu me réponds ? insista Aurélien.

Il s'était assis sur le bras du fauteuil, derrière Juillet qui restait immobile et silencieux.

— Mat, dit Louis-Marie.

Juillet regarda le jeu, puis son père de nouveau.

— Une chute de cheval, déclara-t-il.

Sa voix morne amusa Aurélien.

— Tu t'es soigné tout seul ou bien tu as demandé l'aide de ton toubib de frère ? Il est serviable, tu sais... J'espère que ça ne te gênera pas pour travailler ?

Juillet gardait l'air buté et Louis-Marie crut bon d'intervenir.

— Mais non, c'est sans importance, assura-t-il à tout hasard.

— Toi, tais-toi, répliqua sobrement son père.

Juillet se décida à répondre.

— Quand nous étions petits, vous ne vouliez jamais entendre parler de nos histoires, vous vous souvenez ? Vous nous disiez de régler ça entre nous et que le plus fort gagne...

Aurélien sourit, de bonne grâce.

— Et tu as gagné, fils ?

Juillet soutint le regard de son père. Il était toujours surpris par la facilité avec laquelle Aurélien le devinait.

— J'espère que tu as gagné, répéta Aurélien avec une sorte de tendresse.

Juillet se leva, s'étira.

— Tu nous sers quelque chose à boire ? lui demanda Louis-Marie qui rangeait l'échiquier.

Robert était entré sans bruit et fumait près d'une fenêtre. Juillet fut le seul à percevoir sa nervosité.

— Personne n'a vu Pauline ?

— Si, elle est allée se changer pour le dîner.

Robert avait répondu normalement mais Juillet tourna la tête vers lui et le dévisagea. Puis il reporta son attention sur Louis-Marie qui débouchait une bouteille et n'avait rien remarqué.

— Aurais-tu une cigarette ?

La voix de Laurène, à peine audible, fut pourtant désagréable à Juillet. Il baissa les yeux sur elle et sembla étonné de la découvrir près de lui. Elle n'avait rien trouvé d'autre à lui dire que cette petite phrase insignifiante et elle attendait sa réponse, crispée. Elle avait aussi peur de lui, ce soir-là, que lorsqu'elle était arrivée à Fonteyne deux ans plus tôt. D'un geste, il lui désigna la boîte à cigares posée sur la desserte.

— Tu trouveras ton bonheur là-dedans.

Elle le sentit tellement distant qu'elle n'osa pas insister, et alla s'asseoir à l'écart, à nouveau au bord des larmes.

— Je ne dîne pas là demain soir, rappela Juillet à son père.

Goguenard, Aurélien le toisa :

— Oh oui, ton souper aux chandelles avec Camille !

Laurène but d'un trait le verre que Louis-Marie venait de lui donner. Interloqué, il hésita une seconde puis la resservit.

Pauline fut la dernière à rejoindre la famille. Elle était ravissante dans un ensemble de soie turquoise. Louis-Marie la regarda entrer avec un air comblé. Il la savait coquette et il imagina qu'elle avait passé un long moment dans la salle de bains. Elle vint s'asseoir près de lui et il respira son parfum en souriant. Il lui murmura une phrase tendre qui la fit se blottir contre lui, câline. Robert cessa de les observer et se mit à parler avec Alexandre. Il disait n'importe quoi et n'écoutait pas les réponses de son frère, cherchant à retrouver son sang-froid. Il essayait désespérément de ne pas se laisser submerger par ce qu'il ressentait.

Laurène avait laissé échapper sa cigarette et contemplait, consternée, la manche de son chemisier. Comme Juillet passait près de son fauteuil au même instant, il murmura :

— Ma pauvre vieille, l'amour ne te rend pas adroite !

Elle ne se retourna pas et baissa un peu la tête. Il s'en voulut aussitôt. Il allait ajouter quelque chose mais Fernande annonça que le dîner était servi. Juillet hésitait toujours et il se retrouva seul avec Laurène quelques instants. Elle se leva pour lui faire face, rassemblant son courage.

— Je voulais te dire..., commença-t-elle. Ce qui s'est passé, hier...

— Oh, pas besoin de sous-titres, le film était très bien en version originale !

Il regretta trop tard son agressivité. Plus sincèrement, il ajouta :

— Je regrette d'avoir été aussi violent et aussi... ridicule.

Il réalisa en parlant que, en effet, il avait dû l'être. Laurène cherchait ses mots et il la devança.

— Ne t'en fais pas, il est très bien, Bob ! Et tu as ma bénédiction si tu veux.

Il se dirigea vers la salle à manger mais elle le rattrapa.

— Tu préférerais que je m'en aille, Juillet ? Ça t'ennuie que je reste chez toi ?

Étonné par la question, il refusa d'y répondre.

— À Fonteyne, tu es chez Aurélien. Ça le regarde.

Il lui désignait la porte, voulant la laisser passer, mais elle ne bougeait pas, le visage levé vers lui. Comme il se sentait faiblir, il évoqua l'image qui le torturait depuis la veille. Il fut instantanément en colère.

— Tu m'avais dit, l'autre jour…, murmurait Laurène.

Il l'interrompit avec rage.

— Oui, je sais ! Je ne voulais pas le mariage et les orgues, tant que j'y étais ? J'ignorais ton faible pour les tas de paille à ce moment-là !

Elle se redressa aussitôt, perdant d'un coup son air de chien battu.

— Et tu vas bientôt me traiter de garce parce que j'ai choisi Bob ? Tandis que faire l'amour avec toi, c'était de bon goût, plus convenable ? Où est la différence ? Dis ?

Il la prit par l'épaule et la secoua.

— Tu peux coucher avec toute la famille si tu veux, tu es libre !

— Tu es le pire salaud que je connaisse, articula-t-elle en se dégageant.

Elle jeta un rapide coup d'œil vers la porte de la salle à manger et baissa la voix pour achever :

— Vous, les Laverzac, vous êtes de sales cons plus prétentieux les uns que les autres !

Juillet fit un pas en arrière et reprit sa respiration.

— Tu lui parles comme ça, à mon frère ? Et ça lui plaît ?

Laurène éclata en sanglots et traversa le salon dans la direction du hall. Il l'entendit grimper l'escalier en courant.

— Vous venez dîner, oui ou non ? criait Aurélien.

Juillet avança machinalement en se demandant comment il allait justifier l'absence de Laurène.

Avec délicatesse, Juillet prit un grain de raisin entre ses doigts. Il le détacha de la grappe, attentif à ne rien abîmer. Pensif, il observa longtemps la petite sphère pourpre, au creux de sa main, puis il se décida à écraser le fruit, ouvrir la peau et examiner la chair. Il ne parvenait pas à se faire une opinion définie, aussi cueillit-il un autre grain. Il le goûta, réprima une grimace et s'éloigna vers la Jeep.

« Il sera bon quand même », pensa-t-il. La vigne mûrissait, contre toute attente. Encore dix jours. Peut-être quinze…

Il enclencha la première, sentit la Jeep patiner un peu avant de s'arracher à la terre caillouteuse.

« Quand ce sera commencé, Aurélien ne restera plus en place. Et moi non plus ! »

Il avait vérifié lui-même tout le matériel dont les journaliers allaient avoir besoin. Les dates imposées pour les vendanges avaient délivré les viticulteurs du souci de la décision cruciale mais, d'un cru à l'autre, Juillet était tenu d'organiser avec le plus grand soin son planning.

« On fera dans l'ordre habituel. »

Il se fiait à son instinct autant qu'à ce qu'il voyait chaque jour dans les vignes. Aurélien allait lui poser cent fois les mêmes questions et relever l'écart le plus infime dans les réponses. C'était chaque automne le même enfer partagé, mais cette saison avait été particulièrement difficile à vivre, avec ses pluies continuelles. Quant aux demandes d'augmentation des quotas, Juillet préférait ne pas y songer pour le moment.

Il aperçut la Mercedes, en contrebas sur la route, et fit un signe de la main à Aurélien et Alexandre en accélérant.

— On a tous eu la même idée, on dirait, constata Aurélien.

Il regarda la Jeep qui s'éloignait sur le chemin, au-dessus d'eux.

— Où qu'on aille, dit Alex en riant, on est sûr que Juillet vient de passer ou passera dans cinq minutes...

Aurélien hocha la tête, grave.

— C'est... c'est reposant. Sauf que je finis par vivre comme un seigneur et que je ne mets plus assez les pieds sur le terrain ! Il est terrible aussi, Juillet... Il décrit tellement bien les choses que je les vois de mon bureau !

Sans intention particulière, Alexandre répondit :

— Vous pouvez lui faire confiance.

— Je vous fais confiance à tous les deux, corrigea Aurélien.

« Oui, mais c'est Juillet qui a sulfaté au bon moment, juste quand la vigne devenait ligneuse... Il a décidé de l'aoûtage le jour où il le fallait... Et s'il n'y avait que toi, mon pauvre Alex, je camperais sous les sarments pour les surveiller... »

Aurélien tapa gentiment sur l'épaule de son fils, désolé de ce qu'il pensait. La Jeep redescendait vers eux et Juillet s'arrêta à leur hauteur, sans couper son moteur.

— Vous ne venez pas nous voir assez souvent, dit-il à Aurélien. Je voulais justement vous parler des ceps. Les pluies les ont beaucoup déchaussés et il va falloir remonter la terre.

— Tu as assez de monde ?

— Ça ira, affirma Juillet.

Aurélien lui sourit, rassuré.

« Quand ai-je perdu le contrôle de tout ça ? » se demanda-t-il sans aucune amertume.

Il regarda les deux frères allumer leurs cigarettes au-dessus du même briquet et il se sentit heureux d'être avec eux. Il pensa, avec orgueil, qu'il avait bien élevé ses fils.

Le caractère particulier d'Aurélien, assez original pour son époque, lui avait donné l'envie d'offrir à ses enfants une éducation très élaborée. Telle qu'il la concevait à ce moment-là, du moins. Il les avait voulus capables de diriger une affaire et de se faire respecter. Il s'était donné beaucoup de mal pour en faire des hommes selon ses goûts. Il avait veillé à leur scolarité puis à leurs études, sans négliger les cours particuliers ni les voyages, et il avait évité de les mêler trop tôt aux employés de l'exploitation. Sa sévérité, parfois exagérée, n'avait eu qu'un but : mettre ses fils au-dessus des autres. Cette attitude – qu'il ne regrettait pas – avait fini par lui coûter le départ de Louis-Marie et de Robert qui avaient développé leurs propres ambitions. Aurélien s'en félicitait. La réussite était pour lui à la mesure de ses efforts. Et dans l'ordre qu'il avait espéré. Car il les avait souhaités aussi forts que lui-même et, au moins en partie, il y était parvenu. Juillet et Robert étaient en acier.

« Ces deux-là ne sont pas d'accord en ce moment mais ça leur passera. Avec les filles, ça finit toujours par passer... Quand ils étaient gamins, je les aurais roués de coups pour qu'ils se taisent, et aujourd'hui j'aimerais tant qu'ils me parlent... »

— Il y a un peu de retard dans le débroussaillage, disait Juillet et Aurélien fronça les sourcils.

— Du retard ?

— Juste un peu, plaida Juillet. Je vous ramène ?

Aurélien lui sourit de nouveau, sensible à sa gentillesse.

— Dans ton engin cahotant ? Tu veux rire ?

Juillet allait démarrer mais Aurélien tapa sur le capot.

— Attends une seconde ! Je vous connais, Alex et toi, et je ne veux pas d'histoires avec les journaliers cette année. Pas de bataille rangée, pas de querelles. D'accord ?

— Nous ? s'étonna Juillet avec un air de parfaite innocence.

— Vous n'avez plus dix-huit ans, acheva Aurélien.

Juillet échangea un coup d'œil réjoui avec son frère. L'approche des vendanges les surexcitait, comme toujours. Et depuis une bonne heure il n'avait pas pensé à son chagrin d'amour.

Laurène, exaspérée, éteignit l'écran de l'ordinateur. Elle ne parvenait pas à maîtriser le programme de gestion que Juillet avait mis au point lui-même. Elle s'égarait dans les différents fichiers, posait mal ses questions et redoutait toujours de faire une fausse manœuvre qui effacerait des données essentielles. Aurélien pensait que l'informatique était une question d'âge et d'état d'esprit, aussi s'en était-il désintéressé, persuadé que Laurène s'en arrangerait facilement.

« Juillet nous met dans des situations impossibles ! » pensa-t-elle, furieuse.

Mais elle se rendit aussitôt compte de sa mauvaise foi. La déconcertante facilité avec laquelle Juillet adoptait les techniques nouvelles, quelles qu'elles soient, était parfois agaçante pour les autres mais ne visait personne. Quant aux situations embarrassantes, Laurène se mit à rougir en se remémorant la pénible scène des écuries. Elle se leva et quitta son petit bureau, décidée à se changer les idées. Malheureusement pour elle, ce fut Robert qu'elle croisa en premier. Il l'entraîna sur la terrasse et, après avoir vérifié qu'ils étaient bien seuls, il lui posa les mains sur les épaules, l'air grave.

— Je suis consterné de ce qui s'est passé..., commença-t-il.

Il se mordit les lèvres, ne sachant qu'ajouter.

— Je sais. Moi aussi ! lui dit-elle gentiment.

Ils se regardèrent, presque amusés, certains d'avoir payé trop cher un simple bon moment.

— Comment est-il, avec toi ? interrogea Robert.

— Définitif ! Il m'ignore. Il m'a rayée de son champ de vision.

— Et... Et ça t'ennuie, bien sûr ?

— Bien sûr !

Robert se demanda de quelle façon il pouvait justifier, devant cette jeune fille de vingt ans, l'inconcevable désinvolture dont il avait fait preuve.

— Je regrette vraiment, je t'assure. Pas d'avoir fait l'amour avec toi, mais d'avoir été aussi... léger. Je n'aurais pas dû croire à sa prétendue indifférence, mais ça m'arrangeait ! Je savais très bien que, s'il nous surprenait, ça tournerait au drame...

Il paraissait tellement ennuyé que Laurène ne douta pas de sa sincérité.

— C'est ma faute aussi, dit-elle.

Il hésita, peu habitué à faire preuve d'autant d'honnêteté.

— Tu... Tu voulais le rendre jaloux ?

Elle eut un sourire indéfinissable et choisit de lui répondre avec la même franchise, n'ayant rien à perdre.

— Non, je n'ai pas réfléchi. J'avais envie, c'est tout.

Désemparé, il enleva ses mains des épaules de Laurène. Il se trouvait stupide. Il avait quinze ans de plus qu'elle et elle lui donnait une leçon de simplicité.

— Laisse-lui un peu de temps, dit-il enfin. Il t'aime.

Elle secoua la tête, le visage triste soudain.

— Du temps ? Qu'il va mettre à profit pour épouser Camille ?

Robert se mit à rire, ravi de pouvoir se détendre un peu.

— On ne peut pas épouser une fille qui porte un nom aussi ridicule que Camille Caze ! De toute façon, Juillet n'est pas fou.

— Non, mais il n'a pas décoléré.

Robert s'en voulut d'avoir mis Laurène dans une situation aussi inextricable. Et il était conscient de son impuissance à l'aider.

— Juillet est trop entier, il ne pardonnera pas, murmura Laurène d'une petite voix. À toi, peut-être, parce que tu es son frère... Mais moi !

Il avait envie de la prendre dans ses bras et de la consoler, ce qu'il ne pouvait pas faire. Il la trouvait gentille, jolie, et il la devinait très vulnérable. Elle ne pèserait rien, non, face à l'intransigeance de Juillet. Elle n'avait pas l'habileté consommée d'une Pauline pour amener les hommes à tout accepter. Sa naïveté n'était pas la meilleure arme pour faire oublier à Juillet son humiliation et sa fureur.

Elle lui adressa un sourire résigné avant de quitter la terrasse. Il la suivit des yeux, navré, en pensant qu'il finirait par se haïr lui-même.

A la cuisine, Fernande préparait le déjeuner. Dominique lui avait laissé ses consignes et était partie, comme de coutume, faire le marché. Fernande ne comprenait pas pourquoi Dominique ou Laurène se plaignaient des exigences d'Aurélien. Il lui semblait normal de mettre un soin extrême à la confection des repas deux fois par jour. Même pour le plateau du petit déjeuner, Fernande savait qu'Aurélien voulait être servi avec certains égards, dans une vaisselle de luxe et une argenterie parfaitement astiquée. Depuis la mort de Lucie, rien n'avait changé, Fernande y avait veillé.

Lucas entra derrière elle, recula bruyamment un des bancs et s'assit.

— J'en ai marre, grogna-t-il.

Surprise par cet accès de mauvaise humeur, Fernande se retourna vers son mari et le dévisagea.

— Quelque chose ne va pas ?

— Rien ne va ! explosa-t-il. Le fils du patron est impossible !

— Juillet ?

Elle ouvrait de grands yeux et il l'imita, désagréable :

— Juillet, Juillet, oui ! D'une année sur l'autre, ça empire ! Avec la bénédiction de son père ! Ils sont taillés sur le même moule !

Lucas paraissait furieux, il poursuivit, sur sa lancée :

— Depuis le début de l'été que ça dure, je ne peux plus le supporter. Qu'il injurie les gars, passe encore.

Si on les laissait faire... Mais je ne suis pas le dernier des employés, moi ! J'ai mon mot à dire ! Seulement, dès que j'ouvre la bouche, il est contre moi. Partout ailleurs le maître de chai est respecté et on l'écoute. Il n'y a qu'ici !

Fernande, très ennuyée, continuait d'observer son mari.

— Laisse faire, dit-elle, il doit avoir des soucis...

Elle voulait défendre Juillet et Lucas devint furieux.

— Des soucis ! Avec la terre qu'ils ont et le vin qu'ils font ! Tu ne te rends pas compte ! Ça ne tourne peut-être pas tout seul, mais ça tourne rond, crois-moi ! Et du pognon, il en passe...

Fernande fronça les sourcils, dépassée par ce qu'elle entendait. Lucas reprit, moins fort :

— Un garçon que j'ai connu tout gamin et à qui j'ai appris une bonne partie de ce qu'il sait... À présent, il me traite comme un larbin... Mais je ne me laisserai pas faire, non... S'ils veulent se passer de moi, ils n'ont qu'à le dire ! Et mettre cet abruti d'Alex à ma place, par exemple !

Il semblait réfléchir, tout en parlant, et Fernande eut peur qu'il ne soit en train de prendre de mauvaises résolutions.

— Va en parler à monsieur, suggéra-t-elle.

— Tu es folle ? Tu crois qu'il va désavouer son fils ? Tu les connais mal !

Lucas se leva et adressa un regard chargé de haine à sa femme. Il trouvait scandaleux qu'elle prenne le parti des patrons contre lui. Mais il connaissait trop bien la profonde tendresse que Fernande portait à Juillet pour être surpris. Il était sans illusions et sans alliée. Il passa devant elle et sortit.

En fin de journée, Juillet demanda à son père les clefs de sa voiture. Vaguement agacé, Aurélien les lui tendit sans commentaire, persuadé que Juillet allait s'engager dans une histoire stupide avec Camille. Il pensa que son fils était, comme le temps, tout à fait détraqué en cette fin d'été. Il dormit mal, s'interdisant de guetter le retour de Juillet mais l'oreille aux aguets quand même. Vers minuit, il entendit la Mercedes rouler doucement sur l'allée, devant ses fenêtres. Il resta longtemps à réfléchir, sans rallumer sa lampe de chevet.

Le lendemain matin, alors qu'il prenait le petit déjeuner avec Alexandre et Juillet dans son bureau, il passa à l'attaque sans attendre.

— J'ai pensé à quelque chose, dit-il en prenant l'air songeur. Quand le buttage sera fini, en novembre, j'aimerais assez que l'un de vous fasse un petit voyage pour moi... Plutôt toi, Juillet, parce qu'Alexandre n'a sûrement pas envie de laisser Dominique et les enfants...

Interloqués, ses fils le regardèrent.

— C'est une mission de confiance, poursuivit Aurélien, imperturbable. À Londres et dans le Hampshire. Ça te prendra un mois ou deux, au grand maximum.

L'expression de Juillet donnait envie de sourire à Aurélien qui réussit pourtant à s'en abstenir. Son fils adoptif flairait le piège mais ne devait trouver aucun moyen d'y échapper.

— Puisque je ne souhaite pas agrandir le vignoble cette année, il n'y aura pas de friches à défoncer et je n'aurai pas besoin de toi avant le soutirage de février...

Alexandre écoutait leur père, de plus en plus stupéfait. Il jugeait cette idée de voyage ahurissante. Juillet, lui, avait déjà compris qu'Aurélien cherchait à l'éloigner de Fonteyne. Plus exactement de Laurène et de Camille.

— Vous m'expliquerez pourquoi vous…

— Les vins anglais m'intéressent beaucoup, l'interrompit Aurélien. Et toutes les questions d'exportation me travaillent, comme tu le sais. Nous en parlerons plus en détail d'ici là mais ce ne sera pas un voyage inutile, crois-moi…

Il y eut un silence contraint. Juillet ne regardait ni son père ni son frère et jouait avec son briquet.

— Moi, vous comprenez, je suis trop vieux à présent, dit Aurélien en se levant.

Il attendait une réaction quelconque. Juillet leva enfin les yeux et lui adressa un sourire énigmatique. S'il était vexé d'être traité comme un gamin qu'on envoie se rafraîchir les idées au loin, il n'en montrait rien. Il ne paraissait même pas en colère. Aurélien se décida à conclure.

— Tu es d'accord ?
— J'ai le choix ?
— Pas vraiment.

Juillet hocha la tête.

— C'est bien ce que je pensais…

Il quitta son fauteuil et fit signe à Alexandre :

— Tu viens ? Il faut qu'on aille contrôler l'enfûtage.

Aurélien les laissa partir sans rien ajouter. Une fois seul, il se mit à rire.

« Ça l'ennuie et ça l'amuse… De toute façon, ça le calmera… Mais il va me manquer… »

Un rayon de soleil jouait sur le bureau. Aurélien jeta un coup d'œil au-dehors et constata que le ciel était dégagé.

« Encore quelques jours… »

Il préférait penser aux vendanges proches plutôt qu'au voyage qu'il imposait à son fils. Il s'était persuadé, la nuit précédente, que Juillet finirait par faire des bêtises s'il ne l'éloignait pas. Même si le moyen était cavalier, l'argument n'était pas mal trouvé.

Aurélien continua d'attendre, tout au long de la matinée, que Juillet proteste ou se déride, mais son fils restait étrangement calme et froid. Au moment de l'apéritif, lorsque Aurélien tenta de plaisanter, Juillet ne réagit pas davantage. Il acceptait le voyage sans révolte, ce qui était mauvais signe. Il annonça même, pendant un silence et hors de propos, qu'il s'absenterait de nouveau pour le dîner. Aurélien, dans l'expectative, ne savait plus que penser de cette attitude inhabituelle et fuyante. Juillet avait toujours préféré les éclats et les affrontements aux compromis. Aurélien se promit de le surveiller avec plus d'attention encore que de coutume.

Durant le déjeuner, Juillet fut appelé au téléphone et sortit quelques instants. Lorsqu'il revint, il contourna la table et alla droit vers Aurélien.

— Venez avec moi deux secondes, murmura-t-il en se penchant vers son père.

Surpris par l'autorité du ton, Aurélien le suivit jusqu'au petit salon dont Juillet referma la porte avec soin.

— Il y a un problème à Mazion, commença-t-il doucement.

Pour gagner du temps, il alluma une cigarette avant d'achever :

— Antoine a eu un malaise, il a été transporté à l'hôpital, c'est un infarctus.

Aurélien regardait son fils, incrédule.

— Antoine ? Mais il a mon âge !

Il y eut un silence éloquent puis Aurélien s'assit.

— Votre âge, oui, dit-il avec une gentillesse retenue. Mais vous n'avez pas pris vingt kilos en dix ans, vous.

— Et puis je vous ai ! le coupa Aurélien. Je ne me crève pas sur l'exploitation...

Il était sincère, navré et perdu. Même si, par égoïsme, il pensait davantage à lui-même qu'à Antoine. Juillet s'approcha et lui posa une main hésitante sur l'épaule. Il y avait très rarement des gestes, entre eux, leurs échanges étant davantage faits de regards et de mots que de contacts.

— Envoyez Alexandre là-bas pour les aider, suggéra Juillet. Au moins le matin. Je vais conduire Laurène près de sa mère maintenant, et Dominique n'aura qu'à y aller un peu plus tard...

Aurélien hochait la tête. Juillet retira sa main.

— C'est Marie qui t'a appelé ?

Il pensa, fugitivement : « Pourquoi lui ? Pourquoi pas moi ? »

Mais il n'avait pas envie de poser la question. Debout devant lui, Juillet hésitait. « Non, il ne veut pas ma place, il est lui-même, il attend que je lui parle. Qu'est-ce que j'ai ? La trouille ? »

Aurélien se leva.

— Laurène ! cria-t-il d'une voix forte.

Il se tourna vers Juillet.

— Emmène-la chez sa mère, je me charge de parler à Dominique. Robert pourra aller s'informer à l'hôpital.

Juillet alla vers Laurène dès qu'elle entra dans le petit salon. Il la prit affectueusement par les épaules mais elle se dégagea aussitôt, alarmée par cette familiarité inattendue. Ce fut à Aurélien qu'elle s'adressa et il lui expliqua la situation. Inquiète, elle suivit Juillet sans un mot jusqu'au garage. Il dédaigna la Jeep et prit la voiture de Louis-Marie qui laissait toujours ses clefs sur le contact. Il avait été vexé par le mouvement de recul de Laurène et il se taisait. Elle regardait devant elle, angoissée et mal à l'aise.

A Mazion, Marie les attendait très agitée, et Juillet eut beaucoup de mal à la calmer. Ensuite, il alla trouver les employés et discuta un moment avec eux. Il tenait à savoir ce qu'Alexandre allait trouver comme situation. L'hospitalisation d'Antoine tombait très mal, à quelques jours des vendanges. Juillet, avec sa déconcertante facilité pour comprendre tous les cas de figure possibles, donna des consignes précises et renvoya tout le monde au travail. Puis il retourna voir Marie pour l'embrasser avant de partir. Lorsqu'il regagna sa voiture, il fut surpris que Laurène l'y accompagne. Marie les observait du pas de sa porte, et Juillet ne savait quelle contenance adopter.

— Alex viendra s'occuper de tout demain matin, dit-il. Il faut que je rentre...

Il mourait d'envie de la prendre dans ses bras, désespéré d'être aussi amoureux et aussi stupide.

— Tu me détestes, bien sûr ?

Elle avait posé sa question vite, presque à voix basse. Elle le toisait, maladroite et agressive.

— Non...

Glacé par la manière dont elle venait de lui parler, il se détourna et monta dans la voiture. Il démarra doucement, au prix d'un gros effort.

Le lendemain matin, Juillet se rendit très tôt au centre hospitalier de Bordeaux. Il se sentait redevable d'une visite à Antoine, ne serait-ce que pour le rassurer au sujet de l'exploitation. Il ne portait pas de jugement sur la manière dont les Billot géraient leurs vignes, mais il savait qu'Antoine avait gardé les vieilles méthodes et les vieilles idées de sa génération.

D'après Robert, son état était plutôt rassurant, et effectivement l'infirmière de l'étage autorisa Juillet à entrer quelques instants. Antoine l'accueillit avec un sourire contraint. Il avait le teint gris, l'air abattu et le regard morne.

— Comment allez-vous ? s'enquit Juillet.

Antoine lui fit signe de s'asseoir mais il préféra rester debout à côté du lit.

— C'est un sérieux avertissement, dit-il pour prendre une contenance. Vous devriez bouder davantage la cuisine de Marie ! Ou vous résoudre à boire de l'eau…

D'un geste las, Antoine balaya ces banalités.

— Je connais ton programme à Fonteyne, tu n'as sûrement pas de temps à perdre ! Écoute, il faut quelqu'un chez moi, tout n'est même pas sulfaté.

— Alex s'en charge. Il y était à sept heures, ce matin. Il ira chaque jour, c'est convenu.

Antoine laissa échapper un long soupir de soulagement.

— Ah, c'est bien… Entre nous, mon contremaître est un incapable, dis-le à ton frère. Qu'il ne se laisse pas déborder ! Mais tu le conseilleras ?

Juillet fut agacé du peu de cas qu'Antoine semblait faire de son gendre.

— Alex s'en sortira très bien tout seul, répondit-il.

L'air dubitatif d'Antoine obligea Juillet à préciser :

— Les Laverzac et les Billot sont une même famille, vous n'avez aucun souci à vous faire.

Antoine le regardait, du fond de son lit.

— C'est bien, dit-il, je voulais entendre ça de ta bouche.

Il y eut un silence gêné puis Antoine ajouta :

— Robert est gentil d'être venu si vite, hier, grâce à lui je suis traité comme un coq en pâte. Je crois que toutes les infirmières sont folles de lui ! Seulement, pour la vigne, il n'y connaît vraiment plus rien et je suis content d'avoir parlé avec toi.

Juillet lui sourit et Antoine comprit qu'il allait partir. Il protesta :

— Attends une minute, petit ! Il y a encore autre chose, mais c'est difficile à dire...

Juillet fut aussitôt sur la défensive.

— Ne te braque pas, murmura Antoine. Tu me vois venir, d'accord... Écoute, je ne sais pas ce qui se passe entre vous, les jeunes, mais chaque fois que Laurène vient à la maison voir sa mère, elle pleure... Elle ne se confie pas, remarque...

— Antoine, arrêtez.

Juillet était calme, froid, et Antoine le saisit par son pull.

— S'il m'arrive quelque chose, elle sera seule, et Marie aussi, et mes vignes aussi ! Je ne te demande rien. Mais veille sur tout, même de loin.

— Antoine ! Ça suffit ! Vous n'êtes pas si malade... Et vous oubliez trop facilement Alex...

Il s'était reculé vers la porte et Antoine le suivait des yeux, impuissant. Juillet hésitait à sortir. Autant il aimait Marie, autant – influencé par Aurélien –, il n'avait pas une grande sympathie pour Antoine. Mais il comprenait sa détresse.

— Si Laurène pleure, dit-il à mi-voix, ce n'est pas à cause de moi. Et, croyez-moi, je le regrette...

Antoine, stupéfait, laissa partir Juillet qui quitta l'hôpital passablement en colère. Il avait la pénible impression que tout le monde se mêlait de sa vie. Ses sentiments pour Laurène le perturbaient au-delà de toute raison, le rendant moins disponible pour Fonteyne, moins attentif, moins sûr de lui. Et il ignorait comment se débarrasser de cet état.

Laurène, en se retrouvant chez elle, ne résista pas à l'affection de sa mère. Elle finit par se confier et lui raconta tout, y compris l'odieuse scène du box. Marie l'écouta sans l'interrompre, horrifiée. Ajoutée à l'hospitalisation de son mari, la confidence de sa fille la consternait. Si Dominique ne lui avait toujours donné que des joies, Marie savait qu'en revanche Laurène lui poserait des problèmes. Elle connaissait bien le caractère naïf, timide et obstiné de sa cadette. Et sa grande maladresse avec les hommes. Que Laurène ait pu préférer Robert, Marie le comprenait, le côté séducteur de Bob n'échappant à personne. Ni ce que l'évidente et mystérieuse tristesse qu'il affichait pouvait avoir de romantique pour une jeune fille. Mais que Laurène ait pu souhaiter ne partager qu'un bref moment avec lui la dépassait complètement. Elle appartenait à une génération qui n'admettait pas ces conceptions et ces façons d'être. Toutefois, comme elle ne voulait pas être tenue pour rétrograde ni laissée à l'écart par sa fille, elle s'abstint des commentaires désagréables qui lui venaient à l'esprit. Elle se contenta de faire remarquer qu'un homme comme Juillet ne se ratait pas et ne méritait pas d'être traité ainsi. Elle finit par conseiller à sa fille de revenir vivre à Mazion, où était sa vraie place, plutôt que de demeurer chez les Laverzac. Laurène pleura beaucoup, hésita, puis décida qu'elle quitterait Fonteyne après le départ de Juillet pour l'Angleterre. Elle se donnait ainsi un délai, sans savoir de quelle manière elle pourrait en tirer parti, cependant elle était certaine que Juillet ne viendrait pas la chercher chez ses parents et elle ne se résignait pas à le perdre.

Parler à sa mère l'éclaira sur elle-même. Elle s'aperçut que, quoi qu'elle ait pu croire durant l'été, elle aimait encore Juillet de la même sourde passion. Un avenir sans lui ne l'intéressait pas. Elle refusait d'admettre que le gâchis de leurs rapports soit irrémédiable. Marie ne chercha pas à la détromper, persuadée pourtant que Laurène aurait bien du mal à conquérir Juillet après l'avoir ridiculisé de la sorte.

L'arrivée de Juillet avec Dominique fut une des choses les plus détestables que Marie ait eu à supporter ce jour-là. Elle qui avait les situations fausses en horreur eut bien du mal à accueillir Juillet comme de coutume. Elle lui offrit à boire, nerveuse et maladroite, posa mille questions sur la vigne et oublia de parler d'Antoine. Intrigué par son comportement, Juillet finit par demander, avec sa gentillesse habituelle :

— Tu vas bien, Marie ? Tu ne te fais plus de souci, j'espère ?

— Non ! répondit-elle en hâte. Alex se débrouille à merveille. C'est un plaisir de l'avoir ici tous les jours.

Il lui adressa un sourire affectueux, lui renvoyant cette image du fils qu'elle n'avait pas et qu'elle aurait adoré.

— Antoine sera vite sur pied, j'en suis sûr. Et il n'y aura aucun problème pour les vendanges. J'ai tout réglé pour tes journaliers mais tu as du temps devant toi, vous récoltez plus tard sur Blaye...

Marie le regardait tristement.

— C'est bien, dit-elle, tout s'arrange...

Il y avait si peu de conviction dans sa voix que Juillet fronça les sourcils. Il jeta un coup d'œil vers Laurène, devinant qu'elle avait tout raconté à sa mère, et il lui en voulut aussitôt. Marie, qui avait suivi son regard, intervint :

— Tu ne seras pas là cet hiver, paraît-il ?

Il reposa son verre, se leva.

— Non, répondit-il à contrecœur. Je dois partir pour Londres…

Pour la première fois de sa vie, il se sentit pressé de quitter Marie et Mazion.

— Je file, Marie. Tu n'as besoin de rien ?

— Non, tu es gentil.

Elle s'était forcée à le dire et il s'en rendit compte. Très mal à l'aise, il embrassa Marie et Dominique mais ignora Laurène. Il regagna sa Jeep à grandes enjambées sans savoir qu'un silence consterné était tombé sur les trois femmes, après son départ.

À six heures, le lendemain matin, Juillet fut très étonné de voir Robert entrer dans sa chambre.

— Tu es tombé du lit ? demanda-t-il en bâillant.

— Non, j'y vais ! Je voulais te voir pour t'enlever tes fils… Et tu te lèves si tôt que j'ai préféré ne pas me coucher !

Narquois, Robert regardait autour de lui. La chambre de Juillet lui avait toujours plu. Un gros fauteuil avachi, au cuir patiné, trônait devant la cheminée. Il y avait des livres posés un peu partout.

— Toi aussi, tu as le virus ?

— Oui, et comme il n'y a plus de place dans la bibliothèque…

Juillet s'était assis sur son lit. Il sourit à son frère.

— Il faut bien passer les soirées d'hiver.

Robert éclata de rire.

— Avec des bouquins, oui, je compte sur toi !

— Pourquoi pas ? Il n'y a pas que les filles… Tu ne fais donc jamais la pause, toi ?

Il y avait un peu d'agressivité dans la voix de Juillet et Robert cessa de rire.

— J'ai traîné dans les boîtes de Bordeaux, cette nuit… C'est à mourir d'ennui…

Il paraissait soudain tellement triste et fatigué que Juillet se sentit sur le point de le plaindre. Il risqua une question directe :

— C'est Pauline qui te gâche toujours la vie ?

Robert inclina la tête sans répondre.

— Et Laurène ? Tu l'as déjà laissée tomber ?

De nouveau, Juillet avait utilisé un ton très cassant. Robert le regarda bien en face.

— Je ne peux pas te répondre parce que, quoi que je dise, tu vas te mettre en colère… Il y a de l'alcool dans la salle de bains ? Il faut que je t'enlève ces fils…

Juillet attendit que Robert revienne, songeur. Il se mit à plat ventre.

— Tes côtes, ça va ?

— Je les ignore et elles me laissent tranquille.

Robert ouvrit l'étui d'un scalpel jetable.

— Ne bouge pas, tu ne sentiras rien.

Il saisit l'extrémité d'un fil avec sa pince et trancha le nœud.

— Tu me ramèneras un cachemire de Londres ? demanda-t-il, par habitude de faire diversion lorsqu'il travaillait sur un malade conscient.

Juillet rit et Robert protesta :

— Reste tranquille ! Tu es content de partir ?

— Non. Mais je suis curieux de leurs vins blancs. Et de leurs filières d'achat. Aurélien n'a pas tort, finalement, même quand il invente !

Il se remit à rire et Robert écarta de justesse son bistouri.

— Je vais faire une bêtise, prévint-il.

Ses doigts étaient légers et précis, bien qu'il ait passé une partie de la nuit à boire.

— Voilà, c'est terminé, tu es comme neuf. Cette cicatrice est un modèle, je t'ai gâté...

Juillet se retourna et considéra son frère.

— Tu n'as fait que réparer tes conneries, ne compte pas sur ma reconnaissance !

Robert lui adressa un sourire las.

— Tu es vieux, ce matin, constata Juillet.

— Je sais.

En prenant ses cigarettes sur la table de chevet, Juillet revint à la charge.

— Tu ne m'as pas répondu, pour Laurène ?

Robert haussa les épaules avec désinvolture.

— Tu sais très bien ce qu'il en est. Tu cherches la bagarre, c'est tout.

Juillet se leva, jeta un coup d'œil au réveil, puis il se retourna brusquement vers Robert qu'il dévisagea.

— Tu dois avoir raison, dit-il enfin. Va te coucher, tu tombes de sommeil...

Il abandonna son frère pour aller prendre une douche, ensuite il descendit jusqu'au bureau d'Aurélien où, pour une fois, il arriva le premier. Il s'interrogea longuement sur les raisons absurdes qui le poussaient à inviter Camille deux fois par semaine alors qu'il s'ennuyait tant en sa compagnie. Et se demanda si le comportement de Robert, qui continuait d'aimer Pauline malgré tout et qui cherchait à s'en consoler avec n'importe qui, n'était pas plus logique que le sien.

Lorsque Fernande entra avec le plateau du petit déjeuner, il était assis, pensif et soucieux.

— Tout va comme tu veux, petit ? s'enquit la vieille femme en lui servant son café.

Il émergea de sa rêverie pour lui sourire, mais il lui répondit bizarrement :

— Non. Ton mari me fait des tas d'ennuis en ce moment ! Je ne sais pas ce qu'il a, mais dis-lui de ne pas continuer comme ça...

Fernande parut aussitôt inquiète. Elle redoutait une réflexion de ce genre depuis quelques jours. Elle allait lui répondre lorsque Aurélien entra et elle s'éclipsa aussitôt. Juillet salua son père et essaya de ne plus penser qu'aux problèmes de Fonteyne.

Laurène n'était pas restée à Mazion, elle avait repris son travail près d'Aurélien mais elle s'échappait tous les après-midi pour aller voir son père qui se remettait lentement à l'hôpital. Antoine ne lui parlait pas de Juillet, décidé à ne plus se mêler des histoires des jeunes.

Chaque matin, Alexandre partait chez son beau-père et semblait heureux d'avoir des responsabilités à assumer seul. Les quelques jours de soleil tellement souhaités par Juillet arrivèrent enfin. Louis-Marie profitait d'une inspiration passagère pour s'isoler l'après-midi et écrire. Pauline le plaisantait puis filait avec sa voiture à Bordeaux, sous un prétexte quelconque, abandonnant de plus en plus souvent Esther à la garde de Dominique.

Juillet, infatigable, arpentait les vignes, se chargeant du travail d'Alex en plus du sien. Il surveillait Lucas avec une attention particulière et supervisait la moindre chose. Toujours obsédé par Laurène, il s'obligeait à passer la majeure partie de son temps hors du château.

Ce fut tout à fait par hasard qu'il rencontra Pauline et Robert, à Bordeaux, alors qu'ils sortaient de leur hôtel. La stupéfaction fut telle, de part et d'autre, qu'ils se regardèrent un bon moment, sidérés, avant de pouvoir réagir. Ce fut Pauline qui se décida la première à l'aborder :

— Vous êtes l'homme des découvertes malheureuses ! Je suis sincèrement navrée... Mais si vous n'étiez pas partout à la fois... S'il vous plaît, Juillet, ne dites rien. Pas à Louis-Marie, en tout cas... Laissez-le tranquille...

Elle avait une expression grave que Juillet ne lui connaissait pas. Embarrassé, il jeta un coup d'œil vers Robert qui hésitait à s'approcher. La circulation était dense, autour d'eux, et Juillet pensa qu'ils devaient avoir l'air étrange à se regarder mutuellement sans bouger. Il fit un pas en direction de son frère mais Pauline s'accrocha à son bras.

— Vous ne voulez pas oublier ça, Juillet ?

Robert les rejoignit et il y eut un instant de gêne insupportable entre eux. Juillet s'adressa à Pauline.

— Vos histoires ne m'intéressent pas. Bien entendu, je ne vous ai pas vus...

Il aurait donné n'importe quoi pour être ailleurs. Il prit ses clefs de voiture, dans sa poche, afin de se donner une contenance, puis se tourna vers Robert.

— Tu es complètement dingue... Tu finiras par obtenir ce que tu cherches, on va s'étriper en famille, un de ces quatre !

Son frère fixait obstinément le sol, l'air buté. Juillet tourna les talons mais se ravisa et revint vers eux.

— Louis-Marie m'attend à la papeterie, de l'autre côté de la place.

Il les quitta sans rien ajouter, pressé de récupérer son autre frère et de l'éloigner. Robert resta figé, toujours sans réaction, et Pauline dut l'entraîner jusqu'à la Jaguar où ils s'installèrent en silence. Robert démarra et fit demi-tour, ensuite il remonta toute la rue en sens interdit. Il attendit d'être sorti de Bordeaux pour murmurer :

— Quelle horreur... Tu te rends compte ? Il n'aurait plus manqué que ça pour finir le séjour !

Pauline se détendait, soulagée d'avoir échappé à la catastrophe.

— Je me moque de tomber sur Louis-Marie, disait Robert. Mais pour toi et pour lui... Qu'est-ce qu'on va faire ?

Pauline se détourna et baissa sa vitre.

— Faire ? Rien ! Se dépêcher d'arriver à Fonteyne avant eux.

Robert ne répondit pas. Il conduisait vite, plus par habitude que pour exaucer le désir de Pauline.

« Je l'ai cherché, pensa-t-il. Juillet doit me trouver ignoble. Je ne peux pas lui expliquer... »

Il réalisa qu'il aurait préféré rencontrer Louis-Marie que Juillet.

« Et le scandale m'aurait apporté quoi ? Pauline ne le quittera jamais. Jamais... »

Il ne songeait qu'à lui, persuadé que Pauline n'éprouvait rien d'autre qu'une angoisse rétrospective. Il lui en voulait de n'être pas dans son camp, fût-ce passagèrement. Elle ne lui avait pourtant pas menti, depuis le premier après-midi passé ensemble à l'hôtel. Elle tenait à Louis-Marie par-dessus tout.

« Alors pourquoi vient-elle me rejoindre ? »

Il aurait mieux fait de se demander pourquoi il le lui proposait, alors qu'il était sans le moindre espoir sur leur avenir.

— On n'y peut rien, Bob..., dit Pauline.

Elle avait sorti un petit miroir de son sac et se remaquillait tranquillement.

— Il faut que je rentre vite à Paris, murmura-t-il d'une voix blanche. Ou il y aura un drame. Juillet a raison...

— Il en parle en connaissance de cause ! rappela-t-elle sèchement.

Ils se turent jusqu'au garage et elle rentra à Fonteyne en courant. Il resta en arrière, fuma une cigarette du côté des chais, et essaya de prendre des résolutions. Lorsqu'il rejoignit la famille dans le petit salon, il eut tout le loisir d'apprécier le sang-froid de Pauline. Elle s'était changée et arborait une robe de soie pêche à peine décente. Elle s'occupait d'Aurélien avec ostentation et elle salua Robert comme si elle ne l'avait pas vu depuis le déjeuner. Louis-Marie servait l'apéritif et Robert négligea le bordeaux pour se verser un grand whisky qu'il but d'un trait. En posant son verre, il croisa le regard de Juillet. Il n'y lut ni mépris ni animosité.

— Comment peux-tu encore me supporter ? demanda-t-il entre ses dents.

Juillet avait deviné la question plus qu'il ne l'avait entendue.

— Il y avait si longtemps que tu n'étais pas venu mettre la pagaille à la maison que j'avais oublié à quoi ça ressemble...

Juillet tourna le dos à Robert et écouta Pauline, à l'autre bout de la pièce. Elle était en train de se plaindre du travail de Louis-Marie, déclarant qu'il ferait mieux de se reposer puisqu'il était en vacances, et qu'elle en avait assez d'être seule. Juillet avait beau connaître l'aplomb de Pauline, il en resta interdit quelques instants. Puis il fut pris d'un irrésistible fou rire et il quitta le salon. Il se laissa aller à sa gaieté dans le hall, heureux de se détendre sur quelque chose de vraiment drôle. Il pensait que Robert allait le rejoindre sans tarder mais ce fut Aurélien qui surgit.

— Tu as l'air bien réjoui !

Aurélien le poussa vers la bibliothèque.

— Viens avec moi, j'ai une nouvelle qui ne va pas t'amuser...

Juillet suivit son père et referma la porte derrière eux.

— Laurène m'a annoncé qu'elle rentrerait à Mazion après les vendanges. Pour de bon. Tu le savais ?

Juillet fit quelques pas, le temps de trouver une réponse.

— Non... Antoine a besoin d'elle ?

— Ça m'étonnerait !

La voix coupante d'Aurélien n'annonçait rien de bon. La décision de Laurène le contrariait beaucoup.

— Elle m'a remercié de lui avoir appris son métier mais elle prétend qu'elle doit aider sa famille. On croit rêver !

— Il y a eu des bouleversements chez eux...

— De là à tout plaquer ! Ici, elle a un salaire. Antoine n'a pas de quoi payer une secrétaire, nous le savons tous.

Aurélien semblait attendre des explications, mais son fils restait muet, manifestement abattu par la nouvelle.

— Pourquoi faut-il que vos petites histoires perturbent le travail ? Tu ne me feras jamais croire que tu n'es pas mêlé à ce départ, de près ou de loin...

Juillet n'écoutait plus son père et se demandait à quoi ressemblerait la maison sans Laurène. Il était désespéré à l'idée qu'elle parte.

— Tu me réponds ?

D'une voix sans timbre, Juillet se décida à articuler :
— Que voulez-vous que j'y fasse ?

— Je veux que tu arrêtes de te foutre de moi ! cria Aurélien.

Juillet parut sortir de sa torpeur et il adressa un coup d'œil aigu à Aurélien. Il pensait, avec une absolue sincérité, qu'il était étranger à la décision de Laurène. Il n'imagina pas un instant qu'elle puisse vouloir le fuir. Chaque fois qu'elle lui adressait la parole, c'était de manière désagréable. Il refusa d'emblée la responsabilité qu'Aurélien prétendait lui faire endosser. Il savait qu'il allait droit à l'affrontement mais il n'avait pas envie de l'éviter.

— Elle en a peut-être assez de votre étouffante protection ? lâcha-t-il.

Aurélien eut le souffle coupé par l'énormité de l'insolence. Il fut obligé de chercher ses mots avant de répondre.

— Si je ne l'avais pas maintenue hors de ta portée, il y a longtemps qu'elle nous aurait quittés ! J'en étais responsable, vis-à-vis de son père, même si tu trouves ça risible. Tu n'as aucune moralité ! Tu as toujours eu une façon d'agir révoltante avec les femmes ! Je ne souhaitais pas qu'elle se retrouve dans ton lit, c'est vrai, parce que ce n'est pas une place stable ! Il y a bien quinze ans que tu baises des filles et tu n'en as pas aimé une seule !

Aurélien s'arrêta et reprit sa respiration. Juillet le regardait, interloqué. Il s'était attendu à un éclat, mais pas à ce discours-là. Son père s'approcha de lui et il recula, d'instinct, vers la bibliothèque.

— Tu t'es toujours contenté de m'imiter ! Seulement ma vie est derrière moi. J'ai eu une femme et des enfants, j'ai eu des passions et des chagrins d'amour. À présent je me contente d'avoir des maîtresses occasionnelles, c'est normal. Mais toi ? Qu'est-ce qui est détraqué chez toi ?

Profondément touché par ce qu'il venait d'entendre, Juillet ne réfléchit pas et lança :

— Je l'aime !

Au sourire qu'afficha Aurélien, Juillet comprit le piège. Il était trop tard pour revenir en arrière et il continua.

— Je l'aime et vous le savez depuis longtemps. Vous la trouviez trop jeune ? Elle n'a pas dû être de cet avis ! Elle est adulte et elle se passe très bien de votre accord. Ou du mien ! Elle choisit qui bon lui semble...

— Mais pas toi ?

L'étonnement d'Aurélien était évident et sa colère semblait se dissiper.

— À Mazion, elle sera tranquille, murmura Juillet.

Aurélien ne souhaitait pas lui expliquer que c'était l'intransigeance d'Antoine qui avait poussé Laurène à partir de chez elle, deux ans plus tôt. Il était ennuyé de l'aveu de Juillet. Ainsi, Laurène avait préféré Robert ? Il jugeait l'idée saugrenue. Il posa de nouveau son regard sur son fils et lui trouva l'air pitoyable.

— Vous me prenez vraiment pour un monstre d'égoïsme ? demanda Juillet qui avait fini par s'asseoir sur son barreau d'échelle favori.

Aurélien eut envie d'avoir un geste ou un mot tendre mais il fut retenu par une sorte de pudeur.

— J'ai eu souvent des... mais je ne suis pas venu vous en parler... C'est vrai que, jamais comme pour elle...

Incapable de faire des phrases cohérentes, Juillet cherchait à se justifier et Aurélien l'arrêta.

— Je voulais juste te mettre en colère ! Je n'aime pas les confidences, en général, mais ces temps derniers ta pseudo-indifférence me tapait sur les nerfs. Je souhaite que tu te maries, Juillet... Si Laurène ne veut pas de toi, tu as bien raison de chercher ailleurs.

Aurélien se sentait mal à l'aise. Sa façon d'attaquer Juillet n'était que la conséquence des sentiments troubles qu'il portait lui-même à Laurène, il en était conscient et il en éprouvait une certaine honte. Il avait profité de l'ambiguïté habituelle de leur rivalité pour mélanger une histoire sérieuse à leurs aventures sans conséquences. Il l'avait fait en connaissance de cause et il n'avait aucune excuse.

— Nous vivons trop les uns sur les autres, dit-il. C'est une mauvaise chose. On en arrive à des aberrations. Je suis fautif...

Juillet se redressa d'un mouvement brusque.

— Vous n'y pouvez rien !

— Ne te braque pas, je ne cherche pas à t'éloigner de Fonteyne. Même si je t'envoie en Angleterre !

Juillet ne rit pas. Il scrutait le visage de son père. Mais Aurélien lui adressait un regard affectueux.

— Écoute, cow-boy, tu sais ce qu'on va faire ? La prochaine secrétaire que nous engagerons, on la prendra bien moche !

Il alla vers l'interrupteur, éteignit et ouvrit la porte du hall. Dans la pénombre, il vit que la silhouette de Juillet n'avait pas bougé.

— Tu viens ? dit-il d'une voix tendre.

De la fenêtre de sa chambre, Louis-Marie vit Robert et Pauline qui marchaient côte à côte dans l'allée. C'était au moins la troisième fois qu'ils passaient. Bob paraissait écouter, les mains dans les poches, et Pauline ponctuait son bavardage de gestes familiers. Louis-Marie esquissa un sourire. Il ne soupçonnait pas Pauline de le tromper. Il avait remarqué certains regards de Robert mais il les mettait sur le compte de sa nostalgie du passé. Il devinait que son frère n'avait pas tout à fait oublié Pauline. Et il le comprenait ! Quant à sa femme, il la savait coquette par habitude, presque par définition. Sa manière de faire du charme à tous les hommes qu'elle croisait amusait Louis-Marie. Il n'avait aucun doute sur les sentiments que Pauline lui portait et qui suffisaient, croyait-il, à la garder à l'abri des tentations. Leur différence d'âge aurait pu l'inquiéter mais, bien au contraire, il s'était persuadé une fois pour toutes que Pauline avait besoin de lui, de son attitude libérale et protectrice, de sa maturité d'homme de quarante ans. Elle n'était ni bonne mère ni bonne épouse, se contentant d'être elle-même et il l'adorait ainsi.

Il mettait à profit ses vacances pour écrire et envoyer ses articles aux diverses revues auxquelles il collaborait. Il se dispersait facilement dans son travail, toujours poursuivi par les factures d'un train de vie farfelu. Mais il appréciait son mode d'existence et n'en aurait changé pour rien au monde. La quiétude et le sérieux de son père ne lui faisaient nullement envie puisqu'il avait quitté Fonteyne pour y échapper. Robert en avait fait autant et Alex s'était retrouvé prisonnier. Pauvre Alex, ni doué ni passionné ! Il arrivait à Louis-Marie de le plaindre. Tout comme il s'étonnait de la constance de Juillet. Qu'une personnalité aussi forte que la sienne puisse s'accommoder à la fois d'un père tyrannique et d'un frère médiocre laissait Louis-Marie très perplexe. Sans y réfléchir et peut-être même sans le savoir, il admirait Juillet depuis toujours. À travers son frère adoptif, il voyait l'avenir de Fonteyne assuré, sans avoir besoin d'y participer. Juillet, plus qu'Aurélien, était le lien qui attachait encore Louis-Marie à Fonteyne.

De toute la famille, Louis-Marie était celui qui s'était posé le plus de questions sur les origines de son petit frère. Mais le jour où il avait voulu les poser à haute voix, Aurélien avait fait une telle crise de fureur que Louis-Marie n'avait pas insisté. Il s'était contenté de regarder Juillet avec curiosité, durant des années. Puis son intérêt s'était transformé, peu à peu, en estime et en affection. Louis-Marie appréciait que Juillet soit parvenu à diriger Fonteyne sans avoir entamé l'autorité d'Aurélien, mais il se demandait anxieusement ce qui arriverait le jour du décès de leur père.

Il jeta un nouveau coup d'œil vers l'allée. Elle était déserte. Il en ressentit une vague contrariété sur laquelle il eut le tort de ne pas s'attarder.

Aurélien et Alexandre avaient écouté Juillet sans l'interrompre. Il y eut un silence navré.

— J'aurais préféré ne pas le savoir, dit enfin Aurélien. Lucas ! Je n'en reviens pas... Il y a trente-deux ans qu'il travaille pour nous !

— Je suis certain que c'est la première fois, plaida Juillet. Il a toujours été un bon maître de chai. Avec lui les cavistes filent droit ! Il suffit d'une mauvaise influence, d'une tentation trop flagrante, on lui a peut-être laissé trop de liberté…

— Tentation ? Influence ? Qu'est-ce que c'est que ces expressions ? Un vol est un vol, il n'y a pas d'autre mot !

Aurélien avait tapé sur son bureau du plat de la main, ulcéré. Juillet chercha à minimiser les choses.

— Ce n'est pas un grand trafic, loin de là ! Petites rapines et petits bénéfices…

— Une magouille de minable, en plus !

Alexandre essayait de se faire oublier en regardant ailleurs. Ce qu'il entendait le stupéfiait.

— Comment as-tu découvert ça ? demanda Aurélien.

— Il s'est découvert tout seul. Il avait l'air tellement exaspéré que je le surveille, tellement indigné que je lui demande des détails précis ! Ce n'est pas son comportement habituel…

Aurélien, d'un geste rageur, repoussa le courrier qui attendait sa signature.

— Fais-le venir, on va régler ça !

Juillet échangea un rapide coup d'œil avec Alexandre. Il pesa ses mots et dit lentement :

— C'est que… Il y a Fernande…

Aurélien, méprisant, l'interrompit.

— Quoi, Fernande ? Elle fait danser l'anse du panier ?

— Ne soyez pas injuste ! protesta Juillet. Fernande est une femme formidable, elle serait bien incapable de la plus petite malhonnêteté ! Mais si vous renvoyez Lucas, elle est obligée de le suivre !

Aurélien toisa Juillet avec hauteur.

— Je ne t'ai pas demandé de conseil !

Alexandre trouva le courage d'aller au secours de son frère et il s'interposa.

— Vous ne pouvez pas balayer Fernande comme ça !

La rage d'Aurélien fut aussitôt attisée par cette prise de position inattendue.

— Fernande ! Fernande ! Je m'en moque, si vous saviez !

Juillet se leva d'un bond, aussi furieux que son père.

Il allait parler mais Aurélien le devança, la voix glaciale.

— Fais-moi grâce de tes mouvements d'humeur ou quitte mon bureau.

Juillet hésita une seconde puis réussit à se dominer. Il se rassit et croisa les jambes. Aurélien le regarda allumer une cigarette sans faire de commentaire. Comme le silence se prolongeait, Alexandre intervint de nouveau :

— Si vous faites venir Lucas tout de suite, c'est la rupture assurée. Pourquoi ne pas attendre un peu, le temps de réfléchir sur les mesures à prendre ?

— Quand j'aurai besoin de ton avis, je te le demanderai, lui répliqua Aurélien. On n'est pas à Mazion, ici, j'espère que tu fais la différence !

L'allusion au rôle qu'Alexandre tenait depuis quelques jours chez son beau-père était volontairement agressive. Aurélien recula un peu son fauteuil et regarda ses fils tour à tour.

— Comment se fait-il que les choses aillent de travers, cet été ? Il y a au moins un problème par jour ! Je vais devoir remettre tout le monde au pas, et ça ne se fera pas en douceur ! Je commence par Lucas, pour l'exemple...

Juillet prit une profonde inspiration. Il était prêt à tout pour défendre Fernande.

— Vous ne pouvez pas le renvoyer, déclara-t-il avec calme.

— Je ne peux pas ? Tu crois ?

Il y avait une telle menace contenue dans la voix d'Aurélien que Juillet se reprit :

— Pas en ce moment, c'est ce que je voulais dire.

Aurélien hocha la tête et lui fit signe de poursuivre.

— Je connais au moins l'un des types avec qui il s'est entendu. Il a eu la bêtise d'accepter un chèque en paiement. Je connais aussi le nom du payeur et le numéro du chèque. C'est suffisant pour le terroriser.

— Ou pour l'envoyer en prison, répondit tranquillement Aurélien.

Juillet lui donnait des armes qu'il aurait sans doute préféré garder pour lui. Mais il s'en remettait à son père, lui livrant Lucas pour sauver Fernande, en quelque sorte.

— De qui tiens-tu ces précisions ?

— Nous avons la même banque. Pour le directeur de l'agence, le compte courant de Fonteyne valait bien une petite indiscrétion.

Aurélien ne quittait pas Juillet des yeux.

— Je ne peux pas dire que j'apprécie beaucoup tes façons de faire... Tu te sers de notre nom de façon... discutable. Mais il n'y a que le résultat qui compte, c'est un fait...

Il eut un soupir bref.

— Tu diras à Lucas que je l'attends ici à cinq heures. Je tiens à ce que vous soyez présents aussi et qu'on vide l'abcès. Si vous croyez vraiment qu'il faut garder un voleur à la maison, je veux bien accepter de ne pas le flanquer à la porte aujourd'hui. Mais ce sera sous votre responsabilité à tous les deux, que ce soit bien clair...

Alexandre fut le premier à se lever et Juillet l'imita. Ils quittèrent le bureau côte à côte et attendirent d'avoir traversé tout le hall pour se regarder.

— J'ai bien cru qu'il ne céderait pas, dit Alexandre. Dieu qu'il est désagréable, quand il veut !

Juillet poussa son frère vers la cuisine.

— Ne crie pas victoire, il est capable de s'emballer dans la discussion.

Louis-Marie était descendu se faire du café et ils lui en réclamèrent. Ils s'installèrent tous trois le long de la gigantesque table de chêne.

— Nous avons un problème et tu vas nous rendre service, dit soudain Juillet à Louis-Marie.

— Si c'est de vous suivre avec la cafetière dans les vignes, c'est non ! J'ai du travail aussi…

Il servit ses frères et ajouta en souriant :

— De quoi est-il question ?

— De Fernande. Tu l'aimes bien ?

— Évidemment ! Pourquoi ?

— Tu vas aller voir Aurélien et tu vas le lui dire.

Éberlué, Louis-Marie considéra ses frères tour à tour.

— Comme ça ?

— Oui…

— Ce sera surréaliste !

Juillet but son café et répliqua :

— Ce sera très bien. Dans l'idéal, si tu vois Bob, demande-lui d'en faire autant.

Juillet le remercia d'un signe de tête et quitta la cuisine en sifflotant. Louis-Marie retint Alexandre.

— Tu comprends ce qu'il veut ?

— Oui, il a raison.

Louis-Marie éclata de rire.

— Mais il a toujours raison !

Alexandre eut un sourire amusé.

— Pas toujours, mais très souvent…

— Je ne l'attaquais pas, rectifia Louis-Marie.

Il cessa de rire, s'approcha d'une fenêtre et laissa errer son regard sur les vignes, au loin.

— Tant qu'elles seront debout, rien ne changera ici… Votre équilibre, c'est le paysage. Et il n'est pas près de vous faire défaut…

Alex écoutait son frère, surpris par le changement de ton.

— Tu es sinistre, déclara-t-il. Pas ce que tu dis, mais ta voix. Sinistre !

Louis-Marie haussa les épaules. Il ne ressentait qu'une vague tristesse, incompréhensible. Il se demanda où était Pauline.

L'entrevue d'Aurélien avec Lucas fut très orageuse. Furieux d'avoir été trompé par un homme en qui il avait confiance – et vexé de n'avoir rien remarqué lui-même –, Aurélien se montra particulièrement hautain et désagréable. Lucas accepta les critiques et le sermon de son patron sans protester, mais il jeta, à deux ou trois reprises, un regard haineux en direction de Juillet. Il savait d'où venaient ses ennuis. Il sortit du bureau la tête basse et sans avoir prononcé une parole. Aurélien fit remarquer à Juillet qu'il s'était fait un ennemi et que Lucas risquait d'avoir la rancune tenace. Il ajouta que, puisque ses fils avaient tenu à le garder dans ses fonctions, ils en assumeraient toutes les conséquences. Avant de les laisser partir, il précisa encore qu'il avait bien reçu la visite de leurs frères et que l'incident avait au moins eu le mérite de mettre ses quatre fils d'accord, pour une fois !

Il passa la fin de l'après-midi à marcher de long en large dans son bureau, soucieux. Il savait que Juillet devait s'absenter pour le dîner, et il en conclut que si Lucas ne cherchait pas à se venger, ce serait avec Maurice Caze que son fils finirait par se battre !

Il espérait vivre assez vieux pour le protéger, tout en sachant que Juillet n'avait besoin de personne pour se défendre.

Ce fut la voix de Pauline et ses éclats de rire qui le tirèrent de sa méditation. Il rejoignit sa famille qui prenait gaiement l'apéritif dans le salon. Pauline tournait autour de Juillet en poussant des exclamations ravies. Il portait un complet bleu nuit, une chemise blanche et une cravate, et semblait s'amuser de la surprise des autres, très à l'aise dans cette élégance inattendue.

— Tu vas au bal ? raillait Robert.

— C'est au moins pour une demande en mariage ! Tu as les gants beurre-frais ? ironisa Louis-Marie.

Aurélien s'assit, détaillant son fils des pieds à la tête.

— Mon cher beau-frère, dit Pauline, je ne vous aurais pas cru fait pour les déguisements de ce genre, or vous êtes parfait ! Si, si…

Juillet riait, détendu.

— Vous êtes comme des mouches, répliqua-t-il, j'aurais dû sortir par la cuisine.

Laurène se tenait à l'écart, sans participer à la conversation. Elle avait beau s'en défendre, elle se sentait jalouse et malheureuse. Que Juillet déploie autant d'efforts pour séduire Camille passait l'entendement. Il avait tellement l'habitude d'être lui-même et d'imposer sa personnalité que ce brusque changement d'attitude la désespérait. Elle imaginait qu'il était réellement amoureux de Camille et elle en ressentait une angoisse odieuse.

Pauline, intarissable, poursuivait son babillage :

— Aurélien, vous devriez exiger toute l'année la cravate pour dîner !

— Vous trouvez qu'on s'habille comme des cochons, en général ? persifla Juillet qui continuait de rire.

Il acheva le verre de whisky qu'il tenait à la main et qui était une nouveauté supplémentaire. En fait, l'idée de la soirée à venir ne le réjouissait pas. Il ne s'amusait guère avec Camille. Ni avec elle, ni à ses dépens, d'ailleurs. Mais il s'obstinait, devinant que Laurène n'était pas indifférente à l'aventure qu'il affichait. Il traversa le salon pour aller dire bonsoir à son père.

— C'est vraiment pour la fille de Maurice, ce déploiement de charme ? lui dit Aurélien avec beaucoup de gentillesse.

Il se sentait bêtement fier de son fils et il lui fit un clin d'œil complice.

— Passe une bonne soirée, cow-boy, et ne conduis pas trop vite au retour.

Juillet, en passant près de Laurène, la salua d'un sourire distrait. Après son départ, la conversation eut du mal à reprendre.

Camille resplendissait de bonheur. Il lui semblait que toutes les femmes l'enviaient, et les regards qui s'attardaient sur Juillet en disaient long. Elle l'avait traîné dans le restaurant le plus guindé et le plus snob de toute la ville, et avait tenu à choisir leur menu elle-même, avec des mines d'enfant gourmande.

Dès le premier plat, il s'était senti excédé. Il avait repoussé son flan aux grenouilles d'un air dégoûté mais, pour Camille, les exigences et l'humeur sombre de Juillet faisaient partie du personnage. Elle en avait une idée tout à fait fausse.

Le maître d'hôtel était aussi compassé que le décor. Presque tous les gens qui dînaient là se connaissaient de vue et appartenaient à la grande bourgeoisie du Médoc. Camille s'agitait sur sa chaise, incapable de tenir en place.

— Les vendanges se présentent bien pour vous ? demanda-t-elle avec un sérieux ridicule.

— Oui, pourquoi ? Vous avez des problèmes à Saint-Julien ?

Elle étouffa un petit rire.

— Je n'y entends rien ! Toutes ces histoires de vigne m'agaceraient plutôt, je laisse ça à papa...

Elle jouait à la jeune fille gâtée. Il s'en moquait et il lui sourit, indifférent.

— Tu as tort.

Il baissa les yeux sur la nouvelle assiette qu'on posait devant lui et soupira.

— Tu vas voir, c'est exquis !

— Je n'ai pas faim, dit-il pour excuser son manque d'enthousiasme.

— Goûte !

Il recula légèrement sa chaise et la regarda manger. Il avait très envie d'une cigarette et il avait hâte qu'elle termine. Il en profita pour la détailler. Elle était bien habillée, à peine maquillée, et ce qu'elle laissait voir de ses épaules aurait dû le tenter. Mais il n'avait aucune envie d'elle.

— On fera tous les restaurants de la ville l'un après l'autre s'il le faut, déclara-t-elle, mais je veux te voir heureux de manger !

— La meilleure cuisine du département est à Fonteyne, répliqua-t-il.

Il s'en voulait d'être là. Il devenait évident, au fil de leurs sorties, qu'elle était amoureuse de lui. Il se demanda quel démon le poussait à encourager ce jeu stupide dont il n'espérait même pas deux heures de plaisir.

— Papa est ravi quand tu me sors parce qu'il est libre de faire ce qui lui plaît. Il est aussi coureur que ton père !

Juillet la toisa froidement.

— Aurélien ne court pas.

Elle éclata d'un rire jeune.

— Tout se sait, Juillet, allons…

Il négligea de répondre et but une gorgée de pauillac. Il avait bien choisi, le vin était parfait.

— Les gens parlent, poursuivit Camille, on ne peut pas les en empêcher ! On dit aussi que c'est toi qui diriges Fonteyne.

Juillet eut un geste d'impatience et riposta aussitôt.

— Comment peux-tu écouter des âneries pareilles ? Tu me vois poussant Aurélien sur la touche ? Tu imagines qu'il se laisserait faire ? À quel titre ? C'est le meilleur viticulteur qui soit et Fonteyne lui appartient, jusqu'au dernier cep ! Il n'est pas encore à la retraite, crois-moi…

Boudeuse, parce qu'il lui avait parlé très sèchement, Camille déclara :

— Il est lourd, ce vin… Tu ne veux pas me commander quelque chose de plus léger ?

Il fit signe au sommelier et, avec un sourire d'excuse, lui demanda du champagne. Il attendit qu'elle soit servie et trinqua avec elle.

— À nous, dit-elle en souriant.

Il acquiesça en silence. Elle le regardait, les yeux brillants.

— Je peux te dire quelque chose de… de terrible ?
— Oui.

Il patientait, penché au-dessus de la table, et elle fondait devant lui.

— Tu me plais, avoua-t-elle en rougissant. J'ai tort de te le faire savoir, je sais ! Papa affirme que…
— Peux-tu laisser ton père cinq minutes en dehors de la conversation ?

Gênée, elle se redressa. Il l'observait avec une certaine froideur et elle se troubla davantage.

— Excuse-moi, je n'aurais pas dû. Que je m'y prends mal avec toi !

Il l'interrompit, carrément distant :
— Très mal…

Elle baissa la tête et se remit à manger en silence. Il eut pitié d'elle mais ne trouva rien de gentil à lui dire. Il n'avait touché à aucun des plats qu'on lui avait présentés et il se sentait un peu ivre. Il se força à lui adresser la parole.

— Camille… On va en rester là pour le moment, si tu veux bien…

Surprise, elle le dévisagea.

— Là ? Où ?
— Mais… Nulle part. Où nous en sommes.

Contre toute attente, elle lui sourit.

— Je prendrai le temps qu'il faut pour t'apprivoiser, affirma-t-elle.

Il dut lutter pour ne pas lui montrer l'agacement qui le gagnait. Même si elle ne voulait pas comprendre, il ne se résignait pas à se comporter comme un mufle. Il paya sans sourciller une addition astronomique et conduisit jusqu'à Saint-Julien sans desserrer les dents.

Il s'engagea dans l'allée et freina devant le perron du château de Caze. Elle lui demanda alors, d'une voix douce :

— Tu entres une seconde ? Papa n'est sûrement pas couché...

Il déclina son offre et voulut l'embrasser sur la joue. Plus rapide que lui, elle tourna la tête et leurs lèvres se frôlèrent. Il se plia à son désir sans la moindre joie et flirta sans entrain. Ensuite, il attendit qu'elle soit entrée chez elle avant de démarrer en trombe. Depuis le début du dîner, il n'avait pensé qu'à Laurène. Le remède était pire que le mal et il décida qu'il ne verrait plus Camille. Il conduisit trop vite, jusqu'à Bordeaux où il chercha une boîte de nuit. Il ne voulait pas rentrer à Fonteyne et il ne supportait plus d'être seul. Au bar, il dragua sans mal une jeune femme ravissante qui s'ennuyait au milieu d'un groupe bruyant. Il avait enlevé sa cravate et ouvert le col de sa chemise, soulagé d'échapper à la contrainte stupide qu'il s'était imposée. Il était jeune, inconscient du charme qu'il exerçait, indifférent aux regards qui le suivaient.

Il entraîna sa conquête à l'hôtel alors qu'il se sentait toujours à moitié ivre. Poussé par une idée saugrenue, il choisit l'hôtel devant lequel il avait rencontré Robert et Pauline. À peine arrivée dans la chambre, la jeune femme se mit à rire nerveusement.

— Excusez-moi, dit-elle au bout d'une minute ou deux. C'est... Comment dire ? C'est la première fois que je vais avec quelqu'un que je ne connais pas. Vous êtes très séduisant mais je ne suis pas très... rassurée !

Elle se remit à rire puis demanda :

— Vous m'avez dit votre nom tout à l'heure mais je n'ai pas bien compris, dans tout ce bruit.

Il la détaillait, immobile, fatigué. Elle ajouta :

— Nous savons très bien pourquoi nous sommes là et vous ne m'avez pas forcée à vous suivre, laissez-moi juste quelques instants avant d'aller plus loin...

Il s'assit à l'autre bout de la chambre, sur un hideux fauteuil de rotin.

— Je m'appelle Juillet Laverzac, soupira-t-il. J'habite entre Soussans et Margaux. Je ne suis pas un sadique et d'ailleurs j'ai trop bu, tranquillisez-vous.

Elle avait froncé les sourcils et elle releva un mot :

— Laverzac ? Vous êtes un des quatre fils ?

— Le dernier, le faux, précisa-t-il dans un sourire.

— Je connais votre père de vue. Je travaille chez son notaire, maître Varin.

Ils étaient presque gênés d'en savoir autant l'un sur l'autre. Ils se turent un moment puis elle se dirigea vers la salle de bains tandis que Juillet enlevait sa veste. Lorsqu'elle revint, il était allongé sur le lit et fumait. Elle s'était entièrement déshabillée et il la regarda approcher, fasciné.

— Mon prénom est Frédérique, dit-elle en se glissant dans les draps.

Il ne bougeait pas, ne la touchait pas. Elle s'appuya sur un coude, nonchalante.

— Vous n'êtes pas en état de faire l'amour ? Ça n'a pas d'importance...

Il éteignit sa Gitane et se tourna vers elle. Puisqu'elle le connaissait, fût-ce de loin ou de nom seulement, il ne pouvait guère se dérober. C'était bien lui qui l'avait amenée dans ce lit. Il avait trop bu, certes, mais il avait très envie d'elle. Il l'attira contre lui et constata qu'elle avait des yeux magnifiques, d'un gris indéfinissable. Elle sentait bon, elle souriait à demi, et elle le laissait faire sans chercher à prendre l'initiative. Il n'eut aucun mal à la satisfaire et il y prit beaucoup plus de plaisir qu'il ne l'avait espéré. Elle était sans doute peu expérimentée car elle mettait dans tous ses gestes une sorte de tendresse enfantine. Il recommença presque aussitôt à lui faire l'amour.

Lorsqu'il se releva, il se sentit heureux, en tout cas en paix avec lui-même. Il s'habilla et revint s'agenouiller près du lit.

— Merci, dit-il avec une absolue sincérité.

Elle rit encore une fois, mais beaucoup plus joyeusement qu'une heure plus tôt.

— Merci à vous, si nous en sommes aux politesses !

Il eut une pensée presque haineuse pour Laurène et pour la façon dont elle lui avait gâché la vie ces dernières semaines.

— Je vous raccompagne ?

— Maintenant ?

— Quand vous voudrez...

Il se remit debout, alluma une Gitane et lui tendit le paquet.

— Vous fumez ?

Elle en prit une en souriant.

— Non. Mais c'est la tradition lorsqu'on veut une minute de paix après, je crois ?

Il aurait bien prolongé ce moment de calme, lui aussi, mais il était très tard et le cadre ne s'y prêtait décidément pas.

— Je vais vous dire la pire insanité de trois heures du matin, la prévint-il. J'aimerais vous revoir.

Brusquement intimidée, elle voulut ramasser son chemisier. Plus rapide qu'elle, il le lui tendit.

— Voulez-vous que je vous attende dans le hall ? proposa-t-il.

— Volontiers, murmura-t-elle.

La courtoisie appliquée dont ils usaient les protégeait des attendrissements superflus mais les éloignait l'un de l'autre. Juillet mit sa veste sur son épaule, d'un geste négligent, et sourit à Frédérique avant de sortir.

Il était plus de quatre heures du matin lorsque Juillet fit entrer la Mercedes dans le garage de Fonteyne. Pour la première fois de l'été, il se sentait un peu moins obnubilé par Laurène. Il espérait que cet état se prolongerait car il avait vraiment besoin de se débarrasser de son obsession pour redevenir lui-même.

Quelque chose bougea près de lui et aussitôt il fut sur la défensive. Dans la faible lumière dispensée par le plafonnier de la voiture, il vit une ombre qui avançait. Sans le distinguer nettement, il reconnut Lucas. En un instant il fut complètement dessoûlé, attentif et inquiet.

— Tu rentres bien tard, mec..., dit Lucas avec une agressivité exagérée.

Juillet était sorti de la voiture et il s'appuya à la carrosserie, derrière lui.

— Qu'est-ce que vous faites là ? Vous feriez mieux d'aller vous coucher...

Il devinait sans mal ce que cherchait Lucas et ne voyait pas comment éviter l'affrontement.

— Alors le vieux n'a pas marché, hein ? Tu n'as pas réussi à me faire foutre dehors ?

Il était si évident que Lucas voulait la bagarre que Juillet pensa à ses côtes cassées.

— Il aura fallu que je t'attende longtemps mais, à cette heure-ci, nous serons tranquilles... Entre tes frères et ton père, c'est difficile de régler ses comptes, hein ?

Lucas était presque aussi grand que Juillet, râblé, puissant. Seulement il avait soixante ans.

— C'est ça que vous voulez, Lucas ? Me casser la figure ? Et ensuite ? Demain ?

Juillet gardait une voix calme mais Lucas l'interrompit.

— Demain je m'en fous ! Tu n'iras pas t'en vanter !

— Et Fernande ?

— Laisse-la où elle est. Tu ne comptes pas t'abriter derrière la bonne, quand même !

Lucas éclata d'un rire désagréable. Juillet n'avait pas bougé et il fit une dernière tentative.

— Rentrez chez vous, Lucas...

Juillet était trop orgueilleux pour accepter de passer pour un lâche et il se doutait que Lucas ne céderait pas. Il réfléchissait encore lorsque Lucas lui envoya son poing dans l'estomac. Le souffle coupé, Juillet fut retenu par la Mercedes.

— J'en ai marre que tu fasses la loi, petit con ! Quand je pense qu'on ne sait même pas d'où tu sors !

Menaçant, il revenait à la charge. Juillet n'avait plus le choix et il frappa au hasard. Lucas étouffa un juron. Ils luttèrent en silence quelques instants. Juillet savait qu'il serait le plus fort à condition que ça ne dure pas. Ses côtes lui faisaient très mal. Il réussit à immobiliser Lucas en lui tordant le bras dans le dos.

— Tu vas te couler tout seul, abruti ! articula Juillet d'une voix rauque. Il n'y a que ta femme qui nous retienne...

Lucas essaya de se dégager mais son bras le fit hurler de douleur. Juillet ne relâchait pas sa prise, au contraire.

— Tu n'as pas compris ça, Lucas ? Sans Fernande, il y a longtemps que je t'aurais viré et expédié en taule pour escroquerie ! Tu voulais te battre, on se bat ! Tu n'as pas digéré que je te prenne la main dans le sac ? Je ne peux pas me laisser baiser sans rien dire et Aurélien ne tient pas à passer pour le plus gros pigeon du Médoc ! Si tu veux quitter Fonteyne, tant mieux ! Et où iras-tu, pauvre cloche ?

Le tutoiement avait surpris Lucas. Depuis son enfance, Juillet lui avait toujours manifesté un certain respect. L'articulation de son épaule se paralysait et il sentait qu'il ne serait pas de taille contre le jeune homme.

— Lâche-moi, dit-il d'une voix à peine audible.

Juillet se redressa et le laissa aller. Ils se firent face, sur leurs gardes. Juillet titubait de fatigue. Il avait le vertige et envie de vomir. Lucas le regardait, se demandant pourquoi il paraissait si épuisé. Il secoua la tête amèrement.

— Dire que je suis trop vieux pour te foutre une trempe ! Fils de pute...

Juillet haussa les épaules.

— Tu n'en sais rien et moi non plus... on recommence, si tu veux ?

Ils se dirigèrent vers la porte côte à côte. Juillet devinait un fléchissement chez Lucas et il en profita.

— Lucas ?

— Oui, grogna l'autre, je fais les valises demain, sois tranquille !

— Attends ! Il n'en est pas question ! Si Fernande s'en va à cause de toi, je te massacre. Tu m'entends ?

Juillet avait dépassé Lucas et s'était arrêté devant lui. C'était à son tour d'être menaçant et Lucas hésitait à avancer.

— Tu nous volais pourquoi, espèce de minable ? Quelques bouteilles, c'est ça ? Alors demande une augmentation et tu l'obtiendras. Ta femme fait la bonne, oui, et alors ? Ça ne t'a jamais gêné avant tes petites magouilles. Tout le monde la respecte, ta femme ! Tandis que toi, tu finiras dans le mépris général ! Tu travailles sur une exploitation dont tu connais la valeur et tout ce que tu trouves à faire, c'est de grappiller trois sous sur le dos des patrons ! Toi !

Juillet reprit sa respiration. Lucas avait esquissé un pas en arrière, méfiant.

— Si tu fais la connerie de partir, je ne saurai même pas qui engager à ta place. Mais compte sur moi pour te tailler une belle réputation ! J'étale ta tendance au vol sur la place publique et tu pourras aller t'occuper de vignes en Australie ! Tu connais les gens d'ici, c'est un tout petit monde où on ne pardonne rien…

Lucas baissa la tête. Sa colère était tombée depuis longtemps et il était sensible à ce qu'il entendait. Juillet reprit, plus conciliant :

— Les vendanges arrivent et j'ai besoin de toi. On va oublier tout ça…

Lucas planta son regard dans celui de Juillet. Il ne comprenait pas.

— Si je te prenais pour un incapable, je ne te laisserais pas faire le guignol chez moi. Je sais ce que tu vaux. On passe l'éponge, d'accord ? Et chacun rentre chez soi.

Lucas se détourna, incrédule. Son menton tremblait. Il ne trouvait rien à répondre. Il s'éloigna d'un pas mal assuré dans l'allée. Juillet le laissa partir, persuadé d'avoir réglé la question. Vidé, abruti de lassitude et d'énervement, il regagna le château et monta se coucher, écœuré à l'idée de n'avoir qu'une heure ou deux à dormir.

Effectivement, Fernande vint le réveiller à sept heures car Aurélien s'impatientait déjà dans son bureau.

Elle était aussi affectueuse que de coutume et Juillet en conclut que Lucas ne s'était pas vanté de ses exploits. Il descendit retrouver son père qui l'accueillit fraîchement.

— Bon sang, Juillet, quelle tête de décavé tu as ! Tu fais une telle foire avec Camille ? Je t'aurai prévenu !

Aurélien, excité par l'imminence des vendanges, semblait ne pas tenir en place. Il posa une foule de questions à Juillet en lui laissant à peine le temps d'y répondre. L'absence d'Alexandre le mettait de mauvaise humeur. Il fallut toute la patience de Juillet pour lui rendre le sourire.

— J'ai fait une estimation de la récolte, très approximative... La vigne est complètement propre, maintenant, et les feuilles ont jauni. Les grumes ne vont pas tarder à venir toutes seules... Et la proclamation officielle des vendanges est pour bientôt...

Juillet parlait et Aurélien l'écoutait, la tête penchée. Leur entente redevenait toujours parfaite lorsqu'il s'agissait du raisin. Aurélien avait à la fois besoin d'être rassuré et de commander. Juillet lui disait ce qu'il voulait entendre, sans pour autant faire de concessions. Aurélien était conscient de la valeur de son fils adoptif et il lui accordait une confiance sans réserve, même lorsqu'il n'appréciait qu'à moitié telle ou telle innovation.

— Allez faire un tour dans le chai, dit Juillet pour pousser son père à quitter son bureau.

Il lui trouvait mauvaise mine mais ne pouvait pas se permettre, lui, de le faire remarquer. Depuis qu'Aurélien s'était plaint de douleurs thoraciques et de malaises, Juillet restait très attentif. Il était convaincu que son père lui était aussi nécessaire que l'oxygène ou que la vigne. L'horizon de sa vie se limitait à Fonteyne et il n'y souhaitait aucun changement. Même pas le départ de Lucas !

Il rencontra le maître de chai un peu plus tard dans la matinée et il l'aborda sans la moindre réserve. Il lui annonça qu'il comptait conserver le tutoiement de la veille et qu'Aurélien était d'une humeur massacrante. Lucas, qui avait peu dormi lui aussi, fut très soulagé de trouver Juillet dans les mêmes dispositions. Son animosité avait fait place à une reconnaissance confuse. Il avait mal vécu sa propre trahison et souhaitait l'effacer. La famille Laverzac l'exaspérait parfois mais sa situation à Fonteyne valait bien un peu de patience, il le savait. Toute une vie consacrée à s'occuper de la vigne avec amour ne pouvait pas s'achever dans la honte et la médiocrité. La leçon de Juillet l'avait humilié mais avait, paradoxalement, dilué sa rancune.

Juillet alla prendre un café à la cuisine vers onze heures. Il y trouva Dominique et Fernande qui discutaient des menus de la semaine. Laurène était attablée à l'extrémité d'un banc et Juillet s'assit à l'autre bout. Il s'adressa à sa belle-sœur :

— Qu'est-ce que tu nous prépares, aujourd'hui ? Si on mangeait léger, pour changer ?

Dominique éclata de rire et vint poser une tasse devant lui.

— Tu vas être servi ! Tu ne connais pas le programme des réjouissances ? Je t'avertis que l'idée n'est pas de moi, c'est à Pauline que nous la devons...

Fernande riait aussi et Juillet eut un geste interrogateur.

— Pique-nique au bord de la rivière ! annonça Dominique. Corvée obligatoire, il n'y aura pas de permissionnaire ! Aurélien vient de donner sa bénédiction, les inventions de Pauline l'amusent toujours...

— Oh, la barbe ! protesta Juillet. Elle est dingue... Vous croyez vraiment qu'on a du temps à perdre ?

Laurène tourna la tête vers Juillet. Elle s'exprima d'une voix claire :

— Déjeuner ici ou dehors, de toute façon vous perdez deux heures...

Il ne lui accorda pas un regard et Dominique précisa :

— Ça fait très plaisir à tes frères.

— Les Parisiens ? Évidemment, ils sont en vacances ! Un pique-nique... Il n'y a que Pauline qui pouvait penser à ça !

— Tu es de bien mauvaise humeur, dit Laurène.

Cette fois il fut obligé de se tourner vers elle.

— Non. Je...

— Si ! Aurais-tu passé une mauvaise soirée ?

Juillet se leva sans répondre. Il n'avait pas touché à son café.

— Si tu veux inviter Camille, il y a largement assez ! Que ne ferait-on pas pour te voir retrouver le sourire...

Elle le narguait et il se sentit hors d'état de lui répondre sur le même ton. Il quitta la cuisine furieux. Dominique siffla doucement entre ses dents.

— Eh bien ça s'arrange, vous deux !

— J'en ai assez de jouer les chiens battus, répliqua sa sœur. Je vais le prendre d'aussi haut que lui à présent.

— Ce sera charmant !

Laurène haussa les épaules.

— Ce ne sera pas pire que d'habitude.

Elle regarda par la fenêtre. Il faisait beau. Pauline avait de la chance, ses projets étaient toujours couronnés de succès.

Vers une heure, Aurélien et Juillet rejoignirent les autres près de la petite rivière d'Urq. Les enfants couraient en tous sens avec Botty. Fernande et Dominique avaient déchargé d'énormes paniers et installaient le pique-nique sur des couvertures écossaises. Louis-Marie et Alexandre s'étaient baignés et se réchauffaient en pêchant au soleil. Lucas essayait en vain de leur enseigner le mouvement du lancer à la mouche. Robert vint accueillir son père.

— Et deux, treize, dit-il, nous serons treize à table !
— Oh, à table...

Juillet désignait les préparatifs avec une moue de dédain.

— Allez, protesta Robert, on s'amuse, pas de mauvaise volonté... Ça nous rajeunit, non ?

Juillet le suivit et ils allèrent s'asseoir un peu à l'écart.

— La semaine prochaine nous serons partis et, tu verras, tu nous regretteras ! Tu te souviens de toutes les bêtises que nous avons pu faire dans cette rivière ?

— On aurait dû s'y noyer dix fois ! approuva Juillet en souriant.

Il se détendait peu à peu. La présence de Robert ne lui était pas désagréable, quels qu'aient été leurs différends. L'idée d'aimer son frère au lieu de le haïr l'égaya. Il allait ajouter quelque chose lorsque Laurène vint les rejoindre et s'installa délibérément entre eux.

— Vous permettez ? demanda-t-elle avec une assurance très inhabituelle.

Robert s'écarta un peu, contrarié, et Juillet regarda au loin, en direction de la rivière.

— Il fait chaud quand on s'active..., disait-elle.

Elle ôta son tee-shirt puis son short. Elle portait un maillot de bain minuscule.

— On n'a pas eu souvent l'occasion de se baigner, cette année !

Elle semblait ravie et insouciante. Robert échangea un coup d'œil gêné avec Juillet qui restait sans réaction.

— Tu me passes de la crème dans le dos ? Ou je vais rougir comme un homard !

Elle tendait le tube à Juillet, exagérant son air innocent. À quelques pas d'eux, Aurélien les observait. Juillet se sentit ridicule, il avala sa salive et s'empara de la crème solaire.

— Où ? demanda-t-il d'une voix qu'il aurait voulue ironique mais qui était complètement détimbrée.

Laurène se coucha à plat ventre devant lui.

— Sur les épaules, si tu veux bien…

Il s'exécuta, toujours sous le regard amusé d'Aurélien, mais caresser Laurène lui donna aussitôt envie d'elle. Elle releva la tête et lui sourit, narquoise.

— Merci…

Elle s'était appuyée d'une main sur lui pour se relever. Elle sentait Juillet nerveux, frémissant, et elle regrettait d'avoir attendu si longtemps pour le provoquer carrément. Elle l'avait entendu rentrer dans sa chambre à cinq heures du matin et elle en avait déduit, à tort, qu'il était l'amant de Camille. Connaissant Maurice Caze, l'attitude de Juillet prouvait qu'il était décidé à épouser Camille, sinon il n'aurait jamais commis la sottise de la reconduire chez son père au petit matin. Cette idée de Camille et Juillet ensemble rendait Laurène malade de jalousie, d'impuissance et de colère. Elle avait cru à une passade ou une provocation, tout d'abord, mais depuis la nuit dernière elle était obligée de conclure à quelque chose de plus sérieux. Elle savait Juillet capable de tout, fût-ce par dépit. N'ayant plus rien à perdre, pressée par l'urgence, elle lui lançait une sorte de défi. Et quoi qu'il puisse lui en coûter d'adopter cette attitude de séduction outrée, elle était décidée à faire l'expérience jusqu'au bout.

— Raconte-nous ta soirée..., dit-elle d'une voix douce.

Il ne la quittait pas des yeux, hypnotisé et humilié de l'être. Il avait eu beau faire semblant de l'ignorer, il suffisait qu'elle se déshabille pour qu'il reste cloué. Sa nuit avec Frédérique se transformait en vague souvenir et ne lui était d'aucun secours. Ce fut Robert qui vint à son aide.

— Je t'arrache à ta contemplation, mais Louis-Marie nous appelle. Il a quelque chose au bout de sa ligne !

Juillet réussit à se lever et suivit machinalement son frère. Aurélien s'approcha alors de Laurène. Il la détaillait, lui aussi, et elle se sentit gênée.

— Tu as tort de le provoquer, petite... Si tu le cherches, tu vas le trouver et je ne prendrai pas ta défense. Tu vois bien que tu le rends fou... Ça t'amuse ?

Elle ne soutint pas son regard et ramassa son tee-shirt en hâte. Le jeu avait cessé de l'amuser.

Ils se retrouvèrent tous sur les couvertures, autour d'une montagne de sandwiches variés. Juillet s'était baigné et était remonté le dernier de la rivière. Grâce à la bonne humeur de Pauline, communicative, le pique-nique devint vite très bruyant. Le vin aidant, tout le monde finit par somnoler deux heures plus tard.

Juillet était allé s'allonger sous un arbre, loin des autres. Il était vraiment fatigué mais n'arrivait pas à dormir. Il entendit Laurène s'approcher de lui. Elle s'agenouilla à ses côtés. Il avait gardé les yeux fermés et il sentit sa main se poser sur ses cheveux.

— Tu fais la sieste, toi ? Oh, quelle nuit tu as dû passer...

Elle voulait continuer à se moquer de lui mais elle était triste, en réalité, et plus du tout certaine d'avoir choisi le bon rôle. D'un doigt léger, elle suivit la cicatrice des points de suture, dans le dos de Juillet.

— Arrête, murmura-t-il sans bouger.

— On ne peut plus te toucher, Juillet ? Chasse gardée ?

Elle s'assura, d'un coup d'œil, que personne ne s'intéressait à eux. Puis, avec brusquerie, elle se pencha et l'embrassa sur la nuque.

— On va faire la paix, lui dit-elle. Tu veux ?

Il se retourna d'un mouvement qui la bouscula. Ils se retrouvèrent nez à nez. Juillet la regardait sans haine, prêt à capituler.

— Tu sais, commença-t-il, pour Camille...

Il se troublait et elle se trompa, une fois de plus.

— Oh ! je vois ! Tu es mordu, ça y est ? Piégé, le séducteur ?

Il lui coupa la parole, rageusement :

— Tu vas te taire ? Rien qu'une seconde ?

— Donne des ordres à qui tu veux mais pas à moi !

Il la prit par les poignets et la secoua.

— Qu'est-ce que tu peux bien chercher à prouver, Laurène ? Pourquoi te comportes-tu comme la dernière des garces ? Si tu insistes, pas de problème, je vais te sauter dessus. Devant toute la famille, si tu y tiens !

Il la lâcha et se releva, exaspéré. Consciente d'avoir laissé passer le bon moment, elle voulut le retenir :

— Attends !

— Pourquoi ? Tu as autre chose à me montrer ?

Juillet laissa glisser sur elle un regard éloquent qui la fit rougir.

— Tu me traites vraiment comme le dernier des cons...

Il venait de ramasser son pull. Il paraissait à bout de patience.

— Écoute..., dit-elle en luttant contre l'envie de pleurer.

— Fous-moi la paix, Laurène.

Il avait murmuré sa phrase d'une voix étrangement voilée. Il regagna la Jeep et démarra. Laurène pensa qu'ils ne parviendraient jamais à sortir de leur malentendu, quoi qu'ils fassent.

Juillet travailla d'arrache-pied tout l'après-midi. Il épuisa Alexandre et Lucas qui se demandaient d'où lui venait cette frénésie. Aurélien, venu faire un tour dans les vignes en fin de journée, repartit sans avoir dit un mot, très satisfait. Un peu plus tard, Juillet le rejoignit dans les chais et l'entretint longuement de son intention d'acquérir des machines pour l'égrappage. Aurélien l'écouta, dubitatif, sans se prononcer.

— Tu vas trop vite, se borna-t-il à dire, tu m'imposes trop de changements chaque année. J'irai d'abord voir fonctionner ces engins chez les Sourbey...

Juillet haussa les épaules, contrarié, et riposta :

— Vous avez bien exigé qu'on vernisse le dessus des barriques et Dieu sait que ce n'est pas une pratique courante...

— Je déteste ces immondes taches violacées qu'on voit partout ! Je veux des chais impeccables !

— Vous les avez, que je sache !

Aurélien dévisagea son fils. Il le trouvait très nerveux.

— Quelque chose t'inquiète en particulier, pour la récolte ?

Juillet eut un bref soupir.

— Le vin sera souple, riche, mais il va manquer de puissance.

— Un jugement complètement prématuré ! D'ailleurs, tu es toujours comme un oiseau de mauvais augure avant les vendanges.

Ils quittèrent le chai pour regagner le château. Juillet continuait à parler des vignes.

— Il y a aussi les coteaux du bas. Pour ceux-là, c'est moins drôle. La pluie finira par tout pourrir ! Nous avons beau privilégier la qualité, neuf mille ceps à l'hectare, c'est encore trop !

Aurélien lui tapa gentiment sur l'épaule.

— Arrête deux minutes ou je vais cauchemarder toute la nuit !

Mais Juillet n'avait aucune envie de faire de l'humour et, durant tout le dîner, il évoqua les uns après les autres les problèmes qui lui tenaient à cœur. Il semblait qu'il veuille se racheter du temps perdu au pique-nique. Il ne parut même pas s'apercevoir de l'absence de Laurène qui avait prétexté une migraine pour monter se coucher.

La pluie arriva par surprise, à la fin du repas, alors que la journée avait été splendide. Pauline organisa une belote avec Louis-Marie, Robert et Dominique, mais Juillet poursuivit sa discussion avec son père. Alex parla de Mazion où les vendanges débutaient le surlendemain. Assis tous trois au fond du salon, ils avaient l'air de conspirateurs et Pauline s'en amusa. À onze heures, Aurélien déclara qu'il en avait assez entendu et il les quitta. Juillet but un cognac avec

Alexandre, comme pour se donner du courage, puis s'éclipsa à son tour.

Au premier étage, il y avait de la lumière sous la porte de Laurène et Juillet frappa. N'ayant droit à aucune réponse, il frappa de nouveau.

— Tu ouvres ou j'enfonce la porte ? demanda-t-il à voix haute.

Il avait décidé de liquider une fois pour toutes sa querelle avec Laurène. Depuis qu'il avait quitté la rivière, et malgré le travail qu'il s'était imposé, il n'avait pensé qu'à elle. Persuadé qu'elle finirait par le rendre fou s'il ne faisait pas quelque chose, il voulait mettre un terme à ce jeu de cache-cache qui l'empêchait de vivre normalement.

Il écouta quelques instants, puis recula jusqu'au mur du couloir. Les portes de Fonteyne étaient solides mais il eut raison de celle de Laurène – qui n'était pas fermée à clef – d'un violent coup de pied. Médusée, Laurène le regarda entrer.

— Tu deviens fou ?
— Oui.

Il s'avançait tranquillement et elle remonta les couvertures contre elle. Ils entendirent la voix de Robert, dans l'escalier, qui demandait si tout allait bien. Ils répondirent ensemble.

— Ça va !

Juillet retourna fermer la porte dont la serrure pendait.

— Camille, dit-il, je m'en fous. D'ailleurs, ce n'est pas avec elle que j'ai passé la nuit. J'ai dragué une gentille fille que je compte faire engager par Aurélien pour te remplacer, puisque tu pars...

Il s'aperçut qu'il commençait mal en voyant l'air effaré de Laurène. Il esquissa un sourire timide.

— J'en ai assez de te mentir, Laurène... Les vendanges arrivent et je vais avoir très peu de temps. Je tenais à te dire que... que...

C'était bien la première fois qu'elle l'entendait bafouiller, depuis qu'elle le connaissait.

— Que je t'aime, tu le sais, que tu m'empêches de dormir et que je ne peux pas continuer comme ça. Tu as préféré Robert, c'était ton droit. J'ai eu tort, tu peux faire ce que tu veux sans que je te rende la vie impossible. Tu quittes Fonteyne à cause de moi ? C'est bien trouvé comme vengeance parce que l'idée de ne plus te voir me rend malade. Mais je crois que tu as raison...

Il était resté à l'autre bout de la chambre. Elle savait ce que devaient lui coûter ces mots. Orgueilleux comme il l'était, il lui donnait la preuve de sa dépendance. Il se taisait, attendant qu'elle réponde, et il avait l'air prêt à tout entendre.

— Viens, dit-elle à voix basse. S'il te plaît, viens...

Il s'approcha, presque à contrecœur.

— Juillet... Je ne te reconnais pas...

— Tu me changes, Laurène.

Ils se dévisageaient, attentifs à ne pas retomber dans leur malentendu.

— Tu ne me croiras pas si je te dis que je t'aime depuis des années ? Depuis que je suis arrivée ici ? Que tu m'as toujours intimidée au point de me rendre gourde et agressive ?

Il la regardait, incrédule. Elle se força à achever :

— Bob, c'était une parenthèse...

Il s'était crispé et elle lui tendit la main.

— Il y a longtemps que j'aurais dû trouver le courage de te parler. Viens...

Il se décida à se pencher vers elle. Repoussant les couvertures, il prit le temps de la regarder. Elle le laissa faire, immobile, consentante. Elle frissonna quand il posa ses mains sur elle, submergée par un désir inconnu. Il agissait avec douceur, refusant de céder à la furieuse envie qu'il avait d'elle. Il avait tellement voulu ces instants qu'il ne souhaitait pas les abréger. Elle bougea la main vers la lampe de chevet mais il l'en empêcha.

Réveillé depuis quelques instants, Juillet caressait les cheveux de Laurène. Il entendit sonner l'horloge de la bibliothèque dans les profondeurs de la maison. Laurène dormait, blottie contre lui.
— Tu es la femme de ma vie, lui murmura-t-il à l'oreille.
Comme elle ne bougeait pas, il s'écarta doucement pour se dégager. Elle ouvrit les yeux, vit Juillet et lui sourit. Puis elle se colla à lui, dissimulant son visage contre son épaule. Les images de la nuit lui revenaient une à une et elle se sentit rougir. Elle n'avait pas imaginé ce qu'était l'amour avant d'avoir cet homme dans son lit. Il s'aperçut de son trouble et se mit à rire.
— Il faut que je me lève...
Mais il laissait errer ses mains sur elle et elle se mordit les lèvres. Pourtant il se leva et s'étira, amusé par son air déçu.
— Juillet... Qu'est-ce qu'on va faire ?
— L'amour toutes les nuits, bien sûr ! En cachette !
Il riait de nouveau mais elle demanda :
— Pourquoi se cacher ?
— Pour le moment, c'est un peu difficile de...
— Quoi ?

— Écoute, tu as annoncé que tu rentrais à Mazion… et je pars en novembre pour l'Angleterre. Je crois qu'il vaudrait mieux attendre Noël avant d'annoncer ça à mon père et au tien… Et il va falloir que je me débarrasse de Maurice Caze d'ici là !

Elle l'observait, sourcils froncés, cherchant à comprendre. Mais elle ne souhaitait pas s'opposer à lui.

— Sois franc, Juillet, c'est Aurélien qui t'arrête ? À cause des vendanges ?

— Oui… Quoi que je lui dise en ce moment, il me recevra mal. Il est excédé de toutes nos histoires, et encore, il n'en connaît que la moitié !

Il voulait la faire sourire pourtant elle restait grave.

— Je passerai toujours après Aurélien ?

C'était plus une constatation qu'une question.

— Après Aurélien et après Fonteyne, c'est probable, dit-il honnêtement. Mais avant tout le reste, je te le jure !

Il était revenu près d'elle et il la prit dans ses bras.

— En janvier, j'aurai tout arrangé, je t'en donne ma parole. Et, si tu es d'accord, on pourrait se marier au printemps ?

Elle lui adressa un sourire radieux. Il la regardait avec une passion contenue.

— Tu me feras quatre fils.

— Et une fille !

— Oui, une fille jolie comme toi.

Il l'embrassa puis s'écarta d'elle à regret.

— Il faut vraiment que je m'en aille…

Elle le suivit des yeux. Elle avait toujours aimé sa silhouette trop mince, sa souplesse, sa démarche et ses gestes. Il enfila son jean, sa chemise.

— Tant que le vin ne sera pas en pièces, je ne serai pas tranquille et je ne ferai pas ce que je veux. Tu le comprends ?

Elle acquiesça silencieusement.

— Juillet... Tu m'en veux pour Bob ?

Il eut un haussement d'épaules plus agacé qu'indifférent.

— Bien sûr ! Surtout pour en arriver là...

— Quand je serai à Mazion, tu vas vraiment faire engager cette fille ?

Il étouffa un rire léger.

— Naturellement ! Il faut une mignonne secrétaire à Aurélien, sinon la maison sera trop triste !

Elle se força à sourire, sans conviction. Elle ne voulait pas provoquer de discussion orageuse avec lui. Il alluma une Gitane, revint vers elle et lui prit la main. Avec une délicatesse infinie, il embrassa son poignet.

— Je t'aime, dit-il à mi-voix. Quand dois-tu partir ?

— Demain ou après-demain...

Il sembla réfléchir mais ne fit pas de commentaire. Il se décida à gagner la porte, l'air soucieux. Il se retourna, hésitant :

— Laurène, je voudrais que tu saches... Je ne suis pas sûr que tu me connaisses très bien... Si tu devais te comporter un jour avec un homme comme tu l'as fait hier avec moi pendant le pique-nique, ça finirait mal entre nous.

— Tu es jaloux ?

Les yeux brillants, elle lui fit un signe joyeux de la main.

— Quel compliment, Juillet ! Oui, oui, sois jaloux !

Désorienté, il la vit rabattre les couvertures sur sa tête en riant. Il sortit, jeta un coup d'œil amusé à la serrure qui pendait toujours, puis dévala l'escalier jusqu'au bureau de son père. Il oublia de frapper et fut surpris par l'expression désagréable d'Aurélien.

— Tu parais de plus en plus fatigué, toi ! Ça promet ! Tu sais que vous faites un chahut incroyable, là-haut ?

Juillet tressaillit et évita de regarder son père.

— On a l'impression que vous défoncez les portes à coups de pied quand vous vous couchez... J'ai failli monter, hier soir... Enfin, vous faites ce que vous voulez ! Café ?

Juillet s'assit, se demandant ce qu'Aurélien pouvait deviner.

— Je participe à la réunion des viticulteurs, vous dînerez sans moi. Avant ça, je passerai voir Antoine. Je crois qu'il ne sera pas question de gueuleton avant longtemps pour lui, le pauvre ! Il y a mille ans que je n'ai pas pris le bac... Dis, tu dors ? On peut y aller, dans ces caves, oui ?

Juillet le suivit sur la terrasse, cherchant ce qui pourrait le dérider. Finalement il demanda :

— Vous avez une idée, pour remplacer Laurène ?

— Je n'ai pas eu le temps d'y penser. Pourquoi ?

— Parce que si ça vous amuse de débaucher la secrétaire de votre notaire, je la connais et elle est très jolie.

— Ah oui ?

Aurélien s'était arrêté. Il eut enfin une ombre de sourire.

— Je ne sais jamais ce que tu entends par « connaître »...

— Elle vous plaira beaucoup.

— À ce point-là ? Mais tu meubles mes vieux jours, ma parole ! Ou alors tu veux me dédommager ? Mais de quoi ? Tu m'as pris quelque chose ?

Juillet éclata de son rire léger, auquel Aurélien résistait rarement.

— Tu es bien gai, ce matin…
— C'est l'approche des vendanges !

Aurélien prit Juillet par le bras et ils poursuivirent leur chemin vers l'entrée des caves.

— Je te préviens, fils, cette année je te tiendrai pour responsable de tout. Alors j'espère que tu es sûr de toi, sinon c'en est fini des initiatives et des innovations !

Juillet se récria, oubliant Laurène sur-le-champ.

Aurélien, en se préparant pour son dîner, songeait sans tristesse au départ prochain de Robert et de Louis-Marie. Il les aimait bien mais était vite las de cohabiter avec eux. Et, les vendanges arrivant, il ne supportait rien qui puisse tant soit peu le distraire.

Lorsqu'il fut prêt, il quitta sa chambre et se rendit au garage. Il jeta un coup d'œil ironique à la Jaguar de Robert. Il trouvait parfaitement idiot d'avoir de tels caprices à trente-six ans.

« Quand j'avais cet âge-là, j'avais déjà fait tant de choses ! »

Il lui avait fallu remonter Fonteyne, l'agrandir en achetant des terres dès qu'il le pouvait, s'occuper de ses quatre fils. Cette évocation de sa jeunesse le fit sourire. Il avait été, comme Juillet, coureur de filles et bagarreur. Penser à son fils adoptif lui enleva sa gaieté. Il ne voulait pas l'interroger directement mais il le trouvait dans un état de fatigue inquiétant.

« Laurène s'en va mais serons-nous tranquilles pour autant ? Et son histoire de secrétaire, c'est quoi ? Il faut que je me renseigne auprès de Varin… »

Il jeta un coup d'œil à la montre du tableau de bord. Il avait largement le temps d'aller voir Antoine avant de retourner à Bordeaux où se tenait l'assemblée.

Marie l'accueillit très gentiment, flattée de sa visite, et le conduisit à la chambre d'Antoine. Aurélien s'arrêta une seconde sur le seuil, frappé par la mauvaise mine de son vieil ami.

— Alors, tu fais ton paresseux ? dit-il en avançant.

— Tu parles !

Ils se regardaient, complices malgré tout, mais un peu gênés par la maladie d'Antoine. Depuis des années, ils ne se rencontraient qu'à l'occasion de plantureux repas.

— Il est gentil, Alex, tu sais !

— Tu peux le dire ! approuva Aurélien. Il passe beaucoup trop de temps ici !

Il ne plaisantait qu'à moitié et Antoine se vexa.

— Il travaille pour lui, après tout. Il faudra bien qu'il s'en occupe un jour ou l'autre.

— Plutôt l'autre, alors. Tu n'es pas encore mort ! Et je ne vois pas Alex faire du vin blanc toute sa vie, le malheureux... Du côtes-de-blaye, on rêve !

Antoine se mit à rire, amusé par la hargne d'Aurélien.

— Ça n'a pas l'air de lui déplaire, va ! Au moins, chez moi, il fait ce qu'il veut. Il faut être taillé dans du marbre, comme Juillet, pour pouvoir te supporter, paraît-il...

Aurélien fronça les sourcils, au bord de la colère.

— Amuse-toi tant que tu veux, en attendant Alex manque à Fonteyne.

— Tu as Juillet, Lucas, et les superviseurs ! Tu peux vendanger sans lui !

Antoine regretta aussitôt d'avoir parlé sans réfléchir. Aurélien avait les yeux brillants de fureur.

— Alex sera sur mes terres pour les récoltes, tu peux me croire ! Je me fous pas mal de ta vigne !

Antoine leva la main pour arrêter Aurélien.

— Calme-toi, quoi ! Tu ne vas pas me faire un scandale ici ? Je suis malade, je te rappelle !

— Et alors ? Je ne suis pas la Croix-Rouge. Et mes fils non plus !

— Bon sang, Aurélien ! Ça t'ennuie donc tant que tes fils m'aident ?

— Oui !

C'était le cri du cœur et Antoine se fâcha.

— Tes fils m'aiment bien, tu n'y peux rien ! Je suis le beau-père d'Alex et Juillet aurait bien aimé que je le devienne !

Aurélien, ivre de rage, explosa malgré lui.

— Tu délires ! Tu prends tes désirs pour des réalités ? Ah oui, ça t'arrangerait d'avoir deux gendres Laverzac ! Tu en récupérerais un, c'est ça ? Pas question ! J'ai beaucoup d'hectares à faire travailler, moi, ce n'est pas une exploitation modèle réduit ! J'ai besoin de tout mon monde ! Et nous ne sommes pas du même ! Tu confonds les torchons et les serviettes, ma parole !

Antoine s'était redressé sur ses oreillers, très pâle.

— Oui..., dit-il lentement. C'est vrai que tu as laissé partir deux fils sur quatre... Chez vous ce n'est pas une passion partagée, la terre... Écoute, Aurélien, si tu n'avais pas eu l'idée géniale d'adopter Juillet, tu te retrouverais dans les ennuis aussi, aujourd'hui... Tu crois que c'est drôle pour moi d'avoir deux filles et un gendre occupés ailleurs ? J'ai travaillé autant que toi, même si j'ai moins bien réussi, même si ce n'est pas sur la même échelle, même si mon vin est moins noble... Je ne suis pas né avec une cuillère d'argent dans la bouche, moi, et la femme que j'ai épousée n'avait pas de vignes dans sa corbeille ! Alors tes grands airs ne m'impressionnent pas !

Aurélien se savait injuste, ce qui l'irritait encore davantage, mais personne ne lui avait parlé sur ce ton depuis bien des années.

— Mon pauvre Antoine, décide-toi ! Le chantage avec tes trois petits pieds de vigne ou me le faire à la pitié ? Je n'aurais pas cru ça de toi ! Ou alors ton infarctus t'a bien diminué...

Antoine étouffa un juron puis appela d'une voix forte :

— Marie ! Marie !

Tout le temps que sa femme mit à venir, il toisa Aurélien avec fureur. Dès qu'elle entra, il lui lança :

— Reconduis Aurélien ! Je ne veux plus le voir chez moi, c'est un con.

Devant Marie, Aurélien ne pouvait pas faire marche arrière. Conscient d'avoir passé les bornes, il se réfugia dans une attitude hautaine et quitta la chambre d'Antoine à grands pas. Marie, désespérée, ne fit rien pour le retenir.

Juillet fumait, dans l'obscurité, heureux de sentir Laurène endormie contre lui. Elle manifestait tant de naïveté dans l'amour qu'il en était tout attendri. Elle avait fait de gros efforts, pendant la journée, pour ne pas le regarder ou lui sourire, de peur de se trahir. Mais elle resplendissait de joie, il fallait être aveugle pour ne pas le voir. Aurélien l'avait suivie des yeux à deux ou trois reprises, intrigué. Juillet se demandait avec une certaine angoisse comment il allait annoncer la nouvelle à son père. Et comment elle serait reçue !

À tâtons, il caressa la peau douce et tiède de Laurène. Il l'avait voulue avec obstination et fureur, pourtant son départ pour Mazion, loin de le désespérer, le soulageait presque.

Il entendit le bruit du moteur de la Mercedes et il s'aperçut qu'il avait inconsciemment guetté le retour d'Aurélien. Il prêta attention aux bruits de la maison, puis soudain il retint sa respiration pour écouter. Aurélien prenait l'escalier du premier étage au lieu d'aller chez lui. Juillet bondit hors du lit, enfila son jean à la hâte et se glissa dans le couloir. Il n'eut que le temps de gagner sa chambre. Aurélien alluma le plafonnier en entrant.

— Je te réveille ?

Sans attendre une quelconque réponse, Aurélien alla droit au vieux fauteuil de cuir, près de la cheminée, et s'assit pesamment.

— Quelle soirée..., bougonna-t-il.

Juillet restait sur la défensive, surpris de cette visite inattendue. Aurélien ne mettait jamais les pieds au premier.

— Quelque chose ne va pas ? hasarda-t-il.

Aurélien le regardait et lui demanda :

— Tu dors en jean ?

Mais il ne souriait pas, gardant son expression morose.

— Juillet... Que se passerait-il si je me fâchais avec Antoine ?

La stupeur de Juillet n'avait rien de forcé. Il dévisagea son père puis quitta son lit et le rejoignit.

— Pourquoi ? C'est fait ?

— Oui... Je ne sais plus comment ça s'est passé parce que, entre-temps, j'ai trop bu... Je crois qu'il était question d'Alex. Et de toi !

Juillet essayait de réfléchir mais ne trouvait pas la clef du problème.

— De nous ? répéta-t-il.

— Je vous ai tellement laissé la bride sur le cou, à tous...

Il semblait un peu ivre, comme il l'avait annoncé, mais il gardait tout son calme. Il poursuivit.

— Ce vieux loufoque te verrait bien comme second gendre ! Et, par un tour de passe-passe, Alex à la trappe ! Il poursuit la même idée depuis longtemps, mais là il assure sa retraite ! Il a toujours été jaloux de nous... Tu parles d'une amitié factice ! Il veut mes vignes pour ses petits-enfants et mon fils pour faire le travail à sa place ! Rien que ça...

Juillet écoutait son père, horrifié.

— En attendant que cet abruti repose les pieds sur terre, il n'est pas question... tu m'entends, Juillet, pas question qu'Alex ne soit pas avec nous pour les vendanges ! Jusqu'à ce que la dernière grappe de la dernière parcelle soit cueillie ! C'est encore moi qui décide !

Juillet se secoua, fit deux ou trois pas hésitants.

— Vous ne voulez pas que nous en parlions demain ?

— Non !

— Vous n'êtes pas vraiment en état de discuter de tout ça...

La voix conciliante de Juillet fut coupée par celle d'Aurélien, cassante :

— Je vais te faire rentrer dans un trou de souris si tu le prends sur ce ton, je te préviens !

Le silence tomba entre eux. Juillet mit ses mains dans les poches de son jean. Il se savait impuissant à reprendre la situation en main pour l'instant. D'un ton neutre, il demanda :

— Je vous aide à descendre ?
— Réponds-moi d'abord.
Juillet étouffa un bref soupir excédé.
— Répondre quoi ? Alex fera ce que vous voulez ou ce que bon lui semble, je n'en ai pas la moindre idée.
— Et toi ?
Juillet se força à sourire. La mise en demeure était claire.
— Oh, moi... Je suis de votre côté quoi qu'il arrive. Mais je crois que tout peut être fait proprement ici et à Mazion dans les temps voulus. Vous vous êtes brouillé avec Antoine ? Et alors ? Vous ne laisserez pas pourrir son raisin sur pied, je suppose ?
Ses yeux sombres étaient restés rivés à ceux d'Aurélien qui finit par baisser la tête.
— Je vous aide, maintenant ?
Aurélien se leva. Il titubait et Juillet le prit par le bras.
— Un jour, ça ira mal entre nous, déclara Aurélien.
— Pourquoi ?
Aurélien haussa les épaules mais s'accrocha à Juillet. L'un soutenant l'autre, ils sortirent de la chambre et longèrent le palier jusqu'à l'escalier.
— Tu sais pourquoi je t'ai forcé à faire des études ? Parce que je me disais que le jour où tu commencerais à t'occuper de Fonteyne, j'amorcerais fatalement la descente. Toi, tu montes, on se croise... Eh oui ! En plus, tu es toujours si... Tu me glaces, voilà, c'est le mot que je cherchais, tu me glaces !
Ils étaient arrivés devant la chambre d'Aurélien. Juillet ouvrit la porte et guida son père jusqu'au lit, puis il se recula évitant de le regarder.
— Tu ne dis rien ? Tu me laisses parler parce que j'ai bu ? Tu t'instruis ?

Juillet voulait partir. L'agressivité latente d'Aurélien lui devenait insupportable.

— Je vous laisse, parvint-il à dire.

— C'est ça, vas-t'en...

Dans le couloir, Juillet s'appuya une seconde contre le battant. Il se demanda si son père parviendrait à se déshabiller et à se coucher tout seul. Mais il alla directement jusqu'à la bibliothèque où il alluma une lampe bouillotte et se servit un alcool. Il resta longtemps immobile, le verre à la main, songeur.

Les propos d'Aurélien, même ivre, n'étaient pas absolument inattendus. Cette querelle avec Antoine semblait trop bien venue pour être innocente. Aurélien savait-il que Juillet et Laurène s'étaient enfin réconciliés ? Avait-il voulu se prémunir ? Il était assez rusé pour ça. Couper les ponts avec Antoine, c'était condamner Juillet à se taire.

« Je voulais me taire de toute façon ! Pourquoi ? Pourquoi... »

Complices sans le savoir ? Juillet frissonna. Il était toujours en jean, torse nu, et la bibliothèque était froide. Il se resservit un peu de cognac et s'assit sur son barreau d'échelle. Au-dessus de l'abat-jour de soie prune, la lumière ne faisait qu'une petite tache dans l'immense pièce.

« Je ne voulais pas lui imposer brutalement Laurène. Lui mettre ma victoire sous le nez. Me dédire... Je lui ai laissé le temps... Le temps de trouver la parade ! »

Le bruit d'une averse le tira de sa méditation.

« Encore ! Comme cette année aura été difficile... »

Il reposa son verre d'un geste brusque. Il vit briller une goutte de cognac sur le rebord de la boiserie et il l'effaça du bout du doigt. Puis il éteignit, quitta la bibliothèque. Au premier, il hésita devant la porte de Laurène, mais il choisit d'aller dormir chez lui.

Elle entassait avec rage ses affaires dans deux valises. Elle s'y prenait mal et les vêtements débordaient. Juillet la regardait, désolé. Venu tôt pour la réveiller, il lui avait appris les dernières nouvelles. En guise de réponse, il avait eu droit à une phrase laconique :
— Ton père, mon père, le vin : j'en ai marre !
Il avait essayé de la calmer, avait juré que la brouille ne serait que passagère, avait affirmé qu'il irait la voir chaque jour à Mazion en attendant de pouvoir parler à Aurélien. Elle s'était contentée de hausser les épaules.
— À Mazion, toi ? Pendant tes vendanges ? Tu n'auras jamais le temps et tu le sais très bien ! Fonteyne avant tout ! Et Alex va faire comme toi : filer doux ! Pas question de passer l'estuaire et de soustraire cinq minutes à vos crus !
Il se mit à crier à son tour.
— Tu voudrais que je claque la porte ici et que j'aille vendanger chez toi ?
Puis il avait regretté son mouvement d'humeur et l'avait prise dans ses bras. Il l'avait cajolée longtemps, comme une enfant.
— D'accord, avait-elle fini par accepter, on va se cacher et attendre que les foudres paternelles s'éloignent…
Elle manquait de conviction et il se vit obligé de lui demander :
— Tu te sentirais rassurée par un bon scandale ? Si tu y tiens, allons voir Aurélien ensemble, je ne veux pas te perdre pour si peu.

Mais elle l'avait retenu aussitôt.

— Si peu ? Fonteyne ? Ton père ? Tu me prends pour une idiote ? Nous avons déjà très mal commencé, tous les deux, on ferait bien de ne pas ajouter de difficultés, c'est toi qui as raison...

Elle avait fini ses valises en silence, mais lorsqu'il s'était dirigé vers la porte, elle lui avait encore demandé, d'une toute petite voix :

— Si je t'avais pris au mot, tout à l'heure, tu l'aurais fait ?

Elle avait attendu en vain une réponse et il était sorti sans se retourner. Ravalant ses larmes, elle avait achevé le tri de ses affaires. Sa place était à Mazion près de sa mère, elle en était certaine, mais elle était déchirée de quitter Fonteyne.

Lucas avait arrêté la Mercedes devant le perron pour charger les valises de Laurène. Toute la famille était sur la terrasse, avec Fernande qui se tenait un peu à l'écart, navrée de voir partir la jeune fille. Robert embrassa Laurène avec une évidente gêne, se demandant dans quelle mesure il était responsable de tous ces bouleversements. Juillet gardait une indifférence voulue, assis sur la balustrade de pierre.

Aurélien vint le dernier, émergeant de son bureau par la porte-fenêtre. Il s'approcha de Laurène en souriant et la prit affectueusement par les épaules. Il paraissait ému.

— Petite, commença-t-il, les histoires des vieux ne te concernent pas...

Juillet tendit l'oreille, attentif, mais sans quitter sa place.

— J'ai été très content de toi, poursuivait Aurélien. Je m'étais habitué à ta façon de travailler et tu vas me manquer !

Il marqua une pause et Juillet, qui le voyait de profil, devina sa réelle tristesse.

— Tâche d'être aussi appliquée, chez toi... Et puis reviens me voir.

Il avait baissé la voix sur les derniers mots. Ses mains pesaient sur les épaules de la jeune fille. Il se pencha vers elle et chuchota :

— Les bêtises, c'est de ton âge... Écoute, Fonteyne sera toujours grand ouvert pour toi, tu as ma parole...

Elle lui sourit. Elle l'aimait bien, malgré tout, et il le voyait. Il la laissa partir et elle descendit les marches du perron. Derrière elle, Juillet déclara soudain :

— Je l'accompagne.

— Ne t'attarde pas, protesta Aurélien, j'ai besoin de toi !

Elle s'engouffra dans la voiture, furieuse de s'être attendrie. Juillet ne trouva rien à lui dire jusqu'à Mazion, et se contenta de lui prendre une main qu'il serra dans la sienne.

Dès qu'ils furent arrivés dans la cour, Marie sortit de la maison pour venir à leur rencontre. Elle était encore un peu gênée, devant Juillet, depuis les aveux de sa fille. Elle en était restée à l'épisode pénible de Robert et elle plaignait Juillet. Tandis qu'il déchargeait les valises, Marie embrassa Laurène et lui conseilla de monter voir son père. Ensuite elle gagna sa cuisine où elle se mit à faire le café. Lorsque Juillet vint s'asseoir derrière elle, elle s'affaira de plus belle et se mit à parler pour ne pas laisser le silence s'installer.

— Quand on pense qu'ils ont trouvé moyen de se disputer ! De si vieux amis, c'est navrant... Mais aussi, être couché pendant les vendanges, ça aigrit Antoine, il faut le comprendre...

Elle fuyait son regard, en le servant, et Juillet l'interrompit.

— J'aime bien Antoine, et je sais à quel point Aurélien peut être difficile... Alex est là ?

— Il est avec les journaliers, oui.

Il remarqua son embarras et voulut lui venir en aide.

— Marie, j'ai quelque chose de grave à te dire.

La voyant se raidir, il se dépêcha d'ajouter :

— Si ta fille veut de moi, j'aimerais bien te demander sa main, au printemps.

Marie croisa enfin le regard de Juillet. Elle semblait stupéfaite.

— Elle t'a raconté, pour Bob ? Oublie ça...

Ahurie de ce qu'elle entendait, Marie cramponna le dossier d'une chaise.

— Elle m'a rendu dingue, tu sais... Dès qu'il s'agit d'elle, je ne suis plus moi-même. Mais on a réglé la crise, tous les deux, et je crois qu'on est d'accord... Seulement, en ce moment... Il y a quelques obstacles !

Marie s'était reprise. Elle adressa un sourire épanoui à Juillet et lui épargna la suite en l'interrompant :

— Que tu épouses Laurène, ce sera mon plus grand bonheur ! Aurélien est au courant ? Non ? Alors il va être furieux... Il est parti de chez nous tellement en colère, l'autre jour !

— Ils ne resteront pas fâchés toute la vie. Tu gardes la nouvelle pour toi en attendant qu'ils tombent dans les bras l'un de l'autre ?

— Compte sur moi...

Elle souriait toujours, les yeux brillants. Dans un élan irréfléchi, elle vint vers lui et le prit par le cou.

— Je suis heureuse pour vous. Je t'aime beaucoup, petit...

Sa simplicité toucha profondément Juillet. Il ajouta, à mi-voix :

— D'ici là, Marie, essaie de persuader ta fille d'avoir un peu de patience.

Elle le comprit sans qu'il insiste. Elle connaissait assez Laurène pour deviner les soucis de Juillet. Il s'était levé, décidé à aller saluer Antoine avant de partir. Il voulait connaître son état d'esprit et mesurer la rancune qu'il gardait à Aurélien. Marie l'accompagna jusqu'à la chambre mais n'entra pas. Elle préférait les laisser seuls et était pressée d'aller retrouver Laurène. Antoine reçut Juillet assez fraîchement.

— Alors comme ça, vous me rendez une fille ? Vous êtes bien bons, les Laverzac ! J'ai entendu Alex arriver ce matin, et j'en suis encore étonné ! Il vient s'occuper de mes terres malgré l'anathème ? Aurélien n'a pas mis son veto ? C'est pourtant ce qu'il m'avait annoncé !

Juillet esquissa un sourire et ne jugea pas utile de répondre directement.

— Je ne voulais pas quitter votre maison sans vous avoir serré la main, Antoine.

— Pour le moment, tu es moins con que ton père, mais je ne sais pas si ça durera !

Juillet éclata de son rire léger.

— Je me sauve, j'ai du travail. Vous êtes dix fois moins malade que vous ne le croyez !

Il quitta Antoine, sourire aux lèvres. Sa ressemblance avec Aurélien était trop frappante pour ne pas amuser Juillet. Il regagna la Mercedes et chercha Laurène des yeux. Il l'aperçut, enfin, de l'autre côté de la cour, immobile. Il alluma une Gitane, sans bouger et sans essayer d'aller vers elle. Au bout d'un moment, ce fut elle qui le rejoignit.

— Tu rentres à Fonteyne ? demanda-t-elle d'un ton boudeur. Quand reviendras-tu ?

Il eut un geste d'impuissance.

— Tout ce que je peux faire, dit-il avec douceur, c'est t'inviter à dîner de temps en temps...

— Si tu veux... Mais après les vendanges, ce sera pire ! La vinification va t'accaparer davantage !

Elle se jeta contre lui et l'entoura de ses bras. Il la sentit secouée de sanglots.

— Si j'avais été moins bête, on n'en serait pas là. Tout se serait passé naturellement, sans heurt... Juillet, je regrette, si tu savais !

Il lui caressait les cheveux avec douceur.

— Tu auras la patience d'attendre, Laurène ?

— Oui ! dit-elle d'une voix nette malgré ses larmes.

Il l'embrassa, en prenant son temps, puis s'écarta d'elle. Il lui jeta un dernier regard et s'installa dans la voiture. Rassuré, il était pressé de s'en aller, de repartir vers Fonteyne et vers Aurélien qui devait attendre. Elle le détesta une seconde, mais il lui adressa un sourire désarmant avant de démarrer en trombe.

Aurélien n'eut aucun mal à convaincre son notaire. En pleine période d'activité, les Laverzac ne pouvaient pas se passer de secrétaire, aussi maître Varin dépêcha-t-il Frédérique à Fonteyne sans trop se faire prier. Aurélien, comme Juillet, finissait toujours par obtenir ce qu'il voulait. Puisque son fils adoptif lui avait conseillé cette jeune femme en remplacement de Laurène, Aurélien n'avait aucun doute sur la justesse du choix. Frédérique lui fit une excellente impression dès qu'il la vit. D'abord parce qu'elle était jolie, ensuite parce qu'elle sembla pressée de se mettre au courant du travail qui l'attendait. Aurélien lui proposa l'hospitalité à Fonteyne pour le temps des vendanges, ce qu'elle accepta avec un plaisir manifeste. Habiter chez les Laverzac représentait une chance inouïe pour elle, surtout au même étage que Juillet ! Il lui avait laissé un souvenir trop agréable pour qu'elle l'oublie et elle avait attendu en vain qu'il lui téléphone. Elle était persuadée que le fait de s'être laissé séduire si rapidement ne plaidait pas pour elle. Pourtant elle avait été sincère en affirmant que c'était la toute première fois qu'elle suivait quelqu'un à l'hôtel. Lorsque maître Varin lui avait transmis la proposition d'Aurélien, elle avait aussitôt échafaudé des projets fous. Elle essaya de ne pas faire étalage de sa satisfaction en arrivant à Fonteyne et elle comprit en quelques heures qu'il fallait séduire le père pour être agréable au fils.

Robert et Pauline, de leur côté, avaient abandonné peu à peu leur hôtel de Bordeaux et s'étaient limités à de grandes promenades dans les bois. Pendant ces après-midi de septembre, Robert s'était maudit d'avoir voulu revenir à Fonteyne pour revoir Pauline. Elle ne lui accordait que des instants volés, restait sourde à ses sentiments et réduisait leurs rendez-vous à des escapades pour rire. Elle profitait d'une situation qui la flattait, qui la servait, qui lui procurait un plaisir certain, mais elle tenait Robert à distance et ne lui laissait prendre aucune importance.

La proclamation officielle de la date des vendanges eut enfin lieu. Traditionnellement, un grand banquet d'ouverture était organisé chaque année juste avant le début de la cueillette. Aurélien proposa d'ajouter Laurène à la liste des invités habituels. Juillet le lui déconseilla, arguant qu'on ne pouvait pas convier la fille sans le père, que c'était toute la famille ou rien. Aurélien, vexé, n'insista pas. Laurène lui manquait mais il n'était pas décidé à faire un pas vers Antoine. Pas encore.

Alexandre partageait son temps entre Mazion et Fonteyne en essayant de rendre ses allées et venues le plus discrètes possible pour ne pas obliger Aurélien à intervenir. Dominique gardait en permanence un air courroucé mais ne quittait pas Fonteyne où la retenait son rôle écrasant de maîtresse de maison. Elle désapprouvait ouvertement Aurélien. Elle subissait son caractère à longueur d'année et trouvait très exagéré sa colère à Mazion. Mais elle se taisait, de peur qu'il n'empêche Alex d'aller travailler là-bas.

La veille du banquet, l'atmosphère de la maison était devenue électrique. Robert voulut accompagner Juillet dans les vignes, nostalgique malgré lui à la pensée de quitter Fonteyne le surlendemain. Un soleil radieux faisait briller le raisin et Juillet affichait une bonne humeur éclatante. Comme toujours, Robert avait du mal à le suivre et ils finirent par s'asseoir sur un muret pour y fumer une cigarette. Robert s'enquit, avec prudence, de ce que devenait Laurène et de ce que Juillet comptait faire dans l'avenir. Lorsqu'il apprit que son frère, avec une tranquille assurance, était décidé à l'épouser au printemps, sa surprise fut totale.

— Je suis plus discret que toi, lui dit Juillet avec un humour forcé. Pour le moment, la nouvelle tomberait comme un cheveu sur la soupe.

— Tu penses arriver à réconcilier Antoine et papa ?

— Bien sûr ! Cet hiver ils s'ennuieront et ce sera facile…

Robert ne paraissait pas comprendre pourquoi Juillet avait laissé partir Laurène à Mazion.

— Elle doit mourir d'envie d'être ici avec toi ! C'est quoi ce... purgatoire que tu lui imposes ?

Juillet dévisagea Robert.

— Si tu n'étais pas mon frère, je t'enverrais au diable.

C'était dit sans animosité, comme une simple constatation.

— Tu l'as mise sur la touche pour voir si tu peux t'en passer, peut-être ? poursuivit impitoyablement Robert. Ou alors tu es comme papa, dès qu'une chose est obtenue elle fait partie de l'acquis et on ne s'en occupe plus ! C'est ça ? À moins que tu ne veuilles pas faire ce qu'on attend de toi...

— Tu verses dans la psychanalyse ? ironisa Juillet qui ne souriait pas.

Robert lui offrit une autre cigarette que Juillet accepta. Ils se turent un moment mais Robert restait songeur.

— Eh bien, achève ! lui dit enfin Juillet.

— Rien d'autre. Je pense que si Laurène se braque, elle redeviendra quelque chose de difficile à annexer et alors tu remettras tes batteries en place pour la récupérer. Je me trompe ?

Juillet lui adressa un regard indéchiffrable.

— Je ne sais pas.

Robert eut un long soupir. Il observa les rangées impeccables de plants autour de lui.

— Tu as une drôle de façon d'aimer, tu sais...

— Aurélien m'a dit la même chose, il y a quelques jours. Il l'a fait plutôt moins gentiment que toi. Il me semble que ça ne vous concerne ni l'un ni l'autre.

Robert se défendit aussitôt.

— Surtout moi qui n'ai pas de leçons à donner, c'est ce que tu penses ?

— Un peu… Quand je te vois avec Pauline…

— Oui, c'est vrai, avec elle j'ai atteint l'échec total, le gâchis complet ! Ce n'est pas très généreux de ta part de m'en parler.

— C'est toi qui en parles. Et comment veux-tu que je fasse semblant de ne pas vous voir ? Même les yeux fermés, je bute encore sur vous ! Vous avez été d'une imprudence insensée. Éloigner Louis-Marie n'est pas mon occupation préférée…

Robert leva les yeux au ciel, excédé. Penser à Pauline le mettait hors de lui et il n'avait pas le courage de voir la vérité en face. Juillet lui demanda doucement :

— Comment comptez-vous faire, dans l'avenir ? Vous allez répéter la même comédie chaque fois que vous viendrez à Fonteyne ? Et quand l'un de vous sera lassé du jeu ? Vous partirez en vacances à tour de rôle ? Si Aurélien s'aperçoit de votre manège, il ne te le pardonnera jamais. Tu vas finir brouillé avec toute la famille… Tu m'as déjà beaucoup manqué, pendant six ans…

Juillet se sentait ému. Il percevait la détresse de son frère comme quelque chose de désagréable et d'inutile. Mais il n'avait aucune envie qu'il s'éloigne de nouveau pour des années. Il ajouta à voix basse :

— Puisqu'elle ne t'aime pas, pourquoi ne…

— C'est faux ! Elle préfère Louis-Marie, d'accord, mais nous deux…

— Vous deux, ça n'existe pas, ça fait zéro, coupa Juillet.

Robert ne trouva rien à lui répliquer. Il baissa la tête, fuyant le regard de son frère.

— Je t'aime bien, Bob, chuchota Juillet en abandonnant le muret.

Il savait que Robert ne le suivrait pas. Sans Laurène et sans Pauline, Juillet aurait pu avoir avec son frère un véritable rapport d'intimité et de tendresse. Mais les femmes étaient entre eux, ils n'y pouvaient rien. Il leur faudrait sans doute attendre d'être vieux pour se retrouver.

Pauline observait Louis-Marie tandis qu'il se rhabillait. Elle avait jugé prudent d'aller lui tenir compagnie pendant l'heure de la sieste, et ils avaient fini par faire l'amour, comme elle l'avait prévu. Elle ne voulait pas qu'il conçoive le moindre soupçon. Elle envisageait la fin de leurs vacances sans tristesse, en se disant que Robert habitait Paris lui aussi. Amorale et bien organisée, elle n'envisageait pas l'avenir à long terme.

Elle songea avec ennui qu'il lui faudrait bientôt faire leurs valises et qu'Esther serait insupportable, les premiers jours, sans ses cousins.

— J'aime beaucoup cette maison, dit-elle en s'étirant.

Louis-Marie hocha la tête avec un petit sourire. Il l'aimait aussi mais il n'avait pas envie d'y rester.

— Qu'en ferez-vous le jour où ton père ne sera plus là ?

Étonné par la question, Louis-Marie ne sut que répondre.

— Mais… rien ! Il y a Juillet et Alex pour continuer…

— Vous ne la vendrez jamais ?

— Vendre ? Mais tu plaisantes ? Si nous élevons bien nos enfants, Fonteyne sera encore dans la famille dans cent ans ! C'est une grosse entreprise, qui nous met tous à l'abri des mauvais jours. Tu ne te rends pas compte !

Pauline fit une moue dubitative.

— Vous pourriez ne pas être toujours d'accord.

Louis-Marie se mit à rire, réellement amusé.

— Papa a dû prévoir le cas ! Quatre fils et leurs épouses qui s'en mêlent, il a sûrement réglé le problème.

— Et ça ne t'inquiète pas ? Ni Robert ?

Louis-Marie ne comprenait pas où Pauline voulait en venir.

— Ce qu'il aura fait pour préserver Fonteyne sera accepté à coup sûr.

— Par chacun ? Sans exception ?

Il eut une expression étrange qu'elle ne lui connaissait pas.

— J'en suis certain, dit-il lentement. Vois-tu, Pauline, quand je dis que je me moque de Fonteyne, ce n'est vrai qu'en partie. Je ne veux pas savoir comment ça marche, je ne veux pas m'en occuper, à la limite je ne veux pas en entendre parler. Mais si, un jour, il n'y avait plus personne pour faire tourner l'exploitation, je crois bien que je serais capable de plaquer Paris pour venir ici, en râlant, reprendre le flambeau !

Il se remit à rire, abandonnant sa gravité passagère.

— Si père le savait, il boirait du petit-lait !

— Il vous a donné le virus, alors ?

— Non, juste le respect, ça suffit.

Pauline eut une moue incrédule. Il insista :

— Je ne sais pas comment t'expliquer... Fonteyne ne peut pas sortir de ma vie, de nos vies à tous ! On peut l'oublier, Robert et moi, parce qu'on sait que la machine tourne parfaitement, qu'elle ronronne sans nous quelque part au sud. Mais si Fonteyne s'écroulait par notre faute, j'aurais l'impression d'être coincé sous les décombres pour le restant de mes jours ! Ce serait comme... comme perdre son identité, j'imagine.

Pauline avait fini par sourire, attendrie.

— Je n'aurais jamais cru que tu y tenais tant ! Ce n'est qu'un joli petit château...

— Mais non ! Un univers entier. Que je connais par cœur, les yeux fermés, jusqu'à la dernière armoire. Grâce auquel je ne serai jamais en danger. Et toi non plus... Le vin que nous produisons me remplit d'orgueil, quoi que j'en dise.

Elle alla vers lui et lui déposa un baiser léger sur les lèvres.

— Tu es romantique comme un adolescent ! En attendant que tu descendes de ton nuage, je file à Bordeaux. Je veux trouver quelque chose à me mettre pour le banquet de demain !

Il la regarda avec tendresse puis il prit son chéquier, dans sa veste, et le lui tendit. Elle le jeta négligemment dans son sac avant de quitter la chambre.

En quittant Robert, Juillet avait marché un long moment et s'était retrouvé à l'orée d'un petit bois qui faisait face aux vignes. C'était un de ses endroits favoris. Il se sentait calme, et même assez gai, mais à mille lieues de ce qu'il aurait dû éprouver. Avec toute l'intensité dont il était capable, il évoqua Laurène. Et si Robert avait dit vrai ? Si, touchant au but, il se détournait de ses objectifs ? Si elle ne l'avait passionné que tant qu'elle s'était maintenue hors d'atteinte ?

Il refusa la conclusion logique de ses réflexions et reporta son attention sur les sillons courbes que dessinait la vigne. Il lui suffisait de les regarder pour se réconcilier avec lui-même. Il n'était atteint d'aucun mal de vivre ni d'aucune nostalgie lorsqu'il s'agissait de ses terres et du vin qu'il y élevait. Il espéra que sa passion de Fonteyne le sauverait de tout, comme d'habitude, dans l'avenir.

Il avait voulu Laurène. Et il l'avait obtenue. Il pensait sincèrement pouvoir l'aimer toute sa vie, même si elle n'y avait qu'un second rôle. Il n'avait jamais eu la naïveté de confondre désir et amour. Il était certain d'en être amoureux, même s'il l'avait ramenée chez elle et même s'il n'était pas possédé en permanence par l'envie d'aller l'y retrouver.

« Loin des yeux, loin du cœur, se récita-t-il, il faut que je l'invite à dîner... Pas ce soir et pas demain, bien sûr, alors après-demain... »

Il s'était remis à marcher de son infatigable pas élastique. Arrivé à proximité de la maison, il vit Aurélien qui discutait sur la terrasse avec Frédérique. Il obliqua vers l'entrée des caves et s'engagea dans l'escalier. La présence d'une jolie fille charmait Aurélien, bien entendu. L'élan que Juillet avait ressenti pour elle, lors de leur rencontre, était resté sans suite. Ses démêlés avec Laurène avaient tout effacé. Mais elle était décidément ravissante, encore bien davantage que dans son souvenir.

Il vérifia le taux d'hygrométrie qu'affichait le témoin à l'entrée de la troisième cave. Il longea les casiers, le sable et les graviers crissant doucement sous ses bottes. Il était à l'aise, bien dans sa peau, redevenu lui-même depuis qu'il avait cessé de se torturer pour une femme.

Après un dernier coup d'œil circulaire, il fit demi-tour, satisfait de son inspection. Réconcilier Aurélien et Antoine ne poserait pas de problème, il en avait la conviction. Et son mariage avec Laurène réglerait une fois pour toutes la question de Mazion. La terre d'Antoine appartiendrait aux Laverzac un jour. Et pas le contraire ! Aurélien avait déjà dû y penser souvent. Il faudrait bien laisser partir Alex, pour finir. Sa seule chance d'exister était là-bas.

Juillet frissonna. Il ne faisait qu'une douzaine de degrés sous les voûtes de la cave. Il alla machinalement recenser la futaille qui avait été vérifiée dix fois ces derniers jours.

Il réalisa d'un seul coup, sans y avoir songé consciemment, que son mariage impliquait un certain renoncement à la liberté. Or il avait toujours été, de tout temps, d'une féroce indépendance. Même en face d'Aurélien et même en face de Fonteyne, il lui était arrivé de vérifier qu'il était bien libre. Fonteyne ne le retenait pas prisonnier : il le choisissait chaque matin avec passion.

L'idée d'avoir à changer sa vie, tant soit peu, lui déplut profondément. Mais il savait qu'il était temps pour lui de se marier. Laurène valait la peine de bouleverser ses habitudes, il pouvait bien lui sacrifier les boîtes de nuit et le plaisir sans lendemain de la conquête. Elle lui donnerait ce dont il commençait à avoir une vague et troublante envie : des enfants.

Il émergea des caves en sifflotant puis se mit à la recherche de Lucas.

Pauline avait fini par dénicher ce qu'elle voulait. Dans une boutique de luxe, elle avait essayé d'innombrables robes avant d'être séduite par un savant drapé de mousseline qui lui allait à ravir. La griffe justifiait le prix, donc elle l'avait acheté sans le moindre scrupule.

Elle adorait dépenser et Louis-Marie ne cherchait jamais à la freiner.

Ce fut en sortant de chez le coiffeur qu'elle tomba sur Laurène. Elle poussa des exclamations de surprise et de joie tout à fait exagérées avant d'entraîner la jeune fille dans un salon de thé.

— C'est triste de ne plus vous voir à Fonteyne, vous n'imaginez pas !

D'autorité, elle commanda des pâtisseries pour elles deux.

— Vous êtes en pleine effervescence, à Mazion ?

— Les vendanges suivent leur cours..., répondit Laurène sans entrain.

— Je n'ai pas besoin de vous décrire l'ambiance de la maison ! enchaîna Pauline. Vous connaissez ça mieux que moi. Votre sœur et Fernande sont accaparées par le dîner de demain soir, Aurélien recense ses journaliers et Juillet est partout à la fois !

Laurène mangeait d'un air désabusé, et Pauline ne résista pas à la curiosité.

— Où en êtes-vous, avec Juillet ?

Comme Laurène rougissait, Pauline devina la réponse.

— Vous avez fini par vous réconcilier ? C'est formidable ! Il ne nous a rien dit, il est très discret !

— Avec la brouille de nos pères, il a trouvé que le moment était mal choisi pour en parler, répondit Laurène qui manquait de conviction.

— De toute façon, ça ne regarde que vous !

Elle souriait à Laurène pour l'encourager. Elle la devinait morose et se demandait pourquoi.

— S'il n'a rien trouvé de plus urgent d'ici là, nous nous marierons au printemps, déclara la jeune fille.

Pauline resta une seconde la bouche ouverte, puis elle reposa son gâteau avec précaution sur l'assiette.

— Laurène ! Vous dites ça d'une manière... C'est une nouvelle fantastique !

— Ce sera ! Quand il aura décidé qu'il est temps de l'annoncer. Il y a d'abord les vendanges, la vinification, son voyage en Angleterre. Le moindre désir d'Aurélien et la plus petite exigence de Fonteyne passent avant !

Laurène baissa la tête, pour refouler son envie de pleurer. Pauline la regardait avec curiosité.

— Vraiment ? dit-elle en tendant la main et en prenant Laurène par le menton. Pourquoi supportez-vous ça ?

— Parce que je l'aime, répondit simplement Laurène.

Elles se dévisagèrent un moment en silence.

— Je l'aime et donc j'attends qu'il me fasse signe, à son heure. Et je devrai être là, disponible, ravie..., murmura la jeune fille avec amertume.

Pauline hocha la tête et mit une dose certaine de mépris dans sa réponse.

— Bravo ! Je n'aurais jamais pu en faire autant ! Le côté macho, quelle horreur ! Je vous souhaite bien du plaisir !

— Je n'ai pas le choix, protesta Laurène.

Pauline reprit son gâteau et le dévora avec gourmandise, puis elle s'essuya délicatement les mains sur une petite serviette en papier.

— Pourquoi attendez-vous qu'il vous siffle ? Je sais bien que vous êtes jeune, timide et amoureuse ! Mais vous lui faites la partie trop belle. Et vous partez sur de mauvaises bases.

Laurène la regardait, et Pauline fit semblant d'hésiter avant d'expliquer, en souriant :

— Vous vous souvenez du pique-nique ? C'est quand vous vous êtes décidée à quitter votre attitude de chien battu que Juillet a réagi. Je me trompe ?

— Non...

— Et vous n'en tirez aucune conclusion ? Il n'aime peut-être pas qu'on le subisse, Juillet ! Il préfère peut-être qu'on lui résiste ? Vous êtes rentrée chez vous comme une petite fille sage et, pendant ce temps-là, ces messieurs courtisent leur dernier gadget, une certaine Frédérique engagée le jour de votre départ !

Cette fois, Laurène pâlit.

— Vous êtes très naïve, soupira Pauline. Vous ne le garderez pas comme ça... Mais je suis désolée de vous faire de la peine...

Elle était sincère. Elle sortit des billets de son sac.

— Je vous invite, dit-elle d'un ton péremptoire.

Elle ne se souciait pas de savoir si elle était le bon ou le mauvais génie de Laurène. Elle lui donnait les conseils qu'elle aurait appliqués elle-même en pareil cas. Elle régla l'addition et se pencha vers Laurène qui était toujours silencieuse.

— Menez-lui la vie dure ou il vous écrasera, ajouta-t-elle encore.

Le lendemain soir, Aurélien fut prêt assez tôt. Le dîner d'ouverture des vendanges l'amusait toujours énormément. Bien davantage que toutes les réunions des confréries vineuses ! Ce repas de fête et de tradition marquait pour lui le début de la période qu'il préférait.

Il alla faire un tour dans le salon et dans la salle à manger, tout en sachant que Dominique ct Fernande avaient déjà pensé à tout. Effectivement, la table était irréprochable. Les portes de la bibliothèque étaient grandes ouvertes et Aurélien décida d'aller s'y asseoir un moment. Il entendait le joyeux chahut de la cuisine où les employés de Fonteyne avaient été conviés à dîner. Pour les journaliers, des paniers de victuailles et de vins avaient été portés dans les dortoirs.

Aurélien récapitula la liste de ses invités, triés sur le volet et choisis selon une hiérarchie particulière aux viticulteurs du haut Médoc. Alexandre arriva alors qu'il réfléchissait encore à son plan de table. Il lui apportait les bouteilles de réserve sélectionnées la veille après une longue discussion. Ils les ouvrirent avec solennité et les disposèrent sur un guéridon. Alex adressa un clin d'œil complice à son père. Les Laverzac avaient la réputation de bien recevoir et ce n'était pas un vain mot.

Pauline les rejoignit, arborant un air triomphal. Elle était irrésistible dans sa robe de mousseline et Aurélien la salua gaiement. Cette belle-fille-là l'amusait beaucoup. Elle incarnait, pour lui, la frivolité de toutes les femmes. Louis-Marie et Robert la suivaient côte à côte. Juillet arriva en poussant devant lui un Lucas très intimidé. Celui-ci n'était pas certain d'avoir obtenu l'entière absolution d'Aurélien et il redoutait de se retrouver à sa table.

Maurice Caze, qui n'avait pu décliner l'invitation mais avait fait excuser sa fille, fut parmi les premiers à se présenter. Rapidement, la bibliothèque se mit à résonner des rires et des exclamations des amis d'Aurélien qui arrivaient les uns après les autres. L'absence d'Antoine et de Marie fut remarquée mais mise sur le compte de la maladie.

Les trois ou quatre jeunes filles qui accompagnaient leurs parents à ce dîner n'avaient d'yeux que pour

Juillet. Souriant, séduisant, il évoluait avec l'assurance et le charme d'un jeune homme de trente ans parfaitement heureux de vivre. Tous les viticulteurs présents le tenaient pour le successeur d'Aurélien. Frédérique, un peu embarrassée et ne sachant comment se situer face à tous ces gens, restait à l'écart et observait Juillet. Aurélien suivait lui aussi, mais d'un œil amusé, les évidents succès de son fils adoptif.

Louis-Marie alla trouver Robert qui s'ennuyait dans un coin.

— Le grand soir, lui dit-il. Tu te souviens ?

Ils trinquèrent ensemble et prirent le temps de savourer ce qu'ils buvaient.

— On s'amusait beaucoup, il y a très longtemps ! ironisa Robert. Après, on s'ennuyait plutôt, si mes souvenirs sont bons. Aujourd'hui, je trouve ça... étonnant. J'ai un peu oublié l'importance des vendanges. Mais toute cette solennité m'est assez sympathique !

— Leur excitation est contagieuse, surenchérit Louis-Marie. Je suis presque attristé de partir demain !

— Au contraire, le moment est bien choisi pour rentrer à Paris, on aura l'impression d'avoir raté le meilleur ! De ne pas avoir participé au grand œuvre...

Ils rirent, très complices, sachant qu'ils avaient autant envie l'un que l'autre de retrouver leurs propres habitudes. Juillet, qui passait près d'eux, les resservit en souriant et s'éloigna aussitôt vers les autres convives.

— Quand je le vois, dit Louis-Marie d'un air pensif, je finis par me demander si j'ai bien fait de quitter Fonteyne il y a quinze ans. Il ne connaît rien d'autre et rien ne lui manque.

— Tu es fou ! Tu n'aurais jamais été comme lui, tu serais mort d'ennui. Et moi aussi !

— Oh, toi ! Tu étais une bête à concours, un surdoué, un génie de l'étude !

Louis-Marie s'amusait et Robert se sentit de mauvaise humeur.

— C'est ce que tu crois. Les examens ne m'ont pas toujours paru faciles. Et je dois ma carrière au hasard, en grande partie ! L'accident de mon chef de service qui m'a propulsé au rang de patron, ce n'était pas prévisible. Je devrais encore être l'agrégé, rien de plus, et pas pour un salaire mirobolant. Les concours, c'est fini depuis l'internat. Le reste, c'est la chance...

Robert vida son verre d'un trait et Louis-Marie se récria :

— Tu bois ça comme du Vittel, arrête !

Robert haussa les épaules. Louis-Marie ne comprenait pas d'où venait l'aigreur de son frère.

— Juillet n'a jamais rien attendu. Il n'a pas lutté, il n'a pas été frustré. Pour lui, tout est simple. Il existe sans se poser de questions. Il obtient avant de vouloir. Il n'a pas besoin d'une bonne étoile.

Louis-Marie hocha la tête. Il était d'accord avec ce que disait Robert, mais il le trouvait anormalement désabusé. Avec une bonne humeur exagérée, il demanda à son frère, pour le dérider :

— Alors, selon toi, tout est bien ?

— Ici ? Tout est à sa place, c'est déjà beaucoup !

Pauline venait de se glisser entre eux, radieuse, tenant ostensiblement une bouteille.

— Je vous ravitaille ?

Appliquée, elle les servit sans attendre leur accord.

— Vous faisiez des projets ?

Robert se détourna, exaspéré de la duplicité enjouée de Pauline.

— Des bilans, plutôt, dit-il sans joie.

Il s'éloigna vers un groupe d'invités tandis que Pauline le suivait du regard.

— Tu es très belle, lui murmura son mari. As-tu passé de bonnes vacances ?

— Oui...

Il avait envie de caresser les cheveux courts et brillants de sa femme. Il s'abstint pour ne pas la décoiffer. Comme elle observait toujours Robert, il plaisanta :

— Tu vas quitter ton admirateur sans regrets ?

— Bob ?

— Il t'a couvée des yeux tout l'été !

— Penses-tu ! Ça fait partie de son numéro de séducteur et il le joue indifféremment à toutes les femmes ! Souviens-toi du scandale avec Laurène ! Il devrait se marier, il va tourner au vieux garçon. Je suis persuadée qu'il y a une foule d'infirmières qui se damneraient pour lui mettre la main dessus ! Et tiens, voilà... jette un coup d'œil derrière toi...

Louis-Marie vit Robert qui parlait à Frédérique et lui offrait une cigarette. Il éclata de rire. Pauline l'imita, mais de façon artificielle. Dominique passait près d'eux, très élégante pour une fois.

— Fernande s'est surpassée, vous allez voir !

Pauline lui sourit.

— Pourquoi dis-tu Fernande ? C'est toi qui as fait le menu, les courses...

— Ce n'est pas moi qui suis aux fourneaux !

Dominique prit affectueusement Pauline par les épaules.

— Vous allez nous manquer. Pas tout de suite, à cause des vendanges, mais en novembre. Ce sera sinistre ! Avec Laurène qui n'est plus là et Juillet qui va partir en voyage...

Elle avait tellement l'habitude des grandes tablées et d'une maison bruyante qu'elle redoutait presque de se retrouver seule entre son mari et son beau-père.

— Pourquoi ta sœur n'est-elle pas venue ce soir ? lui demanda Louis-Marie.

— Parce qu'elle n'était pas invitée ! répliqua Dominique. Pas plus que mes parents...

Il y eut un silence gêné. Juillet s'était approché d'eux.

— Je crois qu'on va passer à table, leur dit-il.

Il ajouta, à l'adresse de son frère :

— Aurélien te réclame. Occupe-toi un peu des invités, je tiens compagnie à ta femme !

Louis-Marie lui fit un clin d'œil et s'éloigna. Juillet sourit à Pauline.

— Pourquoi l'avez-vous épousé ? demanda-t-il à mi-voix, sans animosité.

Étonnée, Pauline leva la tête vers lui et le dévisagea.

— Parce que je l'aime, bien sûr ! Vous êtes trop entier pour l'admettre, mais c'est la bonne réponse. Et puis votre question est très désagréable. À quoi faites-vous allusion ?

Elle le toisait, refusant d'être jugée, certaine qu'il n'ajouterait rien de plus.

— Vous n'êtes pas un modèle de moralité, Juillet... Vous ne traitez pas très bien les gens qui vous aiment. Où est la femme de votre vie, ce soir ?

Juillet voulut répliquer, mais finalement ne trouva rien à répondre. Il traversa la bibliothèque et alla rejoindre Alex qui discutait du déroulement des vendanges à Mazion avec un viticulteur de Blaye. Juillet écouta distraitement leur conversation un moment. La réflexion de Pauline l'avait pris de court. Il se demandait ce que Laurène pouvait ressentir, seule chez elle.

Il eut soudain une irrésistible envie de la voir et de la serrer dans ses bras. Il attendit qu'Alex ait fini de parler pour le prendre à part.

— Ta femme est resplendissante, ce soir ! Elle devrait s'habiller plus souvent de cette manière. Les filles de Marie sont décidément ravissantes...

Il prit une inspiration et acheva :

— Tu as vu Laurène, aujourd'hui ? Elle ne s'ennuie pas trop ? Elle n'était pas trop déçue de ne pas venir ?

Il se sentait fautif et inquiet, soudain. Alexandre, loin d'être rassurant, fuyait le regard de son frère avec embarras.

— Laurène, répéta-t-il pour gagner du temps. Je t'en aurais parlé demain, de préférence...

Interloqué, Juillet attendit la suite, mais Alexandre ne se décidait pas, triturant sa cravate.

— Qu'est-ce qu'il y a, bon sang, Alex ? Vas-y !

— Quand je suis parti de Mazion, tout à l'heure, Laurène m'a demandé de... de l'accompagner à la gare.

Juillet regardait Alexandre, l'air stupide.

— Quelle gare ?

— Bordeaux, évidemment...

Comme Aurélien était près d'eux, bavardant avec Maurice Caze, Alexandre attira Juillet plus loin.

— Marie t'expliquera les choses mieux que moi. Laurène a dû prendre un train pour Paris, je l'ai déposée vers six heures.

— Paris ? Elle est partie pour Paris ?

Juillet cherchait à comprendre et n'y parvenait pas.

— Mais enfin, Alex, pourquoi ?

— Elle ne m'a pas fait de confidences. Elle avait deux valises.

Juillet réfléchissait, la tête penchée. Alexandre suggéra :

— Appelle Marie...

Tournant le dos à son frère, Juillet quitta la bibliothèque. Dans le hall, il hésita. Il se sentait prisonnier de ce dîner qu'il ne pouvait pas manquer. Il alla jusqu'au bureau d'Aurélien, ferma soigneusement la porte et s'assit devant le téléphone. Quand il se décida à composer le numéro des Billot, Marie répondit à la première sonnerie.

— Bonsoir Marie, c'est Juillet.

Il eut l'impression qu'elle avait attendu son appel. D'une voix grave, elle murmura gentiment :

— Bonsoir petit...

— Tu sais pourquoi je te téléphone ?

— Oui, mais j'aurais mieux aimé te voir pour t'expliquer...

— Je ne peux pas, on va passer à table. Alex m'apprend que Laurène est partie ?

Il entendit le long soupir de Marie. Il reprit :

— Elle t'a dit quelque chose ?

— Des bêtises, surtout... Les vendanges, tout ça...

— Quoi, les vendanges ?

Il avait parlé sèchement malgré lui. Marie poursuivit, avec la même douceur :

— Les jeunes filles ont de drôles d'idées... Laurène n'a aucune patience. Elle prétend que tu l'as... remisée. Pour la garder au chaud, d'après elle. Ce n'était pas de son goût. Je ne sais pas ce qu'elle attendait de toi, mais elle s'est crue trahie, abandonnée, quelque chose comme ça...

Il y eut un silence difficile. Juillet tentait de mettre un peu d'ordre dans son esprit. Avec effort, il demanda :

— Elle est partie pour combien de temps ? Et pour faire quoi ?

— Je ne sais pas. Et elle non plus, sans doute. Ça ressemble à un caprice et je ne l'approuve pas. Elle a dit que... qu'elle chercherait un job sur place.

Marie avait beau mettre beaucoup de tendresse dans sa voix, Juillet recevait ses phrases comme autant de gifles.

— Tu as une adresse où la joindre ?

— Oui, l'hôtel où elle a retenu une chambre. Elle a tout fait à la va-vite, elle était complètement agitée... Elle s'est décidée en deux heures et je n'ai pas pu la faire changer d'avis.

Juillet nota le numéro que Marie lui dictait. Il le souligna de deux traits rageurs.

— Tu crois que j'arriverai à l'épouser un jour, ta fille ?

Elle dut deviner sa détresse car elle répondit aussitôt :

— Je sais qu'elle t'aime et qu'elle se trompe sur ton compte. Elle te voit très... comment dit-elle, déjà... très macho. Mais ce sont des mots qui ne veulent rien dire. Elle était en colère et elle a réagi comme une gamine.

Juillet laissa passer un nouveau silence. Au bout d'un moment, il chuchota :

— Marie ?

— Oui ?

— J'ai le temps de faire l'aller et retour à Paris dans la nuit. Je dois y aller ?

— Non, Juillet... Laisse-la... C'est ma fille, je ne devrais pas te dire ça... Mais occupe-toi de Fonteyne. Je sais ce que c'est et l'enjeu est trop important. Demain matin, tu seras le premier levé et c'est à toi qu'ils s'en remettront, tous... Surtout ton père ! Rien au monde ne peut te dégager de ça... Tu m'entends ?

Comme il ne répondait pas, elle insista :

— Fonteyne doit passer d'abord, Juillet. Laurène n'en mourra pas. Elle connaît tes devoirs, même si elle fait semblant de les ignorer. Ne la suis pas dans cette voie, c'est de la provocation. Ne lui mens pas. Ne lui fais pas croire qu'elle occupe la première place si elle ne doit pas l'avoir. Ce serait un marché de dupes et vous n'arriveriez à rien.

Juillet se taisait toujours. Les paroles de Marie le réconfortaient mais le départ soudain de Laurène lui était insupportable.

— Elle me rend fou, Marie...

— Fou, mais pas indigne, Juillet ! Reste chez toi ce soir. Tu iras la chercher plus tard.

Marie attendit une ou deux minutes puis elle raccrocha. Juillet entendit le déclic, la tonalité. Il se leva et alluma une cigarette. Petit à petit, il reprit conscience des bruits de la maison, autour de lui. Il gagna le hall où les invités défilaient en direction de la salle à manger. Aurélien lui tapa sur l'épaule en passant à côté de lui.

— Où étais-tu donc ? Tu as un problème ?

Juillet murmura sa réponse d'une voix mal assurée.

— Si on veut. Mais ça ne concerne pas Fonteyne.

Attentif, Aurélien dévisagea son fils.

— Tu as des soucis ?

— Des ennuis... de cœur, dit Juillet en essayant de sourire.

— De cœur ? Tu es sûr que le mot est bien choisi ?

Aurélien voulait plaisanter mais Juillet lui demanda brutalement :

— Pourquoi êtes-vous toujours en travers de ma route ?

Aurélien sursauta. Il jeta un coup d'œil autour de lui, mais ils étaient restés seuls dans le hall.

— De ta route ? articula-t-il. Je te gêne ?

Juillet voulut entraîner son père vers la salle à manger mais Aurélien l'empêcha de bouger.

— Quelque chose te manque, fils ? Ou quelqu'un ? Pourtant tu as ma bénédiction pour tout ce qui peut faire ton bonheur. Laurène y comprise.

Juillet releva brusquement la tête et planta son regard dans celui de son père.

— Eh oui ! dit Aurélien d'une voix gaie. Comment comptais-tu me manœuvrer ?

— Vous savez toujours tout ?

— Non... Tu es plus fort que moi à ce jeu-là. Je suis vieux, je te l'ai déjà dit. Dépêche-toi de me réconcilier avec Antoine, il me manque. Quant à Laurène, tu me parleras de tes projets à ton retour de Londres...

Avec une certaine nervosité, Juillet demanda :

— Et vous croyez qu'elle sera d'accord pour attendre ?

Aurélien eut un sourire épanoui.

— Oh, fils, rien ne te résiste jamais ! Il n'y a aucune raison pour que ça change...

Il tapota l'épaule de Juillet, affectueusement et sans ironie. Il l'avait senti un peu désemparé et il pensa l'avoir rassuré. Ils se rendirent à la salle à manger où tout le monde les attendait. Aurélien fit circuler ses invités en leur indiquant leur place. C'était son quarantième banquet de vendanges à Fonteyne et la date avait pour lui une valeur de symbole. Comme il le conduisait à sa chaise, Maurice Caze lui lança :

— Il n'a pas l'air gai, ton fils ! Il a des angoisses pour la récolte ou tu lui as fait une vacherie ?

Il riait tout seul. Il prit sa voisine à témoin.

— Il lui a manqué une petite fille, à Aurélien ! C'est un père intraitable. Vous savez ce qu'on disait de ses fils, il y a vingt ans ? Les pauvres petits Laverzac !

Sa bruyante hilarité fut coupée par Aurélien.

— Ah oui ? Et comment les appelle-t-on, aujourd'hui ?

Maurice s'arrêta net et se rembrunit. Il était persuadé qu'Aurélien était pour quelque chose dans l'attitude de Juillet envers Camille et son éloignement soudain. L'insupportable réussite d'Aurélien et de Fonteyne l'avait toujours agacé.

Juillet était allé s'installer à une extrémité de la grande table. Son père présidait à l'autre bout. Par cette disposition, Aurélien avait voulu marquer qu'il lui passait un peu le flambeau. Il l'avait fait intentionnellement, vis-à-vis de ses autres fils. Toutefois ce fut à Dominique qu'il fit signe de s'asseoir en premier.

« Elle est efficace, elle a bien organisé les choses… Alex a de la chance, c'est une femme modèle ! Dans quelques mois, Juillet sera casé à son tour, et j'aurai les vignes d'Antoine, pour finir… Enfin, ce sont eux qui les auront, les pauvres petits Laverzac comme dit cet abruti de Maurice ! Ce sera pour Alexandre, ici il ne peut pas s'affranchir de Juillet. Oh, Juillet ! Je savais bien qu'il finirait par y arriver, avec Laurène… C'est vrai qu'il faisait une drôle de tête, tout à l'heure, quand je l'ai croisé dans le hall. Il a donc si peur de moi ? Bien sûr, j'ai tout fait pour l'éloigner d'elle, pendant un moment… Il a dû croire que… En tout cas, ils étaient ensemble pendant la dernière nuit que Laurène a passée à Fonteyne… C'est bien normal, elle l'avait provoqué d'une manière honteuse, durant ce pique-nique. Elle le sous-estime. Il va la faire plier jusqu'à ce qu'elle tienne dans le creux de sa main... Qu'elle est naïve ! »

Aurélien s'obligea à sortir de sa rêverie et s'intéressa à ses invités. Il les passa en revue d'un coup d'œil discret. Les conversations allaient bon train.

« J'ai eu raison de faire traîner l'apéritif... Ils sont tous de bonne humeur et ils ont faim... »

Placé entre Pauline et Frédérique, Robert était le seul à paraître morose. Quelques instants plus tôt, tout en lui souriant espièglement, Pauline lui avait chuchoté qu'il serait sage d'en rester là, dans l'avenir. Là, où ? Au point mort de leur misérable adultère ? À leur hôtel minable de Bordeaux ? Robert méditait ces paroles sans pouvoir protester. Écœuré de sa faiblesse et de son obstination à renouveler la même erreur, il se demandait pourquoi Pauline était la seule femme capable de le retenir depuis toutes ces années. Un jour ou l'autre, il lui faudrait bien finir par accepter sa défaite. Il se tourna vers Frédérique et lui adressa la parole sans conviction. Il échangea laborieusement quelques banalités, puis Pauline le tira par la manche.

— Tu connais le menu ?
— Tu m'interromps, protesta-t-il.
— Pour ce que tu disais !

Elle souriait, ironique, et il la détesta sans réserve. À cet instant Frédérique s'appuya sur son épaule pour se pencher vers Pauline.

— Alors, ce menu ?

Pauline continua de sourire sans marquer de surprise.

— Foie gras et terrine d'écrevisses, canard aux framboises, gâteau de ris de veau, gigot de poulette aux morilles... Après quelques fromages et une mousseline de cassis sur nougatine, nous devrions pouvoir quitter la table vers deux heures du matin...

Frédérique reprit sa place en se reculant et murmura :
— Fantastique !
Pauline la toisait, un peu agressive.
— Qu'est-ce qu'elle t'a fait ? demanda Robert à voix basse.
Pauline s'assura que Frédérique ne les écoutait plus et elle répliqua :
— Elle m'agace ! Elle est là pour remplacer Laurène, soit ! Mais quitter son notaire pour venir s'installer à Fonteyne a dû lui monter à la tête. Elle est arriviste, futée, et bien trop jolie. Depuis qu'elle est là, je l'observe. Tu sais ce qu'elle veut ? La confiance d'Aurélien et le lit de Juillet ! Si tu lui fais la cour en prime, elle ne dira pas non !
Subitement réjoui, Robert se mit à rire.
— Tu es jalouse de tout ce qui porte un jupon !
Alexandre, face à eux, leur fit signe de parler moins fort. Au bout de la table, Juillet tentait des efforts méritoires pour entretenir une conversation agréable avec ses voisines. Mais il pensait sans cesse au départ précipité de Laurène. Ignorant le genre de conseils que Pauline lui avait donnés lorsqu'elles s'étaient rencontrées à Bordeaux, Juillet ne parvenait pas à comprendre ce qui avait motivé sa fuite. Était-ce un mouvement de dépit, comme le prétendait Marie, ou avait-elle eu peur, au dernier moment, de s'enchaîner ? Elle n'avait que vingt ans, après tout, et n'avait pas connu grand-chose jusque-là.

En temps normal, Juillet serait allé la chercher, où qu'elle soit, quitte à la ramener à Fonteyne par les cheveux. Sans les vendanges du lendemain, il aurait déjà été en route. Il était humilié d'avoir appris, par Marie, ce qu'il prenait pour une rupture. Dans un sursaut de lucidité, il songea que Laurène savait comment le manœuvrer. Partir sans un mot d'explication plutôt qu'être considérée comme quantité négligeable. Juillet avait voulu lui imposer la patience, elle ripostait par l'absence pure et simple. Elle gagnait son pari : il avait d'elle une envie et un regret aigus.

Il regarda machinalement dans la direction de Robert qui écoutait Pauline, penché vers elle :

« Qu'il est exaspérant avec son encombrante passion pour Pauline ! Oui, mais il n'a eu qu'un mot à dire pour coucher Laurène dans la paille... »

— À Fonteyne ! lança Aurélien, le verre levé, à l'autre bout de la table.

Dociles, les convives s'apprêtaient à porter le toast. Ils se tournèrent un à un vers Juillet qu'Aurélien semblait attendre.

— À Fonteyne, approuva Juillet d'une voix grave.

Toute la soirée, il allait falloir boire aux vendanges, au nouveau millésime, aux ancêtres Laverzac, à n'importe quoi. Boire et veiller pour que la soirée soit réussie. Et après deux ou trois heures d'un sommeil lourd, se lever pour aller cueillir la première grappe sur la première parcelle.

Juillet tenta d'imaginer Laurène à Paris, s'y plaisant et s'y faisant des amis. Il détesta cette idée. Fernande lui présentait un plat, avec un sourire engageant.

— Tu t'es surpassée, lui dit-il. Personne n'a plus faim depuis longtemps et pourtant tout le monde continue de manger !

Tandis qu'il se servait, elle lui chuchota à l'oreille :

— Tu connais Colette ? Celle qui travaille chez les Billot ?

Il acquiesça sans comprendre.

— Elle vient de me dire que la petite Laurène est partie de chez elle... Et il paraît qu'elle a pleuré tout le temps qu'elle faisait ses valises...

Il reposa les couverts sur le plat, trouvant que les nouvelles allaient vite ! Sa voisine de gauche lui toucha le bras.

— Vous êtes bien lointain, ce soir...

Il se força à la regarder. C'était la femme d'un gros négociant, elle avait une cinquantaine d'années et Juillet se sentit féroce.

— Vous êtes ravissante, dit-il sans sourire.

Gênée mais flattée, elle minauda de façon ridicule. Pour la première fois de sa vie, Juillet trouva que le dîner traditionnel était stupide, prétentieux et interminable.

Ils durent rester à table jusqu'à deux heures, comme l'avait prévu Pauline. Juillet avait noyé son angoisse et son ennui dans le vin, aussi se sentait-il moins triste, réussissant même à envisager l'avenir sans grincer des dents. Il était cloué à Fonteyne pour plusieurs jours avant de pouvoir s'échapper et il finissait par se faire une raison.

La bibliothèque, remise en ordre par Fernande et Clotilde, accueillait les invités pour le café. Juillet s'attarda un peu dans le petit salon avec ses frères.

— On se dit adieu, les Parisiens ? Je ne vous verrai sûrement pas demain matin !

— C'était un bel été, déclara Robert, sentencieux.

Les autres éclatèrent de rire.

— Tu trouves ? Avec vingt-sept jours de pluie ?

Alexandre demanda :

— On vous revoit l'année prochaine ?

— Sauf imprévu, oui, répondit Louis-Marie. Mais, naturellement, en cas de mariage ou autre fête carillonnée : la famille avant tout !

Juillet le bouscula un peu, par jeu.

— Ne faites pas les fous sur la route du retour. Et surtout pas la course, tu sais que Bob est dingue au volant ! Téléphonez à Aurélien de temps en temps, il aime bien avoir de vos nouvelles…

Les recommandations étaient toujours les mêmes et Louis-Marie eut un sourire attendri. Juillet entraîna Robert à l'écart.

— Je voulais te demander quelque chose, commença-t-il. Euh… Voilà, Laurène est à Paris. Il paraît qu'elle veut y travailler.

Robert parut surpris mais ne posa aucune question.

— Comme elle ne connaît personne là-bas, elle cherchera peut-être à vous joindre, Louis-Marie ou toi… L'idée peut lui venir…

— Et alors ? demanda prudemment Robert.

— Eh bien… Je ne serai pas long à aller la chercher, alors je crois que ce ne sera pas la peine que vous lui trouviez un job quelconque…

Il adressa un irrésistible sourire à son frère et quitta le petit salon. Au lieu de gagner la bibliothèque, il obliqua vers le bureau d'Aurélien. Il s'assit de nouveau à la place de son père. La soirée était presque terminée, il pouvait s'éclipser un moment. Un tout petit moment, hélas.

« Pas assez pour aller chercher cette maudite fille et la ramener ici ! »

Il soupira. Inutile de rêver de voyage éclair, il savait très bien qu'il serait dans cette même pièce, quelques heures plus tard, à écouter les directives d'Aurélien. Et tous les jours suivants jusqu'à ce que la dernière hotte ait été déversée dans les pressoirs.

Il n'était pas malheureux. Pas encore. Fonteyne vivait autour de lui. Il entendait vaguement les allées et venues de Fernande et de Clotilde, les éclats de voix dans la bibliothèque, les rires qui fusaient. Il se leva et alla ouvrir la porte-fenêtre. Il respira longuement l'air frais de la nuit. Un jappement bref l'avertit que Botty, dehors, l'avait reconnu. Tout était à sa place. Y compris les grappes de raisin encore accrochées aux pieds de vigne. L'été était fini. Quels que soient les sentiments de Juillet, il n'était pas question de mettre en péril l'œuvre d'Aurélien.

« L'avenir sera ce que nous en ferons, comme d'habitude ! » songea-t-il paisiblement.

Laurène avait payé son addition et s'était levée, hésitante. Au fil des heures, le bistrot était devenu silencieux. En y pénétrant, en début de soirée, elle y avait trouvé tant de monde qu'elle avait failli repartir, mais elle avait déniché une table, tout au fond, et s'était assise avec ses valises à ses pieds. Elle avait entendu de nombreux appels aux voyageurs pour les trains en partance, néanmoins elle avait laissé l'Étendard quitter son quai sans faire un mouvement. Et tous les trains suivants. Elle n'irait pas à Paris, tant pis, le mouvement de révolte était passé. Elle y avait épuisé sa colère et n'y avait pas trouvé la force de s'arracher à la gare de Bordeaux. Pauline et ses discours n'y pouvaient rien.

Le temps avait filé sans qu'elle sache que faire. Elle avait imaginé Juillet, à quelques kilomètres de là, présidant le banquet d'ouverture avec aisance, avec plaisir. Elle l'avait vu, mieux que si elle avait été réellement à ses côtés, sourire aux femmes, complimenter Fernande avec tendresse, répondre à Aurélien d'une voix tranquille et douce. La voix qu'il utilisait pour parler à son père et rien qu'à lui. Elle connaissait Juillet par cœur.

Quitter le Bordelais, précisément ce soir, était une grave erreur. C'est ce qu'elle avait fini par conclure. Un ailleurs sans Juillet n'était pas pour elle. Elle l'attendrait, bien sûr qu'elle l'attendrait, toute honte bue, tout orgueil endormi ! Pauline prenait les hommes pour des pantins mais, à ce jeu-là, Laurène ne serait jamais de taille. Juillet risquait de la rayer de sa vie. Elle ne lui avait créé que des difficultés. Aller à Paris, c'était signer la rupture. Juillet n'irait pas l'y chercher, elle avait été idiote de le supposer un instant. Il ne le pouvait matériellement pas, et il ne le voudrait pas.

Elle se leva enfin.

« Je vais rentrer à Mazion. Ce sera juste une petite escapade sans suite et sans commentaire. Maman comprendra... »

Elle s'arrêta net et le serveur qui la suivait pour fermer buta contre elle. Sans penser à s'excuser, elle restait immobile, le regard perdu, assaillie par des doutes.

« Et s'il est déjà au courant ? Si maman ou Alex ont parlé ? Et s'il s'est mis en colère ? S'il a décidé que... »

— Pardon, mademoiselle.

On la poussait vers la porte. Elle se retrouva sur le trottoir et chercha des yeux un taxi. Il était très tard, les derniers trains de nuit étaient partis. Elle frissonna, angoissée à l'idée d'avoir failli commettre une terrible bêtise.

« J'ai déjà fait tant d'erreurs, avec lui ! Mais je suis folle, folle ! Oh, c'est la dernière fois que je prends des risques, c'est la dernière fois que j'écoute Pauline ! Pourvu qu'il ne sache rien, que personne n'ait rien dit ! »

Elle avait pourtant supposé, avec un plaisir vengeur, l'effet que produirait sur Juillet l'annonce de son départ. Elle l'avait vu désespéré et repentant, s'échappant de Fonteyne... Quelle aberration !

« Mais jamais ! Jamais, bien sûr ! Je prends mes désirs pour des réalités ! »

Elle aperçut enfin un taxi qui passait et elle le héla. Elle dut promettre au chauffeur une petite fortune pour qu'il accepte de la conduire à Fonteyne. Elle le paya d'avance tandis qu'il chargeait ses valises dans le coffre. Elle se sentait malade d'inquiétude et pressée par l'urgence. Avec la nuit, la fatigue, les heures perdues à douter, Laurène ne savait plus où elle en était. Et si Juillet décidait de l'abandonner à ses caprices, à ses désordres ? S'il se lassait d'elle ?

« Mon Dieu, ce n'était rien, ces malheureuses vendanges ! Je pourrais l'attendre mille ans s'il le faut ! Qu'est-ce qui m'a pris ? L'année prochaine, pour ce même banquet, je serai Mme Juillet Laverzac ! À condition d'arrêter les inepties tout de suite. Et à condition qu'il les ignore ! Mais s'il n'est pas au courant, que va-t-il penser de me voir débarquer comme ça en pleine nuit ? Il sera furieux, il va croire que je le poursuis ou que je le surveille ! »

Elle se torturait, malade d'inquiétude. Le chauffeur ne conduisait pas vite, cherchant son chemin, et Laurène avait envie de pleurer. Elle venait de prendre un mouchoir dans son sac lorsque le taxi s'arrêta devant les grilles ouvertes de Fonteyne.

— Laissez-moi là, dit-elle d'une voix étranglée.

Elle remonta l'allée à pied, encombrée par ses valises. Les lieux lui étaient si familiers qu'elle s'orientait sans difficulté. Elle fit une pause devant la Grangette, écouta une seconde, puis déposa ses bagages sous une fenêtre. Elle parcourut encore quelques dizaines de mètres, observant les lumières qui brillaient sur la façade de Fonteyne. Quelques voitures étaient encore garées devant le perron mais la soirée devait toucher à sa fin.

Elle contourna la pelouse pour se diriger du côté de la cuisine. Elle ne parvenait pas à refréner un léger tremblement et elle dut s'appuyer au mur dès qu'elle eut passé le coin de la maison. Botty, en venant se jeter dans ses jambes, faillit la faire crier. Elle monta l'escalier extérieur marche par marche et hésita longtemps devant la porte de la cuisine. Lorsqu'elle se décida à entrer, elle avait préparé quelques phrases à l'adresse de Fernande, mais il n'y avait personne. Les reliefs du dîner encombraient tous les plans de travail et les dessertes.

Laurène jeta un coup d'œil autour d'elle. L'idée de rencontrer Aurélien la faisait frémir, pourtant impossible de trouver Juillet sans aller à sa recherche. Elle fit appel à tout son courage, sans succès, n'osant pas avancer.

Les deux femmes qui entrèrent soudain, portant de la vaisselle sale, ne connaissaient pas Laurène. Étrangères à Fonteyne et engagées pour le service du dîner, elles saluèrent la jeune fille d'un signe de tête indifférent. Dans le vestibule de l'office, la voix de Juillet résonna gaiement, soudain :

— Tu en es bien certaine ? Tu as assez d'aide ? Sinon je le fais, je te jure que ça ne m'ennuie pas et que je n'ai pas sommeil !

Fernande passa la porte, riant malgré sa fatigue.

— Tu es fou ! Vas au salon, Juillet ! Si ton père te voyait...

Il portait un plateau dangereusement chargé de tasses. Il le posa sur la table avec précaution. En faisant demi-tour pour repartir, il vit Laurène. Elle était restée debout, paralysée de frayeur et de honte, intimidée comme une gamine. Ils se regardèrent en silence. Le bruit des assiettes et des couverts heurtés résonnait autour d'eux. Fernande réagit la première et les poussa gentiment au-dehors, en bougonnant :

— Soyez gentils, allez par là... Vous gênez, au milieu...

La porte fermée sur eux les livra à la nuit claire. Laurène souhaitait désespérément un geste de Juillet. Mais, dans l'ombre, il s'était appuyé au mur. Elle l'entendit prendre sa respiration.

— Je me demandais, dit-il enfin d'une voix douce, je me demandais si tu aimerais connaître l'Angleterre...

Il tendait la main vers la silhouette de Laurène, avec une tendresse maladroite. Et ce fut comme si elle n'avait jamais quitté Fonteyne.

Seconde Partie

Louis-Marie revoyait Robert pour la première fois depuis l'été. En accord avec Pauline, il avait invité son frère à dîner pour parler de la lettre d'Alexandre.

Affichant son habituel air enjoué, Pauline allait et venait dans le salon. Depuis leur retour de Fonteyne, ils n'avaient parlé de rien. Louis-Marie pensait, résigné, qu'il ne pourrait jamais empêcher Pauline de faire du charme à Robert, et il préférait croire que le jeu de sa femme s'arrêtait là.

— On ne se voit pas assez ! affirmait Pauline avec légèreté en tendant un verre de whisky à Robert. Ils ne te laissent donc jamais en paix, à l'hôpital ?

Robert lui adressa un regard glacé. Elle ne lui avait pas téléphoné une seule fois en deux mois et il n'avait pas pu s'empêcher d'attendre son appel chaque jour.

— Je rentre dans le vif du sujet sans préambule, annonça Louis-Marie, nous aurons tout loisir de bavarder ensuite. J'ai reçu d'Alex une lettre que je tenais absolument à te faire lire…

Il tendit deux feuillets à son frère.

— Quelle écriture de cochon…, marmonna Robert en commençant sa lecture.

L'appartement de Louis-Marie était amusant, original, Pauline semant les bibelots et les colifichets partout. Louis-Marie l'avait toujours laissée faire, incapable de la contrarier.

— Qu'en pense Juillet ?

Robert avait jeté la lettre d'Alexandre sur la table basse devant lui.

— Juillet ne rentrera d'Angleterre que dans un mois. C'est la raison du désarroi d'Alex, je suppose. Tu les connais ! Juillet l'exaspère mais il est noyé sans lui. Et je ne le vois pas tout seul tenir tête à papa !

Ils échangèrent un regard interrogateur. Ils prenaient le courrier de leur frère très au sérieux. Pauline éclata de rire en observant leurs mines sinistres.

— Crime de lèse-majesté, on dirait ! Votre père a pris une maîtresse ? Et alors ? Il en a toujours eu !

— Il ne les a jamais installées à la maison ! protesta Louis-Marie.

Robert restait songeur, aussi étonné que son frère de ce qu'il venait d'apprendre.

— Cette fille, Frédérique, c'est une amie de Juillet, non ? demanda-t-il encore.

— Une amie, comme tu dis ! C'est-à-dire une passade ramassée au hasard d'une boîte de nuit... Jolie, comme nous l'avons tous constaté, et affreusement jeune...

Pauline souriait, amusée de les voir si graves. Elle trouvait assez réjouissant que son beau-père affiche une liaison et elle imaginait avec ironie le scandale qui devait alimenter les conversations de la bourgeoisie bordelaise. Elle avait lu la lettre d'Alex en riant aux éclats.

— Tu crois qu'il est gâteux ? disait Louis-Marie d'une voix rêveuse.

Robert haussa les épaules, agacé par la gaieté de Pauline et par les conclusions de son frère.

— À son âge ? Tu plaisantes ? Il est plus lucide que toi ou moi. Je serais prêt à parier que toute cette histoire est délibérée...

Robert réfléchissait et Louis-Marie lui tapa gentiment sur l'épaule pour le tirer de sa méditation.

— Papa craint peut-être que Laurène, une fois qu'elle aura épousé Juillet, ne veuille prendre toute la maison en main ? Et il aura préféré installer une maîtresse chez lui pour limiter les prétentions de sa future belle-fille ?

Robert reposa son verre de whisky d'un geste brusque.

— Tu dis vraiment n'importe quoi ! Enfin tu le connais ! Il ne redoute personne, et surtout pas les femmes. Regarde la place qu'occupe Dominique...

Pauline l'observait, le trouvant toujours aussi séduisant à chaque rencontre. Par prudence, elle n'avait pas été le voir à Lariboisière et ne lui avait plus donné signe de vie depuis les vendanges. Elle ne pensait pas à Louis-Marie mais plutôt à elle-même en se méfiant du charme de Robert.

— Alex a prévenu Juillet ?

Robert s'adressait à son frère, troublé par le regard insistant que Pauline posait sur lui.

— Non, il n'a pas voulu mettre le feu aux poudres. Juillet sera furieux, de toute façon, et le montrera ! Il sera bien le seul à oser...

— Tant mieux ! répliqua Robert.

Pauline, de nouveau, éclata de rire.

— Qu'allez-vous lui dire ? Qu'Aurélien a été pris du démon de midi et que Fonteyne est livré à une fille ? Ça va faire toute une histoire !

— Moins que s'il rentre sans savoir... Je crois que je vais aller le chercher à Londres, décida Louis-Marie.

Pauline avait pris Robert par le bras et l'entraînait vers la salle à manger.

— Allons dîner ou ce sera immangeable.

Robert s'assit à la place qu'elle lui désignait. Il se sentait mal à l'aise dès qu'il était près d'elle et il n'y pouvait décidément rien. Louis-Marie ne semblait pas s'apercevoir de la gêne de son frère.

— J'ai une idée ! déclara soudain Pauline. Si nous allions tous à Fonteyne pour Noël ?

Robert lui jeta un coup d'œil stupéfait.

— Tu plaisantes ?

— Juste quelques jours, plaida-t-elle. Ils peuvent bien se passer de toi quarante-huit heures dans ton service ! Personne n'est irremplaçable, tu sais !

Sa gaieté était communicative. Elle insista :

— Nous nous rendrons compte de la situation par nous-mêmes, nous pourrons faire tampon entre Juillet et votre père, sans parler du plaisir d'un Noël en famille !

Ravie, elle les regardait l'un après l'autre.

— Dites oui ! Esther sera folle de joie et ses cousins aussi !

Louis-Marie ne résistait jamais longtemps à sa femme et il proposa :

— Je peux aller chercher Juillet et Laurène à Londres pour les ramener à Fonteyne. On fait la surprise à papa, en bons fils, il ne trouvera rien à redire... Et on passera un réveillon tous ensemble, ce qui n'est pas arrivé depuis une dizaine d'années !

Robert hésitait, tenté malgré lui, sachant qu'il souffrirait de la présence de Pauline, mais tout valait mieux que ne pas la voir, ne pas savoir ce qu'elle devenait.

— Quand pourrais-tu te libérer, Bob ?
— Au plus tôt... le 23, je pense. C'est mardi prochain.
— Parfait ! Alors je file en Angleterre ce week-end. Il faut que Juillet ait le temps de décommander les rendez-vous ou les engagements qu'il a dû prendre pour la suite de son voyage. En partant de Paris, mardi, tu passeras prendre Pauline et Esther ?

Robert réussit à garder un air indifférent en acquiesçant. Pauline, ravie, se pencha vers lui :
— Tu ne conduiras pas ton bolide à tombeau ouvert ? Promis ?

Il eut la sensation qu'elle le narguait. La présence de Louis-Marie l'empêchait de répondre quoi que ce soit et il hocha la tête. Il avait tout à fait perdu de vue la raison de ce dîner et il aurait été incapable, à cet instant, de dire qui était Frédérique. Il prit le plat que Pauline lui tendait. Il était déjà malheureux.

Aurélien s'éloigna de la cheminée quand les flammes grandirent brusquement. Il aimait cette heure de calme, tôt dans la matinée, alors que Fernande avait déjà déposé le plateau du petit déjeuner sur un coin du bureau.

En plein hiver, Fonteyne exigeait un peu moins d'efforts. La neige, tombée dans la nuit, couvrait toute la vigne. Aurélien jeta un coup d'œil à sa montre. Alexandre ne viendrait que plus tard, sans doute occupé à boire son café et à bavarder avec ses enfants à la Grangette. Et Frédérique devait dormir encore.

Aurélien songea qu'il les aimait bien, tous, fils, belles-filles et enfants, mais que décidément l'absence de Juillet lui pesait beaucoup. Le simple fait de ne pas pouvoir regarder avec son fils adoptif le paysage des ceps enneigés suffisait à le contrarier. Il se demanda pour la centième fois pourquoi il l'avait expédié en Angleterre.

« Pour l'éloigner de Laurène... J'ai bonne mine ! Ils font un voyage de noces avant l'heure... »

Les coups de téléphone de Juillet, laconiques mais tendres, ne faisaient qu'augmenter son désarroi.

« Tu me parles de négociants, de parts de marché... Tu me manques, petit con... »

Il soupira, exaspéré. Son fils adoptif lui semblait parfois son fils unique. Mais pourquoi fallait-il que leurs rapports aient en permanence cet accent de rivalité ?

« Il dort avec Laurène, il lui fait l'amour... Pourvu que je ne me mette jamais à le haïr... »

Il regarda le feu, de nouveau, puis l'idée de Frédérique l'effleura et il eut un sourire satisfait, soudain. Elle était jeune, jolie, et surtout elle était devenue sa maîtresse.

Dès que Louis-Marie eut prononcé le nom d'Aurélien et expliqué à son frère ce qui se passait à Fonteyne, Juillet organisa son départ d'Angleterre.

Jusque-là, Laurène avait adoré leur voyage. Juillet s'était montré attentionné et charmant comme il savait l'être. Il avait cependant fait passer ses affaires avant tout et elle commençait à se lasser des interminables discussions auxquelles elle assistait. Pressé de rentrer à Fonteyne, Juillet avait accumulé les rendez-vous sans s'accorder une journée de détente. Il s'en était tenu à un programme précis et avait rencontré un grand nombre de négociants. De trains en hôtels, Laurène avait fait et défait leurs valises vingt fois.

Bien entendu, avec l'arrivée inopinée de Louis-Marie, Laurène comprit que leur périple était terminé. Aurélien, Fonteyne, mots magiques, mots clefs, et déjà Juillet retrouvait ses chaînes avec un plaisir manifeste. Il annula ses rendez-vous, décommanda ses réservations et décida de rentrer sur-le-champ avec son frère. Laurène dut faire une dernière fois leurs bagages en hâte et ils parvinrent à attraper le dernier ferry de Portsmouth pour Saint-Malo.

— Évidemment, conclut Louis-Marie, il en a fait sa maîtresse...

Il y avait eu comme une nuance de reproche dans sa voix et Juillet défendit aussitôt Aurélien.

— Et alors ? Il y a toujours eu des femmes dans la vie d'Aurélien, d'où sors-tu ? Pas à la maison, c'est vrai, et Alex a raison de s'inquiéter, mais ne me reproche pas de lui avoir présenté celle-là ! Ce n'était pas la première fois, tu sais...

— Je ne te reproche rien.

Laurène dormait à l'arrière, et Louis-Marie avait laissé Juillet conduire. Ils discutaient à mi-voix, heureux de rouler ensemble vers Fonteyne malgré leur inquiétude.

— Papa a peut-être imaginé les suites de votre mariage, avec Laurène qui ne sera plus sa petite protégée et toi qui ne seras plus à son entière disposition, qu'il ne pourra plus siffler à toute heure...

Ils rirent ensemble, de ce rire bref et léger qu'ils avaient en commun, puis Juillet répliqua :

— Quelles que soient ses raisons, s'il a décidé d'adopter telle ou telle attitude, il va s'y tenir ! Mais il ne laissera jamais les rênes de Fonteyne à cette fille, tu le sais très bien ! Il n'est pas gâteux, loin de là, il n'y a qu'Alex pour croire une ineptie pareille !

— Je te trouve bien optimiste... Même par défi, il peut pousser le jeu un peu trop loin et se retrouver pris au piège. Après tout, elle est très jolie, très jeune, et il doit se sentir assez... flatté !

Juillet secoua la tête, peu convaincu par les arguments de Louis-Marie. Il connaissait Aurélien mieux que personne, il en était certain.

Après Saintes, il obliqua vers Royan pour prendre le bac de la pointe de Grave. Il voulait descendre tout le Médoc jusqu'à Fonteyne. Il se mit alors à regarder le paysage avec une sorte d'avidité. Louis-Marie lui jetait des coups d'œil amusés mais se sentait un peu mal à l'aise. Juillet avait Fonteyne et, au fond, les gens pouvaient bien faire n'importe quoi autour de lui, rien ne le troublerait vraiment tant qu'il pourrait compter sur Fonteyne, la terre, les vignes. Louis-Marie n'avait que Pauline, lui. Pauline qui devait rouler vers Bordeaux avec Robert et Esther. Quelle comédie offrait-elle, en ce moment, à son beau-frère subjugué ? La mère modèle ? La femme-enfant ? L'épouse fidèle ?

Louis-Marie sentit la main de Juillet se poser sur son bras.

— Qu'est-ce qui t'ennuie ? Tu as des problèmes, en dehors d'Aurélien ?

La voix douce de son frère le détendit.

— Non. J'espère seulement que Bob conduit prudemment.

Juillet tourna la tête une seconde pour observer Laurène qui dormait toujours, allongée sur la banquette arrière. Il l'aimait, tout était simple. Puis il pensa de nouveau à son père et à Frédérique en essayant de se souvenir avec précision de la jeune fille, de l'hôtel de

Bordeaux où ils avaient partagé une nuit. Même pas une nuit, d'ailleurs, à peine quelques heures. Juillet se rappela que Frédérique souriait en faisant l'amour. Souriait-elle aussi avec son père ? Imaginer Aurélien au lit était difficile.

— C'est incroyable, toute cette neige...

Louis-Marie désignait les étendues blanches où l'on devinait la forme des ceps sagement alignés. Juillet lui adressa un sourire radieux. Les vignes pouvaient bien se travestir, il était heureux de les retrouver.

Aurélien avait accepté l'arrivée de ses fils sans manifester de surprise ni de mauvaise humeur. Ironique, il se borna à dire que l'idée d'un Noël en famille lui était agréable, puis son premier soin fut de s'enfermer avec Juillet dans son bureau. Là, il demanda un compte rendu précis et détaillé du séjour en Angleterre. Il ne fit aucun commentaire sur l'interruption brutale du voyage et sur l'annulation des derniers rendez-vous. Mais sa façon abrupte de poser les questions et d'interrompre les réponses fut désagréable à Juillet. Être traité comme un employé l'avait toujours mis hors de lui, Aurélien le savait et en jouait.

— Tu as quand même eu le temps d'aller chez les Berry, j'espère ?

Juillet évoqua la boutique désuète, très vieille Angleterre, véritable temple du négoce des vins, au 3 de St. James Street. Il la décrivit en détail à son père avant de l'entretenir des tendances et des engouements britanniques. Ils discutèrent un long moment sans qu'Aurélien paraisse se dérider. Il gardait un ton froid malgré les tentatives d'humour que Juillet déployait.

— Et pour ton mariage, dit enfin Aurélien, qu'as-tu décidé ?

— Nous pensions au mois de juin. Avec votre accord...

Il venait de reculer l'échéance, cherchant à gagner du temps sans même savoir pourquoi.

— Tu as mon accord pour la date qui te convient.

Aurélien avait parlé plus gentiment, cette fois. Le retour de son fils le rendait heureux au-delà de toute autre considération. L'absence était finie et la vie allait pouvoir reprendre un cours normal. Fonteyne sans Juillet n'était plus vraiment Fonteyne.

— Pouvons-nous vivre ensemble d'ici là ?

La question surprit Aurélien et le rassura. Juillet, même amoureux, connaissait bien le monde étroit et susceptible auquel il appartenait.

— Si Antoine est d'accord, sa fille peut rester sous mon toit. Nous ne sommes plus à l'époque des convenances...

Il souriait, amusé de pouvoir se montrer plus libéral que son fils.

— Vous ferez semblant d'habiter deux chambres, vis-à-vis de Clotilde ou du personnel... Mais demande à Antoine avant tout.

Ils se regardaient et se disaient mille choses sans les formuler.

— Il faut que je te parle de la taille... Mais assieds-toi donc, cow-boy, tu me fatigues à rester debout...

Comme ce surnom affectueux n'était employé que dans les moments de trêve, Juillet s'installa de bonne grâce dans un fauteuil.

— Il y aura quelques détails à régler, pour ton mariage. Des choses que je tiens à préciser maintenant, fils.

Juillet pencha un peu la tête, attentif mais sans inquiétude.

— Tu arrangeras ton étage comme tu voudras, il y a suffisamment de place ! Laurène peut avoir toutes les exigences pourvu qu'elle ne touche pas aux chambres de Robert et de Louis-Marie. Le reste m'indiffère, cassez les cloisons si vous en avez envie, si vous ressentez le besoin d'une sorte de... d'appartement ?

Il mettait trop d'ironie dans son propos pour être vraiment indifférent.

— Les travaux seront à mes frais, bien entendu. C'est ma maison, quoi qu'il arrive... Enfin, je voudrais que nous ne changions rien à l'organisation habituelle. Fernande tient la maison avec l'aide de Clotilde. Laurène peut continuer à s'occuper des comptes si elle le souhaite, comme lorsqu'elle travaillait ici. Elle a l'habitude. D'ailleurs, tant que vous n'avez pas d'enfant...

Juillet se décida, sans enthousiasme, à poser la question qu'Aurélien attendait :

— Et Frédérique ? demanda-t-il à contrecœur. Vous comptez vous en séparer ?

Aurélien regarda son fils bien en face.

— Non. Elle est au courant de tout, à présent.

Il y eut un silence pénible. Aurélien renvoyait les femmes dos à dos, c'était de bonne guerre.

— Vous y tenez beaucoup ? insista Juillet malgré lui.

— Évidemment ! Alex a dû te le faire savoir, Frédérique est ma maîtresse.

Juillet avait beau s'attendre à en discuter, il eut le souffle coupé par la simplicité de la phrase.

— Donc, enchaîna Aurélien, elle fait ce qu'elle veut ici, elle est chez elle.

— À ce point ?

Juillet, narquois, dévisageait Aurélien.

— Vous ne comptez pas l'épouser, quand même ?

L'insulte fit tressaillir Aurélien. Il n'avait pas prévu une attaque aussi directe.

— De quoi te mêles-tu, Juillet ?

Ils hésitaient à ajouter quoi que ce soit, conscients d'aller droit à l'affrontement. Aurélien fit un effort méritoire pour déclarer, au bout d'un moment :

— Ça t'ennuie tellement ? Je n'ai pas marché sur tes plates-bandes et tu as Laurène... Je ne fais jamais rien contre toi, tu le sais...

Juillet se leva, enfonça ses mains dans les poches de son jean d'un geste rageur et chercha ses mots pour répondre.

— Vous faites ce que bon vous semble mais je ne voudrais pas que vous soyez...

Il n'achevait pas et Aurélien se redressa.

— Ridicule ? Le mot te fait peur ?

— Je n'ai pas dit ça.

— Encore heureux !

Aurélien était resté assis mais c'était bien lui qui regardait Juillet de haut.

— Ce sera tout pour le moment, dit-il d'une voix coupante.

Juillet réussit à quitter le bureau sans claquer la porte, en ayant la nette sensation d'avoir été congédié. La première personne qu'il rencontra dans le hall fut Frédérique. Elle arrivait du dehors, toute rose, et elle parut ravie de se retrouver devant Juillet. Avec un grand sourire, elle s'approcha pour l'embrasser mais, comprenant qu'elle serait mal reçue, elle s'arrêta.

— Comment vas-tu ? dit-elle d'une voix douce, presque tendre.

Elle le regardait, comme éblouie. Il lui plaisait toujours autant que trois mois plus tôt et même s'il l'impressionnait, elle s'était préparée durant tout l'automne à lui déclarer la guerre.

— Ce voyage ? demanda-t-elle encore.

— Constructif... Je quitte Aurélien à l'instant et je pense qu'il est satisfait...

Juillet, goguenard, la détaillait avec insistance.

— J'ai fait préparer un bon déjeuner par Fernande et nous n'allons pas tarder à passer à table...

Le rire léger de Juillet, qui semblait s'amuser de ce qu'elle venait de dire, la vexa prodigieusement.

— Tu ne vas tout de même pas adopter ce ton de belle-mère avec moi, dis ?

D'un geste imprévisible, il la prit par la taille et l'attira vers lui. Il se pencha pour murmurer :

— Il te baise bien, au moins ?

Il l'avait déjà lâchée et elle n'eut pas le temps de répondre car Robert et Pauline entraient, suivis d'Esther.

— Quelle route ! s'exclama Pauline en se précipitant vers Juillet. Du verglas sur les derniers kilomètres et un froid à vous casser en mille morceaux ! Et vous, la route depuis Londres ? Où est mon mari ?

Adorable, enjouée, Pauline avait pris Juillet par le bras et l'entraînait vers le petit salon sans avoir jeté un coup d'œil à Frédérique.

— Vous êtes toujours aussi superbe et séduisant, beau-frère !

Elle riait aux éclats, dégrafant sa veste de fourrure d'une main.

— Nous allons passer un Noël fantastique, vous verrez ! Je vais organiser tout ça... Viens te réchauffer,

Esther, ton oncle va nous faire un grand feu ! Ce château est toujours aussi glacial en hiver, on dirait...

Dans le hall, Robert s'était arrêté pour enlever son manteau et il salua Frédérique.

— Bonjour, Robert, répondit-elle avec un sourire désarmant.

Il fut surpris qu'elle l'appelle par son prénom mais ne fit aucun commentaire. L'idée que son père puisse avoir mis dans son lit une fille aussi jeune et aussi jolie le fit seulement sourire.

Elle le précéda jusqu'au salon où Aurélien bavardait déjà avec Pauline et s'assit, un peu à l'écart. Elle avait mal supporté l'animosité de Dominique et d'Alexandre depuis les vendanges, et la perspective de ce Noël en famille lui faisait peur. Elle devinait sans mal le genre d'attitude que les fils d'Aurélien allaient adopter à son égard. Elle avait vaguement espéré que Juillet serait plus indulgent et elle se sentait triste.

La conversation, menée bon train par Pauline, ne laissait à personne le loisir d'amorcer une querelle. Aurélien et Juillet se surveillaient, attentifs à surprendre chez l'autre un signe d'agressivité.

— Et ce réveillon, demain, lança soudain Pauline, je vous demande la permission de l'organiser entièrement. Avec Dominique, nous voulons vous en faire la surprise. C'est bien la première fois que nous serons tous ensemble, c'est un événement !

Charmante, câline, elle savait amuser Aurélien et flatter son penchant pour les femmes. Il sourit, remarqua l'air pincé de Frédérique et le visage fermé de Laurène, puis répondit avec calme :

— Affaire conclue, ma petite Pauline, vous avez carte blanche...

Louis-Marie échangea un rapide regard avec Juillet. La trêve semblait assurée pour l'instant.

Juillet se réveilla et regarda un moment le plafond avant de le reconnaître. Il avait dormi dans la chambre de Laurène qui avait été, bien des années auparavant, celle d'Alexandre. Il détailla le trompe-l'œil, les angelots puis les boiseries et baissa enfin les yeux sur la jeune femme couchée en chien de fusil près de lui. Il effleura son épaule d'une main tendre. Elle lui plaisait au moins autant que le soir où il avait dû défoncer sa porte à coups de pied.

Il sortit du lit sans bruit et rassembla ses affaires. Il gagna le couloir, nu, et se rendit à la salle de bains, certain de ne rencontrer personne à cette heure.

Sous sa douche – froide –, il repensa à sa conversation de la veille avec Aurélien. « Vous ferez les travaux que vous voudrez », avait dit son père. Quels travaux ? La chambre de Juillet était une pièce gigantesque que Laurène pourrait arranger à son idée. Et la chambre qu'elle occupait aujourd'hui ferait une belle nursery lorsqu'ils auraient des enfants. Plus tard…

Juillet soupira. Plus tard était trop loin pour lui. Il n'imagina pas une seule seconde que Laurène puisse souhaiter habiter ailleurs qu'à Fonteyne. Il n'était pas égoïste mais il ne concevait même pas que sa vie puisse un jour l'éloigner de ce paradis. D'ailleurs Fonteyne lui appartiendrait tôt ou tard, selon la volonté d'Aurélien, avec les vignes, les terres, le château et les dettes. C'est-à-dire l'argent qu'il devrait à ses frères. Mais cette échéance paraissait bien trop lointaine à Juillet pour qu'il y songe. L'avenir, c'était les prochaines vendanges. Supporter Aurélien dans ses moments difficiles était un prix ridicule à payer. Et Juillet aimait bien, au fond, la tyrannie exercée par son père. Il se sentait encore trop jeune pour s'en passer. Aurélien était son garde-fou.

Il gagna sa chambre où il avait laissé ses valises pêle-mêle, la veille. Il fouilla pour trouver l'écharpe de cachemire destinée à Fernande et il réalisa brusquement qu'il n'avait rien acheté pour son père, ni cadeau ni souvenir. Certes, son voyage avait été écourté, mais Juillet se sentit pris en faute. Toutes les caisses de vin expédiées à Fonteyne avaient été accompagnées d'un mot affectueux. Toutefois, ces envois n'avaient rien de personnel, ils étaient effectués pour le compte de l'exploitation. Juillet soupira, sachant bien que, même avec plus de temps, il n'aurait pas osé rapporter quoi que ce soit à son père. Aurélien n'était pas une femme ou un enfant qu'on pouvait amuser avec un souvenir de voyage.

Juillet achevait d'enfiler son jean et ses bottes lorsque Fernande frappa doucement à sa porte. Elle vint l'embrasser avec affection, sur les deux joues, comme chaque fois qu'ils étaient seuls.

— Je pensais bien que tu serais déjà debout ! Je vais ranger tes affaires…

Il lui mit les valises sur le lit pour qu'elle n'ait pas à se baisser puis il lui donna l'écharpe. Mais il n'écouta pas les remerciements émus de la vieille femme car il s'était approché d'une fenêtre et prenait possession de Fonteyne du regard.

— Tu es heureux d'être rentré, petit ? demanda-t-elle.

Il ne se retourna pas et mit quelques secondes à répondre.

— C'est beau, dit-il seulement. Je vais épouser Laurène bientôt, tu sais...

Il lui fit face et eut un geste inachevé dans sa direction.

— Elle ne prendra pas ta place ici.

— Non, elle, non. Je la connais ! Mais il y a l'autre...

Juillet, soudain attentif, demanda :

— Elle t'ennuie ?

— C'est plutôt que... C'est une drôle de situation. Penser que ton père a installé une fille ici ! Et une fille de cet âge-là ! Si tu savais ce que les gens racontent, à Margaux et partout... Tu ne vas pas laisser les choses aller trop loin, dis ?

— Je suis rentré exprès pour ça, Fernande. Mais tu connais Aurélien aussi bien que moi, on ne le manœuvre pas facilement ! S'il a envie d'une femme dans sa vie, il est seul à décider. Mais... celle-là, non. Je sais ce qu'elle est, c'est moi qui l'ai fait engager. Et j'ai eu tort ! J'ai peut-être surestimé la force de caractère d'Aurélien...

— Tu sais bien qu'il n'est pas dupe ! protesta Fernande. Tu peux te rassurer, ce n'est pas la passion, il n'y a qu'à entendre comme il lui parle, parfois ! Mais, à d'autres moments, il la regarde comme un chien regarde un os.

Juillet eut envie de rire mais s'en abstint, par respect pour son père.

— Il n'est pas gâteux, loin de là, poursuivait Fernande, seulement il veut embêter tout le monde et il a trouvé le bon moyen.

L'un après l'autre, elle suspendait avec soin les vêtements de Juillet. Elle se reprochait de parler ainsi d'Aurélien mais elle ne pouvait compter que sur l'aide de Juillet pour ramener la paix à Fonteyne. Et elle voulait cette paix pardessus tout parce qu'elle se sentait incapable, au bout de quarante ans de service, d'accepter cette jeune femme comme maîtresse de maison.

— Laurène et toi, tu vois, ça lui a porté un coup, à ton père...

Juillet la comprenait à demi-mot, elle n'avait nul besoin de s'expliquer davantage. Si Aurélien avait éprouvé une passion, ces dernières années, c'était bien pour Laurène. Frédérique n'était qu'une substitution. Pis, une sorte de vengeance.

— Ton père, dit encore Fernande, il t'adore mais... Mais tu lui fais beaucoup d'ombre.

Frédérique s'était réveillée tôt, elle aussi. Elle adorait sa chambre aux boiseries blondes, qui ouvrait de plain-pied sur la galerie par une large porte-fenêtre. Avec son petit vestibule et sa salle de bains adjacente, cette pièce était complètement indépendante du reste du château. Aurélien l'avait installée là en souriant, dès le premier jour, précisant qu'elle serait ainsi plus libre de ses mouvements. Libre ! L'expression l'avait amusée. Depuis qu'elle vivait à Fonteyne, elle n'avait qu'une idée en tête : Juillet. C'est pour lui qu'elle avait accepté ce poste de secrétaire, et son brusque départ pour l'Angleterre, en compagnie de Laurène, avait laissé Frédérique très dépitée. Elle avait mis l'absence du jeune homme à profit pour s'installer dans la place et pour échafauder des projets. Bien sûr, elle avait dû accepter Aurélien. Accepter ? Non, il ne l'avait pas forcée, tant s'en fallait. Elle s'était trouvée un beau soir devant une opportunité, une occasion à saisir. Et elle ne le regrettait pas, même en sachant que ce n'était pas la meilleure façon d'atteindre Juillet. Mais elle n'avait pas d'autre choix. Juillet était en voyage avec la femme qu'il aimait et qu'il comptait épouser à son retour, alors Frédérique avait cédé aux avances d'Aurélien sans réfléchir, et l'expérience ne s'était révélée ni sordide ni ennuyeuse. Aurélien agissait toujours avec beaucoup de tact et de gentillesse. Pour une heure passée dans son lit, de temps à autre, il n'avait jamais eu de geste déplacé ou de discours enflammé. Il parlait volontiers de Juillet, comme s'il avait compris qu'elle s'y intéressait, ne lui faisait grâce d'aucun travail concernant Fonteyne, et avait seulement arrondi très sensiblement le chèque de fin de mois. Les choses étaient simples, faciles. Aurélien aimait les femmes, certes, mais sans être dupe. Et malgré son âge, il était Aurélien Laverzac avec tout ce que cela représentait.

Frédérique se leva, frileuse, et enfila un peignoir en hâte. Juillet était rentré. Il était dans la maison, déjà debout sans doute. Dès qu'elle fut prête, elle se précipita à la cuisine où Fernande lui servit son petit déjeuner sans lui adresser la parole, comme de coutume. Frédérique percevait très bien l'animosité de l'entourage d'Aurélien. En général, cela lui était plutôt désagréable, mais aujourd'hui Juillet serait là. Même avec deux frères de plus à qui tenir tête, Frédérique se sentait forte. Elle n'avait jamais rien voulu de sa vie avec autant d'intensité que Juillet. Elle n'avait pas besoin de fermer les yeux pour se souvenir de lui, dans cet hôtel de Bordeaux, cette nuit d'octobre. Ah oui, il l'avait séduite ! Et plus encore. Elle le revoyait avec sa veste de smoking sur l'épaule, son regard triste et son gentil sourire. Avec sa fougue pendant l'amour, sa courtoisie après, ni distante ni affectée. Et lorsqu'il l'avait raccompagnée, ensuite, sa manière de conduire, d'une main, en allumant une cigarette de l'autre. Elle avait tout aimé d'un coup, passionnément.

Frédérique observa quelques instants Fernande qui préparait un plateau avec soin.

— Monsieur est levé ?

— C'est pour monsieur Juillet, répondit Fernande de mauvaise grâce.

Se souvenant, un peu déçue, que Juillet prenait toujours son petit déjeuner dans le bureau de son père, Frédérique se leva.

— Laissez, je vais le lui porter.

Elle empoigna le plateau, ignorant Fernande, et quitta la cuisine d'un pas décidé. Elle traversa l'office puis le hall et entra sans frapper dans le bureau d'Aurélien.

Juillet ne manifesta pas la moindre surprise, à croire qu'il l'attendait.

— Vous êtes de meilleure humeur, ce matin ? demanda-t-elle avec un grand sourire.

— On se vouvoie ? remarqua Juillet, indifférent. En tout cas, si c'est vous qui faites le service, pourquoi ne pas monter un plateau à Laurène tant que vous y êtes ?

Elle pâlit un peu mais ne cessa pas de sourire.

— Vous êtes bien agressif... Je vous fais peur ?

— Vous savez bien que non, murmura-t-il, narquois.

D'un mouvement vif, elle s'assit sur le coin du bureau, face à lui.

— Nous n'étions pas en guerre, quand vous êtes parti pour Londres... Qu'y a-t-il de changé ? C'est à cause de votre père ?

Elle voulait se montrer conciliante mais elle se heurta à un regard plein de mépris. Elle tenta alors de plaisanter :

— Mais, Juillet, tout le monde a toujours cru que vous aimiez bien partager vos conquêtes avec lui ! Enfin, c'est un bruit qui court... C'est donc faux ? Je suis flattée...

Un peu surpris par l'attaque, Juillet se leva.

— Bien, dit-il lentement, ne te fatigue pas. Je t'ai fait engager à Fonteyne parce que nous avions besoin d'une secrétaire. Tu t'en souviens, j'espère ? Il n'y a aucune autre place à prendre. Si tu veux quelque chose de précis, parlons-en maintenant.

— Avec toi ? Pourquoi ? C'est Aurélien qui décide, que je sache !

Elle se rebellait contre la dureté du ton et Juillet soupira, excédé.

— Oui, il décide si ça dure entre lui et toi. Il décide du chiffre à payer pour son plaisir. Il décide si tu restes ou si tu pars. Mais il ne se décidera jamais à t'épouser, c'est certain ! Tu attends quoi, au juste, de ta liaison ? Mettre de l'argent de côté ? Et ensuite ? Te faire offrir une voiture, un rang de perles ? Et tu vas attendre combien de mois pour ça ?

Il était en colère mais, malgré la façon dont il lui parlait, elle ne pouvait pas s'empêcher de le trouver séduisant.

— C'est donc si terrible que ton père ait une maîtresse ? dit-elle d'une toute petite voix.

— Non. Mais qu'elle soit installée chez moi, oui.

Leur nuit à l'hôtel de Bordeaux était décidément bien loin. Elle voulut allumer une cigarette, pour se donner une contenance, et il lui offrit du feu.

— Écoute, Frédérique... Tu ne sais rien de nous, ni de Fonteyne, et encore moins d'Aurélien. Je ne te laisserai pas faire, tu es prévenue. Avant toi, ici, il y a Dominique, Laurène, Fernande et même Clotilde ! Je n'irai pas te déloger du lit d'Aurélien mais, partout ailleurs, tu vas me trouver sur ton chemin...

Sa sincérité ne faisait aucun doute, il était décidé à la balayer de Fonteyne. Elle quitta le coin du bureau où elle était restée juchée durant toute leur conversation. Elle s'arrêta juste devant lui et lui posa une main sur l'épaule.

— Tu as des yeux extraordinaires, chuchota-t-elle, j'aime tes yeux.

Elle lui adressa un sourire énigmatique et sortit aussitôt, le laissant stupéfait.

Une heure plus tard, la cuisine était devenue un joyeux réfectoire. Louis-Marie, Pauline et Esther, emmitouflés dans des robes de chambre douillettes, avaient été rejoints par Alex, Dominique et les jumeaux pour le petit déjeuner. Les trois enfants, avec leurs incessantes questions sur le père Noël, harcelaient Robert qui était mal réveillé. Laurène racontait son voyage en Angleterre à Dominique, et Pauline discutait âprement avec Fernande du menu du réveillon.

Lorsque Juillet entra, il se sentit aussitôt réconforté par l'atmosphère bruyante et chaleureuse qui régnait. Fonteyne avait besoin de cris d'enfants et de rires pour s'égayer, au cœur de l'hiver. Même Clotilde, pour une fois, ne semblait pas morose ou absorbée dans ses tâches ménagères. Elle était restée appuyée sur son balai, avec un sourire niais et ravi.

Juillet défit le nœud du tablier de Fernande, en passant près d'elle, retrouvant ses plaisanteries d'adolescent.

— Si vous allez à Bordeaux faire des courses, ce matin, prenez la Mercedes, je viens de l'équiper de pneus à clous.

Pauline, qui s'amusait beaucoup, lança à son beau-frère :

— Vous avez déjà changé quatre roues à neuf heures du matin ? Quelle santé !

— J'ai aussi monté du vin, pour ce soir, et du champagne.

— Sans savoir ce que nous mangerons ?

— Un assortiment…

— Et tu as fait le tour des terres, en plus ? demanda Robert en riant.

— Bien sûr, répliqua Juillet qui désigna d'un geste ses bottes trempées par la neige.

Ils se souriaient sans raison particulière, véritablement heureux d'être ensemble. Fernande pensa, rassurée par leur présence, que Frédérique ne pèserait rien face à eux tous.

— Laurène et moi allons en ville, décida Pauline. Tu as ta liste, Dominique ?

Ce fut à cet instant que Frédérique entra, faisant cesser net conversation. La jeune fille alla jusqu'à une des dessertes et posa son plateau. Elle se sentait mal à l'aise et mécontente. Elle prit une profonde inspiration avant de se tourner vers les autres.

— Comptez-vous rester jusqu'à la Saint-Sylvestre ?

Anodine en apparence, sa question sous-entendait qu'elle se considérait comme la maîtresse de maison et voulait pouvoir s'organiser. Pauline fut la première à réagir, avec un sourire désarmant :

— Évidemment ! Mais ne vous en faites pas, je m'occupe de tout…

Louis-Marie et Robert jetèrent ensemble un coup d'œil surpris vers Pauline. Il n'avait jamais été question de passer toute la semaine à Fonteyne.

— Je le dis toujours, la famille, il n'y a que ça de vrai, ajouta Pauline avec un air de parfaite innocence.

Elle prit Laurène par le bras, rafla la liste que Dominique tenait toujours à la main et quitta la cuisine. Sans attendre que la porte se soit refermée, Juillet s'était mis à rire. Frédérique le regarda bien en face, puis déclara :

— Je file à Bordeaux, Aurélien m'a chargée de trouver des cadeaux pour les enfants.

Elle le narguait, décidée à lutter pied à pied.

— Avec quelle voiture ? demanda tranquillement Juillet. Pas avec la Jeep, je pense ? D'ailleurs, j'en ai besoin...

Il y eut un court silence, gênant pour Robert et Louis-Marie qui ne se décidaient pas à se proposer pour l'accompagner. Frédérique, vexée, préféra les devancer :

— Je vais rattraper Pauline, elle doit être encore au garage.

Elle sortit en hâte et Juillet commenta :

— Vous faites un sale coup aux filles ! Elles vont être furieuses d'avoir celle-là sur leur dos... Vous êtes des mufles...

Ils éclatèrent de rire ensemble et Fernande les imita.

Aurélien, dans son bureau, avait classé plusieurs dossiers en instance, destinés à Juillet. Le chauffage du château, remis à neuf, dispensait théoriquement des feux de cheminée. Mais en réalité, les dimensions imposantes des pièces les rendaient presque toutes glaciales et Juillet pouvait satisfaire son amour des flambées un peu partout dans la maison. Dès qu'il arrivait dans le bureau de son père, à partir du mois de novembre, c'était son premier souci. Combien de fois, depuis tant d'années, Aurélien avait-il trouvé son fils agenouillé, pincettes en main ?

« Il fait tout bien, il fait tout vite, il fait tout avec passion... »

Le regard d'Aurélien tomba sur la photo de sa femme qui n'avait pas quitté son bureau depuis quarante ans. Lucie n'avait pas eu le temps d'être une bonne mère, elle était morte trop tôt. Elle aurait sans doute fini par aimer Juillet comme les trois autres. Aurélien le lui avait imposé, malgré elle, mais elle avait fait son devoir sans ressentiment. Que pensait-elle donc, de là-haut, si elle voyait Frédérique installée à Fonteyne ? Elle en riait, sans doute...

Aurélien s'étonna de penser à Lucie. Cela ne se produisait jamais. Il se concentra sur Juillet. Leur entrevue de la veille avait été un peu pénible. Il était pourtant déjà arrivé qu'Aurélien finisse la nuit avec des femmes beaucoup trop jeunes pour lui. C'était comme un jeu entre eux, lorsqu'ils étaient seuls les soirs d'hiver. Juillet ramenait des filles et tout le monde buvait beaucoup. Ensuite le père et le fils s'évaluaient du regard, convenaient du gagnant sans dire un mot, puis l'un ou l'autre s'éclipsait.

Pour Frédérique, Aurélien avait donc changé le programme habituel, sans en informer Juillet. Tout comme Juillet avait rompu les traditions en décidant d'épouser Laurène. C'était de bonne guerre, en somme.

Deux coups légers, frappés à la porte, tirèrent Aurélien de sa rêverie.

— Entre !

Juillet se glissa dans le bureau, s'arrêta machinalement devant la cheminée et regarda les braises rougeoyantes qui attestaient de son passage, plus tôt dans la matinée. Il remit une bûche et arrangea les tisons.

— Laisse ça et viens t'asseoir, dit Aurélien. Il y a beaucoup de travail, tu sais... Tu n'es pas trop absorbé par Laurène, fils ?

Juillet sourit.

— Vous avez déjà eu à vous plaindre ?

Il avait saisi les dossiers que son père lui tendait et il les feuilleta rapidement. Au bout de quelques instants, il releva la tête pour dévisager Aurélien.

— Vous m'avez attendu pour tout ça ? Il y a des tas de choses que vous-même ou Alex...

Il hésita puis ajouta, mais sans sourire cette fois :

— Peut-être est-ce vous qui êtes trop absorbé ?

— Je ne te permets pas, coupa sèchement Aurélien. Je prends ton avis comme d'habitude, c'est tout. Je peux me passer de toi pour les décisions, si tu préfères.

Juillet reposa la pile de papiers sur le bureau de son père.

— Pour la parcelle 32, dit-il avec calme, il faut se décider maintenant. D'autre part je voudrais qu'Alex aille à Bordeaux pour les barriques et...

— Pas Alex, il en est incapable.

— Bien, accepta Juillet sans se formaliser, j'irai moi-même. Les frères Marceau sont durs à contrer mais, au-delà du prix fixé, nous serions perdants et il n'en est pas question. Lucas a fait du très bon travail en mon absence mais je n'apprécie pas entièrement sa réorganisation des chais. J'aurai beaucoup de courrier à dicter cet après-midi. Préférez-vous que je m'adresse à Frédérique ou à Laurène ?

Aurélien avait relevé la tête sur la dernière phrase de son fils.

— À qui tu veux, répliqua-t-il, je m'en moque ! Organise-toi, débrouille-toi, et ne mets pas la pagaille partout, pour une fois !

Surpris par le ton agressif de son père, Juillet hocha la tête.

— Il va tout de même falloir répartir le travail, Aurélien... Si vous êtes d'accord, laissons la comptabilité à Laurène et le secrétariat à Frédérique ?

Juillet attendit en vain une quelconque réponse puis il se leva et alla se poster près d'une fenêtre. Il ne parvenait pas à se rassasier du paysage depuis son retour.

— C'est beau chez vous, Aurélien, dit-il d'une voix douce.

Aurélien regardait la silhouette de son fils adoptif, découpée à contre-jour. Il attendait que Juillet parle et n'était pas décidé à lui venir en aide.

— Je ne veux pas avoir à me... heurter à Frédérique. Je ne peux pas traiter votre maîtresse comme une employée et je ne sais pas quoi faire...

Aurélien patienta encore un peu mais Juillet n'ajoutait rien.

— Tu me prends pour un imbécile, dis ? Tu sais toujours quoi faire, même quand tu fais des erreurs. Tu sais toujours où tu vas. En ce moment, tu as plein d'arrière-pensées mais tu n'oses pas t'exprimer sur ce sujet. Tu es un gamin, Juillet.

Pour Aurélien, c'était plutôt une injure et Juillet se retourna.

— Un gamin ! répéta Aurélien. Tu vas devoir t'arranger au milieu de toutes ces femmes, et alors ? Tu sais les prendre, non ? Dominique s'occupe très bien de la maison. Fernande aussi. Tu verras toi-même que Frédérique est une bonne secrétaire. Qu'est-ce qui te gêne ? Même Pauline trouve sa place au milieu des autres ! Toi, tu prends tout au tragique. Je te demande seulement d'être poli.

Juillet se taisait toujours et Aurélien lui fit signe d'approcher.

— Tu me crois vieux, Juillet ? Fini ?

— Non.

D'une voix plus dure, Aurélien revint à la charge.

— Tu penses qu'une fille de cet âge se paie forcément ma tête ?

— Je ne sais pas...

— Tu veux ma place, Juillet ?

— Non !

Aurélien se sentit un peu lâche, soudain, d'acculer son fils de cette manière. Mais Juillet était très fort déjà, et plus du tout un gamin, Aurélien en était convaincu.

— Si quelque chose te gêne, fils, dis-le aujourd'hui. Après nous n'en parlerons plus. Fonteyne, c'est encore chez moi.

Juillet esquissa un geste de protestation. Il se sentait très mal à l'aise et il demanda, à mi-voix :

— Que voulez-vous de moi, Aurélien ?

Son père étouffa un soupir. Juillet était hors de portée, soumis en apparence mais toujours un peu goguenard. Il était sans pitié, au fond, tout comme Aurélien savait l'être. Ils étaient rivaux, tous deux, mais pourtant unis par les mêmes combats et les mêmes passions. Ils étaient si semblables qu'ils ne pouvaient que s'aimer ou se haïr.

— Je ne veux rien, répondit Aurélien. Tu es rentré, c'est bien, reprends ta place et restes-y. Tu diriges cette exploitation, c'est beaucoup de travail. Et tu vas te marier, je ne l'oublie pas. Il faudra que nous allions ensemble à Mazion...

Juillet acquiesça, très soulagé.

— Et jette donc un coup d'œil à cette parcelle 32. L'avis d'Alex ou rien, c'est pareil. Je ne sais pas quoi décider...

Juillet adressa un sourire à son père et gagna la porte. Aurélien le regarda sortir puis il se laissa aller dans son fauteuil.

« Avec toute cette neige, il ne verra pas grand-chose... Dieu qu'il est difficile, quand il veut... Il l'a toujours été... Mais j'ai fait mouche, avec Frédérique, ça lui déplaît vraiment... »

Aurélien se sentait très las. Il guetta un moment la sourde douleur qui irradiait parfois de son épaule à son bras, cependant il n'éprouvait rien d'autre qu'une immense fatigue, presqu'un dégoût. Il se leva pesamment et alla regarder par la porte-fenêtre à son tour. Il vit la Jeep qui s'éloignait et il eut l'impression d'être seul au monde, soudain, dans ce trop grand château.

Fernande avait beau être absorbée par la préparation de la farce truffée destinée à la dinde de Noël, elle bavardait gaiement avec Dominique. Elle aimait d'ailleurs beaucoup la jeune femme pour ses qualités de maîtresse de maison. Dominique n'avait pas cherché à prendre Fonteyne d'assaut, en s'y installant, et elle avait toujours tenu compte des conseils de Fernande. Chapitrée par sa mère, Dominique avait conscience, depuis le premier jour, d'être entrée dans une famille très enviée où les traditions avaient une place importante. Elle s'était montrée à la hauteur sans se prendre au sérieux. Avec elle, tout était parfaitement organisé, vérifié, planifié. La liste d'achats qu'elle avait remise à Pauline une heure plus tôt était un modèle de précision. Aurélien allait être satisfait du menu de réveillon et Fernande savait à quel point il était attaché à la bonne marche de la maison et au respect des usages.

En ajoutant du cognac à la farce, Fernande répétait que le retour de Juillet était une bénédiction. Un Noël sans lui n'aurait ressemblé à rien. Et puis la neige ne durerait pas toujours, il allait falloir tailler la vigne et s'occuper de mille choses que seul Juillet pouvait superviser. Même Lucas, affirmait Fernande, avait été très gêné par l'absence de Juillet. Dominique l'écoutait, résignée d'avance à ce qu'il ne soit pas question d'Alexandre dans ce discours. C'était toujours pareil et il n'avait décidément pas de place définie à Fonteyne. Pourtant, aux précédentes vendanges, il s'était montré d'une parfaite efficacité chez les Billot, et Antoine lui devait sa récolte. Dominique avait eu l'impression qu'Alex se plaisait à Mazion et que, pour un Laverzac, il n'avait nullement semblé humilié de s'occuper de vin blanc. Une nouvelle fois, Dominique se prit à espérer qu'un jour prochain Alex se déciderait à manifester un peu d'indépendance.

Elles en étaient à découper les truffes en lamelles lorsque Juillet et Alex firent irruption dans la cuisine.

— Donnez-nous du café, on meurt de froid ! s'écria Alex en venant mettre ses mains glacées dans le cou de sa femme.

Dominique s'écarta en riant et les servit. Ils portaient des blousons fourrés et des casquettes mais, bien qu'habillés de la même manière, ne se ressemblaient pas du tout.

Juillet était venu se pencher au-dessus des fourneaux et il murmura, avec beaucoup de sérieux :

— Cette odeur, c'est divin... Fernande, tu es en train de te surpasser !

— Penses-tu ! protesta la vieille femme en rougissant de plaisir. C'est parce que tu as dû mal manger, depuis des semaines !

— Ils mangent mal, mais ils boivent bien, les Anglais...

Juillet se détourna et s'adressa à Alexandre.

— Pourquoi m'avez-vous attendu ? Il va falloir casser la terre en mottes si l'on veut défoncer cette fichue parcelle.

— Parce qu'on ne fait rien sans toi, vieux ! Rien du tout...

Il y avait une nuance d'agressivité dans la voix d'Alexandre et Juillet changea aussitôt de sujet.

— Je vais aller sortir mon cheval du pré pour le remettre au box. Il a un bon poil d'hiver mais il doit quand même trouver les nuits dures, sous son abri.

Alex haussa les épaules avec indifférence. Le retour de Juillet, qu'il avait souhaité comme tout le monde, le mettait un peu mal à l'aise.

— Tu as vu l'état des murets sur les coteaux du bas ? Si Aurélien va faire un tour par là, on va entendre quelque chose...

Malgré lui, Juillet revenait à ses préoccupations. Alexandre lui adressa un sourire résigné.

— Omniprésent..., soupira-t-il. À peine rentré et déjà sur tous les fronts...

Juillet allait lui répondre mais Clotilde surgit, l'air affolé, déclarant qu'Aurélien voulait voir ses fils immédiatement. Ils quittèrent la cuisine sous l'œil ironique de Dominique qui murmura :

— Le big boss a sifflé...

Lorsque Juillet et Alex rejoignirent leur père dans son bureau, Aurélien marchait de long en large.

— Ah, tout de même ! Combien de petits déjeuners prenez-vous ? Lucas sort d'ici, il y a un problème et pas des moindres !

S'adressant directement à Juillet, Aurélien acheva :

— Vas-y tout de suite, il y a des fuites sur deux fûts. On réglera nos comptes après !

Juillet ne demanda pas la moindre explication et sortit sur-le-champ. Aurélien en profita pour passer sa colère sur Alexandre.

— C'est Juillet qui s'occupe du roulement, non ? Si c'est une négligence, il va m'entendre ! Je vais m'équiper pour sortir et aller voir ça de mes yeux. Quant à toi, je ne te demande même pas si tu as une idée sur la question !

Alexandre ouvrit la bouche mais parvint à ne pas répliquer. Il quitta le bureau de son père, excédé, remettant rageusement son blouson et ses gants. Il gagna les caves où Lucas et Juillet discutaient âprement. Des employés étaient déjà occupés à transvaser le vin. La voix de Juillet claquait sèchement sous les voûtes. Alex oublia ses griefs et se sentit complètement solidaire de son frère. Il alla vers lui et lui posa la main sur le bras.

— Calme-toi, le grand chef arrive. Et va donc mettre quelque chose, tu es cinglé de sortir en chemise.

Juillet se dégagea.

— Ces fûts sont neufs, déclara-t-il, et je n'y peux rien.

— D'accord, mais va chercher un blouson, bon sang !

Juillet avait froid et il s'éloigna à regret. Il sortit des caves dans l'air glacé de décembre et courut jusqu'au château. Sur les marches du perron, il se heurta à Aurélien.

— Alors, c'est sérieux ?

— Non. Mais ils fuient, c'est vrai. On est en train de transvaser et on ne peut pas dire que ce soit une bonne chose.

— De quand datent-ils, tes fûts ?

Étonné, Juillet regarda son père droit dans les yeux.

— Ils sont neufs.

— Tu as la facture ?

Il y avait tant de persiflage dans la voix de son père que Juillet le dévisagea, interloqué.

— Ils sont neufs, Aurélien.

Puis il ajouta, plus doucement :

— Laissez-moi passer, j'ai froid. Je ne suis pas responsable de tout, jusqu'à la grêle ou au bois fendu !

Le vent s'était levé et glaçait la surface de la neige sur l'escalier.

— Vous parliez de régler vos comptes avec moi ? Pourquoi ? Nous sommes en comptes ?

Juillet frissonnait et Aurélien s'écarta pour le laisser passer tout en lui disant :

— Retrouve-moi cette facture. C'est le fournisseur que j'accuse, pas toi.

— Les Marceau ? Ils vont vous rire au nez !

— Vraiment ? Tu crois ?

Ils continuaient à se mesurer du regard. Juillet enfonça ses mains dans ses poches et Aurélien remarqua soudain qu'il était tout pâle.

— Rentre, imbécile, tu vas attraper la crève !

— Faites attention, ça glisse, lui dit Juillet en s'élançant vers la porte.

— Si personne ne déblaie cet escalier d'ici une heure, je fais un malheur ! cria Aurélien dans son dos.

Louis-Marie et Robert étaient venus à bout d'une interminable partie d'échecs qui les opposait depuis des heures. Louis-Marie avait gagné. Robert avait balayé les pièces de l'échiquier, d'un geste agacé. De toute façon, il n'avait pensé qu'à Pauline au lieu de songer à la stratégie du jeu. Ah, Pauline... En serait-il jamais délivré ? Il suffisait qu'elle apparaisse et il était subjugué, sans volonté autre que de la conduire dans un lit. Son enfer menaçait de n'avoir pas de fin. Louis-Marie s'en doutait sûrement mais, tant qu'il croyait sa femme fidèle...

— Tu peux rester jusqu'au 1er janvier ?

Robert haussa les épaules, dérangé dans sa rêverie.

— Je vais avoir du mal à leur faire avaler ça, à l'hôpital ! dit-il avec une parfaite mauvaise foi.

Tant que Pauline serait à Fonteyne, Robert trouverait des prétextes pour y rester.

— Essaie, insistait Louis-Marie. On peut toujours... Une semaine ici, c'est mieux que les sports d'hiver, non ? D'ailleurs, Alex et Juillet ont moins de travail, c'est plus relax qu'en été...

— Tu crois ? Tu les imagines faisant une belote au coin du feu ? Tiens, papa serait plutôt capable de leur faire ranger le grenier !

Ils s'amusèrent une seconde à cette idée. Des cris d'enfants leur parvenaient, du dehors, et ils jetèrent un coup d'œil vers la pelouse où les jumeaux tentaient de faire un bonhomme de neige pour leur cousine Esther.

— Qui est censé les surveiller ?

— En principe, nous. Tout comme nous devons guetter le retour des filles pour les aider à décharger la voiture.

Robert se leva et alluma une cigarette.

— Viens, dit-il à son frère, sortons carrément. Je profiterais bien un peu de Fonteyne, moi aussi...

Il ne savait comment se débarrasser de son obsession et il se détestait de sa faiblesse, mais rien ne pourrait le tirer de sa morosité tant que Pauline ne serait pas revenue de Bordeaux, il le savait bien.

Dans le hall, ils rencontrèrent Juillet qui enfilait un blouson à la hâte.

— Tu as mauvaise mine, constata Robert. Tu ressors ?

— Oui. Il y a un scandale dans les caves et Aurélien est sur le sentier de la guerre !

Juillet leur souriait en mettant ses gants.

— J'irai couper le sapin que j'ai repéré ce matin après le déjeuner. Vous m'accompagnerez ?

Ils sortirent sur la galerie en se bousculant comme des gamins, heureux d'être ensemble.

Pauline, agacée, mit en route le moteur de la Mercedes.

— On va l'attendre jusqu'à quand, cette gourde ?

Elles avaient quitté Frédérique deux heures plus tôt en lui fixant rendez-vous devant le magasin de jouets à midi. Pauline releva le col de sa veste de renard et brancha le ventilateur du chauffage. Elle jeta un coup d'œil à Laurène qu'elle trouvait un peu changée, presque mûrie. Être aimée de Juillet l'avait transformée.

— C'est un bon amant, Juillet ? demanda-t-elle avec sa franchise habituelle.

Laurène se mit à rougir et Pauline éclata de rire.

— Ma question t'ennuie ? Je la retire. Simple curiosité. Je me suis toujours demandé comment il se comportait dans un lit. Son côté gitan, arrogant, animal, il conserve tout ça quand il se déshabille ?

— C'est un très bon amant, admit Laurène. Enfin, pour mon goût !

Pauline regardait, à travers le pare-brise embué, Frédérique qui arrivait enfin, peinant sous le poids des paquets.

— On l'aide ? proposa Laurène.

— Sûrement pas ! Le coffre est ouvert...

Pauline attendit que Frédérique soit montée puis elle démarra brutalement.

— Nous serons en retard pour le déjeuner, dit-elle en accélérant.

— J'ai fait aussi vite que possible mais Aurélien m'avait chargée de beaucoup d'achats...

Pauline conduisait vite, dédaignant de répondre. Frédérique essaya de maintenir la conversation.

— Il faudra que j'y retourne cet après-midi, il me manque une ou deux choses... Et ma robe ne sera prête qu'à quatre heures... Des retouches...

Pauline se décida enfin à lui accorder un peu d'attention. Elle tourna la tête une seconde, le temps de lui dire :

— C'est difficile de s'habiller en prêt-à-porter, n'est-ce pas ?

Frédérique ignora l'ironie et lui adressa un sourire innocent. Elle était décidée à garder son calme et à triompher de toute la famille. Pauline se concentra sur la route, fronçant les sourcils.

— Je vous abandonnerai volontiers ce char d'assaut tout à l'heure mais demandez donc à un employé de vous mettre des chaînes. Même avec les clous, ça part dans tous les virages !

Pauline dut ralentir jusqu'à Fonteyne où elles arrivèrent assez tard. Louis-Marie et Robert les attendaient dehors, toujours en compagnie des enfants. Juillet et Alex vinrent donner un coup de main pour décharger les paquets dans un joyeux chahut. Aurélien, de son bureau, ne résista pas à leur gaieté et sortit à son tour. L'idée de ce Noël en famille finissait par lui plaire et lui faire oublier sa mauvaise humeur matinale. Il alla jusqu'à prendre familièrement Frédérique par le bras, dans un geste inhabituel.

— J'ai à te parler, allons dans ta chambre une minute...

Il s'était adressé à elle à mi-voix, sans ostentation, mais il y eut un brusque silence autour de la voiture. Juillet, qui tenait une bourriche d'huîtres, fut le premier à réagir et à se diriger vers le perron comme s'il n'avait rien entendu.

Aurélien ne jeta pas un seul regard à ses fils et entraîna la jeune fille vers la maison. Il avait une brusque, joyeuse, païenne envie de faire l'amour avant le déjeuner. Frédérique le comprit dès qu'ils furent dans sa chambre. C'était tout à fait hors des habitudes d'Aurélien mais, dans l'hostilité ambiante, cela fit plaisir à Frédérique.

— Tu veux bien ? demanda-t-il seulement, en la déshabillant, ce qu'il ne faisait jamais non plus, la rejoignant de préférence tard dans la nuit lorsqu'elle était déjà couchée.

Il ne chercha même pas à fermer les rideaux, à se cacher. Il avait soixante ans et il s'en moquait. Soixante ans, oui, même passés, mais il ne déplaisait pas à Frédérique. Il n'était pas sénile, il prenait son temps pour faire l'amour et elle éprouva du plaisir sans se forcer, sans fermer les yeux, sans penser à Juillet.

Elle resta allongée, ensuite, amusée de s'être prise au jeu, prête à toutes les tendresses. Le soleil ayant fini par se montrer, le givre étincelait au-dehors, donnant une étrange luminosité à la chambre douillette. Aurélien remonta la couverture sur la jeune fille.

— Il faut aller déjeuner, ma belle…

Mais il ne bougeait pas non plus.

— Ils savent tous ce que nous venons de faire et ils seront désagréables, ajouta Aurélien avec un sourire ravi.

« Ils doivent s'imaginer qu'ils sont les seuls à avoir des désirs et à pouvoir les assouvir… »

Il pensait à ses fils en termes de rivalité, comme d'habitude. Frédérique lui posa la main sur l'épaule.

— Vous êtes bien gai, aujourd'hui…

— Tu trouves ?

Elle n'osait pas le tutoyer car il ne le lui avait jamais demandé. Il se leva et commença à s'habiller.

— Ne te laisse pas faire, conseilla-t-il. Juillet a l'intention de te mener la vie dure. Et ses frères aussi, sans aucun doute ! Tu te plais toujours à Fonteyne ?

Elle se leva à son tour et s'approcha de lui, nue, ravissante.

— Je suis bien, ici.

Il venait d'enfiler son col roulé et il la regarda avec attention.

— Quelque chose a changé, on dirait…

Il l'attrapa par l'épaule, l'attira vers lui. Lorsqu'il l'embrassa sur les cheveux, elle se serra davantage. De la sentir consentante le fit rire de bon cœur.

— Non… Je n'ai pas l'âge de mes fils, ma belle…

Elle rit avec lui, sans aucune pudeur, heureuse de ce moment privilégié, entre eux.

— Je suis perdant si je ne te maintiens pas à distance, dit-il en la repoussant doucement.

Mais il ne parlait pas de l'instant présent et ils le savaient tous deux.

Juillet, à bout de souffle, lâcha un moment la scie. Louis-Marie et Robert s'étaient relayés à l'autre bout.

— Il y est presque ! Allez viens, Bob, un dernier effort !

Ils scièrent encore une ou deux minutes puis Juillet fit signe à son frère d'arrêter.

— Si Aurélien savait qu'on fait ça sans corde...

Robert frottait ses mains endolories l'une contre l'autre.

— Aujourd'hui, je le verrais assez se foutre de tout ! Pas toi ?

Juillet sourit et répliqua :

— Il a bien raison. Elle ne le tuera pas au lit, tu sais !

— J'en suis moins sûr que toi...

— En attendant tire-toi ou tu vas recevoir cet arbre sur la tête !

Juillet pesa sur le tronc et le sapin se coucha dans un sifflement de branches, exactement à l'endroit voulu.

— Il est beaucoup trop grand, soupira Louis-Marie. On ne pourra jamais le ramener à la maison.

— Mais si ! On va le remorquer avec le treuil de la Jeep.

Ils traînèrent le sapin jusqu'au pied du château et Alex vint les aider à l'installer dans le grand salon. Ensuite ils l'abandonnèrent à Dominique et aux enfants qui poussaient des cris de joie. Juillet en profita pour gagner le bureau d'Aurélien mais, se ravisant au dernier moment, il s'arrêta dans celui de Frédérique. Cette petite pièce, qui avait été le bureau de Laurène, était toujours encombrée d'ordinateurs et de dossiers. Juillet regarda autour de lui, pensif, se demandant comment se comportait Frédérique lorsqu'elle était seule avec Aurélien. Puis il alluma l'un des écrans et entra dans le programme de gestion qu'il interrogea un moment. Frédérique devait aimer l'informatique car les fichiers étaient à jour et elle avait modifié certaines données pour rendre les accès plus faciles.

Juillet finit par éteindre en soupirant. Fonteyne ne pâtissait pas de la liaison de son père, d'évidence.

— Tu rêves ?

Aurélien, en entrant sans bruit, était venu poser sa main sur l'épaule de Juillet.

— J'ai un service à te demander...

Juillet se tourna et sourit à son père, attendant la suite.

— Il fera nuit dans deux heures et la route est vraiment dangereuse, Pauline a raison... Veux-tu accompagner Frédérique à Bordeaux ? Elle a une course à faire mais elle a peur de conduire.

Juillet dévisagea Aurélien, intrigué.

— D'ailleurs elle sera contente d'être un peu avec toi...

— Comme vous voulez, murmura Juillet en se levant.

Il comprenait mal pourquoi son père le poussait à ce tête-à-tête mais il n'avait aucune envie de poser des questions. Il esquissa un nouveau sourire et partit à la recherche de Frédérique qu'il trouva dans la cuisine. Il régnait là une joyeuse activité dont la jeune fille semblait exclue. Pauline, Dominique et Fernande, avec un bel ensemble, ne lui adressaient même pas un regard. Juillet l'entraîna jusqu'au garage et sortit la voiture avec un agacement manifeste. À peine furent-ils sur la route qu'il baissa sa vitre.

— Tu es fou ? protesta Frédérique. Tu vas attraper la crève !

— Quand j'aurai besoin de ton avis…, répliqua-t-il à mi-voix.

Il avait réellement trop chaud et se sentait fatigué. Frédérique eut un mouvement de colère.

— Tu seras désagréable chaque fois que nous serons seuls ?

— Oui. Ça t'évitera de rechercher ma compagnie. Je me serais passé de cette promenade. C'est toi qui en as eu l'idée ? Tu comptes te servir de moi pour le rendre jaloux ?

Interloquée, Frédérique jeta un coup d'œil vers Juillet.

— Tu es vraiment pénible, tu sais… Avec ton père, c'est…

— Ne me parle pas de lui !

— C'est toi qui en parles ! Si tu as des choses à me dire, fais-le plus directement !

Juillet haussa les épaules. Il hésita puis choisit d'être franc.

— Est-ce qu'il t'aime ?

La question prit Frédérique au dépourvu. Elle se demanda si elle n'avait pas choisi le pire moyen en devenant la maîtresse d'Aurélien.

— Je ne suis pas dans sa tête, répondit-elle prudemment. Et toi, quand tu m'as emmenée à l'hôtel, tu m'aimais ?

— Non. Tu me plaisais. J'espère que c'est pareil pour lui. À son âge, les coups de cœur, c'est vraiment grave...

Ils se turent un moment. Il y avait beaucoup de monde dans les rues de Bordeaux. Des gens pressés et emmitouflés se bousculaient pour leurs derniers achats de Noël.

— On fait la paix ? proposa soudain Frédérique.

Juillet eut l'air sincèrement navré.

— Je ne crois pas que ce soit possible.

— Pourquoi ?

Il attendit d'être devant le magasin qu'elle lui avait désigné pour répondre.

— Parce que l'idée que tu te foutes de sa gueule m'est insupportable, dit-il en se penchant au-dessus d'elle pour ouvrir la portière.

Elle descendit, récupéra son sac d'un geste rageur, et répliqua très vite avant de s'éloigner :

— Arrête de veiller sur lui, Juillet, il n'en a vraiment pas besoin !

Alors qu'il s'habillait, Juillet eut un soudain vertige. Il s'appuya contre le mur. La glace lui renvoyait l'image d'un jeune homme fatigué et trop maigre, pâle dans sa chemise de smoking. Il évoqua cette nuit déjà lointaine qu'il avait passée avec Frédérique. Il se souvenait très bien de la discothèque où il l'avait rencontrée, de la bande de copains avec laquelle elle s'amusait. Et aussi qu'elle l'avait suivi presque tout de suite.

— Quelque chose ne va pas ?

Laurène, derrière lui, le regardait avec attention.

— Tu as une de ces mines... Tu ne te sens pas bien ?

— J'ai froid.

Il enfila sa veste en se demandant si le chauffage de la maison marchait normalement.

— Tu as dû attraper la crève ou...

Il la prit dans ses bras, d'un geste tendre et protecteur.

— Ou quoi encore ? Que veux-tu qu'il m'arrive ?

Elle était en sous-vêtements et il promena ses mains sur elle.

— Habille-toi, murmura-t-il en la voyant fermer les yeux.

Il se sentait très las et il adressa à la jeune fille un sourire désolé. Puis il quitta leur chambre et descendit à la cuisine où il réclama un lait chaud à Fernande. Elle le lui prépara aussitôt, sans faire de commentaire, puis lui tendit un tube d'aspirine.

— Prends donc ça aussi. Tu fais une drôle de tête. Il y a déjà des invités au salon, tu devrais rejoindre ton père...

Juillet soupira, avala le lait trop chaud et décida d'oublier sa fatigue. Il fut accueilli par le regard réprobateur d'Aurélien lorsqu'il pénétra dans le salon. Antoine et Marie étaient arrivés tôt, comme d'habitude, et Aurélien ne devait pas avoir envie d'être seul avec eux. Depuis leur brouille de l'automne, les rapports des deux hommes s'étaient considérablement modifiés. Leurs anciennes plaisanteries ne les faisaient plus rire et il y avait toujours un peu de rancune ou d'agressivité sous la moindre boutade. Aurélien avait mis près de cinquante ans à avouer son mépris pour les vignes d'Antoine et rien ne pourrait effacer désormais ce qu'il avait dit sous le coup de la colère. Pour Juillet et Laurène, pour ce mariage qui se ferait de toute façon, Antoine et Aurélien avaient dû se réconcilier mais ils l'avaient fait sans envie, sans sincérité. Et l'habitude qu'Alexandre avait gardée d'aller chaque jour à Mazion ne faisait qu'attiser la rage sourde d'Aurélien.

Juillet s'était penché pour embrasser Marie avec tendresse. Il souhaitait pouvoir se maintenir à l'écart de cette animosité latente. Il était forcément du côté d'Aurélien, quoi qu'il arrive et même si Aurélien avait tort, mais Laurène allait devenir sa femme.

— L'Angleterre ne t'a pas fait de bien, on dirait... Tu as mauvaise mine, tu sais !

Marie lui souriait, maternelle, et Juillet s'assit près d'elle pour lui raconter leur voyage. Mais il ne put échanger que quelques phrases avec elle et dut se lever presque aussitôt pour accueillir les autres invités qui commençaient à arriver. Il se sentait toujours dans un curieux état de fatigue.

Laurène était entrée, discrète et timide, et Aurélien avait été le premier à la remarquer. Elle était ravissante, dans sa robe de crêpe bleu pâle très courte, et paraissait si jeune et si menue que Juillet traversa tout le salon pour venir la prendre par l'épaule. Elle connaissait presque tous les gens qui avaient été conviés ce soir-là, mais elle perçut une différence dans leur attitude. Être la future épouse de Juillet Laverzac n'était pas tout à fait la même chose, dans la hiérarchie sociale des viticulteurs présents, qu'être seulement la fille d'Antoine Billot. Elle le constata avec amertume sans pouvoir toutefois s'empêcher d'être flattée.

Antoine, lui, boudait un peu et attendait avec impatience l'arrivée d'Alexandre en qui il voyait un allié. Il était vital pour Antoine, maintenant qu'il savait que

Juillet serait son second gendre, qu'Alex accepte de venir s'installer à Mazion. Son hospitalisation de l'automne avait laissé Antoine aigri. Que Laurène et Dominique soient sous le toit d'Aurélien, dans la famille d'Aurélien, et que personne ne veuille s'intéresser au vignoble des Billot, tout cela le rendait très amer. La position sociale – très enviable – de ses filles le précipitait paradoxalement dans la ruine et dans la solitude à court terme. Alexandre était vraiment son dernier espoir et Antoine se sentait prêt à tout. Comme, par exemple, à ouvrir les yeux d'Alex sur le peu d'avenir qu'il avait à Fonteyne et le peu de cas qu'on y faisait de lui.

Dans le petit salon, les enfants hurlaient de joie devant un repas spécialement préparé à leur intention et servi par Clotilde en grande tenue. Les invités allèrent s'extasier un moment sur les petits-enfants d'Aurélien Laverzac, puis Dominique et Pauline sonnèrent l'heure du coucher pour qui voulait que le père Noël passe dans la nuit. Juillet proposa d'accompagner Clotilde et les petits jusqu'à la Grangette et il les aida lui-même à enfiler leurs anoraks et leurs bonnets. Laurène eut juste le temps de lui poser un manteau sur les épaules avant qu'il ne quitte le hall pour plonger dans la nuit glacée, tenant Esther dans ses bras et les jumeaux accrochés à son smoking.

Fonteyne brillait toujours d'un éclat particulier les soirs de fête. Aurélien, pour être resté si longtemps sans femme, avait l'habitude de tout superviser et savait recevoir. Pauline avait donc respecté scrupuleusement les traditions chères à son beau-père. Sous le sublime plafond à caissons de la salle à manger, la table était superbe. Dans cette maison d'homme où la fantaisie et la douceur tenaient peu de place, l'atmosphère était parfois pesante, voire compassée. Mais en cette soirée de Noël, Pauline, Dominique et Laurène avaient tout fait pour que l'ambiance soit plus joyeuse. Aurélien s'amusa de découvrir des bouquets de fleurs et des bougies pailletées d'étoiles. Pauline faisait comprendre à Frédérique, par ce biais, que seules les femmes de la famille pouvaient parfois transgresser l'ordre établi de Fonteyne.

Depuis l'automne précédent, Juillet présidait à un bout de la table, face à Aurélien. Les autres convives étaient placés selon la stricte hiérarchie des conventions. Et Juillet apprécia, en connaisseur, le plan de table de son père. Tandis qu'il jouait distraitement avec sa fourchette, il remarqua le collier de perles, d'un seul rang mais d'une remarquable finesse, que Frédérique portait. Son premier mouvement fut de rire, songeant qu'elle trouvait là ses ambitions suprêmes, comme il le lui avait prédit. Mais il fut vite intrigué, trouvant soudain que le fermoir du collier semblait ancien, presque démodé, et évoquait davantage un bijou de famille. Il fit signe à Alexandre qui était le voisin immédiat de Frédérique et vit son frère qui observait le collier, à son tour, puis qui fronçait les sourcils d'un air furieux. Juillet reporta alors son attention sur Aurélien qui bavardait gaiement, à l'autre bout de la table. Il se sentit coupable et malheureux de le juger.

— Très joli bijou, dit-il à Frédérique, presque malgré lui. Cadeau de Noël ?

Elle lui lança un regard amusé et direct, ignorant les deux convives qui les séparaient. Juillet se pencha un peu pour ajouter :

— Travail ancien, non ?
— Sûrement...
Elle le narguait et il se sentit exaspéré.
— Aurélien a toujours bien traité ses maîtresses, c'est un grand seigneur. Où a-t-il bien pu trouver cette merveille ?
Frédérique ne souriait plus.
— Aucune idée ! répliqua-t-elle. Je ne lui ai demandé ni le nom du fournisseur, ni la facture...
Ils échangèrent un coup d'œil glacial, cette fois, puis Juillet reprit le contrôle de lui-même.
— C'est sans importance, ajouta-t-il, il te va très bien.
Il s'émerveilla une fois de plus de ses superbes yeux gris, et il se demanda ce qu'il ferait s'il la rencontrait sans la connaître, ce soir-là. Mais sa voisine de gauche lui parlait et il fut obligé de se tourner vers elle.
— Quel effet cela vous fait-il d'être sur le point de vous marier, Juillet ? Tout le monde ne parle que de ça dans la région ! Vous, la coqueluche du département, le parti enviable, le séducteur épris d'indépendance ?
Il débita une réponse de politesse, en esquissant un vague sourire. Il avait très chaud, soudain, et il s'appuya au dossier de sa chaise.
— Tu vas bien ?
Robert s'était penché pour observer Juillet et le trouvait très pâle.
— À la tienne, dit Juillet en levant son verre dans la direction de Bob.
Mais l'alcool ne lui faisait aucun bien. Il buvait parce qu'il avait soif et il se sentait énervé. Il finit par se lever, marmonna une phrase d'excuse et quitta la salle à manger. Il gagna la cuisine où Fernande le vit arriver avec stupeur.

— Mais… tu es fou ! Qu'est-ce que tu fais là ?

— Je suis venu te poser une question, dit Juillet d'une voix lasse. Réponds-moi franchement : est-ce que tu connais le collier que porte Frédérique ce soir ?

Fernande, gênée, se détourna aussitôt.

— Et tu laisses les invités pour venir me demander ça ?

Il s'approcha d'elle, la prit par le bras.

— Fernande…

Elle avait toujours été incapable de lui résister.

— Oh, peut-être… il me semble l'avoir déjà vu, oui…

— Où ? Sur qui ?

— Ne fais pas d'histoires un soir de Noël, Juillet ! Je n'approuve pas ton père mais laisse-le tranquille. Il te guette, tu sais… Vous êtes comme chien et chat…

Il la tenait encore et sa main se fit dure sur le bras de la vieille femme.

— Ce collier était à Lucie, dis ?

Elle se résigna et céda.

— Oui… Un bijou de jeune fille, rien d'important…

L'expression de Juillet ne laissait aucun doute sur sa fureur. Ce fut au tour de Fernande de s'accrocher à lui.

— Retourne à table, ne fais pas de scandale, je t'en supplie ! Il n'attend que ça ! Ne dis rien à tes frères, Juillet…

Il la serra contre lui avec une tendresse instinctive.

— Retourne à table, répéta-t-elle à mi-voix.

Regagnant la salle à manger, il reprit sa place et regarda son père. Puis il se remit à boire sans rien manger. Au foie gras avaient succédé des huîtres puis une dinde aux marrons. Robert surveillait Juillet, un peu inquiet. Il lui trouvait l'air sinistre, mal en point, et il enregistrait les coups d'œil d'une rare insolence que son frère jetait vers Aurélien.

« On dirait qu'il méprise son dieu, ce soir... Ça promet ! »

— Tu bois trop, dit Frédérique à Juillet.

Il éclata de rire, faisant cesser la conversation de ses voisins.

— Belle-maman ! Tu m'espionnes ?

À l'autre bout de la table, Aurélien s'était brusquement redressé. Il y eut un silence gêné puis Louis-Marie se remit à bavarder avec Robert, comme s'il n'avait rien entendu. L'arrivée de la bûche glacée fit diversion. Pauline jetait des regards amusés à Juillet, sachant d'avance qu'il avait tort de provoquer son père.

Aurélien expédia le dessert et se leva pour gagner le salon où le café était servi. À minuit, ils s'embrassèrent tous en se souhaitant un joyeux Noël. Aurélien et Juillet échangèrent une accolade distante, de pure forme. Mais lorsqu'il arriva à Frédérique, Juillet lui effleura d'abord la joue droite puis, d'un mouvement délibéré, il la prit par la taille une seconde et l'embrassa sur la bouche. Son geste avait été rapide, mais pas assez pour échapper à Aurélien qui se trouvait juste à côté d'eux. Profitant du brouhaha général, Aurélien entraîna Juillet dans le hall.

— Quelque chose ne va pas ce soir, fils ?

Face à face, furieux, ils étaient aussi grands l'un que l'autre.

— Vous distribuez les bijoux de la famille, Aurélien ? riposta Juillet. Est-ce que mes frères savent que ce collier était à leur mère ?

— Leur mère ? Tu ne considères pas que c'était la tienne ?

L'étonnement d'Aurélien était sincère mais Juillet répondit sèchement :

— Vous ne m'avez jamais rien dit sur ce sujet.

Aurélien pensa que Juillet devait être ivre pour aborder la question. C'était la première fois en trente ans. Il fit deux pas vers son fils, assez menaçant pour l'obliger à reculer jusqu'au mur.

— De quel droit me parles-tu sur ce ton, Juillet ?

La voix d'Aurélien était cassante. Devant lui, son fils titubait un peu, de fatigue, de colère, de fièvre.

— Tu as trop bu ? Ce n'est pas une excuse...

Mais Aurélien ne remarquait pas que Juillet était livide et en sueur.

— Tu veux la guerre ? Vraiment la guerre ? Je ne te permets pas de me juger ni de me questionner. Rien ! Tu entends ?

— Vous êtes décidément très amoureux..., dit Juillet à mi-voix.

Aurélien le prit par surprise. Il leva la main et le gifla avec violence. Juillet heurta le mur contre lequel il s'appuyait. Toute sa fureur oubliée, il était interloqué, sans réaction. Robert surgit derrière eux sans qu'ils l'aient entendu arriver.

— Laissez-le..., dit-il doucement à son père.

— Il ne me fait pas peur, jeta Aurélien sans accorder un regard à Robert. Qu'il ait trente ans ou quinze, il ne fera pas la loi chez moi ! Je ne suis pas gâteux !

Robert obligea son père à s'éloigner d'un pas. Mais Aurélien semblait toujours hors de lui, son geste envers Juillet ne l'ayant pas soulagé, au contraire.

— Vous ne voyez pas dans quel état il est ? plaida Robert. Il est malade...

— Prétexte ! Il me prend pour un con, oui !

— Non…, murmura Juillet.

Aurélien fit volte-face et Robert s'interposa entre eux.

— Laissez-le, répéta-t-il. Retournez au salon, on vous attend…

Aurélien fit un effort sur lui-même, dévisagea Juillet quelques instants, puis se décida à quitter le hall d'entrée. Robert prit son frère par le poignet.

— Tu as une fièvre carabinée, tu sais…

Ils gravirent l'escalier côte à côte.

— Comment fais-tu pour le supporter ? interrogea Robert.

La gifle reçue par son frère lui avait rappelé des souvenirs d'enfance et d'adolescence.

— Je l'ai poussé à bout, répondit Juillet d'une voix lasse.

— Il se comporte comme un tyran ! Il vit hors du temps et hors du monde. Vous êtes sur une autre planète, ici…

Juillet haussa les épaules, trouvant inutile d'expliquer à Robert des choses qu'il ne pouvait plus comprendre. Il s'assit sur son lit et soupira. Il se sentait épuisé. Il savait qu'Aurélien lui pardonnerait difficilement cette allusion à sa naissance et à ses origines. Il avait rompu leur pacte de silence tacite sur le sujet tabou.

— C'est exactement comme avant, dit Robert en s'asseyant près de Juillet. Tu trouves toujours comment le faire sortir de ses gonds… Allonge-toi, je vais t'ausculter, c'est sans doute une bronchite… Vous êtes tellement semblables, tous les deux ! C'est pour sa minette qu'il s'est mis en colère, ce soir ?

Juillet eut un rire amer.

— Pas vraiment… Mais le colifichet qu'il lui a offert appartenait à maman. Je trouve inadmissible de voir ce collier de perles au cou de Frédérique.

— Tu le lui as dit ? Tu as bien fait ! Ou il veut nous emmerder ou, contrairement à ce qu'il pense, il est gâteux. Tousse…

Juillet toussa et il fut aussitôt pris d'une épouvantable quinte.

— Oui, une belle bronchite, confirma Robert. J'irai t'acheter des antibiotiques demain. D'ici là, prends de l'aspirine et essaie de dormir.

Juillet acquiesça, remontant les couvertures sur lui. Robert sortit, éteignant la lumière, et Juillet somnola un moment. Il avait froid et ne pensait à rien, trop fatigué pour réfléchir.

Lorsqu'il se réveilla, la lampe de chevet était allumée et Aurélien, assis près du lit, le regardait. Il se redressa immédiatement.

— Reste tranquille, lui intima son père. Veux-tu que je fasse venir Auber ?

Juillet ferma les yeux. Il avait le vertige.

— Non, ne le dérangez pas. Bob me suffit !

Aurélien hocha la tête, pensif.

— Bien… Comme tu veux…

Juillet risqua un coup d'œil vers son père, hésita puis se décida :

— Je suis désolé, Aurélien, vraiment désolé.

Il y eut un silence pénible et Juillet dut poursuivre :

— Je ne sais pas comment vous le dire…

Aurélien l'interrompit, mais sans agressivité.

— Pour le collier de Lucie, je vais t'expliquer…

— Vous faites ce que bon vous semble, protesta Juillet en hâte. J'ai eu tort, ça ne me regarde pas. Je ne sais pas ce qui m'a pris.

Aurélien haussa les épaules. Son fils levait les yeux vers lui d'un air pitoyable.

— Écoute-moi, Juillet. Jusqu'à présent, les femmes n'avaient pas beaucoup compté, n'est-ce pas ? Maintenant tu as Laurène, et moi...

Il n'acheva pas sa phrase et il y eut un nouveau silence. Au bout d'un moment, il ajouta :

— Elles nous changent, on dirait... Il vaudrait mieux qu'elles ne nous séparent pas.

Il regardait la chambre autour de lui, avec intérêt. Il n'y montait que très rarement.

— Tu avais autre chose à me demander, je crois ?

Juillet tressaillit. Il savait qu'il allait être question de sa naissance.

— S'il vous plaît...

— Il y a des choses que tu veux apprendre, non ?

— Non ! Surtout pas. Jamais...

Aurélien se leva pesamment.

— À cause de toi, je me sens vieux, ce soir.

Juillet le retint par la manche, comme il le faisait lorsqu'il était enfant.

— Merci d'être monté. Je n'aurais pas osé vous affronter demain matin.

— Je suis venu pour te dire que je regrette cette lamentable histoire de gifle. Et aussi pour te poser une question.

Juillet lâcha son père, sentant d'instinct le piège.

— Pourquoi as-tu embrassé Frédérique ?

Aurélien s'éloignait déjà vers la porte comme si la réponse ne l'intéressait pas.

— Parce qu'elle est jolie, dit Juillet derrière lui.

Robert attendit le lendemain pour parler à ses frères. Il se rendit à la Grangette avec Louis-Marie. Alex y était seul, les enfants s'amusant à Fonteyne avec leurs cadeaux de Noël découverts sous le sapin. Robert raconta brièvement l'altercation de la veille et Louis-Marie, pourtant toujours si calme, fut le premier à réagir.

— Impensable ! Il débloque pour de bon ! Il a donné un collier de maman à sa petite amie et il a giflé Juillet ! Il se croit sans doute encore jeune et nous tout gamins ! Comment Juillet a-t-il encaissé ?

— Comme tu l'imagines. Moitié provocation, moitié soumission. Je ne comprendrai jamais ses rapports avec papa.

Alexandre haussa les épaules dans un geste de mépris qui étonna ses deux frères.

— Oh, Juillet et son éternelle idée de reconnaissance ! Il a fait une vraie dette de son adoption, une créance. Il se sentira débiteur jusqu'au bout et il s'oblige à être parfait. C'est d'un lassant !

Alex venait de poser la cafetière sur la table avec brusquerie. Robert et Louis-Marie échangèrent un coup d'œil.

— Alors bien sûr il le nargue, de temps en temps, mais sans jamais aller trop loin...

Alex s'interrompit, soudain conscient du regard de ses frères sur lui. Il eut un sourire d'excuse.

— Désolé... Il y a des jours où Juillet me fatigue encore plus que papa. Cette histoire de collier est odieuse, il aurait pu lui acheter autre chose, d'accord, mais il ne va pas l'épouser pour autant !

Robert se leva et tapa amicalement sur l'épaule d'Alex.

— J'en suis persuadé. Je vais à Bordeaux, à tout à l'heure...

Louis-Marie le suivit et ils quittèrent la Grangette ensemble. Ils marchèrent en silence jusqu'au garage puis Louis-Marie décida d'accompagner son frère. Ils avaient beau se taire, ils pensaient tous deux à l'amertume d'Alex plus qu'à la maîtresse de leur père.

Le jour de Noël fut très calme. Juillet ne parut pas au déjeuner familial et Aurélien s'efforça de détendre l'atmosphère en jouant avec ses petits-enfants. Il toléra le désordre des jouets et les cris de joie une bonne partie de l'après-midi puis alla s'enfermer dans sa bibliothèque. Pour fuir la présence de Frédérique, les frères se réunirent dans la chambre de Juillet qui toussait sous ses couvertures et à qui Fernande montait une boisson chaude toutes les demi-heures.

Le matin du 26 décembre, la température extérieure avait encore baissé. Laurène, réveillée la première, regardait dormir Juillet, appuyée sur un coude. Elle toucha sa joue et sa main, heureuse de constater qu'il n'avait plus de fièvre. Il s'était beaucoup agité pendant la nuit. Il avait eu soif, puis envie de faire l'amour, puis il avait toussé longtemps et de nouveau réclamé à boire. Ils avaient fini par éteindre, très tard, et depuis lors il dormait, écrasé d'un sommeil profond et calme.

Laurène observait les épaules de Juillet, ses cheveux noirs et bouclés, un peu trop longs, sa peau mate. Elle se demanda, pour la millième fois depuis qu'elle le connaissait, d'où il venait et qui il était. Mais sans aller plus loin car elle était habituée aux tabous de Fonteyne. Elle jeta un coup d'œil autour d'elle, se tournant à moitié. Cette pièce était trop grande pour une chambre. Fernande racontait volontiers que lorsque Juillet était petit, il avait peur d'y dormir et finissait souvent ses nuits chez l'un ou l'autre de ses frères. Laurène se souvenait précisément de Juillet enfant. Elle le revoyait, suivant Aurélien comme son ombre, silencieux et appliqué. Par la suite, elle l'avait perdu de vue durant quelques années lorsqu'il avait été pensionnaire à Bordeaux. Mais dans l'univers de Laurène il y avait toujours eu, en arrière-plan, la famille Laverzac. Avec cette nuance d'envie et d'admiration quand Antoine parlait d'Aurélien et de ses vignes, de Fonteyne et des quatre fils. En se faisant engager par Aurélien, Laurène avait réalisé un rêve.

Aurélien... Ce vieux charmeur ! Tout le monde en avait peur mais Laurène l'aimait beaucoup. Elle n'approuvait pas Frédérique, cependant elle ne parvenait pas à voir en elle autre chose qu'une fille un peu paumée, comme elle-même l'avait été à une certaine époque. Le bonheur que lui donnait Juillet l'aveuglait au point de la rendre indulgente.

Elle sortit du lit, enfila une épaisse robe de chambre et s'approcha de la fenêtre. Il faisait encore nuit sur Fonteyne. Une nuit à peine pâlie par le petit matin, glacée de givre, un peu oppressante.

Elle quitta la chambre sur la pointe des pieds et descendit jusqu'à la cuisine pour se faire un café. Fernande était déjà là, assise au bout de l'un des bancs de la grande table. Elle proposa aussitôt de préparer un plateau pour Juillet dont elle demanda des nouvelles. C'était si inhabituel de le voir malade que la vieille femme en était toute retournée. Laurène la rassura et commença de se beurrer des toasts. L'arrivée inopinée de Frédérique la surprit beaucoup. La jeune fille parut contrariée de trouver la cuisine déjà occupée et alla s'installer à l'autre bout de la table. Elle annonça à mi-voix qu'Aurélien souhaitait un plateau dans son bureau et Fernande s'activa aussitôt. Habituée à l'hostilité de la famille, Frédérique déjeunait silencieusement et ce fut Laurène qui vint vers elle et engagea la conversation. Fernande, qui les observait du coin de l'œil, haussa les épaules. La naïveté de Laurène faisait partie de son charme, soit, mais là elle trahissait les autres.

Fernande se hâta jusqu'au bureau d'Aurélien où elle eut la surprise de trouver Juillet, tout habillé, qui discutait déjà avec son père. Elle posa son plateau et s'éclipsa discrètement. Aurélien attendit qu'elle ait fermé la porte pour reprendre :

— J'ai vu Antoine, hier, il est d'accord sur tout, bien entendu.

Il y avait une infime nuance de mépris dans sa voix. Il ajouta :

— Le printemps arrangerait tout le monde... Vous n'aurez qu'à choisir une date, Laurène et toi. La réception aura lieu ici, naturellement. Je tiens aussi à un contrat de séparation de biens.

Juillet approuva la dernière phrase de son père d'un signe de tête. Personne, pas même Laurène, ne pouvait prétendre avoir le moindre droit présent ou à venir sur Fonteyne.

— Pour les terres de Mazion... Il faudra bien finir par trouver un compromis...

Aurélien parlait lentement, comme avec prudence.

— Ton frère semble pressé de partir et de s'en occuper... Pour de bon... Mais Antoine n'a pas l'air décidé à prendre sa retraite et je ne veux pas qu'Alex aille jouer les seconds chez son beau-père. Sa place est ici.

— Je ne crois pas, murmura Juillet.

Ils se dévisagèrent, se comprenant sans avoir besoin d'en dire davantage.

— J'ai sorti du coffre la pierre que tu feras monter en bague pour Laurène. C'est exactement la même que pour Dominique et pour Pauline. C'étaient les pendentifs de votre mère. Il en reste un pour le jour où Robert se décidera.

Juillet regarda vers la fenêtre. Il n'avait aucune envie de parler des bijoux de Lucie.

— Tu m'écoutes, fils ?
— Oui, Aurélien.

Pour prendre une contenance, Juillet chercha ses cigarettes dans sa poche.

— Tu ne vas pas fumer, je pense ? Tu t'entends tousser ? Range ça.

Juillet sourit. Il était heureux que rien ne soit changé entre son père et lui. Ils évitaient seulement d'évoquer Frédérique.

— J'ai jeté un coup d'œil sur tes prévisions de budget. C'est un peu lourd mais tu as raison d'envisager les choses de cette façon. Fixe un rendez-vous à l'expert-comptable.

Juillet hocha la tête, pensif.

— Il va falloir que j'aille voir les échalas de près, aujourd'hui.

— Sûrement pas ! Si je te laisse sortir, ton toubib de frère fera un scandale et il aura bien raison. Tu peux faire beaucoup de choses depuis ce bureau. D'autant que je ne serai pas là pour déjeuner, j'emmène Frédérique à Bordeaux, vous êtes si désagréables avec elle qu'elle sera ravie d'une petite escapade !

Il narguait Juillet qui resta calme et indifférent.

— Je vous réserve une table pour deux au *Chapon Fin* ?

Aurélien se décida à lui sourire.

—Mes amours ne te pèsent pas trop, cow-boy ?

Surpris par une question aussi directe, Juillet fut incapable de trouver une réponse.

— En tout cas, tu ne mets pas le nez dehors aujourd'hui ! Nous sommes bien d'accord ?

— Oui, répondit Juillet d'une voix tendre.

— Alors bonne journée, fils.

— Vous aussi, Aurélien.

Lorsque son père sortit, le chien de Juillet en profita pour se faufiler dans le bureau.

— Tu exagères, lui murmura Juillet en le caressant distraitement.

Louis-Marie n'avait pas résisté aux questions de Pauline, il avait fini par tout raconter. Assise sur le lit, enfilant ses bottes fourrées, Pauline se récriait :

—Un collier de sa femme ? Un bijou de jeune fille ? Mais c'est fou... Et vous allez le laisser faire ? Et pourquoi pas les terres ?

Louis-Marie haussa les épaules.

— C'est sans rapport, voyons, Pauline ! Les terres, c'est sacré. Alors que de malheureux bijoux, papa s'en moque bien...

— Mais c'était à votre mère ! Dites-lui que c'est odieux !

Louis-Marie sourit à sa femme.

— Je viens juste de t'expliquer que Juillet a voulu le lui dire et...

— C'est vrai, j'oublie le plus beau ! Se faire gifler à trente ans, tu trouves ça normal ? Va donc voir ton père, va lui parler.

— De quoi ?

Louis-Marie prit Pauline dans ses bras. Il la trouvait adorable en colère.

— Nous étions venus pour arranger les choses et nous n'arrangeons rien du tout. Juillet s'y est mal pris...

— Mal pris ! Il n'y a que lui qui ait un peu de courage. Il a osé dire ce qu'il pense. Ce que vous pensez tous les quatre ! Et Aurélien le traite en gamin parce qu'il en a peur.

Pensif, Louis-Marie embrassa Pauline dans le cou mais elle se dégagea.

— Pauline... Ne prends pas cette histoire au tragique. Ils finiront par tomber d'accord. Du plus loin que je me souvienne, quand leurs différends sont trop durs à supporter, ils les effacent !

Une nouvelle fois, elle le repoussa. Elle savait très bien ce qu'il voulait, or elle n'en avait pas envie.

— Et le grand mystère qui entoure l'adoption de Juillet, tu es certain de ne pas le connaître ?

Surpris, Louis-Marie éclata de rire.

— Oh oui ! Il y a trente ans que ce point est établi : Juillet vient de nulle part. Personne n'aurait l'idée d'en douter !

— Même pas Juillet lui-même ?

— Surtout pas. Ses rapports avec papa sont bâtis sur ce silence, cette ambiguïté. Manifestement, chacun pense qu'il a quelque chose à faire payer à l'autre. Ou à pardonner !

Pauline haussa les épaules et s'empara de sa toque de fourrure.

— C'est très bourgeois, ça ! On cache, on dissimule. On fait comme s'il n'y avait rien d'anormal alors qu'on est en train d'étouffer un scandale retentissant.

Je connais cette mentalité, mais comment intégrer Frédérique à un univers aussi bien-pensant ?

Louis-Marie se sentit vaguement blessé par le mépris évident de Pauline.

— Là c'est toi qui raisonnes en petite-bourgeoise, ma chérie. Papa s'offre une jeune et jolie maîtresse, il aurait bien tort de ne pas l'afficher ! Comme pour tout le reste, il fait encore des envieux.

Elle lui jeta un regard étonné.

— Vous êtes une drôle de famille…, dit-elle avant de se diriger vers la porte d'un pas décidé.

— Tu vas te promener ?

— Bien sûr. Je ne vais pas faire la cuisine dans cette tenue ! Tu m'embrasses ?

Il la rejoignit pour la prendre de nouveau dans ses bras. Elle appuya sa tête contre lui. Il était beaucoup plus grand qu'elle et elle se sentait en sécurité avec lui. Elle pensa à Robert et eut envie de sourire. Aucun homme, même en se donnant du mal, ne pouvait comprendre aucune femme, elle en était certaine. Elle lui demanda une cigarette, pour rester encore cinq minutes.

— Dis-moi, Louis-Marie… Vous n'étiez jamais jaloux de Juillet, tes frères et toi ?

— Jaloux ? Mais non ! On n'est pas jaloux de l'évidence ! D'ailleurs les sentiments excessifs de papa pour Juillet ne nous paraissaient pas très enviables ! Aucun d'entre nous n'aurait eu sa patience, tu sais !

— Il lui faut plus que de la patience pour accepter de recevoir une claque à son âge, souligna-t-elle.

— Et que voulais-tu qu'il fasse ? Qu'il la lui rende ?

Elle se mit à rire.

— C'est vraiment le Moyen Âge, ici ! Je me demande pourquoi j'aime Fonteyne !

— Parce que tu l'aimes ?
— Mais oui... évidemment ! J'aime aussi tes frères et même ce tyran d'Aurélien ! Et puis, cette maison...
— Vraiment ?

Elle se blottit contre lui. Elle savait qu'elle lui faisait plaisir, d'ailleurs, elle ne mentait pas.

— Et Robert aussi, tu l'aimes ?

Il avait formulé sa question d'une voix douce mais elle ne se laissa pas prendre au piège et répondit sans hésiter :

— Aussi ! Je l'aime beaucoup.

Juillet était resté longtemps debout, avec une liasse de factures à la main. Parmi les affaires courantes, il avait trouvé la note d'un fournisseur inhabituel. L'entête : « Bijoux anciens, originaux et reproductions », avait attiré son attention. Il s'agissait évidemment du collier de perles de Frédérique. Juillet s'en voulut de ne pas y avoir pensé tout seul.

« Il n'aurait jamais donné un collier de sa femme à sa maîtresse ! J'ai été d'une sottise... Mais a-t-il fait faire ce bijou pour flatter Frédérique ou pour nous provoquer ? »

Posément, il s'installa derrière le bureau, prit un chéquier et se mit à régler les factures, y compris celle du joaillier. Ensuite il ouvrit le coffre dont il avait la clef depuis dix ans. Sur l'étagère supérieure, une rangée de vieux écrins contenait tous les souvenirs de Lucie. Juillet hésita. Il n'avait jamais touché à aucune de ces boîtes de velours aux couleurs sombres. Il y renonça et referma. Laurène entra tandis qu'il brouillait la combinaison, comme à son habitude.

— Tu te sens bien ? demanda-t-elle tendrement. Tu as si peu dormi... Tiens, mets donc ça.

Elle lui tendait un pull qu'il enfila de bonne grâce.

— J'ai bavardé avec Frédérique, ce matin, et je ne la trouve pas si désagréable... Pauline lui parle comme à un chien et Fernande l'ignore. Même ma sœur ne lui adresse pas dix mots par jour !

Juillet ne répondit rien. Il trouvait surprenant que Laurène puisse sympathiser avec Frédérique mais il s'abstint de tout commentaire.

— Il y a plein de chèques à faire partir, tu t'en charges ?

D'un geste naturel, il préleva sur le bureau la facture du collier et son règlement qu'il glissa dans la poche de son jean.

— À toi, il te plairait, Aurélien ?

La question, tellement surprenante, fit rougir Laurène. Lorsqu'elle avait confié ses chagrins à Aurélien, quelques années plus tôt, et qu'elle s'était appuyée sur son épaule pour pleurer, elle avait découvert l'envie qu'on pouvait avoir de trouver refuge près d'un homme comme lui. Malgré son âge, il exerçait un attrait indéfinissable, un charme persistant sur les femmes. Cette impression vague était restée dans la mémoire de Laurène. La courtoisie dont Aurélien avait toujours fait preuve à son égard, le badinage amusé qu'ils avaient maintenu par jeu et par habitude, le regard particulier qu'il posait sur elle et sa manière un peu autoritaire de la protéger avaient teinté leurs rapports d'une indiscutable ambiguïté.

Intrigué, Juillet attendait la réponse et regardait toujours Laurène.

— Tu trouves ma question stupide ?

— Non, pas du tout... J'y réfléchissais... Il peut plaire, oui...

— À quelqu'un de ton âge ?

Il y avait de l'incrédulité dans la voix de Juillet, mais nulle agressivité.

— Je ne sais pas, dit prudemment Laurène. Frédérique ne l'aime peut-être pas, mais je suis sûre qu'il ne lui déplaît pas.

— Il ne lui déplaît pas..., répéta Juillet. Et ça leur suffit !

— Enfin, Juillet, dit doucement Laurène, tu connais ton père ! Ce n'est pas la première fois qu'il a une maîtresse aussi jeune...

— Des aventures, oui, mais jamais de liaison. Jamais. J'aimerais savoir où cette fille veut arriver et ce qu'elle cherche.

— Elle n'en sait peut-être rien ? Elle est perdue, elle est seule...

Juillet eut un sourire indéchiffrable.

— Perdue ? Elle ? Je ne crois pas, non.

Il regarda Laurène. Elle était jolie, fraîche, naïve. Et il allait l'épouser. Il aurait dû se sentir très heureux, or il ne l'était pas.

Le lendemain, le temps se radoucit enfin. Le thermomètre revint aux alentours de zéro, il se mit à neiger et les enfants purent s'amuser de nouveau au-dehors. Juillet était préoccupé par la taille de la vigne mais il passait de grands moments à bavarder avec ses frères. Aurélien restait un peu distant mais surveillait tout le monde d'un œil amusé, peu habitué à voir Fonteyne envahi en plein hiver.

Les 27 et 28 décembre passèrent ainsi. Frédérique ne parlait guère qu'à Laurène, en dehors d'Aurélien.

Le 29, Juillet dut se rendre à Bordeaux où Pauline l'accompagna, en quête d'idées pour le réveillon de la Saint-Sylvestre. Ils s'étaient donné rendez-vous, en fin d'après-midi, dans un bar des Quinconces où Juillet arriva le premier. Il s'assit à une table et commanda un cocktail, ce qui ne lui arrivait que très rarement. Le barman le connaissait de vue et l'appela par son nom en déposant le verre devant lui. Presque aussitôt, un homme d'une trentaine d'années qui était installé un peu plus loin se leva et s'approcha.

— Vous vous appelez Laverzac ? demanda-t-il d'une drôle de voix.

Surpris, Juillet le dévisagea sans le reconnaître.

— Oui...

— Vous êtes l'un des quatre fils ?

— Oui.

— Et vous habitez Fonteyne, c'est ça ?

Juillet, un peu sur la défensive, négligea la dernière question.

— Vous voulez me parler ? demanda-t-il avec calme.

Il sentait l'agressivité de son interlocuteur. Un deuxième individu s'était approché à son tour de la table et se tenait en retrait, silencieux. Juillet se leva, prenant son temps.

— Il y a une jeune fille qui vit chez vous, Frédérique... C'est ma sœur.

— Enchanté, dit Juillet d'un ton neutre.

Ils s'observaient, conscients l'un et l'autre de la tension qui montait.

— Que désirez-vous exactement ?

— J'ai entendu des choses désagréables. On dit... On dit que votre père est un vieillard très vert, par exemple...

Juillet jeta un rapide coup d'œil sur l'autre homme, tout en répliquant :

— Votre sœur travaille chez nous, effectivement. Avec un salaire très décent. Elle ne nous a jamais parlé de vous mais c'est sans importance.

— Un salaire décent !

L'homme ricanait, carrément hostile.

— Il a quel âge, le vieux ?

Juillet savait que les deux hommes cherchaient la bagarre mais il ne pouvait pas laisser passer l'insulte.

— Vous parlez d'Aurélien Laverzac ? Il va falloir en parler sur un autre ton...

— Vous êtes une famille de pourris ! cracha l'homme avec fureur. Je vais y foutre le feu, à Fonteyne, en allant récupérer ma sœur ! Laverzac s'est exhibé dans un restaurant avec elle et je ne le laisserai pas continuer à la traîner partout comme un trophée ! C'est clair ?

Il prit brusquement Juillet par le revers de son blouson.

— Tu m'entends, dis ?

Juillet se dégagea d'une secousse et frappa le premier.

Pauline avait conduit à tombeau ouvert pour regagner Fonteyne. Elle était arrivée, complètement affolée, et avait raconté ce qu'elle savait à Aurélien sans reprendre son souffle. Juillet était au commissariat. Une partie de l'élégant bar avait été saccagée par la bagarre. Le barman, qui avait voulu s'en mêler, était à l'hôpital. Et tout Bordeaux devait déjà être au courant du scandale.

Aurélien ne fit pas le moindre commentaire, il prit les clefs de la Mercedes des mains de Pauline et quitta le salon à grands pas en précisant qu'il n'avait besoin de personne.

Au commissariat central, il fit une entrée remarquée. Il était décidé à prendre les choses de très haut, conscient de ce que le nom de Laverzac représentait. Il connaissait d'ailleurs l'inspecteur qui le reçut et à qui il demanda d'un ton glacé pourquoi Juillet était retenu. Le fonctionnaire comprit tout de suite qu'Aurélien était déterminé à leur faire tous les ennuis possibles. Il se déchargea aussitôt de sa responsabilité en conduisant Aurélien jusqu'au bureau du commissaire Vanier. Là, Aurélien négligea la main tendue, le sourire conciliant et le fauteuil qu'on lui désignait. Il écouta debout, impassible et distant, les explications.

— Coups et blessures, scandale sur la voie publique, dégâts matériels, préjudice, refus d'obtempérer... Heureusement son alcootest est négatif. Il a sérieusement amoché l'un de ses adversaires. Mais il a été provoqué, nous avons le témoignage du personnel de l'établissement. Les choses vont rentrer dans l'ordre.

Aurélien regardait par la fenêtre, indifférent en apparence.

— Votre fils se bat souvent ? s'enquit le commissaire Vanier.

— De temps à autre... Rarement sur... sur la voie publique, comme vous dites.

— Reste à savoir si les deux hommes porteront plainte. Il semble que la querelle soit une banale histoire de femme.

— C'est nous qui portons plainte, commissaire, dit Aurélien d'une voix glaciale. Si j'ai bien compris, mon fils a été pris à partie...

Il était assez imposant, avec ses cheveux blancs et son air digne. Vanier savait pertinemment à qui il s'adressait. Laverzac avait des amis et des relations partout, il faisait partie de cette hiérarchie compliquée du monde du vin qu'il valait mieux ne pas affronter.

— À présent, je voudrais voir mon fils.

— Naturellement. Sa déposition a été enregistrée, il peut partir.

Vanier hésita une seconde puis ajouta :

— Monsieur Laverzac, je sais qui vous êtes et ce que vous représentez. Mais personne n'a intérêt au scandale, jamais.

Aurélien ne tint aucun compte de la phrase et riposta :

— Où est mon fils ?

Sa voix était dénuée d'intonation particulière. Le commissaire se leva.

— Je vous conduis.

Ils longèrent des couloirs, l'un derrière l'autre, jusqu'à un petit bureau dont Vanier ouvrit la porte, écartant le policier de service. Juillet était assis sur un banc, contre le mur. Apparemment, il n'allait pas mal, hormis une pommette et une arcade sourcilière fendues. Son blouson était en lambeaux, il paraissait fatigué et, surtout, il paraissait attendre.

— Je suis venu te chercher, dit simplement Aurélien. Tu vas bien ?

Juillet hocha la tête et se leva. Vanier les regardait tour à tour. Comme personne n'ajoutait le moindre mot, il se décida à les reconduire vers la porte.

— Bonsoir, commissaire, dit Aurélien en lui tendant la main.

Ils passèrent devant lui et remontèrent le couloir côte à côte jusqu'à la sortie. Lorsqu'ils furent devant la Mercedes, Juillet monta à la place du conducteur, par habitude. Aurélien lui passa les clefs de contact.

— Pauline a eu tort de vous prévenir, je suis navré, dit Juillet en démarrant.

— Tu es vexé que ton père soit venu te récupérer ?

— Oh, non ! répondit Juillet en riant. Plutôt flatté. Vous êtes venu me chercher deux fois au lycée, vous vous souvenez ?

— Oui. Une fois devant la grille, normalement, et une fois chez le proviseur. Déjà pour une histoire de bagarre... Tu as toujours eu un caractère de chien enragé !

Aurélien riait à son tour. Il effleura la joue de son fils.

— Ça fait mal ?
— Non.
— Tu t'es vengé, j'espère ?
— Copieusement !
— Et... C'était quoi, au juste, le sujet de votre désaccord ?

Juillet était arrêté à un feu rouge. Il tourna la tête vers son père.

— L'un de ces types est le frère de Frédérique.

Il y eut un bref silence puis Aurélien dit seulement :
— Je vois.

Juillet quittait la banlieue de Bordeaux. Au bout d'un moment, il murmura :

— Je crois qu'on commence à bavarder.

— Tu as une manière un peu violente de mettre fin aux conversations, non ?

Mais Juillet restait sérieux.

— J'étais obligé, Aurélien. Que votre vie privée agace les esprits chagrins, peu importe, mais je ne peux pas laisser le premier type venu m'insulter.

Aurélien parut réfléchir aux propos de Juillet.

— Tu n'as jamais peur de rien ? demanda-t-il enfin d'une voix étrange.

— Je ne crois pas.

— J'étais comme toi.

— Et maintenant ?

— Maintenant… Il y a la vieillesse et la mort qui m'effraient.

Juillet accélérait sans s'en apercevoir.

— Ralentis, tu veux ? Alex va regretter de ne pas avoir participé à ton western. Il adore ça aussi !

— Oh, Alex… En ce moment…

Aurélien jeta un coup d'œil au profil de Juillet.

— Tu ne le sens pas, ton frère, en ce moment… Moi non plus… Et le frère de Frédérique, à quoi ressemble-t-il ?

— À rien. À un con. Aucune allure. La sœur est mieux ! Je crois qu'il avait bu.

Il y eut un nouveau silence, assez long. Juillet reprit enfin :

— Ne cherchez pas à le rencontrer, Aurélien. Vous lui diriez quoi, d'ailleurs ? Frédérique est majeure, elle travaille et vous la payez, il n'y a rien à ajouter.

Aurélien posa la main sur l'épaule de son fils.

— Tu te fais trop de souci pour moi, cow-boy. Ça te rend nerveux. Tu penses bien qu'on sait ce qu'on fait quand on arrive à mon âge. Ne t'inquiète jamais à mon sujet, c'est inutile.

Il regardait Juillet avec une évidente franchise.

— Tu es devenu quelqu'un de très bien, fils. Et dis-moi... À quoi pensais-tu, tout à l'heure, quand je suis arrivé et que tu étais là, sur ton banc, l'air perdu ?

— Ça va gueuler.

— Comment ?

— Je pensais : « Ça va gueuler. »

Aurélien éclata de rire alors qu'ils s'engageaient dans l'allée de Fonteyne.

Dominique ne parvenait pas à se relever, prise de fou rire, et Louis-Marie vint lui tendre la main pour l'aider. Ils avaient chaussé des skis de fond, plus ou moins à leur taille, retrouvés dans le grenier. Pauline, accrochée à Robert, n'arrivait pas à finir la montée. Essoufflée, décoiffée, elle s'amusait beaucoup.

— Combien d'invités, pour le réveillon ? demanda Robert qui la tenait serrée contre lui sous prétexte de l'aider.

— Les inévitables : le docteur Auber, le notaire, Antoine et Marie...

— Et on annonce les fiançailles de Juillet et de Laurène ! ponctua Dominique.

Pauline s'était enfin appuyée contre un arbre et elle battait des mains.

— Hé ! Laurène ! Ça ne t'ennuie pas de compromettre ton avenir avec un repris de justice ?

— C'est vrai qu'il est violent, le cadet ! surenchérit Louis-Marie.

Robert, qui était tout à côté de Juillet, enchaîna :

— Une bronchite, une baffe, une bagarre dans un bar, un séjour au commissariat, et le tout en moins d'une semaine, tu bats les records !

Juillet haussa les épaules et leur fit signe de se remettre en route.

— Il y a un point de vue superbe, un peu plus haut…

— Plus haut ? protesta Pauline. Je ne pourrai jamais !

Robert proposa de redescendre avec elle tandis que Louis-Marie, gai et insouciant, s'élançait devant les autres. Robert les regarda s'éloigner sur la pente qui semblait leur poser toutes sortes de problèmes.

— On ne profite jamais assez de la famille…, dit-il d'un ton bizarre.

Puis il se tourna vers Pauline et la dévisagea. Il adorait tout en bloc : le sourire, les yeux, les boucles blondes qui s'échappaient du bonnet.

— Tu es très belle, vraiment…

C'était la première fois qu'ils se trouvaient en tête à tête. Seul Botty, le chien de Juillet, était resté avec eux, fatigué de s'enfoncer dans la neige. Robert le caressa distraitement sans quitter Pauline des yeux.

— On racontera qu'on s'est perdus et on passe une heure dans les bois ?

Il souriait de sa plaisanterie amère mais Pauline répliqua :

— Même dans les bois, Juillet nous trouverait ! Il a le chic pour tomber sur les gens qui se cachent, comme tu sais ! Tu te souviens de tes exploits avec Laurène dans ce box ?

Robert haussa les épaules, agacé.

— Pauline… Tu t'es découvert des scrupules, depuis l'automne ?

Elle eut un sourire presque tendre.

— Non. Mais chaque fois que nous nous voyons, tu fais une de ces têtes… Tu es pris entre tes remords et tes envies, ça ne te rend pas drôle…

— Entre deux rencontres, je parviens parfois à t'oublier un peu... Et puis tu arrives et je retombe, comme un drogué. Et tu as épousé Louis-Marie. Et ce sera comme ça toute la vie, tous les étés, tous les Noëls... À moins que je ne rompe définitivement avec la famille. Tu comprends ?
Elle se détourna, murmurant :
— Tu dramatises.
— À peine !
La voix de Robert, grave et rauque, empêcha Pauline d'avancer.
— Si j'essaie de ne pas m'intéresser à toi, tu me fais du charme. Pourquoi ? C'est tellement sans solution et c'est si dur, Pauline...
Il vint la prendre par les épaules, avec douceur. Alors elle se décida à le regarder bien en face.
— Tu es beau, tu me plais. Mais ça n'ira jamais plus loin, je n'y peux rien. Viens, rentrons. De toute façon il fait beaucoup trop froid pour faire l'amour.
Elle l'embrassa sur la bouche, légèrement, puis elle réussit à l'entraîner vers Fonteyne.

En fin de journée, Juillet s'était rendu dans les caves pour y chercher les bouteilles qu'Aurélien destinait au réveillon. Il fut très étonné de découvrir Frédérique qui se promenait devant les casiers, les mains dans les poches. Il avait complètement oublié la jeune fille que personne n'avait songé à convier lorsqu'ils étaient partis skier.
— Tu fais l'inventaire ? lui lança-t-il gaiement.
— J'aime bien ces caves, c'est tout, n'aie donc pas peur pour ton héritage ! riposta-t-elle.

Haussant les épaules, il s'était déjà détourné lorsqu'elle le rappela :

— Juillet ! Que t'a raconté mon frère, exactement ?

— Des conneries. Je n'ai pas tout écouté. Il pense que tu es la maîtresse d'Aurélien et ça lui déplaît. Il faut le comprendre... Un jour où il aura vraiment trop bu, il viendra faire du scandale ici. Je m'en fous, mais tu es dans une...

Il s'arrêta net. Frédérique avait les yeux brillants et une larme roulait sur sa joue. Un peu ennuyé, il hésita.

— Quelque chose ne va pas ?

Malgré tout, elle l'émouvait.

— Frédérique...

Elle pleurait franchement, à présent, debout devant lui, démunie. D'un revers de main, elle rejeta une mèche de ses cheveux en arrière. Très droite, elle ne cherchait ni à dissimuler, ni à rompre la gêne évidente de Juillet.

— En quels termes es-tu avec ton frère ? demanda-t-il d'une voix conciliante.

— Bons. Il boit trop mais il a des excuses... Je ne le vois pas souvent.

Elle parlait de manière saccadée, suffoquant à travers ses larmes. D'un geste irréfléchi, il l'attira à lui. Elle se laissa aller un instant, la tête contre le blouson de Juillet, puis elle s'écarta.

— Je n'ai peur de rien, tu sais, dit-elle. Ni de vous tous, ni de mon frère, ni d'Aurélien. Je n'ai peur que du temps qui passe.

« Mais elle est belle... Il a raison, Aurélien, elle est superbe... »

Juillet avait toujours été très sensible aux chagrins des femmes. Il lui était pourtant difficile de consoler Frédérique après lui avoir fait si ouvertement la guerre.

En la détaillant, à cet instant précis, il retrouvait tout ce qui lui avait plu en elle, quelques mois plus tôt. Belle, oui, volontaire et farouche, peut-être un peu fragile.

— Veux-tu que j'appelle Aurélien ? interrogea-t-il à mi-voix.

— Non ! Fous-lui la paix ! Et à moi aussi !

Faisant demi-tour, elle s'éloigna vers le fond des caves. Perplexe et très mal à l'aise, Juillet regagna Fonteyne. Le joyeux brouhaha du salon lui parut déconcertant. Laurène vint vers lui et le prit amoureusement par le bras. Il se sentit rougir de la trouver soudain un peu insignifiante. Il entendit claquer la porte du hall d'entrée. Lorsque Frédérique pénétra à son tour dans le salon, nul n'aurait pu savoir qu'elle avait pleuré. Elle paraissait calme, à peine triste. Elle se dirigea vers Aurélien et s'assit à côté de lui comme on cherche refuge. Juillet, pensif, ne la quittait pas des yeux.

— Mon cher beau-frère, murmura Pauline, vous êtes très curieux à observer…

Surpris, Juillet éclata de son rire bref et léger.

— On ne se méfie jamais assez de vous, Pauline, répondit-il entre ses dents.

Il ne ressentait pas le besoin de s'expliquer, Pauline comprenait toujours ce genre de choses. Isolés de la conversation générale, ils se regardaient, hilares.

— Nous nous sommes tous trompés, dit encore Pauline. Nous n'allons pas la balayer facilement… Elle a quand même une sacrée personnalité…

Juillet hocha la tête, redevenu sérieux.

— Il va falloir faire attention, approuva-t-il.

— Surtout vous, mon cher beau-frère…

Pauline s'éloigna, gardant un air amusé, et Juillet se sentit très seul, soudain. Il vit son père qui avait familièrement passé un bras autour des épaules de Frédérique, là-bas sur le canapé. Il se força à sourire et à aller vers eux pour leur servir à boire. Laurène vint s'asseoir de l'autre côté d'Aurélien.

— Cette année-là était fameuse, déclara Aurélien en reposant son verre.

Il regardait son fils avec une évidente tendresse.

— Une nouvelle année dans deux jours, poursuivit Aurélien, tu vas nous faire encore un beau millésime, Juillet ?

Le jeune homme lui sourit, un peu désorienté. Puis il s'éloigna vers la cheminée devant laquelle ses frères bavardaient. Il préférait ne pas penser à l'avenir.

— Te souviens-tu de l'année où tu avais fait le père Noël pour les grands magasins, à Bordeaux ? lui demanda Alex en riant.

— Très bien ! Quel scandale...

Le souvenir de cet épisode d'adolescence fit rire Juillet.

— Lorsque papa l'a appris, précisa Louis-Marie pour Pauline, il a commencé par hurler mais il a fini par augmenter notre argent de poche !

— Je vous entends ! prévint Aurélien de l'autre bout du salon. Vous étiez impossibles quand vous étiez jeunes !

— Vous aussi, grogna Louis-Marie entre ses dents et seuls ses frères le comprirent.

De nouveau, ils rirent ensemble et jetèrent un coup d'œil à leur père qui, entouré de Frédérique et de Laurène, paraissait aussi joyeux qu'eux.

— Dis-moi, Juillet...

Alex entraînait Juillet un peu à l'écart, sans cesser de sourire mais de façon artificielle.

— Quand comptes-tu jouer les pères Noël avec moi ?

Intrigué, Juillet dévisagea son frère. Alex précisa, faisant visiblement un effort pour parler :

— Libère-moi d'ici, je n'y ferai pas une autre année...

C'était dit avec maladresse mais Juillet devina sans peine de quoi il était question.

— Je sais que tu veux partir, Alex. Je n'ai aucune autorisation à te donner. Parles-en à Aurélien.

— Tu imagines ce qu'il va me répondre !

— Très bien... Tu veux aller jouer les seconds rôles chez ton beau-père ?

— Ce sera mieux que la cinquième roue du carrosse ici !

Ils avaient élevé la voix et Aurélien leur jeta un coup d'œil, de son canapé.

— Aide-moi, reprit Alex plus bas. Il n'y a que toi qui puisses le convaincre.

— Je ne suis pas convaincu non plus.

— Tu as peur pour ta part de vignes à Mazion ? demanda brutalement Alex.

Juillet le regarda avec attention et Alex finit par baisser les yeux, gêné.

— Les vignes de Mazion... On croit rêver ! Mais de quelle planète débarques-tu, Alex ? Atterris ! Tu es à Fonteyne, sur la commune de Margaux, et tu t'appelles Laverzac ! Tu peux l'oublier si tu veux mais ne me demande pas d'en faire autant !

Juillet parlait à voix basse mais il martelait ses mots. Alex, mal à l'aise, voulut lui poser la main sur le bras. Juillet se dégagea d'une secousse qui n'avait rien d'amical. Après un dernier regard appuyé, Juillet se détourna en murmurant :

— Tu es vraiment un minable…

Il ne vit pas l'expression de haine qui se peignait, fugitivement, sur les traits de son frère.

Le dernier jour de l'année arriva. Frédérique, qui ne se décidait pas à quitter son lit et la chaleur de la couette, réfléchissait paresseusement. La veille au soir, Aurélien était venu passer un moment dans sa chambre. Il n'avait pas parlé de l'incident de Bordeaux ni de ce frère qui surgissait soudain. Il lui avait simplement demandé si elle se plaisait toujours à Fonteyne. Il était si bienveillant et si rassurant que Frédérique commençait à éprouver une réelle tendresse pour lui.

Elle s'étira, bâilla, puis songea que le soir même les fiançailles de Juillet et de Laurène allaient être annoncées. Elle n'avait aucun moyen de l'empêcher. Ensuite, lorsque Juillet serait marié, lorsque l'été serait là…

Elle se leva brusquement. Juillet… Son allure de gitan, sa silhouette de félin, les sourires timides et charmants qu'il avait parfois… Aurélien, c'était Juillet dans vingt ou trente ans.

On frappa et elle cria d'entrer.

— Nous allons à Bordeaux vers dix heures, annonça Laurène. Voulez-vous venir avec nous ?

Frédérique, non sans amertume, constata que la seule personne un peu aimable avec elle à Fonteyne était justement sa rivale.

— Merci, non. C'est gentil à vous…

Laurène s'assit sur le lit et sourit à Frédérique qui achevait de s'habiller.

— Ils ne sont pas très chic avec vous, n'est-ce pas ?
Frédérique haussa les épaules, indifférente.

— Il faut les comprendre, plaida Laurène. C'est leur père... Et ils ont une telle adoration pour lui ! Enfin, surtout Juillet...

— Mais, protesta Frédérique en se retournant brusquement, je ne lui fais aucun mal, à Aurélien ! Dites qu'ils tremblent pour leur patrimoine !

Comme Laurène n'avait pas fermé la porte, elles entendirent Aurélien qui arrivait. Gênée, Laurène se leva et quitta la chambre aussitôt. Elle se trouva nez à nez avec Aurélien dans le couloir. S'il fut surpris de la voir sortir de chez Frédérique, il n'en laissa rien paraître. Toutefois il fit demi-tour avec elle.

— Tu vas bien, ma future belle-fille ?

— Je vais très bien ! J'aime Juillet, j'aime Fonteyne, et vous aussi, je vous aime !

— Oh, quelle déclaration ! dit Aurélien en riant. Tu me fais plaisir. D'ailleurs tu sais bien que j'ai toujours eu un faible pour toi.

Il l'avait prise familièrement par le bras et elle se sentit un peu embarrassée.

— Vous avez Frédérique, à présent, et...

Aurélien s'arrêta net et Laurène comprit qu'elle avait fait une gaffe supplémentaire.

— Je veux dire, ajouta-t-elle en hâte, que je suis contente qu'elle soit là, pour vous...

— Eh bien tu es la seule ! répliqua-t-il sèchement.

Il n'aimait pas qu'on se mêle de sa vie privée, elle s'en souvint un peu tard. Ils étaient parvenus dans le vaste hall d'entrée et ils furent éblouis par le soleil matinal. Aurélien, sans s'occuper davantage de Laurène, se dirigea vers son bureau à grands pas.

En fin d'après-midi, Juillet revint de Bordeaux où il était allé acheter une robe pour Laurène. D'une certaine manière, il se sentait coupable vis-à-vis d'elle. Il lui faisait l'amour avec toujours autant de plaisir, il était plein d'attentions pour elle, mais il n'était pas passionné, il le savait. Parfaitement décidé à tenir ses promesses, ne concevant même pas qu'il pût en être autrement, il était presque soulagé de s'engager officiellement ce soir-là.

Elle parut ravie des achats qu'il avait faits. La robe lui allait très bien. Juillet, comme Aurélien, savait d'instinct quoi offrir aux femmes. Il fut prêt assez tôt et descendit avant tout le monde. Il était vêtu avec une élégance inhabituelle et s'était même fait couper les cheveux.

— Qui veux-tu charmer ? lui demanda Robert en le voyant entrer dans le salon.

Juillet lui retourna aussitôt le compliment.

— Tu n'es pas mal non plus, toubib ! Et je sais à qui tu veux plaire...

L'allusion n'eut pas l'air de réjouir Robert. Il allait répliquer lorsque l'arrivée de Frédérique les interrompit. Elle portait un pull noir, outrageusement décolleté, semé de fils d'argent, sur une jupe courte de satin noir. Pour unique bijou elle arborait son collier de perles. Elle leur parut si désirable et si sensuelle qu'ils restèrent quelques instants sans réaction, tout occupés à la détailler.

L'apparition de Laurène et de Dominique ne réussit pas à éclipser Frédérique. Ni même celle de Pauline, pourtant adorable dans un drapé de satin blanc. Aurélien paraissait frappé, lui aussi, par le charme irrésistible de la jeune femme.

Les invités se présentèrent enfin, se suivant de près dans une parfaite ponctualité, et jusqu'à la grand-mère de Laurène, la vieille Mme Billot, très imposante dans son fauteuil de paralytique. Elle était, comme chaque fois, éberluée de se voir traitée en amie dans la maison des Laverzac. Les deux familles, elle le savait bien à son âge et avec son amour des traditions, n'étaient pas à la même hauteur. Pas sur la même marche sociale. Marier ses deux petites-filles à Alexandre puis à Juillet lui semblait merveilleux. Les fils Laverzac, avec ce que leur nom et la propriété de Fonteyne représentaient ! Elle trouvait d'ailleurs qu'Antoine était fou d'avoir failli se fâcher, à l'automne, avec Aurélien.

Pendant ce temps, maître Varin saluait Frédérique avec effusion. Il regrettait sa compagnie et son efficacité de secrétaire.

Aurélien, penché vers Juillet, lui expliqua le plan de table à voix basse :

— Tu prends Laurène à tes côtés, c'est normal, et on mettra le notaire près de Pauline...

Ils se sourirent, complices, un peu à l'écart.

— Regarde Auber, disait Aurélien, il dévore Frédérique des yeux, j'ai bien fait de le mettre à côté d'elle, il va passer une bonne soirée ! Et toi, fils ? Crois-tu que tu vas passer aussi une bonne soirée ?

Juillet, intrigué, se contenta de hocher la tête en silence.

— Tu en es certain ? Je ne veux pas que tu puisses avoir le moindre regret, un beau jour...

— Regret ?

— On va parler de ton mariage, ce soir, tu le sais...

— Oui. C'est bien.

Mal à l'aise, Juillet évita le regard d'Aurélien.

— Tu ne me dis pas grand-chose, fils, alors j'essaie de deviner de temps en temps.

— Aurélien…

— Quoi ? Tu me prends pour un idiot ? Un vieil idiot ?

— Aurélien !

— Arrête de répéter mon nom comme ça. Je ne suis pas ta planche de salut dans cette histoire.

— Quelle histoire ? protesta Juillet qui avait peur de comprendre.

— Tout ça, répondit tranquillement Aurélien en balayant le salon d'un geste large. Les femmes…

Il observait Juillet, attendant une réponse.

— Tout est bien, Aurélien, murmura Juillet.

— Bon. Je t'aurai laissé une chance, cow-boy ! Tu préfères un langage plus clair ? plus imagé ? Lâche, va… Il faut que ce soit moi qui explique ? On a souvent joué ensemble, tous les deux, avec les filles… Mais, là, tu te rends compte que tu en as pour la vie, dis ? Alors… Alors si c'est ma maîtresse que tu veux, plutôt que ta fiancée…

Aurélien s'était mis à parler plus durement mais sans élever la voix, tout en posant sa main sur l'épaule de Juillet comme pour l'empêcher de reculer.

— Non !

Juillet avait répondu vite, trop vite. Ils échangèrent un regard furieux. Puis Juillet baissa la tête, cherchant ses mots. Son père le paralysait autant que la brutalité de la question.

— Mais tu ne peux pas répondre, c'est évident, soupira Aurélien.

Il était redevenu amical et Juillet se détendit.

— De toute façon, Aurélien, commença-t-il, mais il n'acheva pas sa phrase.

— De toute façon, oui, comme tu dis ! Maintenant que nous sommes rendus là, il faut bien y aller... Enfin, il faut que tu y ailles, toi...

Juillet, amusé malgré tout, murmura :

— J'aimerais vous emmener avec moi à Bordeaux, avant mon mariage, pour enterrer ma vie de garçon.

Aurélien éclata de rire et tout le monde tourna la tête vers eux.

— Bonne idée, fils ! Je la retiens.

Un peu plus tard, lorsqu'ils furent tous à table, la conversation devint très animée. À côté de Pauline, maître Varin se montrait disert et galant. Comme il n'était pas loin de Juillet, il essaya également d'engager une discussion avec lui. Depuis qu'il connaissait les nouveaux statuts de la société Laverzac et les termes du testament d'Aurélien, il ne pouvait s'empêcher de marquer un intérêt évident pour Juillet en qui il voyait non seulement le successeur mais aussi le vrai patron de Fonteyne.

— J'ai dîné avec le commissaire Vanier avant-hier et je peux vous dire qu'il était encore très ennuyé pour cet incident, vous savez...

— Je n'en doute pas, répondit Juillet avec indifférence.

— Vous voyez, reprit le notaire, je trouve ça très triste pour le frère de Frédérique. Ces jeunes gens, quand on pense à la manière dont ils ont été élevés !

— Quelle manière ? demanda aussitôt Pauline dont la curiosité était toujours en éveil.

— Mais... Dans tout ce luxe ! Vous ne connaissez pas l'histoire ? Auber ne vous a pas raconté ? Leur père était chirurgien, à Lyon. Un type de grand renom, d'une vieille dynastie médicale. Mais il jouait... Il s'est complètement ruiné au jeu. C'était un vice. Et sa femme s'est suicidée. Lorsque j'ai su que Frédérique cherchait du travail, je lui ai proposé un poste à l'étude. J'avais été leur notaire et j'avais dû tout vendre, mais vraiment tout, pour payer les dettes. Une affaire très pénible...

— Et le père, le chirurgien, qu'est-il devenu ? demanda Pauline dont les yeux brillaient.

— Il est parti en Australie. Il ne s'entendait plus avec ses enfants après la mort de leur mère. Frédérique est très bien, très courageuse, mais son frère s'est mis à boire, à fréquenter n'importe qui... La petite ne vous a jamais parlé de rien ?

Juillet, qui était resté attentif, répondit lentement :

— Non, elle ne nous a rien raconté du tout... C'est son droit.

— Bien entendu. D'ailleurs, elle semble se plaire à Fonteyne. Et je la comprends ! Cette maison est tellement sublime...

Il parcourait la table d'un regard rêveur. Au bout d'un moment, il ajouta :

— Naturellement, les gens racontent toutes sortes de bêtises. On n'échappe jamais aux ragots. Lorsque Frédérique travaillait à l'étude, c'était pareil ! On n'y peut rien, c'est ce que j'ai dit à votre père...

Juillet échangea un coup d'œil avec Pauline. Contrarié par ce qu'il venait d'apprendre, il dut faire un gros effort pour relancer la conversation sur un autre sujet.

On avait empli les cloisonnés de vodka, pour accompagner le saumon fumé, et Aurélien demanda le silence d'un geste.

— J'ai une très bonne nouvelle à vous annoncer, dit-il avec un sourire bienveillant. Nous aurons la joie de marier Juillet et Laurène au printemps. Cette décision rapproche encore nos deux familles. Buvons à leur santé !

Juillet sortit la bague de fiançailles de sa poche et l'offrit à Laurène. Il l'embrassa puis leva son verre dans la direction de Marie et d'Aurélien. Il se sentait assez heureux, mais moins qu'il ne l'avait cru quelques mois plus tôt. Il croisa le regard de Frédérique. Elle avait de beaux yeux gris, tristes. Il pensa à l'hôtel de Bordeaux où ils avaient passé une nuit ensemble. Même pas une nuit, quelques heures. Il se demanda si elle y pensait aussi.

Robert, qui observait son frère, se sentait désabusé. « Toute cette situation finira mal, songea-t-il. Personne, autour de cette table, n'est vraiment heureux de son sort, au fond... Alex fait la tête, Juillet n'est pas sûr de lui parce qu'il sait bien qu'il a pu confondre amour et passion, désir et jalousie... S'il n'avait pas été en rivalité avec moi... Et il regarde Frédérique d'une telle manière... »

— Tu rêves, toubib ?

Louis-Marie, en face de lui, souriait avec gentillesse.

— Tu vas être le dernier célibataire de la famille ! C'est ce qui te donne à réfléchir ?

— Non, répondit Robert. Je pensais aux succès de Juillet... Décidément, toutes les femmes l'adorent. Il aura du mal à choisir...

— Mais il a choisi ! protesta Louis-Marie horrifié.

Robert lui adressa un regard indéchiffrable. Il se sentait vieux, amer, presque déplacé dans ce dîner de famille. Juillet semblait s'être repris et il racontait des anecdotes à ses voisines avec sa gaieté habituelle. Antoine buvait peu, pensant à son cœur. Fernande et Clotilde effectuaient un service parfait. Frédérique gardait les yeux rivés sur Juillet.

À minuit ils s'embrassèrent, échangeant les vœux traditionnels. Puis ils allèrent boire une coupe de champagne au salon et Juillet en profita pour accompagner Frédérique jusqu'à l'un des canapés.

— Maître Varin m'a parlé de toi, tout à l'heure, commença-t-il, un peu embarrassé.

Elle se défendit aussitôt.

— Il n'aurait pas dû ! C'est une vieille histoire...

— Tu n'as jamais eu envie de nous la raconter ?

— Pourquoi ? Pour mendier votre indulgence ? Tu es gêné que j'appartienne au même milieu que le tien, Juillet ? Aurélien, lui, n'en a jamais douté. D'ailleurs je n'ai pas encore bu l'eau des rince-doigts, à Fonteyne...

— Personne n'a émis le moindre jugement de ce genre, Frédérique...

— Alors de quoi voulais-tu me parler ? Qu'est-ce que les « révélations » de Varin changent ? C'est mon goût du luxe qui s'explique ? Mon attirance pour votre maison ? La recherche d'un père digne ? Grandeur et décadence !

Sa rancune éclatait, prenant Juillet au dépourvu.

— Je peux ? demanda Aurélien qui était debout devant eux.

Aussitôt, Juillet voulut se lever.

— Reste, fils, reste...

Aurélien s'assit entre eux et prit Frédérique par l'épaule, d'un geste qui devenait une habitude.

— Laurène resplendit, constata-t-il avec malice.

Il narguait Juillet. Il le connaissait suffisamment pour avoir compris que tout n'était pas parfait pour son fils dans cette soirée de fiançailles. Mais il lui avait donné le choix.

Juillet, en se levant, laissa glisser son regard sur Frédérique et remarqua, sans l'avoir voulu, qu'elle ne portait pas de soutien-gorge. Elle avait la peau mate et fine. Il pensa qu'Aurélien allait passer la nuit avec elle. Il se dirigea vers Laurène et lui sourit, mais sans vraie joie.

Marie prit la place de Juillet à côté d'Aurélien et lui désigna les jeunes gens.

— Laurène est si heureuse, murmura-t-elle.

Aurélien lui jeta un coup d'œil amical. Antoine l'agaçait mais il aimait bien Marie.

— Tu sais, commença-t-il, il va falloir qu'elle lui tienne un peu tête, quand même... Être la femme de Juillet ne sera pas qu'une partie de plaisir. Dis-le-lui. Pour rivaliser avec Fonteyne, il faut de la personnalité ! Il est fou de la terre et des vignes...

Le regard d'Aurélien sur Juillet disait assez sa fierté. Marie, un peu surprise par les propos d'Aurélien, se promit de les répéter à sa fille.

Les invités d'Aurélien finirent par quitter Fonteyne à regret. Il était très tard lorsque tout le monde alla enfin se coucher. Sur le palier du premier étage, Robert souhaita une bonne nuit à Louis-Marie et à Pauline. Il les regarda entrer dans leur chambre et se sentit vraiment seul. Il partait le lendemain. L'hôpital l'attendait, il le retrouverait avec plaisir, et qu'on ne vienne plus l'y chercher !

Juillet et Laurène, qui débouchaient de l'escalier, le bousculèrent en riant.

— Tu nous quittes tôt, demain matin ?
— Très tôt.

Robert prit Juillet par le cou, affectueusement.

— Passe un bon hiver, petit frère...
— Toi aussi, Bob.

Ils échangèrent un regard puis Juillet entraîna Laurène vers sa chambre. Dès que la porte fut fermée, Juillet prit Laurène dans ses bras et la porta sur le lit.

— Attends ! protesta-t-elle en riant. Ma robe !

Juillet la déshabilla sans égards et sans patience, pressé de lui faire l'amour. Il avait des comptes à régler avec lui-même. Ou quelque chose à se prouver, à retrouver. Il se noya dans sa possession de Laurène avec un plaisir rageur.

Aurélien souriait, satisfait. Frédérique fumait, assise, toujours nue alors qu'il s'était déjà rhabillé. Décidément, elle lui plaisait, de plus il n'éprouvait aucune difficulté à la satisfaire, ce qui flattait son orgueil.

— Il faut que nous parlions un peu, toi et moi, pour commencer l'année...

Il souriait, amical, bienveillant.

— De quoi ?

— De ton avenir. Comment le vois-tu, ton avenir ?

Elle pencha la tête sur le côté pour mieux le regarder, trouvant qu'il paraissait son âge, ce soir. Elle se sentait en confiance avec lui, son autorité ne l'intimidait pas.

— Je ne sais pas.

— Dommage... Si tu savais ce que tu veux, je pourrais t'aider.

— De quelle manière ?

— À ton choix.

Ils se turent quelques instants puis elle se mit à rire.

— Dites, Aurélien, vous voulez m'installer dans mes meubles ?

— Oh, ma belle, non, je ne suis pas si naïf !

Elle ramena le drap sur elle, sérieuse soudain.

— Je ne voulais pas dire ça. Pas du tout. J'ai beaucoup de respect pour vous. Vous êtes le type le mieux que je connaisse, vraiment ! Mais je ne comprends pas vos questions...

Il tendit la main vers elle et caressa son épaule, puis un sein.

— Tu ne vas pas rester secrétaire toute ta vie ? Veux-tu faire un beau mariage ? Je connais tous les partis du Médoc ! Veux-tu ouvrir un commerce pour être indépendante ? Je peux te présenter qui tu veux, te trouver des capitaux... Enfin, tu y réfléchiras.

Frédérique avait beaucoup bu mais elle n'était pas ivre. Juste assez détendue pour avoir envie de répondre : « Je veux Juillet. ». Cependant elle n'osa pas.

— Tant que tu souhaiteras rester à Fonteyne, je serai ravi. Mais ne t'y sens pas prisonnière. Si tu préfères partir, pour ton frère... Je comprendrai. Tu es tellement jeune ! Si tu veux mon appui en échange de ce que tu me donnes, c'est normal. As-tu déjà été amoureuse ?

Elle le dévisagea, ne sachant quelle réponse lui donner.

— Sois honnête ! insista-t-il en riant.

— Oui.

— Eh bien, j'aimerais que ça t'arrive de nouveau.

Désemparée, elle eut un geste impuissant.

— Vous êtes bizarre. J'ai parfois l'impression que vous préféreriez que je parte.

— Oh non ! Mais pas que tu restes à contrecœur parce que tu ne sais pas où aller.

Elle hésita puis posa sa main sur celle d'Aurélien.

— Rien ne me pèse, entre vous et moi, si c'est de cela que vous voulez parler. Je ne fais pas de projets.

— C'est très sage. Couvre-toi, ma belle...

Il se pencha pour l'embrasser et il se rendit compte qu'elle avait encore envie de faire l'amour. Il n'eut pas le temps de se demander s'il pourrait y arriver que, déjà, il l'avait prise.

Robert était parti, suivi de Louis-Marie et Pauline. Aurélien et Juillet s'étaient remis au travail sur la taille de la vigne, avec Lucas. Alexandre se renfermait sur lui-même et participait sans entrain aux diverses activités de l'exploitation.

Tout le mois de janvier fut occupé par le rachat d'une petite parcelle admirablement située sur la commune de Margaux et que Juillet s'acharnait à obtenir. La vie avait donc repris son cours normal. Dominique dirigeait la maison avec Fernande, comme à l'accoutumée, mais elle semblait gagnée à son tour par la morosité de son mari. Laurène et Frédérique se partageaient le travail administratif sans se heurter.

Pour Frédérique, le temps était compté. Elle observait Juillet et Laurène, souffrant en silence. Elle devinait que rien ne ferait reculer Juillet à présent qu'il était engagé officiellement, et que ce mariage tant redouté aurait bien lieu en juin, comme prévu. Elle ne voyait aucun moyen de s'y opposer. Quant à quitter Fonteyne et, suivant les conseils d'Aurélien, organiser son avenir, elle n'y songeait même pas.

Aurélien, vigilant, surveillait son fils adoptif. Il ne pouvait pas ignorer les regards que Juillet posait sur Frédérique. Elle dissimulait mieux, néanmoins il devinait tout. Il était parfois amusé, parfois furieux. Mais il ne disait rien et se contentait d'attendre. Tout comme il attendait qu'Alex ait le courage de venir lui parler de Mazion.

Juillet ne se sentait pas malheureux malgré son attirance pour Frédérique contre laquelle il se défendait en y pensant le moins possible. Son amour pour Laurène, bien réel, était simple, tranquille, assez confortable en somme, et ne le distrayait plus de Fonteyne. Il arrivait pourtant que les gestes familiers et affectueux d'Aurélien envers Frédérique le mettent en rage. Mais son père lui restait sacré et il se vengeait en faisant l'amour à Laurène, chaque nuit.

Aurélien guettait le faux pas et Juillet le savait. Finalement, ce fut Frédérique qui osa.

Ce soir-là, Aurélien s'était retiré tôt, fatigué, et Laurène venait de téléphoner de Mazion où elle avait dîné avec ses parents et où elle avait décidé de dormir, effrayée par la route verglacée. Frédérique était restée un long moment étendue dans sa chambre, réfléchissant, puis elle était allée se faire chauffer du thé à la cuisine. Ensuite elle s'était installée dans la bibliothèque avec sa théière. Elle n'avait pas d'idée précise et n'aurait pas eu le courage de franchir l'escalier qui la séparait de Juillet mais elle pensait à lui. Par hasard – ou parce que leur rencontre était inéluctable –, Juillet surgit dans la bibliothèque un quart d'heure plus tard. Il n'eut pas l'air vraiment surpris de la trouver là. Il tenait une bouteille de cognac et un verre.

— Personne ne dort, ce soir, on dirait…, lâcha-t-il avec un sourire mitigé.

— Sauf Aurélien !

La réponse de Frédérique avait fusé, nette mais sans provocation. Juillet vint s'asseoir en face d'elle.

— Toujours contente de vivre ici ?

Il n'était pas agressif. Il ajouta :

— Comment était-ce, chez tes parents ?

— Très différent d'ici. C'était une maison en ville… Pleine de bibelots dont ma mère remplissait toutes les pièces. Un décor de femme, moins austère que chez vous mais bien plus étouffant… Tu n'aurais pas aimé…

Il chauffait son verre dans sa main, écoutant la jeune femme avec plaisir.

— Tu as toujours d'aussi beaux yeux, dit-elle lentement, comme à regret.

Il releva la tête pour la regarder bien en face.

— Qu'est-ce que tu cherches, au juste ?

Il essayait d'être distant mais sa voix était rauque. Elle eut plus de franchise que lui.

— Tu me plais, Juillet.
— Plus qu'Aurélien ?

Elle ne se laissa pas atteindre.

— Aurélien me plaît aussi, d'une certaine manière. Il n'a ni tes hésitations ni ta violence. Mais tu seras comme lui, un jour...

Elle se leva, contourna le guéridon et vint s'asseoir près de lui. Sans aucune gêne, elle appuya sa tête contre lui.

— J'en rêvais, murmura-t-elle.

Incapable de réagir, Juillet ne bougeait pas. Au bout d'un long moment, à cause de son parfum, sans doute, il posa la main sur les cheveux de Frédérique, malgré lui. Puis il l'embrassa. Elle le sentait nerveux, tendu à craquer, malade de désir.

— Juillet...

Il voulut se détacher d'elle, se lever, mais elle fut plus rapide et elle ouvrit d'un seul geste la robe de chambre qu'elle portait. Juillet, hypnotisé, restait debout sans pouvoir se détourner. Elle le prit par les hanches.

— Aurélien dort, Juillet, laisse tomber tes valeurs...

L'évocation de son père aurait pu suffire à faire fuir Juillet mais elle avait posé les doigts sur la fermeture éclair du jean et il tressaillit dès qu'elle le toucha.

Ils firent l'amour sans aucun bruit et sans échanger une parole. Ils se déchaînèrent dans leur envie de l'autre. La nuit à l'hôtel de Bordeaux était loin. Il devait être quatre heures, environ, lorsque Juillet se rhabilla. Il était épuisé, hagard, même pas calmé. Il la regarda avec un désespoir non feint pendant quelques instants. Puis, comme il n'y avait décidément rien à dire, il eut un geste découragé et quitta la bibliothèque.

À partir de cette nuit, la vie de Juillet commença d'être difficile. Il lui fallait pourtant regarder son père en face. Et Laurène. Sans voir Frédérique et sans se souvenir. Juillet était honnête, droit, il avait une vie limpide. Ses nombreuses aventures avaient toujours amusé tout le monde mais pour la première fois de sa vie, il éprouvait le sentiment détestable de trahir, de mentir, d'être en faute. Et il le supportait très mal. Il s'était jeté dans le travail pour fuir. Vis-à-vis de Fonteyne, tout était simple, clair, mais le reste de son existence lui pesait et finirait par l'étouffer. Pour y échapper, outre ses obligations sur l'exploitation, Juillet participait à toutes les réunions de viticulteurs et se trouvait mille raisons d'aller à Margaux ou à Bordeaux. Il se battait pour les expéditions, faisait concourir ses vins partout, négociait des heures pour des détails, préparait le soutirage, faisait défoncer des terres et torturait littéralement le comptable.

Laurène sentait que quelque chose poussait Juillet hors de la maison. Elle avait peur que ce ne soit l'idée de leur mariage, aussi préférait-elle ne rien lui dire et le laisser agir. Aurélien observait son fils, perplexe. L'hiver passait lentement.

Juillet évitait de se retrouver en tête à tête avec Frédérique. Solitaire, silencieux, presque morose, il mourait d'envie de parler à Aurélien et ne parvenait pas à s'y résoudre. Pour lui dire quoi, d'ailleurs ? Plaisir d'avouer, de détruire ? Ou soulagement de se faire absoudre ? Juillet ignorait la limite exacte jusqu'où il pouvait aller avec son père. Il n'était pas décidé à la chercher. Ni à savoir à quel point Aurélien tenait à Frédérique. Juillet souhaitait de tout cœur qu'elle parte d'elle-même, qu'elle quitte Fonteyne, mais cette idée le glaçait. Il n'avait jamais éprouvé semblable malaise. Il n'aimait pas Frédérique, se disait-il, mais elle le rendait fou. Et il ne voulait pas faire souffrir Laurène pour une folie passagère.

L'arrivée inattendue de Louis-Marie et Pauline, un week-end de février, fit très plaisir à Juillet. Le couple expliqua qu'il partait skier et que la tentation de faire une escale à Fonteyne avait été trop forte. Le prétexte était dérisoire mais Juillet savait Louis-Marie inquiet pour leur père et pour cette liaison qui perdurait.

Juillet monta les valises de Pauline jusqu'à la chambre de Louis-Marie. À peine les eut-il posées que sa belle-sœur lui déclara :

— Vous avez très mauvaise mine, Juillet ! Et vous ne nous avez donné aucune nouvelle depuis un mois…

— Il n'y a rien de nouveau.

Pauline ouvrit un sac de voyage et en extirpa un thermomètre à vin.

— C'est pour Aurélien. Qu'en pensez-vous ?

Juillet jeta un coup d'œil à l'objet, magnifiquement présenté dans un coffret d'acajou, puis il éclata de son rire caractéristique.

— Pauline ! Vous ne comptez pas sérieusement offrir ça à Aurélien ! Louis-Marie a été consulté ?

Elle le regarda, surprise, puis se mit à rire à son tour.

— Non. J'avais cru... Ce n'était pas une bonne idée, d'accord. Je l'offrirai à quelqu'un d'autre, à Paris. Parlez-moi plutôt de Frédérique et de votre père. Où en sont-ils ?

Elle l'avait entraîné près d'une des fenêtres pour s'éloigner de la porte restée ouverte.

— Nulle part, dit Juillet en secouant la tête. Il me semble très... raisonnable. En fin de compte, Laurène parvient à s'entendre avec elle...

Il était visiblement embarrassé et Pauline l'observa avec attention.

— Vous êtes très... mesuré, on dirait ! Je n'ai pas tout suivi mais... votre colère contre cette fille semble avoir fondu, non ?

Elle persiflait et Juillet soupira, caressant du regard, au-dehors, les vignes proches.

— Je ne sais pas ce qu'elle espère, Pauline... Mais je ne crois pas qu'entre Aurélien et elle...

Il s'arracha brusquement à sa contemplation et se tourna vers sa belle-sœur.

— D'ailleurs elle l'a trompé à la première occasion. Avec moi.

Il ne comprit pas lui-même pourquoi il faisait cet aveu à Pauline.

— Votre père n'a rien su ?

— Non. Elle y a mis du sien mais je suis tout à fait responsable, bien entendu.

Il avait l'air d'avouer un crime et elle sentit à quel point il avait besoin de parler, lui toujours si discret.

— Détendez-vous, Juillet ! C'est de bonne guerre... Vous vous rendez compte de ce que vous représentez pour une fille de son âge ? Elle est amoureuse de vous, c'est évident. Vous devriez vous en méfier. Je suis certaine qu'elle est prête à tout pour balayer Laurène. Mais si vous y voyez un moyen pour la séparer d'Aurélien... Sans vous brouiller avec lui, je veux dire...

Il avait pâli. D'un geste imprévisible, elle l'embrassa dans le cou, juste au-dessus de son col roulé.

— Je vous aime beaucoup, beau-frère, et vous avez vraiment l'air mal dans votre peau !

Il la prit par les épaules pour la secouer gentiment.

— Vous êtes marrante, Pauline...

— Aurélien cherche à vous avoir, ne plongez pas dans ce piège-là ! Maintenant, que Laurène ne vous passionne pas... je comprends ! Elle n'est pas de taille, je l'ai toujours pensé.

Elle lui jeta un coup d'œil malicieux.

— Vous détestez qu'on vous parle comme ça, n'est-ce pas ?

— Je n'aime pas, admit-il. Mais pour une fois vous avez raison.

Ils échangèrent un nouveau regard, satisfaits l'un de l'autre.

Laurène observait sa sœur avec admiration. Dominique avait toujours eu un don pour la cuisine. Derrière elles, Fernande s'affairait.

— Les cèpes viennent de Labarde ? demanda Laurène.

— Évidemment ! répliqua Dominique en ajoutant de l'ail et du persil dans sa poêle.

Juillet fit irruption dans la cuisine à cet instant, vint jeter un coup d'œil à ce qui cuisait et ne put s'empêcher d'y goûter.

— Tu vas te brûler, l'avertit Laurène.

Il lui adressa un sourire distrait, félicita Dominique et disparut. Dominique tourna la tête pour s'assurer qu'il avait bien quitté la cuisine.

— Laurène, murmura-t-elle, tu le surveilles un peu, Juillet ?

Désorientée, sa sœur fronça les sourcils.

— Pourquoi ?

Dominique hésita une seconde puis dit, d'une voix douce :

— Eh bien, je le trouve… Il a une façon de regarder Frédérique ! Tu n'as rien remarqué ?

Laurène ouvrit la bouche mais ne répondit rien.

— Je me fais peut-être des idées, concéda Dominique. Mais prends garde. Tu te comportes avec Juillet comme si vous étiez mariés depuis dix ans ! Fais-lui du charme, sois plus tendre, je ne sais pas…

— On croirait entendre Pauline ! explosa Laurène.

Dominique remuait les cèpes d'une spatule distraite. Elle attendit que Laurène ait retrouvé son calme.

— Tu es consciente qu'il faut se lever de bonne heure pour qu'il s'intéresse à autre chose qu'au domaine ? Alors je crois que Frédérique fait tout pour qu'il la voie et que toi, tu te laisses aller à ton bonheur avec beaucoup trop d'innocence.

Laurène, de nouveau outrée, riposta :

— Mais enfin, Dominique, Alex et toi vous êtes comme tout le monde, non ? Et ça marche entre vous, vous n'avez pas de problèmes…

— Crois-tu ? demanda Dominique, les yeux brillants de fureur.

Laurène chercha quelque chose à répondre mais, ne trouvant rien, elle fit demi-tour en plantant là sa sœur. Elle traversa le hall et gagna directement la bibliothèque où Louis-Marie et Juillet s'étaient installés de part et d'autre de la table d'échecs. Elle se tint debout derrière Juillet un long moment. Puis elle s'appuya sur son épaule sans qu'il paraisse s'en apercevoir. L'avertissement de Dominique ne l'avait pas autant surprise qu'elle avait voulu le faire croire. Depuis un moment, elle remarquait les coups d'œil de Juillet vers Frédérique, et cette expression absente qu'il avait parfois lorsqu'il était près d'elle.

Elle étouffa un soupir. Ils ignoraient tous de quoi elle était capable pour garder Juillet. Et elle était assez grande pour comprendre qu'il lui faudrait d'abord apprendre à devenir une bonne maîtresse.

Juillet tourna la tête vers elle.

— Notre partie t'ennuie ? Je t'entends soupirer...

Il riait. Il lui prit le bout des doigts qu'il serra tendrement. Puis Aurélien entra, portant deux bouteilles.

— Pour patienter, dit-il. Le dîner sera servi un peu tard puisque Fernande et Dominique ont décidé de se distinguer en l'honneur des Parisiens...

Juillet lut les étiquettes et siffla entre ses dents.

— Du Prieuré-Lichine 83 ? Vous nous faites une véritable faveur...

Comme Frédérique était entrée avec discrétion pendant ce temps-là, Aurélien se tourna vers elle et lui dit :

— Tu vas boire un vin d'exception, ce soir !

Aurélien surprit le regard que Juillet avait levé malgré lui sur Frédérique. Il s'approcha de ses fils.

— Tu gagnes, cow-boy ? demanda-t-il.

— Pas encore. Il est coriace, votre aîné...

Aurélien mit sa main sur le bras de Juillet.

— Mais tu vas gagner, au bout du compte, puisque tu gagnes toujours... N'est-ce pas ?

Juillet gardait les yeux fixés sur l'échiquier. Aurélien insista, toute expression de tendresse disparue, soudain :

— N'est-ce pas ?

Ils échangèrent enfin un regard, cherchant à se deviner.

— Je ne gagne pas toujours, Aurélien, pas forcément..., dit Juillet.

Louis-Marie les écoutait, sentant venir la bagarre. Alexandre s'approcha alors de la table d'échecs et, d'un revers de main, il balaya toutes les pièces.

— Comme ça, on ne saura jamais qui aurait gagné, déclara-t-il.

Stupéfaits, Aurélien, Juillet et Louis-Marie le dévisagèrent. Avant qu'ils aient eu le temps de dire quoi que ce soit, Alexandre quitta la bibliothèque à grandes enjambées.

Ils dînèrent effectivement très tard. Aurélien s'abstint de tout commentaire sur l'attitude d'Alexandre mais se promit d'avoir une explication avec lui dès le lendemain matin.

La conversation roulait sur Fonteyne, comme d'habitude. Laurène expliquait à Pauline les modifications qu'elle envisageait pour le premier étage, après son mariage. Frédérique parlait peu et buvait beaucoup. Elle perdait du terrain, elle le savait. Elle n'avait aucun moyen d'approcher Juillet qui la fuyait systématiquement, même s'il la regardait avec désespoir. La vue de Laurène qui bavardait, tranquille dans son bonheur bien installé, rendait Frédérique très amère.

Les frères et belles-sœurs réunis l'exaspéraient. Il fallait trop de force pour s'attaquer à cette famille.

En observant Laurène, Frédérique se demanda une seconde si cette gentille gourde ne cachait pas son jeu. Peut-être était-elle plus déterminée qu'on ne le pensait. Peut-être se battait-elle de toutes ses forces pour conserver Juillet.

« Et lui ! Lui qui la traite avec une courtoisie fade… Pour se racheter de ses crimes avec moi, sans doute ! »

— Tu parais triste, ma belle, tu t'ennuies ?

Sortie brutalement de ses pensées, Frédérique répondit à Aurélien.

— Non, non, pas du tout. Vous avez une belle famille…

Il rit, sans joie, avant de répondre :

— Belle ? Je ne sais pas…

Il songeait à Alexandre avec une sorte d'inquiétude qu'il n'avait jamais ressentie pour ce fils-là.

— Portons un toast, dit-il en s'adressant à toute la table. Aux Laverzac !

Ils avaient tous beaucoup trop bu mais ils levèrent leurs verres avec enthousiasme. Lorsqu'ils gagnèrent enfin le salon, Frédérique s'arrangea pour rester en arrière avec Laurène.

— Bonne soirée, n'est-ce pas ? lui dit-elle d'une voix un peu hésitante.

Laurène s'arrêta devant elle et comprit en un instant que l'affrontement n'était plus évitable.

— Très…

Elles attendaient, se jaugeant, sachant parfaitement ce que l'autre avait sur le cœur. Quelque amabilité que Laurène ait pu déployer, quelque patience qu'elle ait montré, rien ne pouvait plus différer une explication.

Alors elle se décida la première, pour ne pas être prise en traître.

— Franchement, Frédérique, il vous plaît, Juillet ?

— Beaucoup.

La sincérité et la simplicité de la réponse déstabilisèrent Laurène.

— Plus que vous ne l'imaginez, d'ailleurs, poursuivait Frédérique. Ce n'est pas moi qui suis allée le chercher, la première fois.

Laurène, interloquée, se redressa de toute sa taille.

— La première fois ?

Frédérique, un peu ivre, haussa les épaules.

— Il y a six mois, c'était pour se consoler de vos refus qu'il draguait dans les boîtes. Mais, aujourd'hui ? Il se console de quoi, d'après vous ?

Laurène regardait Frédérique avec stupeur.

— Aujourd'hui ?

— Oh, vous êtes aveugle ou quoi ? Vous ne le voyez donc qu'avec les yeux bêtes de l'amour transi ? Il existe, vous savez ! En dehors de vous, il existe !

Frédérique criait et Laurène recula d'un pas.

— Quelle oie blanche vous pouvez faire ! Ce n'est pas qu'un gentil garçon, Juillet ! Il est dix crans au-dessus de vos idées toutes faites et vous n'en avez même pas conscience... Vous allez l'épouser, béate, et vous espérez le rendre fidèle avec des rideaux à fleurs ?

— Je vous interdis de...

— Vous n'avez rien à m'interdire ! Je suis chez Aurélien, ici, pas chez vous ! Et Dieu sait que la naïveté l'emmerde, Aurélien ! Et Juillet est comme lui. Vos airs de sainte nitouche, ça doit l'assommer ! Ah, la belle vie qu'il se prépare... Mais il a promis ! Le sens du devoir, c'est son point faible ! Alors faites-lui vite des enfants et vous serez gagnante quand même...

Laurène avait l'impression d'étouffer. Les paroles de Frédérique lui donnaient le vertige.

— Juillet est...

— Vous ne savez pas qui est Juillet ! hurla Frédérique en perdant toute retenue. Il est trop bien pour vous !

Laurène, livide, s'adossa à une desserte. Gagnée par la panique, elle murmura :

— Que faites-vous dans le lit d'Aurélien si c'est Juillet qui vous rend dingue...

— J'ai patienté, expliqua Frédérique d'une voix hachée. Jusqu'ici j'étais au chaud, à l'abri. Il est bien, Aurélien. Vous ne le comprenez pas non plus. Vous êtes du genre à passer à côté de tout. Pourquoi croyez-vous que Juillet me regarde comme un chien regarde un os ? La maison est assez grande pour qu'on puisse y faire l'amour à tous les étages, vous savez !

Laurène se redressa brusquement et marcha sur Frédérique.

— Vous avez craché tout votre venin ? Vous me croyez assez bête pour un scandale ou une rupture ? Que vous couchiez avec le père et le fils jusque dans les placards, même si je trouve ça ignoble, ça ne va pas me faire perdre la partie ! Juillet, c'est moi qu'il épouse !

Criant à tue-tête l'une comme l'autre, elles n'avaient pas entendu arriver Aurélien. Elles s'aperçurent de sa présence avec retard.

— Vous avez réglé vos comptes, les filles ?

Il était pâle et parlait avec difficulté.

— On vous entend de loin... Va dans mon bureau, Laurène, s'il te plaît...

Laurène esquissa un pas mais Juillet venait d'entrer à son tour. Aurélien regarda son fils puis, soudain, s'appuya à un dossier de chaise et porta une main à sa gorge.

— Juillet, gémit-il d'une voix sourde.

D'une enjambée, le jeune homme fut près de lui. Aurélien s'effondra en perdant connaissance.

Juillet raccrocha le récepteur. Il avait appelé le docteur Auber, demandé une ambulance et prévenu Robert qui devait partir sur-le-champ de Paris.

Il se tourna pour regarder son père. Il lui semblait inconscient, mais il gardait les yeux ouverts. Juillet et Louis-Marie l'avaient porté dans sa chambre et allongé sur son lit. Avec des gestes d'une rare douceur, Juillet avait déboutonné le col de la chemise d'Aurélien puis défait la ceinture de son pantalon. Il se sentait glacé, loin de tout, hors d'atteinte. Louis-Marie, effrayé par l'expression de son frère, l'avait obligé à s'asseoir. Au bord du lit, les jambes croisées, Juillet se mit à attendre. Il n'avait rien entendu de la conversation entre Laurène, Frédérique et Aurélien. D'ailleurs il n'y pensait pas, il ne pensait à rien.

— Juillet ? chuchota Louis-Marie. Il va s'en tirer, tu sais...

Juillet ne regardait ni son frère ni même Aurélien. Il contemplait le vide. Louis-Marie se leva et vint le secouer gentiment.

— Auber va arriver très vite... Il ne t'a rien dit de précis au téléphone ?

Haussant les épaules, Juillet se força à esquisser un vague sourire.

— Il n'est pas vieux et il n'a jamais rien eu, dit encore Louis-Marie.

Un bruit de voix, dans l'escalier, le soulagea d'un grand poids. Le docteur Auber ne se prononça pas et décida seulement d'attendre l'ambulance avec eux. Il fit une piqûre à Aurélien, prit son pouls et sa tension puis demanda les circonstances du malaise. Louis-Marie dit ce qu'il savait mais Juillet ne desserra pas les dents. Auber finit par les prier de sortir un instant. Dans le couloir, Louis-Marie se racla la gorge avant de demander :

— Et pour Frédérique, qu'allons-nous faire ?

Juillet sembla enfin réagir.

— J'y vais, dit-il d'une voix sans timbre.

Devant la porte de Frédérique, il ne prit même pas la peine de frapper et il entra directement. Elle était assise, tout habillée.

— Alors ?

Ignorant la question, Juillet la contempla quelques instants.

— Il vaudrait mieux que tu partes, Frédérique... Quand tu voudras... Demain si tu peux... Nous le faisons transporter à l'hôpital, à Bordeaux. Si tu veux le voir ou si tu veux de ses nouvelles, tu pourras appeler Auber...

« Il me hait », pensa-t-elle, et elle mourait d'envie d'aller vers lui.

Il la regardait toujours, mais sans la voir. Elle s'en rendit compte et se contenta de hocher la tête. Il sortit aussitôt, sans se retourner. Il retrouva Louis-Marie toujours à la même place, dans le couloir, en compagnie du médecin. Alex était là lui aussi mais Juillet ne lui accorda pas un coup d'œil. Il se mit à jouer avec son paquet de cigarettes vide jusqu'à l'arrivée de l'ambulance.

Le jour se levait lentement sur Fonteyne, comme avec difficulté. Fernande, silencieuse, portait régulièrement des toasts et du café dans la bibliothèque où la nuit avait été longue. Arrivé vers quatre heures du matin à l'hôpital de Bordeaux, Robert avait pu voir Aurélien. Paralysé d'un côté, il avait repris connaissance mais ne parvenait pas à articuler le moindre mot. Robert était pessimiste. Les frères avaient regagné Fonteyne vers sept heures, et personne n'avait dormi, hormis Pauline. Dominique avait attendu que le jour se lève pour accompagner Frédérique jusqu'à un hôtel de Bordeaux. La jeune fille n'avait qu'une valise et elle n'avait pas desserré les dents de toute la route.

Juillet, assis sur son barreau d'échelle, semblait avoir retrouvé un peu de calme. Robert s'était montré particulièrement attentionné avec lui, le sachant en état de choc.

Il n'y avait aucune disposition particulière à prendre. Transporter Aurélien à Paris ne changerait rien à son état. L'amélioration partielle et progressive viendrait peut-être avec le temps, s'il vivait. Mais il était probable qu'il resterait très diminué, Robert était catégorique. En ce qui concernait l'exploitation, Juillet avait les pleins pouvoirs et pouvait très bien se passer de son père.

Ils se trouvaient donc réunis, dans le petit jour triste des hautes fenêtres de la bibliothèque, presque désœuvrés et écœurés de fatigue.

— Je monte, finit par déclarer Robert. Vous devriez vous reposer aussi.

Il s'approcha de Juillet et lui demanda s'il voulait un somnifère. Juillet secoua la tête avec impatience, affirma qu'une nuit blanche n'allait pas le tuer et qu'il avait mille choses à faire. Mais il accompagna Robert jusqu'au pied de l'escalier, attendant malgré lui des explications supplémentaires ou une lueur d'espoir. Robert, qui comprenait son désarroi, s'attarda quelques secondes, la main sur la rampe, puis déclara :

— Il faut que je m'organise pour me libérer quelques jours. Mais je voudrais que tu comprennes une chose, Juillet... Que je sois là ou pas ne change rien. S'il s'en sort, il peut durer un moment dans cet état-là...

Juillet parut avoir du mal à accepter cette idée. Il dut avaler sa salive plusieurs fois.

— Quand il rentrera, ajouta Robert, s'il rentre ici un jour, il aura besoin d'infirmières à demeure... On en reparlera...

Robert soupira, plus triste pour son frère que pour son père. Il savait à quel point Aurélien était l'univers de Juillet.

— Tu as peur ? demanda-t-il dans un élan de tendresse.

— Très...

La réelle souffrance de Juillet le mettait au-delà de toute consolation. Robert lui serra l'épaule et s'engagea dans l'escalier.

Juillet se contraignit à sourire. Il était assis près d'Aurélien depuis plus d'une heure. Le regard de son père semblait plein des mots qu'il ne pouvait prononcer. Juillet prit la main inerte, sur le drap, l'effleura puis la reposa avec précaution. Un son inarticulé le fit alors sursauter. Aurélien soulevait la tête dans un effort désespéré. Il paraissait vouloir dire quelque chose à son fils.

— Restez tranquille, murmura Juillet. Vous n'allez pas mal, vous savez...

Aurélien se laissa retomber sur son oreiller et détourna les yeux. Tout ce qu'il avait tu, depuis trente ans, il n'était hélas plus en mesure de le dire.

— Il faut le laisser se reposer, monsieur... S'il vous plaît...

Une infirmière secouait doucement Juillet. Il se leva à regret et quitta la chambre. Sur le parking de l'hôpital, il rencontra Pauline.

— Je vous attendais ! Bob m'a déposée en partant pour Paris. J'ai apporté un transistor pour Aurélien. Croyez-vous que... Non, bien sûr... Tant pis !

Elle aurait voulu l'aider mais elle y renonça. Elle monta dans la voiture à côté de lui.

— En fait, Bob ne veut pas que vous soyez trop seul... D'après lui vous ne devriez pas rôder dans cet hôpital en permanence. Vous allez avoir tout Fonteyne sur le dos...

Qu'elle puisse le rappeler à l'ordre fit sourire Juillet malgré lui.

— Vous êtes marrante, Pauline.

— Je sais, vous me l'avez déjà dit cent fois.

Elle riait, mignonne et légère, incapable de se laisser atteindre.

— Je vais mettre Louis-Marie à contribution, prévint-il. Combien de temps pensez-vous pouvoir rester ?

— Le temps que vous voudrez, affirma-t-elle avec sérieux.

Dès qu'ils arrivèrent à Fonteyne, Juillet alla s'installer dans le bureau d'Aurélien. Il demanda à Fernande un steak et du café, puis s'assit à la place de son père et se mit au travail. Laurène le rejoignit sans qu'il y prête attention et elle se mit en devoir d'examiner les courriers en attente que Frédérique avait laissés. Elle vint, à plusieurs reprises, déposer des papiers sous le nez de Juillet mais il restait absorbé et lointain. Alors qu'elle se décourageait de le voir si distant et silencieux, il leva soudain la tête et demanda :

— Que s'est-il passé entre vous avant que je n'arrive, dans cette salle à manger ?

L'allusion à la scène épouvantable glaça Laurène mais elle répondit, sans hésiter :

— Rien de spécial. Nous avions tous trop bu. Aurélien, il y a longtemps qu'il abusait...

Il la scrutait, attendant autre chose.

— Juillet, dit lentement Laurène, elle te plaisait, cette fille ?

— Pourquoi ?

— Réponds-moi.

— Elle m'a plu, oui.

— Et tu m'aimes ?

Il se leva pour la rejoindre. Elle avait les yeux pleins de larmes.

— Ce n'est pas le moment idéal pour parler de tout ça, parvint-elle à dire.

Il la prit dans ses bras, d'un geste protecteur et tendre.

— Je t'aime, oui, murmura-t-il.

Il semblait sincère, désespéré.

— Tu as couché avec elle, cet hiver ?

— Oui.

— Souvent ?

— Une fois.

Il la serra davantage, conscient du mal qu'il lui faisait.

— Écoute-moi, Laurène... J'ai beaucoup de soucis en ce moment, mais je comprends les tiens. Si ça change quelque chose, pour toi, si c'est trop grave...

Devant son silence, il eut le courage d'ajouter :

— Tu veux me quitter, Laurène ?

A présent, elle pleurait sans retenue. Elle se dégagea, recula de deux pas et le regarda bien en face.

— Jamais. Je ne te quitterai jamais.

Il eut l'impression étrange qu'elle venait de le condamner et de l'absoudre. Un coup léger frappé à la porte les interrompit.

— Nous venons écouter ce que tu as, démocratiquement, décidé pour nous ! lança Alex en entrant.

Juillet était hors d'état d'apprécier une semblable plaisanterie et il jeta un coup d'œil glacial à son frère. Louis-Marie s'était assis.

— Très drôle, dit Juillet d'une voix neutre.

Comme Fernande entrait à cet instant, avec le repas que Juillet lui avait réclamé une demi-heure plus tôt, il lui demanda de faire venir Lucas au plus vite. Ensuite il se mit tranquillement à dévorer, établissant entre deux bouchées le planning des jours à venir. Louis-Marie écoutait, amusé et subjugué par l'autorité de son frère, mais Alex gardait un air boudeur. Les décisions et les prévisions de Juillet, qui tombaient les unes après les autres, étaient, à l'évidence, inattaquables. S'agissant du domaine, Juillet n'avait jamais aucun problème.

La nuit était revenue. Juillet n'avait pas pris la place d'Aurélien à table. La famille semblait soudée autour de lui, à l'exception d'Alexandre. Juillet décida de ne pas différer et il prit son frère à part, après le dîner. Il lui expliqua que l'instant était mal choisi pour avoir des états d'âme et qu'il attendait une efficacité maximale de chacun en l'absence d'Aurélien. Alexandre explosa de fureur au milieu du discours et déclara qu'il en avait plus qu'assez d'être traité en employé à Fonteyne.

— Ton caractère et celui de papa, j'en ai soupé ! Et si tu veux tout savoir, cette exploitation finit par me donner le vertige, la nausée !

Médusé, Juillet mit deux ou trois secondes à riposter.

— Tu perds les pédales, Alex ? Tu te rends compte de ce que tu dis ?

— Très bien ! Je dis que j'en ai marre et que je me tire. Tu n'as aucun besoin de moi, tu n'as d'ailleurs besoin de personne. Et moi, j'ai besoin d'air !

— Tu prendras l'air plus tard, il n'est pas question que tu partes. Tu restes et tu te calmes, tu fais ton travail et tu me fous la paix !

Juillet allait trop loin, il le savait pertinemment, mais il était décidé à gagner contre Alexandre. Que son frère puisse profiter de l'hospitalisation de leur père pour se défiler lâchement le mettait dans une rage folle. Son mépris pour Alexandre, dont il n'avait eu jusque-là qu'une vague conscience, éclatait librement. Mais il était trop absorbé par sa propre colère et la réponse d'Alex le prit complètement au dépourvu.

— Ou tu me laisses agir à ma guise, Juillet, ou tu iras te faire foutre au conseil d'administration. Aurélien ne peut pas voter et je voterai contre toi. Il t'a honteusement favorisé mais, contrairement à ce que tu penses, je ne choisis pas mal mon moment pour prendre le large !

Juillet eut la nette sensation que quelque chose d'irréparable venait de se produire pour la seconde fois en quelques jours.

— Tu peux ne pas m'aimer, reconnut-il avec une surprenante humilité, mais comment peux-tu ne pas aimer Fonteyne ?

Il était si sincère qu'il en était presque naïf.

— Fonteyne ! cracha Alexandre. Votre Fonteyne ! Pas le mien. Votre orgueil, votre danseuse ! Le trésor que vous vous partagez sans moi depuis toujours. Vous m'avez trop tenu à l'écart, Juillet... Franchement, je m'en fous... Pour une fois, juste pour une fois, ou c'est toi qui cèdes, ou tu vas casser...

Alexandre parlait d'une voix lasse mais déterminée. D'un geste inattendu, il effleura l'épaule de Juillet avant de s'éloigner. Son frère le regarda partir, sans réaction. Il se passa au moins cinq minutes avant qu'il se décide à bouger. Il regagna sa chambre où Laurène l'attendait. Elle ne s'était pas déshabillée et elle lui adressa un sourire engageant et énigmatique qu'il était hors d'état de comprendre. Il alla s'asseoir loin d'elle, essayant de réfléchir. Elle ne comprit pas à quel point il était désemparé et, tout à son projet de reconquête, elle ôta lentement son pull et son chemisier. Elle resta quelques instants torse nu, délicate et menue dans son jean, maladroite dans son numéro improvisé de séductrice. Il l'observait, interloqué, trouvant décidément que la soirée prenait une tournure inouïe.

— Qu'est-ce qu'elle a de plus que moi, dis ? Elle faisait mieux l'amour ? Que dois-je inventer pour que tu n'y penses plus ?

Il eut du mal à réaliser qu'elle parlait de Frédérique.
— Je n'y pense pas.
Mais elle poursuivait, imperturbable :
— Il faut te provoquer ? Imaginer chaque nuit quelque chose de nouveau ?
Alors qu'elle tendait la main vers lui, il la saisit au vol.
— Arrête, Laurène.
— Je ne sais pas quoi faire, Juillet… Il faut toujours lutter avec toi…
Il n'avait pas besoin de cette scène supplémentaire. Il se leva, la prit par la taille, la souleva et la jeta sur le lit.
— Je déteste ton comportement, dit-il entre ses dents. Je t'ai trompée, je t'ai menti, c'est vrai. Engueule-moi si tu veux, quitte-moi si tu veux, mais ne te conduis pas comme ça…
Il se déshabillait à la hâte et elle voulut se réfugier sous les couvertures. Mais elle n'en eut pas le temps car Juillet avait saisi les draps et envoyé toute la literie par terre.
— Tu m'attendais pour faire l'amour, non ?
— Pas comme ça, dit-elle en se recroquevillant dans son coin.
— Pas comme ça ? Comme je veux, Laurène. Exactement comme je veux.
Il voulait se rassurer, perdant ses repères un à un, cependant la main qu'il posa sur Laurène était plus tendre qu'agressive.

Deux jours plus tard, lorsqu'il revint, Robert trouva la maison calme et bien organisée. Dès qu'il fut là, Pauline ne le lâcha plus. Elle s'ennuyait un peu, délaissée par Louis-Marie qui s'absorbait dans les tâches que Juillet lui confiait. Dominique avait convoqué plusieurs infirmières avant de faire son choix. Elle finit par se décider pour une femme d'un certain âge et qu'elle connaissait de vue. Un petit salon dans lequel personne n'allait jamais, contigu à la bibliothèque, fut aménagé pour l'infirmière. Le lit d'Aurélien avait été fait dans la bibliothèque même, où une sonnette avait été installée.

Juillet avait suivi ces divers préparatifs avec attention mais sans intervenir. Lorsqu'on livra une chaise roulante et divers accessoires indispensables à la vie d'Aurélien désormais, Juillet, qui était présent à ce moment-là, parut seulement encore un peu plus découragé. Il n'adressait plus la parole à Alexandre, attendant un départ qui ne venait pas.

À l'hôpital, Aurélien refusait de communiquer avec qui que ce soit, fût-ce par gestes. Mais lorsque Robert parla de rééducation dans un établissement spécialisé, il obtint aussitôt une réaction négative. C'était un premier pas. Aurélien était pleinement lucide, ce qui lui rendait son état plus pénible encore à supporter. Chaque jour, Juillet passait au moins une heure à son chevet, seul. Ils se regardaient tous les deux, certains de se comprendre au-delà de tout. Louis-Marie et Robert n'interrompaient jamais ces tête-à-tête.

Cependant c'est avec Robert qu'Aurélien finit par essayer de parler, et avec lui seulement. Il semblait avoir quelque chose à dire et Robert tenta de l'interroger. Tâtonnant dans des questions laborieuses, Robert ne réussit d'abord qu'à faire agiter Aurélien.

— C'est à propos de Fonteyne ? De la famille ? Vous voulez votre notaire ?

Il attendait un assentiment quelconque mais se sentait gêné de traiter son père comme un enfant ou comme un vieillard infirme – ce qu'il était devenu, hélas ! Une partie de lui-même jugeait, professionnellement, le cas d'Aurélien Laverzac, condamné à brève échéance et sans espoir de récupération. Mais, d'un autre côté, Robert regardait son père, un homme qu'il avait toujours beaucoup respecté, et dont l'humiliation lui était pénible comme une brûlure.

— À propos de l'un d'entre nous ?

Et, d'un seul coup, Robert comprit. Il soupira et murmura :

— De Juillet, bien sûr...

Aurélien ferma les yeux, satisfait, et Robert se sentit très soulagé.

— C'est de son adoption que vous voudriez parler, n'est-ce pas ? À lui ? À moi ? Mais vous n'êtes pas en état de raconter une histoire... Y a-t-il quelqu'un qui connaisse la vérité à ce sujet ?

Robert avançait sur un terrain dangereux, il le savait, mais le temps leur était trop compté pour hésiter.

— Je vais essayer de vous aider, papa... Non, vous ne pourriez pas écrire...

Aurélien avait levé sa main gauche, que Robert lui fit reposer sur le drap.

— Je vous assure...

Ému, il se força à poursuivre.

— Nous allons jouer aux devinettes, alors... Je prends votre carnet d'adresses et je vous énumère tous les noms, d'accord ?

Robert réfléchissait vite, tout en parlant. Si Aurélien décidait de lever le voile, c'est qu'il devait se sentir proche de sa fin. Le sujet avait été tabou durant trente ans, à présent il lui fallait révéler la vérité à son fils adoptif avant qu'il ne soit trop tard. Robert songea que son père pouvait mourir dans la nuit, sans avoir pu se délivrer d'un secret qu'il devait à Juillet. Il se sentit contraint d'insister et, mal à l'aise, il reprit :

— Il y a bien une trace de tout ça quelque part... À la mairie ? À l'église ? À la gendarmerie de Margaux ?

Aurélien cligna des yeux à plusieurs reprises et eut un geste convulsif de la main. Robert fit un rapide calcul mental et tout s'éclaira.

— Vous étiez très lié avec l'adjudant-chef Delgas, à cette époque-là...

La grimace de son père, qui était sans doute un sourire, soulagea Robert.

— D'accord, Juillet ira voir Delgas, il le retrouvera...

Aurélien se détendait et gardait les yeux fermés. Au bout d'un moment, Robert se leva et sortit sans bruit. Il se sentait chargé d'une énorme responsabilité. Il quitta l'hôpital et regagna Fonteyne assez tard, complètement indécis sur la marche à suivre. Ce fut Pauline qui l'accueillit, très à l'aise.

— Alors, comment va-t-il ?

— Pas mieux et tu t'en moques, répliqua-t-il.

Vexée, elle le saisit par le bras sans douceur.

— Oh, dis, tu ne vas pas t'y mettre ? Tu as vu les têtes d'enterrement qu'ils font tous, ici ?

Elle lui sourit et ajouta :

— Tu me plais, ce soir. D'ailleurs tu m'as toujours plu. Et tu vieillis bien...

Il la regardait, horrifié.

— Comment peux-tu dire des choses pareilles, Pauline ?

— Pourquoi ? Parce qu'Aurélien est à l'hôpital ? Parce que Louis-Marie n'est pas loin ? Détends-toi, Bob...

Il était fatigué de tout mais il avait envie d'elle.

— Pauline, dit-il à voix basse, je voudrais que tu n'existes pas.

— Tu mourrais d'ennui ! lui lança-t-elle gaiement et il se demanda sincèrement s'il ne la détestait pas.

Il planta Pauline dans le hall et partit à la recherche de Juillet qu'il trouva dans la bibliothèque, assis à sa place favorite, sur un barreau d'échelle. Ils se sourirent mais Robert ne savait pas par où commencer.

— Papa revient demain ou après-demain, tu es content ?

Juillet eut un sourire amer, très inhabituel chez lui.

— Content ? Je suis content qu'il vive, oui. Même dans cet état-là...

Robert laissa errer son regard sur les rayonnages et sur les reliures. Puis il revint à Juillet et déclara :

— J'ai eu une sorte de... pas de conversation mais d'échange avec lui, tout à l'heure... Il a peur de mourir et il a raison...

Juillet, incrédule, regarda Robert.

— Il a raison ?

— Oui. Écoute-moi, petit frère...

Il y avait une inflexion d'irrésistible tendresse dans sa voix.

— Je sais ce qu'il représente pour toi. Bien davantage que pour nous, sans doute... Alors il faut que tu te mettes ça dans la tête, Juillet, il ne va pas vivre très longtemps. Il est à la merci de trop de choses et son organisme est usé. Il n'y a aucune amélioration à attendre, rien à espérer. Je lui souhaite une fin rapide, en tant que médecin...

Juillet, incapable de répondre, avait l'air de se noyer dans les phrases que Robert lui assenait.

— Tu le connais aussi bien que moi, mieux que moi... Fais-le descendre une seconde de son piédestal et tu m'accorderas qu'il a toujours été autoritaire, exigeant, tyrannique... Il n'a jamais eu aucune pitié, ni de lui ni des autres ! Tu crois qu'avec cette nature-là on peut vivre dans un fauteuil d'infirme à se faire promener sur la pelouse ? En grognant et en bavant ? Tu crois qu'il peut subir ça ?

Juillet secoua la tête, les yeux rivés au sol.

— Je l'aime et je le respecte mais il en a toujours demandé trop. Comment veux-tu qu'il accepte son humiliation ? Il ne peut même pas manger seul ! Il va souffrir d'incontinence, de misères que tu n'imagines pas !

Juillet frémissait, rivé aux paroles de son frère.

— Aurélien Laverzac, tel qu'il était le mois dernier, avec ses maîtresses, ses colères, ses grands dîners, ça n'existera plus jamais, c'est du passé. Mais il y a une chose, la dernière, à laquelle il tient encore... C'est la vérité qu'il te doit, Juillet. Il veut que tu saches et il m'a...

— Arrête ! supplia Juillet.

— Non, vieux, non... C'est à lui que ça pèse, aujourd'hui. Le moment venu, je te dirai qui aller voir...

Robert s'aperçut que Juillet se laissait aller et il fut attendri.

— Bon sang, murmura-t-il, ça fait du bien de te voir pleurer, j'ai toujours cru que tu ne savais pas...

Il était allé vers Juillet et l'avait attrapé par les épaules d'un geste maladroit. Le désespoir de Juillet était si sincère et si énorme que Robert le serra contre lui.

— Tu te sens seul ? Nous sommes là… Fonteyne, ça ne te fait pas peur, il y a longtemps que c'est toi qui commandes, non ?

Juillet renifla contre sa manche et Robert sourit. Il lâcha son frère et quitta la bibliothèque sans bruit. Resté seul, Juillet se calma peu à peu. Avoir pu s'abandonner l'avait soulagé. Il réfléchit aux paroles de Robert. Non, Fonteyne ne lui faisait pas peur, même si l'exploitation pesait d'un grand poids sur lui. En revanche, connaître l'identité de ses parents le faisait frémir, même s'il en mourait d'envie depuis toujours.

— Aurélien…, dit-il à mi-voix.

Il l'avait tellement aimé, avec violence et passion, depuis trente ans, que l'idée de sa mort lui était physiquement insupportable.

Il se força à regarder vers le lit, le fauteuil d'infirme, le bassin, les couvertures et la robe de chambre que Fernande avait préparés. Soudain il se mit à regretter son enfance d'une manière aiguë, atroce. Il avait toujours eu davantage besoin de son père qu'il ne l'avait redouté. Pendant bien longtemps, il aurait été perdu sans la poigne d'Aurélien. Il avait été très fier d'être son fils. Aurélien avait eu raison de le forcer à plier, parfois, puisqu'il en avait fait quelqu'un. Lorsque Juillet n'avait pas voulu effectuer son service militaire, pour rester sur le domaine, son père l'y avait contraint avec dureté. Il en avait été de même pour les études. Puis, plus tard, pour la gestion de l'exploitation. Aurélien l'avait obligé à beaucoup travailler et à ne jamais mentir. Il lui avait donné son échelle de valeurs, une haute idée du nom de Laverzac, une ambition immense pour leurs vins et une volonté inflexible. Juillet pouvait voler de ses propres ailes, Fonteyne n'avait rien à craindre.

Le jeune homme quitta son barreau d'échelle, en paix avec lui-même. Il pensa alors à Laurène et se dit qu'il avait envie d'avoir des enfants.

Malgré les protestations de Fernande, ils avaient tous refusé de dîner à la salle à manger. Ils étaient venus, un par un, se réfugier dans la cuisine. Puis ils avaient fini par réclamer une omelette aux pommes de terre, là, tout de suite. Ils étaient comme des enfants et Fernande dut céder. Elle improvisa un dîner, adjoignant à l'omelette une salade de mesclun et un foie gras.

Comme Robert avait prévenu ses frères qu'il vaudrait mieux laisser Juillet tranquille lorsqu'il émergerait de la bibliothèque, personne ne lui adressa la moindre réflexion. Laurène et Pauline le firent asseoir entre elles deux, d'autorité.

Sans Aurélien, sans Frédérique, ils se trouvèrent bien ensemble et se mirent à parler librement. Même Alexandre, réticent et morose, installé seul à un bout de la table, finit par se dérider et participer à la conversation, en prenant bien garde toutefois de ne jamais s'adresser directement à Juillet.

— Fernande ! interpella Pauline. Ils dînaient à la cuisine, les petits Laverzac ?

Un éclat de rire général lui répondit.

— Bien entendu, répliqua Fernande avec sérieux. Sauf le dimanche midi, sauf les jours de fête, sauf lorsque l'un d'entre eux atteignait quinze ans.

Louis-Marie, amusé par ces souvenirs d'enfance, ajouta :

— Il y avait Fernande et Clotilde avec nous, plus une jeune fille qui s'occupait des cadets. Jamais la même, d'ailleurs, parce qu'on n'arrivait pas à les garder !

— Papa leur faisait la cour, dit Robert.

— C'est beaucoup dire ! Il les sautait, voilà tout...

Juillet lui-même ne paraissait pas triste à cette évocation. Fernande cassait des œufs dans un saladier.

— Des filles, c'est vrai, il en défilait..., admit-elle avec un petit rire.

— Le pire n'était pas les filles, dit Robert, mais les carnets de notes...

Ils rirent de nouveau, tous ensemble.

— Vous étiez heureux, avec un père comme lui ? demanda encore Pauline.

— Assez, répondit lentement Louis-Marie. Il n'était pas tendre, non, mais il était là. Pour les choses importantes, il savait faire la trêve ou lâcher du lest. Je me souviens encore de ce dentiste qui ne voulait pas faire d'anesthésie à Juillet et dont nous avons quitté le cabinet sur un scandale retentissant !

— En somme, conclut Pauline avec malice, il voulait être le seul à vous emmerder ?

Fernande ne put s'empêcher de ricaner au-dessus de sa poêle.

— Il nous faisait très peur, déclara Dominique. Chaque fois qu'il venait voir papa, nous ne disions plus un mot, Laurène et moi. Je n'aurais jamais pu imaginer, petite fille, diriger sa maison un jour...

Alexandre lança un regard stupéfait à sa femme mais ne dit rien.

— Vous faisiez figure de héros, vous, les fils, pour oser lui tenir tête, ajouta Laurène.

— Quand même, soupira Fernande dans un sursaut d'indulgence, quatre enfants, pour un homme seul, c'est terrible. Et vous inventiez des bêtises tous les jours. Surtout toi, Juillet...

Il y eut un court silence que Robert rompit.

— Quand il disait : « mes fils », il y mettait de l'importance... Il est venu à Paris, après ma thèse, et il m'a emmené à *La Tour d'Argent*. Il était content de moi et de lui...

De plus en plus nostalgiques, ils se regardaient les uns les autres, cherchant à retrouver leurs souvenirs. Sans s'adresser à personne en particulier, Alexandre dit soudain :

— Je me souviens de ce garçon dont Juillet s'était entiché, en seconde. Le cancre intégral. Et d'une famille pas possible ! Un élève qui triplait, tu parles d'une référence. Quand papa l'a appris...

— Qu'a-t-il fait ? l'interrompit Pauline avec son habituelle curiosité impatiente.

— Il a changé Juillet d'école, tiens !

Pauline siffla entre ses dents.

— Un monstre...

— Mais non, lui dit Juillet d'une voix douce, vous vous trompez. Il avait horreur des gens influençables et ces amitiés de garçons l'exaspéraient. Il y voyait un prétexte à la paresse et à la rêverie.

— Et rêver, pour lui, ça équivalait à perdre de l'argent ! termina Alexandre avec ironie.

Juillet lui jeta un coup d'œil froid.

— Moi, déclara Pauline, j'aurais fait une fugue avec une famille comme ça !

— Pour avoir la police à nos trousses ? Une fugue ? Tu es folle.

Louis-Marie riait mais Juillet s'adressa directement à Pauline, d'un air grave.

— Vous ne pouvez pas comprendre. Ce milieu du Médoc est impénétrable et incompréhensible si l'on n'est pas né dedans. S'appeler Laverzac justifiait beaucoup de choses que vous appelleriez des abus. Nous lui devons tous ce que nous sommes aujourd'hui.

Tout en parlant, il toisait avec insistance Alexandre qui finit par baisser les yeux.

—En tout cas, vous, il vous a façonné à son image…, murmura Pauline.

Louis-Marie approuva en déclarant que Juillet et leur père étaient exactement semblables, qualités et défauts confondus. Et qu'ils avaient d'ailleurs les mêmes goûts pour les mêmes choses et les mêmes gens.

—Et surtout les mêmes filles, dit étourdiment Robert. Dès que tu as été en âge de t'y intéresser, tu t'es mis à chasser sur son territoire ! À vous deux, vous devez avoir semé des…

Il s'interrompit net, horrifié de ce qu'il avait failli proférer. Ce fut Juillet lui-même qui acheva, en souriant :

—Des bâtards partout.

Il y eut un silence contraint. Mais Juillet, allongeant le bras derrière Laurène, tapa sur l'épaule de Robert.

—Remets-toi, toubib…

Il y avait une réelle gaieté dans le regard de Juillet et Robert se sentit plus près de son frère qu'il ne l'avait jamais été.

Ils parlèrent ainsi la moitié de la nuit, égrenant des souvenirs, cherchant à ranimer l'image d'un père qui les avait si profondément marqués et qui allait leur manquer, ils le savaient.

L'arrivée d'Aurélien à Fonteyne fut très pénible. L'infirmière, venue tôt le matin, semblait perdue dans cette grande maison et ne savait de qui prendre ses ordres. Aurélien paraissait mal en point. Il se laissa coucher sans regarder personne et fit comprendre qu'il préférait rester seul. Laurène répondait sans cesse au téléphone, à tous les gens qui prenaient poliment des nouvelles d'Aurélien.

Juillet, congédié comme tout le monde de la chambre du malade, avait fui dans les vignes où il trouvait toujours mille choses à faire. Il attendit la fin de l'après-midi pour venir voir son père. En silence, il s'assit au chevet d'Aurélien et patienta quelques minutes avant de murmurer :

— Vous avez maigri... Ici tout va très bien. Lucas est efficace... Nous allons retarder la date du mariage, bien entendu, et vous laisser le temps de vous remettre...

Aurélien s'agita aussitôt et Juillet s'interrompit, découragé. Il lui était difficile de parler à son père comme à un enfant. Il avait envie de l'entendre dire : « Oh, écoute, cow-boy, c'est moi qui décide ! » Mais cela n'existerait jamais plus. Tous les gestes tendres de Juillet pouvaient à présent passer pour de la pitié. Il était condamné, comme son père, à l'immobilité et au mutisme.

Relevant la tête, le jeune homme croisa le regard d'Aurélien. Il y lut, sans le moindre doute, un immense amour. Mais il ne comprit pas qu'Aurélien étouffait à l'intérieur de lui-même.

« Tout ce que je voudrais lui faire savoir en ce moment, pensait le vieil homme épuisé, et je ne peux rien contre cette fatigue… »

Il lui fallait vivre, encore un peu, et supporter. Il ne déciderait pas de son sort, ni de son heure. Alors il regardait Juillet comme pour le graver en lui et l'emporter.

« Fonteyne ne risque rien entre ses mains. Il est devenu plus fort que tout le monde. Plus fort que moi, bien avant que je ne me retrouve cloué sur un lit ! Mais il ne le sait pas. Il va lui falloir apprendre qu'il peut se passer de n'importe qui… Il aimait bien travailler avec moi parce qu'il pouvait faire le fou… Il ne pourra plus. »

Juillet soutenait le regard de son père, tranquille, limpide.

« Je l'ai préservé de lui-même. Il va découvrir qui il est et d'où il vient. Je ne sais pas s'il pourra pardonner. Je l'ai rendu rigide à le vouloir si solide… Il va aussi comprendre pourquoi j'ai tellement lutté contre lui. Je n'aurais pas supporté qu'il ressemble à sa mère ! J'aurais préféré le rendre malheureux. Mais il n'était jamais malheureux… J'avais un lourd contrat à remplir, avec lui. Je n'admettais pas qu'il mente parce qu'elle avait tant menti ! J'ai combattu son hérédité avec ce spectre devant moi, ce n'était pas facile… »

Aurélien, à bout de forces, ferma les yeux un instant. Puis il les rouvrit sur Juillet qui semblait attendre, paisible.

« Et ce regard qu'il a ! Bon sang, il est beau comme sa mère… Au début, il n'y avait rien qu'une bonne action, une façon de me racheter. Plus tard, sa curiosité, son entêtement à me suivre partout… Il était mon public, mon élève, aujourd'hui il est ma mémoire. Il a toujours voulu prouver qu'il pouvait faire aussi bien que moi. J'étais son unité de mesure ! Et maintenant il m'a dépassé, il est loin au-dessus. J'aime autant ne pas voir la suite. Combien de temps me resterait-il avant de le haïr ? Oh, Juillet… Tu me scrutes, tu me plains. Tu ne me prends pas encore sous ta protection, Dieu merci ! Pauvre Juillet, tu vas trouver la vie bien morne avec tes autres partenaires. Je te laisse Fonteyne. Tu as l'instrument. Les moyens d'être ce que tu es. Fonteyne n'existera que par toi, c'est pour ça que je te l'ai donné… Oui, ce doit être le bon moment. C'est maintenant qu'il me faut lâcher ta main. Juste avant qu'elle ne me broie… »

Aurélien, étreint par une tendresse qu'il jugea imbécile, avait envie de pleurer. Mais, à bout, il s'endormit doucement. Juillet se leva sans bruit, ignorant tout des pensées de son père. Il le considéra encore un moment puis il se détourna et sortit.

Finalement, Aurélien eut une autre crise, comme Robert l'avait prédit. Un matin, en entrant dans la bibliothèque, Juillet trouva son père mort. L'infirmière dormait dans la pièce contiguë. Elle avait laissé la porte ouverte et Juillet pouvait entendre sa respiration bruyante. Les volets étaient fermés. Aurélien avait sans doute essayé de se redresser puis s'était effondré en travers de ses oreillers. Il semblait ne pas avoir souffert.

Juillet avait beau s'y être préparé depuis quelques jours, il mit un moment à accepter l'évidence. Il finit par s'approcher du lit, se pencha, effleura le front de son père très tendrement, puis lui ferma les yeux. Il n'osait pas s'éloigner, prenant conscience qu'Aurélien allait disparaître pour de bon de Fonteyne. Il respira à fond, deux ou trois fois, pour refouler ses larmes. Le chagrin, il l'avait pour la vie, inutile d'essayer de le liquider en une fois. En quittant la chambre, il éprouva la même intolérable douleur que s'il avait vu Fonteyne en cendres.

Dès qu'il eut traversé le hall, il se sentit un peu moins mal. Il vit alors Fernande qui sortait de la cuisine, un plateau à la main. Elle s'arrêta net en l'apercevant et n'eut pas besoin de l'interroger. Elle resta deux ou trois secondes à le regarder puis fit brusquement demi-tour et repartit d'où elle venait.

Juillet n'attendait plus rien de précis. Il monta l'escalier sans hâte et frappa chez Robert. Il entra, alla directement ouvrir les volets. Lorsqu'il se retourna vers le lit, Robert s'était assis.

— C'est fini ?
— Oui.

Il y eut un silence puis Robert se leva.

— C'est bien, dit-il. Quand ?
— Je ne sais pas, reconnut Juillet. Cette nuit, sans doute. Tu es le premier informé. Tu parles à Louis-Marie ? Je vais à la Grangette.

Il se dirigeait vers la porte mais la voix calme de Robert l'arrêta.

— Tu devras aller voir un certain Delgas.
— Qui ?
— Delgas, l'ancien adjudant-chef. Il habite un pavillon sur la route de Labarde. Vas-y quand tu voudras, il doit connaître ton histoire…

Juillet hocha la tête avec lassitude.

— Oui, dit-il, j'irai.

Mais il passa d'abord chez Alex et Dominique. Il leur apprit la nouvelle sans ménagements, presque avec froideur. Alex voulut parler mais Juillet quitta la Grangette sans se donner la peine de l'écouter. Pour lui, Alexandre n'existait plus.

Il eut un certain mal à trouver l'adresse exacte de l'adjudant Delgas et téléphona d'une cabine pour annoncer sa visite. Il finit par dénicher le petit pavillon triste et bien tenu où l'ancien gendarme avait pris sa retraite. Juillet haïssait, d'instinct, les espace exigus, et il se sentit mal à l'aise en sonnant à la grille démodée. Presque aussitôt, un vieil homme se montra, sortant du garage attenant à la maison. Il vint ouvrir lui-même, dévisagea Juillet et lui tendit la main en se présentant. Il devait avoir près de quatre-vingts ans.

— Vous êtes Juillet Laverzac ? demanda-t-il d'une voix nette.

— Oui…, murmura Juillet.

— Venez avec moi…

Il le précéda à l'intérieur du pavillon. Il devait vivre seul car l'ameublement était très austère, sans rien pour adoucir l'impression de solitude du lieu.

— Asseyez-vous, je vous en prie. Apéritif ?

— Merci, non.

Juillet attendait, pâle, et le vieux Delgas se décida.

— Pourquoi vouliez-vous me voir ?

— Aurélien Laverzac est mort la nuit dernière.

— Non !

L'exclamation avait fusé.

— Toutes mes condoléances… Votre père était très apprécié… C'était un bonhomme formidable. Il a d'ailleurs beaucoup fait pour cette région. Vous n'avez pas connu l'époque héroïque, jeune homme…

Il secoua la tête, morose soudain. Juillet ignorait à quoi il faisait référence.

— C'est bien triste, dit Delgas, ils s'en vont tous…

Au bout d'un moment, il regarda de nouveau Juillet.

— Je ne connais toujours pas le but de votre visite.

— Vous devez savoir qu'Aurélien était mon père adoptif ?

D'un signe, Delgas l'encouragea à poursuivre.

— Au sujet de cette adoption, mon père m'a fait comprendre que vous pourriez m'apprendre certaines choses. Il était paralysé et ne parvenait plus à parler. Il a pu me donner votre nom, c'est tout.

Delgas dévisageait Juillet avec insistance.

— Pourquoi voulez-vous connaître cette vieille histoire ? demanda-t-il lentement.

Juillet répondit sans hésiter :

— C'est mon droit. Et il l'a décidé ainsi puisque c'est lui qui m'a envoyé chez vous. Alors je veux savoir.

Delgas s'enfonça dans son fauteuil et se mit à rouler du tabac dans une feuille de papier.

— C'est difficile, après toutes ces années... Il ne vous a jamais rien dit ? Oh, je suppose que ça n'a plus d'importance, à présent ! Sauf pour vous, c'est juste... Vous devez avoir... attendez, laissez-moi compter... une trentaine d'années, non ?

Il s'interrompit et laissa glisser un regard presque mélancolique sur les traits du jeune homme. Puis il fronça les sourcils, comme s'il venait de découvrir quelque chose. Il étudia un moment le visage de Juillet avant de baisser les yeux. Ensuite il se remit à la confection de sa cigarette et poursuivit, à contrecœur :

— Pourquoi est-ce à moi de vous l'apprendre ? Je n'étais pas vraiment un ami de votre père. Juste une bonne relation de voisinage, puisque je dirigeais la brigade de Margaux. À cette époque-là, Aurélien Laverzac engageait déjà beaucoup de journaliers pour ses vendanges. Il en venait de partout, vous savez ce que c'est… Mais des étrangers, surtout, pas des étudiants comme aujourd'hui ! Une année, il y a eu une jeune fille qui… On la connaissait sous le nom d'Agnès. Oui, Agnès…

Il alluma son tube tordu dont quelques brins s'échappaient et il essaya d'aspirer une bouffée. Juillet l'écoutait, figé.

— En fait, elle était hongroise. Avec un nom trop compliqué pour ici. Vous le retrouverez sans mal…

Juillet avait tressailli, soudain, mais Delgas n'en tint pas compte.

— Si je me souviens d'elle aussi précisément, c'est parce que c'était une vraie beauté, cette fille ! Impossible d'y résister, elle aurait damné un saint… C'était d'ailleurs sa seule richesse, d'être belle, et elle le savait très bien. Elle était gaie, rusée, elle mettait les hommes à ses pieds et elle s'amusait. C'est vrai, elle riait tout le temps. La belle plante, quoi ! Insouciante, provocante, affolante… Aurélien Laverzac a fait comme les autres, il en est tombé amoureux. L'année dont je vous parle, Mme Laverzac vivait encore. C'était une femme très à cheval sur les principes, et votre père était obligé de faire attention. On le savait coureur, mais là il était carrément mordu… Agnès, il la voyait par-ci, par-là, quand il le pouvait sans trop prendre de risques… Seulement il n'était pas le seul ! Vous connaissez l'ambiance des vendanges…

À ce souvenir, Delgas s'interrompit. Un sourire rêveur erra quelques instants sur ses lèvres. Puis il reposa son regard sur Juillet et, soudain pressé d'en finir, il se mit à parler plus vite, laissant s'éteindre son affreux mégot.

— À la fin de l'automne, elle est partie. On a respiré parce qu'elle finissait par rendre fous trop de gens et qu'il y avait des histoires, des jalousies, des bagarres... Et c'est l'année suivante que le drame a éclaté ! Agnès est revenue, en septembre, et elle avait un bébé avec elle ! Oui, un nouveau-né qu'elle exhibait partout en riant...

Juillet était devenu livide mais Delgas ne le regardait plus.

— Ce gosse, elle le portait toujours sur son dos, dans un châle qu'elle s'attachait autour du cou. Ce ne sont pas des habitudes de par ici... Pour tous les hommes qui l'avaient connue, vous imaginez quelle menace et quels remords elle promenait dans ce bout de tissu ?

Il marqua une hésitation et demanda :

— Je continue ?

— S'il vous plaît.

— Votre père avait beau être un fieffé coureur, c'était un homme bien, un homme intègre... Mais là elle y allait un peu fort, l'Agnès ! Comment savoir de qui il était, ce gosse ? Personne ne pouvait être sûr de rien. Même pas Agnès elle-même, c'est probable ! Seulement il lui fallait trouver un père à tout prix, ça peut se comprendre... Alors elle a essayé de ferrer le gros poisson et de faire endosser la paternité à Aurélien Laverzac. Carrément ! Il a hésité, il avait raison... Il était ennuyé mais il se méfiait... Et pendant qu'il réfléchissait à une solution acceptable pour tout le monde, elle a tenté sa chance auprès des autres, cette folle ! Elle voulait lui faire un avenir, à son bâtard, et elle était prête à se rabattre sur le premier qui en voudrait, pourvu qu'on l'en débarrasse... Comme tout finit par se savoir, Aurélien Laverzac a appris qu'elle cherchait à caser le bébé partout et qu'elle racontait la même histoire à tous les hommes. Il s'est mis dans une colère noire et il l'a flanquée à la porte du domaine sur-le-champ !

Delgas s'interrompit une nouvelle fois. Il venait de réaliser que le jeune homme, en face de lui, avait été ce gosse ballotté de-ci de-là, offert et rejeté, qu'Agnès avait tenté de faire accepter à tous ses anciens amants.

— Je vous écoute, mon adjudant.

La voix claire surprit Delgas qui en déduisit que Juillet était d'une belle trempe. Il apprécia, en connaisseur, et n'en eut que plus de mal à poursuivre.

— Eh oui, la suite, vous voulez la suite, c'est normal... Hélas, la suite est pire ! Mais c'est ce qui va vous expliquer pourquoi je connais si bien tous ces détails. Agnès... eh bien, un beau jour, cette Agnès, on l'a trouvée morte.

Juillet se mordit la lèvre mais ne prononça pas un mot. Le vieil homme enchaîna :

— Personne n'a jamais su ce qui était arrivé. Ni pourquoi, ni comment. A-t-elle fait du chantage à un amoureux et s'est-il énervé ? Est-ce que l'un d'entre eux a eu peur ? Meurtre ? Suicide ? Allez savoir... Peut-être un accident idiot. Ce fut l'hypothèse retenue par la justice, en tout cas.

— De quoi est-elle morte ?

La voix se détimbrait et Delgas eut un bref sourire de compassion. Juillet n'était pas en granit, finalement.

— Elle était tombée dans la cabane où elle habitait. Fracture du crâne contre la pierre du banc. L'affaire a été classée. Il n'y avait ni indice ni preuve et bien trop de suspects ! L'enquête a été vite menée, ce n'était qu'une pauvre fille... Mais il restait le bébé. On l'avait retrouvé hurlant, affamé, près du cadavre de sa mère...

Juillet eut l'impression qu'il allait vomir mais il parvint à se dominer.

— Et Aurélien Laverzac a adopté l'enfant, acheva le vieux gendarme. Tout le monde a facilité les formalités, en haut lieu. Votre père avait beaucoup de relations et son geste était beau. C'était arrivé sur son domaine, il pouvait prendre cette responsabilité sans faire l'aveu du reste. Quant à la fille, Agnès, elle était sans famille, sans attaches, comme sans passé. Les recherches habituelles n'ont rien donné. Ses papiers étaient en règle mais ne disaient rien de plus que son état civil. Il n'y a jamais eu la moindre réponse de Hongrie. Elle a été enterrée à Bordeaux, parce qu'à Margaux il n'en était pas question. Vous pourrez retrouver sa tombe... Voilà, vous en savez autant que moi...

Juillet avala sa salive et prit son paquet de cigarettes dans la poche de son jean. Mais il se contenta de jouer avec, nerveusement.

— Tout le Médoc a dû entendre parler de ce scandale, non ? murmura-t-il.

Delgas secoua la tête avec lassitude.

— Ne croyez pas ça. Votre père a beaucoup insisté. Il n'y a pas eu de scandale à proprement parler. Juste des bavardages, bien sûr. Votre père était puissant et il savait ce qu'il voulait. L'affaire a été complètement étouffée. D'ailleurs, qu'est-ce que c'était, hein ? Franchement ! Un accident et un orphelin, c'est tout. La plupart des gens ont dû croire qu'elle était repartie comme elle était venue, cette fille. Avec son genre, elle n'était de nulle part. Les vieilles ont daubé, oui, mais quand il n'y a plus rien pour alimenter les conversations, vous savez... L'enfant... c'est-à-dire... vous ! Eh bien, vous êtes arrivé à Fonteyne très officiellement quelques mois plus tard. Le temps de l'adoption légale. Ceux qui ont fait le rapprochement ne l'ont pas dit. C'est bien la première fois qu'on m'en reparle en trente ans. Autour de certaines choses, il y a un état de grâce, croyez-moi... Personne ne s'est risqué à poser la question à Aurélien Laverzac, bien entendu ! Même pas son épouse. Avec le temps, les gens ont oublié...

Fatigué d'avoir tant parlé, Delgas eut un long soupir.

— On ne peut pas vous demander d'en faire autant, c'est évident ! Aussi je vais vous avouer quelque chose... Pour autant que je m'en souvienne, vous lui ressemblez énormément.

Juillet fit un gros effort sur lui-même et parvint à demander :

— À votre avis, mon adjudant, c'était un accident ou un meurtre ?

— L'affaire a été classée, jeune homme, répondit le vieillard avec une autorité intacte. C'était un accident. Ac-ci-dent.

Il se leva pesamment. Il dévisagea Juillet avec insistance.

— Vous avez eu la vérité. Vous la supportez bien. Je ne suis pas désolé pour vous parce que, au bout du compte, votre mère a eu ce qu'elle voulait : un bel avenir pour son fils. Pensez uniquement à ça et n'allez pas déterrer de vieilles histoires, vous n'y gagneriez rien. Vous me comprenez ? Vous faites partie de leur monde, maintenant...

Tout était dit et Juillet n'avait pas le courage d'ajouter un mot. Il soutint le regard de l'autre avant de se lever. Il lui fit un signe de tête que lui rendit le vieux gendarme avec beaucoup de gravité. Puis il quitta le pavillon sans se retourner. Il regagna la Mercedes, parcourut quelques kilomètres et s'arrêta sur un petit chemin qu'il connaissait. Il descendit de voiture et se mit à marcher à grandes enjambées, les mains dans les poches. Il se sentait presque soulagé, malgré les pénibles révélations de Delgas.

Aurélien pouvait bien avoir fait n'importe quoi, ce que Juillet avait le plus redouté était d'apprendre qu'il était le fils d'un autre. Puisque le doute était permis, puisqu'il y avait une toute petite chance pour qu'Aurélien soit son père, Juillet pouvait de nouveau respirer normalement. Il finit par s'arrêter, s'appuya à un arbre et alluma une Gitane. Son malaise s'était dissipé mais son chagrin restait intact.

Il ne lui était pas possible de rentrer à Fonteyne, de frapper à la porte du bureau, d'entrer sans attendre la réponse et de venir s'asseoir face à Aurélien pour lui dire merci. Il devait à présent s'installer pour de bon dans le fauteuil du patron. Il sourit à cette idée. Puis il regagna la voiture à pas lents. Aurélien était mort. Il fallait affronter les formalités, l'enterrement, les gens, le travail à reprendre. Se débarrasser de ce minable d'Alex. Faire des enfants à Laurène… Et il n'y avait aucune place dans la vie de Juillet Laverzac pour penser à cette Agnès.

Maître Varin avait terminé sa lecture. Il lissa machinalement, du plat de la main, les papiers étalés devant lui.

— Des questions ?

Il les regarda l'un après l'autre. Juillet restait attentif mais n'avait pas semblé surpris. Il avait toujours su qu'il garderait Fonteyne.

Robert et Louis-Marie avaient écouté poliment, sans marquer d'étonnement non plus.

Alexandre, le visage fermé, n'avait pas quitté Juillet des yeux. Il demanda, d'une voix neutre, se tournant enfin vers le notaire :

— Ce testament est incontestable, je présume ?

— Naturellement. Je l'ai établi moi-même avec votre père l'an dernier. Il a été enregistré à l'étude. Et les statuts de la société ont été ratifiés par le tribunal, selon l'usage.

Le silence retomba. Pauline regardait Alexandre avec stupeur. Dominique, un peu gênée, posa sa main sur le bras de son mari.

— D'autres questions ? redemanda maître Varin.

Il y eut un nouveau silence puis Louis-Marie se leva et tous l'imitèrent. Ils quittèrent l'étude et regagnèrent leurs voitures respectives sur le parking. Ils démarrèrent, les uns derrière les autres, prenant la direction de Fonteyne.

À peine installée, Pauline se mit à harceler Louis-Marie.

— Tu te rends compte ? Si j'ai bien compris, il lui a tout laissé ? Le château, les terres, l'exploitation, tout !

— Évidemment, répondit Louis-Marie avec calme. Un domaine agricole de ce type ne peut pas se partager, voyons ! Le seul qui soit apte à diriger Fonteyne et à le faire prospérer, c'est bien Juillet !

— Alors… Alors Fonteyne, c'est chez lui ? insista Pauline qui semblait outrée.

— Mais… oui ! Enfin, c'est chez nous, c'est comme d'habitude. Si tu vois les choses sous cet angle, avant, c'était chez papa. Il faut bien qu'il y ait un propriétaire ! Fonteyne, c'est Laverzac. Nous sommes Laverzac aussi, tu sais…

— En somme, riposta Pauline d'un air narquois, Aurélien a déshérité ses fils pour son bâtard !

Louis-Marie donna un violent coup de frein, et Pauline fut projetée contre le tableau de bord.

— Ne dis jamais ça ! hurla-t-il.

Il se reprit aussitôt, accéléra et ajouta :

— Et mets ta ceinture... Papa ne nous a pas déshérités du tout. D'ailleurs il n'aurait pas pu. Il a contourné la loi au maximum, avec une habileté de vieux renard. Juillet a tous les pouvoirs et tous les droits mais il nous est redevable de dividendes et de parts. J'ai une confiance aveugle en Juillet. Il ne vendra jamais rien et nous, franchement, Dieu seul sait de quoi nous serions capables... Tu as vu la réaction d'Alex ? Si c'est à Mazion qu'il veut aller, il va s'y retrouver à coups de pied dans les fesses.

Pauline, médusée, regarda son mari.

— Tu es dans quel camp ? demanda-t-elle.

Il haussa les épaules, vaguement amusé de l'attitude de sa femme.

— Dans le mien, répondit-il. Nous sommes riches, tu sais...

Ils étaient arrivés et ils rejoignirent les autres dans la bibliothèque. Juillet attendit que tout le monde soit assis et il alla se poster sur son barreau d'échelle.

— Le testament d'Aurélien vous a choqués ? commença-t-il sans regarder personne en particulier.

Le soleil entrait à flots par les hautes portes-fenêtres. C'était une superbe matinée d'avril. Les vignes, au loin, s'étalaient en lignes courbes régulières.

— Alex ?

Juillet interpellait son frère d'une voix calme. Mais Alexandre gardait la tête baissée et ne répondait rien.

— Puisque j'épouse Laurène, poursuivit Juillet avec le même sang-froid, je gérerai ta part de vignes ici et tu t'occuperas de la mienne à Mazion. Antoine sera certainement très soulagé de te voir arriver.

— Mais..., tenta Alexandre en levant les yeux vers son frère.

— Et moi je ne tiens pas à te voir ici. Comme tu le dis très bien toi-même, tu n'es d'aucune utilité à Fonteyne. J'ai Lucas. Et je ne compte pas te voler. Ni spolier personne. Notre conseil fiscal vous soumettra diverses propositions.

Dominique et Laurène étaient rouges, très gênées, mais Juillet continuait, imperturbable :

— Il y a un certain actif, dont je peux disposer, et des délais sur les droits de succession. La maison a été intégrée dans la société, comme vous le savez... Je compte organiser une vente de vins, pour me donner de l'oxygène. D'autre part, Aurélien était prévoyant. Nous ouvrirons le coffre ensemble. Je vais faire venir des experts pour l'estimation du mobilier, si vous le souhaitez. La maison n'est pas un sanctuaire, s'il y a des choses que vous...

— Assez, à la fin ! lui lança Robert avec fureur. Alex a été con, bon, la grande nouvelle ! Descends de ton perchoir, petit frère ! Personne ne te dit rien, ne t'accuse de rien, ne te soupçonne de rien ! Je crois qu'on est tous d'accord là-dessus !

Il était vraiment en colère et Louis-Marie lui donna immédiatement raison.

— Quel casse-pieds tu peux faire, Juillet !

— Moi ? dit Juillet stupéfait.

— Oui, toi, la barbe ! conclut Robert en se levant. Si on buvait quelque chose ? Si on demandait à Lucas une bouteille exceptionnelle ?

— Une bouteille ou deux, renchérit Louis-Marie.

Alex se leva, esquissa son premier sourire depuis des semaines, et déclara qu'il s'en chargeait. Juillet le regarda sortir puis il se tourna vers Dominique.

— Ton mari, il faut qu'il s'en aille chez ton père, il a raison, ou je vais finir par lui taper dessus...

C'était dit gentiment, avec humour et chaleur. Robert vint s'appuyer à l'échelle, tout près de Juillet.

— Je partirai demain matin. Je vais avoir un travail monstre. Je suis resté trop longtemps ici.

Il envoya une bourrade affectueuse dans l'épaule de son frère.

— Tu as vu Delgas, finalement ? interrogea-t-il à mi-voix.

— Oui.

— Il a parlé ?

— Oui. Il savait...

Robert patienta un instant et Juillet céda.

— Tu veux connaître l'histoire ?

— Non. Mais dis-moi seulement... Rien de grave ?

— Rien.

Ils échangèrent un long regard.

— Tu sais, Bob, il y a même une chance pour que nous soyons un peu frères...

— Un peu ?

Robert éclata de rire.

— Tu as de ces expressions, mon salaud ! Dis donc, si tu nous faisais faire un bon dîner, ce soir ? Un grand dîner comme avant ?

Intrigué, Juillet pencha un peu la tête de côté pour observer son frère.

— Bien sûr... Si tu en as envie... Je préviens Fernande.

Il se redressa et Robert le saisit par le bras.

— Préserve tout ça, chuchota-t-il.

Juillet le toisa, amical mais déterminé.

— Même si la terre tremble, Fonteyne restera debout. Je le garde. Je vous le garde.

Robert lâcha Juillet qui quitta la bibliothèque et se rendit à la cuisine. Fernande n'y était pas et il décida de l'attendre. L'été arriverait bientôt. Il fallait s'occuper du raisin. Le travail allait pouvoir reprendre, harassant, passionnant. Juillet aperçut Fernande qui remontait l'allée, un panier au bout du bras. Il s'approcha de la fenêtre et songea qu'il aimerait bien que cette vieille femme s'occupe un jour de ses enfants. Ce qui l'amena à se demander quel genre de père il allait être. Et ainsi, il réussit à penser à Aurélien sans se sentir trop déchiré.

Troisième Partie

Juillet bouchonna Bingo d'une main ferme puis il lui remit sa couverture de toile. L'alezan broncha un peu mais son maître le calma de la voix. Ils étaient partis faire le tour des terres avant même le lever du jour. L'inspection rituelle les entraînait à travers le vignoble, de coteau en coteau, le long d'étroits chemins qu'ils connaissaient par cœur.

Juillet quitta l'écurie en hâte, déjà absorbé par le programme surchargé de sa matinée. Cependant il s'arrêta, une cinquantaine de mètres plus loin, devant la maison blanche qui avait été celle d'Alexandre. Alors qu'il l'évitait depuis des semaines, il eut envie d'entrer.

Le silence et la semi-obscurité de la Grangette avaient quelque chose d'inhabituel, de désolant. Il ne s'attarda qu'un instant avant de refermer la porte. Son frère n'avait rien oublié et aucun objet personnel ne subsistait pour rappeler sa présence, celle de Dominique ou des enfants. Les jumeaux manquaient un peu à Juillet, déjà.

Il se dirigea vers le château de sa démarche longue et souple, celle qui lui permettait d'arpenter ses vignes à longueur de jour quand il n'était pas à cheval ou en Jeep. Il s'immobilisa, à quelques pas, pour observer la façade de Fonteyne, ses élégantes fenêtres à petits carreaux, ses toits d'ardoise, son escalier en fer à cheval et sa galerie de pierre. Un sentiment désagréable envahit Juillet. À l'évidence, Fonteyne vivait bien davantage six mois plus tôt, avant le décès de son père, avant le départ de son frère. Et cet endroit était fait pour les grandes familles et les dîners de fête, pour les cris des enfants et l'agitation laborieuse des employés ; pas pour le silence d'aujourd'hui.

Il soupira puis chercha son paquet de cigarettes dans la poche de son jean. La succession d'Aurélien s'avérait difficile. Sa volonté de léguer Fonteyne à Juillet avait provoqué une première rupture qui en présageait d'autres.

Le jeune homme releva le col de son blouson. Les matinées d'avril étaient encore très fraîches, avec des gelées tardives. Même en commençant le travail à l'aube, il était débordé par l'immensité de la tâche. Cependant il refusait d'engager du personnel supplémentaire, tant qu'il n'aurait pas établi son bilan comptable de l'année. Il se devait d'avoir une gestion modèle s'il voulait parvenir à rembourser ses frères. Louis-Marie et Robert ne lui demanderaient rien, il le savait, mais Alexandre profiterait de la première erreur, il en était tout aussi certain.

Juillet tourna le dos au château et retrouva son assurance en contemplant les vignes qui s'étageaient, au loin. Non, il ne commettrait pas d'erreur, mais il n'était pas le bon Dieu et il ne pouvait pas se garder du temps, de la grêle ou du gel.

Laurène avait observé Juillet plusieurs minutes avant de s'éloigner de la porte-fenêtre. Chaque matin, elle guettait le bruit de la Jeep ou bien celui du galop léger de Bingo. Elle traversa le vaste bureau et regagna la petite pièce adjacente où elle travaillait chaque matin. Le silence du château l'oppressait. Fernande devait s'activer dans les cuisines mais aucun bruit n'était perceptible. Clotilde n'arriverait qu'à dix heures, sur son vélomoteur, pour attaquer le ménage quotidien. Dominique n'était plus là pour tout surveiller et, indiscutablement, Laurène n'avait pas les dons de maîtresse de maison de sa sœur.

Après avoir allumé l'ordinateur, elle ouvrit le programme de comptabilité et regarda distraitement les colonnes de chiffres qui s'affichaient sur l'écran.

— Tu rêves, ma chérie ? Tu as bien de la chance d'avoir du temps pour rêver !

Les mains de Juillet venaient de se poser sur ses épaules. Elle s'appuya contre lui, sans le regarder. Il la rendait profondément heureuse, il la comblait.

— Je dois faire un saut à Bordeaux en fin de matinée, annonça-t-il. Demande à Fernande de ne pas prévoir le déjeuner avant treize heures trente, tu veux ?

Il s'éloignait déjà vers le bureau et elle fut déçue qu'il ne s'attarde pas davantage. La même question, lancinante, lui brûlait toujours les lèvres sans qu'elle ose la formuler. Quand donc Juillet allait-il se décider à fixer une date pour leur mariage ? La mort d'Aurélien était sans doute encore trop récente pour aborder ce sujet, pourtant Juillet savait se passer des convenances lorsqu'il le désirait.

Laurène se leva, alla jusqu'à la porte de communication et se décida à entrer. Comme elle n'avait pas frappé, Juillet leva la tête avec une expression de contrariété.

— Je te dérange ?

Il eut un sourire mitigé qui la mit mal à l'aise. Assis à la place que son père avait occupée durant quarante ans, il attendait qu'elle parle, vaguement agacé.

— Je voulais te demander, commença-t-elle d'une toute petite voix, en ce qui nous concerne... euh... as-tu réfléchi à...

De façon imperceptible, Juillet s'était raidi. Ne cherchant pas à esquiver la question, il dévisageait Laurène, la trouvant jolie, attendrissante et désirable. Il ne savait pas lui-même ce qui l'empêchait de décider une bonne fois du jour et de l'heure. Il n'avait qu'à parler et elle serait comblée. Il souhaitait sincèrement en faire sa femme mais quelque chose qui ressemblait à de l'appréhension le retenait encore. Pourtant Laurène était prête à se faire toute petite, elle s'était déjà effacée devant les vendanges, devant Fonteyne. Elle acceptait d'avance que Juillet reste l'homme indépendant et épris de liberté qu'il était.

— Eh bien ? interrogea-t-il tandis qu'elle s'approchait.

Elle se pencha pour l'embrasser puis chuchota :

— Quand nous marierons-nous, Juillet ?

Elle avait enfin osé aborder le sujet, mais n'avait pas pu s'empêcher de rougir en parlant. Juillet se mit à rire, de son rire bref et léger. Elle fronça les sourcils, vexée.

— Non, dit-il en hâte, ce n'est pas ce que tu me demandes, c'est ton air de collégienne qui m'amuse... Écoute...

Il chercha désespérément quelque chose à lui dire. L'échéance lui déplaisait vraiment.

— Cet automne ? suggéra-t-il. Après les vendanges, nous serons plus tranquilles, qu'en penses-tu ?

Il vit son visage crispé, comprit qu'elle luttait pour ne pas montrer sa déception.

— C'est loin, se borna-t-elle à répondre.

— Non, c'est demain ! plaisanta Juillet. Je croule sous le boulot, et puis tout le monde trouverait cette noce un peu... précipitée si nous ne laissions pas passer quelques mois, n'est-ce pas ?

Il lui souriait de façon adorable, irrésistible, mais elle se força à insister.

— Tu te moques bien de l'opinion des gens, ne me raconte pas ça à moi !

Elle s'était un peu éloignée, boudeuse, mais il n'essaya pas la retenir. Avant de sortir, elle lui jeta un coup d'œil et constata qu'il s'était replongé dans ses dossiers.

Dominique se résigna à abandonner la surveillance des champignons à sa mère. Il avait toujours été impossible de cohabiter avec elle dans une cuisine. Dominique et Laurène, lorsqu'elles étaient jeunes filles, redoutaient les réflexions péremptoires de leur mère ou ses éclats de rire devant leurs maladresses.

Appuyant son front contre la vitre, elle regarda la cour, au-dehors. Le bonheur des premiers jours avait disparu. Ce retour dans la maison de son enfance était une erreur. Elle avait pris l'habitude de Fonteyne et elle avait la nostalgie du château, même si elle évitait soigneusement d'y penser. Depuis son mariage, elle s'était identifiée à la famille d'Alexandre, fondue avec les Laverzac. Les années passées à Fonteyne, sous l'autorité d'Aurélien, avaient été des années merveilleuses, elle en prenait enfin conscience. Fernande lui manquait, l'immense cuisine lui manquait tout comme les menus compliqués, les réceptions fastueuses, les irruptions de Juillet et de Lucas à toute heure pour un café ou un casse-croûte. Ici, chez ses parents, il ne se passait rien. Et même Alexandre – qui avait tellement voulu quitter Fonteyne pour venir à Mazion ! – ne trouvait pas sa place. Il avait fui ce qu'il appelait la tyrannie de Juillet pour affronter un beau-père morose et peu enclin à passer la main. Antoine n'était pas disposé à prendre une retraite anticipée, quel que soit le soulagement qu'il ait pu éprouver à l'arrivée de son gendre. S'il avait apprécié l'aide d'Alexandre lors de son hospitalisation, à présent qu'il était parfaitement rétabli il ne comptait pas jouer les éternels convalescents sur ses terres. Alex était donc voué au rôle de second, à Mazion comme à Fonteyne.

— Je les sale encore un peu, si tu veux bien..., annonça Marie.

Dominique se tourna vers sa mère et esquissa un sourire machinal, de pure politesse. Les champignons seraient parfaits, comme d'habitude. Elle prit une pile d'assiettes dans le placard et se dirigea vers la minuscule salle à manger attenante. La maison était claire, moderne, agréable. Mais comment vivre là après avoir connu durant dix ans les somptueux lambris de Fonteyne ? Elle avait beau se reprocher d'être ingrate, elle se sentait mal à l'aise en permanence.

« Je n'aurais jamais cru que je regretterais Juillet un jour... », songea-t-elle avec amertume.

Oui, les exigences et les rires de son beau-frère lui manquaient, mais aussi son assurance, sa confiance, et surtout la rigueur de ses ambitions. Dominique envia Laurène une seconde, ce qui la conduisit à se demander pourquoi Juillet n'avait toujours pas fixé de date pour le mariage. Il faudrait qu'elle en parle à sa sœur et qu'elle l'incite à exiger une réponse claire. Dominique fit un rapide calcul et constata qu'il n'y avait que deux mois qu'Aurélien était mort.

— Mets-nous des fleurs sur la table, suggéra Marie qui venait d'entrer, ce sera plus gai !

Elle jeta un coup d'œil discret vers Dominique qui lui semblait soucieuse, abattue, presque éteinte. Marie soupira et repartit vers sa cuisine. Elle comprenait très bien sa fille aînée mais elle ne pouvait rien tenter pour l'aider.

Alexandre observa avec attention le dernier greffon de la rangée puis il se redressa, satisfait. Il alluma une cigarette et rejoignit son beau-père qui, une centaine de mètres plus loin, était agenouillé entre deux plants, occupé à détecter d'éventuels parasites.

— Un petit apéritif ? proposa Alexandre en débouchant la flasque d'argent qu'il avait pris l'habitude d'emporter partout.

Antoine tendit la main, but deux gorgées et s'essuya la bouche d'un revers de main. Alexandre l'aimait bien, il le trouvait facile à vivre. Antoine était méticuleux mais sans excès, il surveillait ses terres de près mais n'en faisait pas une obsession, lui.

Ils repartirent à pas lents vers la maison. Ils n'avaient pas besoin de se parler pour se comprendre. Contrairement à ce que Dominique ressentait, Alexandre n'était pas malheureux à Mazion. Il préférait les consignes bourrues d'Antoine aux ordres de Juillet. Lorsqu'il évoquait son frère cadet, Alex avait d'ailleurs pris l'habitude de penser : « le bâtard ». Il n'avait toujours pas admis l'injustice flagrante du testament d'Aurélien. Il tenait ce document pour une scandaleuse iniquité. Il n'avait jamais réfléchi à cette possibilité qu'avait Aurélien de favoriser Juillet dans la société viticole de Fonteyne en le nommant gérant à vie, en contournant les lois avec une habileté de vieux renard. Il ne s'était pas préoccupé durant des années de ce qui allait advenir après la disparition de leur père. L'idée semblait si lointaine et Aurélien était si omniprésent ! Alors Alexandre avait subi cette primauté de Juillet comme une fatalité qui trouverait sa limite dans le temps. Il avait accepté le favoritisme éhonté d'Aurélien et les diktats du cadet en attendant des jours meilleurs. Qui donc ne viendraient jamais, maintenant que Juillet régnait officiellement sur Fonteyne.

Tout en marchant, il haussa les épaules sans même s'en apercevoir. Songer à Fonteyne l'agaçait. Il n'avait pas oublié le mépris de Juillet, chaque fois qu'il avait été question de son départ pour Mazion. « Tu vas aller faire du vin blanc chez les autres ? Toi, un Laverzac ? » Alexandre haïssait les certitudes de son frère. Mentalement, il répéta le mot « bâtard » pour attiser sa propre colère. Bâtard, oui, que ce gitan que leur père avait imposé à Fonteyne et dont il s'était entiché. Bâtard, ce coureur de jupons, ce bagarreur, ce solitaire, ce sauvage que seul Aurélien avait pu dompter.

« Ah, elle ne doit pas rire tous les jours, la pauvre Laurène », songea-t-il sans réelle compassion.

Le sort de sa belle-sœur lui importait peu, au fond, mais il fallait supporter les commentaires de Dominique. En pensant à sa femme, il accéléra un peu le pas. Marie et Dominique ne se plaignaient jamais de leurs retards et ils en abusaient, Antoine et lui. À Fonteyne, Aurélien n'aurait pas toléré d'attendre pour passer à table. Juillet devait faire de même aujourd'hui.

« Mais ils sont tout seuls, comme deux imbéciles ! »
— Pourquoi ris-tu, Alex ? s'étonna Antoine.
— Pour rien, pour le beau temps.
— Oui, tu as raison. C'est le printemps qui règle le sort de la vigne…

Ils étaient arrivés devant la maison et Alexandre laissa Antoine entrer le premier.

Juillet remonta dans la Mercedes et démarra sèchement. Il fut obligé de faire du slalom dans les rues du centre pour se dégager de la circulation. La réunion à laquelle il venait d'assister avait été houleuse. Le syndicat des viticulteurs perdait beaucoup de temps à débattre de questions sans importance, mais il était nécessaire que Juillet y tienne sa place.

Quittant Bordeaux, il prit la route de Margaux. Il était treize heures passées et il accéléra. Fernande s'appliquait chaque jour à lui confectionner d'excellents repas qu'il n'était pas à même de savourer. L'absence d'Aurélien lui était encore insupportable. Même s'il ne désespérait pas d'en guérir un jour, la blessure restait grande ouverte. Il n'avait personne d'autre à admirer, à écouter, à respecter, personne avec qui se mesurer.

Il s'engagea dans l'allée du château, enregistra mentalement que des ardoises s'étaient déplacées sur l'aile ouest et qu'il faudrait téléphoner au couvreur, puis il freina brutalement, par jeu, devant le perron. Il escalada la volée de marches et gagna la salle à manger où Laurène l'attendait. Elle paraissait perdue, assise au bout de la longue table. Dès qu'il entra, elle se leva, heureuse de pouvoir enfin s'affairer. Elle sonna Fernande, servit le vin et poussa un cendrier vers Juillet qui fumait de plus en plus, même en mangeant.

— Lucas te fait dire qu'il sera dans les caves à partir de deux heures. Tu as passé une bonne matinée ?

— Non, répondit-il tranquillement. Tu sais comment ils sont, noyés dans des détails mais négligeant l'essentiel, traînant dix ans de retard et pleurant sur leur sort. Je déteste perdre mon temps, j'en ai trop peu ! Pourquoi as-tu ouvert du Lascombes, grands dieux ?

Elle se troubla, toujours très gamine dès qu'il semblait lui faire un reproche.

— C'est mon... j'ai... eh bien, si tu ne t'en souviens pas, je...

Il s'était redressé, navré, et il posa sa main sur celle de la jeune femme.

— C'est ton anniversaire ? Oh, je suis tellement désolé...

Il leva son verre, jetant un coup d'œil de connaisseur sur la couleur rare du Margaux.

— Tu as bien choisi, le Lascombes est tellement... féminin ! À toi, ma chérie...

Il but, plissant les yeux, attentif à la saveur dont il se laissa envahir.

— Une merveille, apprécia-t-il à mi-voix, avec beaucoup de violette, comme il se doit...

Il reposa son verre et dévisagea Laurène. Elle portait un tee-shirt blanc sur un kilt court. Elle était si ravissante qu'il se reprocha pour la énième fois de ne pas lui offrir ce qu'elle attendait de lui. Il allait lui parler lorsque Fernande ouvrit la porte dissimulée dans les boiseries, tenant fièrement un plat de lamproies.

— Repas de fête, annonça Laurène, Fernande nous a gâtés.

Juillet échangea un coup d'œil complice avec la vieille femme.

— Sers-toi bien, pour une fois, recommanda-t-elle, ne chipote pas !

Il découvrit qu'il avait très faim, soudain, et qu'il allait prendre le temps de déguster le repas avec plaisir. Fernande n'oubliant jamais les petits détails de la vie, elle avait dû penser au gâteau d'anniversaire et aux vingt-trois bougies. Juillet regarda une nouvelle fois Laurène. Elle mangeait de bon appétit, gourmande et juvénile. Il regretta de n'avoir pas deux heures devant lui. Il avait une brusque envie d'elle qui le rendait gai, mais Lucas devait déjà être là et Juillet avait mille choses à faire, comme chaque après-midi.

— Je t'invite à dîner ce soir, dit-il à Laurène.

Elle se mit à rire, amusée par l'invitation impromptue.

— Au *Chapon fin* ? Au *Relais de Margaux* ? Mais, mon amour, où mange-t-on mieux qu'ici ?

— Très bien, accepta-t-il de bonne grâce. Alors je veux du champagne, du foie gras et du pain chaud sur un plateau, au pied de notre lit ! D'accord ?

L'air heureux de Laurène lui donna aussitôt raison. Il était conscient de lui faire mener une vie monotone dans un cadre austère, même s'il était grandiose. Elle devait être lasse des lustres et des boiseries de cette salle à manger, des doubles portes toujours ouvertes qui ne permettaient aucune intimité, de tout cet apparat qui n'avait plus sa raison d'être pour eux deux. Il jeta un coup d'œil vers la bague de fiançailles qu'elle portait depuis quelques mois à l'annulaire. Pourquoi ne parvenait-il pas à lui sacrifier sa liberté une bonne fois ? Pourquoi remettait-il toujours au lendemain cet inéluctable mariage ?

— De quoi as-tu envie ? demanda-t-il. Je pourrai m'en occuper demain après-midi, il faut que j'aille à Bordeaux.

— Une surprise, répondit-elle en le regardant bien en face. Et tu n'as pas besoin d'aller à Bordeaux pour ça !

Il ne baissa pas les yeux, n'ayant pas la lâcheté d'être hypocrite. Ce fut elle qui détourna la tête. On ne faisait pas changer d'avis Juillet, elle en avait fait mille fois l'expérience. Ne voulant pas gâcher le déjeuner, elle parla d'autre chose.

Alexandre se réveilla de sa sieste avec la bouche pâteuse. Il avait trop arrosé le déjeuner, comme toujours. Le vin coulait à flots chez les Billot. On n'ouvrait pas des crus prestigieux comme à Fonteyne, mais on se régalait sans compter de petites appellations savoureuses. Dominique avait dû partir chercher les jumeaux à l'école. Alexandre ferma les yeux. À quoi bon se lever ? Il n'avait rien de spécial à faire et personne ne lui reprocherait de rester dans sa chambre. Antoine faisait la sieste chaque jour, lui aussi, et Marie s'activait sans bruit. Alexandre regarda autour de lui. La pièce était petite mais claire, pimpante. Rien n'y rappelait la Grangette : tant mieux ! Il avait pris soin, lors de son déménagement, de ne rien emporter qui appartienne à sa famille. Il s'était contenté de ses affaires personnelles et de ce qu'ils avaient acheté, Dominique et lui, au début de leur mariage. Il avait laissé la petite maison exactement comme son père la lui avait prêtée dix ans plus tôt.

— Salut, Alex ! s'écria Laurène en entrant comme une tornade. Tu dormais ? Je suis venue vous embrasser en vitesse, c'est mon anniversaire !

Elle lui déposa un baiser léger sur la joue. Sa bonne humeur était communicative.

— Ta mère nous gave comme des oies, dit-il en plaisantant, et les digestions sont laborieuses. Comment vas-tu ?

— Bien, mais je m'ennuie, répondit Laurène avec franchise. Vous nous manquez !

— À toi, peut-être, mais à Juillet, ça m'étonnerait !

Il l'affirmait avec une telle agressivité qu'elle n'insista pas. Elle connaissait la rancœur d'Alexandre et les années de soumission qui l'avaient provoquée.

— Toujours pas de date pour votre mariage ? demanda-t-il perfidement. Si tu ne le secoues pas un peu, il ne te conduira jamais à l'église !

Comme Alexandre riait, Laurène haussa les épaules, agacée. Elle l'abandonna et descendit bavarder avec sa mère en attendant le retour de Dominique. Elle venait souvent passer un moment, dans l'après-midi, heureuse de parler à cœur ouvert. À Fonteyne, Fernande était trop occupée pour l'écouter autrement que d'une oreille distraite, en plus elle posait des questions auxquelles Laurène était incapable de répondre. Le choix des menus, des nappes, des draps, les impératifs d'approvisionnement, les décisions en tous genres, des massifs de fleurs aux divers travaux d'entretien : elle était complètement dépassée.

— Quand je vous imagine tous les deux seuls là-bas, ça me fait drôle, disait Marie en préparant du café frais.

— Le pire, avoua Laurène, c'est le matin. Juillet se lève avant l'aube et s'en va arpenter les vignes ou les caves. Tu sais comment il est ! Et Fernande n'arrive qu'à sept heures. Alors, pendant un moment, je suis l'unique habitante du château, ce n'est pas rassurant !

Marie s'était mise à rire. Elle caressa tendrement les cheveux de Laurène.

— Tu te caches sous ta couette ?

— Non, mais je fais monter Botty sur le lit !

Laurène pouffa comme une gamine. Le pointer de Juillet dormait sagement par terre depuis des années mais, bien entendu, il était ravi de l'invitation. Redevenue sérieuse Marie poussa une tasse vers Laurène en fronçant les sourcils. Sa fille cadette était toujours aussi fragile, aussi naïve que lorsqu'elle était adolescente. Il était impensable, lorsqu'on la regardait rire, de l'imaginer dirigeant Fonteyne. Marie s'assit et servit le café. Inutile d'ennuyer Laurène avec cette histoire de mariage. Si elle avait eu une date à leur annoncer, elle l'aurait fait en arrivant. Les atermoiements de Juillet inquiétaient Marie, mais elle ne voulait pas en parler. La seule chose que Laurène saurait faire, sans que personne ait besoin de lui expliquer quoi que ce soit, ce serait de garder Juillet pour lequel elle s'était déjà tant battue.

— Tu l'aimes, n'est-ce pas ? demanda-t-elle doucement.

Sa fille leva un regard brillant vers elle. Un regard qui dispensait de réponse.

— À la folie, soupira-t-elle.

Juillet était tout pour elle, depuis toujours. Marie se souvenait des colères de Laurène, de ses désespoirs, de tout ce qu'elle avait fait pour le conquérir. Ce grand amour d'enfance était le seul combat qu'elle ait jamais mené, le seul avenir qu'elle voulût.

— Nous nous marierons après les vendanges, déclara brusquement la jeune fille.

Elle avait besoin de confier ce demi-échec à sa mère, besoin de ses conseils, Marie le comprit aussitôt.

— Ce n'est pas un peu... loin ? s'enquit-elle prudemment. Vous devriez vous dépêcher de fonder une famille pour remplir Fonteyne de cris d'enfants !

Elle souriait tendrement à Laurène, essayant de lui faire comprendre quelque chose. Elle ajouta :

— Je suis certaine que Juillet sera un père merveilleux. Tu sais à quel point les jumeaux l'adorent ! Il doit mourir d'envie d'être papa. Il a beaucoup reçu d'Aurélien, Juillet... Il a sûrement beaucoup à donner...

Laurène soutint le regard de sa mère quelques instants. Le message était clair. Elle allait répondre lorsque Dominique fit irruption dans la cuisine. Les deux sœurs tombèrent dans les bras l'une de l'autre.

— Vous buvez du café ? s'indigna Dominique. Mais c'est l'anniversaire de la puce, si ma mémoire est bonne ! On peut peut-être ouvrir une bouteille de champagne pour trinquer entre femmes ?

Laurène lui adressa un sourire reconnaissant. Dominique savait toujours quoi faire en toutes circonstances. Et, entre autres, ne pas proposer à Alex de se joindre à elles. Elle avait déjà émis quelques réflexions sur le fait que son mari buvait un peu trop, depuis qu'il était à Mazion.

— Juillet va bien ? demanda Dominique d'une voix neutre.

Elle souhaitait réconcilier les deux frères mais ne savait pas comment s'y prendre.

— Juillet va toujours très bien ! Dieu merci ! Sauf qu'il est de plus en plus accaparé par le travail, qu'il se fait du souci pour rétablir l'équilibre financier de l'exploitation et que…

Gênée, Laurène s'interrompit. Il y avait ces terribles histoires de succession, les droits des trois autres frères, Juillet seul maître à Fonteyne et Alex réfugié ici. Dominique s'était assise pour servir le champagne.

— À mon avis, commença-t-elle, le tort de Juillet est de ne pas tenir Alex au courant de ses intentions. Il se sent écarté et méprisé depuis trop longtemps.

Comme Marie s'y attendait, Laurène prit aussitôt la défense de Juillet.

— C'est très compliqué ! dit-elle en hâte. Maître Varin et Juillet ont des discussions à n'en plus finir sur la valeur des actions, le pourcentage des parts, l'étalement du dédommagement, tout ça… Tu sais bien que personne ne sera lésé !

— Mais oui, je ne prétends pas le contraire, je connais les défauts de Juillet et ses qualités. En ce qui me concerne, je dors sur mes deux oreilles. Louis-Marie et Robert aussi, à Paris, lui font entièrement confiance. Seulement, Alex… Disons qu'il voudrait juste savoir ce qui se passe. Il aurait aimé assister à ces réunions avec Varin.

— Alex est parti en claquant la porte ! rappela Laurène. Juillet a pris ça comme une désertion, un abandon de poste.

— Non, comme une libération ! s'écria la voix d'Alexandre.

Il se tenait sur le seuil de la cuisine, l'air furieux. Il marcha vers la table et désigna les flûtes.

— Vous buvez en cachette ?

Dominique, résignée, lui servit du champagne. Alex s'était tourné vers Laurène qu'il toisait de toute sa hauteur.

— Ton mec, il était ravi de nous voir partir, je ne me fais pas d'illusions...

L'expression « ton mec » resta en suspens quelques instants entre eux. L'hostilité d'Alex bouleversa Laurène.

— Sûrement pas ! protesta-t-elle avec véhémence. Tu lui manques. Il ne peut pas faire tout seul ce que vous étiez trois à faire.

— Pourtant c'est ce qu'il voulait, avoir Fonteyne rien qu'à lui et ne rendre de comptes à personne ! Du temps de papa, il se tenait à carreau. Il jouait au fils modèle pour se faire donner la société. De ce côté-là, il a bien réussi son coup !

— Tu n'as pas le droit de dire des choses pareilles, s'insurgea Laurène.

Dès qu'il était question de Juillet, elle montrait ses griffes. Alexandre le prit très mal.

— Le droit ?

Il vida sa flûte d'un trait, toussa à cause des bulles, puis il reprit son souffle et débita d'une traite :

— Juillet n'est qu'une pièce rapportée, c'est lui qui n'a aucun droit ! Fonteyne est à nous, même si Louis-Marie et Robert sont trop stupides pour s'y intéresser ! Dans les derniers temps, papa était malade, gâteux, il s'est laissé faire mais, moi, je ne suis pas obligé d'accepter ! Il y a des lois, on n'a qu'à les appliquer ! Varin n'est pas un notaire fiable. Il rampe comme une carpette devant Juillet depuis toujours ! Qui me garantit que toutes ces clauses testamentaires sont inattaquables, hein ?

Un silence de glace s'installa dans la cuisine. Dominique regardait son mari, incrédule. Marie avait un peu pâli. Ce qu'elle redoutait était enfin arrivé. Alexandre était sur une mauvaise pente, depuis la mort de son père. Jamais il n'aurait osé s'opposer ouvertement à Aurélien, mais à présent il n'avait plus de garde-fou. De surcroît, comme il ne vivait plus sous le même toit que Juillet, il avait cessé de le craindre, il s'imaginait pouvoir l'affronter. Marie savait qu'Alex n'aimait pas assez les vignes pour regretter les siennes. Sa frustration ne venait pas de la terre. C'était plutôt un sentiment de jalousie, l'impression d'avoir dû s'effacer ou s'incliner une fois de plus qui devait le torturer aujourd'hui. Trente ans plus tôt, avant l'adoption de Juillet, Alexandre était le benjamin, le chouchou. Et puis Aurélien avait brusquement imposé un petit garçon tout brun à sa femme et à ses trois fils. Alex avait été relégué et il en avait beaucoup souffert. Par la suite, il n'avait pas pu contester le savoir-faire de Juillet, sa formidable connaissance de la vigne, son instinct infaillible pour tout ce qui touchait l'exploitation. Il avait eu sous les yeux, chaque jour, l'affection particulière qui liait Aurélien et Juillet. Il les avait vus complices, tendres, farouchement d'accord dès qu'il était question du vin ou de la conduite des affaires. Il les avait vus s'aimer passionnément et il en avait conçu une immense amertume. D'autant plus qu'il ne se sentait pas de taille à lutter. Et les quelques efforts de Juillet pour le ménager n'avaient fait que jeter de l'huile sur le feu.

Marie dévisagea son gendre. Il avait quelque chose de changé, depuis quelques semaines, mais quoi ? Avant, il était gentil, même s'il était un peu terne. Maintenant, son aigreur avait pris le dessus et le rendait presque inquiétant. Une guerre ouverte avec Juillet, au sujet de Fonteyne, serait bien le pire malheur qui puisse frapper les deux familles. Dominique et Laurène en feraient les frais, immanquablement.

Se sentant observé, Alexandre tourna la tête vers sa belle-mère. La gentillesse de Marie était désarmante, cependant il garda son air buté.

— Il faut toujours respecter la volonté des morts, dit Marie d'une voix douce.

Alex haussa les épaules. Même dans cette cuisine, à Mazion, il était mis en minorité, il était jugé.

— J'en ai marre de vous tous, dit-il, carrément insolent.

Il se leva et quitta la pièce, laissant les trois femmes très inquiètes.

Juillet regarda démarrer la voiture. Il se tourna vers Lucas.

— Je ne m'y ferai jamais ! dit-il avec fureur. Le culot des gens est inadmissible !

Il ne tolérait aucune intrusion sur la propriété et il n'avait pas l'intention de changer d'attitude. Et même si les promeneurs les plus hardis ne se laissaient pas décourager par les écriteaux : « Propriété privée », il se sentait prêt à leur barrer la route.

— Il y en a pour six mois, se borna à répliquer Lucas d'un ton résigné.

L'afflux des touristes, plus important chaque année, devenait une plaie pour les viticulteurs. Certains étrangers semblaient même croire qu'une dégustation gratuite était de rigueur. Leurs prétentions faisaient bouillir Juillet.

— Je crois que la taille est bonne…, dit-il en laissant courir son regard sur les vignes, loin devant lui.

Il avait oublié la voiture et le couple d'Allemands. Il se mit à marcher entre les rangs, inspectant les ceps un par un. Il avait passé tant d'heures à les tailler avec

Lucas, comme chaque printemps, qu'il était presque surpris d'avoir achevé ce long travail.

— Je voulais te dire..., commença Lucas dans son dos.

Juillet s'arrêta, surpris par le ton hésitant de son maître de chai. Il sortit son paquet de Gitanes, attendant que l'autre se décide.

— Il y a vraiment un boulot d'enfer depuis le départ d'Alexandre... Et aussi le décès de Monsieur...

Il faisait beau et froid. Un temps idéal pour ce mois d'avril dont dépendrait la récolte à venir. Juillet aspira une bouffée de sa cigarette.

— Je t'écoute, dit-il pour faire comprendre à Lucas que les préliminaires étaient inutiles.

— Je voudrais bien une augmentation, lâcha Lucas.

Soulagé d'avoir parlé, il regarda Juillet.

— Tu trouves le moment bien choisi ?

Lucas fronça les sourcils et répondit, sincère :

— En fait, ce serait le moment d'engager quelqu'un de plus. Mais ça, je sais que tu ne peux pas le faire pour l'instant.

— Non ! Il y a la succession d'Aurélien et... mes frères. Je ne veux pas augmenter les charges de l'exploitation pour le moment. J'ai des investissements énormes sur le dos avec la modernisation que j'ai voulue, que tu as voulue, et qu'Aurélien avait acceptée... Un type pour nous seconder, ce serait l'idéal, mais je ne peux pas. Quant à toi... Ton salaire est insuffisant ?

Lucas était très bien payé, depuis toujours. Juillet était également salarié, en tant que gérant de la propriété, ainsi qu'Aurélien l'avait souhaité.

— Tu n'as plus la charge d'Alexandre, fit remarquer Lucas. Et même si ce n'est pas un phénix, il manque !

On se partage son travail, toi et moi, et toute peine mérite salaire. Je n'ai plus vingt ans.

Juillet plongeait son regard sombre dans celui de Lucas. Sa requête était juste, mais elle tombait mal.

— Tu ne veux pas attendre ? demanda-t-il d'une voix calme.

— Non.

Buté, Lucas ne baissait pas les yeux. Il se sentait dans son bon droit. Juillet écrasa soigneusement sa cigarette sous le talon de sa botte. Il était conscient de n'avoir pas le choix. Lucas n'avait pas été augmenté depuis longtemps et il était un formidable maître de chai.

— Entendu, accepta Juillet.

Puis il se détourna, reprenant sa marche dans les vignes. Lucas, incrédule, le laissa s'éloigner avant de réagir. Il s'était imaginé une discussion difficile, peut-être même un affrontement car Juillet ne cédait jamais, c'était notoire.

— Attends ! cria-t-il.

Un peu essoufflé, il rejoignit Juillet.

— Je ne veux pas casser la baraque, bougonna-t-il. Mais enfin, regarde autour de toi, tu n'es pas pauvre !

Juillet éclata de son rire caractéristique, bref et léger.

— Toi non plus ! riposta-t-il. Tu n'es pas près de me refaire le coup de l'augmentation, crois-moi !

N'y tenant plus, Lucas demanda :

— Si c'est pas possible, pourquoi tu dis oui ?

Juillet s'arrêta et fit volte-face. Lucas se trouva nez à nez avec lui. Toute trace de gaieté avait disparu de son visage.

— Je dis oui parce que je ne peux pas me passer de toi, tu le sais très bien. Je dis oui parce que c'est vrai que, un peu plus ou un peu moins, on ne va pas sombrer pour ça. Et je dis oui parce que je suis seul, Lucas. Vraiment seul.

Contre toute attente, Lucas se sentit ému par le jeune homme qui le toisait. Il revit soudain le petit garçon, toujours en mouvement, avide d'apprendre, impatient de grandir, fasciné par la vigne, grave mais rieur, sérieux mais dissipé : adorable. Fonteyne existait aujourd'hui grâce à Juillet. Travailler sur les terres de Fonteyne était un réel bonheur et aussi un honneur. Fernande et Lucas étaient liés pour toujours à Juillet comme à Fonteyne.

— Écoute…, commença Lucas.

— Nous avons réglé le problème, trancha Juillet. Tu n'as pas tort, ne te sens pas coupable !

Lucas hocha la tête et ils repartirent côte à côte. Juillet était seul, oui, mais il n'avait rien perdu de son orgueil.

Il pouvait être trois heures du matin, cependant le silence du château n'était pas absolu. Il y avait les craquements caractéristiques des boiseries, le vent qui faisait toujours ronfler les larges conduits de cheminée, les courses furtives des souris dans les greniers et les balanciers réguliers des horloges. Juillet était assis dans l'obscurité de la bibliothèque, à sa place favorite, sur un barreau de l'échelle. Aurélien avait accumulé, toute sa vie durant, des collections rares et des éditions originales. Juillet en avait conçu, dès son enfance, un profond respect pour les livres. Et comme Aurélien n'acceptait pas que ceux-ci quittent la bibliothèque et soient égarés au quatre coins du château, Juillet avait passé des nuits entières à lire, enfoui dans l'une des profondes bergères ou bien assis en équilibre sur l'un des barreaux de l'échelle, le volume ouvert sur l'une des nombreuses tablettes à tirette. Cette habitude lui était restée et, lorsqu'il venait réfléchir, il retrouvait machinalement la même position, les épaules calées entre les montants d'acajou.

Il s'étira, referma le livre dont il n'avait pas lu une seule ligne. Quand il avait quitté sa chambre à pas de loup, deux heures plus tôt, Laurène dormait, roulée en boule sous la couette, épuisée. Ils avaient fait l'amour, longuement, tendrement. Et pourtant, comme chaque fois, il manquait quelque chose à Juillet. Quelque chose qu'il ne cherchait pas à définir, repoussant avec horreur cette sensation de vacuité. Il n'était pas en quête d'absolu, pas sujet à la nostalgie, pas enclin à s'interroger ou à s'attendrir. Aussi mettait-il son malaise, vague mais persistant, sur le compte de l'absence d'Aurélien.

Il abandonna son perchoir pour faire quelques pas dans la bibliothèque. Il avait trente et un ans, d'énormes responsabilités, une terre qu'il aimait à la folie et un adorable petit bout de femme qui l'attendait dans son lit. L'été serait bientôt là, avec le raisin qui pousse, qui grossit, qui mûrit au soleil. Juillet ne souhaitait rien d'autre. Fonteyne lui procurait toutes les émotions possibles.

Il éteignit et traversa le hall dans l'obscurité. Il se dirigea vers l'office, ouvrit l'un des grands placards et prit une bouteille sur l'étagère du bas. Il gagna la cuisine, alluma, déboucha tranquillement le Margaux et s'en servit un verre. Installé sur l'un des longs bancs, il savoura la première gorgée. Le goût de mûre où passait un léger accent de vanille se dégagea d'abord, suivi par un rien de résine, puis tout l'arôme de la violette se développa. Juillet sourit, reposa son verre et le regarda en transparence. Il décida que tant qu'il saurait faire du vin de cette qualité, la mélancolie n'aurait pas de prise sur lui.

Les deux bombes éclatèrent presque simultanément, transformant le début du mois de mai en cauchemar. La première nouvelle fut assenée par maître Varin qui se déplaça en personne et débarqua à Fonteyne le mercredi matin, sans s'être fait annoncer. Fernande le conduisit jusqu'au bureau où Juillet travaillait, comme d'habitude. Lorsque le notaire fut assis et qu'il eut décliné toute invitation à se rafraîchir, Fernande s'éclipsa et referma soigneusement la porte capitonnée. Varin prit son courage à deux mains et n'essaya même pas d'amortir le choc.

— Votre frère Alexandre a confié ses intérêts à mon confrère, maître Samson, qui vient de me signifier ses intentions… Il attaque en justice le testament de votre père.

Varin connaissait Juillet depuis longtemps et il ne fut pas surpris que le jeune homme parvienne à garder son calme. Il y eut néanmoins un silence assez long.

— Le testament d'Aurélien est-il attaquable ? demanda enfin Juillet d'une voix froide.

Seule l'intonation renseigna le notaire. Le regard sombre de Juillet ne le lâchait pas. Il était responsable de tous les actes qu'il avait dressés, depuis trente ans, pour Fonteyne.

— Il a été établi en bonne et due forme, votre père était sain d'esprit, toutes les clauses sont parfaitement légales, dit-il très vite.

— Alors sur quels arguments se fonde la demande d'Alexandre et de son sbire ?

Le dernier mot fit tiquer Varin.

— Maître Samson est une excellente avocate d'affaires dont la...

— Quels arguments ? répéta Juillet.

Varin s'appuya au dossier de son fauteuil et croisa les jambes. La discussion allait être orageuse, il n'en doutait pas.

— Juillet, commença-t-il en usant avec prudence du prénom, je désapprouve complètement la démarche d'Alexandre. S'il l'a entreprise, c'est qu'il se sent floué.

— Il l'est ?

— Non ! Pas du tout. Sur un plan... matériel, Aurélien n'aurait pas pu déshériter l'un de ses fils, même s'il l'avait souhaité. La répartition est légale, je vous le confirme. Mais, évidemment, les dispositions de ce testament ont froissé Alexandre en le laissant sur la touche. Vous savez bien que vous avez l'entière responsabilité de la gestion de Fonteyne, que vous y faites ce que vous voulez...

— Encore heureux !

Maître Varin soupira. Il avait encore en mémoire les maux de tête que lui avaient procurés les exigences d'Aurélien.

— Les derniers statuts ont fait de vous un gérant à vie, comme vous le savez. Aucune décision ne peut vous être imposée. La consultation de vos actionnaires est presque de pure... politesse ! Vos pouvoirs sont illimités.

— Et alors ? Seuls les résultats comptent, je suppose ?

Juillet toisait le notaire, s'appliquant à ne pas reporter sur lui sa colère.

— La machine est bien rodée, vous savez, bien huilée... Fonteyne continue de prospérer, mon frère ne peut pas m'adresser le moindre reproche !

— Oh, mais il s'en garde bien ! Il n'insinue pas que vous gérez mal le domaine toutefois il prétend qu'il en a été éjecté. Il trouve vos pouvoirs exorbitants et il pense que votre père a outrepassé ses droits en « trafiquant » les statuts de la société pour vous favoriser de manière scandaleuse.

— Trafiquer ? Aurélien ?

Juillet se leva. Sa haute silhouette se découpa devant la porte-fenêtre. Varin pensa qu'Alexandre avait tort de l'affronter.

— Dans l'immédiat, un juge va statuer sur le bien-fondé de la requête. Ensuite, il y aura sans doute un examen approfondi de la société et de toutes les modifications apportées par votre père durant la dernière année de sa vie...

L'image d'Aurélien obsédait Juillet depuis une ou deux minutes. Il revoyait le sourire narquois de son père adoptif. Il se souvenait particulièrement d'une phrase : « Tu auras tes frères sur le dos mais tu garderas les mains libres, il n'y a qu'à toi que je peux confier Fonteyne. »

— Vous restez déjeuner, dit soudain Juillet.

C'était plus un ordre qu'une question et Varin acquiesça.

— Je vous demande un instant, je préviens Fernande et je nous fais servir l'apéritif...

Juillet était déjà sorti et le notaire se laissa aller tout au fond du fauteuil de cuir blond. Il y avait des honoraires en perspective, il le savait, mais ils étaient assortis de tels désagréments qu'il préférait ne pas y songer. Juillet allait le contraindre à une bataille de tous les instants et qu'il ne serait pas question de perdre ! À moins d'y laisser sa réputation. Voire son étude. Juillet Laverzac était l'un des viticulteurs les plus en vue du Bordelais. Il allait être soutenu par tout ce que la région comptait de notables. Et c'est à lui, Varin, qu'incombait la responsabilité de faire respecter chaque clause du testament d'Aurélien. En espérant qu'il n'y ait pas de faille, pas de grain de sable, et surtout aucune erreur dans la rédaction de chaque pièce établie par lui ou par ses clercs. Il sortit un mouchoir de sa poche et s'épongea le front. Samson était d'une redoutable ingéniosité. Alexandre avait dû lui laisser miroiter des merveilles. Varin se dit qu'il n'avait plus l'âge de ce genre de combat mais, en même temps, il comprit qu'il n'avait pas le choix.

Juillet, de son côté, s'était arrêté dans le hall. Appuyé à la rampe de l'escalier, il luttait pour refouler sa rage. Si Alexandre avait été devant lui, il lui aurait sauté à la gorge.

— Varin est parti ?

Juillet se retourna et tenta de sourire à Laurène.

— Non, il est dans mon bureau…

— Qu'est-ce que tu as ?

Elle s'était approchée et le dévisageait, sourcils froncés.

— Alex attaque le testament d'Aurélien, dit Juillet d'une voix coupante.

Laurène ouvrit la bouche mais la referma sans avoir prononcé une parole. Ils se regardèrent et Juillet finit par l'attirer contre lui.

— J'ai retenu Varin pour déjeuner. Nous pourrons parler du problème plus en détail. Fais-nous porter un…

Il hésita une seconde. Le plus prestigieux des crus serait moins éloquent qu'un des siens, pour commencer.

— Dis à Lucas de me choisir une de nos meilleures bouteilles. Et, à table, tu nous serviras un palmer de 88.

Le nez dans le cou de Juillet, Laurène sourit.

— Tu veux l'épater ?

— Non... Je veux seulement qu'il se souvienne qu'il n'est pas n'importe où, pas chez n'importe qui... Et qu'ici je ne plaisante pas.

Il se dégagea d'elle et repartit vers le bureau. Elle le rappela :

— Attends !

Elle fut près de lui en deux enjambées, devinant qu'il avait besoin d'aide, mais il la rassura d'un sourire.

— Il faudra que je m'y fasse, dit-il. Si Alex veut la guerre, il l'aura ! Et il la perdra, comme il a toujours tout perdu. C'est un minable de naissance. Quand il vivait avec nous, ça se voyait moins...

Il parlait sans amertume, dédaigneux, glacial. À l'évidence, Alex n'existait plus pour lui que comme un ennemi de Fonteyne. Laurène frissonna et gagna en hâte la cuisine. Dès qu'elle eut mis Fernande au courant de la nouvelle, la vieille femme dut s'asseoir.

— Il n'a pas pu faire ça..., répétait-elle en secouant la tête.

Laurène se laissa tomber sur le banc, elle aussi, ressentant un soudain malaise.

— Et personne n'a pu l'empêcher, le raisonner ? Même pas votre sœur ?

Fernande avait beaucoup de considération pour Dominique. Elle ne comprenait pas pourquoi celle-ci n'avait pas arrêté son mari. Laurène prit conscience de ce que la question de Fernande impliquait. Oui, en d'autres temps, Alex n'aurait rien fait sans l'avis de sa femme. Mais depuis quelques semaines, il avait changé.

— C'est vrai qu'il est bizarre, admit-elle à voix haute.

— Il n'aurait pas dû partir, chuchota Fernande. Sa place était ici, avec son frère, sur la terre de sa famille...

Laurène fit un effort pour se redresser.

— Il faut organiser le déjeuner, dit-elle sans conviction.

Fernande leva la tête et scruta la jeune femme.

— Vous n'avez pas bonne mine, déclara-t-elle.

— C'est toute cette histoire...

Fernande se mit debout et se dirigea vers ses fourneaux. Elle murmura, plus pour elle-même que pour Laurène :

— Juillet, je le connais, il va briser Alexandre. Toucher à la mémoire de Monsieur, il ne pouvait rien trouver de pire !

Laurène savait bien que Fernande avait raison. Elle soupira, accablée.

Juillet raccrocha et eut une ombre de sourire. Le premier de la journée. Parler à Robert l'avait un peu soulagé d'une colère qui ne le lâchait pas. Dès le départ du notaire, il avait appelé son frère à l'hôpital Lariboisière, à Paris, et lui avait résumé la situation, expliquant qu'il tenait à sa présence et à celle de Louis-Marie. La déclaration de guerre d'Alex ne pouvait pas être prise à la légère, et les quatre héritiers d'Aurélien étaient concernés par le sort de Fonteyne.

Robert avait proposé d'envoyer un pouvoir à Juillet mais celui-ci avait refusé. Il voulait agir au grand jour, en présence de ses frères, et exigeait leur avis. Robert s'était finalement incliné, à bout d'arguments, et avait promis d'être à Margaux le vendredi soir.

Juillet alluma une cigarette. À présent, il devait appeler Louis-Marie. Ensuite il avertirait Fernande pour l'organisation du week-end. La venue des Parisiens était toujours une fête et, même si les circonstances ne s'y prêtaient guère, il fallait les recevoir selon la coutume : en mettant les petits plats dans les grands.

Laurène s'était promenée un bon moment sur le cours Clemenceau. Elle avait longuement regardé les vitrines, mais sans réelle envie d'acheter. Elle se réjouissait à l'idée de voir Pauline, Louis-Marie et Robert. Elle était venue à Bordeaux pour trouver une robe ou un tailleur, cependant rien ne la tentait. Elle finit par aller boire un café et elle se plongea dans la liste des courses. Elle releva la tête au bout de deux minutes, après avoir vérifié qu'elle n'avait rien oublié. Le coffre de la Civic, qu'elle avait laissée dans un parking du centre, regorgeait de victuailles.

« Comme au bon vieux temps », songea-t-elle avec mélancolie.

Fonteyne allait s'animer et Juillet en serait heureux, elle en était certaine. Malgré ce que cette réunion pouvait avoir de solennel, malgré la menace qu'Alex faisait planer sur la famille.

Elle soupira en observant le flot des passants, sur le trottoir. Le printemps était magnifique, elle aurait dû se sentir gaie mais n'éprouvait qu'une pénible sensation de solitude. Elle était en train de s'abîmer dans de sombres pensées lorsqu'une voix familière la sortit brusquement de sa rêverie. Elle se retourna et sourit à Dominique qui se frayait un chemin au milieu des tables.

— Vue de dos, lui lança sa sœur, tu as toute la misère du monde sur les épaules !

Elles s'embrassèrent et Dominique s'assit près de Laurène. Elle commanda un café avant d'allumer une cigarette.

— Tu fumes ? s'étonna Laurène.

— Depuis quelque temps, un peu...

Elles échangèrent un regard affectueux.

— Tu es au courant, pour Alex ? demanda enfin Dominique.

Laurène hocha la tête, devinant l'embarras de sa sœur. Il y eut quelques instants de silence.

— Varin est venu lui-même, dit Laurène.

— Et Juillet ? Comment a-t-il pris ça ?

— Mal. Vraiment mal.

Dominique écrasa nerveusement sa cigarette à peine entamée. Laurène lui posa la main sur le bras, comme pour la consoler.

— Pourquoi l'as-tu laissé faire ?

— Il ne m'a pas demandé mon avis ! protesta Dominique.

Les deux sœurs se dévisagèrent. Elles se comprenaient parfaitement. Et elles avaient la même certitude : une catastrophe irréparable s'était abattue sur la famille.

— Il boit trop, il est tout le temps de mauvaise humeur. Il sait qu'il n'aurait pas dû quitter Fonteyne mais il ne reconnaîtra pas son erreur. Toute sa fureur est centrée sur Juillet. Je n'aurais jamais cru qu'il le détestait à ce point ! Mais quoi que je dise, il ne m'écoute pas…

Dominique avait débité ses phrases d'une traite. C'était bien la première fois qu'elle se montrait aussi vulnérable.

— C'est vrai qu'il a changé, murmura Laurène.

— Changé ? Il est méconnaissable, oui ! Même avec les jumeaux, il est presque… indifférent.

Dominique prit sa sœur par le cou et l'attira vers elle.

— Ma puce, chuchota-t-elle, je suis très inquiète.

Elle avait toujours eu cette faculté de parler, de constater, d'être simple. D'une nature plus joyeuse, plus ouverte, plus sereine que sa petite sœur, elle était aussi réconfortante et aussi positive que Marie. Laurène fut d'autant plus surprise par cet aveu. Dominique aimait Alexandre et elle devait se faire du souci, cependant il y avait autre chose.

— Tu ne te plais pas à Mazion ? demanda brusquement Laurène.

Dominique lui sourit.

— Je n'y suis plus chez moi… Et je ne suis plus une petite fille.

Laurène hocha la tête. Elle ne serait pas retournée volontiers chez ses parents, elle non plus.

— Lorsqu'on en parlait, avec Alex, il imaginait ça comme une délivrance, comme le paradis ! Je ne voulais pas le contrarier parce que, à ce moment-là, tout le monde le contrariait ! Mais je regrette infiniment Fonteyne et je pense que lui aussi.

— Évidemment, approuva Laurène, quand on a vécu à Fonteyne…

Elle l'avait dit sans y penser, comme la chose la plus naturelle qui soit. Elles étaient en train de renier la maison de leur enfance, toutes les deux, sans regrets ni remords. Dominique avait la pénible impression d'avoir régressé. L'installation à Mazion n'avait pas donné à Alex ce qu'il espérait et n'avait provoqué qu'amertume chez sa femme. Durant des semaines, elle avait essayé de prendre goût à sa nouvelle vie, sans y parvenir. Puis elle s'était dit qu'un retour à Fonteyne n'était pas exclu et elle s'était mise à en rêver. Elle avait échafaudé toutes sortes de plans qu'Alex venait de réduire à néant en attaquant le testament de son père. Juillet ne pardonnerait jamais, Dominique le savait.

— Toi aussi, tu trouves ça injuste ? demanda soudain Laurène d'une voix très douce. Tu penses qu'Aurélien a... favorisé Juillet ?

Dominique regarda sa sœur, de nouveau, avec attention.

— Oui, répondit-elle gravement. Il l'a favorisé. Mais...

Elle chercha ses mots, un instant, puis elle avoua, très vite :

— Mais il a eu raison, tout le monde le sait, ça tombe sous le sens. Juillet est le plus doué, il faut bien le reconnaître, même si c'est très... irritant. Je te le dis à toi mais je soutiendrai le contraire à Alex. Il a tellement besoin d'aide ! Je vais être obligée de me ranger dans son camp, ma chérie... Contre Juillet et contre toi... Parce que toi, bien sûr, tu vas faire comme moi, tu vas épauler l'homme que tu aimes...

Dominique semblait sur le point de pleurer et Laurène détourna son regard pour ne pas la gêner. Elle s'absorba dans la contemplation de la rue. Elle se sentait de nouveau fatiguée, accablée. Une silhouette, dans la foule, lui parut familière. Elle s'aperçut qu'il s'agissait d'une femme enceinte, or elle n'en connaissait pas. Elle n'y attacha donc aucune importance, trop absorbée par ses soucis.

— Il faut que j'aille chercher les jumeaux à l'école, soupira Dominique.

Elle était déjà debout et Laurène la retint par le bras.

— Passe me voir à Fonteyne, c'est toujours moi qui vais à Mazion...

Dominique hocha la tête mais ne répondit rien.

Juillet s'était levé très tôt, comme d'habitude, et il avait déjà abattu un travail considérable lorsqu'il prit son petit déjeuner. Fernande avait posé le plateau sur le coin du bureau et s'était attardée quelques minutes pour discuter des menus du week-end. Juillet avait fait deux ou trois suggestions puis s'était replongé dans ses dossiers. Si Fernande lui demandait son avis, c'est que Laurène ne l'aidait pas comme elle l'aurait dû. Mais Laurène était trop jeune et sans doute trop timide pour décider seule. Cette absence de maturité séduisait Juillet tout en l'agaçant. Laurène était encore une adorable gamine, incapable de prendre fermement en main une maison aussi impressionnante que Fonteyne.

« Pourtant, il faudra qu'elle y parvienne, que nous soyons deux ou quinze... »

Il sourit en songeant qu'elle devait dormir, roulée en boule sous la couette, après avoir invité Botty à venir se blottir contre elle. Juillet se demanda une seconde si Pauline ne pourrait pas donner quelques conseils à Laurène, mais il renonça aussitôt à cette idée. Pauline avait une assurance que Laurène ne possédait pas, certes, mais elle était tout aussi femme-enfant, les problèmes d'intendance l'assommaient vite et son snobisme parisien était parfois saugrenu.

Il finit sa tasse de café, se leva, s'étira, puis alla vers la cheminée et ajouta une bûche. Clotilde bougonnait en nettoyant les cendres mais Juillet aimait trop les flambées pour y renoncer. Il arrangea les braises, reposa les lourdes pincettes de fonte et resta un moment songeur, la main appuyée au linteau. La venue de ses frères lui causait un réel plaisir. Il savait que Robert devait quitter Paris le soir même et il était impatient de le voir arriver.

« Il va rouler à tombeau ouvert une partie de la nuit... Il sera à Fonteyne avant même que Louis-Marie n'ait fini de charger les valises de Pauline dans sa voiture ! »

Il sourit à cette idée, sachant que Robert voudrait le surprendre avant l'aube et n'aurait de cesse de lui faire essayer son nouveau bolide.

« Viens m'aider à barrer la route à ce con d'Alex ! » songea-t-il rageusement.

La colère de Juillet était intacte mais elle s'accompagnait d'une grande amertume. Il avait beau travailler d'arrache-pied, Fonteyne était un navire difficile à conduire. Alexandre avait du temps à perdre, mais pas Juillet.

« Je vous le jure, Aurélien, il n'aura pas Fonteyne... »

Contrairement à ce qu'Alexandre pouvait supposer, Juillet ne voulait pas garder Fonteyne pour lui seul. Il ne voulait léser personne ni s'approprier quoi que ce soit. Simplement, Fonteyne était quelque chose de sacré, qu'il fallait préserver et faire prospérer, or Juillet savait qu'il était le seul des quatre fils d'Aurélien à pouvoir le faire. Sa certitude était au-delà de tout égoïsme, de toute considération personnelle, mais elle n'en était que plus féroce.

— Bonjour, mon chéri, dit Laurène en ouvrant la porte.

Il dut faire un effort pour dissimuler sa contrariété. Il aurait préféré qu'elle frappe au lieu de le surprendre. Elle vint vers lui et se jeta à son cou. Elle était séduisante, perdue dans un pull rose trop grand pour elle et moulée dans un jean noir. Il l'embrassa longuement, la devinant avide de tendresse. Puis il recula un peu la tête pour la regarder.

— Tu as mauvaise mine, tu as mal dormi ?

Elle se blottit de nouveau contre lui. Elle se sentait fatiguée mais elle pensait qu'il avait suffisamment de problèmes et elle ne répondit pas. Il passa une main sous le pull, caressant la peau douce, tiède. Elle frissonna et il insista, pris soudain d'un désir joyeux. Elle était sans défense devant lui, trop amoureuse pour jamais lui résister. Il en éprouvait un sentiment de puissance mais parfois, aussi, de lassitude.

— Il reste du café chaud, dit-il en se détachant d'elle. Je serai dans les caves jusqu'à onze heures. D'ici là, si tu peux me sortir le dossier des amortissements avec les nouveaux barèmes, ce sera parfait.

Il était déjà parti et Laurène soupira. Elle était tellement épuisée qu'elle se demanda si elle ne devrait pas consulter le docteur Auber.

Alexandre avait quitté le cabinet de maître Samson avec les idées embrouillées. L'avocate semblait confiante mais elle l'avait soûlé de questions. Alexandre espérait y avoir bien répondu. Il avait toujours eu du mal à comprendre les statuts compliqués de la société créée par son père. Celui-ci n'avait d'ailleurs rien fait pour le tenir au courant. Jaloux de son autorité et de ses prérogatives, il avait géré Fonteyne en solitaire. Si l'on exceptait Juillet, bien entendu !

Penser à Aurélien et parler de lui avait mis Alex mal à l'aise. Il éprouvait le besoin impérieux d'un petit réconfort, aussi entra-t-il dans le premier bistrot venu. Il commanda un cognac qu'il but d'un trait. Juillet et Varin n'avaient qu'à bien se tenir car la réputation de Valérie Samson n'était plus à faire : elle gagnait à tous les coups ! Elle n'était pas aimée mais ses confrères la traitaient avec respect et prudence, eu égard à la liste impressionnante de ses succès dans les procès d'affaires. En conséquence, ses honoraires avaient de quoi donner le vertige. Alexandre avait dû lui faire un chèque d'un montant considérable, à titre de provision. Or il n'était pas riche, loin de là, et c'était une des raisons de sa colère contre Juillet. Être l'un des héritiers Laverzac et ne pas avoir d'argent lui semblait trop injuste. Tous les capitaux que manipulait Juillet à longueur de temps ne faisaient que rentrer et sortir des différents comptes de l'exploitation. Fonteyne coûtait et rapportait des sommes énormes. Alexandre avait toujours pensé que son père et Juillet investissaient à outrance. Certes, les résultats donnaient raison à cette attitude expansionniste, mais à quoi bon posséder autant d'hectares et de matériel viticole, si c'était pour manquer de liquidités ? Durant toutes les années où Alexandre avait travaillé à Fonteyne, son père lui avait versé un confortable salaire. Mais lorsqu'il avait donné sa démission à Juillet, lorsqu'il avait claqué la porte de Fonteyne pour aller à Mazion, il n'avait pas pensé aux conséquences de son geste. Il s'était bêtement imaginé à l'abri du besoin parce que son père était décédé. Sans y réfléchir vraiment, il avait supposé une sorte de partage, des rentrées immédiates. Et naturellement, Juillet s'était réfugié derrière son rôle de gérant pour expliquer à tout le monde qu'il n'était pas question de déséquilibrer la gestion du domaine et qu'il aurait besoin de temps avant d'envisager un étalement correct des versements dus à ses frères. Même si, tout au fond, Alexandre comprenait la position de Juillet, il ne voulait pas en tenir compte et il s'accrochait à sa colère, à sa mauvaise foi, à sa rancune.

Il commanda un autre cognac. Il était incapable de s'avouer que celui qu'il n'appelait plus que le « bâtard » le rendait malade de jalousie. Depuis toujours, peut-être. En tout cas depuis qu'il avait surpris, tout gosse, les regards de curiosité amusée, d'indulgence, de tendresse puis d'admiration que leur père posait sur le petit dernier. Alexandre avait aimé son père bien davantage qu'il ne l'avait montré. Mais Aurélien ne s'était jamais intéressé à lui, n'avait jamais rien fait pour lui. Aurélien n'avait d'yeux que pour le petit gitan qui le suivait comme son ombre et qui s'était virtuellement approprié Fonteyne dès qu'il avait eu l'âge de marcher. Alexandre se souvenait des colères de son père, de sa façon hautaine de traiter tout le monde, y compris ses fils. Alexandre avait souvent eu peur devant lui, et avait toujours fui l'affrontement. Juillet, au contraire, ne se dérobait jamais, plein d'une assurance tranquille qui faisait défaut à Alex. Juillet subissait les engueulades ou les corrections sans broncher, comme si c'était la règle d'un jeu auquel il se pliait volontiers. Alexandre dissimulait ses bêtises, enfant, tandis que Juillet se rendait tout droit chez leur père pour s'y expliquer la tête haute. Et puis il y avait eu le jour où Alex avait révélé à Juillet qu'il n'était qu'un enfant adopté. Juillet livide, défiguré, en larmes. La fureur d'Aurélien. Cette heure pénible qu'ils avaient passée, humiliés, dans le bureau de leur père. Juillet refusant alors pour toujours de dire « papa ». Et c'est vrai qu'il ne l'avait plus appelé que par son prénom, ensuite. Mais la révélation d'Alex n'avait rien changé, en fin de compte, Aurélien et Juillet restant main dans la main.

Il quitta le bar d'une démarche hésitante. Dominique allait s'apercevoir qu'il avait bu. Elle se contenterait de froncer les sourcils d'un air sévère. Il avait horreur de ça. Il ne voulait pas qu'on le juge. Après tout, il ne faisait que se défendre, Dominique devait le comprendre. Elle l'avait toujours soutenu, elle ne pouvait pas se désolidariser maintenant !

Laurène écarquilla les yeux, s'obligeant à respirer lentement. Le cercle brun était bien visible et se détachait nettement sur le petit miroir. Elle tendit la main vers l'éprouvette mais ne la toucha pas. Elle avait acheté ce test de grossesse sans conviction, la veille, parce qu'elle avait quelques jours de retard dans son cycle. Bien sûr, elle avait cessé délibérément de prendre la pilule ; bien sûr, elle avait espéré sans se l'avouer. Le cœur battant, elle recula de deux pas et regarda de nouveau. Pas de doute, d'après la notice, elle était enceinte !

Elle résista à l'envie de hurler de joie qui l'assaillit soudain. Donner un enfant à Juillet, c'était le plus beau cadeau qu'elle puisse lui offrir. Marie le lui avait bien fait comprendre et, en négligeant la contraception, Laurène avait suivi les conseils voilés de sa mère. Un coup d'œil à sa montre lui apprit qu'il était sept heures. Elle avait attendu que Juillet se lève, un peu avant six heures, et dès qu'il avait quitté la chambre elle s'était précipitée sur son test, évitant d'y croire mais les doigts tremblants. Laissant l'urine et le réactif dans le tube de verre, elle s'était baignée, habillée puis maquillée en prenant tout son temps. À présent elle luttait contre le besoin de descendre en courant et de se précipiter dans le bureau. D'ailleurs, Juillet était sans doute encore dans les terres, achevant son habituel périple de l'aube. Elle était certaine de ne pas avoir entendu rentrer Bingo. Elle adorait ce bruit de sabots sur le gravier et elle se précipitait toujours à la fenêtre pour voir passer Juillet à cheval.

Elle s'assit devant sa coiffeuse et se regarda sans indulgence. Le teint pâle, les yeux brillants, l'air un peu exalté, elle finit par sourire à son image. Abandonnant toute hypocrisie, inutile désormais, elle songea qu'elle avait atteint son but et que Juillet ne différerait plus leur mariage d'un seul jour.

Juillet observait avec amusement le superbe coupé noir qui remontait l'allée de Fonteyne. Il avait guetté le bruit d'un moteur tout au long de sa promenade dans le vignoble. Il savait que Robert ne tarderait pas. Il avait laissé Bingo faire le fou, en galopant au sommet des collines. Puis il avait décidé de le mettre en liberté dans son pré au lieu de le rentrer à l'écurie. Il avait déposé sa selle et sa bride sous le petit abri qu'il avait construit trois ans plus tôt. Ensuite il avait refermé la barrière avec soin, songeant à toutes les discussions qui les avaient opposés, Aurélien et lui, au sujet de cette minuscule prairie. Lorsque Juillet avait défriché une partie du petit bois, afin de ménager un enclos pour Bingo, son père avait violemment protesté. Plus tard, lorsqu'il était venu observer l'alezan qui s'amusait comme un poulain, il avait cédé.

Juillet soupira. Aurélien n'était plus là pour l'appeler « cow-boy », de sa voix affectueuse et ironique. Plus là pour rire avec lui, contester ses initiatives ou modérer son enthousiasme. Fonteyne était entièrement sous sa responsabilité, à présent.

Alors qu'il regagnait l'allée du château, il entendit un bruit sourd, caractéristique, et il aperçut la masse sombre qui se dirigeait vers Fonteyne. Il ne s'écarta pas et Robert freina au dernier moment, par jeu, juste devant lui.

— Je voulais te faire une surprise ! protesta Robert en descendant.

— Alors il fallait venir plus tôt, toubib !

Le jour se levait à peine sur les rangées de vignes dont les contours étaient encore imprécis. Robert prit Juillet par les épaules et le secoua sans ménagement.

— Je suis content de te voir, petit frère !

Il y avait une réelle chaleur dans sa voix, des dizaines d'années d'affection. Robert poussa son frère vers le bolide.

— Monte, tu vas voir, c'est fabuleux...

Juillet fit démarrer la voiture et écouta le ronronnement en connaisseur. Robert s'installa sur le siège passager et Juillet manœuvra pour sortir de Fonteyne.

— Juste un petit tour, dit-il en poussant le régime des douze cylindres.

Ils firent une dizaine de kilomètres à une allure folle avant que Juillet ne se résigne à rentrer. Robert riait aux éclats. Il n'avait dormi que deux heures, la veille, et avait quitté Paris au milieu de la nuit. Il se sentait heureux d'être à Fonteyne, surpris comme chaque fois par ce sentiment d'appartenance. Ils rangèrent le coupé dans la grange qui servait de garage puis ils gagnèrent le château côte à côte et se rendirent directement à la cuisine où Fernande les accueillit avec des exclamations de joie. Le plateau était prêt mais ils s'assirent sur les longs bancs de chêne, sans même se consulter du regard.

— Je ne te réponds pas, mais si tu savais ce que tes lettres me font plaisir ! dit Robert. Que tu trouves le temps de m'écrire, déjà...

Robert avait l'élégance de ne pas croire que le seul métier de chirurgien soit accaparant. Il savait très bien que Fonteyne écrasait Juillet. Il alla droit au but sans se soucier de la présence de Fernande tant elle faisait partie de la famille.

— Alors, quelle mouche a piqué Alex ?

Juillet alluma une Gitane, inspira voluptueusement une bouffée et se servit du café.

— Je voudrais pouvoir t'en parler avec calme, répondit-il enfin. Mais je ne suis pas sûr d'y arriver !

Il rit un peu, de ce rire bref et léger qui était aussi celui de Robert.

— En fait, reprit-il, je crois bien qu'il devient fou. Il est allé trouver une avocate, et pas n'importe qui, Valérie Samson qui a une réputation de hyène ! Et il attaque le testament d'Aurélien dans les règles...

— J'espère que Monsieur ne voit pas ça de là-haut, grogna Fernande derrière eux.

— D'après Laurène, qui l'a rencontré régulièrement à Mazion, il se laisse aussi un peu aller sur la bouteille... Mais ceci n'explique pas cela. Il n'a jamais accepté certaines choses. Ma nomination à vie au poste de gérant, entre autres !

— Oui mais, tant que papa était là, il la bouclait ! Quant à toi... Il est parti pour éviter l'affrontement, je suppose ?

— Et aussi parce qu'il se croyait malheureux à Fonteyne.

Robert dévisagea Juillet.

— Malheureux pourquoi ? Écoute, Juillet, Alex a toujours été assez effacé, un peu... médiocre, on peut se dire ça entre nous. Un gentil médiocre, ce n'est pas bien grave, mais s'il nous entraîne dans un procès...

Juillet releva la tête et planta son regard sombre dans les yeux gris de son frère.

— Nous en discuterons avec Louis-Marie aujourd'hui.
— Ils viennent ?

La question avait fusé, un peu trop enthousiaste. Le pluriel dont Robert venait d'user englobait Pauline.

— Oui... Ils seront là pour déjeuner. J'ai une journée passablement chargée mais nous serons tranquilles ce soir.

— Tu nous fais un grand dîner, dis ?

Robert se tourna vers Fernande.

— Qu'est-ce qu'il a prévu, Fernande ? Un truc d'apparat ? Un menu à rallonge ?

La vieille femme se mit à rire et se contenta de hocher la tête.

— J'adore ça ! exulta Robert. Cette maison vaut tous les *Relais et Châteaux* de France !

— Que tu es gamin, professeur..., dit Juillet d'une voix grave.

— Tu as promis, rappela Robert. Tu as promis de tout nous garder intact ! Tu t'en souviens ?

— J'ai promis, reconnut Juillet.

— Oh, même sans aucun serment, je ne m'inquiéterais pas ! Tu l'aimes tellement...

— Fonteyne est à nous tous, Bob... Alex compris.

Robert allait répondre lorsque Laurène fit irruption dans la cuisine. Elle embrassa Robert, à la fois heureuse et déçue de le trouver déjà là. Elle ne pourrait donc pas parler à Juillet tout de suite, malgré son impatience.

— C'est toi la maîtresse de maison, à présent ? lui demanda gentiment Robert.

— Elle rame..., répliqua Juillet avant Laurène.

Il l'avait dit sans méchanceté, comme une simple constatation amusée. Il fut stupéfait de la voir qui se mordait les lèvres, les larmes aux yeux.

— Il y a tant de choses à faire, ici ! enchaîna-t-il très vite. Laurène s'en sort bien, je plaisantais. Mais tu connais la maison, Bob, elle n'est pas légère !

Laurène lui adressa un regard indéfinissable qui le mit mal à l'aise. Il n'avait pas voulu la vexer. Il était évident que, sans Fernande, elle n'aurait jamais pu diriger le château. Robert pensa, confusément, que Laurène avait un point commun avec Alex : elle était vouée aux seconds rôles, malgré son allure charmante de jeune fille, malgré son joli sourire et sa silhouette gracieuse. Et Robert se demanda une fois encore pourquoi Juillet avait choisi Laurène.

Louis-Marie et Pauline arrivèrent à une heure, comme prévu. Pauline portait un ensemble de soie crème qui n'avait pas souffert du voyage et elle était ravissante. Elle sauta au cou de Juillet puis de Robert avec un naturel désarmant. Faite pour séduire, elle ne s'en privait pas et y mettait beaucoup de désinvolture. Louis-Marie s'y était résigné ou, du moins, il le laissait croire. Robert reconnut avec angoisse le parfum de

Pauline, la douceur de sa peau et les intonations de sa voix. Il était incapable de l'oublier, il ne parvenait pas à renoncer. Même si elle était la femme de ses illusions déçues, de ses rêves saccagés, il l'aimait.

— Pourquoi faut-il toujours un prétexte pour se réunir ? demanda-t-elle à Juillet en souriant. Pourquoi ne le faisons-nous pas naturellement ? Par plaisir ?

— Qui vous en empêche ? riposta Juillet. Vous êtes chez vous !

Pauline lui adressa un clin d'œil. Juillet était le seul homme sur lequel elle n'avait jamais essayé son charme. Le seul, peut-être, qu'elle respectait profondément.

— Je suis heureuse de vous revoir, beau-frère ! déclara-t-elle avec beaucoup de sérieux.

Juillet éclata de rire. Il ressentait une joie profonde à la présence de sa famille autour de lui. La mort d'Aurélien lui avait laissé un intolérable sentiment de solitude que le départ d'Alex et de Dominique avait encore accentué.

— Voilà la plus mignonne ! s'écria Pauline en fondant sur Laurène.

Pauline intimidait la jeune fille qui répondit, un peu embarrassée :

— Je vous souhaite la bienvenue, Pauline... Je crois que nous allons pouvoir passer à table dans un instant...

— Oh, mais je vais d'abord saluer Fernande ! Je lui apporte un tablier comme elle n'en a jamais vu, j'en suis sûre ! Seulement il faut que je le trouve dans ma valise. Vous nous laissez cinq minutes, ma chérie ?

Laurène se sentit rougir. Elle ne savait jamais ce qu'il fallait dire ni à quel moment. Pauline avait raison, on ne devait pas sauter sur les invités et les expédier dans la salle à manger sans leur laisser le temps de s'installer. Juillet la tira d'embarras en entraînant ses frères vers la bibliothèque. Louis-Marie et Robert s'installèrent sur le canapé anglais et Juillet sur son barreau d'échelle. Une bouteille et des verres étaient posés sur une table de bridge.

— Une attention de Lucas, précisa Juillet. C'est celui de l'an dernier et vous ne l'avez pas encore goûté...

Robert se mit en devoir de déboucher le Margaux avec précaution.

— Alors ? demanda Louis-Marie sans attendre.

— Eh bien, c'est un conseil de famille, en quelque sorte, lui répondit Juillet en le regardant droit dans les yeux.

Il y eut un court silence, puis Juillet reprit :

— Je vais vous exposer les faits, c'est très simple. Alex a décidé d'attaquer le testament d'Aurélien. À long terme, il veut un partage en bonne et due forme, un partage effectif. D'ici là, car la procédure sera longue, je crains qu'il n'ait recours à des mesures d'urgence, type référé, qui risquent d'entraver la gestion du domaine. L'équilibre financier est précaire. Nous avons beaucoup investi depuis trois ans. Pour que vous puissiez avoir une appréciation exacte de la situation, j'ai convié Varin à dîner avec nous, ce soir. Vous n'êtes pas obligés de me croire sur parole, après tout...

— Tu veux rire ? demanda doucement Robert.

— Pas du tout ! Alex a autant de droits que chacun d'entre nous. Vous allez devoir choisir. Si vous êtes contre lui, je veux que vous sachiez pourquoi.

— Juillet ! protesta Louis-Marie.

Abandonnant son barreau d'échelle, Juillet vint prendre l'un des verres que Robert avait servis.

— Comment voudriez-vous que je ne me sente pas mal à l'aise ? demanda-t-il à ses deux frères. Je refuse de passer pour celui qui a lésé Alex, qui a spolié toute la famille, qui s'est approprié l'exploitation !

— Mais enfin…, risqua encore Louis-Marie.

— Laisse-moi poursuivre !

La voix de Juillet avait résonné de façon métallique à travers la bibliothèque. Ce ne fut qu'à cet instant que Robert et Louis-Marie prirent conscience de la gravité des événements. La colère qui minait Juillet depuis quelques jours venait d'affleurer, cependant il se reprit aussitôt, continuant d'une voix moins tendue.

— Vous ne pourrez vous prononcer que lorsque vous saurez où nous en sommes exactement, tous les quatre… Mais il n'y a pas d'iniquité dans le testament d'Aurélien.

— Si je l'avais pensé, je te l'aurais dit le jour même ! riposta Robert. Papa voulait préserver Fonteyne, nous l'avons très bien compris. Alex ne peut pas faire ce que tu fais.

— D'ailleurs c'est lui qui a voulu partir, non ? souligna Louis-Marie. Il le souhaitait depuis longtemps !

— Il a pu changer d'avis. Je ne m'oppose pas à son retour, dit lentement Juillet, mais c'est moi le gérant, c'est donc moi qui prends les décisions concernant l'exploitation.

— C'est ce qu'il ne peut pas supporter ? Alors il est inutile qu'il revienne !

Juillet fronça les sourcils et dévisagea Robert.

— Ne prends pas mon parti aveuglément, attends d'avoir entendu Varin…

Robert se mit à rire et il resservit du vin. Il se tourna vers Louis-Marie, ignorant Juillet.

— Toujours aussi susceptible !

Juillet vint se planter devant eux et ils durent lever la tête, ensemble, pour le regarder.

— Je suis peut-être susceptible mais, surtout, je me donne du mal...

Il désigna les verres d'un geste amoureux.

— Le vin ne se fait pas tout seul... Vous l'avez sûrement oublié, les Parisiens ! La vigne, les vendanges, les appellations, la qualité, le négoce et j'en passe... Aujourd'hui, je croule un peu sous le boulot...

Il esquissa un sourire. Il avait dit les choses de façon retenue mais ses frères le comprirent à demi-mot. Il s'assit sur l'accoudoir du canapé et enchaîna :

— Avec Aurélien et Alex, nous suffisions à peine à la besogne l'année dernière. Je n'ai pas voulu remplacer Alex... Pour lui laisser le temps de changer d'idée et aussi pour ne pas alourdir les charges. J'ai dû augmenter Lucas parce qu'il ne m'a pas laissé le choix. Malgré les ruses de vieux renard de Varin, il y a des droits de succession, comme vous le savez. Je vous ai parlé de l'endettement et, vous verrez, il est conséquent bien qu'indispensable...

Louis-Marie et Robert acquiescèrent en silence.

— Les statuts de la société viticole de Fonteyne, voulus par Aurélien, sont très complexes. À peine moins que son fonctionnement ! Je tiens à ce que Varin vous donne tous les détails. Après... Vous me direz ce que souhaitez faire.

Il y eut un nouveau silence, plus long cette fois.

— Je ne veux pas de blanc-seing, je ne veux plus de pouvoirs signés à la hâte, je veux que vous preniez vos responsabilités.

Robert et Louis-Marie se jetèrent un coup d'œil. Ils avaient une confiance absolue en Juillet mais ils avaient compris sa demande. Rien ne devait plus se faire aveuglément. Dans la perspective peu réjouissante d'un procès, chacun allait devoir défendre son opinion en connaissance de cause.

— On va donner un joli spectacle, soupira Louis-Marie. Les héritiers s'arrachant le domaine ! Tout ce que papa ne voulait pas... Et nous non plus.

Il avait détaché les quatre derniers mots en se tournant vers Juillet. Ils échangèrent un sourire qui aurait rendu Alex fou de rage et de jalousie. Robert était sur le point d'ajouter quelque chose lorsque Pauline fit irruption.

— Fernande s'inquiète ! lança-t-elle. Vous n'allez pas laisser brûler son déjeuner, tout de même ?

Elle vint prendre Robert par le bras.

— Allez, allez, à table...

Malgré toutes ses tentatives, Laurène ne parvint pas à s'isoler avec Juillet ce jour-là. Pour consacrer du temps à ses frères, il avait décidé de mettre les bouchées doubles afin de boucler son programme de l'après-midi. Laurène se résigna à attendre l'heure du coucher pour lui annoncer la grande nouvelle. D'ici là, il fallait s'occuper du dîner. Pauline proposa son aide et les deux jeunes femmes investirent la salle à manger pour choisir la vaisselle et l'argenterie appropriées. Pauline envoya Clotilde cueillir des fleurs et arrangea de superbes bouquets dans des chemins de table en cristal. Laurène avait descendu une nappe de dentelle mais Pauline préféra en choisir une autre et elles repartirent ensemble à la lingerie. Pauline fureta dans les grands placards qui regorgeaient de linge brodé.

— Oh, celle-là ! s'exclama-t-elle en prenant délicatement une nappe sur l'une des piles.

Elle déplia le tissu fin et soyeux.

— A et L ? Pour Aurélien et Lucie ?

Laurène acquiesça, détaillant en même temps que Pauline les motifs compliqués des broderies ajourées. Pauline s'était juchée sur le petit escabeau que Fernande laissait toujours dans la lingerie.

— C'est la caverne d'Ali Baba..., déclara-t-elle en regardant le placard ouvert.

Laurène soupira. Tant que Dominique s'était occupé de la maison, personne n'avait mesuré l'importance du travail qu'elle y faisait.

— Je suis un peu dépassée, avoua-t-elle à Pauline. J'utilise toujours les mêmes choses. Pour les serviettes ou les draps, je ne prends jamais que ce qui est à ma hauteur !

La naïveté que Laurène affichait avec tant de naturel fit sourire Pauline.

— Juillet pourrait très bien dormir par terre ou dans un sac de couchage, mais il regarde un petit trou ou une minuscule tache sur un drap avec stupeur !

— Aurélien leur a donné le goût de la perfection, je suppose, dit Pauline qui gardait une expression amusée.

— C'est vrai qu'il était très exigeant, admit Laurène. Mais l'époque a changé...

— L'époque, peut-être, mais pas eux ! Louis-Marie est pareil, il a des habitudes de luxe !

— Je n'y ferais pas attention si Fernande ne me harcelait pas de ses questions à longueur de journée. Mais il faut toujours lui répondre pour tel ou tel détail dont je me moque éperdument ! Quant à Clotilde, c'est simple, elle n'a jamais d'opinion sur rien !

Pauline dévisagea Laurène avec attention, soudain.

— Un petit coup de ras-le-bol, ma chérie ? hasarda-t-elle. Réfléchissez bien, alors, avant d'épouser Juillet ! À propos, c'est pour quand ?

Laurène hésita, se sentant faiblir. Son grand secret commençait à lui peser. Et Pauline avait toujours su attirer les confidences.

— Plus tôt qu'il ne l'imagine, dit lentement Laurène.

— Pourquoi ? demanda Pauline en se penchant vers elle.

— Je crois que... Eh bien, je n'en suis sûre que depuis quelques heures mais...

— C'est vrai ? s'écria Pauline, les yeux brillants. C'est magnifique !

— Mais je n'ai pas encore trouvé le temps de le lui dire, vous êtes la première.

Pauline s'était levée. Elle vint prendre les mains de Laurène.

— Alors je suis la première à vous féliciter et à vous souhaiter le plus bel enfant du monde !

Durant quelques instants, Pauline fut sincère. À la naissance de sa fille, Esther, Louis-Marie avait semblé le plus heureux des hommes. Ils avaient connu des moments agréables tous les trois mais Pauline s'était vite lassée des cris du bébé la nuit, de l'attention exigée, des soins constants.

— Je vous donnerai des idées pour les mois à venir, déclara-t-elle, péremptoire. On peut continuer à bien s'habiller lorsqu'on est enceinte !

Elles éclatèrent de rire ensemble. Laurène semblait si menue et si jeune que Pauline eut pitié d'elle.

— Venez, maintenant, il faut que nous descendions cette nappe.

Elles quittèrent la lingerie, bras dessus, bras dessous. Laurène se sentait un peu coupable de s'être confiée, mais aussi rassurée par la chaleur et la gentillesse de Pauline. Elle aurait voulu lui ressembler, avoir son assurance, au lieu de cette angoisse lancinante qui ne la quittait plus depuis qu'elle occupait le premier rôle à Fonteyne.

La table de la salle à manger, même sans ses allonges, était bien trop imposante pour six convives et Pauline décida de n'en utiliser que le centre. Elle installa les couverts en vis-à-vis et décora les extrémités inutiles avec de lourds chandeliers à douze branches. Fernande, venue prendre les ordres du dîner, apprécia d'un coup d'œil ravi ses efforts. Dès que le château retrouvait son lustre, elle se sentait rajeunir. Elle regagna sa cuisine, bien décidée à se surpasser.

Juillet entra sur la pointe des pieds et alluma. Il resta quelques instants immobile, observant ce décor qu'il connaissait par cœur et auquel il n'avait strictement rien changé. La chambre d'Aurélien était telle qu'il l'avait toujours connue. Il laissa errer son regard sur le portrait de Lucie, au-dessus du lit, sur les lourds rideaux de velours bleu nuit, sur le dernier livre qu'Aurélien avait lu, un cadeau de sa maîtresse d'alors, Frédérique.

Il se dirigea vers le secrétaire dont l'abattant était ouvert. Il s'assit et contempla les six tiroirs. Il y avait rangé les objets personnels de son père, sa montre, son agenda et ses lunettes. Il effleura le stylo de laque noire avec lequel Aurélien avait signé tant de papiers.

Y compris les statuts modifiés de la société viticole de Château-Fonteyne.

« Vous l'avez décidé ainsi... Mais aviez-vous prévu la guerre ? »

Juillet soupira et se mit à caresser distraitement le sous-main. Non, Aurélien n'avait certainement pas supposé qu'Alex attaquerait le testament, se dresserait contre Juillet, menacerait l'équilibre de Fonteyne. Il l'avait traité avec une indifférence bienveillante, sans imaginer qu'il semait la révolte.

« C'est quand même votre fils... Tandis que moi... »

Tandis que lui était condamné à ignorer. Même si le doute était permis, il n'aurait jamais aucune certitude. Il ouvrit l'un des tiroirs. La montre de gousset d'Aurélien y était posée, avec sa chaîne, sur une photo. Ce cliché était le seul qu'Aurélien ait conservé dans son portefeuille durant plus de quinze ans. On y voyait Juillet au premier plan, un soir de Noël, devant le sapin. Il riait, la tête en arrière, les boucles brunes en désordre. Pourquoi Aurélien avait-il gardé cette image-là plutôt qu'une autre ? Pour la joie qu'y exprimait Juillet alors adolescent ? Pour sa ressemblance avec sa vraie mère ?

— C'est votre musée, beau-frère ?

Juillet se retourna brusquement vers Pauline. Elle se tenait sur le seuil de la chambre, ravissante dans une robe turquoise, indiscrète et curieuse comme toujours. Elle fit deux pas dans la pièce, un peu intimidée.

— Varin vient d'arriver, annonça-t-elle.

Juillet s'était levé, refermant le tiroir.

— Vous étiez venu chercher l'appui d'Aurélien ? interrogea-t-elle avec une douceur inattendue. En tout cas, vous avez celui de Louis-Marie et de Bob ! Pour le reste, il va falloir vous débrouiller tout seul...

Elle souriait et il la prit par le bras.

— Je vous aime bien, Pauline, dit-il en l'entraînant hors de la chambre.

Ils entrèrent ensemble dans le salon et Juillet alla saluer Varin. Laurène servait l'apéritif. Juillet attendit d'avoir un verre en main pour attaquer la discussion. Il devinait l'impatience de ses frères ainsi que la gêne du notaire, mais lui n'éprouvait rien de tel. Il était déterminé à aller au bout de ce qu'il croyait juste, sans haine et sans le moindre remords. Varin commença par exposer les faits. Maître Samson, au nom de son client, avait entamé une procédure afin de contester le testament. Pour le moment, ils se livraient une simple bataille de juristes. Chacun présentait des pièces pour l'information du magistrat. Ce dernier ne souhaitait pas se hâter dans une affaire de cette importance. Il avait d'ailleurs garanti à Varin qu'aucune décision ne serait prise dans l'urgence. Juillet allait recevoir sous peu une convocation, tout comme Alexandre, mais leur confrontation n'était pas prévue pour l'instant.

Tous écoutaient dans un silence religieux. Robert et Louis-Marie essayaient de comprendre mais ne posaient pas de questions. En s'adressant directement à Juillet, Varin observa :

— J'avais dit à monsieur votre père que je n'approuvais pas certaines de ses décisions. Je l'avais mis en garde, c'était mon devoir, mais il avait une absolue confiance en vous.

Juillet éclata de son rire clair et léger.

— Mis en garde contre moi ?

Embarrassé, Varin secoua la tête.

— Si vous aviez été en désaccord, il ne pouvait plus prendre la moindre décision sans votre aval. C'est une manière de se... dépouiller qui présente des risques.

En l'occurrence, il avait raison, bien entendu... Et aujourd'hui, cela rend votre position assez inattaquable.

Varin hésita quelques instants puis acheva :

— À condition que vos frères ici présents, qui sont actionnaires et membres du conseil d'administration, vous accordent eux aussi leur confiance.

Robert haussa les épaules mais Juillet ne lui laissa pas le loisir de parler.

— Et s'ils décidaient de se ranger aux côtés d'Alexandre ?

— Mais enfin ! protesta Louis-Marie.

— C'est une simple hypothèse, précisa Juillet d'un ton neutre.

— Eh bien..., dit lentement Varin, je crois que cela compliquerait les choses mais, en tant que gérant et à moins d'une erreur de gestion, vous resteriez sans aucun doute à la tête de la société. C'est plutôt en ce qui concerne le règlement des indemnités que l'affaire se corse...

« Merci, Aurélien », pensa très vite Juillet.

— Vous avez toujours la ressource de vendre des terres, disait Varin.

— Vous plaisantez ?

Cette fois, la voix de Juillet avait claqué, autoritaire.

— L'intégrité du domaine restera mon but majeur, avec la qualité de la production, naturellement.

Robert et Louis-Marie échangèrent un coup d'œil. Juillet était fidèle à lui-même, et ni les années ni les circonstances n'avaient de prise sur lui.

— Je crois que nous pouvons passer à table, déclara Pauline en profitant du silence.

Laurène, qui avait écouté la discussion bouche bée, avait tout à fait oublié le dîner. Elle se leva, vexée d'être prise en défaut une fois de plus, et précéda les convives jusqu'à la salle à manger où les bougies allumées par Fernande donnaient aux boiseries un reflet blond. Juillet jeta un coup d'œil sur la table et adressa un sourire de remerciement à Pauline. Depuis le départ de Dominique, il n'avait pas revu un si superbe couvert. Mais il remarqua, au même moment, le visage défait de Laurène et il vint lui tenir sa chaise, tandis qu'elle s'asseyait. Le mot tendre qu'il lui glissa en posant sa main sur son épaule la fit tressaillir.

Robert, qui se trouvait à la gauche de Pauline, commença de plaisanter avec elle pour monopoliser son attention. Face à eux, Juillet se demanda avec stupeur s'ils allaient recommencer leur infernal manège de séduction mutuelle. Louis-Marie parlait avec Varin sans regarder sa femme.

— Oui, disait le notaire, je suis ravi de la récupérer, c'est vraiment une excellente secrétaire. Elle m'a promis de reprendre son poste au mois de juin...

Il parlait prudemment, comme si le sujet était délicat. Juillet réalisa soudain qu'il était question de Frédérique. Il ressentit un choc auquel il ne s'attendait pas et dut faire un brusque effort d'attention lorsque Varin s'adressa à lui.

— Je sais bien qu'elle vous a laissé un mauvais souvenir... Il faut toujours que les gens bavardent ! Parce qu'elle est jeune, jolie, et qu'elle vivait sous votre toit... Mais c'est une fille courageuse et très capable, je l'ai toujours dit !

Laurène gardait les yeux baissés sur son assiette. Entendre chanter les louanges de Frédérique lui était très pénible. Prenant conscience du silence particulier qui s'était installé, Varin toussota, gêné, ne sachant qu'ajouter. Il s'était amusé des commérages, quelques mois plus tôt, lorsque le tout-Bordeaux avait chuchoté que Frédérique était la maîtresse d'Aurélien. L'idée même était stupide à ses yeux, compte tenu de la différence d'âge : presque quarante ans !

— Monsieur votre père a conservé jusqu'au bout sa réputation d'homme très... galant ! Ce qui est plutôt flatteur, n'est-ce pas...

Les trois frères, avec un bel ensemble, le regardaient d'un air perplexe. De plus en plus ennuyé, Varin crut bon de s'entêter.

— J'espère ne pas avoir droit aux mêmes ragots lorsqu'elle aura regagné l'étude.

Il fut le seul à rire. Ce fut Louis-Marie qui se décida le premier à changer de sujet, ramenant Varin sur un terrain plus neutre.

Juillet avala difficilement une bouchée de foie gras avec un grain de raisin chaud. Il avait trompé Aurélien, et il avait trompé Laurène, chaque fois qu'il s'en souvenait il en éprouvait un remords aigu. Il s'efforça de suivre la conversation de ses frères. Frédérique était un souvenir, il ne fallait l'évoquer à aucun prix.

— Alex a toujours été nul, disait Robert.

— Pas nul, corrigea Louis-Marie. Tu exagères !

— À peine ! En tout cas, ce qu'il a de mieux, et de loin, c'est sa femme !

L'éclat de rire qui suivit fut désagréable à Laurène. Dominique était une femme exquise, effacée mais efficace, conciliante mais déterminée, bonne épouse et bonne mère : soit ! Cependant Laurène commençait à trouver très agaçante cette prétendue perfection de sa sœur. Même en sachant qu'il était plus facile de briller près d'Alex que de Juillet, elle devinait que jamais personne ne prononcerait ce genre de phrase à son sujet. Elle croisa enfin le regard de Juillet, presque par surprise. Elle savait très bien à quoi il pensait. Pourtant, elle soutint l'éclat des yeux sombres et parvint même à sourire. Elle avait déjà gagné contre Frédérique, quelques mois plus tôt, elle n'avait aucune raison d'avoir peur. Surtout pas avec cet enfant qu'elle portait, à présent.

« Je vais le lui dire, tout à l'heure, et il sera fou de joie... Il ne pourra plus faire marche arrière, nos vies sont liées pour toujours... Même s'il revoit cette fille lorsqu'il ira chez Varin... D'ici le mois de juin, je serai sa femme... Madame Juillet Laverzac... »

Un coup de pied de Pauline, sous la table, la fit sursauter. Tous les convives avaient fini depuis longtemps et il était temps de sonner pour la suite du dîner.

Juillet écoutait la respiration régulière de Laurène. Elle s'était endormie d'un coup, roulée en boule comme à son habitude. Délicatement, il remonta le drap sur elle avant de se lever avec précaution, d'enfiler son jean et son pull à la hâte, puis de quitter la chambre sur la pointe des pieds. Il longea le palier du premier, descendit l'escalier sans allumer. Il se repérait aisément, chaque marche de Fonteyne lui étant familière. Une fois dans son bureau, il ranima le feu de cheminée. Il n'avait pas du tout sommeil et il mit deux grosses bûches, sachant qu'il aurait le temps de les voir se consumer.

Pendant un très long moment il resta debout, regardant les flammes. Il était parvenu à accueillir la nouvelle avec enthousiasme, sans poser de questions désagréables, sans demander par exemple pourquoi Laurène avait cessé de prendre la pilule. En fait, elle lui avait annoncé la chose avec tant de fierté et de crainte mêlées qu'il avait compris avant qu'elle n'ait achevé sa phrase.

Il allait donc être père... L'idée lui parut étrange. Il était l'oncle des jumeaux d'Alex, après tout, et de la petite Esther. Il adorait les enfants qui le lui rendaient bien, il n'y avait rien d'inquiétant à songer qu'il en aurait un à lui dans quelques mois. Pourtant il soupira, vaguement contrarié par quelque chose d'indéfinissable.

« Même si Laurène est un peu gamine, elle peut se révéler une excellente mère... Et puis il y aura toujours Fernande pour veiller au grain... »

Il s'assit enfin dans le grand fauteuil club au cuir patiné. Il avait comblé Laurène en disant oui à tout. La date qu'elle voudrait pour leur mariage, et le prénom de son choix pour le bébé. Ensuite il lui avait fait l'amour avec tendresse, avec patience, l'amenant au bord du plaisir puis la faisant attendre, l'écoutant gémir contre son épaule, triomphant sans peine de toutes ses réticences ou ses pudeurs. Il était tout pour elle, il le savait et il en acceptait la responsabilité. Même s'il n'en tirait pas de réel bonheur.

Il ferma les yeux une seconde, accablé par cette idée : Laurène ne le rendrait jamais entièrement heureux.

— C'est Alex qui t'empêche de dormir ? dit la voix joyeuse de Robert.

Juillet se retourna et adressa un grand sourire à son frère.

— Et toi ?

Robert s'approcha des flammes.

— Quel palais des courants d'air, ici ! Mais tu fais toujours du feu, même en plein été... À Paris, quand je pense à toi, je t'imagine devant une cheminée !

Il s'assit à même la plaque de cuivre qui protégeait le parquet des escarbilles, le dos tourné vers la chaleur, et il dut pencher la tête en arrière pour regarder Juillet.

— Tu n'es pas comme moi, toi, tu es trop lève-tôt pour être couche-tard ! En ce qui me concerne, j'ai rarement sommeil avant deux ou trois heures du matin...

— Et tes opérations du lendemain ?

— Je suis au bloc à huit heures, quoi qu'il arrive.

Il avait une expression amère qui inquiéta Juillet.

— Bob... Quelque chose ne va pas ?

— Non. Sur le plan professionnel, je ne vois pas de quoi je me plaindrais ! J'ai plus de travail que je ne peux en faire et... et je crois même avoir un certain don pour la chirurgie. C'est réconfortant !

Juillet scruta le visage fatigué de son frère. Il fit un rapide calcul. Robert avait trente-sept ans, l'âge de briller, ce qu'il faisait chaque jour à Lariboisière, dans son service.

— Pauline ? demanda Juillet.

Robert hocha la tête lentement.

— C'est sans doute inimaginable, pour toi, mais je l'aime toujours. Comme il y a deux ans, ou cinq ! Le temps n'a aucune prise sur cette obsession, je n'y peux rien.

— Inimaginable pour moi ? s'indigna Juillet. Pourquoi ?

Robert eut un vrai sourire, cette fois.

— Parce qu'aucune femme ne te fait cet effet-là, tiens !

— Mais... Mais qu'est-ce que tu en sais ?

— J'en sais que si tu es amoureux, voire passionné, c'est uniquement de Fonteyne, non ? Ah, tu ne te compliques pas l'existence ! Elle n'est pas née, celle qui te gâchera la vie !

— Tant mieux ! riposta Juillet d'une voix sèche.

Un peu surpris, Robert le dévisagea.

— Ne te mets pas en colère... Je n'ai rien dit de méchant... Tu te préserves, au fond. Tu devrais te demander, un jour, pourquoi toutes tes conquêtes, tous tes coups de cœur visent toujours le même genre de femmes...

Sincèrement stupéfait, Juillet interrogea son frère du regard.

— Le genre soumis, effacé, précisa Robert. Tu es comme papa, tu les adores à condition qu'elles se fassent toutes petites...

Abandonnant son fauteuil, Juillet traversa le bureau. Il écarta l'un des rideaux de velours mais la nuit était encore pleine.

— Laurène est enceinte, dit-il soudain. Nous allons nous marier très vite. J'aimerais que tu sois mon témoin.

Robert resta silencieux quelques instants. Juillet lui tournant le dos, il ne pouvait pas voir son expression, mais quelque chose, dans sa voix, avait sonné de façon bizarre.

— Tu es heureux ? demanda-t-il enfin.

— D'avoir bientôt un enfant ? Oui... Pour le reste, je ne sais pas. Je ne tiens pas à savoir. Je connais Laurène depuis toujours. Je l'ai voulue. Aurélien était d'accord pour ce mariage... Tout est en ordre.

Robert rejoignit son frère en trois enjambées. Il lui posa la main sur l'épaule.

— Tu es sûr de ce que tu fais ? demanda-t-il.

— Je suis sûr de ne rien pouvoir faire d'autre, à présent. Pas question de reculer. J'aurais préféré régler l'histoire d'Alex d'abord... Mais j'aurais sans doute trouvé d'autres raisons ensuite ! Laurène a voulu brusquer les choses, c'était son droit. De toute façon, j'ai trente ans, il est temps.

Robert lui serra l'épaule une seconde puis le lâcha. Les deux frères avaient toujours été proches l'un de l'autre, malgré leur différence d'âge et leur éloignement. Juillet désapprouvait la passion de Robert pour Pauline mais il l'avait protégé en évitant le scandale à plusieurs reprises. Robert ne comprenait rien à l'attachement viscéral de Juillet à la terre mais il s'inclinait devant le savoir-faire et l'autorité de son cadet. Même s'ils ne partageaient rien, il y avait entre eux une authentique tendresse. De surcroît, Robert était le seul à savoir que la mort de leur père avait déchiré Juillet de façon irréversible.

— Je ne veux pas que tu changes, dit-il soudain.

— Je ne change pas ! répliqua Juillet. Mais j'aimerais bien savoir pourquoi tu y tiens tant.

Robert frissonna et retourna près de la cheminée. Il tisonna un moment avant de répondre. Enfin il se rassit, dos aux flammes, et jeta un coup d'œil circulaire.

— Parce que tu es tout ce qui reste. Là, sous les boiseries et les dorures, dans cette grande baraque glaciale, tu es ce qui subsiste de dix générations de traditions ! Tu es la famille à toi seul !

Ils éclatèrent de rire ensemble.

— On va se coucher ou on boit quelque chose ? demanda Robert.

— On boit ! Je vais te chercher une bouteille d'exception...

Robert entendit le pas de Juillet qui s'éloignait vers l'office. Pauline devait dormir, à l'étage au-dessus, dans les bras de son mari. Et Robert allait donc demeurer le dernier célibataire des quatre frères. Avec la désespérante certitude d'avoir gâché sa vie. Sans Pauline, aucune réussite n'avait de goût, aucune voiture n'avait de charme, aucun honneur n'avait d'attrait. Il n'y avait qu'à Fonteyne qu'il pouvait trouver un peu de paix, d'oubli, mais il n'y avait qu'à Fonteyne, justement, qu'il voyait Pauline. À Paris, il pouvait la fuir. Pas ici.

« On règle vite l'affaire d'Alex et puis je m'en irai… », pensa-t-il. Aussitôt il se mit à sourire, conscient de sa mauvaise foi.

« D'accord, c'est l'enfer de la sentir si proche, mais demain matin, elle boira son café avec moi… Mal réveillée, son petit nez en l'air au-dessus de son bol… »

Des chuchotements lui firent lever la tête. Juillet revenait en compagnie de Louis-Marie.

— Il a l'oreille fine dès qu'il s'agit de tire-bouchon ! déclara Juillet qui tenait avec précaution une bouteille de Bel Air-Marquis d'Aligre.

Dans un silence recueilli, ils goûtèrent le vin.

— Et toujours un soupçon de réglisse, dit enfin Louis-Marie. Une pure merveille ! Que vous auriez voulu boire en douce, mes salauds ! De quoi parliez-vous, au milieu de la nuit ? De ce pauvre Alex ? De Frédérique ?

Robert eut un sourire réjoui.

— Raté ! On parlait de nous. De moi, qui suis insomniaque, de lui qui va être papa…

Louis-Marie resta interloqué puis il se jeta sur Juillet et se mit à le secouer.

— C'est vrai ? Tu deviens père de famille ? Ah, bien sûr que ça s'arrose !

Il était si manifestement ravi de la nouvelle que Juillet se sentit ému. Peut-être avait-il négligé ses frères, depuis des années, absorbé par son exceptionnelle relation avec Aurélien. Peut-être était-il moins seul qu'il ne le croyait. Louis-Marie et Robert étaient accourus au premier appel, ils lui avaient donné raison contre Alex avant même d'entendre les explications de Varin. Ils avaient fait davantage en ne lui demandant jamais aucune précision sur ses origines, sur ce qu'il avait appris quelques mois plus tôt et qu'il était seul à connaître.

— Vous n'êtes pas de trop mauvais frères, dit-il d'un ton grave.

— Tu t'en rendrais mieux compte si tu abandonnais ton piédestal de temps en temps, riposta Robert. Tout le monde sait ce que tu vaux, tu n'as pas besoin d'en faire la démonstration du matin au soir !

— Mais je ne...

— Bob a raison, renchérit Louis-Marie.

Juillet les regarda tour à tour.

— Je n'ai rien à prouver, répondit-il calmement. J'ai cette exploitation à faire tourner, ça ne supporte pas la fantaisie. Pour le reste, j'ai autant de défauts que vous, ce qui n'est pas peu dire !

Il y eut un court silence puis Louis-Marie murmura :

— Plus un : la susceptibilité...

Juillet quitta son fauteuil et s'étira. Il était grand, très mince, extraordinairement séduisant.

— On va se coucher ou on continue ? interrogea-t-il en désignant les verres vides.

Les deux autres se contentèrent de le regarder. Ils arboraient le même sourire ironique et Juillet hocha la tête.

— D'accord, je vais en chercher une autre...

Pauline prit les choses en main. Elle fixa la date du mariage et accompagna Laurène à la mairie de Margaux pour accomplir les formalités. Puis elle traîna la jeune fille à Bordeaux afin d'y choisir une robe. Elle l'accompagna même chez son gynécologue. En fin de journée, elle se mit à la recherche de Juillet et le dénicha dans les caves, à l'étage des vins de deuxième année où il passait en revue tous les fûts, Lucas sur ses talons. L'irruption de la jeune femme, vêtue d'une jupe courte, plissée, et d'un tee-shirt rose, arracha un sourire aux deux hommes. Juillet prit sa belle-sœur par le bras, lui assura qu'elle allait avoir froid et l'entraîna vers l'escalier à vis. Lorsqu'ils sortirent du chai, le soleil les éblouit. C'était un superbe après-midi de mai. Pauline alla s'asseoir sur un banc de pierre, bien décidée à régler tous les problèmes que posait la cérémonie, à commencer par la question la plus grave : Alexandre.

— Vous comprenez bien qu'il est impensable de ne pas inviter Dominique ? D'un autre côté, vous ne voulez sans doute pas entendre parler d'Alex en ce moment ?

Elle l'interrogeait, la tête levée vers lui, câline et charmeuse comme à son habitude. Juillet soupira.

— Antoine et Marie... Et Dominique, admit-il, c'est incontournable...

— Oui, mais Alex ?

— Comment voulez-vous que j'invite Alex à mon mariage, alors qu'il me traîne devant les tribunaux ?

— Je sais bien ! C'est pourquoi j'ai pensé que... Vous n'allez pas mal le prendre ?

— Quoi donc ?

— Pourquoi n'allez-vous pas vous expliquer avec Alex, Juillet ?

Il la dévisagea, sincèrement étonné.

— Pourquoi ? Eh bien, je suppose que si je l'avais devant moi je lui mettrais mon poing dans la figure. Vous pouvez comprendre ça ?

Le regard sombre de Juillet et sa voix métallique étaient éloquents mais elle poursuivit son idée.

— Comment justifier l'absence d'Alex vis-à-vis de vos invités ?

— Mais enfin, Pauline, tout Bordeaux est déjà au courant ! Vous croyez qu'on pourrait cacher quelque chose d'aussi énorme ? L'action judiciaire d'Alex contre le testament de son père, contre moi et contre la société viticole de Fonteyne est connue de tout le Médoc, ne soyez pas naïve ! Au fil des jugements, les gens vont s'amuser à compter les points ou à faire des pronostics ! Alors il n'y a que deux solutions, ma chère belle-sœur, un mariage dans la plus stricte intimité ou une réception somptueuse qui affichera au grand jour la rupture de la famille !

Pauline gardait son regard planté dans celui de Juillet.

— Vous avez choisi ? se contenta-t-elle de demander.

Il eut un sourire indéchiffrable et vint s'asseoir près d'elle.

— Nous allons avoir besoin de vous, Pauline, Laurène n'y arrivera pas toute seule... Je rédige la liste et vous vous chargez du reste, d'accord ?

Elle eut aussitôt l'air ravi. Elle avait prévu que Juillet opterait pour la provocation.

— Du vraiment grandiose, alors ?

— Vous avez carte blanche...

Il semblait très résolu mais sans trace de gaieté.

— Pourquoi, Juillet ?

Il eut un geste vague, qu'il n'acheva pas, en direction du château.

— Parce que justement, en ce moment, j'aurais plutôt des problèmes d'argent. Or il n'est pas question que ça se voie ! Et puis, vis-à-vis de Laurène... Elle n'aimerait pas un mariage à la sauvette, je suppose. Pour les gens, ici, les histoires de protocole ou de faste sont encore tellement importantes... Il faut sacrifier à l'esbroufe, de temps à autre... Aurélien n'est plus là pour tenir son rang mais nous pouvons très bien prendre la relève, n'est-ce pas ?

D'un mouvement spontané, Pauline mit sa main sur celle de Juillet.

— Vous pouvez compter sur moi, dit-elle gentiment.

— Oh, je sais ! répliqua-t-il. S'il y a quelqu'un que les mondanités amusent, c'est bien vous !

Alexandre avait fui dans les vignes et s'était assis au soleil. Le sermon de Dominique l'avait contrarié mais pas convaincu. Il était décidé à aller jusqu'au bout. Même s'il n'avait pas pu répondre aux questions de sa femme lorsqu'elle lui avait demandé quel était son but final. Récupérer Fonteyne pour lui, après en avoir exclu Juillet, relevait de la pure chimère. Alex savait que son frère ne lâcherait jamais Fonteyne. Tout comme il ne s'imaginait pas dirigeant seul cette trop lourde exploitation. Ce qu'il souhaitait, au fond, était plus simple et plus bête : il voulait que Juillet s'incline en lui reconnaissant une vraie place bien à lui.

« Ce bâtard sera obligé de m'ouvrir la porte toute grande, et avec des excuses, en plus ! »

Malgré tout, il se sentait angoissé. Des excuses, Juillet ? L'idée était difficile à concevoir. Alexandre poussa un long soupir. Il suivit des yeux une voiture qui remontait la route, le long des vignes, et qui se dirigeait vers la maison d'Antoine Billot. La silhouette racée du bolide le rendit brusquement inquiet. Le seul amateur de coupés ruineux qu'il connût était son frère. Il se leva d'un bond, mettant sa main en visière. Oui, c'étaient bien Robert et Louis-Marie qui descendaient, devant le perron. Alexandre chercha un endroit où se dissimuler mais il était parfaitement visible au-dessus des ceps, et Robert lui adressa un grand signe du bras.

Très alarmé, il observa ses frères qui venaient à sa rencontre, l'un derrière l'autre. Louis-Marie, en tant qu'aîné, avait toujours un peu impressionné Alexandre. Il eut un sourire crispé, artificiel, et s'avança la main tendue.

— Comment allez-vous, les Parisiens ? demanda-t-il en forçant son enthousiasme.

Robert lui serra la main mais Louis-Marie l'embrassa et il s'imagina redevenu enfant.

— Allons boire quelque chose, proposa-t-il car il ressentait un impérieux besoin d'alcool.

— Non, répondit calmement Robert, restons là pour parler, nos affaires ne regardent pas Antoine…

— Il fait partie de la famille, protesta faiblement Alexandre.

— Oui mais ça, c'est vraiment personnel.

Ils allèrent s'asseoir sur le muret qui bordait le vignoble. Nerveux, Alexandre préféra parler le premier.

— C'est Juillet qui vous envoie ? Alors c'est qu'il a besoin d'être rassuré ! Il vous a raconté quoi, au juste ? Parce que, pour arranger les choses à sa sauce, il s'y entend !

Les deux autres échangèrent un coup d'œil qui n'échappa pas à Alexandre.

— Tu attaques le testament ou il l'a inventé ? demanda Louis-Marie de sa voix grave.

— Je proteste, c'est vrai ! Mais laissez-moi le temps de vous expliquer pourquoi !

— On a tout le temps, affirma Robert. C'est pour ça que nous sommes venus te voir, pour que tu nous expliques…

Incapable de rester en place, Alexandre quitta le muret et fit quelques pas. Ses frères le considéraient sans aucune impatience.

— Qu'est-ce que je fais ici, à votre avis, chez mon beau-père ?

— Tu voulais y venir depuis longtemps, si mes souvenirs sont bons, rappela Louis-Marie.

— Oui, admit Alexandre, mais c'était avant la mort de papa. Vous savez bien qu'il était très pénible de cohabiter avec lui ! C'était sa tyrannie que je voulais fuir, pas Fonteyne !

Louis-Marie esquissa un sourire et Alexandre se hâta d'enchaîner :

— Après son décès, si Juillet me l'avait proposé, je serais resté.

— C'est faux, dit Robert à mi-voix.

— Pourquoi ? Nous aurions pu diriger l'exploitation ensemble ! Seulement, vous connaissez Juillet… Il ne supporte pas la contradiction, il prend tout de haut…

— Nous ne sommes pas venus pour discuter du caractère de Juillet, fit remarquer Louis-Marie, mais des raisons qui te poussent à contester le testament.

— Mais enfin, papa l'a tellement favorisé que c'est indigne !

— Il me semblait au contraire que les parts étaient égales, rétorqua Robert d'un ton uni.

— Les parts de la société viticole ? Possible, mais nous n'en verrons jamais la couleur ! Juillet réinvestit les bénéfices, décompte les emprunts, trafique comme il l'entend ! Il est gérant à vie, il fait ce qu'il veut sans contrôle !

Alexandre s'énervait et Louis-Marie leva la main.

— Je ne crois pas que Juillet « trafique » et ses comptes rendus sont très clairs lors des réunions de bureau. Il était gérant avant le décès de papa et tu ne feras croire à personne qu'il n'est pas un bon gestionnaire.

— C'est ça ! D'après vous, il est parfait ? Ah, vous avez de la constance ! Il y a des années et des années que j'entends ce refrain-là : Juillet est le meilleur ! Et nous trois ? Les dindons de la farce ! Laissez-vous faire si vous voulez, mais je ne marche plus !

— Calme-toi ! intima Louis-Marie.

Il y eut un silence contraint. Louis-Marie avait gardé un peu d'autorité sur Alex, mais ce ne serait pas suffisant pour le faire changer d'avis, il le savait.

— Je ne comprends pas ce que tu cherches en entamant une procédure, reprit-il tranquillement. Tu vas y laisser beaucoup d'argent, Juillet aussi et nous aussi ! Tout ça pourquoi, au juste ?

Alexandre le dévisagea. Il avait l'air pathétique, soudain.

— Et vous aussi…, répéta-t-il. Parce que vous avez déjà fait votre choix, bien entendu ? Juillet a forcément raison et vous vous rangez derrière lui ?

— Comment veux-tu qu'on le sache ? explosa Robert. Tu ne nous dis rien de concret ou d'intelligent !

— Je dis que je ne laisserai pas Fonteyne à ce bâtard ! hurla Alexandre.

Robert s'était levé et Louis-Marie le retint. Robert parvint à se maîtriser. Il enfouit ses mains dans les poches de son blouson.

— Alex…, dit-il d'une voix sourde, Juillet a été adopté légalement. Il a les mêmes droits que nous. Je refuse de t'entendre le traiter de bâtard. Je ne connais plus rien aux affaires viticoles et Louis-Marie non plus. La seule chose dont nous soyons certains, lorsque nous sommes à Paris, c'est que Fonteyne tourne rond. Juillet a le génie de la vigne. Même si ça te rend malade, c'est la vérité et n'importe quel imbécile peut la voir. Fonteyne progresse chaque année, financièrement, et même du vivant de papa c'est déjà à Juillet qu'on le devait ! Je ne veux pas d'autre gérant que lui.

Il toisa Alexandre et tourna les talons, s'éloignant vers la maison d'Antoine à grands pas. Louis-Marie soupira, secoua la tête.

— Qu'est-ce que tu souhaites, Alex ?

Il avait posé sa question sans agressivité. Alexandre était pâle.

— Je veux rentrer à la maison, chez moi. Je ne veux pas être méprisé, laissé pour compte ou traité en gamin.

— Et tu n'as pas trouvé d'autre moyen qu'un procès ?

Le visage fermé d'Alex rappelait cette moue qu'il avait, lorsqu'il était petit, chaque fois qu'il était dépité. Louis-Marie se reprocha de n'avoir pas compris plus tôt que toute cette jalousie finirait par étouffer Alexandre. Leur père parlait toujours de Robert avec admiration, toutefois Paris était loin de Bordeaux et un chirurgien ne fait pas d'ombre à un vigneron. Louis-Marie avait bénéficié de l'auréole de grand frère et il menait sa vie dans la capitale, lui aussi, entièrement absorbé par le milieu littéraire dans lequel il était reconnu. Restait Juillet, qui avait peu à peu relégué Alex au rang de subalterne, qui s'était imposé à Fonteyne comme le seul successeur, et avait séduit Aurélien au-delà du possible. Juillet qui s'était mesuré à Alex sur son propre terrain, sans le moindre effort, administrant chaque jour la preuve de sa supériorité.

— J'aurais voulu qu'on fasse bloc contre lui parce que nous trois, nous sommes vraiment frères, dit Alex d'une voix plaintive. Les Laverzac, c'est nous ! Tu l'as regardé, Juillet ? Avec ses cheveux, avec ses yeux ? Son adoption est légale, d'accord, mais c'est quand même un foutu bâtard et ça se voit ! Seulement vous êtes comme papa, Bob et toi, vous êtes sous le charme ! Il a toujours mis tout le monde dans sa poche ! Pourtant c'est bien lui qui a présenté cette Frédérique à papa, l'année dernière ? Il l'a carrément fourrée dans son lit ! À son âge, rien d'étonnant si cette liaison l'a tué ! Tu trouves ça innocent, toi ? Il était déjà gérant à vie, le dernier obstacle c'était « Aurélien », comme il l'appelait pour faire du genre...

— Stop ! cria Louis-Marie. Si tu continues, tu vas te retrouver fâché avec tout le monde, moi compris. Il y a des limites à ne pas franchir. Tout ce que tu viens de dire, ce sont des conneries. Je ne sais pas comment ton avocat a pu accepter de prendre ce dossier en main. Combien t'a-t-il déjà soutiré ?

L'air buté, Alexandre détourna son regard.

— De deux choses l'une, poursuivit Louis-Marie. Soit tu perds et tu vas y laisser ta chemise, sans parler de la haine de Juillet. Soit tu gagnes et ça te conduit où ? Bob et moi nous ne te laisserons pas diriger Fonteyne tout seul. Quant à Juillet, il n'en partira jamais, il t'aura tué avant. De quelque côté que tu regardes, c'est l'impasse. En revanche, nous étions venus te proposer une chose raisonnable...

— Quoi ? Reprendre ma place de sous-fifre sous les ordres du grand chef ? Faire comme si de rien n'était ? Rentrer à la Grangette pour lui laisser ses aises à la maison ?

Louis-Marie comprit qu'il n'arriverait à rien et il se sentit complètement découragé.

— Vous pourriez très bien cohabiter et vous entendre, dit-il sans conviction. Il faudra bien que ça finisse comme ça, Alex ! Il n'y a aucune autre solution... Ici aussi, tu es sous les ordres d'Antoine, ça te plaît davantage ?

Il remarqua que les mains d'Alex tremblaient. Celui-ci, voyant le regard de Louis-Marie, s'empressa de croiser les bras.

— Vas-t'en, murmura-t-il. Ce n'était pas la peine de vous déranger. Les tribunaux départageront tout le monde...

Louis-Marie s'approcha de son frère et lui mit un bras autour des épaules, mais Alexandre se dégagea brutalement.

— Vas-t'en ! répéta-t-il en élevant la voix.

Louis-Marie eut une dernière hésitation puis il se décida à reprendre le chemin de la maison.

En attendant son frère, Marie et Antoine avaient offert un verre à Robert. Chacun se contraignit à parler de choses insignifiantes mais l'atmosphère resta tendue. Dominique se tint à l'écart, délibérément, ne pouvant ni désavouer son mari ni approuver sa conduite.

Elle avait passé des heures à tenter de le convaincre mais il s'accrochait à son idée de procès et de vengeance avec l'obstination des alcooliques.

Marie semblait la plus triste, ce qui n'était pas dans son caractère. Elle avait reçu, le matin même, un surprenant coup de téléphone de Juillet qui lui avait demandé très officiellement la main de Laurène. Il s'était excusé de sa démarche insolite, expliquant qu'il ne pouvait pas mettre les pieds chez Marie pour le moment. « Si je vois Alex, je lui vole dans les plumes ! » avait-il dit en riant. Marie aimait beaucoup Juillet. Cet appel incongru l'avait peinée car elle aurait préféré, de loin, avoir le jeune homme devant elle et pouvoir le serrer dans ses bras. Il avait gagné le droit d'être heureux avec Laurène depuis longtemps. Elle ne comprenait pas pourquoi il avait tardé mais elle était foncièrement heureuse qu'il se soit enfin décidé. Lorsqu'il avait soulevé le délicat problème de la présence des Billot au mariage, Marie avait compris l'étendue du désastre. Laurène devait entrer à l'église de Margaux au bras de son père. Quant à elle, elle voulait voir sa cadette en robe de mariée. Et Dominique n'accepterait jamais de rester à Mazion le jour des noces de sa petite sœur. Pourtant, elle ne pouvait pas se désolidariser de son mari ni raconter n'importe quoi aux jumeaux. Marie avait fini par promettre de réfléchir à la situation et Juillet avait précisé, avant de raccrocher, qu'Alex avait tout intérêt à ne pas se trouver dans son champ de vision ce jour-là, ni à Margaux, ni à Fonteyne. Lorsque Marie avait rapporté cette conversation à Antoine, celui-ci avait pris le parti d'Alex et s'était mis en colère. Il trouvait scandaleux que Juillet décide seul de tout, selon sa mauvaise habitude. À entendre Antoine, Alexandre était un gendre agréable, et il était prêt à le défendre contre ce côté tyrannique que Juillet tenait d'Aurélien. Marie avait renoncé à discuter, ne voyant aucune solution immédiate à leur problème. La visite de Robert et de Louis-Marie ne lui avait redonné espoir que peu de temps car il suffisait de voir l'expression furieuse de Robert pour comprendre que rien n'était résolu.

Les deux frères ne s'attardèrent pas et Marie grimpa jusqu'à la chambre de sa belle-mère, pour lui porter son déjeuner et lui apprendre les mauvaises nouvelles. Malgré son âge, Mme Billot gardait une excellente mémoire et voulait être tenue au courant de tous les potins. Depuis des années, elle affirmait que si Dominique n'avait pas un mari extraordinaire, elle avait fait un bon mariage. « Elle n'a pas pris le meilleur des quatre, mais elle est à Fonteyne ! » claironnait-elle volontiers. Avec le recul, sa clairvoyance stupéfiait Marie. Et, lorsque le couple était revenu à Mazion, la vieille femme avait prédit une succession de catastrophes. Marie espérait que l'annonce tant attendue du mariage de Laurène allait lui rendre un peu de gaieté. Mais, dès qu'elle poussa la porte, la voix de sa belle-mère lui ôta toute illusion.

— Eh bien, ça y est ! Bravo ! J'ai vu le chirurgien et le journaliste essayer de raisonner ce petit coq d'Alex... Même sans rien entendre et avec une aussi mauvaise vue que la mienne, j'en déduis qu'ils ont échoué, n'est-ce pas ?

Elle fit pivoter son fauteuil d'infirme pour tourner le dos à la fenêtre où elle avait dû passer une partie de la matinée et, adressant un gentil sourire à Marie, elle désigna le plateau.

— Quelle bonne odeur ! Vous vous donnez beaucoup de mal, ma fille.

Elle avait prononcé les deux derniers mots avec douceur, comme d'habitude.

— Pour cette histoire de testament, Aurélien doit se retourner dans sa tombe, non ?

Marie évita le sujet et se hâta de déclarer :

— Juillet m'a demandé la main de Laurène !

— Vraiment ? Mais je ne l'ai pas vu !

— Il m'a... téléphoné, avoua Marie.

— Vous êtes sérieuse ? Il a fait sa demande par téléphone ?

Incrédule, la vieille dame gardait pourtant une lueur amusée au fond des yeux. Elle s'approcha de la table sur laquelle Marie avait déposé le plateau.

— Tout se perd... Je n'aurais pas cru ça de Juillet ! C'est pourtant le plus sérieux de la famille, on peut dire que Laurène décroche la timbale ! Mais vous connaissez mes inquiétudes depuis le temps qu'ils se fiancent et se défiancent : comment va-t-elle le garder ? Je me demande d'ailleurs ce qu'elle a bien pu inventer pour qu'il se décide enfin ? À votre avis ?

Marie s'assit sur le lit.

— S'il n'y avait que ça..., murmura-t-elle.

Sa belle-mère la regarda avec attention.

— Marie... Marie ? Vous n'allez pas craquer ? Dieu sait que ce n'est pas le moment ! Vous pensez à la cérémonie ? Qui y va et qui s'abstient ? Pourquoi cette tête brûlée d'Alex ne resterait-il pas ici pour garder la maison, hein ? Parce qu'il va faire toute une histoire à Dominique ? Mais elle est assez solide pour lui tenir tête, que je sache !

— Antoine veut rester aussi, avoua Marie.

— Antoine ? Il n'assisterait pas au mariage de sa fille ? De ma petite-fille ?

— C'est ce qu'il prétend.

Mme Billot pencha la tête de côté, signe d'une intense réflexion.

— Très bien, dit-elle au bout d'un moment. J'essaierai de le convaincre mais, si je n'y parviens pas, nous irons à ce mariage en filles, Dominique, vous et moi ! Il va y avoir beaucoup de commérages, ça limitera un peu les dégâts !

Marie se leva, soudain pleine d'énergie. Sa belle-mère s'était mise à manger de bon appétit. Après tout, l'avenir n'était peut-être pas aussi sombre qu'il le paraissait.

Pauline s'amusait beaucoup. Elle comparait les devis des traiteurs, discourait à perte de vue avec Fernande des mille et un détails de la réception à venir, prenait l'avis de Laurène pour tout mais n'en tenait aucun compte. Clotilde fut chargée de trouver deux aides pour nettoyer les salons du rez-de-chaussée, décrocher et aspirer tous les doubles rideaux, astiquer l'argenterie, descendre du haut des placards des douzaines de verres qui n'avaient pas servi depuis des années. Juillet semblait satisfait de toutes les décisions qu'elle prenait et il ne la contredit qu'une fois, en hurlant de rire, lorsqu'elle prétendit se charger elle-même de commander du champagne. Laurène était soulagée de voir sa belle-sœur aussi active, aussi débordante d'enthousiasme, car elle vivait mal son premier mois de grossesse, partagée entre une incontrôlable envie de dormir et de fréquentes nausées.

Juillet, toujours débordé de travail, ne consacrait que peu de temps à ses frères. Toutefois il avait sollicité de Fernande un soin particulier pour les menus des dîners, sachant que ce serait des moments privilégiés.

Durant ces soirées, il fit l'effort d'expliquer un peu le fonctionnement de Fonteyne à Robert et à Louis-Marie afin qu'ils ne tombent pas des nues lorsqu'ils se retrouveraient devant un juge. La perspective de ce procès hérissait Juillet. Il se levait encore plus tôt que d'habitude et étudiait les livres de droit qu'il avait demandés à maître Varin. Se couchant à deux heures et se levant à cinq, il négligeait un peu Laurène qui ne semblait pas disposée, de toute façon, à faire l'amour. Elle dormait mal et effectuait d'incessantes allées et venues entre la salle de bains et leur chambre.

La semaine de congé de Robert touchait à sa fin et, la veille de son départ, la soirée se prolongea longtemps. Ils s'étaient tous installés dans la bibliothèque, afin de mettre au point l'emploi du temps des semaines à venir. Le mariage de Juillet avait lieu dix jours plus tard et les Parisiens reviendraient à ce moment-là. À regarder la silhouette longiligne de Juillet qui tisonnait, Louis-Marie se sentit un peu ému. Alex avait raison : ils étaient sous le charme, depuis que le petit « gitan » était arrivé dans la famille. Au-delà de la prospérité de Fonteyne, la personnalité de Juillet y était pour beaucoup. Obéissant à un élan irrépressible, il intervint soudain :

— Si je peux être utile, je veux bien rester avec toi !

Juillet lui adressa un sourire amusé mais Louis-Marie s'obstina.

— Lorsque papa est tombé malade, l'année dernière, je t'ai rendu quelques services, non ? Tu me donnes des choses faciles à faire et je te soulage jusqu'à ton mariage !

— Mais tu es certainement très occupé, à Paris ? demanda Juillet.

— Bien sûr qu'il l'est ! s'insurgea Pauline.

Elle s'était bien divertie jusque-là, mais elle avait envie de retrouver son appartement et de se choisir une tenue chez son couturier préféré. La proposition de son mari la stupéfiait. Elle adorait Fonteyne, à condition de n'y séjourner que quelques jours. Ensuite, elle s'ennuyait.

— Je termine un livre, annonça Louis-Marie de sa voix calme et je peux très bien travailler ici. Mieux, même ! J'enverrai mes articles...

Il paraissait déterminé et Pauline s'énerva.

— Il y a Esther, voyons ! Et puis je n'ai rien prévu pour un long séjour...

La mine boudeuse, elle se leva.

— On ne peut pas rester, mon chéri, dit-elle avec son assurance habituelle. Mais nous reviendrons très vite...

Après un petit signe de la main à la cantonade, elle s'éclipsa. Louis-Marie, abandonnant son fauteuil à regret, adressa un clin d'œil à Juillet en passant près de lui.

— Prépare-moi des corvées, dit-il à mi-voix. De toute façon, je reste...

Il quitta la bibliothèque, traversa le hall et monta lentement l'escalier. Pauline l'attendait, debout au milieu de leur chambre.

— Qu'est-ce qui te prend ? attaqua-t-elle d'emblée. J'ai mâché le travail pour Laurène et Fernande, tout sera prêt à temps, je n'ai plus rien à faire ici ! En l'absence de Dominique, j'ai pris mon rôle à cœur, non ? J'ai bien mérité de rentrer chez moi, je trouve !

Il s'assit au pied du lit et observa son adorable petit bout de femme.

— Tu as été parfaite, assura-t-il. Mais c'est Juillet qui a besoin d'aide... Beaucoup plus que Laurène !

— Juillet ?

Pauline éclata de rire.

— Il se passe très bien de toi, rassure-toi ! Il se passe de tout le monde, d'ailleurs. La meilleure preuve, c'est qu'il a quand même un peu poussé Alex dehors, non ?

Interloqué, Louis-Marie mit quelques secondes à réagir.

— Que tu peux être injuste, parfois…, soupira-t-il.

— Sûrement pas ! Je suis plus lucide que toi parce que je ne suis pas impliquée dans vos histoires de famille et de société… Écoute, mon chéri, tu sais que j'adore Juillet, c'est un type formidable, stupéfiant, tout ce que tu veux, mais c'est aussi un sacré tyran, reconnais-le ! Ce pauvre Alex a eu le choix entre obéir ou partir. Je ne le dirais pas à qui que ce soit d'autre mais, franchement, vous y allez un peu fort…

— Ce « pauvre » Alex ? Enfin, Pauline ! Tu l'aurais vu ce matin, le pauvre Alex ! Il nous a envoyés sur les roses sans même être capable de nous expliquer ce qu'il veut. En plus, il boit ! Il a le teint rouge, des cernes, les mains qui tremblent, c'est pitoyable !

— Et pourquoi crois-tu qu'il se soit mis à boire ? J'imagine sa vie, à Mazion, ça ne doit pas être folichon ! La maison est minuscule et les Billot ne sont pas à mourir de rire ! Honnêtement, à part Dominique… Regarde cette gentille gourde de Laurène, j'ai dû la remorquer toute la semaine !

Pauline riait mais Louis-Marie resta sérieux.

— Pauline, dit-il doucement, on va droit au procès, ce n'est pas drôle…

Elle vint s'asseoir près de lui et l'embrassa dans le cou.

— Qu'est-ce que Robert pense de tout ça ? demanda-t-elle d'une voix câline.

Louis-Marie ressentit un petit pincement de jalousie qu'il connaissait bien mais qu'il ignora.

— La même chose que moi, répondit-il calmement.

— Si vous êtes trois contre un, Alex a perdu d'avance.

Prenant sa femme par les épaules, il la regarda bien en face.

— Ce n'est pas un jeu, Pauline ! C'est du testament de papa qu'il s'agit. De Fonteyne. De cet énorme capital que nous devons tous préserver... Juillet ne dit rien parce qu'il est beaucoup trop fier pour ça, mais il en a, du poids sur les épaules, en ce moment. Comme tu viens de le dire toi-même, ce n'est pas Laurène qui l'aidera ! Donc, je reste...

— Je ne veux pas ! s'écria Pauline, hors d'elle.

Comme Louis-Marie cédait en général à ses caprices, elle fut très étonnée de son acharnement. Il l'attira vers lui et voulut l'embrasser, mais elle tourna la tête. Il la lâcha aussitôt.

— Je reste, répéta-t-il.

— Pas moi ! Vos petites histoires m'assomment, à la fin !

Ils échangèrent un regard hostile.

— Tu viens de me parler d'un énorme capital, dit lentement Pauline. C'est vrai, tu as fait un héritage... Mais nous ne sommes pas plus riches d'un franc pour autant ! Il y a ce très beau château, où vit Juillet, et ces vignes prestigieuses tout autour, soit ! Mais ça ne change rien à ma vie, ça ne me donne rien. C'est bien ce qui doit rendre furieux Alex, d'ailleurs ! Et c'est pour ça que je le comprends.

Elle attendit en vain une riposte. Louis-Marie se taisait et l'observait. Il savait qu'elle était jeune, futile, et qu'elle disait beaucoup de bêtises lorsqu'elle était en colère. C'était une mère distraite et une épouse capricieuse. Pourtant il l'adorait comme un collégien même si, durant quelques instants, il avait ressenti une certaine distance, un rien de lassitude.

— Rentre à Paris, toi, dit-il très vite. Pars avec Robert, il te déposera. Et vous n'aurez qu'à revenir ensemble dans huit jours...

Elle eut tout de suite l'air si ravi que Louis-Marie regretta ses paroles.

— C'est une bonne idée, approuva-t-elle en souriant.

Elle revint près de lui et s'assit sur ses genoux. Ce fut elle qui l'embrassa, avec douceur d'abord puis avec plus de provocation. Elle avait perçu son recul, même s'il n'en avait rien laissé voir, et elle était décidée à se faire pardonner. De ses doigts agiles, elle déboutonna la chemise de Louis-Marie. Il se laissa faire, amusé de ce désir qu'elle suscitait en lui, chaque fois. Au bout de quelques minutes, il lui enleva son chemisier et sa jupe pour la caresser. Il s'était persuadé que, tant qu'il la rendrait heureuse, elle se limiterait à un simple jeu de séduction avec Robert. Il ne voulait pas penser autre chose, pas imaginer qu'elle le trompait peut-être, et surtout pas avec Bob. Elle frissonna, ferma les yeux, se laissa aller sous les mains douces de son mari. Il savait exactement quoi faire et il prit son temps.

— C'est le début de la floraison, dit Lucas en se redressant. Un peu précoce... Faudra bien compter cent quinze jours...

Juillet était penché sur la vigne, à quelques mètres.

— J'ai vu un lis ce matin ! lança-t-il sans se retourner.

La tradition de Margaux voulant que les fleurs de lis éclosent le même jour que celles du vignoble, Lucas maugréa :

— Ah bon... Je ne l'ai pas remarqué... Alors mettons cent dix ?

— Je te le prédis à cent cinq et tu peux commencer le compte à rebours !

Juillet passa un doigt délicat sur un embryon de grappe et Lucas ne put s'empêcher de sourire.

« C'est vrai qu'il a le don, ce gamin ! » songea-t-il avec une tendresse bourrue. Il avait fini par reconnaître, les années passant, qu'il était impossible de prendre Juillet en défaut. Il y avait beau temps que l'élève avait dépassé ses maîtres, et tout ce qu'Aurélien ou Lucas avaient appris à Juillet n'était rien en regard de son formidable instinct de la vigne.

— Il n'y a plus qu'à prier pour que la fécondation soit bonne, à présent !

Le jeune homme approuva d'un hochement de tête. Tout pouvait arriver dans les mois à venir. Jusqu'aux vendanges, n'importe quel problème pouvait surgir, des parasites aux intempéries.

Ils repartirent à pas lents, l'œil rivé aux plants, cheminant l'un derrière l'autre. Quels que soient les investissements en matériel qu'avait effectués Juillet, rien ne pouvait remplacer cette surveillance constante qu'ils exerçaient. Chaque propriétaire, à Margaux, veillait jalousement sur ses terres, mais aucun autant que Juillet. C'est cet acharnement qui plaisait à Lucas par-dessus tout.

« Pourvu que l'année soit bonne, pensa-t-il, le gamin le mérite et il en a sacrément besoin avec les emmerdements que lui fait son incapable de frangin ! »

S'il était arrivé à Lucas et à Juillet de se fâcher, et même d'en venir aux mains, rien n'avait pu altérer leur respect mutuel et leur sentiment du travail partagé.

— Tu prends un café ? demanda Juillet alors qu'ils arrivaient en vue du château.

C'était rituel. Ils accédèrent directement à la cuisine par l'office et s'installèrent sur l'un des bancs tandis que Fernande les servait. Il était neuf heures et Juillet avait déjà englouti deux petits déjeuners. Robert était rentré à Paris en compagnie de Pauline, et Louis-Marie s'était installé dans le petit salon où il travaillait à son manuscrit en attendant les consignes de son frère.

— Tu peux aller à la gare cet après-midi, je n'ai pas besoin de toi, dit Juillet à Lucas. Il faut que l'expédition soit faite cette semaine, de toute façon. Le courrier à joindre est sur mon bureau, tu n'auras qu'à le demander à Laurène.

Il était déjà debout. Lucas hocha la tête. Il savait que Juillet tenait à soigner ses clients américains, aussi veillait-il avec un soin extrême à l'emballage des caisses destinées aux pays étrangers.

Louis-Marie eut un grand sourire lorsque Juillet fit irruption dans le salon.

— Je croyais que tu m'avais oublié ! dit-il en rebouchant son stylo.

— Il y a peu de chances, répliqua Juillet. J'ai toute une liste de trucs à te donner pour occuper ta journée ! Sauf si je t'empêche de travailler…

Il vint se pencher au-dessus de l'épaule de Louis-Marie et parcourut quelques lignes.

— Ton prochain livre ? demanda-t-il à mi-voix.

Il n'aimait pas beaucoup ce que Louis-Marie avait publié jusque-là et il évitait de lui en parler. La vie mondaine du tout-Paris ne l'intéressait guère, or les livres de son frère n'étaient faits que de ce genre d'anecdotes, en prolongement de ses articles ou billets d'humeur.

— Ne fais pas semblant, dit Louis-Marie en recouvrant sa feuille. Tu n'apprécies pas ce que j'écris mais je te réserve une surprise... Je change de genre ! Même si ça doit déplaire à mon éditeur, je m'offre une escapade littéraire, une vraie !

Juillet lui jeta un coup d'œil intrigué. Il y avait plus d'amertume que d'espoir dans ses dernières paroles.

— Quelque chose ne va pas ? interrogea-t-il sans détour.

Louis-Marie soupira, haussa les épaules puis finit par sourire.

— Disons que l'idée de Pauline voyageant avec Bob ne me fait pas plaisir...

Juillet resta silencieux, attendant que son frère s'explique.

— Ne me prends pas pour un idiot, dit doucement Louis-Marie. Il faudrait être aveugle et je ne le suis pas...

Il planta un regard franc, incisif, dans celui de Juillet.

— À ton avis, ils ont remis ça ?

Juillet retint sa respiration une seconde, s'efforçant de ne rien laisser paraître.

— Je n'ai pas d'avis, répondit-il calmement.

— Si tu savais quelque chose, tu me le dirais ? insista Louis-Marie.

— Sûrement pas. Mais je ne sais rien.

Juillet détestait mentir ; cependant il ne pouvait pas raviver la querelle de ses frères. Pas plus qu'il ne pouvait avouer avoir surpris Pauline et Robert sortant d'un hôtel à Bordeaux, six mois plus tôt. Louis-Marie était trop vulnérable dès qu'il s'agissait de sa femme, et la famille souffrait déjà de tant de dissensions qu'il était inutile d'y ajouter celle-là.

— Pourquoi as-tu voulu rester à Fonteyne ?

Louis-Marie parut réfléchir un moment, comme s'il essayait de trouver la réponse la plus juste.

— La famille, c'est... fragile, dit-il enfin. Un procès va secouer tout le monde. Alex a tort, mais sa position peut susciter des doutes, des questions... que tu ne supporteras pas !

Il pensait à Pauline qui, la veille au soir, n'était pas loin de donner raison à Alexandre. À Marie et Antoine qui se sentiraient obligés de défendre leur gendre. À Dominique écartelée. À Robert qui adorait Juillet mais qui écouterait peut-être les allusions perfides de Pauline. À Laurène qui ne serait d'aucun secours.

— Je suis l'aîné, ajouta-t-il. Objectivement, je donne raison à papa pour tout ce qu'il a décidé avant sa mort. Alex est un irresponsable, car il n'y a pas que la famille qui soit fragile, une entreprise comme Fonteyne l'est tout autant. Entre nous...

Louis-Marie baissa la voix et Juillet se pencha légèrement pour l'entendre.

— Je n'ai aucun goût pour les chiffres et je ne sais même pas gérer mes propres affaires... J'ai peur de perdre Pauline chaque matin, mon compte en banque est souvent à découvert parce que je vis très au-dessus de mes moyens, et il y a bien dix ans que je n'ai rien écrit de valable ! Mais je connais la valeur de Fonteyne, je ne suis pas un parfait crétin. Donc, je vais t'aider... C'est le plus important et le plus urgent.

Juillet éprouva le besoin d'aller s'asseoir sur l'accoudoir d'une bergère.

— Merci, dit-il de sa voix claire.

Il ne se souvenait pas d'avoir jamais eu une conversation si franche avec son frère. Il sortit un papier de la poche de son jean.

— Si tu peux aller à Bordeaux ce matin, commença-t-il, il faudrait voir Meyer...

Louis-Marie étonna Juillet, non seulement par sa bonne volonté mais aussi par la maîtrise avec laquelle il accomplit toutes les démarches dont il fut chargé. Il aida Laurène à mettre au point un système informatique simplifiant la comptabilité du domaine. Ensuite il décida de prendre en main le jardin comme le château. Il engagea un jeune chômeur que connaissait Lucas et lui établit un programme détaillé qui allait des volets à repeindre jusqu'au nouveau dessin des pelouses ou des parterres de fleurs. Là aussi, il parvint à intéresser Laurène. C'était le genre de détails qu'elle affectionnait mais dont elle n'avait pas eu l'idée de s'occuper jusque-là.

Tandis que Louis-Marie et Laurène étaient dehors, profitant du soleil de mai pour leurs travaux, Fernande s'activa furieusement à l'intérieur, tançant Clotilde à tout propos. Elle suivait les consignes laissées par Pauline et nettoyait à fond chaque pièce de réception. Le mariage de Juillet était, Fernande l'avait compris, le moyen de faire taire les mauvaises langues. Fonteyne devait sembler prospère et accueillant malgré la nouvelle du procès qui avait fait le tour de la société bordelaise.

Débarrassé des corvées d'intendance, Juillet prit le temps de s'attarder dans les caves avec Lucas ou de passer des heures au téléphone avec des négociants et des clients.

Dans la semaine qui précédait son mariage, il reçut, en provenance de l'étude de maître Varin, une série de documents qu'il avait réclamés, dont les statuts détaillés de la société, qu'il voulait montrer à Louis-Marie. L'envoi était accompagné d'un petit mot que Juillet relut plusieurs fois. D'une écriture nerveuse, Frédérique avait écrit : « Te souhaitant bonne réception du dossier ci-joint et dans l'attente du plaisir de te voir puisque je reprendrai ma place à l'étude au mois de juin. Nous serons donc appelés à nous rencontrer. Avec toute ma tendresse pour toi. »

Il était longtemps resté songeur devant cette carte. Frédérique évoquait toujours pour lui des souvenirs douloureux. Et beaucoup de passion, de désir, de folie. Mais il n'était plus question de penser à elle, au contraire il faudrait pouvoir l'affronter sereinement dans l'avenir.

— Louis-Marie demande s'il peut commander des petits cailloux pour l'allée, mon chéri ?

Juillet avait eu un geste d'impatience, aussi Laurène s'arrêta net au milieu du bureau, embarrassée.

— Je te dérange ? Tu aurais préféré que je frappe ?

— Aurélien disait qu'une fois sur deux pouvait suffire…, répondit-il en souriant.

Il laissa tomber la carte de Frédérique dans un tiroir puis se leva pour aller embrasser Laurène.

— Comment vas-tu ce matin ? s'enquit-il avec douceur.

Elle se blottit contre lui. Elle avait meilleure mine.

— Je vais très bien, affirma-t-elle. Je n'ai plus de nausées et j'ai pris un vrai petit déjeuner sur la terrasse avec ton frère ! Alors, pour ces cailloux ?

— Eh bien, je suppose que Louis-Marie a décidé de nous ruiner mais que nous n'en sommes plus à quelques cailloux près !

Il entraîna Laurène vers la porte-fenêtre et regarda au-dehors. Les abords du château s'étaient transformés en peu de temps. Les pierres du perron, passées au jet de sable, semblaient très blanches au soleil ; les rosiers étaient tous en fleur et les parterres jonchés de pensées multicolores ; l'alignement des deux pelouses était impeccable, tout comme le tracé de l'allée redevenu très net.

— Louis-Marie a fait faire du bon travail au petit protégé de Lucas... Je le garderai peut-être comme homme à tout faire...

— Oh oui, s'il te plaît ! Il est en train de finir les volets du premier, la façade est magnifique !

Il lui jeta un coup d'œil amusé. Elle était décidément très enfantine et il avait envie de la protéger.

— Comment s'appelle ce jeune homme, déjà ? demanda-t-il en fronçant les sourcils.

— Bernard, mais tu...

Elle éclata de rire, se rappelant trop tard que Juillet n'oubliait jamais rien. Elle se hissa sur la pointe des pieds pour l'embrasser.

— Je suis heureuse, chuchota-t-elle.

— Moi aussi, répondit-il tout bas.

Ce mensonge le mit un peu mal à l'aise mais, après tout, il n'était pas malheureux.

Alexandre non plus n'était pas malheureux. Du moins le croyait-il lorsqu'il avait assez bu. Pour fuir le regard réprobateur de Dominique, il avait pris l'habitude d'aller à Bordeaux où il pouvait traîner dans différents bistrots sans que personne le reconnaisse. Au fond de lui-même, il savait bien qu'il avait tort, et c'était pour faire taire cette angoisse qu'il s'était mis au cognac, accédant rapidement à une sorte d'euphorie apaisante. Dès le troisième verre, il se sentait de taille à affronter les conséquences de ses actes, le jugement sévère de sa femme ou même la fureur de Juillet. Il y pensait souvent, se demandant comment réagirait le « bâtard » si par malheur ils se rencontraient. Grâce à Dominique, il avait appris que Louis-Marie séjournait à Fonteyne et il avait ricané, agacé par cette preuve de fidélité que l'aîné donnait à Juillet. Quant au mariage, il ne voulait même pas en entendre parler. Il avait déclaré à Marie qu'il fallait être folle pour confier sa fille à un individu aussi tyrannique et égoïste que Juillet. Sa belle-mère n'avait pas jugé bon de répondre, ne voulant pas s'aventurer sur un sujet aussi brûlant.

Alexandre s'était senti encore plus amer lorsqu'il avait compris que, malgré son absence et celle d'Antoine, Juillet n'optait pas pour un mariage confidentiel. Il s'était donc promis que Dominique ne s'y rendrait pas, dût-il la garder de force à Mazion.

Il fallut que maître Samson répète sa question d'une voix forte pour qu'il émerge de sa rêverie. Il essaya de se concentrer pour lui répondre. C'était insensé de devoir faire autant de confidences à un avocat pour lui permettre de trouver une piste. Impossible de démontrer qu'Aurélien était gâteux, impossible de trouver une faille dans les statuts de Varin, impossible d'imaginer une quelconque faute professionnelle de Juillet. Il allait falloir tout le génie de maître Valérie Samson pour étayer le dossier. Avec une nouvelle provision, bien entendu.

Robert n'avait pas laissé le choix à Pauline, il s'était garé devant le restaurant avant qu'elle ait pu protester.

Malgré la présence d'Esther, il avait besoin d'une dernière halte avant d'affronter Louis-Marie.

L'avant-veille, Pauline avait accepté de dîner à Paris avec lui et ils avaient passé une soirée délicieuse. Elle avait ri tout le temps, l'avait taquiné sans retenue. Ils avaient évoqué des souvenirs, commandé du champagne, échangé des regards trop longs. Ensuite il lui avait proposé un dernier verre au bar du Crillon. C'est là qu'il avait trouvé le courage de l'embrasser, c'est là qu'ils avaient pris une chambre.

Robert savait qu'il se damnait mais rien n'aurait pu le retenir. Pauline était son calvaire, sa démence. Le lendemain serait atroce, il n'en doutait pas. Il dut en effet la ramener chez elle, à l'aube, sans aucun autre espoir que ces rares moments d'adultère dont elle semait leurs vies au gré de sa fantaisie. Elle ne promettait jamais rien et, s'il l'interrogeait, elle savait rappeler avec cruauté qu'elle aimait Louis-Marie. Robert se haïssait lui-même jusqu'à l'écœurement mais il ne parvenait pas à détester Pauline, encore moins à la fuir, malgré les horreurs qu'elle proférait d'un ton enjoué. Oui, elle adorait faire l'amour avec Robert, le retrouver, le séduire. Non, elle ne changerait rien à sa vie pour autant.

Robert avait ensuite passé une matinée infernale à Lariboisière, se déchargeant des interventions prévues sur son chef de clinique et sur ses internes, errant sans but du bloc opératoire à son bureau, fuyant la sollicitude de sa secrétaire qui lui trouvait l'air épuisé. Il avait failli téléphoner à Juillet pour lui dire qu'il ne viendrait pas à Fonteyne mais il avait renoncé, se souvenant qu'il était son témoin. Il n'était parvenu à se ressaisir qu'en fin de journée et s'était forcé à inviter l'une de ses infirmières à dîner. Finalement, il s'était retrouvé devant l'immeuble de Pauline le matin même, à l'heure prévue, et ils avaient pris la route de Bordeaux.

Si Robert avait voulu se ménager ce déjeuner, il n'y prit cependant aucun plaisir. Esther bavardait sans cesse et se comportait en enfant gâtée. Quant à Pauline, elle était obsédée par des détails insignifiants qui allaient du chapeau qu'elle porterait à l'église jusqu'aux boutons de manchette préférés de Louis-Marie qu'elle avait oubliés.

Au moment du café, ils permirent à Esther d'aller jouer dans le jardin du restaurant et Robert en profita pour demander abruptement :

— Te voilà redevenue ma belle-sœur, alors ? On remet les masques ?

Le regard qu'elle lui adressa était aigu, dénué de tendresse.

— Tu as une autre solution ?
— Bien sûr ! Divorce !
— Non.

Elle n'ajouta rien et il fut un peu surpris de ce laconisme. Elle avait l'habitude de rejeter vertement sa sempiternelle proposition. Il crut déceler une faille, la première depuis qu'elle s'était mariée, et il eut la sagesse de se taire. Il lui tendit son paquet de cigarettes, lui donna du feu sans lui effleurer la main, et commanda deux autres cafés avec l'addition.

Juillet était encore dans la chambre d'Aurélien lorsque le jour se leva. C'est là que Fernande vint lui porter son petit déjeuner, ayant deviné sans mal où il avait choisi de passer sa dernière nuit de célibataire. Dans leur chambre du premier étage, Laurène dormait seule selon la tradition, sa robe de mariée – que Juillet ne devait découvrir qu'à l'église – étalée sur deux fauteuils.

— Elle va être jolie comme un cœur, ta promise ! dit Fernande en riant.

Elle servit le café, ouvrit à demi les rideaux, puis vint poser la tasse sur la table de nuit.

— Ton père ne déjeunait jamais au lit, à moins d'être malade ! Comme toi... On peut compter sur les doigts de la main les occasions que j'ai eues de vous dorloter !

Juillet lui sourit et lui désigna l'unique fauteuil de la pièce.

— Assieds-toi. Tiens-moi un peu compagnie...

Elle eut l'impression qu'il était mal à l'aise dans cette pièce. C'était pourtant lui qui, délaissant la chambre d'amis, avait choisi de venir y coucher. Elle obtempéra, s'installa au bord du siège et croisa ses mains sur ses genoux.

— Tes vêtements sont prêts, je viens juste de repasser ta chemise... J'ai tout mis dans la salle de bains de Monsieur.

Elle s'interrompit, gênée de ce qu'elle venait de dire. « Monsieur » serait toujours Aurélien dans son esprit, elle n'y pouvait rien. Juillet n'était pas « Monsieur », pas plus qu'il n'était son employeur.

— Mon petit, commença-t-elle d'une voix infiniment douce, c'est un grand jour pour Fonteyne, tu sais... Je te souhaite tout le bonheur possible. Tu le mérites !

Juillet reposa sa tasse sans répondre. Elle le regardait avec une telle tendresse qu'il ne savait que lui dire. Elle détaillait ses boucles brunes, son profil racé, ses yeux sombres.

— Tu vas faire un beau marié... Et la petite aussi ! Je lui ai monté du thé, elle est en pleine forme. Ménage-la, aujourd'hui, elle va devoir rester debout longtemps et ce n'est pas bon pour...

Elle hésita, se demandant soudain si elle avait le droit d'aller plus loin.

— Pour le bébé ? demanda Juillet.

Fernande se permit un petit rire, derrière sa main.

— En tout cas, ça ne se voit pas !

Juillet sortit du lit en slip et tee-shirt et s'approcha de Fernande, sa tasse à la main.

— Donne-moi encore un peu de café...

Elle le servit sans le quitter des yeux, se demandant pourquoi il ne donnait jamais l'impression d'être tout à fait heureux.

— Il y a déjà de nombreux télégrammes qui t'attendent, et puis des fleurs partout...

Il s'était éloigné pour ouvrir complètement les doubles rideaux. Le soleil levant entra à flots dans la chambre. Il se tourna vers Fernande et siffla entre ses dents.

— Quelle jolie robe... C'est toi qui l'as faite ?

Habile couturière, elle confectionnait tous ses vêtements elle-même depuis toujours. Elle avait choisi un tissu bleu nuit, très sobre, qu'elle avait égayé d'un col jaune. En deux enjambées, il fut près d'elle, s'agenouilla, mit sa tête sur ses genoux. La vieille femme hésita, leva la main puis la posa sur les boucles soyeuses de Juillet.

— Tu aurais dû te faire couper les cheveux, chuchota-t-elle.

Il avait fermé les yeux mais elle ne pouvait pas ignorer son expression de détresse.

— Il ne faut pas avoir peur, lui dit-elle encore. Laurène t'aime à la folie. Elle apprendra, tu verras... La maternité va la mûrir... Et tu seras fou de joie quand tu auras ton enfant... Tu dois penser à l'avenir, Juillet... Oublie Alexandre jusqu'à demain...

C'était comme si elle le berçait. Elle pensa qu'il n'avait pas eu de mère, après tout, et que même s'il semblait fait d'acier trempé, il avait bien le droit à quelques secondes d'abandon.

L'église de Margaux était trop petite pour contenir la foule et un certain nombre de gens avaient dû rester à l'extérieur. Ce fut Louis-Marie qui conduisit Laurène jusqu'à l'autel où Juillet l'avait précédée, au bras de Marie.

La jeune fille était resplendissante sous son voile. Grâce aux conseils de Pauline, elle avait opté pour une robe de mariée très classique, de satin blanc, au décolleté sage. Elle s'était peu maquillée et paraissait ainsi d'une extrême jeunesse, les joues roses d'émotion, les yeux étincelants. Cependant, si jolie ou si attendrissante qu'elle fût, toute l'assistance gardait les yeux braqués sur Juillet. Il n'était pas seulement le plus beau parti du département qui se décidait enfin à convoler, ou encore l'un des viticulteurs les plus en vue de Margaux ; c'était surtout un homme au charme exceptionnel après lequel toutes les femmes avaient soupiré un jour ou l'autre. Il portait sa jaquette et sa cravate de soie gris perle avec autant d'élégance que de désinvolture. Il écouta la messe avec une attention grave et releva le voile de Laurène délicatement pour pouvoir l'embrasser lorsque vint le moment. Comme il était très grand, il dut se pencher vers elle tandis qu'elle levait la tête et chacun put voir le sourire tendre qu'il adressait à sa toute jeune femme.

L'absence d'Antoine et d'Alexandre avait été particulièrement remarquée à l'hôtel de ville, lorsque le maire avait prononcé un discours aussi chaleureux que maladroit sur les grandes familles et leurs traditions. Marie, au premier rang, avait su garder son expression recueillie, tandis que Dominique avait eu aussitôt les larmes aux yeux. Mais les invités oublièrent l'incident dès leur arrivée à Fonteyne. Le traiteur avait dressé de somptueux buffets sur la pelouse, pour le cocktail auquel assistèrent plus de trois cents personnes. Des tables et des fauteuils de jardin étaient installés un peu partout, à l'ombre ou au soleil, et une douzaine de maîtres d'hôtel servaient champagne et petits fours.

Sans lâcher Laurène qu'il tenait par le bras, Juillet sut multiplier les mots aimables ou les plaisanteries, allant de l'un à l'autre pendant toute la réception. Il connaissait par cœur la liste de ceux qui participeraient au dîner, quelques heures plus tard, et il refaisait mentalement son plan de table tout en bavardant.

Robert, le témoin de Juillet à la mairie comme à l'église, avait été plus ému que prévu en signant les registres. Il avait brusquement pris conscience que son frère n'avait pas d'amis, n'en avait d'ailleurs jamais eu. Peu familier de nature, entièrement accaparé par Fonteyne depuis toujours, Juillet n'avait pas eu l'occasion de se lier avec quiconque. Dans sa vie trop bien remplie, il avait juste donné un peu de place aux femmes, offrant tout le reste à la vigne. Autour de Juillet, il n'y avait que la famille. Depuis la disparition d'Aurélien, il n'avait plus que ses frères, dont il fallait à présent exclure Alexandre. Robert s'était senti coupable, soudain. Il avait profité de l'absence de

Louis-Marie pour renouer avec Pauline une nouvelle fois, or Juillet avait réellement besoin de soutien et seul l'aîné l'avait aidé, lui avait proposé de rester à Fonteyne pour s'y rendre utile.

Assombri par ces constatations tardives, Robert décida de se racheter en ne quittant pas Dominique de la journée. Elle aussi était seule, faisant bonne figure comme Marie, mais sans doute malheureuse. Le mariage de Juillet et de Laurène devait lui rappeler le sien, quelques années plus tôt, alors que les deux familles s'étaient réunies dans la joie. Robert escorta donc sa belle-sœur partout, après avoir recommandé aux jumeaux de laisser leur mère en paix.

Pauline, éblouissante et ravie, ne savait où donner de la tête. Elle avait endossé avec plaisir – et sans demander l'avis de personne – le rôle d'hôtesse. Comme elle ne connaissait pas la plupart des invités, elle préféra ne pas s'éloigner de Louis-Marie pour pouvoir l'interroger. Son charme faisait d'ailleurs merveille sur tous les gens à qui elle serrait la main ou à qui elle adressait un compliment. Amusé, séduit plus que quiconque, Louis-Marie resta volontiers à ses côtés durant toute la garden-party.

Lorsque le dernier invité eut pris congé, ils se réfugièrent tous à la cuisine où ils s'écroulèrent sur les bancs dans une joyeuse ambiance. Fernande prépara du café en abondance, sachant que la soirée serait très longue. Ce fut sans doute cette heure privilégiée que Juillet préféra. Parlant en même temps, s'interrompant et se questionnant sans écouter les réponses, ils commentaient gaiement la journée, passant en revue les amis, les voisins et les relations. Pauline disait des méchancetés et Juillet lui donnait la réplique avec humour. Laurène et Dominique échangeaient des plaisanteries à voix basse tandis que Robert et Louis-Marie avaient décidé d'abandonner le café pour se remettre au champagne. Marie, très détendue, bavardait avec Lucas tout en essayant de calmer les jumeaux et Esther qui couraient autour de la table.

Ce fut le traiteur qui mit fin à la récréation en venant demander si son installation des tables convenait pour le dîner. Juillet le suivit tandis que le reste de la famille regagnait les chambres pour se changer.

Laurène portait une robe du soir bleu pâle, gansée de blanc. Juillet était en habit, comme la plupart des hommes présents. Le couvert avait été dressé entre le grand salon et la bibliothèque pour la cinquantaine de convives, triés sur le volet.

Pauline avait choisi ce qu'il y avait de mieux pour époustoufler la société bordelaise et elle était satisfaite du résultat. Fonteyne se prêtait admirablement aux fêtes. Les plafonds à caissons, les boiseries, les hautes portes-fenêtres à petits carreaux et les parquets de chêne offraient un cadre incomparable dont elle avait su tirer parti. Les tables et les dessertes croulaient sous les fleurs et les bougies dans une subtile harmonie de couleurs pastel. Toute la vaisselle et l'argenterie étaient chiffrées aux initiales d'Aurélien. Tous les vins, servis dans des aiguières, provenaient de la propriété.

Au début du repas, Juillet s'était contenté de prononcer quelques mots, en hommage à son épouse et à ses invités. Se félicitant d'abord de la prospérité de sa maison, il avait ensuite salué sa belle-mère, Marie, ainsi que sa double belle-sœur, Dominique, en parvenant à ne jamais parler d'Alexandre, comme si celui-ci n'existait pas. Il avait dit sa joie d'avoir *toute* sa famille réunie autour de lui et avait terminé son bref discours par une phrase émouvante à la mémoire d'Aurélien.

Laurène ne quittait pas son mari des yeux. Elle semblait éblouie d'être enfin parvenue à ce grand jour. Elle était désormais la femme de Juillet et rien ne la menacerait plus jamais, pensait-elle avec naïveté. Le sourire radieux qu'elle affichait depuis le matin avait fini par exaspérer Pauline.

— Pourquoi la regardes-tu méchamment ? murmura Robert en se penchant vers Pauline.

Il était placé à sa gauche, malheureux mais ravi d'être près d'elle.

— Je crois qu'elle est bête, répliqua-t-elle à voix basse.

Louis-Marie, de l'autre côté de la table, observait sa femme discrètement. Sa robe était trop décolletée, à la limite de la décence, et elle mettait une sensualité provocante dans tous ses gestes. Louis-Marie avait peur de la perdre depuis qu'il l'avait épousée, mais il commençait à se sentir las de cette angoisse permanente. Quelque chose était en train de se briser en lui, il en avait vaguement conscience.

— Ton mari a l'air triste, remarqua Robert, pourtant tu lui as tenu compagnie toute la journée !

Elle fronça les sourcils, agacée par le ton de la réflexion.

— Regarde plutôt Juillet, riposta-t-elle, il est magnifique ! J'ai rarement vu quelqu'un nager dans les ennuis avec autant d'allure !

Elle était sincère, son beau-frère l'épatait.

— Pauvre Laurène, ajouta-t-elle.

— Pourquoi « pauvre » ? Elle est épanouie !

Pauline éclata de rire. Laurène n'était vraiment pas la femme qu'il aurait fallu à Juillet. Elle allait répondre lorsqu'elle sentit la main de Robert sur sa cuisse. Elle le foudroya du regard, pour le principe, mais elle avait tressailli.

— Alexandre est malade ?

La question de Sabine Démaille, la femme du préfet, prit tout le monde de court. Ses mots étaient tombés dans un malencontreux silence et une dizaine de convives s'étaient tournés vers Juillet. Celui-ci eut un rire désinvolte.

— Malade ? J'espère que non ! Mais nous avons un petit différend, en ce moment, et il boude... Bah, c'est sans gravité.

Il souligna son propos d'un sourire charmant et les conversations reprirent. Pauline lui adressa un clin d'œil et Marie posa sur lui un regard reconnaissant. Dominique échangea une grimace significative avec sa grand-mère qui se tenait très droite dans son fauteuil d'infirme.

Le menu comportait sept plats successifs et les serveurs, en grande tenue, effectuaient discrètement un incessant ballet derrière les convives. La table avait été dressée en T et les invités qui se trouvaient dans la bibliothèque ne pouvaient s'empêcher de jeter des regards vers les collections d'Aurélien, qui avait passé quarante ans de sa vie à acheter des livres rares. Toutes les doubles portes du rez-de-chaussée étant ouvertes, on pouvait apercevoir la longue table de marbre du hall, couverte de cadeaux, et le petit salon dans lequel dînaient les enfants sous la surveillance de Fernande. Juillet appréciait cette soirée à sa juste valeur. Il était temps de reprendre les traditions d'Aurélien, dont les dîners étaient célèbres. Le deuil avait assez duré.

Machinalement, Juillet chercha des yeux son notaire. Celui-ci était placé loin de lui et bavardait avec ses voisines d'un air jovial. Juillet se demanda si cet homme serait capable de le défendre efficacement et si le dossier de la succession était réellement sans faille. Il parcourut du regard la longue tablée. Des viticulteurs de grand renom, un député, deux maires, un préfet, des femmes élégantes, des notables réunis pour un mariage fastueux et qui allaient, dès demain, répandre le bruit que Fonteyne revivait.

« Le procès va faire du scandale mais les gens garderont le souvenir de cette soirée... »

La main de Laurène se posa sur la sienne et Juillet se tourna vers elle. Elle gardait les yeux fixés sur l'alliance de Juillet.

— Tu es un homme marié maintenant, murmura-t-elle. Mais tu n'es pas obligé de la porter...

Elle caressait l'anneau presque timidement. Juillet sourit et l'embrassa dans le cou.

— Tu dois être épuisée...

— Non, penses-tu ! Je n'ai rien fait aujourd'hui qu'être heureuse ! Pauline a été fantastique...

Juillet jeta un coup d'œil vers Pauline qui se tenait penchée sur l'épaule de Robert pour suivre une conversation. Il tourna aussitôt la tête vers Louis-Marie qui était, lui aussi, en train d'observer sa femme. L'expression du visage de Louis-Marie était celle d'un homme fatigué, torturé. Juillet essaya de capter l'attention de Robert en le fixant et, effectivement, celui-ci tourna la tête vers son frère. Ils se comprirent et Robert s'écarta un peu, à regret, mais sans enlever sa main qui était toujours sur la cuisse de Pauline et que personne ne pouvait voir. Il la connaissait assez pour savoir qu'elle était sensible à cette caresse douce, depuis quelques minutes.

— Votre propriété est un des fleurons du département depuis bien longtemps, disait le député en s'adressant à Louis-Marie. Nous savons qu'avec votre frère elle est conduite de main de maître !

Il leva son verre et l'examina d'un œil connaisseur.

— Vous faites un vin d'exception..., ajouta-t-il.

Louis-Marie se sentit flatté, bêtement, alors qu'il n'était pour rien dans la fabrication de ce cru.

Sabine Démaille ne parvenait pas à quitter Juillet des yeux. Comme la plupart des femmes, elle le trouvait irrésistible et elle se serait damnée pour être à la place de Laurène.

— Arrête, murmura Pauline à l'oreille de Robert.

Elle était plus troublée qu'elle ne l'aurait voulu. Elle jeta un coup d'œil à Louis-Marie qui continuait de bavarder avec le député. Elle lui trouva l'air vieux. Lorsque Robert retira sa main, elle se sentit déçue, frustrée. Elle aperçut Fernande qui remontait la table derrière un serveur, en direction de Juillet. Elle la suivit des yeux, intriguée par l'expression hagarde de la vieille femme.

— Juillet, chuchota Fernande en se penchant vers lui, il faut que tu t'absentes un instant...

Il se retourna, surpris, dévisagea Fernande et se leva en s'excusant. Il la suivit jusque dans le hall où elle l'attira derrière l'escalier pour être à l'abri des regards.

— Il y a un problème, dehors..., articula-t-elle avec peine.

Inquiet, Juillet fronça les sourcils.

— Un problème ? Quoi ?

— C'est ton frère... Il est là...

Juillet blêmit et Fernande lui attrapa le poignet.

— Écoute... Le petit Bernard l'a empêché d'entrer... Il gardait les voitures et il l'a vu arriver... Lucas lui avait donné la consigne parce que... on pensait bien qu'Alexandre serait capable de venir ce soir... Attends ! Juillet !

Il s'était détourné et marchait vers la porte. Elle courut après lui, s'accrocha à son bras.

— S'il te plaît, Juillet ! Ne sois pas dur avec lui !

Il était déjà dehors, dévalant les marches du perron. Il marcha jusqu'à la grange à grandes enjambées. Tous les abords du château étaient illuminés, faisant briller les chromes de la trentaine de voitures alignées. Alexandre était appuyé à l'un des piliers, Bernard devant lui. Il regarda Juillet approcher mais il le voyait à travers un brouillard parce qu'il était ivre mort. D'une main, Juillet écarta Bernard.

— Ne me touche pas ! parvint à vociférer Alex.

— Qu'est-ce que tu fais là ?

Juillet le secouait et il eut un rire bête, immédiatement suivi d'un haut-le-cœur. Il se mit à vomir. Juillet l'obligea à se pencher sans le lâcher. Ensuite il le traîna vers le fond de la grange, ouvrit un robinet et lui maintint la tête sous l'eau pendant deux minutes. Alex se débattait sans parvenir à se dégager. Bernard, qui les avait suivis, se tenait derrière eux, silencieux. Enfin Juillet repoussa Alex qui tomba assis sur le sol de terre battue.

— Je suis venu chercher ma femme, dit-il d'une voix pâteuse.

Il n'osait pas regarder Juillet et il désigna Bernard.

— Ce petit con m'a empêché d'entrer ! Qui c'est, d'abord ? Faut que tu lui expliques que je suis chez moi !

D'un geste imprévisible, il s'accrocha au pantalon de Juillet.

— Chez moi ! Toi, le bâtard, tu n'as rien à faire ici !

Juillet se dégagea, prit Alex par le bras et le releva. Il lui envoya un coup de poing qui le projeta contre le mur mais il le rattrapa avant qu'il ne s'écroule.

— Un mot de plus et je te démolis pour de bon !

Juillet luttait pour garder son sang-froid. Il avait une envie folle de frapper Alexandre sauvagement.

— Il est soûl, dit la voix de Bernard derrière lui.

Juillet tourna la tête et vit Lucas qui arrivait.

— Retourne à table, tout le monde se demande où tu es, dit Lucas d'une voix pressante.

— Tu t'es déguisé toi aussi ? l'interpella Alex.

Mal à l'aise dans son habit de location, Lucas haussa les épaules.

— Il est pas frais…, commenta-t-il d'une voix neutre. Je vais le ramener à Mazion.

— Non ! Tu ne peux pas laisser ta place vide non plus !

Lucas baissa la tête. Juillet venait de lui rappeler qu'il l'avait invité à sa table, le traitant d'égal à égal et lui causant d'ailleurs un immense plaisir. Juillet jeta un coup d'œil vers Bernard.

— Vous pouvez vous en charger ? Vous connaissez la route ?

Le jeune homme acquiesça sans un mot. Juillet l'impressionnait beaucoup.

— Je ne partirai pas sans Dominique ! cria soudain Alexandre.

La présence de Lucas le rassurait, le protégeait contre la colère de son frère.

— Je vais la chercher, dit-il en se relevant.

Juillet ne lui laissa pas le temps de faire un pas, il le plaqua contre le mur avec violence.

— Lâche-moi ! hurla Alexandre qui prenait peur.

Il voulut se défendre et chercha à prendre Juillet à la gorge mais il ne réussit qu'à arracher son nœud papillon.

— Je suis chez moi ! Je suis chez moi ! se mit-il à sangloter.

Dégoûté, furieux, Juillet lui balança une gifle magistrale. Alex porta la main à sa joue en se recroquevillant contre le mur. Lucas s'interposa et obligea Juillet à reculer d'un pas.

— Tu ne peux pas rester là, il faut que tu rentres au château. Laisse-moi faire...

Juillet hocha la tête. Il se sentait vidé. Il se tourna vers Bernard, toujours immobile.

— Je ne veux pas d'esclandre, dit-il. Pas ce soir. Vous vous sentez de taille ?

— Je m'en occupe, dit le jeune homme.

— D'accord. Débarrassez-moi de lui.

Bernard regarda Juillet bien en face, un instant, puis il passa son bras autour des épaules d'Alexandre et l'entraîna vers la Mercedes garée tout au fond de la grange. En organisant le stationnement des voitures des invités, il avait pris soin de laisser la sortie libre pour les véhicules de la maison et il avait gardé les clefs de la Mercedes dans sa poche. Il ouvrit la portière arrière et poussa Alexandre qui s'écroula sur la banquette.

— Il va dormir ! lança-t-il d'une voix calme.

Il manœuvra et passa lentement devant Juillet et Lucas.

— Viens, maintenant, dit Lucas.

Juillet se décida à bouger. Sa colère était intacte et n'avait pas trouvé d'exutoire. Il partit en courant vers le perron mais il contourna la façade pour entrer par l'office. Il régnait une extrême agitation à la cuisine. Juillet grimpa quatre à quatre l'escalier de service, remonta le couloir jusqu'à sa chambre dont il ouvrit la porte à la volée. Il alluma, se jeta un coup d'œil dans le miroir, au-dessus de la cheminée, et mesura les dégâts. Il se déshabilla en hâte puis fila vers le dressing où il revêtit une chemise propre et un smoking bleu nuit. Il redescendit par l'escalier d'honneur en achevant de boucler son nœud papillon. Son entrée au salon fut saluée par un murmure auquel il répondit de son sourire charmeur. Dès qu'il eut repris sa place, un maître d'hôtel le servit. En quelques secondes, Juillet dispersa les morceaux de canard dans son assiette et fit signe qu'on pouvait poursuivre l'ordonnance du dîner. En gens bien élevés, les convives firent comme si de rien n'était malgré la longue pause qu'avait marquée le service.

— Qu'est-ce qui se passe ? dit Laurène entre ses dents.

Elle était un peu pâle. Juillet ne lui répondit pas tout de suite, occupé à relancer la conversation avec son autre voisine. Laurène échangea un regard inquiet avec Dominique. Elles étaient trop loin l'une de l'autre pour se parler mais elles se comprenaient.

— C'est Alex ? insista Laurène.

Juillet se tourna vers elle. Il ne souriait plus.

— Tais-toi, tu veux ?

Elle ouvrit la bouche mais la referma sans rien dire. Lorsque Juillet adoptait ce ton, il valait mieux ne pas discuter. Louis-Marie, de sa place, cessa d'observer sa femme pour regarder Juillet. Il devinait que seule une chose grave pouvait justifier l'absence de son frère en plein milieu du repas, ainsi que son changement inopiné de tenue. Il tourna la tête vers l'autre bout de la table où Lucas s'était discrètement rassis. Il se demanda combien de temps Fonteyne continuerait d'échapper au drame qui couvait. L'arrivée de la pièce montée apporta une heureuse diversion.

Juillet n'avait pas voulu décevoir Laurène et il était resté auprès d'elle. Il l'avait portée pour franchir le seuil de leur chambre, selon la tradition, et s'était contenté de lui raconter en quelques mots l'incident provoqué par Alex, refusant tout commentaire. Puis il l'avait déshabillée, lui avait fait l'amour longtemps, lui avait promis un avenir heureux, avait tenu sa main jusqu'à ce qu'elle s'endorme. Ensuite, il avait pu se relever sans bruit et filer jusqu'à la salle de bains où il avait pris une interminable douche. L'envie de frapper Alex ne l'avait toujours pas quitté. Profondément blessé par le mot de « bâtard », il l'avait ressassé pendant toute la fin du dîner. Lorsqu'il avait raccompagné ses invités jusqu'aux voitures, Bernard lui avait adressé un signe de tête rassurant. Alex devait donc cuver son alcool bien au chaud, à Mazion. Juillet avait tenu à ce que Lucas raccompagne Dominique, Marie et la vieille Mme Billot. Il avait glissé à l'oreille de Dominique qu'elle n'hésite jamais à venir à Fonteyne, qu'elle y était chez elle. Il avait encore pris le temps de remercier le personnel et de distribuer les pourboires avant de quitter le rez-de-chaussée. Puis il avait retrouvé Pauline et ses frères qui l'attendaient au premier étage, effondrés sur les banquettes du palier. Une dernière fois, ils avaient trinqué avant de séparer à quatre heures.

« Voilà, c'est fait... Vous êtes content, j'espère, Aurélien ! » se dit Juillet en s'essuyant.

Il n'avait pas sommeil mais il se persuada qu'il lui fallait dormir une heure ou deux. Il retourna s'allonger près de Laurène, délogeant Botty qui essayait de se faire oublier. Il fuma une dernière cigarette, effleura distraitement l'épaule de sa femme et éteignit. Laurène se retourna et se blottit contre lui, le serrant de toutes ses forces.

— Je te croyais endormie..., dit-il tout bas.

Elle répéta plusieurs fois son prénom, agrippée à lui comme une noyée. Il mit quelques secondes à réaliser qu'elle sanglotait. Il se dégagea pour allumer mais elle l'en empêcha.

— Juillet... Oh, Juillet, je t'ai obligé à te marier alors que tu n'en avais aucune envie ! Tu n'aimes pas dormir près de moi, tu t'ennuies avec moi ! Je ne suis bonne à rien, je...

— Arrête, Laurène.

— Je l'ai fait exprès ! Cet enfant, je l'ai voulu pour te forcer la main, pour...

— Arrête, répéta-t-il.

— Tout le monde te voit comme un dieu et moi comme une idiote ! J'aurais tellement voulu que tu m'aimes pour de bon...

Ses derniers mots étaient presque inaudibles tant elle pleurait mais Juillet les entendit très bien. Il se demanda ce qu'il pouvait faire pour la calmer, la rassurer. Il bascula au-dessus d'elle, appuya sur l'interrupteur tout en la maintenant.

— Regarde-moi, dit-il tendrement. Ouvre les yeux et regarde-moi.

Le visage de Juillet était à dix centimètres du sien et Laurène se noya dans les yeux sombres de son mari.

— Je t'aime et tu es ma femme. Je n'ai pas de temps pour te consoler si ça t'amuse d'être triste.

Il l'écrasait de tout son poids et elle ne pouvait pas bouger. Elle s'abandonna dès qu'il commença de la caresser.

Juillet s'énervait dans les encombrements sans parvenir à gagner le centre-ville. Il se répétait les phrases de Frédérique au téléphone, une heure plus tôt. L'appel l'avait surpris puis inquiété. Elle s'était montrée laconique mais pressante : elle voulait le rencontrer sur-le-champ. Il avait vainement tenté d'imaginer pourquoi mais il avait accepté un rendez-vous immédiat. Pressé de comprendre, il avait roulé comme un fou depuis Margaux, plus troublé qu'il ne l'aurait voulu à l'idée de revoir la jeune femme. Leur aventure était proche et lointaine, effacée mais lancinante. Il se souvenait d'elle avec précision, du moindre détail de son visage. Elle était la première femme pour laquelle il avait menti à Aurélien, la première qui ait su le tenir en échec. Mais elle était aussi la dernière femme qu'Aurélien avait aimée, la dernière qu'il ait désirée.

Juillet avisa une place et manœuvra pour se garer. Il ne jeta qu'un coup d'œil sur la façade de l'immeuble pour vérifier le numéro avant de s'y engouffrer. Il grimpa en hâte les trois étages sans attacher d'importance à la peinture écaillée ou aux vitres crasseuses. Il chercha le nom de Frédérique au-dessus des sonnettes et le dénicha tout au bout du couloir.

Lorsqu'elle ouvrit, il retint sa respiration une seconde. Elle était exactement telle qu'il l'avait vue quelques mois plus tôt lorsqu'il lui avait demandé de quitter Fonteyne après l'infarctus d'Aurélien. Elle s'effaça pour le laisser pénétrer dans une petite pièce sombre, meublée sommairement. Lorsqu'elle eut fermé la porte, ils se retrouvèrent face à face, muets, ne sachant pas comment se dire bonjour. Sans prononcer un mot, elle lui fit signe de s'asseoir. Il hésita puis se dirigea vers un fauteuil. Il se sentait gêné, maladroit, déplacé.

— C'est bien que tu sois venu tout de suite, dit-elle enfin d'une voix altérée.

Elle désigna le journal ouvert sur une petite table basse. Il se pencha, attentif, et découvrit un article qui relatait son mariage, la veille, photo à l'appui. Le cliché les montraient, Laurène et lui, sur les marches de l'église. Il releva les yeux vers Frédérique.

— Eh bien ?

Elle s'assit en tailleur sur le tapis, face à lui.

— Tu m'as prise de court...

Elle semblait chercher ses mots. Son superbe regard gris clair évitait Juillet, glissait autour de lui.

— Ou plutôt de vitesse ! Je ne pensais pas que tu épouserais cette gourde si vite.

Il ne réagit pas à l'injure, attendant la suite.

— Après la mort de ton père, j'ai cru que tu laisserais passer quelques mois... On respecte le deuil dans les grandes familles, non ?

Les intonations de Frédérique s'étaient faites mordantes mais il continuait de se taire.

— J'avais besoin de ces mois-là, Juillet !

L'accusation avait claqué. Il se raidit, pressentant la catastrophe.

— Quand tu m'as flanquée à la porte... C'est bien ainsi qu'il faut dire, n'est-ce pas ?

Complètement désemparé, il se contenta de murmurer :

— S'il te plaît ...

Elle marqua une pause mais ce n'était pas pour le ménager. Au bout de quelques instants elle reprit, glaciale, détachant ses syllabes :

— Lorsque tu m'as jetée dehors, je savais que j'étais enceinte et pourtant je t'ai laissé faire...

Il ferma les yeux, une seconde, anéanti par ce qu'il venait d'entendre. Elle le laissa récupérer, réaliser peu à peu ce que sa phrase impliquait.

— Je suis restée en contact avec maître Varin. Il a toujours été gentil avec moi... J'ai dit que je reprendrais mon travail chez lui en juin parce que je voulais accoucher d'abord. Comme je lui téléphone de temps en temps, j'ai su que ton frère attaquait le testament d'Aurélien. J'étais certaine que tu serais trop occupé avec ça pour songer à te marier ! J'ai eu tort...

— Frédérique, supplia Juillet.

Il était au supplice mais elle n'était pas décidée à aller plus vite.

— Et puis, je voulais voir..., ajouta-t-elle en baissant la voix.

Il avala sa salive et parvint à demander :

— Voir quoi ?

— L'enfant ! Le bébé. Je me disais qu'en le voyant je saurais qui est son père.

Livide, Juillet se leva, fit deux pas vers la petite fenêtre, revint à sa place.

— Tu calcules ? demanda-t-elle avec une ironie cinglante. Tu peux... Tu te rappelles certaine nuit ? Refais le compte lentement et tu verras comme c'est étrange, ça tombe juste... Alors il n'y a jamais que deux possibilités... Aurélien ou toi !

Elle marqua une ultime pause et conclut :

— Mon enfant, c'est ton fils ou ton frère, au choix. En tout cas, un Laverzac !

Juillet avait entendu un certain nombre de choses terribles, dans son existence, mais jamais rien d'aussi inouï. Il n'était pas préparé à faire face. Toujours assise sur le tapis, elle le regardait enfin droit dans les yeux et ce fut lui qui détourna son regard. Il essayait de penser de manière cohérente mais n'y parvenait pas.

— Pourquoi…, commença-t-il d'une voix blanche sans réussir à formuler une question.

— Pourquoi ne pas te l'avoir dit ? Oh, si tu savais ce que je regrette quand je vois ça !

Elle pointa son doigt vers le journal puis laissa retomber sa main.

— Tu m'avais traitée comme une pute, Juillet ! Tu t'es débarrassé de l'encombrante maîtresse de ton père dès qu'il a été dans le coma ! Tu t'en souviens, je suppose ? J'étais tellement intrigante, à vos yeux, que personne n'a pris la peine de me donner des nouvelles de lui ! Son séjour à l'hôpital, son retour à Fonteyne, son décès, je n'ai rien su ! Sauf par les journaux, comme d'habitude…

D'un geste brusque, elle prit le quotidien et le froissa rageusement, avant de jeter la boule de papier dans un coin.

— Vous n'avez même pas supposé que je pouvais avoir au moins de la tendresse pour lui… Bien sûr, je n'en étais pas amoureuse puisque c'est toi que j'aimais ! Mais c'était quand même un type formidable, ce n'est pas à toi que je vais l'apprendre, hein ?

Juillet était tellement pâle qu'elle se tut. Elle se leva, se dirigea vers un petit meuble où elle prit une bouteille de gin. Elle se servit un fond d'alcool mais emplit presque entièrement le verre qu'elle tendit à Juillet.

— Ton père m'a aidée dans un moment difficile, reprit-elle. Il avait plus de dignité que vous quatre réunis. Toi, tu rends folles les femmes. Lui, il les aimait ! C'est une sacrée différence.

Juillet avait bu le gin d'un trait. Il était dans un piège dont il ne pourrait jamais sortir, où il s'était enfermé lui-même.

— Cet enfant, je ne l'aurais pas gardé si je n'avais pas eu tant de rancune. Tu avais le droit de ne pas m'aimer... Pas celui de me mépriser ! Tu ne t'es jamais soucié de ce que j'étais devenue. Tu m'as rayée de ta vie ! Mais tu as conservé Laurène, l'oie blanche... Pour les terres ? Les vignes ?

Juillet gardait la tête baissée, crucifié par ses paroles. Un intolérable sentiment d'humiliation, de culpabilité et de désastre l'avait envahi. Il n'avait rien à répondre. C'était bien la première fois de sa vie qu'il restait muet, encaissant les coups sans pouvoir se défendre.

— À quelques jours près, je voulais venir te voir à Fonteyne, avec mon fils... Parler avec toi... Te convaincre... J'ai imaginé ce moment pendant des mois... Si tu savais ce que j'ai enduré...

Elle avait changé de ton et il leva les yeux. Elle pleurait sans aucun sanglot, des larmes coulant sur ses joues, sur son pull.

— Il n'y a pas un seul soir où je n'ai pensé à toi en m'endormant, depuis que je te connais. Tu m'as torturée au-delà du possible, Juillet... Aujourd'hui je te rends la pareille... Ton fils... ou ton frère... Mais lui, tu ne pourras pas t'en débarrasser comme de sa mère... Jamais !

Il voulait bouger mais il dut faire un véritable effort pour avancer d'un pas. Elle s'écroula contre lui en l'insultant et en suffoquant à travers ses larmes. Elle le frappa, sans qu'il réagisse, jusqu'à ce qu'elle soit à bout de souffle.

— Moi, dit-elle en cherchant sa respiration, tu me prives d'une vengeance, bravo ! Mais toi, Juillet, tu n'as plus aucun moyen de réparer ça, maintenant !

Il le savait très bien. Il était marié depuis vingt-quatre heures et Laurène attendait un enfant de lui. Il n'y avait aucune place pour celui de Frédérique mais il fallait pourtant lui en trouver une.

— Où est-il ? demanda enfin Juillet.

Elle le dévisagea, s'écarta de lui.

— Non, Juillet, dit-elle simplement. Non.

Elle alla ouvrir la porte palière et attendit, appuyée au chambranle. Elle avait retrouvé son sang-froid.

— Va-t'en...

Il essaya de capter son regard mais, de nouveau, les yeux gris le fuyaient.

— Va-t'en ! répéta-t-elle en élevant la voix.

Il n'était pas en état de discuter. Elle l'avait piétiné jusqu'au bout. Il se retrouva sur le palier et entendit claquer la porte derrière lui.

Juillet revint à Fonteyne en roulant à trente à l'heure, ignorant les coups de klaxon furieux des automobilistes qui le doublaient. Il abandonna la Mercedes devant le perron et gagna son bureau où pour la première fois de sa vie il s'enferma à clef. Il ne répondit pas à Laurène lorsqu'elle frappa, timidement, et pas davantage à Louis-Marie une heure plus tard. Robert, appelé en renfort, n'obtint pas plus de succès. D'un commun accord, les frères décidèrent de laisser Juillet tranquille jusqu'au soir malgré leur curiosité. Ils téléphonèrent à Varin pour s'assurer que rien de nouveau n'était survenu dans le procès et la réponse négative du notaire les inquiéta. Juillet ne faisant jamais ni caprice ni mystère, son attitude avait de quoi surprendre.

Vers sept heures, Louis-Marie, profitant de l'absence de Pauline et de Laurène qui discutaient avec Fernande dans la cuisine, entraîna Robert jusqu'à la porte du bureau.

— Il l'ouvre ou on l'enfonce ! déclara-t-il d'une voix forte pour se faire entendre de Juillet.

À sa grande surprise, celui-ci apparut presque aussitôt sur le seuil et s'effaça pour les laisser entrer. Il faisait chaud et un monceau de braises rougeoyait dans la cheminée. Juillet avait passé tout l'après-midi à contempler les flammes, rajoutant des bûches régulièrement, allumant cigarette sur cigarette. Robert alla ouvrir l'une des portes-fenêtres, puis revint s'asseoir près de Louis-Marie. Juillet se tenait debout devant eux, les mains dans les poches de son jean. Il avait les traits tirés, des cernes, un regard éteint. Il s'était demandé durant des heures s'il n'allait pas s'écrouler, s'il allait pouvoir surmonter l'épreuve. Il avait mis du temps à retrouver un peu de calme et de raison mais il y était parvenu.

— J'ai quelque chose d'effrayant à vous raconter, dit-il à mi-voix.

Ses deux frères le fixaient avec une telle anxiété qu'il les mit au courant en quelques phrases rapides. Lorsqu'il se tut, il y eut un long silence. Au bout d'un moment, Robert soupira, croisa les jambes, prit une inspiration mais ne trouva rien à dire. Louis-Marie siffla entre ses dents, se secoua comme un chien qui s'ébroue puis se leva, incapable de rester immobile. Il passa près de Juillet, lui posa la main sur l'épaule et la serra très fort. Ensuite il se mit à marcher de long en large sans pouvoir prononcer une parole lui non plus.

— Une catastrophe n'arrive jamais seule, comme chacun sait ! proféra enfin Robert. Alex a ouvert le feu mais, là, on passe à l'artillerie lourde !

— Je ne sais pas quoi faire, avoua Juillet avec simplicité. Vraiment...

Cet aveu d'impuissance était particulièrement angoissant, émanant de lui.

— Toi, lui dit Louis-Marie, tu es pieds et poings liés. De quelque façon qu'on tourne le problème...

La voix de Pauline leur parvint, demandant l'autorisation d'entrer. Ils répondirent non ensemble, d'une seule voix. Ils l'entendirent qui s'éloignait, riant toute seule.

— Si Laurène apprend ça, elle va se rendre malade, déclara Robert de la façon la plus neutre possible.

Juillet acquiesça en silence. Jamais Laurène ne supporterait une révélation pareille, il en était conscient. Elle était enceinte, il fallait la ménager.

— Je me sens très responsable mais je ne vois pas ce que je peux vous proposer, ce que je peux lui proposer à elle. Je ne connais même pas ses intentions, je ne sais pas ce qu'elle a décidé, je n'ai pas vu le... le bébé. Elle n'a pas voulu.

Ils pensaient tous à leur père. Sa présence était encore perceptible à Fonteyne, particulièrement entre les murs de ce bureau.

— Il faut bien reconnaître que nous l'avons traitée sans aucun égard, constata Louis-Marie. J'ignore ce qu'elle représentait vraiment pour papa. Il n'y a rien dans son testament la concernant. Il devait ignorer qu'elle attendait un...

— Le problème ce n'est pas elle, c'est le gosse ! coupa Robert.

Il se tourna vers Juillet qu'il observa attentivement.

— Tu es le pire faiseur d'emmerdes que je connaisse, soupira-t-il. Comment t'y prends-tu ?

Il souriait en disant cela, conscient de ce que Juillet subissait. Il ajouta :

— Je dois rentrer à Paris demain, je ne peux pas laisser mon service à l'abandon ! Mais je m'arrêterai à Bordeaux et j'irai discuter avec Frédérique.

— De toute façon, il faut lui donner les moyens d'élever son fils puisque...

Louis-Marie s'interrompit, chercha ses mots puis acheva :

— Puisque c'est la famille !

Robert le regarda avant de demander, une drôle de lueur au fond des yeux :

— Quel effet ça te fait, à toi, d'imaginer qu'en ce moment il y a un nouveau-né qui pédale dans son berceau, quelque part, et qui est ton frère ? Ou ton neveu...

Il désigna Juillet sans le regarder.

— Lui, c'est l'homme des coups de théâtre, du genre à vous faire tomber un plafond sur la tête par jour ! Remarque, quand il nous demande de venir, ce n'est pas pour rien !

Il se mit à rire, tendit la main vers le paquet de cigarettes avec lequel son frère jouait distraitement.

— Donne-m'en une... On pourrait faire une recherche de paternité, pour savoir...

Juillet secoua la tête et envoya son briquet à Robert.

— Elle ne voudra pas. L'incertitude, c'est sa meilleure vengeance...

Même s'il avait retrouvé son sang-froid, il était à vif. À travers Aurélien, Frédérique l'avait touché à l'endroit le plus sensible.

— En tout cas, il faut les éloigner de Bordeaux, elle et son fils.

L'objectif de Robert n'était pas d'éviter un scandale. C'est Juillet qu'il voulait préserver, imaginant le calvaire qu'il allait vivre si Frédérique obtenait gain de cause. Elle avait toutes les cartes en main. Elle connaissait bien Juillet, sa droiture, son sens de la famille, sa passion pour Aurélien, son statut de fils adoptif, son intransigeance et son orgueil. Elle pouvait détruire son existence en l'acculant à un choix impossible. Elle l'avait culpabilisé, humilié, elle avait la possibilité de lui faire vivre l'enfer pendant les vingt prochaines années.

Comme chaque fois que Juillet se trouvait en danger, Robert éprouva le besoin de protéger son cadet.

— Je vais lui trouver un travail à Lariboisière. Quelque chose d'intéressant et de bien payé qui la tentera davantage qu'un job de secrétaire chez Varin.

— Et puis tu lui proposeras une rente, ajouta calmement Louis-Marie. C'est normal. Et un logement à Paris. Nous assumerons ça tous les trois, équitablement...

— C'est injuste ! protesta Juillet.

— Pourquoi ? Tu ne veux pas qu'elle parte ? Tu es marié, tu sais !

— Rassure-toi, je ne l'ai pas encore oublié, ce n'était jamais qu'hier...

Juillet avait l'air buté, hostile. La réflexion de Louis-Marie l'avait braqué car elle n'était pas très éloignée de la vérité. Il mourait d'envie de connaître le bébé, malgré l'aspect tragique de leur situation à tous. Si l'enfant était d'Aurélien, Juillet l'aimait déjà, il ne pouvait pas s'en défendre et Louis-Marie le devinait. Un fils d'Aurélien, c'était un moyen de le faire revivre auquel Juillet ne renoncerait pas facilement. Des enfants bien à lui, Juillet allait en avoir avec Laurène. Mais celui-ci, c'était différent, il était né à part et personne n'y pouvait plus rien.

— Si tu n'as pas encore fait ton deuil, il faudrait t'y mettre…, dit Robert à mi-voix.

Juillet eut un bref soupir d'exaspération et il se détourna pour allumer une Gitane. Non, il n'avait pas encore accepté la mort de ce père à qui il devait tout.

— Je sais ce que vous pensez, murmura-t-il, et vous avez raison. Mais quand j'ai dit que c'était injuste, c'est parce qu'il n'y a aucune raison que vous soyez obligés de payer.

— Bien sûr que si ! À cause de papa… et de Fonteyne. On assume tous les trois. Si ce con d'Alex était là, on le mettrait dans le coup aussi ! Mais lui, en ce moment, mieux vaut éviter des révélations de ce genre…

Robert s'était levé tout en parlant, et s'était dirigé vers Juillet. Il lui envoya une bourrade.

— Allez, quoi ! La terre ne s'est pas arrêtée de tourner !

Ils se sourirent, complices malgré eux, malgré leurs ennuis, malgré la distance et les années. À l'autre bout du bureau, Louis-Marie intervint.

— En tout cas soyez prudents. Si vous voulez que Laurène continue de dormir tranquille, n'en parlez pas à Pauline, la discrétion n'est pas son fort…

Cette remarque fit frémir Robert. Bien sûr, Pauline était bavarde et cancanière, mais dans la bouche de son frère, cela sonnait comme un avertissement. Pauline était sa femme et il profitait de leur discussion grave, de leur réunion d'hommes pour le rappeler. Robert accepta la mise en garde sans aucun commentaire. Il était prêt à tout pour reprendre Pauline un jour, dût-il se fâcher pour l'éternité avec sa propre famille. Mais, indiscutablement, le plus urgent était de régler le problème posé par cette Frédérique.

Juillet contempla ses frères l'un après l'autre. Le procès d'Alexandre en perspective, le mariage imposé par Laurène, la sourde rivalité de Robert et Louis-Marie, ainsi que cet enfant sans père : tout concourait à mettre Fonteyne en péril.

« Vous êtes parti un peu trop tôt, Aurélien, je n'y arriverai jamais... », songea-t-il avec une infinie tristesse. Cependant il avait retrouvé une certaine combativité. Quelque chose se manifestait, au fond de lui-même, qui ressemblait plus à de la colère qu'à de l'abattement. Son moment de découragement était passé, en partie grâce à l'appui de ses frères, mais surtout parce qu'il avait le caractère bien trempé et qu'il se sentait de taille à tout surmonter pour Fonteyne.

« Si... Finalement, je vais y arriver... », décida-t-il soudain en remettant une bûche dans la cheminée.

— Tu vas mieux ? demanda Robert d'une voix réjouie.

Il n'avait pas cessé d'observer son frère. Il l'avait vu se redresser puis se détendre et abandonner son expression hagarde, désespérée. Il en éprouvait un intense soulagement. Si Juillet craquait, Fonteyne n'avait pas trois mois de survie.

— Oui ! répliqua Juillet. En prenant les problèmes un par un et en les portant à plusieurs, c'est plus simple !

Comme tous les piliers de bar, Alexandre avait fini par lier connaissance avec quelques alcooliques désœuvrés. Il avait pris ses habitudes dans un bistrot minable où il pouvait refaire le monde en paix. Il restait vague et mystérieux, néanmoins il ressassait son histoire, évoquait ses frères et son château. Le patron n'y prêtait guère d'attention, chacun de ses habitués ayant une obsession typique, cependant quelqu'un, parmi les consommateurs, avait écouté les propos d'Alexandre avec intérêt. C'était un jeune homme aux allures de loubard, mais sans vulgarité malgré son blouson de cuir usé et ses jeans déchirés. Alexandre ne le connaissait pas et ne l'avait jamais vu. Il ignorait donc qu'il s'agissait de Marc, le frère de Frédérique, avec lequel Juillet s'était battu l'année précédente.

Marc, ayant vite compris qui était Alexandre, n'avait eu aucun mal à devenir son copain de boisson. Ils avaient d'ailleurs de nombreux points communs, parmi lesquels on trouvait pêle-mêle la haine de la famille, des besoins d'argent, un goût prononcé pour le cognac et une vraie vocation de perdants. Marc estimait, à tort ou à raison, qu'il avait une revanche à prendre sur Juillet. L'animosité d'Alexandre tombait à pic. Sans savoir encore comment, Marc était certain de pouvoir l'utiliser un jour. Il n'avait jamais pardonné à sa sœur d'être devenue notoirement la maîtresse d'un « vieux ». Fâché avec la jeune femme, il ne lui téléphonait que rarement et la voyait encore moins. Il avait envie d'oublier son passé, la faillite de son père qui s'était ruiné sur un tapis de jeu, le suicide de sa mère et la conduite de sa sœur. Il ne voulait plus d'attaches pour pouvoir se laisser glisser sur la pente facile de l'alcool et de l'échec. Mais il gardait une rancune tenace contre la famille d'Alexandre et ce qu'elle représentait de réussite inacceptable, affichée, triomphante. Il s'était mis en tête que les Laverzac devaient payer pour toute une bourgeoisie à laquelle il n'appartenait plus et qu'en conséquence il exécrait. Alex était leur faille, Marc allait en profiter.

Valérie Samson rejeta en arrière la superbe chevelure rousse dont elle était si fière et qu'elle savait mettre en valeur. Elle adressa un sourire féroce à maître Varin. Ils s'étaient trouvés face à face dans le hall du palais de justice et, ne pouvant s'éviter, s'étaient donc courtoisement serré la main.

— Je suis navrée d'être votre adversaire dans cette histoire de succession, avait-elle aussitôt déclaré avec une éclatante mauvaise foi. Je sors du bureau du juge. Je lui ai confié mon argumentaire...

Elle était grande, très mince, habillée avec une stricte élégance. Se glorifiant d'appartenir à une célèbre dynastie de magistrats, elle s'était spécialisée très tôt dans les affaires commerciales et avait vite acquis la réputation de jongler avec le code qu'elle connaissait sur le bout des doigts. Fille unique, elle n'avait pas voulu décevoir ses parents, aussi ne s'était-elle pas mariée pour se consacrer entièrement à sa carrière, avec un succès hors du commun.

Varin la regarda en manifestant une compassion très étudiée.

— Dites-moi, chère amie... Entre nous, qu'allez-vous faire dans cette galère ?

Valérie Samson fronça les sourcils mais sans quitter son air de supériorité.

— Galère ?

— La société Fonteyne et son gérant sont inattaquables, affirma Varin. Il faut être sot comme Alexandre pour imaginer le contraire. Mais vous ! Sincèrement, je crois que, pour une fois, vous misez sur le mauvais cheval…

Très content de lui, il salua sa consœur d'un signe de tête. Il allait se détourner lorsqu'elle l'arrêta d'un mot.

— Varin !

Le nom avait sonné sec, sans préambule. Il attendit la suite en affichant une mine attentive.

— À ma connaissance, dit-elle d'un ton désinvolte, rien n'est inattaquable. Rien !

Elle s'offrit le privilège de faire demi-tour la première afin de le planter au beau milieu du grand hall sombre. Il la regarda s'éloigner, amusé malgré lui. Il aurait dû être inquiet mais il était subjugué. Il la vit pousser la porte battante et émerger à l'extérieur du palais de justice. Elle marqua une seconde d'arrêt pour laisser le soleil de juin flamboyer dans ses cheveux, puis elle descendit les marches et disparut.

Louis-Marie était toujours là. Il prétendait vouloir finir son manuscrit. En fait, il se sentait bien à Fonteyne, utile à son frère, apaisé loin de sa femme. Laurène était heureuse de sa présence et continuait de s'occuper du parc avec lui. Ils prenaient de tardifs petits déjeuners sur la terrasse, bavardant comme de vieux amis. Certains jours, il allait jusqu'à lire à Laurène des passages de son livre. Elle l'écoutait avec plaisir même si elle ne comprenait pas grand-chose à cette grande fresque romanesque dans laquelle Louis-Marie avait mis toute l'amertume du monde.

Juillet passait la plus grande partie de son temps sur ses terres ou dans les caves avec Lucas. Il gardait le même remède quels que soient ses soucis : le travail. Et même lorsqu'il s'accordait de rares récréations solitaires avec son cheval, c'était toujours dans le seul but de surveiller sa vigne. La véraison approchait et le raisin s'était mis à changer de couleur. Suivant le proverbe qui prétend que juin fait le vin, il examinait avec précaution chaque pied de vigne, attentif au moindre détail, guettant le grossissement des grains. L'extrémité de chaque rangée s'ornait de rosiers polyanthas qu'Aurélien avait fait planter quarante ans plus tôt et qui étaient régulièrement taillés et sulfatés eux aussi. Fonteyne était tellement superbe dans ce début d'été prometteur que Juillet avait repris confiance. On voyait sa Jeep aux quatre coins du domaine, il harcelait ses employés, ne déléguait rien selon son habitude et surgissait toujours là où on l'attendait le moins. Il arrivait à Lucas de rire tout seul en l'observant. Un patron comme celui-là était une bénédiction pour une exploitation. On ne transigerait jamais avec la qualité tant qu'il présiderait aux destinées de Fonteyne. Sa planification des arrachages et replantations était un modèle de sagesse et de lenteur. Ses estimations de la production étaient très exactes et ses demandes d'autorisation de dépassement toujours justifiées. Il avait modernisé outrancièrement le matériel viticole, contre l'avis de son père à l'époque. À voir les résultats des dernières années, il avait eu raison, comme toujours.

— Regarde ! Regarde ça !

Juillet rejoignit Lucas devant les cuves. Il tenait une étiquette à la main.

— Le spécimen du prochain millésime ! annonça-t-il d'un air ravi.

D'une année sur l'autre, il faisait modifier imperceptiblement le dessin qui figurait la façade de Fonteyne. Il tenait à garder une étiquette sobre, ultra-classique, mais ne voulait pas qu'elle se démode ou passe pour vieillotte. Il fallait avoir l'œil exercé pour repérer les infimes différences. Lucas examina soigneusement le papier puis hocha la tête.

— Magnifique, approuva-t-il.

— Viens, ça s'arrose, décréta Juillet en l'entraînant vers l'escalier à vis.

Ils jetèrent un coup d'œil machinal aux thermomètres et aux hygromètres. Ils se dirigeaient vers une rangée de tonneaux lorsque Juillet aperçut Bernard.

— Qu'est-ce qu'il fait là, lui ? Sa place n'est pas dans les caves ?

Il avait parlé assez fort pour être entendu du jeune homme qui s'approcha d'eux.

— Je vous cherchais, expliqua d'emblée Bernard comme s'il avait eu peur de ce que Juillet pouvait dire. Madame vous fait demander si on peut tailler les ifs de… de… de façon marrante…

Juillet fronça les sourcils, désorienté. Quand il eut compris que ce « Madame » désignait Laurène, il éclata de rire et demanda ce que ce genre de taille signifiait.

— En boule, en pointe, en cône ? suggéra le garçon.

Juillet échangea un coup d'œil avec Lucas.

— Madame n'a pas besoin de mon autorisation, commença-t-il, et je compte sur Louis-Marie pour limiter les excentricités !

Il riait toujours et Bernard se troubla, ne sachant comment interpréter cette réponse. Juillet s'adressa à lui avec gentillesse :

— Vous savez, la maison ne supporte pas beaucoup la fantaisie... Mais vous êtes un bon jardinier et vous avez sûrement une idée sur la question ? Mon frère a des goûts de citadin et ma femme est trop...

Il hésita, s'interrompit. Il ne pouvait pas confier à un employé que Laurène était une vraie gamine. Il sortit son paquet de Gitanes et en offrit à Lucas puis à Bernard qui refusa. Il se pencha ensuite vers un tonneau et emplit au robinet un petit gobelet d'argent qu'il tendit au jeune homme.

— Voulez-vous goûter ?

Bernard but une gorgée, sourit, remercia, puis il se hâta de quitter la cave. Juillet le suivit du regard avant de se tourner vers Lucas.

— Pas mal, ta recrue...

— C'est un gentil gamin. Il cherchait du travail depuis plus d'un an. Je connais ses parents qui sont employés chez Mause, à Labarde. Il n'a pas de qualification mais il est sérieux. Vivre ici, pour lui, c'est une aubaine ! Tu comptes le garder ?

Juillet pensa à l'augmentation qu'il avait accordée à Lucas, aux frais de son récent mariage, au procès qui allait être un gouffre et à la rente prévue pour Frédérique, tout cela s'ajoutant à la masse salariale et à l'endettement de Fonteyne.

— Je ne sais pas si je peux l'engager pour de bon, avoua-t-il.

Lucas le regarda quelques instants, sans chercher à dissimuler son étonnement.

— Tu en es là ? demanda-t-il abruptement.

— J'en suis à la prudence, répondit Juillet.

Il se remémora l'attitude calme et efficace de Bernard le soir de son mariage. Ils avaient besoin de quelqu'un comme lui à Fonteyne. Un homme jeune, discret, prêt à s'attacher à l'exploitation comme à la famille, c'était évident. Il habitait au-dessus de l'écurie et Juillet l'apercevait chaque fois qu'il allait chercher Bingo.

— Je vais réfléchir à un contrat pour lui, promit-il.

Il remplit le gobelet et goûta à son tour le vin en adressant un clin d'œil à Lucas.

— Il est nerveux, équilibré, un peu gras... Plus tendre que viril, non ?

— Avec tout ce que tu fumes, je ne sais pas comment tu fais pour avoir encore du palais !

Juillet se remit à rire et Lucas hocha la tête, rassuré. Puisque les soucis d'argent n'empêchaient pas Juillet d'être gai lorsqu'il goûtait son vin, c'est que tout allait bien.

Dès que la porte fut refermée, Robert lâcha un long soupir de soulagement. Frédérique était venue. Malgré sa haine, son mépris, elle avait accepté. Pourtant, lorsqu'il l'avait rencontrée, à Bordeaux, il avait bien cru qu'elle ne céderait jamais. Leur entretien avait été lamentable. Distante, elle avait commencé par se moquer de lui avant de l'agresser carrément. Elle ne pouvait pas pardonner, il le comprenait et n'avait pas cherché à la convaincre, se contentant de lui proposer des solutions. Ce jour-là, dans ce petit appartement minable, il avait eu pitié d'elle, même s'il s'était bien gardé de le lui montrer. Ce n'était pas lui qu'elle attendait, il l'avait deviné immédiatement. Avait-elle cru que Juillet reviendrait ? Avait-elle imaginé qu'elle pourrait le faire divorcer ? Pour l'empêcher de nourrir la moindre illusion, Robert lui avait appris que Laurène attendait un enfant, que c'était une des raisons du mariage de son frère. La nouvelle avait déconcerté

Frédérique. C'était sans doute ce qui l'avait fait fléchir. Si Juillet était inaccessible, elle n'avait plus de raison valable pour rester à Bordeaux.

Durant les deux heures de leur entretien, elle ne lui avait même pas offert à boire. Mais il avait vu le bébé, un nouveau-né un peu chétif, avec les grands yeux gris pâle de sa mère. Robert avait plaidé pour lui, pour son avenir, trouvant les arguments sans même les chercher. Un appartement confortable, un travail intéressant et bien rémunéré, une totale sécurité pour les vingt-cinq prochaines années, avec des actes notariés en bonne et due forme. Ensuite, il avait souligné que le scandale ne serait profitable à personne et ne ferait pas changer la situation. Il lui avait ôté tout espoir en lui rappelant que Juillet avait trop le respect de la parole donnée et le sens de la famille pour revenir en arrière.

Lorsqu'il l'avait quittée, elle avait promis de réfléchir. Il s'était attardé cinq minutes sur le palier, lui décrivant l'hôpital Lariboisière comme un paradis et Paris comme une fête. Elle n'avait mis que quatre jours à se décider avant de débarquer dans son service par surprise, son bébé sous le bras. Il l'avait conduite jusqu'à son bureau et là, en dix minutes, ils s'étaient mis d'accord sur tout. Il lui avait donné les clefs de son studio, de l'argent pour un taxi, et il avait promis de régler les moindres détails d'ici la fin de la semaine.

Il alla ouvrir la fenêtre et respira avec délice l'air tiède. Il avait gagné le droit d'être content de lui. En cherchant par tous les moyens à séduire et à reprendre Pauline, il était dans son tort, il le savait. Là, il venait au contraire d'œuvrer pour le bien de sa famille et il pouvait être satisfait.

Sa secrétaire, Janine, entra en coup de vent et il lui adressa un sourire éblouissant. Il allait avoir besoin d'elle, il le lui exposa en prenant son air le plus charmeur.

En fin de matinée, lorsque Robert émergea de l'hôpital, il se sentait en pleine forme. Il se dirigeait en sifflotant vers son coupé lorsqu'il aperçut Pauline, appuyée au capot, qui le regardait venir. Il eut l'impression, comme chaque fois, que son cœur ratait un battement. En deux enjambées, il fut devant elle.

— Tu as l'air très heureux, ce matin ! C'est l'été qui te réjouit ou bien as-tu réussi la greffe du siècle ?

Il se pencha pour l'embrasser, déjà submergé par le désir qu'il avait d'elle.

— Que fais-tu là ? murmura-t-il.

— Je veux que tu m'emmènes déjeuner. Trouvenous une terrasse au soleil.

Il fit le tour de la voiture pour lui ouvrir la portière. Elle était ravissante dans sa légère robe blanche. Dès qu'il démarra, elle déclara :

— Je m'ennuie, tu sais ! Esther est à l'école et j'en ai assez de rester seule.

Il ne releva pas la phrase. Si Pauline laissait Esther à la cantine, c'est qu'elle préférait être libre de ses journées. Il était heureux comme un collégien qu'elle soit venue. Il songea avec horreur qu'elle aurait pu rencontrer Frédérique et ainsi apprendre une vérité qu'il valait mieux lui cacher pour le moment, Louis-Marie avait raison.

— Ton mari est toujours à Fonteyne ? demanda-t-il.

— Je crois qu'il veut y rester tout l'été, soupirat-elle. Jusqu'aux vendanges ! Tu te rends compte ? Je ne sais pas d'où lui vient cette subite passion pour le Bordelais...

Elle avait la mine boudeuse et il risqua :

— Il te manque ?

— Beaucoup !

Elle l'avait dit en riant, ce qui le rendit très perplexe.

— Quand vas-tu le rejoindre ? Les vacances scolaires sont dans huit jours...

— Je ne vais pas aller m'enterrer là-bas deux mois !

— Tu n'aimes pas Fonteyne ?

— J'adore ! Mais à petites doses. Une semaine au 14 juillet, une semaine au 15 août et la semaine des vendanges. Peut-être Noël. Je n'irai pas au-delà.

Robert s'efforça de ne pas sourire, de ne pas lui montrer que la nouvelle lui causait un immense plaisir. Pauline lui jeta un petit coup d'œil, déçue de ne pas le voir réagir.

— Après le déjeuner, on prend le café chez toi, décida-t-elle soudain.

Souffle coupé, Robert essaya de trouver rapidement une parade. Certes, il mourait d'envie de la conduire chez lui mais, pour le moment, il y avait Frédérique et son bébé. Il se maudit d'avoir envoyé la jeune femme se reposer du voyage dans son studio.

— Chez moi, dit-il, c'est un vrai foutoir de célibataire. J'aurais honte de t'y recevoir, ma chérie. En revanche...

Il venait de freiner devant l'hôtel Crillon.

— Ici, dit-il en désignant la façade, j'ai des souvenirs merveilleux avec toi. On déjeune au lit plutôt qu'au soleil ?

Elle éclata de rire, ravie.

Alexandre jeta son verre qui se fracassa sur le carrelage.

— J'en ai assez ! Je ne veux plus t'entendre ! Tout le monde me fait la morale comme si j'avais cinq ans !

Muette d'indignation, Dominique le regardait tituber et crier.

— Ta mère, ta sœur, toi ! Mais qu'est-ce que vous avez ? Vous êtes pires que ma propre famille !

— Tu es ivre, articula Dominique. Je ne te fais pas la morale mais je ne veux pas que tu boives. Je ne veux pas que les enfants te voient dans cet état. Je ne veux pas que tu hurles.

Alexandre alla vers elle et la prit par les épaules. Il sentait l'alcool. Sa voix était mal assurée, ses gestes semblaient ralentis.

— Je n'ai entendu que ça depuis que je suis né... Des interdictions ! Mon père, mes frangins, le bâtard... Même Lucas, parfois, sans parler de Fernande. Et tu vas t'y mettre ? Ce n'est pas ce malheureux cognac qui m'a soûlé, quand même !

Elle savait qu'il mentait, qu'il se cachait pour boire, qu'il minimisait, comme tous les alcooliques. C'est ce qu'il était en train de devenir et elle ne pouvait pas le laisser faire.

— Tu vas devoir choisir, Alex. La boisson ou moi, dit-elle d'une voix blanche.

Elle avait enduré ses ronflements et son haleine depuis des semaines. Elle avait ignoré le regard réprobateur de Marie et l'inquiétude des jumeaux qui ne reconnaissaient plus leur père.

— Dominique, murmura-t-il en l'embrassant maladroitement. Je me sens tellement seul... Personne ne m'aime, sauf toi...

Il essayait de la pousser vers leur lit mais elle résistait. Elle l'avait surpris alors qu'il buvait dans la salle de bains attenante, la croyant encore sur la route de l'école. Il voyait qu'elle était en colère mais il s'imaginait pouvoir la calmer. Il la souleva dans ses bras, fit une enjambée hésitante et ils s'écroulèrent sur le lit. Furieuse, elle voulut se dégager mais il s'accrochait à elle comme un noyé.

— Ne t'en va pas, s'il te plaît, ma chérie, ne t'en va pas...

Il avait glissé une main sous son tee-shirt et il la caressait. Il n'avait pas conscience d'être brutal, prenant les réticences de sa femme pour un jeu.

— On s'entend bien, toi et moi, hein ? Tu as raison, il y a trop longtemps qu'on n'a pas fait un petit câlin...

Il s'énervait sur la fermeture Éclair du bermuda et il entendit le tissu qui se déchirait. Dominique luttait en silence. La maison était sonore, elle le savait depuis son enfance. Il n'y avait pas, à Mazion, les murs épais de Fonteyne. Elle ne voulait pas que sa mère entende leur dispute mais elle ne voulait pas céder à Alexandre, n'ayant aucune envie de faire l'amour avec lui.

— Tu sens bon, tu es douce..., marmonnait-il sans la lâcher.

Excité parce qu'elle se défendait, Alexandre parvint à la déshabiller.

— Arrête immédiatement, dit-elle entre ses dents. Arrête, Alex, je ne veux pas !

Il eut un rire niais qui acheva d'exaspérer Dominique et se laissa aller sur elle de tout son poids, la forçant à écarter les cuisses. Lorsqu'il la pénétra, elle cessa de se débattre, résignée, les yeux pleins de larmes.

Louis-Marie observait sa jeune belle-sœur avec un sourire indulgent. Elle avait fini par s'intéresser à son roman et c'était elle, à présent, qui exigeait chaque matin la lecture des dernières pages. Il écrivait le soir, dans sa chambre, pour oublier qu'il était seul. Pauline lui téléphonait régulièrement, prenait et donnait des nouvelles en babillant, mais ne fixait pas de date pour son arrivée. Esther était partie en camp scout et Pauline voulait en profiter, disait-elle, pour ranger l'appartement et faire repeindre le salon. Elle prétendait surveiller les travaux, demandant son avis à Louis-Marie pour des détails sans importance. C'était elle qui appelait, jamais lui. Il écoutait sa voix joyeuse, lui répondait des choses tendres, riait avec elle, mais il ne pouvait s'empêcher d'être assailli de doutes et s'infligeait la torture d'une fausse gaieté en attendant qu'elle le rassure, ce qu'elle ne faisait jamais.

— Pourquoi ton héros supporte-t-il cette garce ? demanda Laurène à la lecture du dernier chapitre. Pourquoi ne la quitte-t-il pas ?

La naïveté de la jeune femme amusait Louis-Marie. Bien sûr, il avait soigneusement travesti ses personnages, bien sûr il avait l'habileté d'un professionnel de l'écriture, mais son manuscrit était aussi son histoire, criante de vérité.

Ils avaient conservé l'habitude de partager leur petit déjeuner sur la terrasse ombragée. Fernande, soucieuse de la santé de la future maman, préparait des plateaux extraordinaires avec des fruits, des laitages, des œufs, des confitures de toutes les couleurs et des gâteaux sortant du four. Si Juillet passait par là, il avalait une tasse de café avec eux mais sans prendre le temps de s'asseoir. Louis-Marie s'informait alors des services qu'il pouvait rendre et son frère lui trouvait toujours des choses à faire. Comme Louis-Marie pouvait être vraiment efficace, Juillet n'hésitait plus à se décharger sur lui de tâches délicates ou compliquées. Enfin et surtout, la présence de son frère aux côtés de Laurène le dispensait de consacrer du temps à sa femme et, du temps, c'était vraiment ce dont il manquait le plus.

Laurène mit sa main en visière pour regarder la voiture qui remontait l'allée du château.

— Tiens, ta sœur, constata Louis-Marie.

Laurène s'était levée, ravie, pour aller à la rencontre de Dominique. Elles tombèrent dans les bras l'une de l'autre.

— Tu restes déjeuner ? demanda tout de suite Laurène.

Dominique acquiesça et gravit les marches pour aller embrasser Louis-Marie.

— Tu es toujours là ? Juillet doit être heureux de t'avoir...

Elle souriait mais il lui trouva l'air triste. Dominique avait trop d'orgueil et de pudeur pour se plaindre. Elle était venue à Fonteyne pour chercher un peu de réconfort, pas pour faire des confidences. Elle s'assit près d'eux avec l'impression étrange d'être enfin rentrée chez elle. Elle jeta un coup d'œil vers les fenêtres du bureau, navrée de penser qu'Aurélien n'était plus là. L'image de son beau-père était encore étroitement liée à Fonteyne. Se méprenant sur le regard de sa sœur, Laurène expliqua :

— Juillet est à Bordeaux ce matin mais il rentre déjeuner. Comment vas-tu ?

— Bien, ma puce, très bien. C'est plutôt à toi qu'il faut le demander !

Elle regardait tendrement sa sœur, heureuse à l'idée de la prochaine naissance.

— Je vois le docteur Auber tous les quinze jours, Juillet y tient !

Dominique allait poser une autre question lorsque Fernande fit son apparition sur la terrasse. Elle se récria à la vue de Dominique, ne put s'empêcher de l'embrasser et s'empressa d'aller lui faire du thé. Elle regrettait toujours le départ de Dominique et les habitudes que les années leur avaient fait prendre. Laurène ne pouvait pas diriger la maison, Fernande le savait, même si elle prétendait le contraire pour rassurer Juillet.

— Et Alex ? demanda prudemment Laurène. Toujours dans les mêmes dispositions ?

Elle ne voulait pas avoir l'air d'éviter le sujet, bien qu'il fût pénible pour tout le monde. Mais Alex était le mari de Dominique et on ne pouvait pas faire comme s'il n'existait pas.

— Il s'obstine, répondit Dominique de façon laconique.

Elle n'avait pas envie d'en parler, c'était évident. Alexandre faisait bien plus que l'inquiéter, il était en train de la rendre vraiment malheureuse. Il s'était excusé, la veille, de l'avoir malmenée, mais elle ne l'avait pas écouté, s'était rhabillée sans un mot et l'avait laissé assis au bord du lit, la tête entre les mains, l'air pitoyable. Ils s'étaient bien entendus durant des années, avaient partagé les mêmes envies et les mêmes fous rires. Elle l'avait défendu contre Aurélien et Juillet, l'avait protégé, avait tenté de le rendre fort. Elle avait été comblée par les jumeaux et ne s'était jamais posé de questions. Et voilà qu'Alex réduisait tout en cendres, attaquant sa famille, ignorant ses fils et imposant à sa femme ses envies d'ivrogne. Dominique était parvenue à surmonter le chagrin et la rage, mais elle n'en pouvait plus. Elle était venue à Fonteyne sans réfléchir, certaine d'y être bien accueillie, d'y être à l'abri pour un moment de répit.

— Voulez-vous une entrecôte, madame Dominique ? J'ai des sarments de cabernet du bon âge pour la faire cuire, et quelques belles têtes de cèpes pour l'accompagner !

Fernande guettait son approbation et Dominique eut un large sourire. La vieille femme n'oubliait jamais les goûts de chacun. Le gigot d'Arsac pour Louis-Marie ou l'alose grillée pour Robert qui était le seul à savoir enlever proprement les arêtes. Elle accepta et Fernande, ravie, lui servit son thé.

— Qu'on est bien ici, murmura la jeune femme en se laissant aller dans son fauteuil.

Fonteyne n'était pas Mazion, décidément. Un bruit de moteur leur fit tourner la tête ensemble. Louis-Marie pressentit la catastrophe avant même d'entendre la voix d'Alexandre.

— Salut la compagnie ! lança-t-il de façon désinvolte en claquant sa portière.

Désespéré de ne pas trouver Dominique à Mazion, il avait emprunté la voiture d'Antoine. Il était presque à jeun, n'ayant avalé qu'une rasade de cognac pour se donner du courage. Il regrettait son excès de la veille et surtout il avait peur d'être allé trop loin. Dominique était une femme douce mais déterminée. Il voulait à tout prix se faire pardonner, même en prenant le risque de croiser Juillet. Il salua Louis-Marie de loin mais embrassa Laurène dans le cou.

— On papote entre filles ? demanda-t-il.

Tout en essayant de paraître indifférent, il jetait des coups d'œil éperdus autour de lui. La dernière personne au monde qu'il souhaitait voir apparaître était le « bâtard ». Ce fut Fernande qui fit soudain irruption et il sursauta.

— Alexandre ! Par exemple !

Elle vint le prendre par les épaules, familièrement, pour le secouer.

— Tu as mauvaise mine !

Elle ne savait que lui dire, inquiète de le voir à Fonteyne mais pleine de tendresse malgré tout. Il y eut un silence pénible. Alexandre avait beau être chez lui, tout le monde espérait que Juillet n'allait pas rentrer à ce moment précis.

— Je boirais bien quelque chose, déclara Alexandre. C'est l'heure de l'apéritif, non ?

Il les provoquait, sentant leur malaise mais désireux de ne pas passer pour un lâche. Louis-Marie finit par se lever.

— Tu ne peux pas rester là, dit-il très calmement.

— Qui m'en empêche ? riposta Alexandre.

— Personne… Le bon sens.

Alexandre cherchait le regard de sa femme qui gardait les yeux baissés. Il aurait voulu qu'elle admire au moins les efforts qu'il déployait pour faire front.

— Écoute, Alex, une bagarre supplémentaire ne nous apportera rien aux uns et aux autres. Tu…

— Toi, écoute-moi ! cria Alex. Dominique est accueillie à bras ouverts et je n'aurais pas le droit de mettre les pieds à Fonteyne ? Vous m'avez fait le coup du mariage, vous ne m'aurez pas deux fois !

Louis-Marie fronça les sourcils, dévisageant son frère qui crut y voir un encouragement et acheva :

— Il te l'a dit, le bâtard, qu'il m'avait empêché d'entrer chez moi ? Qu'il m'avait tapé dessus comme une brute ?

— Il me l'a dit, répondit tranquillement Louis-Marie. Et aussi que tu avais vomi sur son pantalon de smoking... Tu n'étais pas dans un état très présentable, si j'ai bien compris...

Gêné, Alexandre alla s'appuyer contre la balustrade de pierre.

— Eh bien, quoi, j'avais arrosé la noce tout seul dans mon coin...

Fernande s'était éclipsée. Dominique et Laurène regardaient ailleurs. Alexandre se sentit soudain abandonné, exclu d'un univers qu'il aimait au fond de lui. Il leva des yeux de chien battu vers Louis-Marie.

— On a tous peur de lui, dit-il tout bas. Tu te rends compte ! Toi aussi, tu es mort de trouille à l'idée de la colère qu'il pourrait faire... Il vous flanquera dehors, Bob et toi. Votre tour viendra, crois-moi...

— Alex, ça suffit !

Dominique s'était dressée entre eux sans qu'il l'ait vue approcher. Elle prit son mari par la main.

— Viens, lui dit-elle avec une gentillesse forcée.

Sans réaction, il se laissa conduire au bas des marches du perron. Elle le fit monter en voiture et ferma elle-même la portière.

— Je te rejoins...

Elle le regarda faire demi-tour pour reprendre l'allée et poussa un soupir de soulagement. Il était venu jusque-là pour elle. Même s'il ne s'était pas fait prier pour partir, comme elle s'y attendait, il devait être fier de son audace. Lorsqu'il fut hors de vue, elle se tourna vers la façade de Fonteyne qu'elle contempla un moment. C'est là qu'elle avait envie de vivre, nulle part ailleurs.

Laurène s'était approchée du bord de la terrasse pour se pencher vers sa sœur, par-dessus la balustrade.

— Tu ne restes pas, alors ?

Dominique secoua la tête et s'engouffra dans sa propre voiture.

Juillet suivit la secrétaire jusqu'à une double porte capitonnée de cuir. Le luxe du cabinet l'amusait. Tout le décor respirait l'opulence et le bon goût avec un peu trop d'ostentation.

— Comme je suis heureuse de faire votre connaissance ! s'exclama Valérie Samson en se levant.

Sa voix était grave, chaude, avec des inflexions très étudiées. Elle contourna son bureau pour venir serrer la main du jeune homme.

— Asseyez-vous, je vous en prie...

Elle ne cherchait pas à dissimuler sa curiosité, détaillant Juillet avec intérêt. Enfin elle se détourna et regagna son propre fauteuil. De son côté, il avait eu le temps d'apprécier la silhouette élégante de l'avocate, ses longues jambes, sa superbe chevelure.

— C'est très chic d'avoir accepté de venir, dit-elle en souriant. Cet entretien est complètement informel, bien entendu, mais la justice est dans un tel carcan que les parties adverses ne peuvent jamais se rencontrer...

Elle planta son regard doré et pétillant dans les yeux sombres de Juillet.

— Je ne vous imaginais pas comme ça...

Il éclata de rire, sortit tranquillement son paquet de Gitanes et demanda l'autorisation de fumer. Elle poussa un cendrier vers lui puis ouvrit un dossier sur lequel était inscrit en rouge : « Succession Château-Fonteyne ».

— Ma démarche est très inhabituelle et je ne sais pas ce qu'en pensera maître Varin... Mais j'avais envie de vous connaître pour me forger une opinion personnelle. Je lis, ici, que votre frère Louis-Marie est auteur dramatique. L'autre, Robert, est chirurgien, chef de service à l'hôpital Lariboisière...

Elle lui jeta un coup d'œil. Juillet se contentait de l'observer en silence.

— Ils sont à vos côtés dans cette affaire et n'ont aucune remarque à formuler au sujet du testament de monsieur votre père.

Elle ferma le dossier d'un coup sec.

— Trois contre un, c'est préoccupant. J'aimerais comprendre... Naturellement, vos deux frères aînés vivent à Paris et n'ont aucune raison de mettre en doute vos compétences. Mais même si votre gestion et votre comptabilité sont sans faille, il est moralement inacceptable que votre frère Alexandre ait été éjecté de l'exploitation. C'est ce dernier point que je vais défendre... Vous voyez, je vous dis tout !

Juillet rejeta la fumée de sa cigarette. Son mutisme agaçait visiblement Valérie Samson.

— C'est une affaire plus compliquée qu'il n'y paraît, ajouta-t-elle. Le droit moral, le préjudice moral, on interprète ça comme on veut, c'est à la discrétion du juge !

Elle se leva, fit quelques pas, sachant qu'il la suivait du regard. Elle laissait peu d'hommes indifférents, aussi la question brusque de Juillet la prit-elle de court.

— Comment comptez-vous présenter votre ivrogne au tribunal ?

— C'est d'Alexandre dont vous parlez ?

— Je ne vous parle pas, répondit Juillet avec un sourire charmeur, puisque nous ne sommes pas censés nous rencontrer, maître...

Sortant de sa réserve, elle éclata de rire et parut soudain beaucoup plus jeune.

— On va bien s'amuser ! prédit-elle d'une voix gaie.

Juillet ne riait pas. Il écrasa sa cigarette d'un geste nerveux.

— Je ne m'amuse pas, dit-il, ce n'est pas une partie d'échecs. Les conneries d'Alex risquent d'entraîner Fonteyne dans des difficultés insurmontables. J'ai des employés, des responsabilités.

— Des dettes aussi, je crois ?

— Ce n'est pas un secret. Les dettes sont d'ailleurs nécessaires. Mais le point d'équilibre est fragile.

Elle se tut un moment, la tête penchée sur le dossier.

— C'est le docteur Auber qui soignait votre père ? demanda-t-elle enfin.

— Oui. C'était son médecin depuis une vingtaine d'années.

— Je vais le contacter pour lui demander dans quel état de santé, physique et intellectuelle, se trouvait Aurélien Laverzac lors de l'établissement de son dernier testament, celui qui a donc servi pour la succession de Fonteyne...

Juillet s'était raidi. Elle crut avoir marqué un point mais il l'interrompit d'une voix claire.

— C'est la dernière trouvaille d'Alex ? Dieu sait qu'Aurélien n'était pas sénile !

— Aurélien ?

— Mon père, oui.

Il avait mis une telle tendresse dans le mot que Valérie Samson releva la tête. Elle le trouva très séduisant et ne put s'empêcher de lui sourire une nouvelle fois.

— Votre frère Alexandre m'a également demandé de vérifier que rien n'avait été fait de façon hâtive ou illégale lors de votre adoption, mais...

Juillet abattit sa main sur le bureau, devant lui, bousculant le dossier.

— Le plus grand défaut d'Alex, jusqu'ici, était la bêtise ! Vous n'allez pas me faire croire qu'il est devenu méchant, en plus ? Fouillez tant que vous voudrez, maître, et bon courage !

Il était debout, hautain, furieux.

— Si vous vous mettez en colère à chaque coup de l'adversaire, vous n'irez jamais au bout du match, dit Valérie Samson sans agressivité.

Il s'obligea à rester calme.

— Vous me l'avez déjà fait comprendre tout à l'heure, il s'agit d'un jeu pour vous. C'est votre métier et je suppose qu'il est rentable. Pour ma part je n'ai pas de temps à perdre. Vous serez aimable de vous adresser à maître Varin désormais.

Il lui adressa un signe de tête ironique et se dirigea vers la porte sans qu'elle fasse rien pour le retenir. Elle avait voulu le voir parce qu'elle aimait rencontrer les parties adverses. Elle rangeait les gens dans des catégories bien distinctes, les jugeant en quelques minutes grâce à un instinct très sûr lié à une grande habitude. Mais Juillet était impossible à cerner ou à définir. Il ne ressemblait à personne, et surtout pas à son frère. Son indéniable charisme allait faire beaucoup pour lui lors du procès.

Elle se leva pour s'approcher d'une fenêtre et repéra aisément la silhouette haute et mince. Il regagnait sa Mercedes. Elle prit des jumelles sur une étagère pour mieux l'observer tandis qu'il déverrouillait la portière puis s'installait au volant.

— Dieu, qu'il est beau, ce mec, murmura-t-elle avec un gentil sourire qu'elle ne montrait jamais à personne.

Robert retira ses gants, son masque et sa blouse. Il avait laissé son assistant terminer les sutures après une opération particulièrement réussie. Il alla prendre une douche dans le vestiaire des chirurgiens puis gagna son bureau. En consultant son agenda, il soupira devant tout le travail qui l'attendait. Plusieurs messages de sa secrétaire étaient inscrits d'une écriture appliquée, près du téléphone. Il les parcourut en hâte et ne fut soulagé que lorsqu'il put constater que Pauline l'avait appelé pour confirmer leur rendez-vous. Depuis une semaine, ils se voyaient chaque jour. Lassée de l'hôtel, elle avait voulu jouer à la dînette chez lui et il avait dû faire disparaître toutes les traces du bref passage de Frédérique. La jeune femme avait été casée dans les locaux de l'hôpital avec pour mission de chercher d'urgence un appartement à son goût. Robert l'avait confiée à la fidèle Janine en lui racontant une histoire de petite protégée de province. Ensuite, il avait entamé les démarches nécessaires pour que Frédérique intègre le personnel administratif de Lariboisière à un bon poste. Débarrassé d'elle, il avait pu se consacrer à la grande affaire de sa vie : Pauline.

Comme il était sans illusions depuis longtemps, il restait prudent et ne posait pas de questions sur l'avenir. Il devinait les réticences de Pauline vis-à-vis de Louis-Marie et de Fonteyne, mais il se contentait d'attendre. Le mois de juillet était bien entamé, pourtant elle restait évasive, ne donnait aucune date pour son départ. Elle dormait chez lui quelques heures puis exigeait qu'il la ramène à l'aube. Leur relation, libre mais contrainte, avait quelque chose d'irréel. Ils faisaient l'amour passionnément, comme s'ils avaient voulu se damner pour l'éternité, comme s'ils avaient dû ne jamais se revoir. Ils buvaient du champagne, les yeux dans les yeux, riant à tout propos comme des gamins. Cependant, ils vivaient une parenthèse, Robert le savait.

Lorsque le téléphone sonna, il sursauta. Il décrocha tout de suite et fut glacé d'entendre Louis-Marie. Pour gagner du temps, il donna aussitôt des nouvelles de Frédérique, s'attardant sur les détails. La voix de Louis-Marie, amicale, ne présageait aucun orage et Robert se détendit un peu. Comme ses frères l'avaient prévu, Juillet s'inquiétait de l'enfant. Robert apprit à Louis-Marie, sans pouvoir s'empêcher de rire, que Frédérique avait prénommé son fils Julien, ce qui était un habile compromis entre Juillet et Aurélien. Louis-Marie s'amusa avec lui et Robert avait tout à fait oublié ses craintes lorsque la question tomba :

— Tu vois souvent Pauline ?

Bien que formulé de façon anodine, c'était un véritable piège. Mais Robert n'avait pas le temps de réfléchir, il devait enchaîner.

— Je l'ai invitée à déjeuner avant-hier, elle était en pleine forme.

Il n'y eut qu'un très court silence puis Louis-Marie parla d'autre chose. En raccrochant, Robert était à la fois soulagé et mécontent. Sans l'accord de Pauline, il ne pouvait rien dire, pourtant le mensonge lui pesait de plus en plus.

Il jeta un coup d'œil au-dehors. Il semblait régner une chaleur caniculaire. Fonteyne gardait toujours un peu de fraîcheur à l'abri de ses murs épais, même au milieu de l'été. Si Robert parvenait à récupérer Pauline, ce qui était son désir le plus cher, il ne pourrait plus jamais y aller. Cette idée était très désagréable, très pénible. Leur famille était-elle condamnée à se déchirer sans cesse ? Du vivant de leur père, chacun des frères s'était obligé à faire bonne figure. Aujourd'hui, les dissensions éclataient de toutes parts, les querelles ou les secrets s'étalaient au grand jour.

« Non, je suis injuste... Nous avons caché Frédérique et l'enfant... Nous avons laissé Juillet libre de prendre la place de papa. Si Alex n'était pas aussi stupide, tout pourrait rentrer dans l'ordre... »

Il soupira, soudain mélancolique. Sa vie était à Paris depuis longtemps, pourtant il ne se passait pas un seul jour sans qu'il songe à Fonteyne, à Juillet. En y réfléchissant, il constata qu'il en avait toujours été ainsi. Contrairement à ce qu'il avait pu croire – ou vouloir – ses racines avaient beaucoup d'importance.

Le téléphone sonna de nouveau et Robert décrocha en hâte. Cette fois-ci, enfin, c'était Pauline.

Laurène se mordit les lèvres pour ne pas crier, submergée de plaisir. Elle serra Juillet de toutes ses forces puis elle se laissa aller. Les lampes de chevet étaient restées allumées et, les yeux mi-clos, elle l'observa qui reprenait son souffle. Il bougea un peu, s'écarta, tendit la main vers son paquet de cigarettes. Elle savait qu'il allait fumer en silence, la regarder s'endormir, puis se glisser hors du lit. Il ne remonterait que tard dans la nuit, après avoir passé un moment à travailler dans son bureau ou à bouquiner sur l'échelle de la bibliothèque.

Posant une main sur le ventre à peine gonflé de sa femme, il dit tendrement :

— Je l'attends avec impatience, tu sais...

Elle caressa les boucles brunes de Juillet.

— Je veux qu'il te ressemble ! murmura-t-elle

Elle avait déjà sommeil et il ramena les couvertures sur elle. À l'idée qu'elle soit bientôt mère, il se sentait ému. Peut-être penserait-il moins au bébé de Frédérique lorsque le sien serait né. Il regarda le profil de Laurène qui se détachait sur la taie d'oreiller. Il n'éprouvait pas le besoin de parler avec elle et il se le reprochait. À force de la ménager, il la tenait à l'écart de tout. Il lui faisait l'amour, l'entourait de tendresse, mais il ne parvenait pas à se sentir proche d'elle. Elle était restée la gamine qu'il avait toujours connue, adorable mais sans mystère, éperdue devant lui comme au temps où elle portait des nattes.

Il se releva sans bruit et enfila un jean. En passant devant la porte de Louis-Marie, il vit de la lumière mais ne s'arrêta pas. Chacun gérait ses insomnies comme il l'entendait.

Dominique sanglotait, la tête sur l'épaule de sa mère.

— Pourquoi ne m'as-tu pas parlé plus tôt ? demanda doucement Marie. Quand j'entends la voiture au milieu de la nuit, je comprends bien qu'il traîne à Bordeaux ! Seulement, un jour, il aura un accident...

Marie avait épuisé toutes ses réserves de patience et, ce soir-là, elle était allée frapper chez sa fille. Elle l'avait trouvée en larmes, des relevés de banque et des chéquiers épars sur le lit. Elle avait compris que le temps était venu de réagir.

— Ton père s'aveugle, il aime son gendre ! Il n'a pas oublié sa gentillesse l'année dernière et il ne veut pas le voir autrement. Pourtant, Dieu sait qu'il a changé... Je m'inquiète, ma petite, pour toi, pour lui, et pour les jumeaux.

Dominique essuya ses larmes d'un revers de main rageur.

— Il envoie promener les enfants, il n'a jamais de temps à leur consacrer, il ne les embrasse même plus ! Remarque, tant mieux, parce qu'il pue l'alcool !

Saisissant l'un des papiers, devant elle, et le brandit sous le nez de sa mère.

— Tu as vu l'état du compte ? Nous sommes à découvert ! Il retire du liquide tous les jours pour faire la tournée des bars, sans parler des chèques monstrueux qu'il signe à son avocate.

Marie regarda les colonnes de chiffres jusqu'au solde, négatif.

— Tout ça pourquoi, maman ? Pour couler Fonteyne ? Juillet fait des prodiges pour l'exploitation, il la tient à bout de bras et il n'a pas besoin qu'on lui mette des bâtons dans les roues ! Alex voudrait des liquidités, des rentrées d'argent, c'est exactement ce que Juillet ne peut pas lui donner. Alors il va dépenser nos économies chez Valérie Samson pour saborder son frère, incapable de comprendre que c'est à son propre capital qu'il s'attaque ! Il est trop con !

Marie sursauta. Dominique n'employait jamais ce genre de vocabulaire, surtout pas pour parler de ceux qu'elle aimait.

— Quand nous sommes venus ici, maman, je n'ai pas vu le danger. Je voulais l'aider à grandir. Je croyais qu'un an ou deux loin de Fonteyne lui seraient salutaires, que ses rapports avec Juillet s'arrangeraient.

Si je l'avais pensé capable de contester le testament, je n'aurais pas accepté de quitter la Grangette. Il n'aurait jamais osé, là-bas...

Elle livrait en bloc ses regrets et son désespoir. Elle ajouta, allant jusqu'au bout de ce qu'elle avait à dire :

— J'aime Fonteyne. Je me suis trompée, notre place est là-bas. Mais, maintenant...

Marie prit un mouchoir, dans la poche de sa robe de chambre et le tendit à sa fille. Rien ne la surprenait dans ce discours, sinon sa véhémence.

— Comment est-il, avec toi ? demanda-t-elle pour en avoir le cœur net.

— Moche, se contenta d'avouer Dominique.

Elles échangèrent un long regard.

— Je ne sais pas quoi te dire, reconnut Marie simplement.

Elle se sentait impuissante, inutile. Antoine défendait Alex et il trinquait même volontiers avec lui. L'alcool aurait toujours raison.

— De l'argent, je t'en donnerai, déclara Marie. À toi directement. Je ne veux pas que tu manques de quoi que ce soit, et les enfants non plus !

Dominique secouait la tête mais sa mère insista.

— Ce sera notre secret. En attendant.

— En attendant quoi ?

Marie soupira et attira sa fille contre elle. Dominique et Laurène avaient toujours espéré de leur mère des solutions.

— Tu aimes ton mari ?

Dominique, étonnée, prit le temps de réfléchir.

— Oui, je crois...

Sa voix manquait de chaleur, de conviction. Marie se demanda s'il n'était pas trop tard.

Maître Varin était venu lui-même porter la convocation du juge. Il assura Juillet qu'il s'agissait d'une formalité habituelle mais qu'il pouvait, s'il le souhaitait, se faire accompagner d'un avocat. De toute façon, il allait falloir en choisir un. Il suggéra d'avoir plutôt recours à quelqu'un qui soit radicalement différent de Valérie Samson.

— Elle est redoutable, comme vous le savez, mais pas toujours très appréciée des magistrats. Prenons un homme, d'un certain âge et d'une réputation sans tache. Pas un spécialiste d'affaires, surtout !

Juillet écoutait Varin avec attention. Aurélien lui avait toujours témoigné de l'estime, le tenant pour un notaire aussi habile que rusé.

— À mon avis, disait-il, nous ne devons pas répondre sur le même ton que nos adversaires. À eux les histoires d'argent, d'intérêt, à nous la protection du patrimoine, la sauvegarde de l'exploitation, le maintien des traditions, le respect des volontés testamentaires…

Juillet hocha la tête, conscient qu'il fallait organiser leur défense, puisqu'ils étaient attaqués.

— Pensez-vous à quelqu'un en particulier ?

— Vernon serait très bien. Il peut ingurgiter le dossier en quarante-huit heures et vous accompagner chez le juge.

Juillet donna son accord et proposa un apéritif au notaire.

— Nous allons rejoindre ma femme et mon frère sur la terrasse, dit-il, mais avant j'aurais voulu vous faire part d'une chose confidentielle.

Brusquement inquiet, Varin se pencha en avant pour mieux entendre.

— Vraiment confidentielle, insista Juillet. Qui restera entre vous, moi, Louis-Marie et Robert. Et qui concerne cette jeune femme que vous aimez bien, Frédérique…

Varin n'eut qu'un battement de cils, invitant Juillet à poursuivre.

— Nous souhaitons lui établir une rente. Et lui faire don, en bonne et due forme, d'un bien immobilier situé à Paris. Vous allez nous préparer des actes. Ma femme ignore tout de cette démarche, et ce taré d'Alex aussi, bien entendu !

L'autre se taisait, imperturbable. Le silence dura une bonne minute. Lorsqu'il comprit que Juillet ne lui donnerait aucune explication supplémentaire, il se contenta de déclarer :

— Il va y avoir des droits, sur la donation. Pour la rente, il faudrait bloquer un capital.

Juillet se leva. Il semblait fatigué.

— Ne poursuivez pas les négociations pour le rachat de la parcelle que je convoitais. Je renonce à agrandir le vignoble cette année…

Varin comprit immédiatement ce que cette décision devait coûter à Juillet. Il remit ses commentaires à plus tard et le suivit jusqu'à la terrasse ombragée où Laurène et Louis-Marie les accueillirent. On servit un délicieux Entre-Deux-Mers très fruité. Juillet raconta à son frère, en riant, le bref entretien qu'il avait eu avec Valérie Samson et l'impression mitigée qu'il en avait gardée.

— Ah, c'est une femme de caractère ! attesta le notaire. Intelligente, belle, très à l'aise… Mais qui veut gagner à tous les coups et qui, pour ce faire, choisit ses causes avec discernement. Je comprends mal, pour Alexandre…

— Elle a dû voir en deux minutes qu'elle avait affaire à un perdant, ajouta Juillet d'un ton méprisant. À moins d'aimer les canards boiteux...

Sa remarque étonna Laurène. Comme il était rarement méchant, elle espéra qu'il s'agissait d'un moment d'humeur. Elle gardait l'idée d'une paix prochaine entre son mari et Alex. C'était leur sujet de conversation favori, avec Dominique. Elles envisageaient inlassablement toutes les solutions possibles pour rapprocher les deux frères.

— Les avocats jettent toujours de l'huile sur le feu, dit Louis-Marie d'un ton rêveur. Ensuite, les parties adverses deviennent impossibles à concilier. Mais bien sûr, une procédure courte n'est pas lucrative...

Agacé, Juillet gardait l'air soucieux. Maître Varin, en l'observant du coin de l'œil, lui trouvait une grande ressemblance d'expression avec Aurélien. Il avait souvent vu, dans son étude ou à Fonteyne, le patriarche arborer cette mine sévère et pensive. Le jeune homme avait les mêmes attitudes, la même rigueur inflexible, le même souci permanent de sa propriété. Renoncer à acquérir la parcelle qu'il convoitait depuis de longs mois devait lui sembler insupportable, Varin le savait. Mais il connaissait la situation financière de Juillet et il lui donnait raison. Investir aurait été suicidaire.

— Je vais organiser une vente de vins, dit Juillet d'une voix morne.

— C'est une excellente idée, répondit Varin sans laisser à personne le temps d'intervenir.

Louis-Marie eut l'air interloqué.

— Tu sais, lui dit Juillet avec une soudaine tendresse, j'en ai toujours beaucoup trop... Au lieu d'agrandir les caves, je vais plutôt faire de la place...

Louis-Marie n'avait aucune intention de discuter les décisions de Juillet mais cette vente le contrariait, lui aussi. Il était infiniment plus concerné par Fonteyne qu'il ne l'avait cru jusqu'ici. Petit à petit, il se prenait au jeu. La merveilleuse machine qu'était l'exploitation ne le laissait plus indifférent. Y avoir travaillé depuis plusieurs semaines lui avait redonné le sens de certaines valeurs qu'il avait oubliées. Se battre pour leur vignoble, pour leur nom, pour leur propriété, c'était au fond plus important que voir sa signature au bas d'un article ou son livre chez un libraire.

« Je vais finir par ne plus pouvoir partir d'ici… » pensa-t-il sans que cette idée l'inquiète.

Laurène chassa une guêpe d'un geste craintif. Il faisait très chaud.

— Puis-je vous prier à déjeuner, cher ami ? demandait Juillet à son notaire.

Laurène se sentit rougir. Elle aurait dû y penser la première. Elle chercha le regard de son mari mais il était déjà debout.

— Je préviens Fernande…

Ils le regardèrent s'éloigner puis Louis-Marie s'adressa à Varin.

— Vous savez que nous sommes, Robert et moi, déterminés à l'aider au maximum… Avec le mal qu'il se donne, il a besoin d'être soutenu. N'hésitez pas à faire appel à nous.

Varin approuva cette déclaration avec la gravité qu'elle méritait. La convocation du juge donnait le coup d'envoi à la cascade d'ennuis qui risquait de s'abattre sur Fonteyne. Discrètement, il jeta un coup d'œil vers la façade du château. Rien n'aurait dû menacer cet endroit. Tous les actes exigés par Aurélien avaient été établis avec soin. Pourtant, Varin l'avait maintes fois constaté, les tribunaux rendaient parfois des jugements iniques. À force de relire les statuts de la société viticole de Fonteyne, il les connaissait par cœur. Ils semblaient inattaquables, mais Varin pria pour que Valérie Samson n'y découvre pas la moindre faille.

Alexandre se réveilla, la bouche pâteuse et les tempes dans un étau. La soirée de la veille avait été encore plus arrosée que les précédentes. Marc était arrivé dans leur bar habituel dans un état d'intense surexcitation. Il venait juste d'apprendre, par un copain qui travaillait à l'hôpital, que sa sœur y avait accouché quelques semaines plus tôt. Aussitôt, il avait voulu voir Frédérique mais elle était partie sans laisser d'adresse et personne dans son ancien immeuble n'avait pu le renseigner.

Marc avait tiré les déductions qui s'imposaient. Il ne possédait aucune preuve, ne pouvait rien faire, sauf apprendre la nouvelle à Alexandre. Il s'y employa sans ménagement, en commandant sa première tournée. Jusqu'ici ils n'étaient que des copains, à présent ils se sentaient de la même famille. Ils se livrèrent à toutes les suppositions et hypothèses qui leur passèrent par la tête. Marc tenait sa sœur pour une garce et prétendait qu'elle devait avoir de nombreux amants. Il ne comprenait pas, toutefois, qu'elle n'ait pas tenté d'obtenir un dédommagement.

Alexandre, plus impressionné qu'il ne voulait le montrer, trinqua sans relâche. Il regagna Mazion à l'aube, dans un état lamentable. Ils s'étaient promis, Marc et lui, une indéfectible amitié. Il ne se souvenait plus de la suite, ni comment il était parvenu jusqu'à son lit.

Il tourna la tête avec précaution vers son réveil. Il était presque midi et il entendait des voix joyeuses monter du rez-de-chaussée. Se traînant jusqu'à la salle de bains, il jeta dans le panier à linge ses vêtements de la veille et prit une longue douche tiède pour essayer d'oublier son mal de tête.

En bas dans la cuisine, il trouva Dominique et Laurène en grande conversation. Sa femme ne lui accorda qu'un coup d'œil et lui tendit une tasse de café noir. Les deux sœurs s'étaient tues à son arrivée, ce qui le rendit de mauvaise humeur.

— Tu veux ma photo ? demanda-t-il de façon agressive à Laurène qui le regardait.

Elle le trouvait très changé et elle n'avait pas su dissimuler une expression apitoyée.

— S'il te plaît, Alex ! intervint Dominique d'une voix froide.

Furieux, il se tourna vers elle. Il lui en voulait, obscurément, d'avoir été témoin de son retour lamentable à l'aube. Il imaginait sans peine avec quel dégoût elle avait dû le voir se coucher tout habillé. L'humiliation le rendit injuste.

— Quelles têtes d'enterrement vous faites ! Quelqu'un est mort ?

Sa main tremblait et il reposa brusquement sa tasse. La présence de Laurène obligeait Dominique à rester calme.

— Va prendre l'air, suggéra-t-elle à son mari.
— Par cette chaleur ? Tu es folle !

Ouvrant la porte du réfrigérateur, il saisit une bouteille de vin blanc. Il avait un besoin urgent de boire, malgré la mine réprobatrice des deux femmes. Il voulut s'emparer d'un verre mais Dominique l'en empêcha.

— Laisse-toi le temps de dessoûler, au moins ! cria-t-elle.

Il la repoussa avec brutalité et elle dut s'appuyer à la table pour ne pas tomber, ce qui fit bondir Laurène.

— Ne touche pas à ma sœur !

Elle s'était dressée devant lui, toute petite, menue, avec son ventre un peu proéminent. Il éclata de rire.

— Toi, la bécasse, ferme-la !

Il but une gorgée à même le goulot puis baissa les yeux vers elle.

— Tu aurais dû te dépêcher un peu pour la fabrication du moutard ! J'en connais qui t'ont devancée…

Dominique et Laurène échangèrent un coup d'œil éberlué. Elles ne comprenaient pas l'allusion et il insista :

— Demande donc à ton cher mari ! Il s'y connaît en bâtards et quelque chose me dit que c'est d'actualité !

Cette fois il se mit à rire, content de lui. Dominique lui arracha la bouteille des mains et la lança dans l'évier où elle se fracassa. Puis elle prit fermement la main de Laurène et l'entraîna hors de la cuisine. Dans la cour, elles tombèrent nez à nez avec Marie.

— Qu'est-ce que c'est que ce vacarme, les filles ?

Leur mère les regardait, abasourdie. Elles avaient l'air hagard. Alex apparut sur le seuil, juste derrière elles. La vue de Marie l'empêcha d'avancer mais il cria :

— Renseigne-toi, la puce ! Tu verras que j'ai raison !

— De quoi parle-t-il ? demanda Marie.

— Je ne sais pas. Il devient fou.

Dominique, impuissante, foudroyait Alex du regard. Elle avait le pressentiment qu'il disait la vérité, alcool ou pas.

— Va poser la question à Juillet ! Frédérique, ça te dit quelque chose, hein ? Fré-dé-rique !

Marie fit les trois pas qui la séparaient de son gendre.

— Rentre, gronda-t-elle entre ses dents.

Quand elle le voulait, elle pouvait être impressionnante. Alex battit aussitôt en retraite. Marie entendit un bruit de moteur et n'eut que le temps, en tournant la tête, d'apercevoir la voiture de Laurène qui s'éloignait. Elle s'engouffra dans la cuisine à son tour, décidée à en savoir davantage.

Laurène pleurait sans bruit, recroquevillée sur son fauteuil favori. Juillet faisait les cent pas devant la cheminée de leur chambre, les mains enfouies dans les poches de son jean. Il n'avait rien pu faire ou dire qui la console. Il avait répondu franchement à ses questions pressantes, avouant la vérité puisqu'elle en savait déjà trop. Il était aussi malheureux qu'elle, peut-être davantage, mais l'enfant de Frédérique existait bel et bien.

Il revint s'agenouiller près de Laurène et essaya, en vain, de capter son regard.

— Je t'en supplie, ne pleure pas...

Elle s'écarta un peu, gardant la tête enfouie dans ses bras. Elle n'avait pas demandé de détails, le laissant s'expliquer. Mais elle n'avait rien oublié des moments orageux qu'ils avaient vécus l'année précédente. Rien oublié de sa peur face à Frédérique. Elle se souvenait, avec une jalousie accrue, violente, des regards que Juillet posait alors sur la jeune femme. Il l'avait trompée et elle en avait éprouvé une douleur aiguë qu'elle croyait disparue et qu'elle retrouvait intacte. Il pouvait très bien être le père de ce bébé. Elle ne serait donc pas la première à lui donner un enfant. Cette idée était intolérable. Elle s'était crue à l'abri depuis qu'elle était enceinte, depuis qu'elle était mariée. À présent, son univers s'écroulait, emportant ses illusions et sa candeur. Elle connaissait trop l'amour fou de Juillet pour son père, et penser qu'Aurélien pouvait tout aussi bien être le père de cet enfant était encore plus inquiétant. De quelque côté qu'elle se tournât, elle ne trouvait aucun réconfort.

— Tu vas l'aimer, tu vas l'aimer, tu l'aimes déjà, répétait-elle d'une voix monocorde.

Impuissant devant la détresse de sa femme, Juillet se releva. Il resta un long moment à la contempler, hésitant. Lorsqu'il se décida enfin à faire un pas vers la porte, elle se mit à crier :

— Ne t'en va pas ! Pas ce soir ! Tu me fuis toutes les nuits ! Pourquoi ? Parce que je ne suis qu'une petite gourde ? Tu fais ton devoir de mari et puis tu t'éclipses, j'en ai assez !

— Laurène…

— C'est vrai, à la fin, je suis toujours seule et j'ai peur ! Je dors avec toi par intermittence ! Ton chien est plus souvent dans ton lit que toi !

Échevelée, son maquillage dilué par les larmes, elle paraissait au bord de la crise d'hystérie.

— Et puis je vais devenir difforme avec ce bébé que je voulais te donner, et toi, pendant ce temps-là, tu penseras à l'autre !

Elle trébucha sur le bord du tapis et tomba à genoux. Au lieu de se relever, elle se traîna jusqu'à Juillet qui était resté immobile, horrifié.

— Je suis ta femme ! hurla-t-elle d'une voix déchirante.

Il se pencha, la prit dans ses bras et la souleva sans effort. Elle se débattait, criant comme une folle à travers ses sanglots. Juillet entendit la porte qui s'ouvrait et Louis-Marie, en robe de chambre, s'approcha du lit où il venait de déposer Laurène. Elle criait toujours et ils échangèrent un regard. Juillet était pâle.

— Téléphone à Auber, dit-il en maintenant sa femme.

Il se sentait froid, détaché. Il pensa que s'il arrivait quelque chose à Laurène ou à l'enfant qu'elle portait, il tuerait Alexandre de ses mains.

Le mois d'août fut torride et d'une totale sécheresse. Juillet surveillait les raisins sans relâche. Botty le suivait partout, langue pendante, car il fuyait la chambre de sa maîtresse. Le docteur Auber avait recommandé du calme et Laurène avait saisi le prétexte pour ne descendre qu'au moment des repas. À table, Juillet ne parlait pas de ses soucis, et il essayait de la faire rire. Elle lui jetait des regards de chien battu, souriait par politesse, posait quelques questions à Louis-Marie au sujet du parc, mais sans conviction.

Malgré son travail, Fernande avait pris l'habitude de passer un long moment avec elle, chaque matin, en lui montant son plateau du petit déjeuner. Elle la trouvait triste et sans réaction. Elle avait constaté que Juillet dormait souvent en bas, dans la chambre d'Aurélien, mais elle s'était gardée de poser des questions, se contentant de refaire le lit, de vider le cendrier et de fermer la porte-fenêtre.

Laurène passait ses après-midi à dormir, volets clos pour échapper au grand soleil, attendant en vain, roulée en boule, que Juillet vienne la voir. Il ne l'avait plus touchée depuis sa crise de nerfs et elle était persuadée qu'il lui en voulait de s'être laissée aller à autant de colère. Mais chaque fois qu'elle pensait à cette Frédérique, elle était soulevée de la même rage aveugle et prête à redire des horreurs.

Elle se sentait frustrée, abandonnée et souffrait physiquement de le savoir au rez-de-chaussée, la nuit, persuadée qu'il se vengeait ainsi des reproches qu'elle lui avait adressés. Les caresses, la présence rassurante, l'odeur même de Juillet lui manquaient. Lorsqu'elle entendait son pas sur les graviers, elle s'embusquait derrière les volets pour le regarder aller et venir de sa démarche infatigable. Et lorsqu'elle voyait la silhouette de Bingo au sommet des collines, elle guettait le bruit des sabots annonçant son retour. Elle avait envie de l'appeler mais n'osait pas. Elle l'avait obligé à se marier. Pour mieux le contraindre, elle avait arrêté de prendre la pilule. Peut-être lui en voulait-il ? Peut-être la trouvait-il gênante maintenant qu'il y avait cet enfant ? Chaque coup de téléphone de Robert à Juillet ou de Pauline à Louis-Marie l'inquiétait. Donnaient-ils des nouvelles de Frédérique ? Juillet avait dit qu'elle vivait à Paris avec son fils. Ses frères l'avaient donc aidé à mentir, à dissimuler.

Sans cesse, elle ressassait les mêmes rancœurs, les mêmes terreurs. Elle n'allait plus à Mazion mais elle téléphonait beaucoup à Dominique qui restait son seul lien avec le monde extérieur.

— Comment allez-vous ce matin ? demanda Fernande en entrant.

Elle ouvrit les rideaux des trois fenêtres, posa le plateau sur les genoux de Laurène et la dévisagea.

— Toujours une petite mine... Vous devriez sortir un peu. En fin de journée, il fait moins chaud.

Elle versa le thé, le sucra.

— Les massifs sont splendides, vous verrez ! Bernard les arrose chaque matin, à l'aube.

Laurène sourit à la vieille femme. Elle avait confiance en elle.

— Juillet est dans les vignes ? demanda-t-elle d'une voix timide.

Elle voulait toujours savoir ce qu'il faisait et où il était. Fernande se sentit envahie de pitié.

— Non, il est à Bordeaux. Il sera là pour déjeuner. Il m'a donné ceci pour vous.

Elle désignait une rose blanche, sur le plateau. Laurène se demanda si c'était vraiment Juillet qui avait pris le temps de la cueillir. Mais Fernande ne mentait jamais.

— C'est gentil, dit-elle en caressant la fleur.

— Ce qui serait gentil, dit Fernande d'une voix ferme, ce serait de ne pas passer votre vie au lit. Il faut marcher, le docteur l'a dit.

— Je ne suis pas malade, protesta Laurène.

— Raison de plus.

Fernande tapota affectueusement la main de Laurène.

— Et puis il ne faut pas avoir peur de parler, vous savez...

La jeune femme sembla se recroqueviller sur elle-même et Fernande secoua la tête, navrée.

— Allez, je vais préparer le déjeuner...

Laurène s'assit brusquement, dans son lit, manquant de faire chavirer le plateau.

— Je ne vous aide pas assez, Fernande !

La vieille femme plissa les yeux, ravie de sauter sur l'occasion offerte :

— J'avoue que ça me manque... Pour les courses, tout ça... Je me débrouille avec Lucas, Clotilde, ou même parfois monsieur Louis-Marie, et puis la plupart des fournisseurs nous livrent, vous savez bien, mais quand même, ce n'est pas simple...

Elle avait récupéré le plateau et se dirigeait vers la porte sans attendre.

— Faites-moi une liste ! dit Laurène dans son dos. J'irai à Bordeaux cet après-midi.

Fernande hocha la tête, contente d'elle.

Juillet sortit du bureau du juge, ravi. Le magistrat avait posé quelques questions de pure forme au début de l'entretien, puis, rassuré par la présence de maître Vernon qui faisait partie de son cercle de bridge, il s'était laissé aller à une véritable conversation. Les trois hommes avaient discuté de tout et de rien, de leurs amis communs, du souvenir admirable qu'Aurélien avait laissé derrière lui, de la réputation sans faille des vins de Château-Fonteyne.

— Je n'ai toujours pas compris, avait déclaré le juge d'un ton las, sur quoi s'appuie exactement la requête de maître Samson.

Il avait prononcé ce nom avec réticence puis avait ajouté :

— Je déteste ces procédures pour battre monnaie !

C'était ainsi qu'il appelait les actions de justice ayant un but trop clairement avoué : la cupidité. Enfin il avait laissé tomber, définitif :

— D'ailleurs cette femme me soûle...

Valérie Samson s'était moquée de ses avances, quelques années auparavant, et s'en était fait un ennemi. Juillet comprit qu'il avait de la chance mais il ne fit aucun commentaire désobligeant sur l'avocate. Il se força même à parler d'Alexandre en termes mesurés, le dépeignant comme un gentil faible, un paresseux naïf. Feuilletant le dossier distraitement, le juge avait laissé voir sa conviction, approuvant sans réserve la gestion impeccable de Juillet. Maître Vernon avait ensuite souligné la totale confiance des deux frères aînés dont la respectabilité et la bonne foi ne pouvaient être mises en doute.

Les trois hommes s'étaient quittés en se serrant chaleureusement la main, entre gens du même monde. Quand il avait pris congé de Juillet, dans le hall du palais de justice, maître Vernon s'était montré très optimiste pour la suite mais avait conseillé à Juillet de ne faire aucune dépense ou aucun investissement afin de garder une comptabilité limpide. Ce dernier point était le seul qui soit préoccupant. Les engagements pris vis-à-vis de Frédérique nécessitaient des transferts de fonds. Juillet ne jugea pas utile d'en parler à son avocat, préférant consulter Varin d'abord.

Sur les marches du palais, il croisa Valérie Samson qui s'arrêta pour le saluer.

— Comme je suis heureuse de vous voir ! s'exclama-t-elle avec un sourire éblouissant. Je cherchais un compagnon de rafraîchissement, cette chaleur est intolérable et je n'aime pas boire seule ! Vous venez ?

Elle l'entraînait sans attendre son avis, l'ayant pris par la main.

— Je connais un bistrot délicieusement frais ! Vous sortez de chez le juge ? Quelle vieille barbe, hein ?

Elle riait, repoussant de sa main libre sa chevelure rousse. Ils entrèrent dans un bar sombre et luxueux avant que Juillet ait pu prononcer un mot. Elle commanda du champagne puis elle se laissa tomber sur une banquette.

— Bien entendu, dit-elle, il serait immoral que je trinque avec vous !

Elle éclata d'un rire très communicatif. Elle était vêtue d'un chemisier et d'une jupe blanche qui mettaient en valeur son irréprochable silhouette. Sensible au charme des femmes, Juillet finit par sourire malgré lui.

— Nous ne sommes que le 2 septembre et les vacances judiciaires sont déjà terminées, soupira-t-elle. D'un autre côté, je ne suis pas fâchée de reprendre le collier, l'inaction me tue.

Elle avait quelque chose de séduisant et de différent qui frappa Juillet. Il aimait les fortes personnalités et il en était privé depuis la mort d'Aurélien. Il leva sa flûte, hésita une seconde puis déclara :

— À vous !

Il but quelques gorgées. Il n'appréciait pas le champagne à cette heure-là.

— Très bien, votre idée de prendre Vernon comme défenseur ! Très habile... Il est aussi sinistre que le juge, ils vont bien s'entendre ! Vous êtes pressé ?

Juillet, qui venait de jeter un coup d'œil à sa montre, s'excusa aussitôt.

— Vous comprenez, je suis à un mois des vendanges, à peine...

Il accompagna sa phrase d'un irrésistible sourire. Valérie Samson sentit brusquement son cœur se serrer. Elle se pencha en avant, au-dessus du guéridon.

— Vous savez pourquoi j'ai accepté le dossier de votre frère ? Pour vous rencontrer, vous.

Juillet la regardait, interloqué.

— J'aime autant vous le dire, c'est plus loyal. Il y a très longtemps que j'entends parler de vous.

— Par qui ?

L'étonnement sincère de Juillet la fit rire.

— Par tout le monde ! Vous avez toujours été l'un des sujets de conversation favoris d'une certaine société. Vous ne l'ignorez pas, je pense ? Bien sûr, vous faites partie d'une famille très en vue, bien sûr il y avait la légende de votre père, ses maîtresses, votre adoption, tout ça... Mais c'est surtout parce que vous êtes la coqueluche des femmes. Elles sont nombreuses à rêver de vous !

Juillet haussa les épaules, gêné, ne sachant que répondre.

— J'ai au moins deux amies qui sont intarissables à votre sujet ! Dont une qui a fait un très bref passage dans votre lit et qui en parle encore...

Elle était tellement directe qu'il faillit rougir. Il ne demanda aucun nom, se bornant à soutenir son regard.

— Je dois reconnaître, ajouta-t-elle, que vous feriez craquer n'importe qui, y compris une femme de mon âge.

Il fut blessé pour elle de cette phrase mais elle acheva, impitoyable :

— J'ai quarante-trois ans. Puis-je vous inviter à dîner ?

— Non, je...

— Si.

Il alluma une cigarette pour cacher son embarras. Elle attendit qu'il ait tiré une bouffée puis elle se saisit de la Gitane qu'elle écrasa posément dans le cendrier.

— Je n'aime pas l'odeur des brunes. Vous en avez imprégné mon bureau, l'autre jour. Vous devez être un des derniers Français à fumer ce truc.

Elle fouilla dans son sac, alluma une cigarette blonde, ultralégère, et la lui tendit. Ce geste aurait dû le braquer mais il l'accepta.

— Vous êtes un mari modèle au point de ne pas pouvoir rentrer à dix heures ? Juste un soir ?

Juillet se leva.

— Ma femme attend un enfant et elle n'est pas très en forme...

Valérie se mit debout à son tour, avec une lenteur étudiée. Elle s'approcha de lui et il fut enveloppé par l'odeur lourde de son parfum. Il détourna la tête pour poser des billets sur la table. Il sentit à peine la main qui effleurait sa nuque, sous les boucles. Il s'écarta un peu, à regret.

— Sortez le premier puisque vous êtes si pressé, monsieur Laverzac ! dit-elle d'une voix dure.

Il s'éloigna sans se retourner.

Dominique luttait en silence, de crainte de réveiller les jumeaux. Cette fois-ci, elle était farouchement résolue à ne pas se laisser faire. Alexandre avait déjà oublié l'incident précédent et, de nouveau, il faisait semblant de croire à un jeu lorsqu'elle se refusait à lui. Sans violence mais de tout son poids, il l'avait immobilisée.

— Lâche-moi tout de suite, chuchota-t-elle.

Il eut un rire niais qui acheva de la mettre hors d'elle. Il était lourd et dégageait une odeur âcre de transpiration, autant due à la chaleur qu'à tout ce qu'il avait ingurgité. Il écarta le chemisier de Dominique puis passa sa main dans le soutien-gorge. Elle eut un sursaut, révulsée par ce contact imposé. Prenant Alex par les cheveux, elle tira de toutes ses forces. Elle réussit à le faire basculer sur le côté pourtant il s'accrocha à elle, lui faisant très mal. Elle se mordit les lèvres pour ne pas gémir, le sein douloureux.

— Espèce de sale brute, finit-elle par hoqueter à travers ses larmes.

Elle parvint à se redresser mais il la repoussa sur le lit, cherchant à lui écarter les cuisses, surexcité. Il haletait et Dominique eut un haut-le-cœur. Sans réfléchir, elle leva la main et le gifla maladroitement. Il riposta aussitôt d'un véritable coup de poing. Elle se laissa aller, sonnée, essayant de reprendre ses esprits.

— Je vais te faire passer le goût de la révolte, grogna Alexandre.

Il se mit à la frapper, perdant tout contact avec la réalité. Ce ne fut qu'en voyant le sang qui coulait de la lèvre éclatée qu'il s'arrêta net, horrifié.

— Dominique, murmura-t-il d'une voix inquiète. Dominique !

Elle rampa jusqu'au bord du matelas et se mit debout en titubant. Il n'essaya pas de l'arrêter, brusquement conscient de ce qui venait d'arriver.

Juillet se réveilla en sursaut. Il alluma la lampe de chevet d'Aurélien. Il était trois heures du matin. Il repoussa le drap et se saisit de son blue-jean qu'il enfila à la hâte. Il remonta le couloir en courant et déboucha dans le grand hall. Il déverrouilla la porte principale en quelques instants, l'ouvrit et s'immobilisa, cloué par le spectacle. Dominique s'abattit sur lui avant qu'il ait pu faire un geste. Il la retint, d'un bras, faisant signe aux jumeaux d'entrer. La lumière du grand lustre tombait crûment sur la jeune femme qui semblait incapable de parler, le visage tuméfié, couvert de sang séché.

— Salut, les bouts de chou ! Maman a un petit souci, on dirait ? Rien de bien grave, les amours, tout va s'arranger...

Il glissa son autre bras sous les genoux de Dominique et la porta jusqu'à la bibliothèque pour l'allonger sur le canapé.

— Vous seriez gentils de me faire passer un verre et la bouteille de cognac, les mecs !

Il leur parlait d'une voix ferme, rassurante, ayant noté leur pâleur et leur mutisme. Soutenant la tête de Dominique, il la força à boire.

— Elle est tombée, maman, c'est ça ? Elle va aller mieux dans deux minutes... Et vous, sur la pointe de vos petits pieds, vous allez monter réveiller votre tante, d'accord ? Vous appuyez sur tous les interrupteurs que vous trouvez et vous filez au premier...

Il jeta un coup d'œil par-dessus son épaule pour observer les jumeaux.

— Vous pouvez aussi sortir votre oncle Louis-Marie de son lit si ça vous amuse.

Les jumeaux hochèrent la tête sans sourire. Ils paraissaient traumatisés par l'expédition nocturne.

— Allez, allez, insista Juillet, illuminez-moi ce château !

Après leur départ, Dominique se mit à pleurer. Juillet la serra contre lui en la berçant doucement. Bouleversé, il détailla les ecchymoses, le visage tuméfié.

— Tu es en sécurité, lui dit-il avec tendresse. Tu es chez toi, ma grande.

— Les garçons... je ne pouvais pas les laisser là-bas...

— Encore heureux ! On va les dorloter, et toi avec !

Il prit une profonde inspiration avant de lui demander :

— C'est Alex ?

Le regard de Dominique devint dur. Il la sentit se raidir tout entière. D'un geste convulsif, elle referma son chemisier qui pendait, déchiré. Il s'obligea à ne rien dire mais il avait compris. Sentant la présence silencieuse de Louis-Marie derrière lui, il se mordit les lèvres pour lutter contre la rage folle qui l'envahissait. Puis il se tourna vers son frère qui était en train d'ôter sa robe de chambre pour la poser sur Dominique.

— La version pour tes enfants, c'est quoi ? demanda-t-il très vite.

Dominique eut un sourire pitoyable.

— Comme tu voudras, souffla-t-elle d'une voix épuisée.

Ils s'écartèrent de quelques pas, ne sachant que faire.

— J'irai à Mazion demain matin, chuchota Juillet.

— Non, protesta Louis-Marie. C'est moi qui m'en charge !

La colère creusait les traits de Juillet. Mais ils n'eurent pas le temps d'en dire davantage car Laurène, hagarde, venait de faire irruption dans la bibliothèque. Elle se précipita vers sa sœur et tomba à genoux à côté d'elle. Sa tête enfouie au creux de l'épaule de Dominique, elle se mit à murmurer des gentillesses inaudibles. Juillet et Louis-Marie quittèrent la pièce sur la pointe des pieds. Dans le grand hall, assis sur les marches, les jumeaux se tenaient serrés l'un contre l'autre, Botty à leurs pieds. Juillet leur adressa un sourire chaleureux.

— Vous n'auriez pas un petit creux, par hasard ?

— Tu prends celui de droite et moi celui de gauche, décida Louis-Marie qui les confondait tant ils se ressemblaient.

Dans un bel ensemble, les deux frères soulevèrent les enfants et les portèrent jusqu'à la cuisine sur leurs épaules.

Aussi intraitable que l'aurait été son père, Juillet fit venir le docteur Auber et lui demanda un certificat médical lorsqu'il sortit de la chambre d'amis où Dominique avait été installée. Cette attestation de coups et blessures fut enfermée dans le coffre-fort du bureau. Juillet ne décolérait pas. Louis-Marie était revenu de Mazion en affirmant qu'Alexandre regrettait amèrement sa dispute de la veille et qu'il était prêt à tout pour se faire pardonner. Il appelait leur bagarre une « querelle d'amoureux » et, pour ne pas inquiéter Marie outre mesure, il prétendait qu'ils avaient juste échangé quelques injures et quelques paires de gifles. Louis-Marie s'était contenté d'annoncer que Dominique restait à Fonteyne avec les enfants pour s'y reposer. Avant de quitter Mazion, il avait pu parler en tête à tête à Alex. Sans même essayer de lui faire la morale, il l'avait mis en garde contre les effets désastreux de l'alcool avant de lui décrire l'état réel de sa femme. Tête basse, Alex avait promis de ne plus boire.

— Serment d'ivrogne ! commenta Juillet en écoutant le récit de Louis-Marie.

Révolté, exaspéré, il ne pensait qu'à une chose : administrer à son frère la correction qu'il méritait. Antoine était trop mou pour le faire, hélas.

— Tu n'iras pas à Mazion, déclara fermement Louis-Marie.

Tant qu'ils ne connaîtraient pas les intentions de Dominique, il n'était pas question d'intervenir.

— Une bagarre avec Alex en ce moment serait très malvenue. Demande à notre avocat ce qu'il en pense !

Et c'est parce que Louis-Marie avait utilisé ce « notre » que Juillet accepta d'attendre. Il alla passer sa rage dans les vignes, arpentant ses terres durant plusieurs heures, semant Lucas qui cessa de le suivre au bout d'un moment, épuisé.

Fernande voulut prendre en main les enfants mais Laurène, sortie brusquement de son apathie, décida de s'occuper elle-même des jumeaux. La rentrée scolaire ayant lieu deux jours plus tard, elle se rendit dans une grande papeterie de Bordeaux avec eux pour y acheter les fournitures nécessaires et, surtout, pour les distraire. Ensuite elle les emmena goûter avant de regagner Fonteyne. Après qu'elle eut garé sa Civic sous la grange, Bernard aida les petits à décharger le coffre et à tout porter jusqu'au château. Au moment de quitter la grange, elle remarqua la silhouette de Juillet, dans l'ombre, appuyée au mur du fond. Elle se dirigea vers lui d'un pas résolu.

— Les jumeaux vont bien, dit-elle. Ils se sont beaucoup amusés en ville…

Juillet sourit et lui tendit la main pour l'attirer contre lui.

— Je crois que ce garçon, Bernard… eh bien, je crois qu'il est amoureux de toi !

Elle éclata de rire, trouvant l'idée farfelue. Il l'entraîna au-dehors, la tenant par l'épaule.

— Finies, les grandes siestes ? demanda-t-il d'une voix douce.

— On a besoin de moi, non ?

L'air décidé de sa femme lui plut.

— Tu m'en veux toujours ? interrogea-t-il presque timidement.

Elle s'arrêta de marcher pour lever la tête vers lui.

— De me négliger ? Oui, je t'en veux ! Je t'aime tellement, si tu savais... Mais je ne suis pas une bonne épouse, je te fais des tas de reproches et je ne m'occupe de rien. Tu croules sous le boulot pendant que je dors. Et puis...

— Non ! Non...

Il se pencha pour l'embrasser. Il ne voulait pas qu'elle s'accuse, se sentant beaucoup plus coupable qu'elle.

— Cet enfant de Frédérique, je n'y peux rien... Je l'ignorais. Je ne veux pas te savoir malheureuse. Pas toi !

Il pensait à Dominique et il serra très fort sa femme dans ses bras.

— Tu t'en es occupé, Juillet ? Ce gosse, tu... je veux dire, financièrement... Tu ne peux pas le...

— Oui. C'est fait.

Il y avait longtemps qu'ils ne s'étaient pas parlé avec autant de sincérité.

— Très bien, dit-elle simplement.

Elle restait blottie contre lui, respirant son odeur avec béatitude.

— Tu m'invites dans ton lit, cette nuit ? murmura-t-il. Si Botty accepte de me céder la place !

Elle se mit à rire, soudain folle de joie, et se haussa sur la pointe des pieds pour pouvoir l'embrasser de nouveau. Ils reprirent leur marche lente, côte à côte. Le soir tombait et il faisait à peine moins chaud.

— Arrange-toi pour que Dominique descende dîner au lieu de ressasser des idées noires. Et dis-lui qu'on la garde, que Fonteyne est sa maison !

Laurène hocha la tête, bien décidée à protéger sa sœur.

La première ordonnance du juge fut exactement celle que Juillet espérait. Rien ne s'opposait à ce qu'il continue de gérer la société Château-Fonteyne comme il l'entendait. Aucun des arguments de maître Samson n'avait été retenu pour invalider le testament d'Aurélien. Ce dernier ayant été considéré sain d'esprit, le juge concluait que ses dispositions testamentaires ne visaient qu'à préserver l'exploitation. Des requêtes mineures restaient à examiner mais la plupart des prétentions d'Alexandre se trouvaient déboutées. Maître Vernon, qui avait le triomphe modeste, prédit toutefois à Juillet qu'Alex n'allait pas manquer de faire appel.

Dominique s'était d'abord reposée, puis avait décidé d'oublier son visage de boxeur et de se remettre à vivre normalement. Elle descendit jusqu'au bureau pour discuter avec Juillet. Installée dans un fauteuil, face à lui, elle avait la sensation d'avoir affaire à Aurélien, comme par le passé. Juillet avait toutes les attitudes de son père, la même autorité froide, la même rigueur, mais aussi la même générosité.

— Tu ressembles à ton père, déclara-t-elle en préambule.

Il comprit ce qu'elle voulait dire. Ses trois frères avaient les yeux clairs d'Aurélien et ses cheveux blonds. Juillet était seul de son espèce avec cette allure superbe de gitan, mais c'est bien lui qui avait, tout naturellement, pris la place d'Aurélien.

Il dévisagea Dominique durant une bonne minute. Elle avait un œil à moitié fermé, souligné d'un large bleu. Sa lèvre supérieure était enflée, violacée.

— Je ne peux pas, dit Juillet en baissant les yeux vers le sous-main. Je ne peux pas te voir comme ça !

— Ce sera fini dans quelques jours, murmura-t-elle.

Il y eut un long silence, puis Juillet releva la tête.

— Quelles décisions as-tu prises ? demanda-t-il avec calme.

— Je vais rester ici un moment. Si tu es d'accord.

— Moi ?

Il semblait surpris, incrédule.

— Mais... tu es chez toi, ma grande ! Tu es rentrée à la maison, ça ne peut que me faire plaisir.

Il était si sincère qu'elle se sentit fondre de reconnaissance.

— Je te fais remettre la Grangette en état ou tu prends les deux chambres d'amis de l'aile ouest ?

— Pour la Grangette, attends un peu. On verra plus tard.

— Très bien... Et pour l'école ?

Il lui souriait, fraternel, sûr de lui.

— Laurène a rendez-vous avec l'institutrice de Margaux tout à l'heure. Elle sera contente de retrouver les jumeaux, elle les adorait ! Mais je préfère qu'elle ne me voie pas dans cet état, elle est bavarde comme une pie... Louis-Marie accepte de les conduire et d'aller les rechercher jusqu'à ce que je sois présentable.

— Bien sûr ! Louis-Marie, ou moi, ou Laurène, ou même Bernard, ou encore Lucas ! Tu n'es pas seule au monde, tu sais !

Il riait et elle fut touchée par sa gaieté.

— Il y a tout de même une chose, Juillet... Deux, à vrai dire. La première est que je n'ai pas d'argent. Pas du tout. La seconde est qu'Alex risque de mal prendre mon départ.

Elle le vit serrer ses doigts sur le stylo qu'il tenait. Il y eut un bruit sec et de l'encre se répandit sur le buvard du sous-main. Étonné, il regarda la tache, se hâta de l'éponger et mit les morceaux du stylo dans le cendrier avant de répondre.

— Laurène réglera les questions d'argent avec toi, ce n'est vraiment pas un problème. Quant à Alex...

Incapable de rester assis, il se leva et contourna le bureau pour venir se planter devant Dominique.

— C'est ton mari. Je préfère ne pas savoir ce que tu penses ni si tu peux lui pardonner. C'est le père des bouts de chou. C'est mon frère... Mais tout ça n'est pas suffisant pour m'ôter l'envie de le démolir !

Pâle de colère, il ajouta, très vite :

— Je donnerais n'importe quoi pour le coincer dans un coin, si tu savais ! J'espère qu'il va mal prendre ton départ ! J'espère qu'il va venir jusqu'ici pour me demander des comptes ! Oh, oui !

Dominique haussa les épaules. Elle était au-delà de la rancune.

— Alex est devenu quelqu'un d'autre. Que je n'aime pas. Il se retrouvera un de ces quatre... Il redeviendra lui-même.

— Lui-même, ce n'est pas grand-chose !

— Tu n'as pas le droit de dire ça, soupira Dominique. Tu ne le fais pas exprès mais tu l'empêches de vivre depuis toujours.

— Parce que sans moi, il vit mieux ? explosa Juillet. Il en a fait la preuve, à Mazion ?

Elle préféra renoncer à répondre. Juillet n'avait pas tort. Peut-être Alexandre avait-il besoin d'une poigne de fer, que ce soit son père ou son frère, pour le maintenir dans le droit chemin.

— Quoi qu'il en soit, décida-t-elle, je ne retournerai pas à Mazion. Une éventuelle réconciliation avec Alex passera par Fonteyne. Ce sera à lui de choisir, le moment venu. Il faudra bien que vous vous expliquiez un jour ou l'autre...

Elle le regardait d'un air suppliant. Elle voulait laisser une chance à Alex, si infime soit-elle. Juillet se pencha vers elle et la prit par le bras. Il la sortit brutalement de son fauteuil et la conduisit jusqu'au trumeau de la cheminée.

— Tu te vois ? demanda-t-il d'une voix coupante, l'obligeant à rester face au miroir. Le jour où je m'expliquerai avec Alex, comme tu dis, la facture sera lourde.

Elle baissa la tête et il la serra contre lui, désolé.

Fernande reprit enfin sa respiration, épuisée par la quinte de toux qu'elle venait de subir. Elle ne se sentait ni grippée ni fiévreuse, et elle mit sa crise sur le compte de la poussière. Jetant un coup d'œil autour d'elle, elle vérifia que tout était en ordre. Juillet n'avait pas dormi là, par bonheur, c'est donc qu'il avait retrouvé son lit et sa femme.

« C'est mauvais, ce culte qu'il a pour Monsieur... Il se réfugie ici et il souffre, quelle bêtise ! Il faudrait que je lui parle, à la fin, il y a des choses qu'il ignore encore... »

Elle leva les yeux vers le portrait de Lucie, considérant la toile avec perplexité.

« Pauvre Madame... Elle non plus, ne savait pas tout ! D'instinct, elle n'aimait pas ce gamin que

Monsieur lui avait imposé... Mais elle veillait sur lui, c'était une femme de devoir... Si elle avait connu la vérité, elle les aurait haïs tous les deux. »

Fernande était jeune, à l'époque, et Lucie l'impressionnait beaucoup. Elle traquait la poussière, les traces sur l'argenterie, les reflets sur les vitres et la plus légère auréole sur les nappes. Une véritable femme d'intérieur. De Juillet, elle ne disait rien mais elle se crispait dès qu'il entrait dans une pièce.

« Pourtant, il était craquant ! Quel adorable petit sauvage... Et dès le début, il s'est accroché à Monsieur. C'était son sauveur et son bourreau, après tout ! »

Fernande soupira. Toutes les familles ont leurs secrets, leurs malheurs. Elle se remit à tousser et dut s'appuyer sur son balai.

Pauline n'écoutait Esther que distraitement. Elle l'avait aidée à défaire son sac à dos puis avait jeté tous les vêtements du camp scout dans la machine à laver. Le retour de sa fille lui faisait plaisir mais signifiait la fin de sa tranquillité. À la rigueur, on pouvait voir « oncle » Robert de temps en temps, mais il y avait des limites.

La petite fille s'était émerveillée devant les transformations de l'appartement, le salon fraîchement repeint en jaune et sa nouvelle chambre, entièrement tendue de soie rose. Pauline s'était servie du prétexte des travaux pour rester à Paris mais elle fut sincèrement contente de la joie d'Esther. Ensuite, bien entendu, il fallut fixer une date pour le départ à Fonteyne. Esther mourait d'envie de retrouver son père et ses cousins puisque, par chance, ils étaient revenus habiter le château.

Pauline téléphona à Robert qui les invita à dîner le soir même dans un grand restaurant. Il n'appréciait pas beaucoup la compagnie d'Esther qui le gênait, le culpabilisait. Avec cet instinct infaillible des enfants, elle le regardait souvent d'un air boudeur et se tenait mal en sa présence. Leur soirée ne fut donc pas très réussie. Ils convinrent de se retrouver le surlendemain, Robert acceptant de les conduire à Fonteyne et d'y passer le week-end. Lorsqu'il les déposa ensuite devant leur immeuble, il était d'humeur morose. Il regagna son studio, triste et agacé par cette situation sans issue. Il en était responsable, il le savait. Il subissait le malaise d'un mélange complexe de remords et de regrets, sans parvenir à envisager une solution possible. Même en admettant, comme il avait cru le sentir ces derniers temps, que Pauline se soit un peu détachée de Louis-Marie, elle n'était sans doute pas prête à affronter un divorce. Pour Esther, de toute façon, le couple que pourraient former sa mère et son oncle resterait inacceptable. À moins que la petite fille ne choisisse alors de vivre avec son père.

L'obstination de Louis-Marie à ne pas quitter Fonteyne inquiétait Robert. Si jamais son frère décidait de s'y fixer, Pauline serait peut-être davantage disposée à le quitter. Mais alors, Fonteyne leur serait interdit à jamais.

Robert passa un long moment sur le balcon de son studio. Pauline y avait installé, quinze jours plus tôt, des chaises et un guéridon de fonte laquée. Ils y avaient bu du champagne glacé, dans la chaleur des nuits du mois d'août, contemplant les lumières de Paris à leurs pieds. Pauline prétendait adorer cet endroit. Le studio était immense, luxueux avec son sol de marbre et ses murs de velours, mais Robert ne l'avait jamais apprécié avant d'y emmener la femme de sa vie. À présent il s'y plaisait, se demandant si elle aimerait vivre là, l'imaginant installée pour de bon avec lui.

Il se décida à rentrer et jeta un coup d'œil morne à son courrier. Une lettre de Frédérique retint son attention. Trop fière pour remercier de quoi que ce soit, la jeune femme exprimait néanmoins sa satisfaction d'avoir trouvé un appartement proche de Lariboisière. Elle avait pris contact avec maître Varin, comme convenu, pour en faire l'acquisition. Son travail lui plaisait et elle avait déniché une excellente nourrice pour Julien.

Robert examina longuement la feuille à l'écriture élégante. Julien. Qui était vraiment ce bébé ? Il avait beaucoup de mal à imaginer qu'il puisse s'agir de son frère. Frédérique avait été formelle, elle n'accepterait jamais que Juillet fasse une recherche de paternité. Ce qui arrangeait tout le monde, au fond. Un cinquième fils d'Aurélien aurait-il des droits sur Fonteyne ?

Il replia la lettre avec soin, la mit dans une autre enveloppe qu'il adressa à Juillet. C'était lui le plus concerné, il saurait enfermer ce papier en lieu sûr, avec tous les autres mystères de Fonteyne.

Robert se souvint de ce jour où, juste après le décès de leur père, Juillet avait été trouver Delgas, cet officier de gendarmerie en retraite. Il était revenu de l'entretien complètement bouleversé. Il avait dit à Robert qu'ils avaient une chance d'être vraiment frères. Par la suite, il avait livré quelques bribes de cette vérité tue pendant trente ans. Il était le fils d'une Hongroise de passage, venue pour les vendanges. Une belle garce qui avait collectionné les hommes au point de ne plus savoir à qui elle devait son bébé. Aurélien avait été de ses amants, entre autres. Puis elle était morte dans des circonstances étranges. Une fois l'affaire classée – étouffée ? – Aurélien avait adopté légalement le petit. Et voilà qu'avec cette Frédérique, l'histoire se répétait, d'une certaine manière.

Juillet n'avait pas manifesté l'envie de chercher la trace de sa famille maternelle, en Hongrie. Il n'avait pas été au cimetière de Bordeaux où cette femme – sa mère – avait été discrètement enterrée. Il s'en était tenu à la version du commandant Delgas qui lui laissait une chance d'être le fils d'Aurélien Laverzac. C'était la seule chose qui comptait pour lui, Robert l'avait compris.

Pour la millième fois de sa vie, Robert s'interrogea sur la passion jalouse et orageuse qui avait uni leur père à Juillet. Leur trait d'union était Fonteyne, aimé jusqu'au vertige.

« Et Alex qui croit pouvoir se mettre impunément en travers de tout ça, le pauvre ! »

Robert ne ressentait qu'un vague mépris pour Alexandre. Juillet lui avait expliqué en quelques mots, au téléphone, les raisons du retour de Dominique et des jumeaux. Peut-être fallait-il envisager, avant qu'il soit trop tard, une cure de désintoxication avec placement volontaire de la famille. En tant que médecin et que frère, Robert pouvait le décider.

« J'irai le voir à Mazion pour me rendre compte de son état... »

Robert alla se servir un gin et retourna le déguster sur le balcon. Il aimait sa famille. Il aimait Fonteyne, ses souvenirs d'enfance. Par-dessus tout, il aimait Juillet. Mais il était prêt à tout sacrifier pour Pauline parce que, sans elle, il n'était rien. Il avait fait l'impossible afin qu'elle soit bien avec lui, durant ce merveilleux été qui s'achevait et où ils avaient enfin pu se voir seuls. À présent que la parenthèse était refermée, elle allait devoir choisir. L'idée de la voir dans les bras de Louis-Marie, dès le surlendemain, était insupportable à Robert. Cependant il n'avait aucun moyen d'y échapper.

Alexandre avait fini par téléphoner à Fonteyne. Il était tombé sur Laurène à qui, d'une voix plaintive, il avait demandé Dominique. Mais celle-ci n'avait aucune envie de parler à son mari et elle refusa d'aller répondre. Deux heures plus tard, il renouvelait son appel. Cette fois, ce fut Juillet qui décrocha et le pria d'un ton glacial de cesser d'importuner sa femme.

Les jumeaux avaient réintégré avec bonheur leur école de Margaux. Ils se sentaient en sécurité auprès de leur mère, de leur tante et de leurs oncles. Ils connaissaient bien le château, même si la Grangette avait été plus particulièrement leur maison. Rassurés de ne plus avoir à affronter leur grand-père Aurélien au détour des couloirs, ils furetaient partout, au grand émoi de Clotilde qu'ils adoraient faire sursauter.

Fernande préparait activement l'arrivée de Pauline, d'Esther et de Robert. Louis-Marie paraissait tendu à l'idée de retrouver sa femme après cette longue séparation. Son manuscrit était terminé et il le relisait, le corrigeait sans cesse.

Juillet, que l'approche des vendanges rendait toujours anxieux, restait avec Lucas dans les vignes ou dans les caves. Il avait réduit au strict nécessaire un emploi du temps surchargé. Il envoyait Louis-Marie à

Bordeaux à sa place, le plus souvent, le chargeant même de missions délicates auprès des négociants. Maître Varin se déplaçait jusqu'à Fonteyne une fois par semaine pour s'entretenir avec Juillet de l'évolution du procès, des déplacements de capitaux nécessaires à l'installation de Frédérique, des prévisions financières de l'exploitation.

Laurène accomplissait, pour sa part, un énorme travail de comptabilité. Elle avait accumulé du retard et ne se le pardonnait pas, même si Louis-Marie avait paré au plus urgent. Elle s'acharna sur le clavier de l'ordinateur des heures durant pour se mettre à jour. Dominique avait repris en main la maison, comme s'il s'agissait de la chose la plus naturelle du monde. Sans consulter personne, elle avait retrouvé sa place et ses responsabilités, soulageant sa sœur d'un grand poids et redonnant vie à Fonteyne comme par le passé.

Robert et Pauline, arrivés le samedi pour déjeuner, furent conscients du changement qui s'était opéré en leur absence.

— Les Parisiens ! s'écria Dominique en reconnaissant le coupé de Robert.

Esther escalada les marches du perron et sauta au cou de son père. Il embrassa sa fille avec effusion, attendant que Pauline vienne vers lui. Elle était ravissante, habillée d'une petite jupe en jean et d'un chemisier de soie bleu pâle.

— Laisse-m'en un peu ! dit-elle à Esther en souriant.

Elle prit son mari par le cou, se haussa sur la pointe des pieds et le gratifia d'un véritable baiser de cinéma en se collant contre lui. Juillet fut amusé, sans être étonné, des démonstrations excessives de Pauline. Cependant le regard de Robert en disait long, annonçant un inévitable drame. Juillet n'eut besoin d'aucune explication pour deviner ce qui s'était passé à Paris depuis deux mois. Contrarié, il cessa aussitôt de les observer et demanda à Dominique de faire servir l'apéritif.

Ils eurent tout de suite l'impression de se retrouver comme au bon vieux temps, même si Aurélien manquait, même sans Alexandre. Les jumeaux et Esther se poursuivaient sur la terrasse, Pauline et Laurène s'étaient lancées dans une de leurs éternelles discussions sur les massifs de fleurs, Robert écoutait Juillet et Louis-Marie lui raconter les derniers événements, Dominique s'affairait avec Fernande. La perspective des vendanges était proche, excitante. Fonteyne vivait de nouveau.

Marie jeta un regard furieux vers Antoine. Encouragé par Alexandre, il avait bu trois verres coup sur coup. Leur gendre s'accusait sans relâche du départ de sa femme mais il trouvait scandaleux qu'elle soit allée se réfugier à Fonteyne. Il affirmait que c'était une trahison. Marie avait essayé de l'apaiser, de lui faire comprendre que Dominique avait besoin de calme, de réflexion, et surtout de la présence de sa sœur qu'elle adorait. Marie rappela que, lorsque Dominique avait épousé Alexandre puis quitté Mazion pour Fonteyne, Laurène s'était empressée de la suivre en se faisant engager comme secrétaire par Aurélien.

— Elles ne sont pas heureuses quand elles sont loin l'une de l'autre, expliquait Marie.

C'était vrai mais Alex ne voulait pas en démordre : en allant se mettre sous la protection de Juillet, sa femme l'insultait.

— Si vous ne vous étiez pas disputés, rétorqua Marie, elle serait toujours là !

De cela, elle était moins certaine, ayant senti depuis des mois le malaise de Dominique.

« Tu aurais fini par partir, de toute façon, ma grande... », pensa Marie avec tristesse.

Le dîner était excellent, comme toujours, mais Marie n'avait pas faim. Elle surveillait Antoine qui mangeait avec appétit et qui buvait trop. À quoi bon lui rappeler son infarctus, il n'en tiendrait aucun compte. Il était à deux semaines des vendanges, heureux du bel été qui venait de s'écouler et qui avait mûri la vigne au-delà de toute espérance.

Agacée par la voix plaintive d'Alex qui ressassait ses griefs, Marie débarrassa le plat de confit avant qu'ils aient pu se resservir. Elle posa le saladier sur la table d'un geste brusque. Le joyeux babillage des jumeaux lui manquait. Elle se demanda une seconde ce qu'Alex faisait à leur table et combien de temps cette situation allait durer.

— Elle ne veut pas me parler, paraît-il ! Mais est-ce qu'on lui dit seulement que j'appelle ?

Marie haussa les épaules, exaspérée cette fois.

— Si elle te manque, va la chercher ! dit-elle d'une voix ironique.

Antoine la regarda avec stupeur. Il se demanda pourquoi elle était si agressive avec leur gendre. Il avait besoin d'Alex pour ses vendanges et il ne voulait pas se mêler de ces histoires de couple. Perplexe, il regarda le verre vide d'Alexandre, puis se décida à le resservir.

— Pas trop, pas trop ! se récria Alex avec une hypocrisie consommée. Je vais à Bordeaux tout à l'heure pour voir mon avocate. Nous avons décidé de faire appel.

Incapable de se contenir davantage, Marie explosa :

— Tu as vraiment les moyens de poursuivre cette stupide procédure ? Tu n'y as pas laissé assez d'argent comme ça ?

— Nous sommes tombés sur un mauvais juge et...

— N'importe quel juge te déboutera !

— Marie, intervint Antoine, sois gentille...

— Je suis gentille ! Beaucoup trop ! Regarde-le, ton gendre ! Il ne respecte ni son père, ni sa femme, ni ses enfants !

Elle quitta la cuisine en claquant la porte et grimpa chez sa belle-mère où elle entra, à bout de souffle. La vieille Mme Billot ne montra aucune surprise devant cette arrivée intempestive.

— Je vous entendais crier d'ici, c'est navrant...

Elle fit pivoter son fauteuil d'infirme pour faire face à Marie.

— Vous devriez vous débarrasser d'Alex... Après les vendanges, je veux dire.

— Et où irait-il ? Même si je persuadais Juillet d'accepter le retour de son frère, Alex ne voudrait pas.

Mme Billot eut un petit sourire amusé.

— Persuader Juillet ? Comme vous y allez !

Marie s'assit au bord du lit, poussant un interminable soupir.

— Pas de découragement, ma fille ! protesta la vieille dame. Bien sûr, ce n'est pas très drôle pour vous de ne plus avoir Dominique et d'avoir gardé Alexandre en cadeau ! Mais vous saviez qu'elle partirait un jour. On ne peut pas la blâmer d'aimer Fonteyne. Ah, Fonteyne...

L'air rêveur, Mme Billot songeait à cet endroit magnifique dont allaient profiter tous ses descendants.

— Alexandre aurait besoin de voir un docteur, je crois.

Marie fronça les sourcils, intriguée. Elle trouvait Alex désagréable mais elle ne le croyait pas malade.

— Il a perdu les pédales. Il y a l'alcool, mais ce n'est pas tout. Il ne va tarder à faire une... comment dit-on ? Une dépression. Il est devenu violent. Vous le saviez, ma fille ? Vraiment violent... Or ce n'est pas dans sa nature, il faut être juste.

— En fait de médecin, répondit Marie, il va voir son avocate.

— Encore ? Quelle sottise ! Toute la magistrature bordelaise prendra la défense de Juillet ! Alexandre perdra toujours, parce que sa cause est mauvaise.

Mme Billot fit rouler son fauteuil jusqu'au lit. Elle prit la main de Marie dans les siennes.

— Ils feront barrage, poursuivit-elle, volubile. Juillet fait partie de leur monde tandis qu'Alex, on sait à peine qui c'est ! Le tandem Aurélien-Juillet était connu comme le loup blanc. Son père l'a présenté partout comme son successeur unique et les gens s'y sont habitués. Ils veulent avoir affaire à lui. C'est un véritable patron, c'est quelqu'un de fiable. Dans une région comme la nôtre, c'est une valeur sûre et nous en avons besoin.

— Mais sur un plan juridique...

— Il n'existe pas, votre plan juridique ! On ne lutte pas contre les mentalités. Est-ce que vous imaginez un seul instant le mauvais exemple que ce serait si les juges acceptaient les prétentions d'Alexandre ? N'importe qui se croirait autorisé à attaquer n'importe quoi, les héritiers ne seraient jamais d'accord, on retournerait au morcellement des propriétés ? Oh non, ils sont bien trop malins, dans une certaine société, pour créer ce genre de précédent...

Marie ne put s'empêcher de rire. L'esprit lucide et incisif de sa belle-mère l'enchantait.

— Alex va se retrouver sans le sou, conclut la vieille dame. Avec son orgueil à vif et sa femme chez l'ennemi ! Un vrai désastre... Seulement, même si ça ne vous amuse pas de consoler cet idiot, pensez à vos filles qui sont bien à l'abri, elles, c'est le principal !

Marie hocha la tête. Elle revoyait Laurène en robe de mariée et Juillet se penchant pour l'embrasser dans l'église de Margaux.

— Que voulez-vous, tout se paie, conclut Mme Billot avec un nouveau sourire.

Louis-Marie s'éloigna de la fenêtre. Esther et les jumeaux traversaient la pelouse derrière Juillet. Ils avaient obtenu la promesse d'un petit tour sur le dos de Bingo, Juillet ayant accepté, exceptionnellement, de consacrer une heure aux enfants.

Louis-Marie se tourna vers Pauline qui défaisait sa valise. Elle poussa les vêtements de son mari, dans la haute armoire, en lui disant qu'il avait pris des habitudes de célibataire.

— Tu restes jusqu'aux vendanges ? demanda-t-il avec une fausse désinvolture.

Pauline suspendit l'un de ses tailleurs avant de répondre.

— Qu'est-ce que c'est que cette question ? Comment ça, moi ? Nous restons jusqu'aux vendanges, si tu veux, et puis nous rentrons chez nous, non ?

Il paraissait absorbé dans la contemplation du tapis.

— Eh bien..., dit-il au bout d'un moment, ça dépend.
— De quoi ?
— De toi, de moi.
Elle n'avait pas imaginé attaquer une discussion avec lui de cette manière. Elle savait bien qu'ils allaient avoir une explication, mais pas si vite, et surtout pas sur ce ton neutre. Elle avait retourné la question sous tous les angles sans jamais parvenir à formuler une réponse cohérente. Elle n'était pas certaine de vouloir se fâcher avec Louis-Marie. Elle l'observait, de l'autre bout de la chambre, lui trouvant l'air vieux et fatigué. Robert paraissait tellement plus jeune ! Pas seulement parce qu'il l'était, mais par une allure différente. Ce séducteur adoré de toutes les femmes, mais qui gardait devant Pauline une attitude de petit garçon amoureux, avait de quoi la flatter.
« Je n'en épouserai jamais une autre que toi », lui avait affirmé Robert dix ans plus tôt et, contrairement à toute attente, il avait tenu parole. Une passion aussi tenace ne pouvait pas laisser une femme indifférente. Et puis Robert n'avait pas ce côté paternaliste et calme de Louis-Marie ; or Pauline, après l'avoir apprécié, n'en ressentait plus le besoin, arrivée à la trentaine. Enfin elle devinait chez Louis-Marie, depuis toujours, une envie de se retirer de la vie parisienne qui la faisait frémir.
— Tu t'interroges, ma chérie ?
Pauline sursauta. Elle eut l'impression détestable que Louis-Marie avait deviné ses pensées.
— Je suis un journaliste médiocre et un auteur dramatique raté jusqu'ici..., poursuivit-il. Robert est un brillant chirurgien, très à la mode, invité partout. Il n'aime ni la province ni les enfants. Comme toi...

Pauline avait pâli, tant l'accusation était directe.

— Qu'est-ce que Bob...

Mais elle n'acheva pas sa phrase, désemparée. Louis-Marie la regardait avec une agaçante bienveillance.

— Tu t'imagines des choses..., dit-elle sans conviction.

— Oui, mais c'est une torture !

Il avait élevé la voix, il se reprit aussitôt.

— Te savoir avec lui, c'est très douloureux, murmura-t-il. Et lui ? Que ressent-il dans sa chambre, en ce moment ? À ton avis ? Il va falloir que tu arrêtes de faire souffrir les gens autour de toi, ma chérie.

— Écoute-moi ! Tu te trompes...

— C'est toi qui me trompes, Pauline !

Il était au supplice mais elle ne s'en apercevait pas, furieuse du ton docte qu'il employait. Ignorant qu'il prêchait le faux, elle concéda :

— Il nous est arrivé de nous voir, c'est vrai, mais ce n'est pas ce que tu crois.

Ne trouvant rien à ajouter, elle prit l'air boudeur. Il se détourna, regardant de nouveau au-dehors.

— Je vais rester ici, je pense, annonça-t-il. Définitivement.

Pauline fut aussitôt gagnée par la panique. Elle n'avait pas prévu que le choix lui serait imposé avec une telle brutalité. Elle s'approcha de son mari et se blottit contre lui avec toute la sensualité dont elle était capable.

— Ne me tente pas, chuchota-t-il d'une voix altérée.

Il se répétait la phrase de Pauline : « Il nous est arrivé de nous voir. » Elle le reconnaissait. Se voir comment ? Les yeux dans les yeux, les rires, Pauline se déshabillant. Les mains expertes de Robert. Louis-Marie avait toujours admiré les mains de son frère.

Des doigts faits pour la chirurgie : délicatesse et précision.

Il eut envie de la frapper, d'exiger qu'elle lui dise pourquoi elle l'avait épousé, lui. Il se contenta de lui caresser les cheveux comme il l'aurait fait pour un petit animal sauvage. Pauline était une femme-enfant, il ne s'était jamais leurré.

Lovée contre lui, elle le provoquait en se servant de sa meilleure arme, la séduction. Il pensa qu'elle était encore sa femme, après tout, et que ce n'était pas à lui d'avoir des scrupules.

Dominique et Fernande s'étaient surpassées. Un agneau de Pauillac venait de succéder aux rouelles de bar. L'ambiance du dîner était gaie, même si Robert et Louis-Marie évitaient de s'adresser la parole. Laurène avait définitivement surmonté son difficile début de grossesse et elle affichait un air épanoui qui la rendait vraiment jolie. Elle dévorait, sous l'œil attendri de Dominique et malgré les mises en garde ironiques de Pauline.

Autorisés à dîner avec les adultes, pour une fois, les trois enfants étaient sages et silencieux, au bout de la table. Les jumeaux, amoureux de leur cousine, la regardaient bouche bée. Elle affichait des manières de grande fille, en mangeant, et ils essayaient de l'imiter.

Robert ignorait Pauline, à sa gauche, et ne parlait qu'à Dominique.

— Tu devrais raisonner Fernande, toi qui es médecin, lui suggéra-t-il. Elle tousse du matin au soir.

— C'est vrai, confirma Laurène, mais tu la connais, elle traite toujours les grippes par le mépris.

Robert promit de lui parler. Il sentait la jambe de Pauline contre la sienne mais il ne voulait pas lui accorder un regard et il demeurait impassible. Elle était restée enfermée avec Louis-Marie tout l'après-midi et Robert ne décolérait pas.

— Je pars demain après-midi, dit-il à Juillet, toutefois c'est promis, je reviens pour le week-end des vendanges.

Esther jeta un coup d'œil haineux vers son oncle. Décidément, elle ne l'aimait pas. En revanche, l'idée des vendanges la ravissait. Elle n'y comprenait rien mais elle était sûre, comme chaque année, de rater quelques jours d'école.

— C'est encore toi qui nous ramènes à Paris ? On s'en va déjà ? demanda-t-elle à Robert avec une insolence délibérée.

Pauline foudroya sa fille du regard mais Juillet intervint le premier, s'adressant aux enfants.

— Je croyais que vous aviez promis d'être sages ?

— Je suis sage, protesta Esther, je pose une question !

— On ne parle pas à table, à votre âge, répliqua Juillet calmement.

Baissant les yeux sur son assiette, Esther lança :

— Tu retardes, mon vieux !

Juillet jeta un rapide coup d'œil vers Louis-Marie qui se leva. Un silence lourd s'était abattu sur la table. Esther vit avec inquiétude son père approcher.

— Excuse-moi, dit-elle à Juillet d'une petite voix.

Louis-Marie la prit par la main, gentiment.

— Viens...

Ils quittèrent la salle à manger côte à côte. Dominique fut la première à réagir.

— C'était une erreur de les faire manger avec nous, déclara-t-elle en souriant. Ils s'ennuient et ils nous ennuient. Ils préfèrent chahuter avec Fernande ! N'est-ce pas ?

Les jumeaux hochèrent la tête sans prononcer un mot. Dominique se leva et fit signe à ses fils qui la suivirent jusqu'à la cuisine. Louis-Marie était installé sur l'un des longs bancs, Esther dans ses bras et une assiette de mousse au chocolat devant eux.

— On en veut ! crièrent les jumeaux que Fernande servit en riant.

Louis-Marie sourit à Dominique. Il embrassa Esther et quitta le banc. En traversant le hall, il dit à sa belle-sœur, d'un ton triste :

— Pauline lui laisse faire tout ce qu'elle veut...

— La salle à manger les assomme et nos dîners sont trop longs, le rassura Dominique. Pour les miens aussi !

Ils reprirent leurs places à table, comme si de rien n'était. L'incident était clos, cependant Pauline murmura, à l'adresse de Louis-Marie :

— Tu es quand même très vieux jeu...

Elle accompagna sa remarque d'un soupir agacé. Elle aurait trouvé normal, Aurélien n'étant plus là, que l'atmosphère des repas soit moins protocolaire. Elle se tourna vers Juillet qui parlait des journaliers engagés pour les vendanges.

— Il n'y a plus aucun travailleur étranger, expliquait-il à Robert. D'ailleurs, j'ai mécanisé un certain nombre de tâches et j'ai moins besoin de main-d'œuvre qu'avant. J'engage des étudiants, la plupart du temps.

— Pas des chômeurs ?

— Non, c'est très curieux, ils ne sont pas demandeurs. À croire que le travail est trop fatigant !

— Il l'est, affirma Robert en riant. J'en ai gardé un souvenir épuisant.

— Tu prétextais la rentrée universitaire pour te défiler, je m'en souviens !

À l'évocation de ces souvenirs de jeunesse, ils échangèrent un regard très fraternel, très chaleureux. Puis Robert se demanda si le prix à payer, pour garder Pauline, serait de ne plus jamais pouvoir s'asseoir à cette table, chez lui, pour s'y amuser avec ses frères. À cet instant le téléphone sonna dans le petit salon, et Juillet leva les yeux au ciel. Il se tourna vers Dominique qui faisait comme si elle n'entendait rien. Juillet repoussa sa chaise et quitta la salle à manger à grandes enjambées. Ils entendirent sa voix furieuse mais il revint presque aussitôt.

— C'était Alex, je l'ai envoyé au diable, dit-il à Dominique.

Il se rassit et reprit la conversation où il l'avait laissée.

— Ta femme tousse, dis-lui d'aller voir un toubib !

Juillet parlait sans se retourner, Lucas sur ses talons. Ils suivaient les rangées de ceps, attentifs à tout.

— Quarante-cinq hectos, répondit Lucas.

Juillet s'arrêta net. Il fit volte-face.

— Oui, dit-il, quarante-cinq à l'hectare et sûrement une année d'exception. Mais je te parlais de Fernande. Ne prends pas ça à la légère.

La réflexion arracha un sourire à Lucas, malgré lui. Que Juillet puisse parler d'autre chose que de sa vigne, en ce moment, prouvait son réel attachement à Fernande.

— Elle n'a qu'à en toucher un mot à Auber lorsqu'il vient voir Laurène. Comme ça elle n'aura pas à se déplacer et moi, je serai plus tranquille...

Juillet reprit son minutieux examen des grappes.

— Toi aussi, tu devrais te surveiller, déclara Lucas dans son dos. Tu en fais beaucoup trop…

Il détaillait la silhouette de Juillet, juste devant lui, le trouvant amaigri, flottant dans sa chemise et son jean.

— Quand tu pourras respirer financièrement, engage quelqu'un. Tu veux tenir tous les rôles à la fois, propriétaire, gérant, régisseur, chef de culture… Tiens, si je te laissais faire, tu mordrais même sur mon territoire !

Il entendit le rire bref et léger de Juillet.

— Tu ne peux pas t'empêcher de te mêler de tout, soupira Lucas.

Juillet aurait sans doute aimé s'occuper de la vinification, de la mise en bouteilles ou même des expéditions si Lucas n'avait pas veillé à conserver ses prérogatives de maître de chai.

— Alex et ton père, ça fait quand même un sacré trou, je te l'ai déjà dit !

Juillet effleurait des grains, tout en marchant.

— Tu ne m'écoutes pas, constata Lucas avec résignation.

— Je voudrais qu'ils soient déjà dans les cuves de fermentation, dit soudain Juillet. Je voudrais que…

— Tu voudrais déjà le boire ! coupa Lucas en haussant les épaules.

Ils étaient arrivés au bout de la vigne et Juillet s'arrêta pour allumer une Gitane.

— Tu diras à ton petit protégé, Bernard, que s'il veut bien arrêter de regarder ma femme avec ces yeux de merlan frit, je lui ai préparé un contrat d'engagement définitif. On a vraiment besoin de lui.

— Je trouve aussi, approuva Lucas.

Il regardait le paysage, parfaitement heureux d'être là, en compagnie de son jeune patron.

— C'est beau, dit-il en levant le bras.

Il désignait les vignes et Fonteyne dont les toits d'ardoise brillaient, au loin. Juillet prit une profonde inspiration. Il n'avait rien à ajouter, approuvant sans réserve les mots simples de Lucas. Une voiture, sur la route en contrebas, montait vers le château. Juillet mit sa main en visière pour la suivre des yeux.

— Merde, marmonna-t-il, voilà Antoine...

Juillet entra dans la bibliothèque où Laurène avait installé son père. Dominique était là, elle aussi, le visage crispé.

— C'est toujours un plaisir de vous voir, Antoine, déclara Juillet sans le moindre humour.

Il en voulait à son beau-père d'avoir boudé son mariage mais il parvint à garder l'air détendu.

— Tu devines pourquoi je suis venu jusqu'ici ?

Le tact n'avait jamais été une qualité d'Antoine. Juillet se tourna vers Laurène et lui demanda de faire servir du vin blanc.

— Je ne veux pas boire, je veux parler, s'entêta Antoine.

— L'un n'empêche pas l'autre ! riposta Juillet en souriant.

Il ne s'était pas assis et Antoine était obligé de lever la tête pour le regarder. Il préféra se tourner vers sa fille pour la questionner.

— Pourquoi refuses-tu de parler à ton mari, au téléphone ? Il en est malade, le pauvre !

Il y eut un silence. Juillet observait Dominique, attendant sa réponse.

— Je veux la paix, dit-elle enfin. Je n'ai rien à lui dire.

— Il n'est pas méchant, commença Antoine.

— Il a été odieux !

Laurène revenait, portant elle-même le plateau de l'apéritif. Elle avait choisi du vin provenant de chez son père, par délicatesse. Elle le servit et distribua les verres dans une atmosphère très tendue, presque hostile.

— Je ferais peut-être mieux de parler en tête à tête avec Dominique, suggéra Antoine.

— Rien ne s'y oppose, répondit froidement Juillet. Mais je suis concerné.

— Trop ! Tout ce qui touche à Alex te fait sortir de tes gonds.

— Il m'intente un procès, il a cru bon de faire des révélations très désagréables à Laurène qui a eu du mal à s'en remettre, il est alcoolique, et il est venu faire du scandale ici le jour de notre mariage. Pour finir, il s'est permis de frapper sa femme. Ce n'est pas un geste qu'on peut pardonner. En tout cas, pas moi !

— Oh, toi, tu es tellement...

Antoine chercha un mot, renonça. Il s'était toujours senti mal à l'aise à Fonteyne. C'était trop grand pour lui, trop froid, trop austère. Ce n'était pas son monde, même si c'était devenu celui de ses filles.

— Je ne sais pas ce que je suis selon vous, mais une chose est sûre, Alex est un minable !

Interloqué, Antoine dévisagea Juillet. L'espace d'un instant, il avait eu l'impression de se trouver devant Aurélien. Même morgue, même autorité. L'illusion se dissipa tout de suite, Juillet étant un homme jeune, mince, dont les boucles brunes et le teint mat n'évoquaient nullement son père adoptif.

— Ne te mets pas en colère, dit Antoine. Ne te mets pas *toujours* en colère !

Juillet prit une gorgée de vin blanc, la savoura, reposa son verre.

— Vous êtes le bienvenu ici, mais n'espérez pas arranger une situation qui nous dépasse tous. Dominique décidera comme elle l'entend, au sujet de son mari. Elle est chez elle à Fonteyne. Vous pensez sûrement qu'Alex aussi est chez lui. C'est vrai. Toutefois, il vaut mieux qu'il n'y mette pas les pieds pour l'instant et il le sait très bien. Après tout, la justice est là pour nous départager.

— Vous départager ? Mais enfin, Juillet ! Même si Alex a tort, en ce qui concerne le testament de votre père, il reste propriétaire d'un quart du domaine !

Juillet haussa les épaules, comme si Antoine venait de proférer une énormité.

— Vous pensez que je vais couper le château en quatre ? Et les terres ? Et pourquoi pas les bouteilles ? Fonteyne est indivisible, il s'agit d'une seule propriété.

— Sur laquelle tes trois frères ont les mêmes droits que toi ! hurla Antoine.

Il ne se contrôlait plus, mis hors de lui par l'arrogance de Juillet.

— Je ne conteste les droits de personne, répondit Juillet d'un ton neutre. Alexandre avait sa place ici, c'est lui qui a choisi de la quitter. Et en fanfare ! Depuis qu'il est chez vous, il multiplie les conneries. Même sa jalousie est mesquine, étriquée. Il tire des petits pétards mouillés, de chez beau-papa, sur sa propre famille ! Bon Dieu, Antoine, est-ce que vous vous rendez compte qu'il est tombé assez bas pour taper sur Dominique ? C'est votre fille et vous tolérez ça sous votre toit ?

Ébranlé, Antoine chercha machinalement l'appui de ses filles. Mais Dominique et Laurène se taisaient, leur silence approuvant Juillet.

— Qu'est-ce que je peux faire ? finit par demander Antoine d'une voix plaintive.

— L'empêcher de boire. Et quand il sera à jeun, envoyez-le-moi. Qu'il ose venir me dire en face ce qu'il veut. Si c'est diriger Fonteyne, il n'en est pas question, que ce soit bien clair. Pour le reste, on verra…

Antoine comprit que jamais Alexandre ne pourrait affronter son frère. Même lui, en ce moment précis et malgré son âge, redoutait la colère de Juillet. Il se tourna vers Dominique.

— En tout cas, toi, téléphone-lui. Vous êtes mariés, quand même !

Dominique gardait la tête baissée, l'air buté. Antoine se sentit dépossédé à l'idée que ses filles se soient docilement rangées dans le camp de Juillet. Pourquoi ce bâtard décidait-il de tout ? Partageant le ressentiment d'Alex, il fit une dernière tentative.

— Il faudra bien que tu t'expliques avec ton mari un jour ou l'autre, ma fille ! C'est à toi de le reprendre en main. Mais si tu l'aimes encore, ne le laisse pas évincer par celui-là…

Juillet avait pâli sous l'insulte.

— Antoine, dit-il lentement, vous devriez rentrer chez vous.

— Tu me mets dehors aussi ?

Antoine s'était levé. Laurène regardait son père, consternée. À cause d'elle, Juillet se contrôla.

— Non, répondit-il. Je ne me permettrais pas. Excusez-moi, j'ai du travail.

Il quitta la bibliothèque en faisant l'effort de ne pas claquer la porte.

Pauline pleurait, et pour une fois ce n'était pas des larmes de théâtre. Louis-Marie semblait détaché d'elle, hors de portée. Certes, il n'avait pas résisté à ses avances, il lui avait fait l'amour, mais avec une maladresse qui ne lui ressemblait pas. C'était comme si, sachant qu'elle avait renoué avec Robert, il n'éprouvait plus le même plaisir à la toucher.

Quelques années plus tôt, Pauline avait adoré Louis-Marie, s'était mise sous sa protection et avait joué longtemps à la femme-enfant. Avec lui, elle avait appris beaucoup de choses mais ne s'était jamais donné la peine de l'observer, de le connaître. Trop égoïste pour s'intéresser aux autres, elle avait vécu à côté de lui comme elle vivait à côté d'Esther, sans aucune curiosité.

Elle était scandalisée, voire terrorisée, par l'idée de ce renoncement qu'il annonçait posément. Il abandonnait son ancienne vie sans regret, lassé de Paris et des exigences de Pauline, de la méchanceté de ses confrères et des sermons de son banquier. Il avait perdu ses repères au fil du temps. Il n'avait plus ni but ni ambition, il l'avouait sans honte.

— Il faut que je me retrouve, disait-il à Pauline. J'y parviendrai en restant ici, chez moi.

Elle essaya de le persuader qu'il était chez lui dans cet appartement qu'il n'avait jamais aimé, qu'elle avait décoré et redécoré à son goût jusqu'à en faire une véritable boîte de dragées. Or il appréciait les boiseries sobres de Fonteyne, une certaine élégance austère, les grandes cheminées et la bibliothèque de son père. Par-dessus tout, il avait besoin de la présence de Juillet comme un exemple, un remède, une réponse à ses questions de l'âge mûr.

Pauline secouait la tête, incrédule, lui disant qu'il était fou. Elle se reprochait de l'avoir laissé à Fonteyne seul, et qu'il ait pris goût à cette solitude. Elle argumenta en affirmant que c'était elle, Pauline, ainsi qu'Esther, la famille de Louis-Marie. Mais il n'était pas convaincu, il souriait tristement et répondait que sa famille était à Fonteyne.

Il ne voulait pas la culpabiliser en lui expliquant qu'il l'avait espérée tout l'été. Ni en lui décrivant ses insomnies, sa jalousie, son chagrin. À une certaine époque, Pauline ne pouvait pas se passer de lui, il s'en souvenait très bien, trop bien. Elle l'accompagnait partout, se pendait à son bras. Elle avait toujours envie de faire l'amour avec lui, commençant de se déshabiller dans leur entrée, la porte à peine refermée. À présent, elle était capable de l'ignorer durant deux mois, téléphonant de loin en loin pour lui parler de la peinture du salon. Et Louis-Marie avait trop d'orgueil pour accepter la déchéance du couple qu'ils avaient formé.

Il avait ruminé l'échec de sa vie durant des nuits entières. Aurait-il dû surveiller Pauline à chaque instant ? Parler franchement à Robert aurait-il servi à quelque chose ? Il avait laissé la situation évoluer sans lui parce qu'il était fatigué, parce qu'il avait vieilli, parce que sa femme était trop jeune et trop futile pour lui. La garder était une lutte de tous les instants, épuisante et vaine. Il ne voulait plus rivaliser avec Robert, à elle de choisir une bonne fois entre son mari et son amant.

Pauline pleurait toujours et il ne tentait rien pour la consoler. Même sans apitoiement excessif, il se trouvait plus à plaindre qu'elle.

— Je ne veux pas te quitter, répétait-elle avec obstination.

Elle sanglotait d'exaspération, soudain très effrayée par ce qui l'attendait. Robert ne serait ni paternel ni complaisant avec elle comme Louis-Marie avait su l'être. La passion de Robert était aussi tranchante qu'une lame et ne supporterait aucune concession après avoir été brimée si longtemps. Pauline pensa avec horreur à tout ce qui l'attendait, un déménagement, un changement d'école pour Esther qu'il faudrait traîner malgré elle dans une nouvelle existence, un divorce douloureux, un remariage, des formalités administratives à perte de vue. Sans parler de la réprobation qui accompagnerait forcément ce troc d'un frère pour l'autre. Confusément, elle devina qu'en perdant Louis-Marie elle perdait son meilleur appui, son meilleur ami.

— On ne pouvait pas continuer comme ça, Pauline, lui dit-il d'un ton froid.

Il avait envie de poser des questions crues mais il ne le fit pas, étouffant sa propre jalousie. Au début de leur mariage, Pauline avait admis en riant que Robert était un amant merveilleux. Louis-Marie n'avait pas voulu savoir ce que ce mot signifiait, même s'il se l'était répété en secret jusqu'à la torture. Aujourd'hui il y repensait, amer et désabusé.

— Tu veux garder Esther avec toi ? demanda Pauline d'une toute petite voix.

Il ressentit un choc, comme si elle l'avait insulté. Il avait beau connaître le peu d'instinct maternel de Pauline, il trouvait la phrase indécente. Il adorait sa fille, il était capable de s'en occuper, mais ce n'était pas à lui de choisir. Il songea qu'Esther serait sans doute malheureuse avec Robert et son cœur se serra. Ensuite il fut accablé par une autre idée, menaçante et inéluctable : Pauline et Robert pourraient très bien décider d'avoir un enfant à eux. Imaginer Pauline enceinte, telle qu'il s'en souvenait, adorable et gamine, lui fut tout à fait intolérable. Il se leva tout de suite, enfila en hâte sa robe de chambre et quitta la chambre.

Alexandre fit signe au serveur.
— C'est ma tournée, dit-il à Marc.
Ils étaient installés dans l'arrière-salle de leur bistrot habituel. Alex se pencha au-dessus de la table et agita son doigt sous le nez de Marc.
— Mon beau-père, Antoine, eh bien, le bâtard l'a accueilli comme un chien dans un jeu de quilles ! Il lui a dit des horreurs ! Quand même, c'est sa fille, c'est ma femme ! Antoine n'était pas obligé de supporter ça !

Marc n'écoutait que d'une oreille distraite mais il considérait Alex avec intérêt. Le moment semblait être venu. La haine d'Alex pour son frère adoptif avait pris des proportions suffisantes à présent. Il était mûr pour la vengeance, Marc en était persuadé.
— Je trouve qu'il mérite une bonne leçon, ton Juillet, dit-il enfin.
— Oh oui ! Oh, si seulement je pouvais...
— Mais tu peux !
Alex secoua la tête, maussade.
— Non, c'est un bagarreur, une vraie brute.
Marc s'en souvenait. Juillet l'avait envoyé à l'hôpital un an plus tôt.
— Je ne t'ai pas dit d'aller te battre avec lui. Il y a d'autres moyens...
Alex vida son cognac. Il ne comprenait pas où Marc voulait en venir.

— Ton frangin, il y a forcément une chose à laquelle il tient par-dessus tout, non ?

— Oui, ricana Alex, la vigne ! Avec ça…

— Justement. Avec ça.

Alex fronça les sourcils, intrigué. Aussitôt, Marc insista :

— La justice t'a donné tort ? Fais justice toi-même ! C'est quand, les vendanges ?

— Dans quelques jours.

Marc eut une dernière hésitation. Après tout, Alex appartenait à une famille de viticulteurs. Il risquait de mal prendre la suggestion.

— J'ai eu une idée, je ne sais pas ce qu'elle vaut. Je n'y connais rien. Mais il me semble qu'en ce moment, tout ce raisin mûr à point doit être particulièrement vulnérable…

— Les derniers jours, c'est l'angoisse ! confirma Alex en soupirant. On redoute les orages violents, les trucs de dernière minute…

— Je ne te parle pas de la grêle ou des sauterelles ! Il y a des moyens plus techniques, plus sûrs, plus… chimiques.

Alex fit un nouveau signe de la main au serveur. Il commençait à comprendre et il était effrayé. Il avala sa salive. Juillet répugnait à utiliser les insecticides, comme tous les éleveurs de grands crus. Il avait des théories personnelles sur l'emploi des traitements pour ses vignes, affirmant que les plateaux de graves maigres se passaient très bien de désherbant, par exemple.

— On déverse quelques bidons d'un truc toxique sur quelques parcelles bien choisies, poursuivait Marc. Imagine un peu ! La terre est très sèche, ça va ruisseler du haut en bas des coteaux ! À nous deux, on peut s'occuper d'une jolie petite surface en un rien de temps.

— Juillet surveille tout et tout le temps, rétorqua Alex d'un air contrarié.

Le projet commençait à le séduire. Le point sensible de Juillet, c'était le vignoble, évidemment.

— Il lui arrive de dormir, je suppose ? À trois heures du matin et sans approcher de la maison, on sera peinards, crois-moi !

Alex vida son verre d'un seul trait. Il n'aurait jamais trouvé tout seul une si terrible revanche.

— Et puis de deux choses l'une, poursuivait Marc. Ou il s'en aperçoit tout de suite et il meurt de rage, ou ça ne laisse pas de trace et son vin sera infect ! Dans un cas comme dans l'autre...

Marc s'était mis à rire, plein d'entrain. Alex hésitait encore. Il avait grandi dans le respect du raisin, dans la plus stricte tradition. Mais la proposition de Marc était tentante parce que, tout en poignardant Juillet, Alex s'attaquait aussi à l'image de son père qui l'avait tant ignoré, méprisé. Il pouvait régler ses comptes d'un coup et sans prendre de risques.

— Je ne sais pas ce qu'il faut utiliser comme pesticide ou défoliant, mais tu n'es pas un débutant, toi ?

Les yeux brillants, Marc attendait la réponse d'Alex. Il y eut un long silence uniquement troublé par les allées et venues du serveur qui leur ramenait des verres pleins.

— Si tu as la trouille..., lâcha enfin Marc d'un ton dédaigneux.

On avait trop souvent fait comprendre à Alexandre qu'il était lâche. Il ne pouvait plus supporter d'être pris pour un minable.

— Je sais où trouver ce qu'il nous faut, dit-il lentement.

Dès qu'il eut prononcé cette phrase, il eut la sensation d'avoir sauté dans le vide. Pour se donner du courage, il pensa à Dominique et à ses fils que Juillet retenait à Fonteyne. À maître Samson à qui il avait donné tant d'argent en pure perte jusqu'ici. À ce jet d'eau glacial sous lequel Juillet l'avait maintenu dans la grange, le soir d'un mariage auquel il n'était pas convié et dont il avait été chassé par un petit employé prétentieux. Au château de son enfance qui lui était interdit par le bâtard de son père.

— On y va ? demanda-t-il en se levant.

Juillet détestait les obligations mondaines mais il n'avait pas pu refuser de faire une apparition au cocktail organisé par Maurice Caze. Il était arrivé à vingt-deux heures, décidé à ne pas aller au-delà d'une demi-heure de présence. Caze l'avait accueilli à grand renfort d'exclamations et de bourrades dans le dos. Juillet connaissait presque tous les invités mais il dut subir d'inutiles présentations tant Maurice Caze était heureux d'avoir chez lui l'héritier Laverzac.

Par petits groupes, les gens parlaient des vendanges à venir ou des élections municipales qui se préparaient. La fille de Maurice, Camille, était toujours subjuguée par Juillet. Elle avait assisté à son mariage, les larmes aux yeux comme beaucoup d'autres jeunes filles, et elle était ravie de constater qu'il sortait déjà sans sa femme. Elle arracha Juillet à son père pour l'escorter jusqu'au buffet.

— Tu es si gentil d'être venu ! répétait-elle comme une litanie.

— Ton père est mon parrain, je ne l'oublie pas, répondit poliment Juillet.

Il accepta une coupe de champagne et, au moment où il allait boire, quelqu'un heurta violemment son bras.

— Oh, je suis désolée ! s'écria Valérie Samson d'une voix réjouie.

Juillet lui adressa un sourire mitigé qu'elle ignora.

— Laissez-moi vous en offrir une autre, dit-elle avec autorité. Je crois que ton père a besoin de toi, Camille...

En effet, Maurice faisait signe à sa fille, à l'autre bout du salon. Elle s'éloigna, très déçue de devoir abandonner Juillet à la seule compagnie de Valérie.

— Ils sont adorables, les Caze, et incroyablement nouveaux riches, déclara l'avocate posément.

— Leur fortune n'est pas très nouvelle, détrompez-vous.

— En tout cas, elle est voyante !

Juillet jeta un coup d'œil circulaire et murmura :

— Vous n'aimez pas cette décoration ? C'est curieux... On se croirait pourtant dans votre bureau !

Il avait un sourire moqueur mais gentil et elle s'amusa autant que lui.

— C'est le métier qui veut ça, affirma-t-elle. Ma maison est très différente mais vous n'avez pas envie de la connaître...

— Vous ne m'y avez pas invité, que je sache.

— Si, l'autre jour, pour dîner. Seulement vous avez refusé. Auriez-vous déjà oublié ?

Il fit alors quelque chose d'insolent qu'il se permettait rarement : il l'examina des pieds à la tête avec ostentation. Immobile, elle attendit que leurs regards se croisent de nouveau pour demander :

— L'examen de passage est réussi ? Vous avez enfin des regrets pour cette soirée que vous m'avez refusée ?

Juillet chercha ses cigarettes puis se souvint qu'elle les détestait.

— Me donneriez-vous une blonde ?

— Oui, dit-elle en ouvrant son sac. Et une rousse, aussi !

Elle éclata de rire en rejetant sa superbe chevelure en arrière.

— Je dois vous changer de vos conquêtes habituelles, poursuivit-elle, je suis certaine que vous ne vous faites jamais draguer comme ça ! Mais je plaisante, bien sûr. Je suis trop vieille pour vous, jeune homme !

Il eut un geste vague de la main. Il était déconcerté, plus intrigué qu'agacé. De nouveau, il regarda autour de lui. Valérie Samson était l'une des plus belles femmes de la soirée, indiscutablement. Il se demanda si elle se comportait autrement dans l'intimité, si elle laissait tomber son masque provocateur. Comme si elle avait deviné ses pensées, elle eut soudain une expression adorable, presque timide.

— J'aperçois Camille qui tente de nous rejoindre, ditelle très vite. J'ai quinze secondes pour vous convaincre de m'inviter à déjeuner, une seule fois pour voir... S'il vous plaît...

Au même instant, Juillet sentit la main de Camille sur son épaule. Valérie Samson venait juste de lui tourner le dos d'un mouvement brusque et s'était mise à bavarder avec deux de ses confrères qui se tenaient près du buffet. Distraitement, Juillet suivit Camille, échangea des propos anodins avec des viticulteurs amis, grignota un petit four à contrecœur. Camille ne le lâchait pas et il s'ennuyait. Au bout d'une demi-heure, comme il l'avait décidé, il prit congé de ses hôtes. Il perdit plusieurs minutes, dans la cour, à trouver ce qu'il cherchait. La voiture de Valérie exhibait une carte bien visible avec son nom suivi de la mention : « Avocat à la cour », qui lui permettait sans doute de stationner au palais de justice. Il s'agissait d'une Porsche noire, ce qui n'avait rien d'étonnant. Il alla chercher une carte dans sa propre voiture et écrivit simplement : « Un de ces jours, promis. » Il la glissa sous un essuie-glace sans l'avoir signée.

Il se demanda avec stupeur, tout le long de la route jusqu'à Fonteyne, pourquoi il avait agi ainsi. Il ne souhaitait pas tromper Laurène, il n'avait pas envie d'aventure. Même si cette femme était différente des autres, même si elle était étrangement attirante, même s'il était incapable de résister à son offre incongrue. Exactement semblable à son père sur ce point, Juillet n'avait jamais laissé passer une seule occasion de se retrouver au lit avec une belle femme. Mais il était marié, à présent, il avait des responsabilités envers Laurène et surtout le devoir de ne pas lui faire de mal. Elle s'était rendue malade avec l'enfant de Frédérique, elle souffrait de la détresse de sa sœur, elle faisait des efforts inouïs pour être à la hauteur de Fonteyne. Par-dessus tout, elle aimait Juillet à la folie, n'importe qui pouvait le voir. Or Juillet avait accepté les conséquences de cet immense amour en l'épousant. Prendre une maîtresse, si séduisante qu'elle soit et même pour un unique cinq à sept, serait malhonnête.

À force de songer à Valérie Samson, il se sentait démoralisé et coupable en arrivant à Fonteyne. Il regrettait déjà l'impulsion qui lui avait fait glisser une promesse, même vague, sous l'essuie-glace de l'avocate.

Il était presque parvenu à se persuader qu'il ne s'agissait que d'un défi, d'une humiliation facile à infliger à Alex en séduisant son défenseur. Il s'amusa avec cette idée en montant l'escalier. Laurène ne dormait pas, elle lisait, roulée en boule sous la couette, Botty niché dans son bras.

Le chien leva la tête, se glissa hors du lit et vint lécher la main de Juillet, sachant qu'il était en faute. Juillet lui accorda une caresse avant de lui désigner sa place, près de la cheminée. Ensuite il alla embrasser sa femme avec une fougue qui la fit rire.

— Alors, ta soirée ? Maurice est toujours aussi exubérant ? Et sa fille en pâmoison ?

Elle riait en se souvenant qu'à une époque elle avait été jalouse de la jeune fille, comme de toutes celles qui approchaient Juillet.

— Je déteste ces réunions stupides, dit Juillet en se couchant contre elle.

Il n'était pas encore déshabillé, il sentait le tabac et l'eau de toilette. Elle l'entoura de ses bras minces, se laissant embrasser tant qu'il voulait. Il finit par poser sa main sur le ventre de sa femme. Il était ému chaque fois qu'il pensait au bébé à venir. Malgré son envie impérieuse de faire l'amour, il eut un scrupule.

— Tu as envie ? chuchota-t-il. Tu veux bien ? Sinon je comprendrai, tu sais…

Laurène se serra contre lui, un peu maladroite comme toujours, mais tout à fait consentante.

Juillet regarda son réveil une nouvelle fois. Il était presque quatre heures et il n'avait vraiment plus sommeil. À quelques jours des vendanges, il ne dormait jamais beaucoup. Il décida de se lever sans attendre davantage. Il avait pris la peine d'expliquer à Laurène que, non, il ne la fuyait pas lorsqu'il quittait leur chambre sur la pointe des pieds, mais qu'il préférait arpenter ses vignes ou étudier un dossier plutôt que subir passivement une insomnie.

Il alla prendre une douche, enfila un jean, ses bottes et un pull. Il avait envie de marcher avant de se faire du café. Négligeant la cuisine, il sortit par la grande porte du hall et respira longuement, en haut des marches du perron, l'air saturé d'odeurs merveilleuses. L'automne était là et le raisin attendait la cueillette. Juillet décida de commencer sa promenade par les coteaux ouest qui avaient toujours eu sa préférence.

Il faisait frais et il allongea ses foulées pour se réchauffer. Même du vivant d'Aurélien, ses marches matinales étaient solitaires. C'était son moment de méditation, de flânerie, c'est là qu'il bâtissait ses projets à long terme pour l'exploitation en laissant son esprit vagabonder librement. Il dépassait parfois la limite de ses terres, allant rêver devant une parcelle d'un voisin qu'il convoitait.

Il obliqua vers le petit bois et la masse imprécise de Fonteyne disparut dans son dos. La nuit était encore très noire mais Juillet connaissait par cœur tous les sentiers. Lorsqu'il émergea des taillis, il s'arrêta net. Au sommet d'une croupe, à une centaine de mètres, il distinguait la lueur d'une lampe électrique. Il observa avec attention et parvint à discerner deux silhouettes qui s'agitaient bizarrement. Il attendit quelques instants, cherchant en vain une explication possible. S'il tentait de s'approcher, il allait se trouver à découvert. Indécis, il sentit le danger avant de comprendre quoi que ce soit. Il regagna le bois et partit en courant. Il fallait qu'il contourne le coteau et, pour cela, qu'il passe près de la maison de Lucas. Il s'y arrêta, hors d'haleine, pour frapper au volet. Fernande, qui avait le sommeil léger, ouvrit presque aussitôt. Juillet fonça jusqu'à la chambre de Lucas et le secoua sans ménagement.

— Viens avec moi, vite !

Lucas fut rapide et silencieux. Il lui fallut moins d'une minute pour s'habiller. Fernande s'était mise à tousser, dans sa cuisine.

— Qu'est-ce qui se passe ? leur cria-t-elle dès qu'elle retrouva son souffle.

Ils lui firent signe de se taire et sortirent l'un derrière l'autre. Lucas tenait son fusil.

— Il y a deux types dans les vignes, avec une lampe électrique. Ils étaient en haut de la parcelle vingt-sept. Rejoins-moi le plus vite possible !

Juillet se mit à courir et distança rapidement Lucas. Il savait, avec son infaillible instinct, que quelque chose de dramatique était en train de se produire. Une peur inexplicable l'empêchait de respirer normalement et il dut ralentir un peu. Il repéra la lueur de la lampe, à une cinquantaine de mètres sur sa gauche. Il s'obligea à marcher, posant ses bottes avec précaution dans le sillon pour éviter de se faire entendre trop tôt. Les deux silhouettes étaient penchées sur un bidon métallique. Juillet s'immobilisa une seconde pour identifier l'odeur inhabituelle autour de lui. Il entendit des rires étouffés et au même instant, il reconnut les effluves détestables d'un produit chimique concentré.

Il n'avait plus que dix mètres à faire et il sauta sur l'ombre, devant lui. Il y eut un choc sourd lorsqu'il roula à terre avec l'homme qu'il avait empoigné. Juillet mit tant de force dans son premier coup que l'autre resta inerte, assommé. Juillet se releva immédiatement. Il se rua vers la lueur de la torche qui fuyait.

— Arrête ! glapit Alexandre lorsque Juillet parvint à le saisir par une cheville après un véritable plongeon.

Paniqué, incapable de réfléchir, Alex se débattait avec l'énergie du désespoir.

— Ne fais pas le con, ne fais pas le con ! hurla-t-il.

Lorsqu'il sentit les mains de Juillet autour de son cou, il fut submergé par une terreur folle. Il parvint à repousser son frère mais une douleur fulgurante éclata dans sa jambe lorsque Juillet la frappa du tranchant de la main. Alex se mit à hurler sans retenue jusqu'au moment où le genou de Juillet, sur son estomac, lui coupa le souffle.

— Je vais te tuer, gronda Juillet entre ses dents.

Ce n'était pas une menace, c'était un passage à l'acte pur et simple. Alexandre secoua la tête dans tous les sens pour essayer de s'échapper. Juillet le prit par les cheveux et le retourna, lui écrasant le visage contre la terre. Alex ne sentait même plus son tibia fracturé. Il éprouvait une peur viscérale, atroce, à l'idée de mourir. Il vit le sol s'éloigner et se rapprocher plusieurs fois. Il entendit un craquement lugubre et eut aussitôt la bouche inondée de sang. Il essaya de cracher le liquide et la terre mêlés mais il étouffait.

— Lâche-le ! Lâche-le ! suppliait une voix lointaine, familière.

Alex était sur le point de perdre connaissance, soulevé par des vagues successives de douleur. La nuit était moins noire, le ciel pâlissant à l'est, mais Alex ne voyait plus rien et suffoquait sous le poids de son frère.

Le fusil de Lucas tenait Marc en respect.

— Juillet ! cria Lucas. Lâche-le !

Fou d'inquiétude, Lucas fit un pas vers les deux frères. Tenant solidement son fusil de la main droite, il prit Juillet de l'autre par l'épaule.

— Arrête, Juillet ! Bon Dieu !

Alexandre parvint à pousser un cri rauque, suivi d'un gargouillement. Juillet n'avait pas cessé de lui cogner la tête contre les cailloux du sillon et il était à bout de forces, ne luttant même plus pour trouver un peu d'air.

Lucas fit alors la seule chose qu'il pouvait faire. Il retourna son fusil et frappa Marc d'un coup de crosse pour s'en débarrasser. Ensuite il laissa tomber l'arme et se jeta sur Juillet qu'il tira violemment en arrière. Mais Juillet était comme un bloc. Lucas fut entraîné avec lui et ils retombèrent sur Alex qui ne bougeait plus. Agrippé à Juillet, Lucas essayait de le ceinturer.

— Laisse-le ! Laisse-le maintenant ! N'y touche plus !

Il lui prit les mains pour lui faire lâcher prise mais sans succès. Comprenant qu'il n'avait aucune chance d'avoir le dessus, Lucas se mit à crier, contre l'oreille de Juillet :

— C'est ton frère ! Arrête ! Pense à Aurélien ! Aurélien ! Aurélien !

Le prénom résonna étrangement dans la nuit et sembla se répercuter d'un coteau à l'autre. Juillet céda d'un coup et Lucas put enfin l'écarter d'Alexandre. Malade d'angoisse, il tâtonna le long du corps immobile. Lorsqu'il entendit enfin la respiration sifflante d'Alex, Lucas eut comme un sanglot de soulagement.

Il ne se passa rien durant quelques minutes, puis Juillet se releva, titubant. L'aube se levait déjà. Lucas ramassa le fusil, la torche, et examina Alexandre sans le toucher. Ensuite il regarda dans la direction de Marc qui ne bougeait pas, les yeux ouverts, l'air terrorisé.

— Les salauds, dit Juillet d'une voix à peine audible.

Lucas dirigea la lampe vers le visage de Juillet puis il l'éteignit. Il y eut un nouveau silence.

— Il faut appeler une ambulance, murmura Lucas.
— Vas-y. Je reste là. Je ne m'en approcherai pas.
— Tu me le jures ?
— Oui.
— Tu veux que je prévienne la gendarmerie ?
— Non.

Lucas eut une dernière hésitation puis il s'éloigna.

Lucas avait obéi à la suggestion de Fernande et avait appelé le docteur Auber, qui vint lui-même avec l'ambulance. Alexandre n'avait pas repris connaissance lorsqu'on l'installa sur la civière. Juillet, livide, déclara au médecin que Marc et Alexandre s'étaient battus. Une querelle d'ivrognes. Marc n'était pas blessé. Il resta muet et ne contredit pas la version de Juillet. Lorsque le gyrophare de l'ambulance eut disparu, Juillet lui fit signe de s'en aller. Sans demander son reste, le jeune homme détala.

— Qu'est-ce que tu lui as dit pour le convaincre ? demanda Lucas.
— Que ses empreintes sont sur les bidons. Qu'il en a détruit pour un sacré paquet de pognon. Un hectare de Margaux…

Juillet tourna la tête, des larmes ruisselaient sur ses joues.

— Oh, Lucas, au moins un hectare !

Celui-ci posa sa main sur le bras de Juillet et le serra à s'en faire mal aux doigts. Il ne l'avait jamais vu pleurer. Il se sentait à bout de fatigue et de désespoir devant le gâchis de cette vigne qu'ils avaient soignée depuis tant de mois tous les deux. Il eut comme un vertige et ce fut Juillet qui le retint.

— Viens, murmura le jeune homme. Viens…

Il l'entraîna jusqu'à Fonteyne et ne s'arrêta que devant les marches du château. Il semblait plus calme.

— Trouve tout de suite deux employés, dit-il à Lucas. Et Bernard. On va mettre en place tous les moyens d'arrosage possibles. Même si on ne sauve pas le raisin, il faut nettoyer la vigne sans perdre un instant. On va la noyer, tant pis, mais il faut diluer cette saloperie.

— Tu vas infiltrer la terre ! protesta Lucas.

— Je n'ai pas le choix ! On va faire un barrage en bas, au niveau de la route.

Juillet escalada le perron et se précipita au premier étage. Il réveilla Louis-Marie, lui résuma la situation et lui dit d'appeler immédiatement leur ingénieur agronome. Il ne lui laissa pas le temps de répondre, ne le renseigna même pas sur l'état d'Alexandre, n'adressa pas la parole à Pauline. Cinq minutes plus tard, il était déjà en train de donner des ordres à tout son personnel.

Le travail, harassant, dura des heures. Inlassablement, la vigne fut nettoyée. L'eau ruissela en pluie fine toute la matinée sur les grappes. Juillet n'avait aucun espoir de sauver la parcelle mais il voulait au moins préserver son avenir. Les employés creusèrent des rigoles pour une évacuation rationnelle de l'eau polluée.

Visage fermé, n'acceptant pas de s'interrompre un seul instant, Juillet supervisait la tâche, montant et redescendant les rangées de ceps. Lucas le suivait parfois du regard, navré. Il se remettait mal du cauchemar de la nuit. À la terreur avaient succédé le dégoût puis l'angoisse. Juillet avait voulu tuer Alex et Lucas tenait pour un miracle d'avoir pu l'en empêcher.

À l'heure du déjeuner, Lucas s'était absenté pour avaler un sandwich. Il était allé voir Louis-Marie qui lui avait donné des nouvelles rassurantes d'Alexandre. L'atmosphère du château était lourde, silencieuse. Même Fernande, dans sa cuisine, semblait accablée.

Vers neuf heures du soir, Juillet déclara enfin le travail terminé. Le reste de la famille l'avait attendu autour d'un repas froid. Il traversa la salle à manger et s'arrêta derrière la chaise de Dominique.

— Je suis désolé, dit-il d'une voix atone.

Pauline regardait ailleurs. Laurène avait la tête baissée vers son assiette. Louis-Marie observait Juillet du coin de l'œil.

— Moi aussi, répondit Dominique.

Puis elle se leva brusquement et s'écroula contre lui dans un élan imprévisible.

— Tu n'y peux rien ! Je lui en veux, à lui ! Oh, Juillet...

Il la fit rasseoir, parvint à lui sourire et gagna sa place.

— Comment est-il ? demanda-t-il à Louis-Marie.

Son ton restait impersonnel, comme s'il avait parlé d'une vague relation.

— Auber a téléphoné dans l'après-midi. Son état n'est pas... alarmant.

Juillet ne fit aucun commentaire et Laurène sonna discrètement. Fernande vint leur porter un superbe colin mayonnaise accompagné d'une salade de langoustines. Juillet attendit qu'elle passe près de lui pour lui murmurer :

— Laisse tout ça sur la table et va te coucher.

Elle avait l'air si fatigué qu'il eut le cœur serré pour elle. Les quatre fils d'Aurélien étaient comme les siens, défauts compris. Elle avait autant de peine pour Juillet que pour Alexandre.

— Va...

Elle hocha la tête et se hâta de quitter la salle à manger. Juillet se tourna vers Laurène.

— Quand tu verras Auber, dis-lui d'examiner Fernande, qu'elle soit d'accord ou pas. Elle m'inquiète beaucoup.

— On l'entend tousser du matin au soir, confirma Pauline.

Même s'il était absurde d'évoquer la santé de Fernande alors qu'Alex était à l'hôpital, personne ne fit de commentaire. Dominique se leva pour servir, par habitude. Le silence qui s'installa avait quelque chose de gênant et Juillet se sentit obligé de parler.

— J'ai fait ce que je pouvais pour limiter le désastre, expliqua-t-il. La récolte de cette parcelle sera détruite dès demain. Je refuse de prendre le moindre risque. Je pense que le composant toxique, le lindane, est suffisamment dilué pour que par la suite la vigne ne souffre pas. Je continuerai quand même l'arrosage quelques jours.

Personne ne songeait à manger, ils écoutaient Juillet avec inquiétude.

— Je n'ai pas prévenu la gendarmerie parce que... Parce que c'est impensable !

Il sembla désemparé, soudain, presque vulnérable. Louis-Marie se redressa pour déclarer :

— J'irai voir Alex demain.

— Vraiment ?

Juillet le dévisageait avec une sorte de curiosité. Ils s'affrontèrent du regard un moment, puis Juillet haussa les épaules.

— En ce cas, je te laisse juge de ce que tu dois lui dire.

Sa colère était toujours là, dense et compacte, accablante.

— C'est sa terre aussi, ajouta lentement Juillet. Je ne sais pas comment il a pu... Je ne croyais pas que... que...

Il jeta rageusement ses couverts dans son assiette qui s'ébrécha.

— Même en l'aimant moins que moi, je n'aurais jamais imaginé qu'il puisse s'attaquer à Fonteyne ! C'est là qu'il a grandi. Il sait que c'est ce qui nous fait vivre, tous, et lui avec ! J'aurais préféré qu'il mette le feu au château !

Juillet le pensait sincèrement, les autres ne le mirent pas en doute.

— Il avait bu, sûrement..., plaida Laurène d'une toute petite voix.

— Comme le jour où il s'en est pris à Dominique, oui ! Et alors ? C'est une excuse ?

— C'est une explication, dit Louis-Marie calmement.

Juillet faillit exploser mais il se contint.

— Je ne veux pas accepter tout ça, répliqua-t-il.

— Alors envoie-le devant les tribunaux à ton tour. Tu peux le faire, tu as toutes les preuves.

Juillet eut un bref soupir d'exaspération.

— Je n'irai jamais porter ça sur la place publique, tu le sais très bien. Les Bordelais ont assez ri avec notre famille, non ?

Louis-Marie voulut répondre mais il ne trouva rien à dire. Juillet était à bout de patience, c'était normal. Les drames s'étaient accumulés sur lui depuis des mois. La proximité des vendanges compliquait tout. Louis-Marie regarda Juillet qui se tenait très droit, à la place que leur père avait toujours occupée.

— Remercie le bon Dieu pour ta promenade matinale, Juillet. Remercie Lucas d'être comme ton ombre, toujours dans tes pas. Il te reste combien de dizaines d'hectares à vendanger ?

Le regard sombre de Juillet sembla s'éclairer. Il fit un clin d'œil à Louis-Marie.

— Tu apprends vite ! lui dit-il avec une ombre de sourire. On finira par te croire né ici !

Pauline éclata de rire, bien décidée à alléger l'atmosphère pénible de leur dîner. Elle posa sa main sur celle de Louis-Marie, en signe de paix. Elle sentit qu'il tressaillait et elle en fut ravie. Elle n'avait donc pas perdu tout pouvoir sur lui.

— Je me demande où Alex a pu trouver autant de bidons de ce produit, reprit Juillet.

— À Mazion...

Dominique, navrée, ajouta :

— Papa en a tout un stock, depuis des années. C'est une vieille histoire. Alex lui disait toujours de s'en débarrasser...

Elle se sentait bizarrement responsable de ce qui venait d'arriver. Alex avait voulu se venger de Juillet, du départ de sa femme, de ses propres échecs. Elle l'avait abandonné à son penchant pour l'alcool sans beaucoup lutter. Et c'est à la table de Juillet qu'elle se sentait chez elle, alors que son mari était sur un lit d'hôpital.

— Et l'autre type, tu le connaissais ? demanda Laurène.

— Vaguement...

Il avait dit la vérité à Louis-Marie mais il ne tenait pas à entrer dans les détails avec sa femme. Tout ce qui touchait à Frédérique la hérissait, il le savait. Il n'avait pas encore réfléchi à ce qu'il devait faire avec ce Marc. Comment Alex pouvait-il être l'ami d'un minable pareil !

— Je n'aurais pas dû laisser Alex traîner dans les bars, murmura Dominique.

— Tu n'as rien à te reprocher, riposta Juillet. Comment pouvais-tu l'en empêcher ?

— Robert parlait de désintoxication..., laissa tomber Pauline.

Louis-Marie lui jeta un coup d'œil agacé. Il détestait l'entendre prononcer le prénom de son frère.

— De toute façon, d'après Auber, il en a pour un bout de temps ! Il sera bien obligé de se passer d'alcool à l'hôpital.

— Puisque Bob revient pour les vendanges, il n'aura qu'à discuter avec ses confrères, conclut Juillet qui ne voulait plus parler d'Alexandre.

Il essaya de manger quelques bouchées mais il y renonça. Il n'avait pas faim et ne ressentait rien d'autre qu'une immense fatigue. Le nettoyage de la vigne avait été épuisant, cependant c'était sa colère de la nuit précédente qui l'avait vidé de son énergie. Il avait voulu, de toutes ses forces, tuer son propre frère. Cette pensée l'avait poursuivi toute la journée comme un leitmotiv. Sans Lucas, il se serait acharné jusqu'au bout. Rien au monde, même pas la vigne, ne pouvait justifier cette volonté de meurtre.

« Il faudrait que je me méfie davantage de mes propres colères... », songea-t-il avec amertume. Aurélien n'était plus là pour le protéger de lui-même. Ni pour faire régner la paix dans la famille sans cesse déchirée depuis des mois.

« Je suis en dessous de tout... Qu'est-ce que vous auriez fait, vous ? »

— Juillet ? Je peux sonner ?

Il regarda Laurène, un peu hébété, puis hocha la tête. Ce fut Clotilde qui vint servir le fromage, annonçant que Fernande était partie se coucher.

— Rentrez chez vous aussi, Clotilde, nous nous débrouillerons très bien, lui dit Dominique.

Elle adressa un coup d'œil impérieux à sa sœur. Aussitôt Laurène posa sa main sur celle de Juillet.

— Toi aussi, monte...

Juillet refusa d'un geste morne mais Louis-Marie s'interposa.

— Bon sang, va te reposer ! Tu tombes de sommeil...

Juillet se leva en répliquant, exaspéré :

— Je croule sous les emmerdements, plutôt ! Mais ça revient au même...

Il quitta la salle à manger sans dire bonsoir à personne. Louis-Marie le suivit des yeux, désolé. Il comprenait très bien ce que son frère devait ressentir mais il ne pouvait rien pour lui. Ce qu'avait fait Alex était inconcevable, odieux, et il avait mérité une correction, même trop sévère. Il était grand temps qu'Alex cesse de s'attaquer à sa famille et à Fonteyne.

— À quoi penses-tu, mon chéri ? demanda Pauline d'une voix câline.

— À nous, dit Louis-Marie.

Elle se mit à sourire mais il ajouta :

— À nous tous.

Deux jours plus tard, lorsque Marie quitta l'hôpital, elle dut s'asseoir sur un banc pour récupérer. Elle avait passé une demi-heure au chevet d'Alexandre et il ne lui avait pas dit deux phrases. Il avait une jambe dans le plâtre, soutenue par des sangles, il portait une minerve et son visage était couvert de points de suture. Il était bardé de tuyaux et contrôlé en permanence par des appareils compliqués. Les médecins ne semblaient pas inquiets, malgré le traumatisme crânien, mais Marie, elle, l'était. Qu'était devenu le jeune homme séduisant que Dominique avait épousé dix ans plus tôt ? Ce blond aux yeux clairs, au teint hâlé, à l'éducation sans faille, avait cédé la place à un homme aigri, sans âge, au regard éteint. Il était devenu laid en devenant méchant. Mais surtout, dans cette chambre impeccable du service des polytraumatisés, Marie avait vu un garçon maigre, abandonné, désespéré. Alex souffrait, et pas seulement physiquement. Condamné à l'immobilité et à la sobriété, il avait des jours sans fin pour mesurer ce qu'il avait fait. Et aussi ce que son frère lui avait fait.

Marie savait par ses filles qu'Alex avait corroboré la version de Juillet lorsque les gendarmes l'avaient interrogé. Il n'avait pas porté plainte, évidemment. Il pouvait se taire, protégé par ses blessures, mais il ne pouvait pas s'empêcher de réfléchir.

« Aurélien lui aurait pardonné, au bout du compte... Mais Juillet saura-t-il ? »

C'était le début des vendanges un peu partout. Antoine se débrouillait seul, à Mazion, avec ses employés habituels. Fonteyne venait de commencer.

« Dominique et Laurène doivent avoir du travail... Avec tous ces journaliers et Fernande qui est malade, paraît-il... Heureusement que Louis-Marie est là... C'est bien, les grandes familles ! Surtout les familles d'hommes... »

Marie aurait dû quitter son banc et se dépêcher de rentrer chez elle mais elle décida de s'octroyer cinq minutes supplémentaires. Rares étaient ces moments de pause. Il faisait encore beau et chaud, même si les jours avaient raccourci.

« Comme tout était plus simple, avant... »

Avant la mort d'Aurélien, peut-être, avant que ses filles soient mariées, lorsqu'elle était encore jeune et qu'elle avait un enthousiasme à toute épreuve.

« Juillet peut tenir Fonteyne à bout de bras. Il a le courage de faire face à n'importe quoi, mais que ce soient les siens qui lui portent les coups les plus rudes et les plus bas, c'est dur... J'espère que Laurène le soutient, j'espère qu'ils sont heureux, malgré tout... »

Marie avait perdu ses illusions une à une. Antoine n'était pas un mauvais mari, leur petite maison de Mazion n'était pas désagréable, leurs vignes donnaient un vin correct. Rien de terrible et rien de glorieux. Le mariage de Dominique avait ouvert une porte sur des horizons prodigieux. Et aujourd'hui, hélas, Fonteyne était un enfer de rivalités et de déchirements.

« Que vont-ils devenir, tous ?... » se demanda Marie avec angoisse.

Elle se leva pour regagner en hâte sa voiture, se reprochant déjà le temps précieux qu'elle avait perdu. Antoine devait être impatient d'avoir des nouvelles de son gendre pour lequel il éprouvait une réelle affection. Après tout, Alex avait été le seul à l'aider lorsqu'il avait été malade. Le seul, aussi, à ne pas considérer les Billot comme des parents pauvres. Antoine ne s'était jamais remis du mépris qu'Aurélien lui avait témoigné. Parce qu'ils avaient été amis d'enfance, Antoine s'était cru l'égal d'Aurélien. Parce que les deux familles s'étaient unies, Antoine les avait crues liées.

« Sa mère a raison, on ne mélange pas les torchons et les serviettes dans une certaine société... »

Pour la millième fois de son existence, Marie se reprocha de n'avoir pas donné de garçon à son mari. Un héritier aurait tout changé, chez les Billot.

« Un fils comme Juillet, tiens ! Le rêve... »

Tout en marchant, elle esquissa un sourire. Depuis qu'elle le connaissait, Marie avait une infinie tendresse pour Juillet. Même enfant, il l'avait toujours émue.

« Avec lui, Laurène est à l'abri, quoi qu'il arrive. »

Cette pensée était tellement réconfortante qu'elle se sentit soudain plus gaie. Juillet était capable de tout arranger s'il le voulait vraiment, Marie en était persuadée. Elle chassa l'image d'Alex sur son lit d'hôpital. Il n'y avait rien d'étonnant que Juillet ait sorti ses griffes en voyant sa vigne saccagée.

« S'il est assez fort pour remettre Alex dans le droit chemin, je lui en serai reconnaissante toute ma vie ! »

Elle l'espérait ardemment, pour Dominique, pour les jumeaux et pour elle-même. Pour Fonteyne aussi. Fonteyne qui, un jour, reviendrait aux petits-enfants de Marie.

Quatrième Partie

Journaliers et chefs d'équipe, sous l'étroite surveillance de Lucas, avaient vendangé durant plusieurs jours toutes les parcelles de Fonteyne. Juillet, omniprésent, avait supervisé le travail heure par heure, de l'arrivée des douils aux fouloirs jusqu'aux cuves de fermentation. Il ne se déclara satisfait qu'une fois les vendanges terminées, comme s'il avait redouté une nouvelle catastrophe. Et ce fut détendu, sourire aux lèvres, qu'il présida le traditionnel banquet de clôture.

Il avait un besoin vital de cette récolte pour l'avenir de Fonteyne car il était dans un équilibre financier d'une extrême précarité. La vente de vins organisée durant l'été lui avait permis de faire face sans le mettre à l'abri. Il se débattait dans de lourdes échéances mais refusait de freiner la modernisation de son matériel. L'achat de l'appartement destiné à Frédérique avait encore aggravé la situation, même si Louis-Marie et Robert avaient tout fait pour lui faciliter les choses.

Varin s'était montré prudent et réservé en ce qui concernait le procès en cours. Juillet bénéficiait de l'appui du juge et son poste de gérant n'était pas menacé, toutefois des versements rapides pouvaient lui être demandés sur la part revenant à Alexandre. Juillet avait eu gain de cause sur un certain nombre de points, néanmoins il restait à la merci de la mauvaise volonté de son frère. Celui-ci était toujours à l'hôpital et se remettait mal. Enfermé dans un silence quasi total, il refusait de recevoir sa femme et ses frères. Seule Marie pouvait s'asseoir à son chevet et lui tenir la main sans qu'il se mette en colère. Robert lui-même s'était heurté à un mur lorsqu'il avait essayé de lui parler.

Louis-Marie avait vécu les vendanges avec une excitation et un plaisir auxquels il ne s'attendait pas. Il s'était intéressé à tout en ayant la sensation de rajeunir, de revivre son adolescence. Il avait suivi discrètement Juillet, observant en silence l'intense activité de l'exploitation. Même Pauline, qui était restée à contrecœur pour tenter d'arranger les choses, avait compris que son mari lui échappait pour de bon. S'il avait trouvé un refuge à Fonteyne, au début de son long séjour, à présent il y occupait une vraie place.

Pauline avait évité de dire des choses définitives. Elle avait laissé Robert partir le premier puis, le surlendemain, elle avait regagné Paris en TGV avec Esther. Sur le quai, elle s'était contentée d'exiger un délai de réflexion raisonnable, pour eux deux, et Louis-Marie avait accepté en affichant une sorte d'indifférence qui avait glacé Pauline.

Après les vendanges, Juillet avait ramené Bingo du pré où il l'abandonnait chaque année à la même époque. Il l'avait réinstallé dans l'écurie que Bernard avait nettoyée et passée à la chaux, puis il avait repris ses promenades matinales avec plaisir durant tout le mois d'octobre.

Novembre fut sinistre, froid et pluvieux. Dans les derniers jours du mois, il se mit à neiger. Laurène attendait son bébé pour la fin de l'année. Depuis plusieurs semaines, Juillet se montrait délicat et attentionné. Il ne la touchait plus mais l'entourait de tendresse, dissimulant son impatience à l'idée d'être bientôt père.

Dominique faisait des projets pour Noël, s'occupait de ses fils et de la maison. Fernande avait suivi un traitement antibiotique mais avait refusé tout net de prendre du repos.

Juillet et Louis-Marie passaient de longues heures ensemble, très préoccupés par la comptabilité de Fonteyne et sa gestion. Ils discutaient à perte de vue d'étiquettes, de bouchons, de caisses pour les expéditions. Ils parlaient des négociants, des cours du marché, des millésimes. Louis-Marie apprenait, bon élève, ou faisait appel à ses souvenirs.

— Tu retardes ! protestait sans cesse Juillet.

Il ne lui parlait pas d'avenir, conscient de la fragilité passagère de son frère aîné. Une ou deux fois par semaine, Juillet demandait des nouvelles d'Alexandre à Dominique. Il ne faisait jamais de commentaire. Nul ne parvenait à savoir ce qu'il éprouvait. Il n'avait pas mis les pieds à l'hôpital et n'avait jamais posé la moindre question au docteur Auber qui venait pourtant régulièrement à Fonteyne. C'était comme si, incapable de résoudre le problème que lui posait Alexandre, Juillet l'avait définitivement rayé de son esprit.

Marie était la bienvenue, chaque fois qu'elle trouvait un moment pour s'échapper. Elle câlinait les jumeaux, prodiguait des conseils à ses filles puis repartait pour Mazion, la mort dans l'âme. Elle n'osait pas parler d'Alex à Juillet, se reprochant de manquer de courage mais retardant toujours l'échéance.

Le matin du 28 novembre, lorsque Juillet descendit, Botty le suivit dans l'escalier, surexcité. En lui ouvrant la porte du hall, Juillet constata qu'il avait neigé toute la nuit. Il accompagna son chien en bas du perron et chahuta avec lui comme un gamin. Il en était encore à le bombarder de boules de neige lorsque Louis-Marie vint le rejoindre.

— Tu es matinal ! lui cria Juillet en visant le col de la robe de chambre.

Louis-Marie reçut une boule sur la joue et il se précipita vers son frère mais, gêné par ses chaussons, il s'écroula dans la neige poudreuse. Juillet se rua sur lui en poussant des hurlements de joie, Botty sur ses talons. Il y eut une brève lutte puis ils se relevèrent, trempés, hilares.

— Et quand j'aurai une pneumonie, tu seras content ? Qui fera toutes les corvées, hein ?

Ils avaient regagné le hall et Juillet jeta un coup d'œil amusé à son frère.

— C'est très pertinent, ça, comme réflexion... Viens par là, je vais te faire du café pour te réchauffer...

Ils trouvèrent Fernande à la cuisine, déjà occupée derrière ses fourneaux. Lucas, installé au bout d'un des longs bancs, les salua d'un large sourire.

— Tu ne devrais pas te lever si tôt ! dit Juillet à Fernande.

— Elle ne m'écoute pas, soupira Lucas.

— Si tu ne te ménages pas un peu, tu finiras par tomber malade pour de bon !

Fernande haussa les épaules, agacée parce qu'il avait raison et qu'elle ne venait pas à bout de sa fatigue.

— Va dans ton bureau, maugréa-t-elle, je vais vous porter un plateau... Allez-vous-en, il fait trop froid ici...

— Pourquoi ne chauffes-tu pas cette cuisine la nuit ? protesta Juillet.

— Et pourquoi ça ? s'indigna-t-elle. On ne l'a jamais fait ! Je mets en route en arrivant, c'est bien suffisant.

Juillet leva les yeux au ciel et entraîna Louis-Marie. Dès qu'ils furent installés dans le bureau, Juillet se mit en devoir d'allumer la cheminée.

— J'adore ce temps, dit-il en entassant des bûches selon un ordre précis.

— C'est sans souci pour la vigne ?

— Mais non, voyons ! Pas à cette saison, tu sais bien.

— Moi, j'en voudrais à Noël, de la neige. Plein !

Juillet le regarda, par-dessus son épaule. Il semblait plus serein qu'il ne l'avait été durant l'été.

— Pauline et Esther viendront ? demanda Juillet.

— Esther, bien sûr ! Quant à Pauline, sincèrement, je n'en ai aucune idée.

Louis-Marie s'était avancé vers les flammes qui s'élevaient en crépitant.

— Ma fille me manque. Je crois qu'elle serait heureuse si elle vivait ici, avec les jumeaux...

Juillet hocha la tête sans poser de question. Il laissait Louis-Marie libre de continuer ou pas. Il souffla délicatement sur le petit bois pour activer la flambée.

— J'aurais voulu que Pauline prenne une décision au moment des vendanges. Mais elle en était incapable. C'est une enfant, les choix l'affolent toujours.

Louis-Marie s'assit à même le parquet où Juillet était agenouillé.

— Je vais rester à Fonteyne, déclara-t-il. Tu vas m'avoir sur le dos jusqu'à la fin de tes jours.

Juillet attendit une seconde puis il eut un sourire radieux.

— Rien ne peut me faire plus plaisir, dit-il simplement.

Il n'y avait ni politesse ni affectation dans cette déclaration. Louis-Marie commençait à devenir indispensable et non plus seulement utile. Il avait soulagé Juillet au moment où celui-ci se débattait dans un excès de travail et de responsabilités. Il avait tenté de combler, ne serait-ce qu'un peu, la double absence d'Aurélien et d'Alexandre. Même si ce n'était pas suffisant, il avait permis à Juillet de respirer, de faire face.

— Au début, dit Louis-Marie d'un ton rêveur, c'était pour t'aider. Tu ne pouvais pas rester seul à la tête de ce bazar et tu n'aurais jamais accepté qu'un étranger s'en mêle... Mais j'y ai pris goût, je n'en reviens pas moi-même ! Paris aurait dû me manquer au bout de quelques mois, et c'est tout le contraire. L'idée d'y retourner me déprime. J'ai envoyé ma démission au journal la semaine dernière. Elle sera effective à la fin de l'année.

Juillet alluma une Gitane, attendant la suite sans impatience.

— Je vais travailler avec toi pour de bon, poursuivit Louis-Marie. Si tu veux bien, évidemment ! Et pour ne pas perdre la main, je trouverai bien un job de correspondant dans un journal local...

— Tu as vraiment pris ta décision ? Si tu trouves un éditeur pour ton roman, ce n'est pas le moment de t'enterrer ici, non ?

— J'ai trouvé un éditeur, répondit tranquillement Louis-Marie.

Il fouilla la poche de sa robe de chambre et tendit une lettre toute froissée à Juillet. Il avait dû la relire cent fois, déjà.

— Compliments ! s'exclama Juillet en jetant un coup d'œil sur l'en-tête. Ce n'est pas n'importe qui... Et tu veux quand même rester là ? Tu ne veux pas te lancer dans une carrière d'écrivain ?

Louis-Marie secoua la tête, amusé.

— Ce n'est pas si simple. Entre nous, si j'avais un talent fou, je crois que je le saurais. Et les autres aussi ! Mais ce livre, j'avais besoin de l'écrire. Je crois qu'il m'a... guéri.

— De Pauline ?

La question avait fusé trop vite et Juillet la regretta.

— Oui, répondit lentement son frère. En quelque sorte, c'est de Pauline.

Il commençait à faire chaud et ils s'éloignèrent de la cheminée. Juillet s'assit à sa place, derrière le bureau, tandis que Louis-Marie s'installait en face de lui. Ils se regardèrent en silence un moment. Puis Fernande frappa et vint déposer le plateau du petit déjeuner. Ils attendirent qu'elle soit sortie pour reprendre leur conversation.

— Donne-moi vraiment des choses à faire, demanda Louis-Marie. Je veux m'investir à fond dans l'exploitation.

Juillet se pencha au-dessus du bureau.

— Tu en as besoin ?

— J'en ai envie, corrigea Louis-Marie.

Il se recula dans son fauteuil et se mit à rire.

— Tu ne peux pas savoir à quel point tu ressembles à papa en ce moment ! Tiens, c'est simple, j'ai l'impression d'avoir quinze ans !

Juillet parut s'amuser à cette idée, sans se vexer de la réflexion. Oui, il avait pris la place d'Aurélien, oui, il avait ses manières et ses intonations tout en étant parfaitement différent.

— Très bien, dit-il. Étudie un contrat à ton idée.

— Non, je ne...

— Ah si ! Ou tu bricoles, en invité, ou tu travailles pour de bon !

Il gardait l'air égayé tout en servant le café.

— J'y penserai, soupira Louis-Marie. C'est fou ce que tu peux être à cheval sur...

— Si je ne le suis pas, coupa Juillet, j'en connais un qui en profitera pour crier au scandale !

— Pas forcément. Je ne crois pas qu'Alex soit dans le même état d'esprit, aujourd'hui. Peut-être... Peut-être devrais-tu aller le voir, un de ces jours ?

Juillet ne répondit pas tout de suite. Il tourna la tête vers l'une des portes-fenêtres. Le jour se levait sur la neige.

— Pour lui dire quoi ? demanda enfin Juillet d'une voix altérée.

— Ce que tu as sur le cœur. Fais-le.

Le regard de Juillet s'était durci. Il se leva en déclarant qu'il avait rendez-vous à Bordeaux. Louis-Marie le laissa partir sans rien ajouter.

Il faisait vraiment froid et Juillet se hâtait vers sa Mercedes. Il était presque midi mais le ciel était noir, menaçant. La neige s'était transformée en gadoue dans les rues de Bordeaux puis, avec le vent glacial qui s'était levé, tout avait gelé. Juillet dut chauffer sa clef à la flamme de son briquet pour parvenir à l'enfoncer dans la serrure.

— Bonjour ! dit une voix gaie derrière lui.

Il se retourna et se trouva face à Valérie Samson. Elle était superbe, emmitouflée dans une fourrure claire dont elle avait relevé le col. Il lui sourit en lui adressant un petit signe de tête. Elle posa son sac sur le toit de la Mercedes, l'ouvrit et se mit à chercher quelque chose.

— Je dois l'avoir gardée... la voilà !

Elle brandit une carte que Juillet reconnut aussitôt.

— Un de ces jours, dit-elle, c'est aujourd'hui ! Vous n'avez pas de vendanges en vue, pas d'épouse à consoler ?

Elle se moquait gentiment de lui, se tenant dos au vent pour se protéger du froid.

— Vous aviez promis, rappela-t-elle, c'est écrit là !

Il la trouva belle, tentante comme une gourmandise malgré ou à cause de son invraisemblable culot. Il fit le tour de la voiture, ouvrit l'autre portière et attendit qu'elle monte. L'idée d'un déjeuner impromptu le réjouissait soudain beaucoup. Tout comme la neige l'avait mis de bonne humeur pour la journée.

— *La Réserve*, à Pessac, ça vous va ?

— Vous n'avez pas peur de rencontrer des gens que vous connaissez ? répliqua-t-elle du tac au tac.

— Évidemment, si je tombe sur mon avocat, nous serons tous ridicules...

Il se mit à rire et démarra. Les routes étaient déjà verglacées, le vent soufflant avec plus de force d'heure en heure.

— J'adorerais me trouver bloquée ici pour deux jours ! déclara Valérie lorsqu'ils furent attablés.

Juillet avait pris le temps de téléphoner à Fonteyne pour informer Louis-Marie, de manière laconique, qu'il était retenu à Bordeaux et qu'il ne rentrerait qu'en fin d'aprèsmidi. Il avait ajouté une phrase tendre à l'intention de Laurène et il avait raccroché, libéré. Il rejoignit Valérie juste à temps pour trinquer avec elle car elle avait commandé du champagne sans l'attendre. Elle avait également posé son paquet de cigarettes sur la table, en évidence, et il se servit.

— Depuis combien de temps ne vous êtes-vous pas offert une escapade ? attaqua Valérie dès qu'il fut assis.

— Très longtemps, répondit-il franchement.

Il l'observait, la détaillant comme il l'aurait fait d'un bel animal, heureux de retrouver le plaisir de la séduction, de la conquête, et soudain décidé à oublier Fonteyne pour un moment.

— Qu'allons-nous manger ? demanda-t-elle en lui souriant.

Elle était sûre d'elle, en général, mais Juillet la déroutait par son silence. Il s'absorba dans le menu puis donna ses ordres au maître d'hôtel sans même la consulter.

— Vous êtes très... directif ! fit-elle remarquer.

— Désiriez-vous autre chose ?

Elle secoua la tête, amusée.

— Non, c'est parfait. Je suis d'ailleurs certaine que vous êtes un homme parfait ! C'est l'un des griefs de votre frère Alexandre...

Juillet ne semblait pas comprendre et elle se mit à rire.

— Quand on l'écoute avec attention, c'est fou ce qu'il vous admire ! Il vous admire tellement qu'il vous hait. Il se console en croyant que vous lui avez volé sa place de benjamin. Mais vous êtes ce qu'il n'est pas, ce qu'il ne pourrait pas être, même si vous n'existiez pas.

— Je ne veux pas parler d'Alex, déclara Juillet. Surtout pas avec vous !

— Pourquoi ? Il m'a fait des confidences, vous savez... D'autant plus volontiers que je suis étrangère à sa famille. Sa très pesante famille !

Juillet hésita un peu avant de demander :

— Pourquoi avez-vous accepté de le défendre ? C'est un perdant né !

— À cause de ça. Quelle gageure !

Elle but quelques gorgées de champagne. Ses yeux brillaient, malicieux et provocants.

— Et puis je vous l'ai dit, c'était aussi pour vous rencontrer, vous...

— Je n'y crois pas.

— Vous avez tort. Vous ne vous êtes jamais regardé dans une glace ?

Juillet esquissa une moue dubitative, un peu gêné.

— Cette espèce de... modestie vous va bien, en plus ! Vous êtes persuadé que vous n'êtes que le fils de votre père. Et son débiteur.

— Mais c'est vrai ! protesta Juillet.

Elle rejeta la tête en arrière pour rire aux éclats. Son gilet blanc mettait son teint de rousse en valeur. Elle n'avait ni pudeur ni timidité, affichant la maturité épanouie d'une femme de quarante ans. Juillet eut une brusque envie d'elle et il fut soulagé par l'arrivée du maître d'hôtel.

— Je ne sais pas ce que je fais ici avec vous, murmura-t-il en attendant qu'elle attaque son homard.

— Nous subissons les préliminaires avec délice, vous et moi, ensuite nous leur demanderons une chambre pour prendre un peu d'exercice sur la digestion...

Il resta interloqué une ou deux secondes. Aucune des jeunes filles qui avaient été ses maîtresses ne lui avait parlé de cette manière.

— Je n'ai jamais cru à cette histoire de bagarre entre buveurs, reprit-elle abruptement. C'est vous qui avez mis votre frère en petits morceaux, j'en ai la conviction. Et je ne comprends pas pourquoi il n'a pas porté plainte. Quel argument de poids ! J'en aurais fait mes choux gras...

Juillet goûta le vin qu'on venait de leur servir et il fit un signe d'assentiment au sommelier. Lorsque celui-ci se fut éloigné, il répondit lentement :

— Vous ignorez tellement de choses que vous êtes condamnée à perdre ce procès.

Elle le dévisagea avec intérêt. Elle n'avait rencontré personne, jusque-là, qui ressemble à Juillet.

— Peut-être, admit-elle.

Elle se mit à manger de bon appétit, méditant les paroles de Juillet. Lorsqu'elle repoussa son assiette, elle déclara :

— Les juges vous aiment, votre adversaire vous aime, tout le monde vous aime ! Et moi aussi...

Elle le défiait mais il soutint son regard. Ostensiblement, elle baissa la tête vers sa montre.

— Si vous demandiez la suite, nous gagnerions du temps, dit-elle d'une voix très douce.

Robert referma la porte de son bureau, affreusement mal à l'aise. Frédérique n'était restée que cinq minutes, le temps de fumer une cigarette, son bébé dans les bras. Robert n'avait pas quitté l'enfant du regard. Julien était beau et sage, pour ses six mois.

Impossible de reprocher à Frédérique un quelconque manque de discrétion. Robert n'avait pas rencontré la jeune femme depuis longtemps mais il savait qu'elle était appréciée dans son travail, et aussi qu'elle sortait avec un jeune interne qu'elle rendait fou. La pension du petit Julien était régulièrement versée, maître Varin y veillait, et Frédérique était légalement propriétaire de son appartement. Elle n'avait pas émis d'exigence particulière. Elle n'était venue saluer Robert, ce matin-là, que par courtoisie. Du moins c'est ce qu'elle avait prétendu. En fait, elle voulait des nouvelles de Juillet, bien entendu. Robert avait consenti à parler de son frère à regret, se demandant combien de temps Frédérique mettrait à accepter de l'avoir perdu.

Fasciné par ce bébé qui était peut-être son frère, Robert n'avait pu se défendre d'un sentiment de culpabilité. Le problème posé par Frédérique et son enfant avait été réglé de manière odieuse : avec de l'argent. Même si la jeune femme avait accepté cet arrangement sans discuter et même s'il n'y avait pas d'autre solution, Robert ressentait une sorte de honte. En se servant de ce qu'ils étaient socialement, ses frères et lui avaient écarté le bébé comme un objet gênant.

Le sourire énigmatique de Frédérique ainsi que sa politesse forcée avaient encore accentué le malaise de Robert. Il l'avait vue se lever avec soulagement. Il lui avait serré la main sans oser toucher l'enfant. Et, dès qu'il avait été seul, il avait compris que cette culpabilité-là ne faisait que s'ajouter à l'autre, celle que suscitait sa liaison avec Pauline.

Il faisait gris et froid sur Paris. Laurène, au téléphone, avait dit qu'il neigeait à Fonteyne. Robert eut une brusque bouffée de nostalgie en pensant aux cheminées du château où Juillet devait, selon son habitude, entretenir des feux d'enfer.

Pauline avait réclamé un répit, un délai. Elle avait juré de trancher, après Noël, voulant assurer un dernier réveillon de paix à sa fille. C'est du moins ce qu'elle prétendait. Robert aurait pu apprécier cette séparation progressive d'avec Louis-Marie car elle avait le mérite de leur épargner à tous une brusque déchirure. Mais il avait attendu Pauline si longtemps qu'il était torturé à l'idée de devoir patienter encore. Il souhaitait une explication, il ne la redoutait pas. Il voulait un divorce rapide, et pouvoir enfin l'épouser.

Ces derniers mois, il avait tout essayé pour achever de la décider. Il ignorait délibérément les réflexions désagréables d'Esther ; il déjeunait avec Pauline tous les jours dans les meilleurs restaurants ; il lui faisait envoyer des fleurs et lui téléphonait longuement chaque soir. Il lui avait même offert une alliance en diamants, déclarant qu'elle pourrait la porter dès qu'elle aurait eu le courage de jeter l'autre.

Cependant il sentait chez elle une ultime résistance qui l'exaspérait. Il avait pourtant l'impression de l'aimer chaque jour un peu plus, de se noyer dans cette effrayante passion qui le minait depuis plus de dix ans. Il lui avait proposé toutes les solutions possibles. Parler lui-même à Louis-Marie, partir à l'étranger sans explication, n'importe quoi, ce qu'elle voulait, pour qu'ils en finissent. Mais elle s'accrochait à son idée de délai, elle voulait du temps. Or la perspective d'un Noël à Fonteyne le révulsait. Il imaginait Pauline montant se coucher avec Louis-Marie, ce qui le rendait malade. Depuis qu'il se sentait des droits sur elle, il était redevenu jaloux. Il aurait pu attendre le retour de Pauline, après les fêtes, la laissant libre de régler son présent et son avenir comme elle l'entendait, mais il ne voulait pas accorder la plus infime chance à Louis-Marie. Après tout, celui-ci connaissait bien les faiblesses de sa femme et pouvait se montrer capable de la convaincre, de la retenir, de la reconquérir.

« S'il ne s'était pas enterré là-bas, s'il ne m'avait pas laissé le champ libre, je n'y serais jamais arrivé... Pourquoi a-t-il fait ça ? Il savait bien qu'il prenait un risque énorme, il n'est pas aveugle... »

Robert s'était déjà posé mille fois la question sans jamais trouver de réponse. Comme toujours, il chassa Louis-Marie de son esprit. Il ne voulait pas de crise de conscience, pas d'attendrissement. Il avait enfin un espoir et il s'y accrochait désespérément.

Juillet souffla doucement la fumée de sa cigarette blonde tout en observant Valérie. Elle lui souriait, couchée à plat ventre, sa chevelure emmêlée sur l'oreiller. Il promena son regard le long du dos, des reins, des cuisses. Elle était musclée, mince sans être maigre, superbe. Elle avait fait l'amour avec une totale impudeur et beaucoup d'expérience, reléguant Laurène et toutes celles qui l'avaient précédée au rang de gentilles bécasses.

Elle avait su taire les mots tendres qu'elle avait failli prononcer, dissimulant le sentiment qu'il lui inspirait. Au contraire, elle lui avait parlé crûment, tout absorbée dans leur plaisir réciproque. Confusément, elle devinait qu'il avait besoin de se mesurer. Elle ne pouvait pas savoir que, depuis Aurélien, Juillet n'avait plus aucun partenaire à sa taille dans son entourage, mais elle comprenait qu'il méritait mieux qu'une femme effacée et qu'un frère pendu à ses basques pour le mordre comme un roquet.

— Dans tes loisirs, tu joues aux échecs et tu montes à cheval, non ?

— Bravo, miss Marple ! Tu dis ça au hasard ou tu as pris tes renseignements ?

Elle tendit la main pour qu'il lui donne une bouffée de sa cigarette.

— C'était une supposition... Tu fais partie de ces gens qui recherchent toujours la lutte, sous une forme ou une autre.

Elle avait envie de s'attarder, de bavarder, de refaire l'amour. Au contraire, elle se leva et se dirigea vers la salle de bains en déclarant, avec une indifférence étudiée :

— Il est cinq heures et je suppose que tu es pressé de rentrer chez toi.

Elle n'attendit pas la réponse pour disparaître. Il fallait qu'elle l'étonne et qu'elle le tienne en respect si elle voulait le revoir. Elle prit une douche rapide, négligeant le confort luxueux de la salle de bains, mais lorsqu'elle regagna la chambre, Juillet n'était plus là. Elle fouilla dans son sac, trouva de quoi retoucher son maquillage et descendit cinq minutes plus tard. Juillet l'attendait dans l'un des petits salons de l'hôtel où il avait commandé deux cafés. En la voyant, il se leva.

— Je voulais vous dire au revoir, dit-il avec un sourire poli.

Elle fut contrariée par cette distance qu'il mettait entre eux mais elle n'en laissa rien voir. Elle but une gorgée de café, debout.

— Chose promise, chose due, déclara-t-elle en reposant sa tasse. Vous vous êtes acquitté. On se dit adieu ?

Elle le narguait, hautaine. Sa fourrure était posée sur ses épaules, ses cheveux retombaient en vagues sur son col relevé. Elle savait qu'elle était belle. Juillet enfouit les mains dans les poches de son jean et eut l'air d'un adolescent, soudain.

— Au revoir, Valérie, murmura-t-il.

Il avait mis beaucoup de douceur dans le prénom, ainsi qu'une nuance qui ressemblait à du respect. Un serveur s'approcha en toussotant, gêné de les interrompre.

— Votre taxi est arrivé, madame.

Elle s'éloigna vers la sortie de l'hôtel sans accorder un regard de plus à Juillet. Il neigeait de nouveau, à gros flocons. Juillet regagna sa Mercedes après avoir réglé une vertigineuse addition. Il patina un peu en démarrant et se maudit de n'avoir pas mis de pneus neige. Il contourna Bordeaux par l'autoroute qui avait été dégagée mais retrouva ses inquiétudes sur la route de Margaux. Des congères s'étaient formées un peu partout, obligeant les automobilistes à rouler au pas. Juillet se demanda si Varin et Auber, qu'ils attendaient pour dîner le soir même à Fonteyne, auraient le courage d'affronter les intempéries.

Il avait beau être très attentif à la conduite de sa voiture, il pensait à la femme qu'il venait de quitter. Elle ne lui laissait pas le sentiment amer de satiété qu'il avait souvent connu après ce genre de rencontre. Il n'avait aucune expérience des femmes de cette génération. Et pas du tout l'habitude d'être traité en gamin. Il réalisa qu'il avait trompé Laurène pour la première fois depuis leur mariage. Il se le reprocha, sans conviction, conscient que l'abstinence avait décuplé son désir pour Valérie, ce qui constituait un début d'excuse. De toute façon, il était impossible d'établir la moindre comparaison entre les deux femmes.

Lorsqu'il se gara enfin dans la grange de Fonteyne, il faisait nuit. La voiture de Varin était là, soigneusement rangée par Bernard sans doute. Juillet trouva d'ailleurs le jeune homme occupé à répandre du sel sur les marches du perron. Il gagna en hâte la bibliothèque dont il avait vu les fenêtres illuminées.

— Je me faisais du souci ! s'écria Laurène en se précipitant vers lui.

Elle dut se mettre sur la pointe des pieds pour l'embrasser dans le cou. Elle s'était emmitouflée dans les pulls de son mari afin de dissimuler un peu sa grossesse. Mais, malgré son état, elle faisait toujours irrésistiblement songer à une collégienne. Juillet la serra contre lui, dans un réflexe de protection, et il se sentit coupable de la journée qu'il venait de vivre.

— J'avais plein de rendez-vous, dit-il très vite. La route est vraiment dangereuse.

Maître Varin s'était levé et Juillet alla lui serrer la main.

— Je suis arrivé plus tôt que prévu, expliqua le notaire, car j'avais des documents à étudier avec vous. Je me suis permis d'en discuter avec Louis-Marie.

Juillet jeta un coup d'œil soulagé à son frère.

— Vous avez bien fait ! Asseyez-vous, je vous en prie...

Machinalement, il arrangea les bûches dans la cheminée. Il s'était amusé de la gêne de Varin mais il le rassura :

— Louis-Marie adore la paperasserie et je la lui abandonne d'autant plus volontiers qu'il a décidé de rester à Fonteyne !

Varin, tranquillisé, arbora son sourire le plus professionnel.

— Je suis heureux que vous ayez de l'aide, dit-il à Juillet.

Il le pensait sincèrement. Même en dehors de ses intérêts personnels et de ses honoraires, il éprouvait un attachement particulier pour Fonteyne.

— Auber ne s'est pas décommandé ? demanda Juillet. Il faut être fou pour rouler ce soir. Nous vous logerons si besoin est, maître…

Satisfait de la flambée qu'il avait ranimée, il se redressa au moment où Dominique entrait, portant le plateau de l'apéritif. Elle servit le margaux avec délicatesse puis proposa des petits toasts au chèvre chaud.

Juillet était allé s'installer sur le canapé, près de Laurène. Il remarqua qu'elle avait l'air fatigué et il lui prit la main. Il frôla la bague de fiançailles, celle qu'il lui avait offerte en présence d'Aurélien, un soir de l'année précédente. Confiante, la jeune femme se laissa aller contre lui.

Un bruit de moteur, assourdi par l'épaisse couche de neige, au-dehors, leur annonça l'arrivée d'Auber. Cinq minutes plus tard, il fit son apparition sur le seuil de la bibliothèque.

— Vous êtes téméraire ! lui lança Louis-Marie en guise de bienvenue.

— J'ai l'habitude… Et j'ai aussi des chaînes !

— C'est toujours la tempête ? demanda Juillet en serrant la main du médecin.

— C'est de pire en pire ! Je n'ai jamais vu ça en novembre.

Heureux d'être arrivé indemne, le docteur Auber jeta un coup d'œil autour de lui. Il appréciait Fonteyne à chacune de ses visites. La vaste bibliothèque, tapissée de précieuses reliures, lui sembla encore plus accueillante que d'ordinaire.

— Vous n'avez pas bonne mine, dit-il à Laurène en la saluant.

Il fronçait les sourcils, contrarié par l'extrême pâleur de la jeune femme. Juillet, en revanche, semblait en pleine forme et Auber lui sourit.

— Mais vous, je désespère de vous compter un jour parmi mes patients...

— Surtout que la patience n'est pas son fort ! persifla Louis-Marie.

Il trouvait à son frère un air conquérant et joyeux qu'il ne lui avait pas connu depuis longtemps. Auber profita de l'atmosphère très détendue qui régnait pour glisser :

— J'ai un message à vous transmettre, Juillet... Alexandre aimerait vous parler, à l'occasion, si vous passez du côté de l'hôpital.

Le silence s'abattit sur eux comme une chape. Auber savoura une gorgée de margaux et reposa son verre sans bruit. Laurène étreignit la main de Juillet et ce geste le toucha. Il sentit le regard aigu de Dominique sur lui.

— Entendu.

Tous eurent conscience qu'il se forçait pour dire ce simple mot, mais il avait accepté. Auber étouffa un soupir de soulagement. L'état psychologique d'Alexandre l'inquiétait depuis plusieurs semaines. Il était le seul à savoir ce qui s'était passé cette nuit-là, dans les vignes, alors que tout le service de traumatologie était persuadé qu'un ivrogne s'était acharné sur le pauvre Alex. Celui-ci n'ayant pas démenti cette version, il avait droit à l'exaspérante compassion des infirmières. En réalité, l'alcool lui avait beaucoup manqué au début. Robert s'était longuement entretenu à ce sujet avec Auber. Mais, les jours passant, le silence buté d'Alex s'était transformé en un mutisme triste, presque effrayé. Physiquement, il se remettait bien, tandis que moralement il s'écroulait, Auber le constatait à chaque visite. Aussi la brusque requête d'Alex au sujet de Juillet, le jour même, avait agréablement surpris le médecin. C'était surtout pour cette raison qu'il avait bravé la tempête de neige.

— Madame est servie, annonça Fernande en entrant.

Dans la salle à manger, les rideaux de velours étaient tirés et Clotilde avait préparé une flambée. Dominique alluma les bougies des hauts chandeliers, sachant que Juillet aimait leurs reflets sur les boiseries. Ils s'assirent avec un sentiment de sécurité et de bien-être, heureux de goûter aux ravioles de morue dont Fernande avait le secret.

— Dieu qu'on mange bien, chez vous, soupira Varin avec un sourire béat.

— Vous devriez surveiller Fernande de près si vous voulez continuer à déguster sa cuisine, dit Auber à la cantonade.

— C'est à vous de la surveiller ! protesta Juillet.

— Non, se défendit le médecin, moi, elle ne m'écoute pas. Elle prend ses médicaments les deux premiers jours puis elle décrète que ça la fatigue et elle jette tout ! Or ce ne sont pas les remèdes qui épuisent, c'est la maladie !

— Vous en avez parlé à Lucas ? demanda Dominique.

— Oui, bien sûr. Mais elle ne tient pas compte de son avis non plus. Fernande est une personne très obstinée…

Cet euphémisme fit rire Juillet et Louis-Marie. En réalité, la vieille femme était têtue comme une mule, ils le savaient.

— C'est bon, dit Dominique, je vais m'en occuper. J'essaierai de la convaincre.

Juillet sourit à sa belle-sœur. C'est elle qui passait plus de temps que quiconque avec Fernande et leurs longs tête-à-tête, derrière les fourneaux, les avaient rendues complices depuis longtemps.

— Votre épouse doit vous rejoindre bientôt ? demanda Varin à Louis-Marie.

Il y eut un court silence puis Louis-Marie répondit, d'un ton neutre :

— Nous serons tous réunis pour Noël.

Varin n'osa pas aller plus loin et il échangea un coup d'œil discret avec Auber. Les bouleversements de la famille Laverzac n'étaient pas faciles à suivre. Un bruit de galopade, au premier étage, fit lever la tête de Dominique. Les jumeaux avaient dû quitter leurs lits pour regarder la tempête de neige. Elle sourit en les imaginant, nez contre la vitre et regards émerveillés.

Fernande vint servir le turbot aux morilles, affirmant que le temps ne s'arrangeait pas et qu'on allait vers un désastre. Juillet, qui ne craignait rien pour ses vignes à ce moment de l'année, haussa les épaules avec insouciance.

— J'aime bien l'hiver, dit-il d'un air réjoui.

Louis-Marie se mit à rire et déclara que son frère aimait toutes les saisons, du moment qu'il les passait à Fonteyne.

— Vous ne prenez jamais de vacances ? s'étonna Auber.

— Pour aller où ?

— Eh bien... Dans les pays chauds, par exemple.
— Margaux est un pays chaud, l'été. Très chaud !

Dominique éclata de rire à son tour, égayée à l'idée de Juillet en touriste, soupirant après Fonteyne au pied des Pyramides. Elle se tourna vers sa sœur et fut saisie par son expression hagarde.

— Tu ne te sens pas bien ?

Dominique était déjà debout, penchée sur Laurène. Auber se leva en hâte tandis que Laurène balbutiait :

— Je ne sais pas ce qui m'arrive...

Juillet fut plus rapide que tout le monde. Il prit sa femme dans ses bras et la souleva en lui murmurant des paroles rassurantes.

— Portez-la dans sa chambre, s'il vous plaît, demanda Auber d'une voix alarmée.

Laurène avait le teint gris, les traits creusés, les yeux fermés. Juillet grimpa l'escalier si vite que le médecin eut du mal à le suivre. Lorsque Laurène fut installée sur son lit, il demanda à Juillet de sortir.

— Depuis combien de temps avez-vous mal ? interrogea-t-il gentiment.

Elle essayait d'ignorer la douleur, lancinante et régulière, depuis plusieurs heures. Lorsqu'il l'examina, il constata qu'elle n'allait pas tarder à accoucher.

Juillet était allé chercher la trousse du médecin dans sa voiture, et il avait dû lutter contre un vent glacial qui faisait tourbillonner la neige. Auber avait appelé une ambulance, tout en sachant qu'elle mettrait trop de temps à gagner Fonteyne. Le travail était déjà très avancé et Laurène se tordait de douleur en hurlant. Elle avait résisté aux contractions tout l'après-midi, refusant de croire à un accouchement prématuré. Elle avait voulu parler à Dominique, mais celle-ci était occupée à la cuisine avec Fernande, entièrement absorbée par la préparation du dîner. Comme Juillet n'était pas là, Laurène n'avait pas voulu se confier à Louis-Marie et elle était restée allongée, persuadée que son malaise passerait. Bien décidée à ne plus se conduire en petite fille gâtée, elle s'était promis de parler en aparté au docteur Auber dans la soirée, mais de n'effrayer personne d'ici là. Pour se donner du courage, elle s'était accrochée à l'idée que son enfant ne pouvait pas naître quatre semaines avant terme. À présent, la souffrance l'avait entièrement envahie et elle était terrorisée, broyant la main d'Auber dans la sienne.

En bas, dans la bibliothèque où ils s'étaient retirés, tous les autres restaient silencieux. Louis-Marie avait fermé les portes pour être certain de ne rien entendre. Aucun bruit du premier étage ne risquait de leur parvenir dans cette grande pièce tapissée de livres. Dominique avait disparu discrètement, certaine qu'elle pourrait être utile au médecin et à sa sœur. La compétence d'Auber comme son expérience et son âge avaient quelque chose de rassurant mais ne suffisaient pas à apaiser Juillet. Il faisait d'incessantes allées et venues pour observer la tempête au-dehors. Varin et Louis-Marie s'étaient lancés dans une partie d'échecs. Lucas était venu demander, timidement, s'il pouvait être utile à quelque chose.

Dans la salle à manger, Fernande avait débarrassé le baron de lapereau auquel personne n'avait eu le temps de goûter. Elle décida de préparer un plateau de pâtisseries pour accompagner le café devenu indispensable. Très émue à l'idée de cette naissance, elle voyait comme un signe du destin dans la présence du docteur

Auber ce soir, précisément. Louis-Marie, Robert et Alexandre étaient nés à Fonteyne. Jamais Lucie Laverzac n'aurait accouché ailleurs qu'au château. Que le premier enfant de Juillet vienne au monde dans ces murs avait une valeur de symbole, Fernande en était persuadée.

« C'est une revanche sur sa naissance à lui... Pour effacer le cauchemar... Il ne sait pas tout, je lui parlerai quand son bébé sera né... »

Elle gagna la bibliothèque où elle entra sans bruit. Elle servit Juillet en dernier et lui glissa à l'oreille :

— Tout ira très bien, crois-moi...

Il leva sur elle un regard soucieux et elle eut le cœur serré, le revoyant tel qu'il était lorsqu'il avait dix ou douze ans, avec les mêmes yeux inquiets et pleins d'espoir. Elle lui caressa les cheveux, une seconde, d'un geste maternel, remettant de l'ordre dans les boucles trop longues. Elle avait été la seule présence féminine de leur enfance, mais si elle les aimait profondément tous les quatre, Juillet était son préféré, depuis toujours. Elle savait bien qu'il souffrait d'être impuissant, immobile, alors que sa femme se tordait de douleur au premier étage.

Elle sortit en refermant soigneusement les portes et elle traversa le hall en hâte pour ne pas entendre Laurène. Arrivée à la porte de l'office, elle s'aperçut qu'il régnait un silence complet. Elle revint sur ses pas, ne sachant que faire, et hésitait encore, la main sur la rampe, lorsque la voix de Dominique lui cria, depuis le palier :

— C'est une fille ! Elles vont bien toutes les deux !

Prise d'un étourdissement, Fernande dut s'asseoir sur la première marche du grand escalier. Elle fit signe à Dominique de ne pas s'occuper d'elle et elle se releva, essoufflée, réprimant son habituelle envie de tousser. Juillet jaillit hors de la bibliothèque pour se lancer à l'assaut des marches mais il broya l'épaule de Fernande au passage, d'un geste affectueux et triomphant. Lorsqu'il ouvrit la porte de sa chambre à la volée, Auber tenait le nouveau-né dans les bras et Clotilde roulait en boule des draps et des serviettes sales. Juillet ne vit rien de tout ce désordre. C'est vers Laurène qu'il se précipita, débordant de joie, de soulagement, de gratitude.

— Vous allez l'étouffer ! protesta Auber. Elle a besoin de calme, l'épreuve a été pénible.

Il était venu mettre le bébé sous le nez de Juillet qui le contempla, muet, avant d'oser tendre la main vers lui. Il s'en saisit avec d'infinies précautions et l'installa contre l'épaule de Laurène. Ensuite il se mit à genoux, au bord du lit, pour contempler sa femme et sa fille.

— Merci, dit-il tout bas.

Laurène parvint à lui sourire. Elle était tellement fière de lui avoir fait ce cadeau qu'elle oublia une seconde sa fatigue. Avant de s'endormir, elle se rassasia du regard de Juillet qui contenait toute la tendresse du monde.

L'ambulance, arrivée à trois heures du matin, repartit vide. Juillet avait tellement insisté auprès d'Auber que le médecin avait dû céder. Il exigeait toutefois qu'une infirmière soit engagée pour la semaine à venir. Avant d'être autorisé à gagner la chambre d'amis qui l'attendait, Auber dut trinquer avec la famille. Il souligna le courage de Laurène, passa sur ses propres angoisses et fit remarquer qu'il y avait plus de dix ans qu'il n'avait pas accouché une femme chez elle.

— Je déteste ça, avoua-t-il. On est à la merci de n'importe quel pépin et complètement démuni pour y faire face.

Il s'était promis d'avoir une conversation avec Laurène dès qu'elle en serait capable. Elle avait fait courir des risques inutiles à son enfant et s'était comportée en gamine.

— Je ne comprends pas que votre épouse n'ait pas filé à la clinique dès le début de l'après-midi ! Surtout pour un premier, c'était de la folie...

Juillet se sentit aussitôt très mal à l'aise. À l'heure où Laurène ressentait les premiers signes de l'accouchement, il faisait l'amour avec Valérie Samson. S'il avait été à Fonteyne, Laurène se serait confiée à lui.

— Tu fais une drôle de tête ! lui lança Louis-Marie. C'est la stupeur d'être père ?

— Pour une prématurée, elle est superbe, répéta Auber. Mais je maintiens qu'un bref séjour à la maternité...

— Non, trancha Juillet. Je la garde à Fonteyne, je garde sa mère, et si vous y tenez, je fais venir toute une équipe médicale ici.

Il resservit du champagne, envahi par le brusque souvenir du commandant Delgas. Lorsque le vieux gendarme lui avait raconté ce qu'il savait de sa naissance à lui. Des efforts de sa mère pour lui trouver un père. De cette cabane sordide où elle était morte. De cet enfant de deux mois qui criait de faim près du cadavre.

Il se redressa, livide, et Louis-Marie le secoua.

— Tu vas bien ?

— Oui, oui...

Juillet fit un effort pour retrouver son sang-froid. Il trinqua de nouveau avec Auber et Varin qui tombaient de sommeil. Il ne pensait jamais à ses origines. Sa vie commençait et finirait à Fonteyne.

— Comment s'appelle ma nièce ? demanda Louis-Marie.

Juillet et Laurène n'avaient pas encore choisi de prénom, persuadés qu'ils avaient quelques semaines devant eux. Mais Juillet n'eut pas besoin de réfléchir pour répondre.

— Lucie-Malvoisie Laverzac.

Auber et Varin échangèrent un regard étonné.

— Malvoisie ?

— Vin grec, doux et sucré ! commenta Louis-Marie en éclatant de rire.

Il tapa joyeusement sur l'épaule de son frère.

— J'aime beaucoup ! J'adore ! Malvoisie... Et puis ce sont mes initiales, L et M, c'est très bien. Laurène est d'accord ?

— Je vais le lui demander, décida Juillet en reposant sa coupe.

— Pas question ! protesta le médecin. Laissez-la dormir, elle le mérite...

Dominique était restée près de sa sœur, décidée à surveiller le nouveau-né jusqu'à l'arrivée de l'infirmière, prévue dans la matinée du lendemain. Clotilde s'était endormie sur un fauteuil, dans la chambre des jumeaux qu'on avait eu toutes les peines du monde à faire tenir tranquilles. Auber termina son champagne et supplia qu'on le laisse se reposer un peu. Louis-Marie le conduisit, ainsi que Varin, aux chambres que Fernande avait préparées. Ensuite il redescendit, certain que Juillet n'avait pas sommeil. Effectivement, son frère l'attendait, assis sur le barreau de l'échelle. Il avait remis des bûches dans la cheminée et débouché une nouvelle bouteille.

— Il neige toujours, dit-il à Louis-Marie. Les routes seront tout à fait impraticables demain. Au besoin, il faudra envoyer Bernard chercher l'infirmière... Je lui dirai de mettre des chaînes sur le break... Dominique l'accompagnera pour prendre l'ordonnance d'Auber et tout ce qu'il faut pour la petite à la pharmacie...

Juillet parlait d'un air rêveur, planifiant la journée à venir pour sa femme et sa fille.

— Tu es heureux ? lui demanda Louis-Marie.

— Oui... Vraiment, oui ! Tu as ressenti la même chose à la naissance d'Esther ?

— La même chose ? C'est-à-dire ? J'ai souvenir d'un moment merveilleux où on se sent gonflé d'orgueil, dégoulinant de reconnaissance et de bons sentiments...

Sa voix était amère, désabusée. Il ajouta, très bas :

— J'en aurais voulu d'autres. Un enfant unique, c'est triste. Mais Pauline ne le souhaitait pas.

Il se servit de champagne et vida sa coupe d'un trait.

— Tu vois, mon premier réflexe, ce soir, était de lui téléphoner pour lui annoncer la naissance de ta fille... Mais je ne l'ai pas fait parce que je suppose qu'elle dort avec Robert.

Juillet restait silencieux, désolé pour Louis-Marie.

— Cette situation ne me rend plus malade, j'ai passé le cap. Je connais Bob, il ne me fera pas de cadeau. Il la veut à tout prix... À n'importe quel prix... Et elle, elle est tellement...

Il n'acheva pas sa phrase, certain que Juillet comprenait. Il but de nouveau, décidé à se soûler.

— J'enterre dix ans de bonheur, conclut-il. D'angoisse, aussi. Je ne serai plus inquiet, maintenant ! Et plus heureux non plus...

— Tu n'en sais rien, dit Juillet.

— Mais si, voyons ! Comment veux-tu que je la remplace ? Pauline, c'est la femme d'une vie. Pourtant, elle n'a rien d'extraordinaire. Au contraire !

Juillet quitta son barreau d'échelle et vint prendre Louis-Marie par le cou, d'un geste tendre.

— Tu l'aimes toujours, c'est ça le problème.

— Je ne veux pas gâcher ta joie de ce soir. Je suis ridicule.

Il se redressa et sourit à son frère.

— Le jour où ta fille t'appellera papa, tu vas adorer ça !

— Je vais me sentir vieux.

— Penses-tu ! Lucie-Malvoisie va tous nous rajeunir, au contraire.

— Je n'ai pas beaucoup de souvenirs de notre mère. Mais toi oui, sûrement... Elle était gentille ?

Cette question prit Louis-Marie au dépourvu.

— Elle était... oui, elle était assez douce. Pour supporter papa, il fallait qu'elle le soit ! Je sais que tu l'as pris pour le bon Dieu mais, entre nous, il n'était pas facile. J'ai eu beaucoup de peine quand elle est morte et il n'a pas eu un mot ou un geste pour me consoler. Il exigeait beaucoup...

— Il donnait beaucoup aussi !

— À toi, oui. Et encore, pas tout de suite. Tu lui as forcé l'affection. Tu étais comme un chiot, Juillet...

Louis-Marie souriait, amusé par ces souvenirs. Il n'avait jamais éprouvé la moindre jalousie envers le petit « gitan ».

— Alex a été perturbé par ton arrivée, tu sais. Ne l'oublie pas trop... Et fais ce qu'Auber t'a demandé, va le voir.

Juillet alluma une Gitane. Il savait qu'il devait en passer par là, qu'il n'aurait aucune excuse pour différer plus longtemps un face-à-face devenu inéluctable.

— J'irai, dit-il simplement.

Sa parole valait tous les serments et Louis-Marie soupira, soulagé.

Laurène était aux anges. Elle ne quittait pas des yeux son bébé. L'infirmière l'avait chaudement emmailloté et installé contre sa mère après son biberon. Juillet était venu passer une demi-heure dans la matinée, s'asseyant timidement au bord du lit sans dire un mot. Il avait fallu que Laurène lui prenne la main et la pose elle-même sur le nouveau-né. Avant de quitter la chambre, il lui avait promis d'aller chercher Marie malgré la neige. L'infirmière avait discrètement attendu dans le couloir et, lorsqu'il sortit, elle lui adressa un grand sourire.

Le temps ne s'était pas arrangé, au contraire. Dans la nuit, le vent avait glacé la neige en profondeur. Juillet renonça à son habituelle promenade dans les vignes et se rendit à l'écurie. Il lui fallut un bon quart d'heure pour mettre des crampons sous les fers de Bingo puis il le conduisit jusqu'au pré où le cheval s'en donna à cœur joie.

Chaussé de bottes fourrées que lui avait prêtées Lucas, Louis-Marie rejoignit son frère devant la barrière.

— Je suppose qu'il n'y a strictement rien à faire, aujourd'hui ?

— Tu peux venir avec moi dans les caves, tout à l'heure, je vais profiter de ce temps de chien pour passer en revue la futaille. Et puis j'aimerais voir quelque chose sur le programme informatique avec toi. Et...

— Arrête ! Mais quel bourreau de travail tu peux faire ! Je veux un jour de congé, un seul !

— D'accord. Noël...

Juillet souriait mais ne plaisantait qu'à moitié. Il entra dans le pré, récupéra son cheval par le licol.

— Il deviendrait fou si je le laissais enfermé trois jours de suite, expliqua-t-il à son frère. Donne-moi cinq minutes pour le rentrer et ensuite on ira chercher Marie à Mazion.

— À Mazion ? Tu deviens fou ?

— Bernard a bien fait la route jusqu'à Bordeaux ! Tu ne voudrais pas que ce gamin nous donne une leçon de conduite, quand même ?

Louis-Marie accepta, de mauvaise grâce, de l'accompagner. Il leur fallut deux heures pour arriver chez les Billot où Marie les accueillit à bras ouverts. Elle insista pour que Juillet monte saluer sa belle-mère qui voulait le féliciter pour cette arrière-petite-fille. Dans l'escalier, il rencontra Antoine qui l'arrêta.

— Où vas-tu ?

La voix était sèche, presque agressive.

— Embrasser votre mère, Antoine. Mais bonjour, d'abord...

Juillet avait répondu sur le même ton et Antoine se fâcha carrément.

— Tu n'as rien à faire chez moi. Tu ne m'as pas très bien reçu à Fonteyne, la dernière fois, si j'ai bonne mémoire.

Juillet fit une dernière tentative pour que leur rencontre ne dégénère pas.

— Laurène a eu une superbe petite fille, Antoine.

— Je sais. Marie me l'a dit.

— Voulez-vous venir jusqu'à Fonteyne pour faire sa connaissance ?

— Non. Il faut être fou comme toi pour se mettre sur les routes aujourd'hui.

Juillet sentit que la colère le gagnait. Il retint un soupir d'exaspération.

— Marie est impatiente et Laurène l'attend.

Comme Antoine lui barrait l'accès de l'étage, Juillet fit demi-tour, renonçant à voir Mme Billot.

— Attends ! Est-ce que tu peux me dire ce que tu manigançais, hier midi, à Pessac ? Quelqu'un t'a vu déjeuner avec l'avocate de ton frère à *La Réserve*. C'est vrai ?

Juillet se retourna lentement pour faire face à Antoine et le dévisagea avec une insolence délibérée.

— Je ne crois pas vous devoir de comptes…
— Tu es mon gendre ! Ton frère est mon gendre ! Les Laverzac ont fondu sur mes filles comme s'il n'y en avait pas d'autres dans tout le département ! C'est bien ma chance…

Juillet remonta une marche pour pouvoir regarder Antoine droit dans les yeux.

— C'est votre chance, Antoine, oh oui !
— Tu es bien comme Aurélien, toi ! On pourrait presque croire que tu es son fils…
— Vous ne dites pas un mot de plus ou nous allons nous fâcher pour de bon, prévint Juillet d'une voix dure. Je vous respecte parce que vous êtes le père de Laurène. Mais en tant qu'Antoine Billot, je vous tiens pour un vrai médiocre, c'est clair ?

Antoine prit une profonde inspiration. Il avait peur de Juillet et cette crainte le rendait encore plus furieux que ce qu'il venait d'entendre.

— Casse-toi ! hurla-t-il. Dehors ! Aurélien a déjà pris la porte, c'est ton tour !

Juillet descendit posément jusqu'au rez-de-chaussée. Marie attendait au pied de l'escalier, le visage inquiet.

— Qu'est-ce qui se passe ? murmura-t-elle.

Antoine arrivait, essoufflé par sa colère.

— Je ne veux pas que tu montes en voiture avec ces deux cinglés ! dit-il à sa femme en pointant un doigt vengeur sur Louis-Marie.

— Mais enfin, Antoine...

Louis-Marie regarda Juillet et comprit qu'il était au bord d'un éclat. Il s'approcha d'Antoine.

— Comment allez-vous ? demanda-t-il avec un sourire poli.

Son attitude déconcerta Antoine qui resta sans réaction.

— Votre petite-fille est belle comme un ange, ajouta Louis-Marie. Pour la route, soyez sans inquiétude, nous avons mis des chaînes et nous avons roulé très doucement.

Il y eut un silence, puis Antoine haussa les épaules et décida de saisir la perche que lui tendait Louis-Marie.

— Soyez prudents, bougonna-t-il.

Il sortit en claquant la porte et faillit tomber sur la neige verglacée de la cour.

« Et voilà, songea-t-il avec amertume, le bébé s'appelle Laverzac, comme les jumeaux. Et tous mes descendants porteront ce nom-là ! Il n'y aura plus de Billot. Les terres seront vendues. Et je n'aurai servi à rien... »

Il se réfugia dans son chai et se mit à marcher de long en large devant les fûts. Il n'aimait pas Juillet et il n'aimait pas Fonteyne. C'était exactement ce qu'il aurait voulu mais qu'il n'avait pas eu. Il sursauta en entendant des pas dans son dos. Juillet s'avançait vers lui.

— Antoine ? Vous ne voulez vraiment pas nous accompagner ?

La voix était amicale, pourtant il secoua la tête sans répondre.

— Je vous ramènerai Marie dans l'après-midi, ajouta Juillet.

Il semblait sur le point de repartir mais il eut une hésitation. Il enfonça ses mains dans les poches de son jean et releva brusquement la tête.

— Je voulais vous dire... Excusez-moi, je suis désolé.

Juillet quitta le chai à grandes enjambées et Antoine le suivit des yeux.

« Le problème, avec ce garçon, c'est qu'il est irrésistiblement sympathique quand il veut... »

Antoine écouta le bruit du moteur puis le crissement des chaînes qui mordaient la glace. Il eut un sourire involontaire en pensant à la joie de Marie qui avait une véritable passion pour les bébés. Particulièrement les petites filles.

À Paris, la neige avait fondu et tout était sale, sinistre. À quelques jours des vacances de Noël, Pauline commençait à s'inquiéter pour de bon. Esther boudait depuis des semaines et s'enfermait dans sa chambre dès qu'elle rentrait de l'école. Lorsqu'il était question de Robert, elle devenait carrément insolente.

Pauline était loin d'être une bonne mère mais elle aimait sa fille à sa manière. Elle finit par lui proposer de partir pour Fonteyne avant la date prévue. Ravie à l'idée de rejoindre son père et ses cousins, de manquer les derniers jours de classe et de prendre seule le train, Esther accepta aussitôt. Pauline téléphona à Louis-Marie qui approuva sa décision avec son calme habituel. Elle l'appelait trois fois par semaine et raccrochait toujours avec perplexité. Louis-Marie avait accepté un délai de réflexion mais elle savait bien qu'elle devrait se décider à trancher avant les fêtes de fin d'année. Robert devenait exigeant, lui aussi.

Pauline pliait les jupes et les pulls d'Esther, puis les entassait distraitement dans un sac de voyage. Assise à son bureau, sa fille semblait absorbée par un livre. Pauline se sentit accablée à l'idée du dîner qui les attendait : un sempiternel steak haché et des frites surgelées, seul menu capable de dérider Esther. Avant un bonsoir hâtif, accordé du bout des lèvres.

— Je te mets tes mocassins bleu marine, déclara Pauline sans espoir de réponse.

Qu'une enfant de neuf ans puisse imposer sa mauvaise humeur lui sembla soudain très excessif. Avant que Louis-Marie ne décide de s'enterrer à Fonteyne, il sortait presque chaque soir avec sa femme. Pauline n'éprouvait alors aucune culpabilité à faire garder Esther par une quelconque baby-sitter. À présent, elle se faisait un devoir de ne pas s'absenter trop souvent, refusant la moitié des invitations de Robert. D'ailleurs les amis de Robert n'étaient pas drôles. Leurs conversations tournaient essentiellement autour de la chirurgie de pointe ou, au mieux, des compétitions automobiles.

— Mets-moi mon bonnet rouge, aussi, celui que papa m'a envoyé pour ma fête...

— Tu pourrais dire s'il te plaît !

— S'il te plaît, maman, répéta docilement la petite fille.

Pauline, agacée, fourra une écharpe dans le sac puis le ferma rageusement en coinçant la fermeture à glissière. Elle s'acharna et finit par se casser un ongle, à bout de patience. Lorsqu'elle fila à la cuisine, elle y découvrit la table jonchée des miettes du goûter. Elle s'assit sur l'un des hauts tabourets, les coudes sur les genoux, au bord des larmes tant elle était exaspérée. Elle eut soudain envie de partir pour Fonteyne, elle aussi. Envie d'un Noël où Dominique, Fernande et Clotilde s'occupaient de tout en lui laissant le beau rôle. Pourquoi devait-elle absolument choisir et chambouler toute son existence ?

L'heure tournait. Il fallait dîner tôt car le TGV d'Esther partait de bonne heure le lendemain. Robert avait parlé de Venise, pour Noël, mais Pauline n'avait pas encore pris sa décision. Le téléphone sonna et elle décrocha en hâte. Dès les premiers mots, elle se mit à sourire. Elle aimait beaucoup la voix chaude de Robert, ses inquiétudes ou ses rires. Toutefois elle n'était pas certaine, décidément, d'avoir envie de vivre avec lui pour toujours.

Juillet était à peine assis que la secrétaire vint le chercher. Il la suivit jusqu'au bureau de Valérie, heureux qu'elle puisse le recevoir aussi vite.

— Monsieur Laverzac, je suis particulièrement heureuse de vous voir ! dit l'avocate avec enthousiasme.

Elle fit signe à sa secrétaire et attendit que celle-ci ait quitté la pièce pour adresser un grand sourire à Juillet.

— Asseyez-vous... Assieds-toi. Comment nous parlons-nous ?
— Comme vous voudrez, répondit Juillet en indiquant ainsi ses intentions.
Elle fronça les sourcils. Depuis deux semaines, jour et nuit, elle pensait à lui. Personne ne l'avait jamais troublée puis séduite comme cet homme-là. C'était pire que d'être sous le charme, elle se sentait carrément déstabilisée.
— Votre visite me fait plaisir, déclara-t-elle à mi-voix.
Elle devinait qu'il n'allait pas dire des choses agréables.
— Je ne voulais pas vous téléphoner, commença Juillet.
— Dommage ! J'ai attendu votre appel...
Elle restait maîtresse d'elle-même, mais elle avait peur de ce qui allait suivre et préféra le devancer.
— J'ai appris la naissance de votre fille. Félicitations !
— Merci...
Elle se tenait debout, près de la fenêtre, et il vint la rejoindre. Il posa ses mains sur ses épaules, la faisant tressaillir.
— Il fallait que je vous voie, pour vous expliquer.
— Est-ce bien utile ? Il suffisait de vous taire, de ne plus donner signe de vie. Je ne vous aurais pas poursuivi, vous savez !
Se dégageant d'un geste sec, elle le toisa, hautaine.
— Aujourd'hui, vous êtes un jeune papa et vous avez découvert les vertus de la fidélité, c'est ça ? Vous n'auriez pas dû vous déranger pour si peu ! Nous ne nous étions rien promis, que je sache...
— Valérie, écoutez-moi.
— Non ! Excusez-moi, j'ai beaucoup de travail.

Elle alla s'asseoir derrière son bureau, remit ses lunettes et ouvrit un dossier. Il la rejoignit en deux enjambées, la forçant à faire face.

— Vous me plaisez infiniment, dit-il très vite. Je meurs d'envie de faire l'amour avec vous, de parler avec vous. Mais nous n'y gagnerons rien, ni vous ni moi.

— Qu'en savez-vous ? dit-elle d'une voix étranglée.

Elle luttait pour ne pas le supplier. C'était la première fois de son existence qu'elle était amoureuse, stupéfaite de se découvrir si vulnérable, prête à n'importe quelle bassesse pour qu'il lui laisse une chance.

— S'il te plaît, Juillet...

Elle avait prononcé ce drôle de prénom avec désespoir. Il recula.

— Je ne veux pas, dit-il seulement.

Ce fut pire que s'il l'avait giflée. Il venait de la rejeter, d'une toute petite phrase sèche. Elle avait douze ans de plus que lui, elle en prit conscience douloureusement à cet instant. Elle releva la tête, le regard dur.

— Alors je ne vous retiens pas, monsieur Laverzac...

Elle le vit hésiter mais il sortit sans ajouter un mot. Après son départ, elle eut besoin de cinq longues minutes pour retrouver un peu de calme. Elle aurait tout le temps d'être malheureuse, pour le moment c'était l'humiliation qui la faisait le plus souffrir. Elle haïssait l'échec et celui-ci plus que n'importe quel autre. Elle tendit la main vers son agenda pour y chercher le numéro du juge qui s'occupait de l'affaire Laverzac. Lorsqu'elle l'eut en ligne, elle retrouva une voix enjouée pour le convier à dîner. Elle avait si longtemps repoussé ses avances qu'il parut stupéfait de l'invitation. Valérie se fit charmeuse, trouva un vague prétexte professionnel et n'eut aucun mal à le convaincre.

Juillet revint de Bordeaux assez tôt dans l'après-midi et il s'offrit une promenade à cheval, avant la nuit, pour essayer d'oublier sa pénible entrevue. Ensuite il prit une douche et rejoignit Laurène juste à l'heure du biberon. Il insista pour le donner lui-même, toujours émerveillé d'avoir sa fille dans ses bras. Il avait des gestes doux, précis, attentifs. Laurène le regardait avec jubilation, heureuse comme une gamine qu'il se plaise dans son rôle de père. Elle s'était bien remise de son accouchement et elle s'était beaucoup occupée d'elle-même depuis quelques jours, mettant à profit le sommeil du bébé pour essayer des maquillages sophistiqués ou de nouvelles coiffures. Dominique la poussait à la coquetterie en insinuant que Juillet devait être fatigué de l'abstinence forcée des dernières semaines. Elles avaient piqué des fous rires étouffés en échangeant des confidences, plus proches l'une de l'autre qu'elles ne l'avaient jamais été.

Dès que la petite Lucie-Malvoisie fut endormie dans son berceau, Juillet détailla sa femme des pieds à la tête.

— Tu es ravissante, lui déclara-t-il avec sincérité.

Laurène ne possédait ni l'élégance ni l'assurance de Valérie, et Juillet avait rarement envie de discuter avec elle de choses sérieuses. Mais elle était si menue, si juvénile et si confiante qu'il était ému dès qu'il la regardait avec un peu d'attention.

— Tu es une enfant qui a eu une enfant, constata-t-il, tout attendri.

Elle vint l'embrasser, se lovant contre lui comme un chaton. Il fouilla la poche de son blue-jean puis lui tendit un petit écrin noir. Elle le prit mais ne l'ouvrit pas, étonnée.

— Pour moi ? Pourquoi ?
— Pour te dire merci.

Elle hésitait encore et il eut ce rire particulier qu'elle adorait. En soulevant le couvercle, elle poussa un cri de joie. Une émeraude scintillait sur le velours de l'écrin. Juillet prit la pierre précieuse montée en pendentif, amusé par l'expression stupéfaite de sa femme.

— Tu es devenu fou, balbutia Laurène.

Sans répondre, il accrocha la chaîne au cou de Laurène. Elle se précipita devant une glace tandis qu'il riait toujours. C'était la première fois qu'il lui achetait un bijou, le diamant de leurs fiançailles, offert par Aurélien, ayant appartenu à Lucie. Elle revint vers lui, les yeux brillants. Il crut que c'était l'excitation mais il s'aperçut qu'elle pleurait.

— Qu'est-ce qui se passe ? murmura-t-il, désolé.

Elle s'abattit contre lui en sanglotant, comme si elle était inconsolable.

— Alors tu m'aimes quand même ? bafouilla-t-elle contre son épaule.

Il lui prit le menton pour l'obliger à lever la tête.

— Mais enfin, Laurène... Regarde-moi... Regarde-moi !

Il avait élevé le ton, inquiet soudain.

— Bien sûr que je t'aime... Et j'aime le petit bout de chou que tu m'as fait. Et j'aime déjà les suivants parce que j'en veux plein !

Il essayait de la calmer, se demandant avec angoisse si quelqu'un avait pu lui parler du déjeuner à Pessac avec Valérie Samson. Il se reprocha d'avoir été inconséquent. Il était marié, père, il devait changer sa façon de vivre. Emmener cette femme à l'hôtel, sans même s'éloigner de Bordeaux, avait été un stupide réflexe de célibataire. Il n'était pas certain d'être toujours fidèle à Laurène dans l'avenir, mais il se devait de la préserver.

— C'est difficile d'être ta femme, chuchota Laurène. Je suis comme un petit paquet inutile, je t'encombre, je t'agace...

— Laurène !

— Il t'aurait fallu quelqu'un d'exceptionnel. Dominique me l'a dit, maman me l'a dit... Avec moi, tu peux faire n'importe quoi, je suis bouche bée devant toi ! Tu me traînes comme une groupie...

Il leva les yeux au ciel puis la saisit par la taille, la souleva et la porta à bout de bras jusqu'au lit.

— J'ai envie de toi, dit-il. Je te promets d'être très doux...

Il la déshabilla sans qu'elle proteste, stupéfaite.

— Tu n'es pas une gamine, tu es une femme que je désire. Tu n'es pas un objet, Laurène. Ni inutile ni encombrant. Et je veux que tu me le prouves, maintenant.

Il attendait qu'elle prenne l'initiative, la regardant sans aucune indulgence. Elle surmonta sa gêne et décida de lui plaire.

Très embarrassé, Lucas s'était résolu à frapper. Il était six heures du matin, il faisait nuit noire et il gelait toujours. Il hésitait, dansant d'un pied sur l'autre. Il ne montait que rarement au premier étage du château mais il s'était dirigé vers la chambre de Juillet sans hésiter. La porte s'ouvrit et Juillet, interloqué, le dévisagea.

— Je suis bien embêté, débita Lucas. C'est ma femme, elle ne va pas du tout...

— Fernande ? Attends...

Juillet enfila en hâte son jean, un col roulé, et mit ses bottes sans chaussettes. Il fut dans le couloir en quelques secondes.

— Elle a encore toussé toute la nuit et quand j'ai parlé d'appeler le médecin, elle n'a pas dit non. Seulement, le temps que je m'habille et elle était dans les pommes !

Lucas était venu en courant de sa maison, et il avait les joues marbrées de rouge.

— C'est toujours verglacé ? demanda Juillet en dévalant l'escalier.

— C'est pire !

Ils sortirent dans le froid sans que Juillet ait pris le temps de décrocher un blouson. Ils coururent jusqu'à la grange et grimpèrent dans le break Rover que Bernard avait laissé équipé de ses chaînes.

Dès qu'il fut au chevet de Fernande, Juillet vit qu'elle allait vraiment mal. Elle avait repris connaissance mais sa respiration sifflante faisait peine à entendre. Il lui prit la main et se força à lui sourire.

— Je vais te conduire à l'hôpital, d'accord ? J'irai beaucoup plus vite qu'une ambulance, tu me fais confiance ?

Il l'enveloppa dans sa robe de chambre puis dans la couverture et la souleva, trouvant qu'elle était lourde et sans force. Lucas ouvrit la porte de la maison, puis du break. Ils l'installèrent comme ils purent sur la banquette arrière. Juillet se mit au volant, très inquiet. Il savait que la route ne serait pas dégagée avant le lever du jour, et il s'obligea à la prudence en dépit de son impatience. Lucas se taisait. Malgré le bruit du moteur, ils percevaient le souffle rauque de Fernande. Dans les phares, le paysage blanc avait quelque chose de lugubre.

Juillet jeta un rapide coup d'œil vers le profil de Lucas. Impénétrable, le vieil homme fixait le pare-brise. Juillet se demanda si Lucas aimait sa femme. S'ils partageaient autre chose qu'une habitude l'un de l'autre. Vingt-huit ans plus tôt, c'est Aurélien qui les avait mariés. À la mort de Lucie, il avait voulu s'attacher définitivement les services de Fernande. Il lui fallait une femme pour s'occuper de ses quatre fils. Il avait poussé Lucas à faire sa demande, n'imaginant même pas que son maître de chai puisse avoir un autre avis. Or Fernande n'était ni jeune ni jolie. Il leur avait donné la maison du bois où Fernande ne pouvait passer que bien peu de temps. Aurélien exigeait qu'elle arrive à l'aube et trouvait normal qu'elle serve le dîner. Juillet n'avait rien changé à ce programme établi depuis si longtemps. Fernande et Lucas n'avaient pas eu d'enfants et nul ne s'était demandé pourquoi. Leur dévouement était naturel. Ils n'étaient ni des domestiques, ni des employés, ni des membres de la famille.

La gorge serrée, Juillet avala péniblement sa salive. Il ne s'était jamais posé la question, mais soudain il avait une conscience aiguë de l'importance de Fernande dans la vie de Fonteyne, dans sa vie à lui. Il prenait la mesure de tout l'amour qu'elle lui avait donné. Combien de fois l'avait-elle consolé, bercé, choyé ? Combien de chagrins d'enfant avait-elle effacés ? À combien se montait la dette des Laverzac envers cette vieille femme ?

Juillet ne se sentit un peu soulagé que lorsqu'il vit le panneau lumineux qui signalait l'entrée des urgences, à l'hôpital. Lucas n'avait toujours pas prononcé une parole.

Deux heures plus tard, Fernande avait été installée dans une chambre individuelle, grâce à l'intervention du docteur Auber. Le diagnostic de l'interne de garde était simple, il s'agissait d'une double pneumonie. Juillet avait envoyé Lucas s'occuper des formalités d'admission mais il avait refusé d'abandonner le chevet de Fernande. Il lui tenait la main et ne la quittait pas des yeux, certain qu'elle détestait l'hôpital, qu'elle en avait peur.

— Il faut que je te parle, dit soudain Fernande d'une voix rendue nasillarde par le tuyau d'oxygène.
— Ce n'est vraiment pas le moment, répondit Juillet en souriant.
— Si !
Comme elle s'agitait, il lui caressa le front d'un geste tendre.
— Je suis très malade, déclara-t-elle, sinon je ne serais pas là.
— C'est à force de ne pas te soigner que tu es malade ! protesta Juillet. Ils vont s'occuper de toi...
— Tu dis des bêtises pour me rassurer.
— Non !
— Si. Mais ça ne fait rien.
— Fernande !
— Ne crie pas comme ça. Il y a quelque chose que tu dois savoir. Il y a un moment que je veux te le dire. Et puis, avec la naissance du bébé, je n'ai pas trouvé l'occasion.

— Tu la trouveras plus tard.

— Ah, que tu es têtu, mon Dieu, tu ne changeras donc jamais ?

Elle s'énervait pour de bon et Juillet se tut, docile.

— C'est à propos de ta mère... Ta vraie mère...

Elle sentit que la main de Juillet se crispait dans la sienne.

— Écoute, petit, je vais mourir un jour, comme tout le monde. Peut-être pas aujourd'hui mais tu n'en sais rien et moi non plus. N'est-ce pas ?

Il hocha la tête, plongeant ses yeux sombres dans le regard triste de la vieille femme.

— Qu'est-ce que tu as appris, sur elle ? Cet homme que tu es allé voir l'an dernier, le gendarme, qu'est-ce qu'il t'a raconté ? La version officielle ? L'accident ?

Juillet restait muet, glacé d'angoisse.

— Ne me regarde pas avec cet air de chien perdu, je ne peux pas le supporter, supplia Fernande.

Elle hésitait, au seuil d'une vérité difficile. Elle s'était tue depuis tant d'années que les mots ne passaient pas ses lèvres.

— Tu l'as tellement aimé, poursuivit-elle comme si elle voulait atténuer le choc. Trop. C'est comme une espèce de culte ! Alors il faut que tu saches, à la fin...

Juillet avait lâché la main de Fernande. Il était debout et elle comprit qu'il ne voulait pas de la suite.

— Attends... Ne t'en va pas. À quoi ça sert de s'aveugler ?

Elle prit une inspiration et lâcha, d'un coup :

— Tout ce que ton père a fait pour toi, il te le devait !

Elle le vit marcher jusqu'à la porte, poser la main sur la poignée. Elle retomba sur son oreiller, à bout de souffle. Il y eut un long silence, à peine troublé par les bruits du couloir. Juillet revint vers le lit. Il posa la question qu'elle attendait.

— C'est Aurélien qui l'a tuée ?

Elle ferma les yeux. Elle n'avait pas besoin d'en dire davantage, à présent. Il pouvait imaginer le reste. Elle avait revécu mille fois la scène. Elle n'eut même pas conscience de parler lorsqu'elle raconta, tout bas :

— J'attendais son retour pour aller me coucher, comme toujours. Madame était en haut. Il avait l'air tellement hagard quand il est arrivé ! J'avais peur, je ne le reconnaissais pas. Il était fou de cette fille, tu sais, il était enragé après elle. Il l'a poursuivie dans sa cabane, bousculée, corrigée. Il était si dur... À la fin, elle est tombée contre cette pierre. Il ne l'a pas tuée de ses mains mais c'était lui quand même et ça l'étouffait. Je ne l'avais jamais vu dans un état pareil. Le chagrin, l'horreur, il a pleuré la moitié de la nuit. Je ne voulais pas qu'il se dénonce. Aurélien Laverzac, un assassin... Non ! Avec Madame et les trois petits qui dormaient. Il tournait en rond, il devenait fou. Il a dit qu'il allait t'adopter mais je croyais que ce ne serait pas possible. Qu'il ne le ferait pas. Tu avais tout vu, Juillet, même si tu ne t'en souviens pas, tu étais là, dans ce taudis ! Et il a fallu se taire, attendre que quelqu'un vous découvre, elle et toi... Mon Dieu, il a expié, je peux le dire, et moi avec lui... Deux jours, ça a duré. Tu ne peux pas te douter de ce que j'ai vécu en sachant qu'il y avait un bébé, là-bas, seul... Après ça, il était obligé de se racheter, tu comprends, obligé ! Il aurait dû te haïr mais c'est drôle, tu l'as forcé à t'aimer. Tu l'as contraint, jour après jour, parce que tu t'acharnais en silence, tu quémandais... Seulement c'était le meurtrier de ta mère, pas ton sauveur...

Le récit de Fernande avait atteint Juillet comme un poison. Il avait eu le courage de ne pas l'interrompre. Le filet de voix était devenu inaudible mais il avait tout perçu jusqu'à la dernière syllabe. Il était tellement atterré qu'il n'entendit pas la porte s'ouvrir. Il sentit la présence de Lucas, juste derrière lui et il se détourna pour que le vieil homme ne puisse pas le regarder. Il sortit en murmurant que tout allait très bien.

À la mairie, Juillet perdit un temps fou. Il ne disposait que de quelques renseignements. Prénom, Agnès. Nom de famille hongrois imprononçable. Jeune. Enterrée à l'automne, trente et un ans plus tôt. L'employé finit par trouver, sur un registre, le numéro de l'emplacement au cimetière.

Parmi les tombes recouvertes de neige, il dut chercher longtemps. Le caveau était sobre, net, fait d'une coûteuse dalle de marbre noir. Il n'y avait aucune inscription. Juillet resta immobile presque une demi-heure. Il attendit en vain, ne ressentant rien, même pas la trace d'une émotion ancienne. Il se répéta que sa mère était là, sous la terre, sans éprouver autre chose qu'une immense compassion pour Aurélien.

Il regagna sa voiture à pas lents. La compassion était tout de même un sentiment nouveau. Jusque-là, Juillet s'était enfermé dans une sorte de respect aveugle, de reconnaissance éperdue. Les révélations de Fernande montraient qu'Aurélien n'avait pas été qu'une statue de pierre, un modèle irréprochable.

Juillet éternua en s'installant au volant du break. Il était toujours sans blouson et pieds nus dans ses bottes.

« Cette histoire ne me concerne pas... »

Il voulait s'en persuader mais il était touché. Qu'aurait-il fait, à la place d'Aurélien ?

« Il aurait pu se dénoncer, être jugé, emprisonné. Fonteyne se serait écroulé, Lucie serait tout de même morte de sa bronchite un peu plus tard, le nom de Laverzac aurait sombré dans la honte, et le bébé d'Agnès se serait retrouvé à l'assistance publique. Le désastre... Il a donc choisi la seule issue, il s'est tu. Le pauvre... »

Ce mot-là aussi était nouveau, incongru. Juillet soupira, désolé. Fernande avait atteint son but en lui faisant découvrir un autre Aurélien.

« Et alors ? De toute façon, je l'aime. »

Lorsqu'Aurélien punissait Juillet, enfant, qui visait-il ? Trouvait-il insupportable le regard de ce petit garçon qui avait assisté à la tragédie de la cabane et qui la lui rappelait sans cesse ?

« Mais c'est à moi qu'il a donné Fonteyne ! »

À Juillet ou au souvenir d'Agnès, en ultime réparation ? Juillet repoussa l'image de sa mère tombant sur une pierre. Cette scène, même s'il l'avait vue et même si elle était inscrite dans son subconscient, ne lui évoquait rien. Ni chagrin ni angoisse.

« Aurélien m'a payé au-delà de ce qu'il me devait, Fernande... Il m'a aimé, tu ne peux pas m'enlever ça... »

C'étaient bien d'authentiques regards d'amour qu'Aurélien avait posés sur son fils adoptif durant trente ans, oui. Ils s'étaient observés tous les deux comme dans un miroir, se reconnaissant l'un et l'autre à travers leur tendresse mutuelle, se fondant dans leur passion de la terre et du vin.

« C'est sans importance, tout ça, c'est du passé... », songea encore Juillet en démarrant.

Les crampons des fers mordaient la glace au rythme du galop de Bingo. Juillet longea les vignes en direction du petit bois et il ne se remit au pas que lorsqu'il aperçut la silhouette massive du château, sur sa droite. Il avait parcouru ses terres pendant un long moment, heureux de ne penser qu'à son cheval. Il s'était amusé du manège de Botty qui, pour les suivre, avait dû couper à travers le vignoble, langue pendante.

Ils étaient encore essoufflés, tous les trois, lorsqu'ils arrivèrent à l'écurie. Bernard était là, sablant les pavés de la cour, et Juillet lui adressa un grand sourire. Il avait fini par s'habituer à la présence du jeune homme, même si le regard de celui-ci devenait langoureux dès qu'il apercevait Laurène.

— Je m'en occupe, si vous voulez ? proposa Bernard en tendant la main vers Bingo.

Depuis des mois qu'il habitait au-dessus de l'écurie, il s'était lié d'amitié avec le superbe alezan. Il rêvait de le monter mais n'avait jamais osé en parler à Juillet. D'ailleurs son patron l'impressionnait beaucoup et il lui adressait rarement la parole. Peu enclin à discuter avec ses employés, Juillet appréciait ce laconisme.

— J'avais envie de passer un coup de chaux sur les murs de la sellerie, dit encore Bernard.

— Bonne idée, approuva Juillet.

Les initiatives du jeune homme étaient souvent les bienvenues. Il prenait son travail très à cœur et il avait profité de l'hiver pour entreprendre toute une série de réparations. Juillet se pencha pour ôter ses éperons, surveillant Bernard du coin de l'œil. Il le vit bouchonner Bingo, ajuster la couverture puis fermer soigneusement la porte du box.

— J'ai besoin d'un coup de main pour aller couper un sapin, déclara soudain Juillet. On va prendre la Jeep avec le treuil. Vous venez ?

Sans faire de commentaire, Bernard hocha la tête, les yeux brillants. Lorsqu'il était arrivé à Fonteyne, Lucas l'avait mis en garde contre le caractère ombrageux de Juillet. Il lui avait expliqué qu'il n'était pas très facile de gagner la confiance des Laverzac. Mais Bernard s'était plu au château dès le premier jour et il était décidé à y rester.

Il suivit Juillet, ravi qu'on ait besoin de lui. Devant la grange, ils trouvèrent Louis-Marie qui sortait la Mercedes.

— Tu vas à Bordeaux ? Sois très prudent si tu ne veux pas finir dans une congère ! Même avec les pneus neige, cette bagnole est vraiment pénible...

Louis-Marie avait baissé sa vitre. Il sourit à son frère.

— Je vais rouler au pas, promis ! Le train d'Esther arrive à onze heures...

Ils échangèrent un regard joyeux. Juillet donna une petite tape amicale, du plat de la main, sur le toit de la voiture.

— File...

Louis-Marie s'engagea dans l'allée, content comme un gamin d'aller chercher sa fille. Pauline l'avait appelé, tôt dans la matinée, pour s'assurer qu'il serait bien sur le quai de la gare. Ils avaient bavardé avec plus de chaleur que de coutume. Pauline semblait presque regretter de ne pas être en route pour Fonteyne, elle aussi. Fidèle à sa ligne de conduite, Louis-Marie ne lui avait pas posé de questions. On était déjà le 18 décembre et il mourait d'envie de savoir si elle serait avec eux pour Noël. Mais il s'était promis de ne pas faire un pas de plus, de ne pas lutter en vain contre la folie de Pauline. À elle de choisir, de trancher.

En descendant du TGV, Esther repéra immédiatement son père. Il lui parut en forme, presque rajeuni. Elle se jeta dans ses bras en poussant des cris de joie et déclara aussitôt qu'elle adorait le blouson noir qu'il portait. Il se mit à rire, conscient d'avoir un peu changé d'allure depuis qu'il vivait à Fonteyne en compagnie de Juillet. Il s'empara du sac de voyage et saisit la main de sa fille avec fierté.

Valérie Samson brandissait triomphalement le papier sous le nez d'Alexandre. Elle avait effectué une entrée remarquée dans le service, subjuguant l'interne à qui elle avait demandé la chambre d'Alex.

— Pour la validité du testament, je crois qu'on ne pouvait rien, franchement. Même si ça valait la peine d'essayer ! En revanche, le tribunal s'est montré sensible à nos arguments et il a trouvé légitime que vous perceviez rapidement votre part de capital.

Elle souriait, très contente d'elle. La soirée passée en compagnie du juge avait été interminable mais la récompense ne s'était pas fait attendre. Valérie avait expliqué qu'elle ne pouvait pas perdre sur toute la ligne sans se déconsidérer professionnellement. Que ce serait un très mauvais exemple. Que le pauvre Alexandre Laverzac n'avait plus ni toit ni moyen d'existence, un comble. Qu'il serait inique de repousser les échéances de Juillet durant des années. Elle avait dû déployer tout son charme, faire appel à son expérience des hommes, et aussi oublier son orgueil. Cette dernière concession était, de loin, la plus pénible. Valérie avait gagné nombre d'affaires délicates et compliquées. Sa réputation était celle d'un requin et elle avait été contrainte de minauder comme une petite fille. Mais elle était déterminée à mettre Juillet à genoux, le prix à payer pour y parvenir important peu. Elle n'éprouvait aucune sympathie particulière pour Alexandre. C'était un client comme un autre et il ne discutait pas le montant de ses honoraires. Elle ne s'était chargée de ce dossier que pour rencontrer Juillet, c'était vrai. Elle voulait le mettre à son tableau de chasse, comme un trophée rare, mais pas en tomber amoureuse, hélas. Cependant sa vie d'ambition et de solitude l'avait trahie. Les contraintes qu'elle s'était imposées depuis trop longtemps, le mépris qu'elle avait pour les hommes, les barrières qu'elle avait patiemment construites : tout avait explosé devant le charme irrésistible de Juillet Laverzac. Et il était venu lui dire : « Je ne veux pas. » L'histoire ne pouvait pas finir sur ces quatre mots sans qu'elle lui donne une leçon.

— Votre frère sera peut-être dans une situation un peu difficile, dit-elle à Alexandre, mais il a toujours la ressource de vendre une partie des terres...

Alex la regardait sans sourire. Il avait beaucoup maigri depuis qu'il était hospitalisé. Il avait le teint pâle et terne des gens enfermés, mais ses mains ne tremblaient plus, Valérie le nota.

— J'espère que vous êtes content ? demanda-t-elle.

Il détaillait les traits réguliers du visage de Valérie, sa chevelure rousse, cependant c'est à Dominique qu'il pensait. Contrariée par son peu d'enthousiasme, Valérie attendait.

— Très, dit-il d'une voix morne.

— Vous serez bientôt riche ! souligna-t-elle. Et votre action en justice n'aura pas été inutile.

— Oui.

Valérie se leva. Juillet allait connaître quelques insomnies, à présent, c'était un juste retour des choses.

— Si vous vous étiez confié à moi, à propos de la raison qui vous a conduit ici, j'aurais pu obtenir bien davantage. Vous ne m'ôterez pas de l'idée que c'est avec votre frère que vous vous êtes battu !

Elle espéra en vain une confidence, puis elle haussa les épaules. Elle déposa le jugement du tribunal sur la table de chevet.

— Quand sortez-vous ? s'enquit-elle poliment.
— Dans quelques jours.
— Eh bien, si vous avez besoin de quoi que ce soit, n'hésitez pas.

Il hocha la tête et se mit à regarder par la fenêtre. Agacée, elle sortit. Même si ce n'était pas pour lui qu'elle avait obtenu cette victoire, elle aurait aimé la partager. Elle dut constater, incrédule, que sa vengeance ne lui procurait qu'amertume. Elle longea le couloir, bouscula un chariot, s'excusa. Elle quitta l'hôpital très mal à l'aise. Contrairement à ce qu'elle avait espéré, elle pensait toujours autant à Juillet. Mais en plus, à présent, elle y pensait avec attendrissement. L'acculer à vendre des terres était peut-être un châtiment trop dur.

Elle était tellement perdue dans ses songes qu'elle faillit ne pas le voir, sur le parking. Il était appuyé à une barrière et fumait. Elle s'arrêta, pétrifiée. Elle se glissa au volant de sa voiture, le cœur battant, soulagée qu'il n'ait pas tourné la tête dans sa direction. Elle le trouvait encore plus beau que dans son souvenir. Elle le voyait de profil, ses boucles trop longues soulevées par le vent froid. Il semblait mélancolique, presque grave. Elle se serait damnée pour passer une semaine avec lui. Ou même deux jours.

— Et merde ! dit-elle à mi-voix en tournant sa clef de contact.

Elle avait attendu d'avoir quarante-trois ans pour être amoureuse mais elle ne l'était pas à moitié.

Robert se laissa aller sur le dos, épuisé. Il ferma les yeux et chercha à tâtons la main de Pauline. Ils avaient dîné dans un endroit agréable, ils avaient beaucoup bu puis merveilleusement fait l'amour, à présent il fallait qu'il lui parle.

— Alors c'est décidé, tu m'épouses, commença-t-il.
— Bob...
— On ne peut pas continuer comme ça, mon amour ! Même ta fille trouve cette situation insupportable, je le vois bien. Si tu as pris ta décision, je crois qu'il faut régler tous les problèmes le plus vite possible. Commencer la procédure de divorce, vous mettre d'accord pour la garde d'Esther, déménager...

Il sentit que Pauline s'était raidie à l'énoncé de toutes ces catastrophes en perspective.

— Je ferai tout ce que je peux pour te faciliter les choses. Je t'ai proposé d'aller parler à Louis-Marie.
— Non !
— Pauline... Il faut le faire. Tu ne peux plus reculer.

Elle le savait bien mais elle ressentait toujours le même affolement à l'idée d'une rupture définitive.

— Puisque Venise ne te disait rien, j'ai réservé une chambre au *Mont d'Arbois*, à Megève. Comme ça nous verrons Noël sous la neige. De la vraie ! Pas cette gadoue parisienne... Tu es d'accord ?

Elle fit semblant de se réjouir, n'éprouvant pourtant aucune excitation à l'idée d'un réveillon en montagne. Inquiet, Robert se tourna sur le côté et s'appuya sur son coude pour la regarder.

— Tu l'aimes encore ? demanda-t-il d'une voix altérée.

Il avait peur, soudain, qu'elle change d'avis. Qu'elle soit trop faible pour affronter la souffrance d'un divorce.

— Je ne vais pas effacer dix ans de ma vie en claquant des doigts ! protesta Pauline.

Il la prit dans ses bras, la serrant contre lui avec angoisse.

— Je ne pourrais pas supporter que tu me quittes maintenant, Pauline. On touche au but. C'est juste un moment pénible. Je t'aime à la folie...

C'était vrai, elle le rendait fou. Et elle continuait de se taire, augmentant la terreur brusque de Robert.

— Si tu vas à Fonteyne, prévint-il, je plaque tout, je me tire au bout du monde et je ne te reverrai jamais !

Elle se demanda comment il avait pu deviner son fléchissement. Il s'était levé et il déambulait dans la chambre, les mâchoires serrées.

— Tu as pris les billets d'avion pour Genève ? demanda-t-elle, résignée.

Il revint vers le lit, s'agenouilla près d'elle.

— Ne me fais pas peur tout le temps, supplia-t-il.

Juillet quitta la chambre de Fernande, rassuré. La vieille femme était bien soignée, elle se remettait sans mal de sa pneumonie et elle avait cherché avec avidité, sur le visage de Juillet, la trace d'une éventuelle rancune. Mais il n'avait fait que lui sourire, doux et affectueux.

Sous les regards des infirmières, Juillet se dirigea vers les ascenseurs. Les mains enfoncées dans les poches de son jean, il attendait sagement lorsque, tout d'un coup, il se détourna, revint vers le bureau de la surveillante et se fit indiquer le service où se trouvait encore Alex. Il suivit un chemin compliqué dans les bâtiments de l'hôpital avant d'atteindre la porte de son frère. Là, prenant une profonde inspiration, il entra sans frapper.

Alex sortait du cabinet de toilette. Il sursauta en découvrant son frère, puis il eut un mouvement de recul mais se domina. Juillet n'approchait pas, appuyé à la porte qu'il avait refermée.

— Je te dérange ?

Alex secoua la tête sans répondre. Juillet regarda la chambre, autour de lui, qui trahissait un long séjour avec son désordre de livres et d'objets personnels.

— Comment vas-tu ?
— Je sors après-demain.
— Pour aller où ?
— Eh bien... À Mazion, je suppose.

Juillet sortit son paquet de Gitanes mais se contenta de jouer avec un moment.

— Tu peux fumer, lui dit Alex. C'est interdit, mais...

Il alla jusqu'à la table pour prendre un cendrier. Juillet remarqua qu'il boitait et qu'il se tenait raide. Alex accepta une cigarette et attendit que Juillet reprenne la parole. Un très long silence suivit, jusqu'à ce qu'Alex se décide à demander :

— La vigne ?

— Rincée, noyée. Sauvée pour l'année prochaine, je pense.

— Et Marc ?

— Je ne sais pas. Je m'en fous...

C'était dit sans hargne, comme une chose naturelle.

— Bien sûr, tu m'en veux ?

— Bien sûr, admit Juillet.

— Je comprends.

— Je ne crois pas, non.

Alexandre regarda son frère dans les yeux.

— Pourquoi es-tu venu ? Pourquoi aujourd'hui ?

— Je n'étais pas là pour toi. Fernande a été hospitalisée pour une pneumonie. Mais elle va bien ! Si tu as le droit de te promener dans les couloirs, va lui faire une bise.

— Je ne sais pas si elle serait contente de me voir...

— Toi, moi, les deux frangins, même si nous étions des terroristes, je pense qu'elle nous aimerait de la même manière.

Il étudiait le visage d'Alex comme s'il cherchait à le reconnaître.

— Tu as changé, dit-il abruptement.

Alex alla s'asseoir au bord du lit. Il observa ses chaussons un moment, puis releva la tête.

— C'est toi. Ta faute... Tout est toujours ta faute. Du plus loin que je puisse m'en souvenir. Mais tu aimes ça ! Être à l'origine des événements, je veux dire.

Désemparé, Juillet ne trouva rien à répondre. Alex poussa un long soupir avant d'ajouter :

— J'avais demandé à Auber...

— Il m'a transmis le message.

— Il a mis le temps !

— Écoute, protesta Juillet, Laurène a accouché à la maison, il neige et il gèle depuis des semaines, en plus...

— Oh, ne t'excuse pas ! persifla Alex.

Ils se turent de nouveau, attentifs à ne pas laisser monter l'animosité entre eux.

— Je ne bois plus, dit enfin Alex.

— Oui ? Ce n'est pas vraiment l'endroit, ici...

— En fait, j'aurais pu. Les infirmières sont très complaisantes quand on sait les prendre. Mais je n'en ai pas eu envie.

— Bravo.

Alex se leva, fit un pas vers Juillet, s'arrêta. Finalement il se dirigea vers la fenêtre en murmurant :

— Tu ne te poses pas de questions, toi. Jamais ! Tu as raison une fois pour toutes. Tu es dans ton bon droit, tu es sur des rails. Tu me juges, du haut de ta rigueur sans tache...

Dans son dos, Juillet riposta d'une voix ironique :

— Tu n'as pas l'orchestre ? Parce qu'il faudrait des violons, pour t'accompagner...

Alexandre fit volte-face et jeta un regard rageur à son frère.

— Mais tu te rends compte ? Tu es là, tu n'as pas un mot de regret, pas un geste amical...

— De regret ? Tu veux rire ? Je n'ai fait que me défendre !

La porte s'ouvrit et un aide-soignant, en blouse blanche, vint déposer le plateau du déjeuner sur la table. Ils attendirent qu'il ait quitté la pièce pour se regarder de nouveau.

— Tu voulais me parler, rappela Juillet.

— Oui... C'est vrai...

Alex jeta un coup d'œil dégoûté vers les petits raviers métalliques remplis de viande hachée et de haricots verts.

— De Dominique. J'ai été moche avec elle…

— Tu l'as frappée, je sais.

— J'ai fait pire ! Je crois bien que je l'ai violée.

Juillet resta interdit mais il s'abstint de tout commentaire.

— C'est pour ça que je n'ai pas voulu la voir, depuis des semaines. Parce que j'ai honte. Si je raconte ça à Louis-Marie, il va me donner des petites tapes dans le dos et me dire que ce n'est pas grave. Alors que toi, tu vas me traîner dans la boue dès que tu auras retrouvé la parole ! Non ? En tout cas, tu peux au moins m'expliquer dans quel état d'esprit elle est, sans me dorer la pilule…

Alex avait l'air tellement misérable, soudain, que Juillet répondit, sans même réfléchir :

— Je ne suis pas dans sa tête. Le mieux serait que tu lui poses la question à elle. Puisque tu sors après-demain, elle pourrait venir te chercher… Le drame, avec toi, c'est que tu fuis tout le temps ! Ou alors, si tu attaques, c'est par-derrière.

Alex traversa la chambre et vint se planter devant Juillet.

— Je me passerais volontiers de tes leçons de morale !

Il espérait une réaction qui ne vint pas et se détourna en soupirant de nouveau.

— Eh bien, si elle est d'accord, pourquoi pas ?

— Je vais le lui demander, dit Juillet d'une voix neutre.

Il mit la main sur la poignée de la porte et ajouta :

— Si elle accepte, elle viendra avec la Mercedes dans la matinée et elle te ramènera à Fonteyne.
— Pourquoi à Fonteyne ? s'indigna Alexandre comme s'il avait peur de cette éventualité.

Juillet lui adressa un sourire mitigé. Il ouvrit la porte, hésita une seconde puis déclara avant de sortir :
— Tu passes Noël avec nous, j'imagine ?

Laurène n'avait pas pu résister, dans le magasin de jouets, et un employé dut l'accompagner jusqu'à la voiture pour mettre tous les paquets dans le coffre. Dominique éclata de rire en voyant la mine déconfite de sa sœur.
— Toi, tu viens de signer un chèque vertigineux !
— J'ai beaucoup gâté Lucie, admit Laurène, et puis il y a tes fils et Esther... Mais bon, c'est Noël !

Dominique hocha la tête et prit sa sœur par l'épaule.
— Allons boire un café, les courses m'ont épuisée...
— Juillet m'avait dit de bien faire les choses. C'est le premier Noël sans Aurélien et il a sûrement peur d'être triste. Alors il veut du grandiose, tu le connais ! Il prétend que c'est le Noël des enfants, maintenant qu'il en a un à lui.

Elles entrèrent dans un bar et s'assirent face à face.
— En l'absence de Fernande, j'ai eu un mal fou à trouver des idées pour le menu, soupira Dominique. Ton mari insiste pour qu'on invite Lucas, c'est normal.
— Est-ce que Louis-Marie a dit quelque chose au sujet de Pauline ?
— Non, pas encore. Et je n'ose pas lui en parler !

D'Alexandre non plus, elles n'osaient pas parler. Ni de leurs parents ou de leur grand-mère que Juillet n'avait pas conviés.

— Et ton soupirant ? Bernard ?

Amusée, Laurène leva les yeux au ciel.

— À la cuisine avec Clotilde !

— Je trouve qu'il est devenu indispensable en peu de temps. Il a l'œil à tout, il répare, il repeint, il jardine... Comme il est en extase devant toi et qu'il a plein de bonnes idées, tu devrais en profiter pour prendre certaines choses en main, ma puce...

Dominique adressait un sourire encourageant à sa cadette. Celle-ci baissa la tête, l'air embarrassé.

— Non, protesta Dominique, ne réagis pas comme ça ! Tu n'as plus quinze ans, tu es mère de famille. Tu ne peux pas te comporter comme du temps d'Aurélien, en invitée, en employée...

— Mais tu es là, maintenant ! Et tu vas rester, dis ?

— Oui, répondit Dominique sans hésiter.

— Alors c'est toi le chef. D'ailleurs tu es l'aînée ! Et tu connais cette baraque mieux que moi.

— Laurène... Tu es madame Juillet Laverzac...

— Et alors ? Je vais élever nos enfants et je vais adorer mon mari toute ma vie ! Ce n'est pas suffisant ?

Dominique se remit à rire et Laurène se sentit gaie. Avec sa sœur à ses côtés, rien ne lui paraissait jamais effrayant. Elles quittèrent le bar et regagnèrent Fonteyne. Le temps s'était radouci, faisant fondre la neige par endroits. Clotilde et Bernard les aidèrent à décharger le coffre puis Laurène se précipita au premier étage où Lucie dormait sagement. Elle l'observa un moment avec une immense fierté. En donnant un enfant à Juillet, elle l'avait rendu heureux. Tant qu'il serait heureux, elle le garderait. Quoi que puissent en penser les gens autour d'eux, elle se sentait de taille à affronter n'importe quoi pour Juillet. On lui avait répété sur tous les tons qu'un homme comme lui se méritait, qu'il faudrait qu'elle soit à la hauteur, qu'elle sache lui tenir la dragée haute et autres conseils inutiles. Laurène savait l'essentiel : Juillet était un homme de parole, de devoir. Il lui suffisait d'être une bonne épouse et une bonne mère pour que Juillet ne cherche jamais à rompre son engagement vis-à-vis d'elle. Qu'elle soit maladroite avec l'organisation de Fonteyne importait peu. Elle se forcerait à apprendre au fil du temps. Qu'elle n'ait pas une personnalité assez forte pour captiver Juillet était sans gravité puisque sa seule passion était la terre et que rien, jamais, ne passerait avant. Il y aurait sans doute – il y avait peut-être déjà – des femmes qui chercheraient à conquérir son mari. Mais à présent il y avait Lucie-Malvoisie, adorable petit ange qui mettait sa mère à l'abri. C'était grâce à elle, d'ailleurs, que Juillet avait accepté de se marier et d'engager son avenir.

Laurène arrangea la couverture du berceau. Oui, ce bébé était sa meilleure protection mais, de toute façon, elle était prête à tout, absolument tout, pour faire durer son bonheur. Juillet était l'homme qu'elle aimait et elle ne lui donnerait jamais de raison de le regretter.

Elle descendit jusqu'à la bibliothèque où le reste de la famille prenait l'apéritif. Juillet, qui venait de battre Louis-Marie aux échecs, salua son arrivée d'un grand sourire.

— Les enfants meurent d'envie de décorer le sapin, disait Dominique en servant avec précaution le margaux. Je vais demander à Clotilde de descendre les décorations du grenier.

— Je peux leur consacrer une heure ou deux demain matin, dit Louis-Marie. Pas question qu'ils fassent ça tout seuls ! Tu as vu la hauteur de cet arbre ?

Dominique se tourna vers sa sœur.

— Juillet l'a installé dans le grand salon. Il est splendide ! Il fait au moins trois mètres cinquante...

— Les enfants aiment bien les grands sapins, affirma Juillet. Esther l'adore ! Elle va se charger des boules, elle s'est mise d'accord avec les jumeaux qu'elle tient pour de vrais brutes et qui doivent s'occuper de la partie électrique !

— Très bien, répliqua Louis-Marie avec une résignation feinte. Je passerai donc toute la matinée avec eux. Ils vont avoir besoin d'un arbitre...

L'ambiance était gaie, chaleureuse, détendue. Juillet, trouvant que l'instant était propice, s'adressa d'un ton dégagé à Dominique.

— Tu vas à Bordeaux, demain ? Parce que, si tu as des courses à faire ou si tu vas voir Fernande, j'ai dit à Alex que tu pourrais éventuellement le récupérer et le ramener ici...

Il y eut un bref silence stupéfait, puis Dominique demanda :

— Ici ?

— Oui... Mais seulement si tu es d'accord, si ça te fait plaisir. J'ai pensé qu'il pourrait passer Noël en famille.

— Tu lui as parlé ?

— Ce matin, oui.

— Et qu'est-ce qu'il dit ?

— Lui ? Rien, comme d'habitude. Mais je te le répète, ça dépend de toi, Dominique...

Elle posa son verre et traversa toute la longueur de la pièce pour venir jusqu'à Juillet. Elle se pencha vers lui et, spontanément, l'embrassa dans le cou.

— Merci, lui dit-elle à l'oreille.

Il la regarda bien en face et répéta :

— Tu y réfléchis et tu fais exactement ce que tu veux.

Il se leva pour éviter qu'elle ne le remercie encore une fois. Il n'avait rien décidé. Il éprouvait des sentiments contradictoires envers Alexandre. Il ne s'était pas demandé si une éventuelle cohabitation était possible. Il ne voulait pas penser à son frère au-delà de ce réveillon. Il croyait seulement que la famille devait être réunie pour Noël. Il n'était pas certain d'avoir eu une bonne initiative mais il ne voulait pas être celui qui sépare. Au contraire.

Clotilde ouvrit timidement la porte et bredouilla quelque chose qui pouvait vouloir dire que le repas était servi.

Le lendemain matin, les enfants constatèrent, désolés, que la neige avait fondu. Dominique avait très mal dormi. Bien sûr, depuis des semaines, elle s'était mille fois posé la question de leur avenir. Elle ne voulait pas d'un mari alcoolique ou violent. En admettant qu'Alex soit redevenu sobre, allait-il le rester ? Le long séjour forcé à l'hôpital l'avait sans doute ramené à la raison, mais pour combien de temps ? S'il avait refusé de voir sa femme, était-ce par rancune ou par culpabilité ? Il avait pu croire que Dominique l'abandonnait, à certain moment. Elle s'était réfugiée à Fonteyne, mise sous la protection de Juillet, ce qui était le pire affront qu'elle pût lui infliger. Mais, de son côté, il avait fait pire.

Dominique avait trop aimé Alexandre pour pardonner facilement les coups ou la contrainte physique qu'il lui avait fait subir. Elle était persuadée qu'ils avaient commis une grave erreur en quittant Fonteyne après le décès d'Aurélien. Mais comment pourraient-ils s'organiser, à présent ? Elle pensait que Juillet haïssait Alex pour de bon. L'attaque du testament en justice, les insinuations odieuses ou la destruction de la vigne n'étaient pas des choses qu'il pourrait oublier de sitôt.

Elle avait pleuré, certaines nuits, envisageant un divorce inéluctable. Les jumeaux posaient souvent des questions à propos de leur père. Comment leur expliquer que ce paradis de Fonteyne était quasiment interdit à Alexandre ?

Dominique s'installa au volant de la Mercedes. Les clefs étaient toujours sur le contact depuis que Bernard s'occupait des voitures. Elle démarra et quitta lentement la grange pour s'engager dans l'allée. Il y avait trois mois qu'elle n'avait pas vu Alexandre et elle se sentait oppressée. Tout le temps du trajet, elle s'obligea à ne pas penser à cette rencontre, à ce qu'elle allait dire. Elle s'était habillée comme d'habitude, sans effort particulier. Ce n'était pas à elle de reconquérir son mari, avait-elle décidé.

Elle se gara sur le parking de l'hôpital puis elle dut demander son chemin à l'accueil. Elle parcourut le dédale des couloirs d'un pas rapide et se retrouva devant la chambre d'Alex sans avoir eu le temps de réfléchir. Elle frappa mais il ne lui cria pas d'entrer, il vint ouvrir lui-même. Il portait un jean et un col roulé noir. Elle le trouva pâle et amaigri mais ses yeux clairs avaient un éclat qu'elle ne leur avait plus connu depuis longtemps.

— Tu es venue me chercher ? demanda-t-il avec un sourire de gamin. C'est gentil ! Je crois... eh bien, il me semble que nous devrions, euh... nous expliquer un peu, toi et moi ?

Elle était beaucoup plus émue qu'elle ne l'avait craint. Elle chercha quelque chose à dire et bafouilla une phrase incompréhensible qu'il ne releva pas.

— Mes bagages sont prêts, dit-il d'une voix douce. Je ne suis pas mécontent de partir ! En fait, je ne supporte plus cette chambre... On pourrait bavarder dans la voiture, si tu veux. Je me suis occupé des papiers, on n'a même pas besoin de s'arrêter à l'administration.

Elle hocha la tête et il alla prendre son sac sur le lit, en cherchant à dissimuler sa claudication. Elle préféra ne pas lui proposer son aide, pour ne pas l'humilier, et elle le précéda jusqu'au parking.

— C'est mon tibia, expliqua-t-il en refermant le coffre de la voiture. Ils vont être obligés de le réopérer dans quelque temps. Juillet n'y a pas été de main morte !

— Toi non plus, marmonna Dominique en lui ouvrant la portière, côté passager.

— C'est quand même un salaud, dit Alexandre tranquillement. Il a voulu me tuer. Vraiment. Aucun pied de vigne ne mérite ça, même à Margaux.

Elle s'était assise mais ne démarrait pas, la tête tournée vers lui.

— Aurélien en aurait fait autant à l'âge de Juillet, répliqua-t-elle clairement, l'informant qu'elle ne partageait pas son avis.

— Oui, approuva-t-il, sûrement ! Tous les Laverzac sont des monstres et je ne suis pas le dernier.

Il se mit à rire. Elle avait oublié son rire communicatif.

— Nous allons à Fonteyne, c'est ça ? Juillet m'a invité pour le réveillon, quel honneur...

— Alex...

— Je plaisante, la rassura-t-il. Je suis impatient d'embrasser les jumeaux... Mais il y a une chose dont j'ai encore plus envie, c'est de t'embrasser, toi.

Il ne faisait pas un geste, l'épaule appuyée contre sa portière. Elle se pencha et lui déposa un baiser léger sur les lèvres. Il n'essaya pas de la retenir contre lui.

— Je te demande pardon, Dominique, dit-il sans la quitter des yeux.

Embarrassée, elle tourna la clef de contact et manœuvra pour sortir du parking.

— J'ai fait des tas de choses que je regrette infiniment mais je ne vais pas passer mon temps à m'excuser. Il te faudra peut-être un peu de temps pour avoir de nouveau confiance ?

Il attendait désespérément une réponse et elle murmura :

— On verra...

— J'ai payé mes conneries, plaida-t-il. Juillet m'a présenté la facture ! Il sait très bien faire ça ! Il sait tout faire, d'ailleurs...

Dominique lui jeta un coup d'œil inquiet.

— Je le pense, ajouta-t-il. Contrairement à ce que tu imagines, je le pense. C'est pour cette raison qu'il m'exaspère, me fait sortir de mes gonds. Il me ramène toujours au rang de minus, c'est très pénible. Je vais m'expliquer avec lui en arrivant, mais ce n'est pas le plus important pour moi. Non, le plus grave, c'est que je t'aime, Dominique... Et que tu ne m'as rien dit de rassurant jusqu'à présent...

Elle profita d'un feu rouge pour poser sa main sur le bras de son mari.

— Si tout le monde fait un effort, je suppose que tout ira bien, dit-elle.

Il fronça les sourcils, essayant de comprendre ce que cette phrase signifiait.

— Je suis prêt à faire exactement ce que tu veux, répondit-il. Tu es beaucoup plus sage que moi... Mais être minable, lâche, et en plus malfaisant, c'est lourd à porter, tu sais ! Si la famille entière me voit sous ce jour-là...

— À Mazion c'était pratique, les parents ne portaient pas de jugement !

Elle avait répliqué d'un trait et il comprit que la partie était loin d'être gagnée. Il choisit d'être honnête.

— Mazion, j'en ai soupé. J'y ai trop de mauvais souvenirs, même si c'est ma faute. J'aimerais bien rester chez moi, maintenant. Mais ça ne dépend pas de moi.

Retrouvant un geste familier, Dominique mit sa main sur le genou d'Alex et le sentit tressaillir. Il caressa les doigts de sa femme d'un geste timide. Elle aima ce contact parce qu'il faisait partie d'une complicité ancienne.

— On sera bientôt à Fonteyne, dit-elle machinalement pour rompre le silence.

— Je connais la route aussi bien que toi ! rappela-t-il avec un sourire.

Juillet ouvrit la porte de la Grangette, précédant Bernard. La maison était froide et déjà envahie de toiles d'araignées, toutefois aucune odeur désagréable d'humidité n'était perceptible.

— Je ne suis pas certain que nous ayons besoin de cette maison, déclara Juillet, mais j'aimerais qu'elle soit nettoyée, au cas où...

Bernard regardait les fenêtres à petits carreaux, les peintures un peu défraîchies où d'anciens tableaux avaient laissé leurs marques. Il tomba en arrêt devant une belle cheminée large et trapue dont le foyer de pierre était surélevé. Leurs pas laissaient des marques sur la poussière du dallage. La Grangette avait le charme des vieilles maisons habilement restaurées.

— Si vous voulez, proposa-t-il, je peux lessiver les murs et les sols, aérer, ramoner le conduit...

— Oui. Et vous regarderez s'il y a besoin d'une réparation ici ou là.

— Je vais ouvrir les volets, dit le jeune homme.

La lumière les surprit l'un comme l'autre. Plusieurs meubles semblaient abandonnés, le long des murs, avec leurs tiroirs ou leurs portes ouvertes. Machinalement, Juillet referma une armoire.

— Si vous avez le temps de vous en occuper aujourd'hui, ce sera parfait, décida Juillet.

Il souffla sur deux ou trois insectes venus mourir dans l'embrasure d'une fenêtre. La cuisine était gaie. Il se rappelait y avoir donné le biberon aux jumeaux, certains jours. À l'époque où il s'entendait bien avec Alex.

« Je vais le lui proposer parce que c'est mon devoir de le faire... Et parce que c'est sa place, après tout. »

— Juste un nettoyage, pour commencer, dit-il à Bernard. S'il y a un coup de peinture à donner, par la suite, j'aviserai. Mais je ne sais pas encore exactement si... enfin, je verrai.

Il se retourna vers le jeune homme qui attendait, impassible.

— Il ne fait pas très chaud, vous pourrez rallumer le chauffage et vérifier qu'il fonctionne bien.

— Je m'en occupe tout de suite, assura Bernard.

Ils gagnèrent le petit office où se trouvait la chaudière.

— C'est une jolie maison, dit doucement Bernard.

La Grangette avait longtemps servi de débarras. Avant qu'Alex et Dominique ne s'y installent, Aurélien expédiait dans cette annexe tout ce dont il ne voulait plus au château. Les quatre frères avaient l'habitude d'y jouer, lorsqu'ils étaient petits. Par la suite, des travaux l'avaient rendue agréable et accueillante. Au moment de son mariage, Alexandre avait protesté que son père le reléguait mais Dominique avait beaucoup aimé la Grangette, y trouvant un peu d'indépendance.

Juillet observa Bernard qui décrassait la veilleuse et la rallumait.

« Il est carrément indispensable, lui... Ni imbécile, ni maladroit... »

Son sourire surprit Bernard qui n'osa pas y répondre. Un ronflement sourd se répandit bientôt dans la maison, le long des tuyauteries.

— Je vous laisse, annonça Juillet, j'ai promis aux enfants de décorer le sapin avec eux.

Il quitta la Grangette, étonné d'avoir fourni une explication à Bernard. Mais la visite de la maison l'avait mis mal à l'aise, lui rappelant une époque révolue. Il hésita, jeta un coup d'œil à sa montre en se demandant s'il avait le temps d'effectuer un tour dans les caves. Puis il décida de ne pas faire attendre les enfants et de leur sacrifier pour une fois sa matinée.

De la fenêtre de sa chambre, Louis-Marie le vit rentrer. Lui aussi avait promis de descendre pour faire plaisir à sa fille et aux jumeaux. Mais il devait d'abord appeler Pauline, afin d'être fixé. Il avait beau être sans illusions, il avait retardé ce moment le plus possible. Il restait une différence entre deviner ou s'entendre dire la vérité. Il soupira, s'installa confortablement dans une bergère et composa le numéro de son appartement parisien. Son ancien appartement, en quelque sorte. À cette heure-ci, Robert était à l'hôpital, nageant dans des flots de sang, son bistouri à la main. Pauline décrocha à la deuxième sonnerie.

— C'est toi, mon chéri ? s'écria-t-elle d'une voix ravie. Attends un instant, je prends un peignoir... Je sortais de la douche ! Ne quitte pas...

Il attendit patiemment, l'imaginant qui courait jusqu'à la salle de bains.

— Tu es là ? demanda-t-elle. Je suis ravie de t'entendre, tu ne m'appelles jamais !

Avec son habituelle inconséquence, elle lui faisait déjà des reproches.

— Nous sommes le 23 décembre, dit-il. J'aimerais connaître tes projets pour demain. Si tu t'en souviens, nous étions convenus de...

— Je sais, je sais !

Il y eut un silence puis il l'entendit renifler.

— Tu pleures ?

Pauline ne pleurait jamais, sinon de rage, et Louis-Marie eut l'impression qu'elle lui jouait la comédie.

— Je ne viens pas à Fonteyne, tu t'en doutes, murmura-t-elle d'une voix étouffée.

Il savait qu'elle allait prononcer cette phrase mais il eut quand même un choc.

— Que suis-je censé dire à Esther ? Que nous divorçons ?

Cette fois c'était lui qui attaquait le premier. Elle riposta tout de suite.

— Dis-lui ce que tu veux. Ce qui te paraît bien pour elle. Je comprends que tu veuilles me quitter.

Il resta abasourdi une seconde avant de réagir.

— Te quitter ? Moi ? Je n'ai jamais rien entendu d'aussi inouï, Pauline !

— Attends, tu mélanges tout ! Je t'avais demandé un délai et il est écoulé, je sais. Je vais passer Noël avec Bob, c'est vrai. Je le lui ai promis et je ne peux pas faire autrement. Mais ce n'est pas ce que tu crois... C'est peut-être juste un moment de folie. Tu n'es pas obligé de supporter ça et je ne te le demande pas. Et même si tu me raccroches au nez, je t'aime, chéri. Je ne te souhaite pas un joyeux Noël parce que tu es triste. Moi aussi, je suis triste...

Louis-Marie ressentit un détestable pincement au cœur. Non, elle ne jouait pas la comédie, elle n'était pas heureuse. Elle gâchait l'existence de Louis-Marie, celle d'Esther, peut-être celle de Robert aussi. Et tout ça pour déclarer qu'elle était triste ! Il se souvint qu'elle n'avait jamais su prendre de décision. Dès que quelque chose de grave se produisait, Pauline s'évaporait.

— Tu mets ta fille dans un train, tu réveillonnes avec mon frère qui est ton amant, et tu me dis que tu m'aimes, j'ai bien entendu ?

— Chéri...

— Attends, Pauline, attends ! Ne m'interromps pas, sois gentille. Je ne veux pas souffrir toute ma vie, je suis certain que tu peux comprendre ça malgré ton égoïsme. Je t'ai laissé du temps. Beaucoup ! Pour Robert, je crois que j'ai toujours su. Il est possible, après notre longue... séparation, que Bob ne t'ait pas convaincue et que tu me trouves encore de l'intérêt. Seulement tu ne peux pas nous avoir tous les deux ensemble. D'accord ?

— Mais je ne...

— Si, c'est exactement ce que tu aimerais. En ce qui me concerne, n'aie pas trop de regrets, je ne pouvais pas continuer d'être un mari complaisant. Organise ta vie, mets l'appartement en vente. Je prendrai volontiers la garde d'Esther si ça t'arrange et tu pourras envisager ton avenir sans trop tenir compte d'elle. Je pense qu'elle aimera vivre ici.

— À Fonteyne ? Non, tu...

— Je suis installé définitivement, Pauline. Esther aura toute sa famille, ses tantes, ses cousins, ce sera bien pour elle. Et je te verserai une pension si tu ne te remaries pas, tu ne seras pas à la merci de Robert, ni obligée de travailler.

Il reprit sa respiration et entendit qu'elle sanglotait. Il se raidit et ajouta d'une voix tendre :

— Ne pleure pas, ma chérie, il y a tant de gens qui t'aiment...

Il raccrocha doucement, luttant contre l'envie de la rappeler aussitôt. Il avait espéré jusqu'au bout, contre toute évidence. Il avait imaginé qu'au dernier moment elle sauterait dans un train. Malgré toutes ses résolutions, il n'était pas guéri d'elle et il aurait voulu la serrer contre lui, lui pardonner et lui promettre n'importe quoi. Cependant il fallait bien qu'il se préserve un peu. Il avait déjà tellement bataillé pour s'habituer à l'absence de sa femme qu'il ne pouvait pas tout gâcher par une minute de faiblesse.

Il alla jusqu'à la salle de bains, se regarda sans indulgence et se passa la tête sous l'eau avant de descendre jusqu'au grand salon. Esther était déjà juchée sur l'échelle que tenait Juillet. Les jumeaux tentaient de s'arracher mutuellement une guirlande électrique et Laurène, qui avait Lucie-Malvoisie dans les bras, n'arrivait pas à les calmer.

— Fais quelque chose, demanda Juillet à Louis-Marie en désignant les garçons.

Comme il hésitait, Laurène lui confia le bébé et se précipita sur les jumeaux. Louis-Marie avait beau se sentir seul, il entonna immédiatement une berceuse. Juillet éclata de son rire bref et léger.

— Tu vas la dégoûter de la musique pour toujours ! Arrête ça ou je lâche l'échelle et c'est ta fille qui tombe !

Esther fit semblant d'avoir peur et se mit à crier. Laurène avait saisi la guirlande dont deux ampoules étaient cassées. Les jumeaux se jetèrent avec ensemble sur le carton qui contenait les décorations.

— Doucement ! supplia Laurène.

Il régnait un tel chahut que personne n'avait remarqué l'arrivée d'Alex. Dominique s'avança et ses fils se précipitèrent sur elle pour arbitrer leur querelle. Ils aperçurent leur père au même instant et se mirent à hurler de joie. Juillet tourna la tête vers son frère puis, posément, il prit Esther par la taille et la fit descendre.

— Juste un instant, promit-il en souriant.

Il marcha vers Alex qui parut se raidir comme s'il redoutait une agression.

— Tu tombes bien, dit Juillet, tout le monde va devenir fou avec ces guirlandes électriques qui ne marchent jamais d'une année sur l'autre ! Si tu pouvais commencer par les démêler…

Les jumeaux, enthousiastes, entraînèrent leur père qui n'avait pas prononcé un mot. Pour les enfants, chacun fit l'effort de maintenir une ambiance joyeuse. Dominique adressait des regards inquiets à Juillet et, à un moment, il lui répondit par un clin d'œil. Il l'observait, lui aussi, mais sans qu'elle s'en aperçoive, et il surprit un geste tendre et discret qu'elle eut pour Alex. Il attendit que le sapin soit décoré du haut en bas, prit même le temps de se réjouir et d'applaudir avec les autres lorsque Louis-Marie brancha la multitude de prises et que l'arbre s'illumina. Enfin, il passa près d'Alex en murmurant :

— Je vais dans mon bureau…

Son frère n'eut aucune hésitation et l'accompagna en silence.

— J'ai dit « mon » bureau, je suis désolé, dit Juillet en refermant la porte.

— Je ne vois pas pourquoi ! Déjà, du temps de papa, c'était ton bureau, non ?

Juillet s'agenouilla devant la cheminée, ajouta deux bûches.

— On est mal parti, on devrait recommencer l'entrée en matière, plaisanta-t-il.

— C'était la tienne ! protesta Alex. Pour ma part, j'avoue ne pas très bien savoir par où commencer... Mais une explication est indispensable, je présume ?

— Non, pas du tout, ça m'est égal. Si tu n'as rien à me dire...

— Oh si ! Des tas de choses ! Et d'abord une question. Est-ce que tu ressens ma présence comme une intrusion ?

— Tu as le chic pour proférer des âneries... Cette maison est aussi la tienne, même si tu as tiré dessus à boulets rouges depuis quelque temps.

— La mienne ? Ah bon... Tu ne me fais pas l'aumône en m'acceptant sous ton toit, alors ?

— Tu m'emmerdes ! explosa Juillet. C'est quoi, ce ton ridicule ?

— Avec toi, c'est toujours le ton de la colère, d'après ce que je vois...

Juillet donna un coup de poing sur le bureau, devant lui, et dut faire un immense effort pour retrouver son sang-froid.

— Si tu continuais à vider ton sac ? proposa-t-il.

Alexandre, au lieu de répondre, regarda autour de lui avec intérêt. Il connaissait cette pièce sur le bout du doigt. Il y avait souvent eu peur, enfant, lorsqu'il faisait signer des carnets de notes médiocres. Et même beaucoup plus tard, lorsque son père le toisait, mécontent de ses négociations, de ses initiatives ou de ses idées.

— J'aimerais bien travailler à Fonteyne si tu n'existais pas, dit-il à Juillet.

Il semblait accablé, soudain, mais sans haine.

— Fonteyne n'existerait pas si je n'étais pas là, répliqua Juillet.

— Des tas de propriétés vivent très bien sans toi.

— Bien sûr ! Mais ici, c'est différent. Tu ne t'es jamais intéressé aux chiffres, c'est dommage. L'exploitation est en progression constante. Les bénéfices n'ont pas cessé d'augmenter depuis dix ans, et jamais au détriment de la qualité. J'ai tout modernisé contre l'avis d'Aurélien, contre celui de Lucas et aussi contre le tien, à l'époque ! Je me suis ouvert des marchés uniques. J'ai beaucoup plus de clients que de production, et ce sont des clients fidèles. La société Château-Fonteyne ne dépend de personne, ne subit aucune pression. J'ai des vins de garde dont la valeur a décuplé. Je ne vends que ce que je veux et à qui je veux. J'ai économisé des fortunes de salaires et de charges sociales parce que je ne voulais rien confier à personne. J'ai consacré cet argent à agrandir le domaine. Je tiens Fonteyne à bout de bras, avec plaisir et avec orgueil, je le tiens également hors de portée de toute attaque. Nos crus ont concouru partout, Alex. Les négociants me font des conditions qu'ils ne consentent à aucun autre viticulteur. Nous sommes complètement à part. Je l'ai voulu et je l'ai obtenu.

Juillet ne lâchait pas le regard de son frère.

— Je ne cherche pas de compliments ou de reconnaissance. Cet outil de travail vous appartient autant qu'à moi mais vous ne sauriez pas vous en servir aussi bien que moi. J'ai voulu le mieux, toujours, même si c'est un peu simpliste. Tu as tout fait pour démolir cette société. C'est quand même une preuve de bêtise ! Pour m'atteindre, tu n'hésites pas à scier la branche sur laquelle tu es assis aussi... C'était tellement important de te venger ?

Alexandre baissa la tête mais Juillet insista :

— Te venger de quoi, d'ailleurs ? Qu'est-ce que je t'avais fait, moi ? Tu voulais être calife à la place du calife ? Quelle connerie !

Juillet se leva, alla jusqu'à la cheminée et tisonna les braises.

— J'aurais dû te passer la main dans le dos, te flatter, épargner ton amour-propre... Pourquoi ?

Il se retourna brusquement et surprit les yeux clairs d'Alexandre posés sur lui.

— Qu'est-ce que tu attends de moi ? demanda Juillet d'une voix lasse. Que je te console ? Que je te dise des niaiseries ? Que tu es bourré de qualités et qu'on va repartir gentiment la main dans la main comme si rien ne s'était passé ?

— Salaud...

— Pas moi. Toi. Je ne frappe pas Laurène, je ne la baise pas de force et je ne massacre pas mes terres.

— J'ai fait tout ça, oui ! explosa Alex. Et je me suis soûlé la gueule tous les jours ! Tu vas me le reprocher jusqu'à la fin des temps ? Tu n'as jamais commis d'erreur, Juillet ? Aucune, c'est sûr ?

Ils avaient tellement élevé la voix qu'ils se turent, inquiets. Le reste de la famille devait attendre qu'ils sortent du bureau.

— Je ne veux pas que tu me juges, murmura Alexandre. Je ne peux plus le supporter.

Juillet hésita puis il s'approcha du fauteuil qu'Alex n'avait pas quitté. Il effleura les cheveux pâles de son frère d'un geste très maladroit.

— Je suis désolé, dit-il. Pour tout...

Il alla se poster devant l'une des portes-fenêtres, laissant à Alex le temps de souffler. Durant quelques instants, ils n'entendirent que le craquement des bûches. Le vent s'était levé et Juillet suivit du regard les quelques feuilles oubliées par Bernard qui voltigeaient.

— Qu'est-ce qu'on va faire ? demanda enfin Alex.

Juillet prit une profonde inspiration avant de lui répondre.

— Si tu veux retrouver ta place ici, elle est libre.

— Louis-Marie travaille avec toi ?

— Il s'occupe de la partie administrative, essentiellement.

Il fit de nouveau face à Alex.

— J'ai besoin de quelqu'un, ce serait bien que ce soit toi. Et puis il y a toujours la Grangette, nous ne serions pas obligés de nous supporter vingt-quatre heures sur vingt-quatre.

— Pourquoi fais-tu ça ? demanda Alexandre d'une drôle de voix.

« Parce que tu as besoin d'aide », pensa Juillet. Cependant il répondit :

— Je n'ai jamais voulu t'enlever ta part de Fonteyne. Je ne parle pas des actions de la société, mais de ta part de responsabilité ou de travail. Tu y as droit. Tu es mon frère... et tu sais bien qu'on ne choisit pas sa famille, hélas !

Juillet souriait, prêt à faire la paix une bonne fois. Il ajouta :

— C'est moi le gérant, Alex... Mais ça ne gêne pas Louis-Marie et je ne vois pas pourquoi ça t'ennuierait. Il faut bien que quelqu'un conduise ce navire !

Son frère le dévisageait d'un air incrédule.

— Tu fais ça parce que je t'ai attaqué en justice ? demanda-t-il. Pour avoir les mains libres ?

— Tu plaisantes ? J'ai gagné, que je sache !

Juillet semblait outré. Alexandre se décida à sourire, à son tour. Il se leva et fouilla la poche arrière de son jean dont il extirpa un papier plié.

— Puisque tout est réglé, dit-il, je vais te faire un cadeau de Noël. Mais je n'ai pas eu le temps de courir les magasins, bien sûr...

Il tendit la feuille à Juillet qui la déplia, intrigué, et la parcourut.

— Mon avocate m'a confié ça l'autre jour, avant que tu ne viennes me voir. J'avais déjà eu le temps de réfléchir... Je n'aime pas cette femme, d'ailleurs ! Elle est prétentieuse, méprisante... Je lui ai donné beaucoup d'argent. Et elle finit par m'annoncer d'un air triomphant que tu vas être obligé de vendre des terres pour me payer ma part d'héritage ! J'ai trouvé ça... effrayant. Des capitaux, ça ne m'intéresse pas du tout. Même si tu ne me crois pas, j'aime Fonteyne. Je t'offre ce bout de papier, tu peux le mettre dans la cheminée.

Juillet avait pâli. Il prit son paquet de Gitanes d'un geste brusque et alluma une cigarette. Il n'avait pas lâché la feuille.

— Tu l'aurais fait ? demanda-t-il avec un calme exagéré.

— Non... Même ivre, non.

— Tu en es certain ?

Ils s'observèrent quelques instants. Alexandre avait été capable de s'en prendre à la vigne, Juillet n'était pas près de l'oublier. Alex s'approcha de lui, prit le papier, le déchira et jeta les morceaux sur les flammes.

— Je n'aurais pas pu aller jusque-là. Même si tu étais trois fois plus chiant, ce qui est difficile à imaginer, je ne pourrais pas. Ces terres sont à nous.

— Oui.

— À nous quatre.

— Oui.

— Mazion, je m'en fous.

— Évidemment !

Ils se turent de nouveau. Juillet pensait à Valérie Samson avec un sentiment de rage et d'amertume. Mais il était fautif, il le savait. Il avait pris le risque de jeter de l'huile sur le feu en devenant son amant. Il l'avait blessée, elle s'était vengée, c'était la règle du jeu.

— Est-ce que tu crois qu'on pourra... que ce sera possible de...

— De quoi ? s'impatienta Juillet.

— De ne plus parler de tout ça ?

Juillet dévisagea Alexandre. Son frère avait gardé, dans les traits de son visage, quelque chose de juvénile, d'inachevé.

— Il me semble que ça vaudrait mieux, admit-il.

— Tu sais, dit Alex d'une voix douce, je n'ai jamais eu envie de diriger Fonteyne. D'ailleurs je détesterais ça ! C'est trop lourd, trop fatigant, trop risqué. Je ne voulais pas ta place. Je voulais seulement que tu me demandes mon avis de temps en temps. Mais tu es comme papa, tu ne ménages jamais personne.

— Défaut de jeunesse. Pourtant je vieillis, rassure-toi. J'ai une famille qui me fait vieillir à vue d'œil !

Juillet s'était mis à rire. Il se sentait soudain détendu, presque heureux. Leur conversation effaçait des mois de soucis, de culpabilité latente. Juillet n'oubliait pas non plus qu'il avait failli tuer Alex. Qu'il avait souhaité le faire. Tout comme il avait espéré une réconciliation, par la suite, sans jamais se l'avouer.

Il se pencha, regarda les cendres de l'ordonnance du tribunal.

— Sans regret pour la fortune immédiatement disponible que tu viens de brûler ? demanda-t-il d'un ton léger.

— Aucun, dit Alex fermement.

— Bien… Merci pour ce cadeau de Noël, alors !

Lorsqu'il se retourna, Alexandre se tenait devant la porte-fenêtre, observant à son tour les abords du château et les vignes à l'horizon. Juillet vint lui taper sur l'épaule en déclarant :

— Tu as raison, regarde bien, ça n'a pas de prix.

Robert déboucla sa ceinture de sécurité et demanda du champagne à l'hôtesse. Il passa son bras autour des épaules de Pauline, l'attirant contre lui. Il avait tellement eu peur d'un refus, au dernier moment, qu'il était presque étonné d'être assis près d'elle dans cet avion.

— C'est la première fois que nous voyageons ensemble, murmura-t-il.

Elle était ravissante dans son col roulé de cachemire bleu nuit.

— Si tu savais comme je t'aime, ajouta-t-il d'un air grave.

Fermant les yeux, Pauline se laissa aller contre son épaule. Elle ne lui avait rien dit de sa conversation téléphonique avec Louis-Marie. Elle avait pleuré longtemps, après qu'il eut raccroché, certaine d'avoir commis la pire bêtise de sa vie. Quel genre d'existence allait-elle bâtir avec Robert ? Elle ne voulait plus d'enfant, mais lui ? Et où allaient-ils habiter ? Et à quoi occuperait-elle ses journées puisqu'il disparaissait du matin au soir à Lariboisière ?

— À quoi penses-tu ? demanda-t-il en sachant que ce genre de question n'avait aucune chance de réponse.

— À Esther. J'espère qu'elle va passer un bon Noël.

— Elle adore son père, non ? Et puis il y a les jumeaux et le bébé...

Il essayait de la rassurer mais Pauline n'était pas inquiète pour sa fille. Dominique et Laurène s'en occupaient très bien. D'ailleurs Esther se plaisait à Fonteyne. Au fil du temps, elle allait sûrement convaincre son père de faire une piscine ; ou son oncle Juillet de lui apprendre à monter à cheval. Un programme irrésistible pour une enfant de cet âge-là.

« Et moi, pensa Pauline, je ne pourrai plus jamais y mettre les pieds ! »

Louis-Marie avait parlé d'une pension, de la vente de leur appartement. Pauline se demanda comment ils avaient pu en arriver là. Robert en valait-il la peine ? Elle rouvrit les yeux pour lui jeter un regard en coin. Il était séduisant, plus jeune que Louis-Marie, plus brillant, plus drôle. Il serait aussi plus exigeant et plus jaloux, elle n'en doutait pas. Elle termina son champagne et prit un chewing-gum dans son sac, en prévision de l'atterrissage. A quoi bon se torturer avec toutes ces questions sans réponse ? Robert était un merveilleux amant et il commençait à bien la connaître. Elle sentait avec plaisir la main qu'il avait doucement posée sur sa cuisse. Elle décida de ne penser à rien d'autre qu'au réveillon de rêve qui l'attendait.

Juillet sortit sur le perron, intrigué, et regarda le taxi qui se garait en bas des marches. Quand la portière s'ouvrit et qu'il vit Fernande descendre avec précaution, il se précipita vers elle.

— Qu'est-ce que tu fais là ? Mais tu es folle !

Elle lui adressa un clin d'œil, très contente d'elle.

— Je n'ai rien sur moi… Tu veux bien payer le chauffeur ?

Il sortit des billets de la poche de son jean, régla la course puis récupéra la valise de Fernande. Elle était en pantoufles et en robe de chambre. Juillet la fit aussitôt entrer.

— Tu es partie sans autorisation ?

— Pas du tout ! J'ai convaincu le docteur Auber que je ne supporterais pas de passer Noël à l'hôpital ! Je vais très bien…

Juillet leva les yeux au ciel mais il se pencha pour l'embrasser.

— Quelle tête de pioche tu peux faire, murmura-t-il.

— Je vais à la cuisine, décida-t-elle.

— Dans cette tenue ? Oh, Fernande…

Il la dévisageait, ému et inquiet.

— Je te conduis chez toi, dit-il. Tu t'habilleras chaudement, promis ? Et ensuite tu regarderas Clotilde travailler ! Tu ne touches à rien, d'accord ?

— Je te le jure, répondit-elle gravement. Mais ne t'inquiète pas, je ne suis plus contagieuse et je ne m'approcherai pas du bébé.

Il éclata de rire, ravi qu'elle soit là, qu'elle se soit débrouillée pour revenir seule, qu'elle n'ait pas pu rester loin d'eux.

— Je rêve ! s'écria Alexandre qui descendait l'escalier. Tu t'es enfuie de l'hôpital ?

Fernande se tourna vers lui, ahurie, avant de lancer un regard incrédule à Juillet. Il se contenta de sourire sans donner la moindre explication sur la présence d'Alex.

— Et toi ? dut-elle demander au bout d'un moment.

— L'emmerdeur m'a invité à réveillonner, à dormir et à rester, répondit-il d'un ton léger.

Fernande hocha lentement la tête. La réconciliation des deux frères la stupéfiait. Elle voulut poser une question mais l'irruption de Dominique l'en empêcha. Tout le monde se mit à parler en même temps. Alex finit par proposer d'aller chercher une voiture et de s'occuper lui-même de Fernande. Il promit de faire un détour par les caves pour prévenir Lucas.

Le retour de Fernande les avait tous rendus joyeux. Ils se sentaient rajeunis et, d'une certaine manière, protégés lorsqu'elle était là. Juillet gagna son bureau en sifflotant. Il était parvenu à réunir presque toute la famille, en somme. Sauf Pauline et Robert, mais le problème le dépassait.

Il regarda le téléphone, songeur, puis finit par tendre la main et composer le numéro des Billot. Laurène ne lui avait rien demandé, Dominique non plus. Mais Marie devait attendre son appel, il en était certain.

Parce qu'il avait envie d'une belle tablée, Juillet avait autorisé les enfants à dîner à la salle à manger. Des promesses solennelles de sagesse avaient été formulées par Esther et les jumeaux. Comme Lucas était invité, Juillet proposa à Fernande de se joindre à eux. Elle ne s'était jamais assise à la table des Laverzac et elle se récria, horrifiée. Il insista mais elle se buta, comme d'habitude. Que son mari soit convié, en tant que maître de chai, passait encore. Mais elle ne se sentait pas capable d'en faire autant, sinon au prix d'un grand malaise. Noël ou pas, elle tenait à superviser sa cuisine et à y rester. Elle était si sincère qu'elle parvint à convaincre Juillet.

L'arrivée de Marie et d'Antoine, vers vingt heures, provoqua la stupeur. Mme Billot, dans son fauteuil d'infirme, arborait un sourire conquérant en pénétrant dans la bibliothèque. Jusqu'au dernier moment, Juillet s'était tu pour réserver la surprise à Laurène et à Dominique. Marie se comporta avec Alex comme si elle l'avait vu la veille puis, d'autorité, elle s'empara de la petite Lucie-Malvoisie, endormie dans les bras d'un des jumeaux qui n'osait plus bouger.

Deux heures plus tard, lorsqu'ils passèrent à table, Juillet put constater les efforts accomplis par Laurène. En l'absence de Pauline, elle avait décoré seule la salle à manger et s'était appliquée à dresser un somptueux couvert. Elle n'avait pas demandé d'aide à Dominique, la laissant s'occuper du menu, et elle était assez fière d'elle. Elle avait profité de la sieste du bébé pour fouiller les grands placards de la lingerie et de l'office, y dénichant des objets précieux tels que cloisonnés de vermeil, cendriers ornés d'émaux, porte-bougies individuels en cristal ou angelots de porcelaine. Elle avait disposé ses trouvailles avec soin. Elle fut récompensée par le regard émerveillé des enfants à qui elle indiqua leurs places. Juillet présidait et avait pris Marie à sa droite. Laurène s'assit entre son père et Lucas, laissant Dominique s'occuper d'Alex et de Louis-Marie. Lorsque Clotilde et Fernande entrèrent pour servir le foie gras chaud, elles retrouvèrent l'atmosphère des réunions familiales d'autrefois.

Juillet leva son verre pour porter un toast à Fonteyne et aux Laverzac. Ce fut Alexandre qu'il regarda, en parlant, avant de lui sourire. Son frère avait retrouvé facilement ses habitudes, heureux d'être chez lui malgré tout ce qui était arrivé.

« Je ne sais pas ce que vous auriez fait à ma place, Aurélien, mais il fallait qu'il revienne… »

Juillet avait pensé à son père avec autant de tendresse que de respect, comme par le passé. Il espéra qu'il en serait toujours ainsi. Le récit de Fernande n'avait rien changé. Juillet qui avait failli, dans un acte délibéré, être le meurtrier de son frère, ne pouvait pas reprocher à son père d'avoir tué involontairement. Il ne voulait plus songer qu'à l'avenir. Il était responsable de sa famille.

— Tu nous as réunis, chuchota Marie en posant sa main sur celle de Juillet. Je ne sais pas comment tu as fait mais c'est bien, tu sais…

Elle le regardait avec une affection qui le toucha.

— Il y a des montagnes de paquets à mettre sous le sapin, lui dit-il à voix basse. Je m'absenterai à la fin du repas, et on fera croire aux enfants que le père Noël est passé pendant le dîner, d'accord ?

— Tu n'attends pas demain matin ?

— Non, ce soir. Je veux que vous soyez là, avec eux. Je veux qu'on se couche tard, qu'on en profite !

— Gamin, va…

C'était dit si gentiment qu'il éclata de son rire caractéristique.

— De quoi parlez-vous donc ? bougonna Antoine.

Il ne voulait pas qu'on le tienne à l'écart. Il gardait une sourde rancune à l'égard de Juillet sans s'apercevoir qu'il avait reporté sur lui toute l'amertume que lui avait inspirée Aurélien. Il ne se sentait jamais à l'aise à Fonteyne et il ne comprenait pas que ses filles ou même sa femme s'y plaisent autant. Ni comment Alexandre pouvait être assis là avec eux.

— D'avenir ! répondit Juillet.

— Ah oui, d'avenir... Si je me trompe tu m'arrêtes, mais je vais me retrouver seul à Mazion, je suppose ?

Juillet hocha la tête avec une lueur d'ironie au fond de ses yeux sombres.

— Vous savez, expliqua-t-il en souriant, c'est tellement lourd, ici... L'absence d'Aurélien se fait sentir... Mais enfin, entre Louis-Marie, Alex et moi, on va y arriver...

Antoine haussa les épaules. Décidément, Juillet l'agaçait.

— Pauline est restée à Paris ? demanda-t-il en sachant qu'il commettait une gaffe.

— Oui, dit Juillet très vite. J'espère que vous aimez le homard, Antoine ?

Du regard, il avertissait son beau-père de ne pas insister.

— Doit-on inviter maître Varin et le docteur Auber, la semaine prochaine ? intervint Laurène.

Juillet fut agréablement surpris qu'elle fasse diversion au bon moment et il lui adressa un sourire reconnaissant.

— Hélas oui ! répondit Louis-Marie. Ils viennent chaque année pour la Saint-Sylvestre, c'est traditionnel.

— Nous n'y échapperons pas, confirma Juillet. Mais le moins qu'on puisse dire est qu'ils se sont montrés utiles à Fonteyne, cette année...

Alexandre fut le premier à rire, signifiant qu'il ne se vexait pas de l'allusion. Puis il se tourna vers Mme Billot pour bavarder un peu avec elle, mais y renonça tout de suite en voyant que la vieille dame s'était absorbée dans la contemplation de ses arrière-petits-fils, au bout de la table. Elle avait toujours considéré comme un prodige que ces gamins, qui étaient de son sang, soient aussi les héritiers Laverzac. Alexandre chercha des yeux une carafe d'eau et Dominique la lui fit passer. Il avait tenu sa promesse, il ne buvait plus. Mais il n'avait pas encore osé poser ses mains sur sa femme et il s'endormait loin d'elle, le soir, sans qu'elle fasse un geste de rapprochement.

— Tu sais que le petit Bernard a nettoyé la Grangette de fond en comble ? lui dit soudain Dominique en se penchant vers lui.

Il respira le parfum de sa femme et lui sourit.

— Tu voudrais y habiter de nouveau ? Pour fuir la tyrannie du petit frère ?

Il avait plaisanté, sans baisser la voix. Le mot de « frère » lui était venu spontanément, comme avant. Il croisa le regard de Juillet et il se sentit en paix avec lui-même.

— J'ai toujours aimé cette maison, dit Dominique. Et nous y avons été très heureux.

Il prit la main de sa femme, sous la table, et il ne la lâcha que lorsque Fernande servit le chevreuil.

— J'ai reçu mon cadeau de Noël ce matin, des mains du facteur, dit alors Louis-Marie.

Il affichait un air de fausse modestie. Intrigué, Juillet l'apostropha :

— Tu nous le montres ou c'est top secret, ce cadeau ?

— Il vaudrait mieux pour moi que ce ne soit pas trop confidentiel...

Louis-Marie prit quelque chose dans la poche intérieure de son smoking. Il déposa un petit livre blanc sur la nappe, près de son assiette.

— Comme vous voyez, il s'agit d'un roman...

— Donne ! hurla Juillet d'un air radieux en tendant une main impatiente.

Dominique lui fit passer le livre, dont il s'empara avec une évidente fierté.

— Même si tu n'en as qu'un seul exemplaire, il est à moi ! Je veux que tu me le dédicaces tout de suite !

L'enthousiasme de Juillet n'était pas feint. Il jubilait à l'idée que Louis-Marie ait enfin publié ce livre qui allait, d'une certaine manière, le libérer de Pauline.

— Je fais mon service de presse à Paris après-demain. Je ne serai absent que vingt-quatre heures. J'en rapporterai d'autres puisque tu t'appropries celui-là !

— Je peux voir, moi ? Juste un coup d'œil..., demanda Alexandre.

Juillet sourit à son frère en lui passant le roman.

— Ce n'est pas parce que tout m'est dû, souligna-t-il, c'est parce que j'ai parlé le premier !

Alex éclata de rire devant cette justification inattendue. Il examina le livre et nota que Louis-Marie l'avait dédié à sa fille. Ensuite, tout le monde voulut s'en emparer, même les enfants, et Juillet finit par se lever pour le récupérer. Lorsque Fernande apporta la bûche, personne n'avait plus faim depuis longtemps. Il était presque minuit, les jumeaux bâillaient. Décidant qu'il était temps de jouer au père Noël, Juillet s'éclipsa discrètement pour gagner le grand salon où trônait le sapin. Dans le hall, il croisa Clotilde qui venait de vérifier, une fois encore, que le bébé dormait tranquille dans son berceau, au premier étage.

— J'y retournerai d'ici un quart d'heure, promit-elle avant de filer vers la cuisine.

Juillet disposa sous le sapin illuminé les innombrables paquets que Laurène avait préparés. Ensuite il recula de quelques pas, jugea de l'effet et se mit à sourire. Combien de fois avait-il espéré tel ou tel jouet en entrant dans ce même salon le matin de Noël ? Maintenant, c'était à lui de deviner les désirs de ses neveux, de sa nièce et, bientôt, de sa fille.

Après la mort d'Aurélien, Robert avait dit, en parlant de Fonteyne : « Tu nous le gardes. » Juillet était décidé à tout préserver, bien sûr, mais Robert s'était interdit Fonteyne lui-même. Il manquait à Juillet, dont il restait le préféré.

« J'aurais bien aimé t'avoir avec nous ce soir, Bob... »

Il soupira mais se souvint aussitôt qu'il avait beaucoup de raisons d'être heureux. Louis-Marie et Alex étaient à Fonteyne. La petite Lucie-Malvoisie souriait aux anges dans sa chambre. Il avait fait tout ce qui était en son pouvoir pour assurer un avenir serein.

Il prononça une ou deux phrases à voix haute, comme s'il bavardait avec quelqu'un, puis il ouvrit la double porte du salon et appela les enfants.

Le 26 décembre, il faisait un temps doux et pluvieux. Robert ralentit à peine en prenant son virage. Sans le vouloir, il avait battu son propre record sur cette même route, conduisant nerveusement, faisant parfois craquer sa boîte de vitesses – ce qui ne lui arrivait jamais. Il essayait vainement de repousser la vision dramatique du corps disloqué. Il avait pourtant l'habitude de la mort, comme tous les médecins.

Bordeaux n'était plus qu'à une cinquantaine de kilomètres, il atteindrait Fonteyne avant l'aube. Juillet serait dans les vignes et il y serait seul. Robert avait calculé l'heure de son départ en fonction de Juillet. Comme la pluie redoublait, il s'obligea à ralentir un peu.

Il avait passé un bon Noël. Il avait offert à Pauline une montre choisie amoureusement chez un grand joaillier. Ils avaient été heureux de déjeuner au soleil, face aux pistes enneigées. Tout s'était déroulé comme prévu jusqu'au coup de téléphone de sa fidèle secrétaire. En allant répondre, il s'était douté qu'il s'agissait de quelque chose de grave, jamais elle ne l'aurait dérangé pour rien, il le savait. Il avait pris la communication dans le hall de l'hôtel. Et il avait écouté, pétrifié.

Au fond du sac de Frédérique, on avait retrouvé une carte de visite portant le numéro de Robert. Il était désigné comme la personne à prévenir en cas d'accident. Le commissariat avait joint Lariboisière, et Robert était prié de rentrer au plus vite pour aller reconnaître le corps de Frédérique à la morgue, dans ce sinistre hôpital de banlieue où elle avait été transportée.

Pauline et Robert avaient pris le premier avion. Il n'avait pas pu échapper aux explications, il avait dû tout raconter : le bébé, le job, l'appartement, la rente. Pauline était entrée dans une rage folle en apprenant qu'elle avait été tenue à l'écart de ce secret de famille, mais il n'avait même pas essayé de la calmer. Il pensait au bébé. Il ne parvenait pas à penser à autre chose qu'au bébé qui, lui, était sain et sauf. Bien attaché sur son petit siège, à l'arrière de la voiture, il était sorti indemne de l'accident et demeurait en observation, dans le service de pédiatrie, cinq étages au-dessus de la morgue de ce même hôpital.

Robert avait identifié Frédérique malgré les blessures et mutilations du cadavre. Puis il était monté voir Julien. Il avait usé de son nom, de sa réputation, pour exiger que le bébé soit particulièrement surveillé, choyé. Il était ressorti hagard de l'hôpital, mais il avait dû se rendre au commissariat pour faire une déposition. On lui avait appris les circonstances du carambolage sur le boulevard périphérique, qui avait fait plusieurs victimes. Un camionneur semblait être à l'origine du sinistre.

Robert s'était retrouvé dans sa voiture, perdu dans cette banlieue où il n'était jamais venu, et il avait pleuré comme un gosse, la tête sur le volant. Ils s'étaient donné beaucoup de mal, ses frères et lui, pour protéger cet enfant qui était de leur sang, qui était un des leurs. Qui était orphelin à présent. Père inconnu, mère décédée. Avec pour toute famille un oncle ivrogne et voyou.

Il n'avait pas pu se résoudre à démarrer, à rentrer chez lui, à affronter de nouveau Pauline. Ce drame ne concernait que les Laverzac. Robert ne pouvait pas se dérober, il fallait qu'il parle à Juillet. Il avait quitté son coupé, marché longtemps dans des rues désertes. Dans une brasserie il avait mangé un sandwich infâme et bu trois cafés. Ce n'est qu'à la fermeture de l'établissement qu'il s'était décidé à prendre la route de Margaux.

Il avait dû s'arrêter deux fois sur l'autoroute pour marcher de nouveau, boire encore du café, mettre de l'ordre dans ses idées, calculer son arrivée.

À partir de Cantenac, il se contraignit à rouler doucement. Juillet devait être dans les vignes, à pied ou à cheval. Il baissa sa vitre, malgré la pluie, pour observer le paysage qu'éclairaient les premières lueurs de l'aube. Il eut la chance de repérer la silhouette de Bingo au sommet d'une colline, et il donna un petit coup de klaxon.

Ils se rejoignirent à trois cents mètres de l'allée de Fonteyne. Dans ses phares, Robert vit l'alezan qui s'énervait. Il s'arrêta, coupa son moteur, regarda son frère qui sautait à terre.

Juillet portait une casquette et il avait relevé le col de son blouson. Retenant Bingo d'une main ferme, il s'approcha de la portière et échangea un premier coup d'œil avec Robert.

— Quelque chose de grave ? demanda-t-il avant même de lui dire bonjour.

Robert hocha la tête et descendit. La pluie tombait en rafales. Bingo piaffait, incapable de rester immobile.

— Pauline ? interrogea Juillet d'une voix rauque.

La présence de Robert, l'expression de son visage et son mutisme annonçaient une catastrophe.

— Frédérique, dit Robert. Elle est morte.

Bingo fit un écart et Juillet faillit le lâcher.

— Le bébé ?

— Il n'a rien.

Juillet sembla chercher sa respiration, une seconde.

— Rejoins-moi à l'écurie, dit-il en mettant le pied à l'étrier. Il faut que je le rentre.

Il disparut en quelques foulées dans la semi-obscurité. Robert se réinstalla au volant et roula lentement jusqu'à l'écurie. Une lumière brillait, au-dessus des boxes, dans la chambre de Bernard. Il alla vers la sellerie où Juillet était en train d'accrocher sa bride et ferma la porte derrière lui. Il régnait une odeur de cuir que Robert aimait bien. Juillet était livide, décomposé, ainsi que Robert s'y attendait. Ils s'assirent ensemble sur l'unique banc de bois, contre un mur.

— Il fallait que je vienne. Je ne veux pas voir Louis-Marie mais, au pire, ça m'est égal. Je ne sais pas ce que nous pouvons faire, Juillet...

Tête baissée, regardant obstinément ses bottes, Juillet resta un moment silencieux.

— En partant de Paris, tu connaissais la réponse, déclara-t-il enfin.

— Tu ne peux pas faire ça. Pas ça, non.

— Je ne peux rien faire d'autre, Bob ! Rien !

Il marqua une pause puis murmura, d'un ton désolé :

— Oh, Laurène...

Il se leva, donna un violent coup de poing contre un porte-selle.

— Son frère n'acceptera pas, argumenta Robert.

— Je l'enverrai en taule, alors ! J'ai toutes les preuves qu'il faut pour ça ! Tu imagines cette petite frappe en train d'élever un enfant ? Mon fils ? Celui d'Aurélien ? Jamais !

Juillet avait crié, hors de lui. Robert avait prévu sa décision Devant le corps de Frédérique, à la morgue, il avait su ce que son frère allait vouloir à tout prix.

— Même s'il cède, ce ne sera pas simple.

— Peu importe !

Un coup discret fut frappé à la porte et Bernard entra. Sans un mot, il tendit une Thermos à Juillet et fit un petit signe de tête dans la direction de Bob avant de sortir. Juillet servit un gobelet de café à Robert.

— Tu restes ?

— Non. Sauf si tu y tiens.

— Où est Pauline ?

— Chez moi.

À son tour, Juillet but quelques gorgées. Bernard lui offrait souvent du café à sa descente de cheval, le matin. Il pensa que le jeune homme allait bouchonner Bingo, comme chaque jour. Les choses paraissaient à leur place habituelle alors que Robert venait de tout bouleverser, durablement.

— Il n'y a pas d'autre solution, décida Juillet en se levant. Je vais aller réveiller Alex, il doit savoir où trouver ce Marc. Je veux que tout soit réglé très vite. D'ici-là, ne laisse pas Julien seul... Je viendrai dès que possible...

Le regard de Juillet était suppliant. Robert acquiesça en silence. Ils étaient aussi bouleversés l'un que l'autre. Mais Robert n'avait pas été l'amant de Frédérique, il ne pouvait pas être le père de Julien.

— Je n'ai pas le choix, dit encore Juillet.

Il s'approcha de Bob et appuya son front contre l'épaule de son frère.

— Pourquoi tout ça ? murmura-t-il.

Il était si rarement en détresse que Robert eut un élan et le serra une seconde contre lui. Juillet ferait face, comme toujours, il en était certain. Il avait juste besoin de rassembler son courage pour affronter ce qui l'attendait. Ils s'écartèrent l'un de l'autre. Le jour s'était levé mais la pluie persistait, diluvienne. Avant de sortir, Robert jeta un coup d'œil autour de lui, se demandant s'il reverrait jamais cet endroit.

Pauline était rentrée chez elle après avoir laissé un mot rageur à l'intention de Robert dans son studio. Elle était d'autant plus en colère qu'elle avait pris plaisir à leur escapade en montagne. Elle avait réussi à chasser ses soucis durant deux jours et s'était sentie en confiance, presque heureuse. Or Robert avait dissimulé, menti. Malgré ses sempiternelles protestations d'amour fou, il avait fait comme les autres, il l'avait traitée en étrangère. La prenait-il, lui aussi, pour une femme inconséquente et légère, bavarde et étourdie ? Ce jeu-là était drôle au côté de Louis-Marie mais il perdait tout son sel avec Robert.

« Est-il à ce point soumis aux Laverzac que les secrets de famille doivent passer avant tout ? »

Pour se consoler, elle décida d'oublier Fonteyne et ses drames, de se désolidariser pour de bon. Puisqu'on l'avait exclue, elle s'en désintéressait.

Elle erra d'une pièce à l'autre, indécise et mal à l'aise. Louis-Marie devait venir à Paris pour signer son service de presse. Il avait annoncé son intention de récupérer ses affaires personnelles, vêtements et papiers. Pauline avait prévu de l'éviter mais elle changea brusquement d'avis. Elle n'avait aucune raison de se conformer aux désirs de Robert. Qui devait être en train de pleurnicher sur la disparition de cette Frédérique en compagnie de Juillet. Ils avaient pourtant souhaité ardemment qu'elle disparaisse de leurs vies lorsqu'elle était la maîtresse d'Aurélien !

Pauline trouvait cette histoire d'orphelin abominable. Elle songea à cet appartement que les frères Laverzac avaient cru bon d'offrir en guise de dédommagement.

« Ce sont de sales bourgeois de province ! Ils sont monstrueux, tous les quatre ! »

Pourquoi Louis-Marie lui avait-il caché la vérité ? Pour qu'elle n'en parle pas à cette gourde de Laurène ?

« La pauvre chérie, je vois très bien ce qui l'attend... Juillet en est capable, il est capable de tout ! »

Elle s'assit devant sa coiffeuse, regardant sans les voir les innombrables flacons. Elle avait toujours refusé de s'intégrer à la famille de Louis-Marie. Les Laverzac l'amusaient, elle les aimait bien, mais elle se sentait parisienne avant tout. Elle s'était persuadée, au fil des années, que Louis-Marie avait oublié ses racines. Et il s'était réfugié là-bas, puis il avait décidé d'y rester ! Pourquoi ? Comment pourrait-il supporter l'existence paisible d'un viticulteur alors qu'il avait adoré sa vie mondaine de journaliste ?

« Adoré… après tout, peut-être pas… »

Perplexe, Pauline examinait une photo de son mari, un cliché pris lors d'une soirée dans un grand restaurant. Louis-Marie était souriant mais distant. N'était-il resté à Paris que pour elle ?

« Nous n'avons jamais parlé de choses sérieuses, au fond… »

Elle soupira. Robert allait rentrer, l'appeler, exiger qu'elle revienne. Elle se pencha vers le miroir et s'étudia de près, sans aucune indulgence. Si elle le voulait vraiment, elle pouvait séduire Louis-Marie encore une fois. Il suffisait de l'attendre en mettant du champagne au frais. Après tout, ils avaient à discuter tous les deux. Robert attendrait, c'était bien son tour. Tranquillement, elle débrancha la prise du téléphone.

Juillet et Alex avaient accompagné Louis-Marie à l'aéroport. Il s'était engagé à revenir le soir même, à prendre directement un taxi de chez son éditeur. Il avait abandonné l'idée d'aller chez lui, reportant ses projets de déménagement à plus tard.

Juillet avait annoncé à ses frères la mort de Frédérique durant leur réunion matinale dans le bureau.

Ensuite il avait dû expliquer à Alex les mesures prises à l'égard de Frédérique et de son fils. Alex avait ainsi appris comment ses trois frères avaient assuré de leur mieux l'avenir du petit bâtard, sans même le consulter. Il ne fit aucune réflexion, aucun commentaire, se souvenant très bien de son état d'esprit à ce moment-là. Poursuivant son exposé sans reprendre son souffle, Juillet avait dévoilé ses intentions. Louis-Marie et Alex l'avaient écouté sans broncher. Même si la solution était effrayante, elle était logique. À présent, rien ne pourrait détourner Juillet de son objectif.

La première chose à faire était de trouver Marc. Juillet se laissa guider par Alex et ils entamèrent la tournée des bars. Au bout de deux heures, ils dénichèrent le jeune homme qui jouait au flipper dans l'arrière-salle d'un bistrot minable. Pris de dégoût, très gêné, Alexandre laissa parler Juillet. Il se revoyait dans ce genre de bouges, payant des tournées à de pauvres ivrognes comme lui. Peut-être serait-il encore là, à tituber devant le comptoir, si Juillet ne l'avait pas envoyé à l'hôpital. Peut-être était-ce pour cette unique raison qu'il ne lui en voulait pas et qu'il avait choisi de faire la paix. Il resta donc à l'écart, préférant ne pas adresser la parole à son ancien compagnon de beuverie, à son complice de cette abominable nuit sur les terres de Fonteyne.

Il n'était que deux heures de l'après-midi et Marc n'était pas encore soûl. Il écouta Juillet avec réticence mais sans manifester de chagrin. Il y avait longtemps qu'il avait oublié sa sœur et il ne s'était jamais posé de questions au sujet de l'enfant. Juillet eut un certain mal à le persuader de quitter son flipper pour les accompagner au-dehors. Marc jetait des coups d'œil intrigués et inquiets dans la direction d'Alex. Il ne comprenait rien à ce qui se passait. Il n'avait rencontré Juillet que deux fois dans sa vie et, les deux fois, il y avait eu bagarre. Mais Juillet ne lui laissa pas le temps de réfléchir et il le fit monter en voiture. Ils se retrouvèrent à l'étude de maître Varin moins d'une demi-heure plus tard.

Le notaire les reçut sur-le-champ, ne laissant rien paraître de son étonnement. Juillet lui apprit le décès de Frédérique, qui sembla beaucoup le chagriner. L'appartement de la jeune femme revenait bien entendu à Julien.

Varin connaissait Marc. Il l'avait perdu de vue depuis un moment mais Frédérique lui en avait souvent parlé. Il suffisait de regarder le jeune homme pour comprendre qu'il était hors de question qu'il puisse se charger d'un bébé. Varin devina d'emblée les intentions de Juillet. Il prit les devants, remplissant son rôle de médiateur. Il fit donc remarquer à Marc qu'il allait devenir le tuteur légal de son neveu et qu'il en serait responsable. Il énuméra toutes les charges qui allaient lui incomber dorénavant. Il ne fit grâce d'aucun détail ennuyeux, passant en revue tous les cas de figure possibles. À la fin de son discours, il consulta Juillet puis Alexandre du regard.

— À moins que votre neveu ne soit adopté par une famille et que vous renonciez à votre tutelle, conclut-il doucement.

Marc comprit enfin ce qu'on attendait de lui. Il se sentait complètement dépassé par les événements.

— Vous voulez le moutard ? demanda-t-il d'un ton incrédule à Juillet.

— Oui, répondit celui-ci sans hésiter. Il est autant de ma famille que de la vôtre et, moi, j'ai les moyens de l'élever.

Marc médita la phrase plusieurs minutes. Juillet alluma une Gitane. Maître Varin dessinait machinalement sur un coin de dossier. Alex regardait Marc.

— C'est possible ? demanda enfin le jeune homme à Varin.

— Si vous le désirez, c'est possible, oui, répondit le notaire avec prudence.

— Et qu'est-ce que j'y gagne ?

La question était tellement directe, crue, que Juillet se raidit pour ne pas céder à la colère.

— Je n'ai pas porté plainte, au sujet de mes vignes, mais je peux encore le faire, dit-il d'une voix glaciale.

— C'est une plaisanterie ? protesta Marc. Et lui, alors ?

Il désignait Alex, l'air goguenard.

— Mon frère ? interrogea Juillet qui parvenait à rester calme. C'est lui qui vous a surpris. Vous vous êtes battu avec lui. Il portera plainte également pour coups et blessures. Nous avons le témoignage de mon maître de chai et celui du docteur Auber, des gens dignes de foi…

Varin avait cessé de crayonner et il faisait semblant de lire un quelconque papier. Marc l'apostropha.

— Vous êtes dans le camp de ces deux salauds ? lui cria-t-il.

Impassible, Varin fit celui qui n'avait pas entendu. Il ne pouvait pas aller plus loin. Il laissait faire Juillet, c'était déjà beaucoup.

— Attendez, dit Juillet à Marc.

Le jeune homme le regarda. Il y avait autant de méfiance que de haine dans son expression.

— Vous n'avez rien à faire de cet enfant, et moi je le veux. Il y a toujours une solution à tout. Dites-moi quelle est la vôtre.

Marc essayait de suivre le raisonnement de Juillet sans y parvenir.

— Je vous demande un chiffre, précisa Juillet. C'est assez simple. Nous ne sommes pas ici par hasard. Je n'ai jamais pensé que vous me croiriez sur parole. Je peux vous débarrasser du bébé et assurer votre avenir. La seule condition est de vous décider ici, maintenant.

Marc se tourna vers Varin, cherchant de l'aide. Il ne savait pas quoi répondre. Le notaire pensa le moment venu et il abandonna sa lecture, adressant un large sourire à la cantonade.

— Eh bien, commença-t-il d'un ton encourageant, prenons une base de discussion... Je suis sûr que vous allez trouver un terrain d'entente... À votre âge, on n'a pas envie de s'encombrer d'un enfant, Marc ! Je crois savoir que vous êtes sur une... comment dirais-je ? une mauvaise pente. Si vous disposiez d'un capital, vous pourriez redémarrer, n'est-ce pas ?

Varin parlait avec chaleur, présentant la transaction comme la chose la plus naturelle du monde. Mais il avait assisté à tant de discussions ahurissantes, entre les murs capitonnés de son étude, que rien ne le surprenait plus. Trente ans plus tôt, par exemple, Aurélien Laverzac était venu lui parler de l'adoption d'un enfant, dans des circonstances tout aussi étranges. Il dévisagea Marc par-dessus ses petites lunettes. La seule difficulté résidait dans ce chiffre que personne ne voulait prononcer. Il fallait que la proposition soit alléchante mais qu'elle reste possible, financièrement, pour Juillet et ses frères. Varin jeta un coup d'œil satisfait vers Alex. Au moins ce problème-là semblait réglé. Lorsqu'ils avaient des ennuis, les Laverzac savaient se serrer les coudes. C'est la tradition des grandes familles. Et Varin adorait les traditions parce qu'il en vivait. De l'index, il remonta ses lunettes sur son nez. Puis il avança un chiffre.

Le soir même, Juillet s'enferma dans son bureau avec Laurène. Il avait obtenu l'accord de Marc, il lui fallait maintenant celui de sa femme.

Il l'avait fait asseoir devant la cheminée et il était resté debout, dos aux flammes. Longtemps, il parla d'un ton uni, sans qu'elle l'interrompe. Conscient de ce qu'il imposait, il défendit la cause du petit Julien avec une authentique émotion. Cet enfant de huit mois n'avait plus personne sauf eux. Qu'il soit le fils ou le frère de Juillet en faisait un Laverzac à part entière. Il avait besoin d'une famille, la sienne, et d'une mère. Juillet ne dit rien des deux heures passées chez Varin. Il déclara seulement que Marc ne voulait pas du bébé.

Laurène l'avait écouté, atterrée, anéantie. Elle ne pouvait ni accepter ni refuser ce qu'il demandait. Frédérique revenait comme un cauchemar dans son existence. Elle l'avait haïe, l'année précédente, puis le danger s'était éloigné lorsque Frédérique avait quitté Fonteyne. Ensuite Laurène s'était rendue malade en apprenant la naissance du petit Julien mais, une nouvelle fois, la menace avait semblé disparaître. Et voilà que tout recommençait, implacablement. Ce n'était plus Frédérique que Laurène devrait craindre, dans l'avenir, c'était son fils. Or elle ne pouvait pas lutter contre un enfant sans défense. La décision de Juillet était odieuse, inique, mais rien ne le ferait changer d'avis, elle le savait. D'ailleurs, y avait-il une autre solution ? Il n'était pas concevable d'abandonner cet orphelin. L'innocence de ses huit mois le mettait à l'abri de tout ce que Laurène aurait pu trouver à redire. Juillet plaçait sa femme devant un impossible choix.

Paniquée, elle chercha en vain un argument capable d'atteindre Juillet. Elle finit par constater, amère et pitoyable :

— Mais tu ne me demandes pas mon avis, là, tu me mets devant le fait accompli ?

— Non, répondit-il doucement, j'ai besoin de toi. Il faut que je sache si tu es d'accord, au fond de toi, et si tu pourras l'aimer.

— Quelle importance ? Tu l'aimeras pour deux !

Lucie-Malvoisie n'avait que quelques semaines. Elle ne serait pas restée longtemps la fille aînée de Juillet. À cette idée, Laurène se mit vraiment en colère.

— Et le nôtre, de bébé ? Tu y penses, au moins ?

— Il me semble que tu peux t'occuper de deux enfants ? Il y a Dominique et Fernande pour t'aider. Si tu veux engager quelqu'un, en plus...

— Tu es vraiment prêt à tout !

Il vint près d'elle, s'assit sur le bras du fauteuil et soupira.

— Oui... À tout. Et cette adoption va nous coûter très cher...

Au point où il en était, il avait brusquement décidé d'être franc avec sa femme, d'aller au bout de son histoire.

— Je n'ai pas le choix, Laurène. Ce qu'Aurélien a fait pour moi, il faut que je le rende aujourd'hui. Une partie de Fonteyne appartient à cet enfant, de droit. J'ai été tellement heureux ici ! Je ne pourrai plus jamais l'être si je ne vais pas le chercher.

Elle n'avait rien à répondre. Ses sentiments pour Juillet étaient si forts qu'ils primaient tout. Elle savait se battre pour le garder, mais elle ne pouvait pas se battre contre lui. Elle accepta son propre malheur pour ne pas faire celui de son mari.

Le 1er février était un mardi. Il faisait un beau froid sec sur la région parisienne. Robert et Pauline avaient invité Juillet à déjeuner chez *Taillevent*. Comme il y avait des années qu'il ne s'était pas rendu dans la capitale, son frère voulait le recevoir dignement.

Juillet trouva Pauline changée, moins gaie et pétillante que de coutume. Il savait par Louis-Marie que la procédure de divorce était engagée. Il chipota sur son turbot, préoccupé par la perspective de l'après-midi, le rendez-vous à l'hôpital. Les papiers nécessaires à l'adoption, signés par Marc et par Laurène, étaient dans sa mallette. Il n'avait pas proposé à sa femme de l'accompagner, devinant qu'elle n'en avait pas envie. L'administration avait fait peu de difficultés, l'intérêt de l'enfant étant de se retrouver dans sa nouvelle famille le plus vite possible. D'autre part, les Laverzac offraient toutes les garanties souhaitables. Enfin Robert avait usé de son influence pour accélérer les démarches.

Juillet avait pris l'avion le matin même, laissant sa voiture au parking de l'aéroport. Il souhaitait être seul lorsqu'il reviendrait avec l'enfant à Fonteyne.

Anxieux, nerveux, il écouta distraitement Robert durant le déjeuner. Son frère comprit qu'il avait hâte de voir Julien et il écourta le repas. Pauline, qui avait rendu trois ou quatre visites au bébé, le décrivit comme un enfant souriant mais parfois coléreux. Elle affirma que les infirmières et les puéricultrices avaient été exemplaires, faisant de Julien le chouchou du service de pédiatrie.

Pour faciliter leurs déplacements, Robert avait emprunté la voiture d'un confrère, une confortable limousine. Durant le trajet vers l'hôpital, Juillet voulut donner à son frère quelques précisions sur l'état des finances de la société Château-Fonteyne. Robert l'en empêcha, se récriant qu'il avait envoyé des pouvoirs en blanc et que tout ce que Juillet déciderait serait parfait. Si Julien était le fils d'Aurélien, les quatre frères devaient s'en partager la responsabilité financière. Dans le cas contraire, ils avaient toute la vie pour régler leurs comptes. Lorsque Pauline lui demanda s'il comptait effectuer une recherche de paternité, Juillet répondit, d'un ton ferme, qu'il n'en voyait pas l'utilité dans l'immédiat. Selon Robert, ce type d'investigations ne pouvait donner de résultat absolu. On parvenait à déterminer, à coup sûr, qu'un enfant n'était pas le fils de tel père et c'était tout. Sinon, il y avait une possibilité mais jamais de certitude.

Leur arrivée dans le service de pédiatrie ne passa pas inaperçue. Le directeur de l'hôpital était là ainsi qu'un représentant du ministère de la Santé. Il fallut d'abord subir les formalités administratives. Puis un psychologue vint s'entretenir avec Juillet mais, impressionné par la présence du professeur Laverzac, il ne prononça qu'un discours restreint. Enfin ils se dirigèrent en groupe vers la chambre de Julien.

Sur le pas de la porte, Juillet regarda les quatre enfants qui jouaient dans leurs lits entourés de barreaux. Il n'eut aucune hésitation. Il se tourna vers son frère en désignant l'un des bébés.

— C'est lui ?

Robert hocha la tête et le laissa s'approcher seul du petit qui observait sans appréhension ce visage inconnu. Juillet s'arrêta, détaillant celui qui allait désormais partager sa vie. Il aima d'emblée les grands yeux gris, semblables à ceux de Frédérique. Il y eut, l'espace d'une seconde, un véritable échange de regards entre eux. Puis Juillet sourit et Julien en fit autant, se mettant à gazouiller.

De sa place, Robert voyait le profil de son frère et il fut submergé par une émotion très douce. La puéricultrice, qui avait retenu son souffle, tendit un sac à Pauline en lui chuchotant qu'il contenait tout ce qu'il fallait pour le voyage.

Juillet se pencha au-dessus des barreaux, prit délicatement le bébé et l'installa contre son épaule. De sa main libre, il caressa la nuque et les cheveux fins de l'enfant avant de récupérer un lapin en peluche, oublié sur l'oreiller.

— Bonjour, murmura-t-il à voix basse. N'aie pas peur, je t'emmène chez toi…

Le psychologue et le pédiatre, qui se tenaient aux côtés de Robert, furent frappés par l'assurance tranquille de Juillet, la sûreté et la tendresse de ses gestes, la confiance qui s'instaurait avec l'enfant. Personne ne trouvant rien à dire, le petit groupe s'écarta de la porte pour le laisser sortir. Robert et Pauline le suivirent en silence.

Juillet avait fait ce que personne n'attendait, il avait pris une chambre au Novotel en arrivant à l'aéroport de Mérignac. Laurène, prévenue par un coup de téléphone laconique, supposa que son mari voulait se ménager un long tête-à-tête avec l'enfant pour s'habituer à lui. En fait, Juillet passa une partie de la nuit à regarder dormir Julien.

À la réception de l'hôtel, une jeune fille lui avait proposé spontanément son aide, attendrie par ce père solitaire au sourire irrésistible. Mais il avait refusé, affirmant qu'il se débrouillerait très bien tout seul à condition qu'on lui monte le plateau du dîner. Pour le reste, il savait préparer un biberon, faire tiédir un petit pot de jambon-purée ou changer une couche.

Il réfléchit beaucoup durant cette longue nuit. Au-delà de l'adoption, quelque chose de particulier le liait à Julien, il en était conscient. Cet enfant avait vu mourir sa mère. Juillet aussi. Il ne s'en souviendrait jamais mais il grandirait avec ce drame inscrit dans son subconscient. Comme Juillet.

Le sens du devoir n'entrait pour rien dans sa décision. C'était son amour infini pour Aurélien qui l'avait conduit dans cette chambre d'hôtel. Et ce serait toujours son père que Juillet allait chercher à reconnaître, au long des années, dans les traits de Julien.

Ils quittèrent le Novotel à sept heures du matin. L'enfant fit quelques difficultés lorsque Juillet l'installa dans le siège pour bébé de la Mercedes, mais il se calma peu à peu sur la route. Ils arrivèrent à Fonteyne avant huit heures, comme Juillet l'avait souhaité. Il arrêta la voiture dans l'allée, sachant que Bernard viendrait la récupérer. Julien bien emmitouflé et calé au creux de son épaule, il fit un petit tour dans les vignes en murmurant toute une litanie de mots tendres qui s'adressaient aussi bien au bébé qu'aux ceps. Il présentait Fonteyne à Julien, tout comme il présentait son héritier au vignoble.

Il finit par s'asseoir entre deux rangées de plants, l'enfant sur ses genoux. Immédiatement, Julien voulut toucher la terre et il saisit un gravier dans sa petite main.

— Tu as raison, dit Juillet. C'est ça qui fait la richesse des Laverzac. C'est du calcaire et de l'argile... Je t'apprendrai. Tu veux manger un caillou ? Non, Julien, non... C'est la meilleure terre du monde mais elle ne se mange pas. Elle se boit ! Tu comprendras...

L'enfant avait laissé sa main dans celle de Juillet qui se releva lentement.

— Je vais te montrer ta maison, regarde... C'est un château de contes de fées... Tu le vois ? Si nous étions arrivés hier soir, tu n'aurais rien vu de tout ça... Et maintenant, tu vas faire la connaissance de ta petite sœur. Quand tu seras grand, il faudra la protéger, veiller sur elle parce que tu es l'aîné...

Il leva les yeux vers les fenêtres de sa chambre et ajouta, un peu hésitant :

— Allons-y, ta mère doit nous attendre...

Il avait aperçu la silhouette de Laurène qui disparut aussitôt. Elle s'était reculée en hâte, refermant le rideau de velours d'un coup sec. Depuis dix minutes au moins, elle l'observait, des larmes d'impuissance et de rage coulant sur ses joues. Elle avait pris des jumelles pour mieux se torturer, pour noter en détail chaque geste de Juillet. Comme prévu, il était déjà fou de cet enfant. Et tout ce qu'il allait lui donner serait ainsi retiré à Lucie-Malvoisie. Il s'était montré doux et affectueux avec sa fille, depuis des semaines, mais jamais il n'avait eu cette expression de fierté, ce regard d'amour absolu, cette éclatante complicité. À contempler son mari sans qu'il le sache, Laurène venait de prendre la mesure de l'enfer qui l'attendait. Si jamais elle rejetait ce bébé, ils allaient tous vivre vingt ans de calvaire. Il fallait donc l'accepter. Ou, au pire, faire semblant.

Juillet entra dans la cuisine d'un pas décidé, faisant sursauter Fernande. Lucas buvait son café, installé au bout d'un banc comme à son habitude. Juillet posa son sac sur la longue table, l'ouvrit et en extirpa un biberon. Fernande le regardait, figée, incapable de bouger ou de prononcer un mot. Elle avait beau s'y être préparée, la présence soudaine de ce bébé la pétrifiait.

— Il s'appelle Julien, dit Juillet qui faisait chauffer le lait.

Émergeant de sa torpeur, elle s'approcha et tendit les bras en murmurant :

— Donne-le-moi, je vais m'en occuper.

Il fallait que quelqu'un d'autre, tout de suite, prenne ce petit en charge, Fernande l'avait compris. Ou bien Juillet ne pourrait plus jamais le lâcher, elle en était certaine. Il n'hésita qu'une seconde avant de lui passer l'enfant qui se mit à pleurer, effrayé. Juillet renversa une goutte de lait sur le dos de sa main puis il donna le biberon à Fernande. Julien se saisit goulûment de la tétine.

— Il a de beaux yeux, dit Fernande.

Elle était sincère, elle trouvait ce bébé magnifique. Avant de quitter Fonteyne, l'avant-veille, Juillet l'avait prise à part et lui avait tout raconté. Elle aimait trop la famille et elle avait trop bon cœur pour rester insensible à ce drame. Contrairement à Laurène, elle n'avait pas de raison d'être jalouse. Peu lui importait que

Julien soit le fils d'Aurélien ou de Juillet puisque, de toute façon, il était des leurs. Elle était prête à le chérir et même à l'élever comme elle l'avait fait pour les autres.

La porte s'ouvrit et Laurène apparut. Elle portait un blue-jean et un pull. Elle n'était pas maquillée et Juillet vit qu'elle avait pleuré. Elle essaya de lui sourire, sans vraiment y parvenir. Fernande jeta un coup d'œil vers Juillet. Il attendait, immobile, l'air inquiet. Il n'esquissa pas un mouvement pour aller vers sa femme et ce fut Laurène qui bougea.

— Je vais le faire, dit-elle d'une voix mal assurée à Fernande. J'ai l'habitude...

Elle s'assit sur le banc et Fernande lui mit Julien dans les bras. Laurène eut un infime recul avant de saisir le bébé et le biberon.

— Il est lourd, déclara-t-elle sans regarder personne. Il est grand aussi, ça fait drôle...

Lucas leva la tête, un instant, au-dessus de son journal. Il observa la scène, puis se replongea dans sa lecture. Fernande ne quittait pas Laurène des yeux. Elle savait que Juillet guettait sa femme, sans indulgence. Mais ce qu'elle constatait, elle, ne pouvait rien rappeler à Juillet. Elle revoyait Lucie Laverzac, trente et un ans plus tôt, dans cette même cuisine, tenant un enfant dans ses bras avec les mêmes réticences et la même maladresse. Lucie ne s'était jamais habituée à Juillet. Elle avait donné le change, pour Aurélien. Elle avait fait semblant d'aimer sans rien éprouver. Laurène lui ressemblait tellement, à cet instant, que Fernande dut s'appuyer d'une main à la table. Elle ne voulait pas revivre certaines choses, elle n'avait plus l'âge.

Juillet contourna la table et s'approcha de sa femme. Il lui mit la main sur l'épaule avec tendresse.

— Tout ira bien, murmura-t-il.

Mais, ainsi que Fernande l'avait redouté, ce n'était pas Laurène qu'il regardait. C'était Julien.

Comment rester femme quand on mène une vie d'homme ?

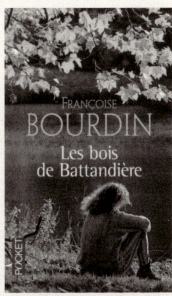

(Pocket n° 13591)

Quand Martial, son époux, est mort, Léa a décidé de prendre la direction de l'exploitation forestière. Mais elle ne possède ni l'autorité ni l'expérience de celui-ci et, en tant que femme, peine à s'imposer et à commader ces bûcherons et ces débardeurs durs et méfiants. Alors que Tristan, son second mari, sombre dans l'alcoolisme, Léa ne peut plus compter que sur Raphaël, ingénieur des Eaux et Forêts, pour l'aider à sauver l'exploitation de la ruine et la réconforter...

Il y a toujours un Pocket à découvrir

Une maison de famille pleine de secrets...

(Pocket n° 13329)

Épuisée par son divorce, lasse de la vie parisienne, Pascale Fontanel a décidé de retourner à Peyrolles, dans le Sud-Ouest. Contre l'avis de son père, elle s'installe dans le domaine familial. Mais là, ses heureux souvenirs sont vite troublés par d'étranges événements : un jardinier qui refuse de quitter la propriété, des voisins qui évoquent d'inquiétantes histoires et surtout la découverte de ce livret de famille au contenu préoccupant... Que s'est-il passé à Peyrolles ? Pascale est déterminée à découvrir la vérité.

Il y a toujours un Pocket à découvrir

Le destin d'une femme libre

(Pocket n° 12989)

Au lendemain de la Grande Guerre, Berill exerce sa passion dans des cirques : elle danse parmi les fauves. Sa grâce et son agilité lui valent de nombreux prétendants. Mais, un soir, une lionne se jette sur elle et la lacère. À l'hôpital, Berill reçoit la visite de l'un de ses amoureux, Thomas, jeune banquier irlandais. Sans réfléchir, elle accepte sa demande en mariage. Rejetée par le monde du cirque comme par la bourgeoisie dublinoise, Berill va tenter de construire une vie à son image : flamboyante et imprévisible.

Il y a toujours un Pocket à découvrir

Composé par Nord Compo Multimédia
7, rue de Fives, 59650 Villeneuve-d'Ascq

Achevé d'imprimer en septembre 2009, en Espagne
par Litografia Roses (Gava)
Dépôt légal : octobre 2009